诗骚论稿

刘毓庆　著

商务印书馆
The Commercial Press

2017年·北京

图书在版编目（CIP）数据

诗骚论稿 / 刘毓庆著. — 北京：商务印书馆，2017
ISBN 978-7-100-14076-8

Ⅰ. ①诗… Ⅱ. ①刘… Ⅲ. ①《诗经》－诗歌研究②
楚辞研究 Ⅳ. ①I207.22

中国版本图书馆CIP数据核字（2017）第132705号

诗骚论稿

刘毓庆 著

商 务 印 书 馆 出 版
（北京王府井大街36号　邮政编码 100710）
商 务 印 书 馆 发 行
三河市尚艺印装有限公司印刷
ISBN 978－7－100－14076－8

2017年8月第1版　　　　开本 710×1000　1/16
2017年8月第1次印刷　　　印张 34 1/2

定价：90.00元

总　序

　　2008 年，为奉养老母，我在太原东山店坡村购置了一套带小院的小区住宅。此地距城区约四公里的路程，是现代城市的喧嚣声尚未波及之所。在村中听到久违的鸡鸣声，备觉亲切。空气也比闹市清新许多。远处，村民用方言交谈的声音，时而透过清静传入耳中，好像就在耳边。只有夜里的群狗乱吠，令人讨厌。不过这也无妨，总比听闹市噪音要好受得多。因为喜欢这个小院，于是做了精心布置。大门的左右两边，栽植了两棵树，一棵是椿树，一棵是楸树，先师姚奠中先生给题写了"椿楸园"三字，作为门匾。小院里布置了石径菜畦，小亭曲池，袁行霈先生给题写了"榆亭"二字。进屋的第一道门用磨砂玻璃装饰，玻璃上是姚先生的书法作品。门楣"复性堂"三字由我自己题写。自己想，经过了半生劳累，应该静下心来休息，好好思考人生的问题了。现代生活使人失去了自我，人只有在宁静中才能找回自己，故有了"复性"之思。此后，椿楸园便成了我读书、写字、种菜、思索的地方。自己曾写过一首小诗："读罢诗书艺菜田，此生难得此清闲。东山有室和云卧，鸟语声中好午眠。"可以看出当时的心境。本来想，已经出版的书和即将出版的书已有二十多种，这也可以交代此生了，不必再写。以前为功利而著书，实非人生之最佳选择；从现在开始，应该做自己愿意做、应该做的事情了。

　　但是，"树欲静而风不止"，自己已经很难停手了，多年思考的未曾有结果的问题在脑海里还不时泛起。不得已而为之，又出版了几本书。不过此时自己觉得很需要做的是"回真向俗"的工作。先师姚奠中先生曾为我题写过八个字"由博返约，回真向俗"。这是我当下的选择方向。转眼之间，在椿楸园中已度过了八个春秋。作为对椿楸园的纪念，想想如今已年过花甲，也该对自己半生学术生涯做个总结了，也算是对在椿楸园的时光做个纪念。这总结并不意味着结束，而是意味着更成熟，我觉得自己是 45 岁以后才渐渐走向成熟的。近十年的思考，很大部分是否定前几十年的想法的。由此想来，做学问真难！

现在我便把自己这几年没有发表的著作，连同以前发表和未发表的论文选编，整理成八本书，冠以"椿楸园著作系列"之目付梓。也算是对历史的纪念吧！这八本书列序如下。

《中国历史的三次大循环》

这是一部宏观中国史，是笔者思考了三十多年的问题，入住椿楸园后才动笔的。笔者参照人生童年（神性）、青年（诗性）、壮年（理性）思维变化的内在生命逻辑，将社会年龄分为神性、诗性、理性三个不同的思维时代。又发现了这三个时代不断循环的规律，从而揭示了中国历史的三次大循环，即从五帝至战国是第一次循环，秦汉至宋是第二次循环，元明至今是第三次循环。每一次循环周期都遵循着神性、诗性、理性变化的逻辑运行，周而复始，充满生机。五帝及夏商、秦汉魏晋、元明为神性思维时代，两周、晋唐、清代为诗性思维时代，战国、两宋、20 世纪为理性思维时代。相同的时代必有相同的历史趋向与特征。如社会转型、文化转型、技术革命、商业革命之类的重大历史变化，必然发生在理性时代。而文化人格的铸型、功业欲望的强烈追求、艺术人生的外在表现、影响世界秩序的大国气象等特征，则多出现在诗性时代。通过对三次循环相互对应的时间节点上的历史现象的综合分析、研究，补充或纠正了一些传统的、既定的历史结论。

《论语绎解》

此书初稿由讲义笔录整理。特点有三：一是突破了传统征引的范围，开启了东亚《论语》研究的新视野，不仅征引了众多很少为人关注的中国古代注本，如《论语通》、《论语学案》、《日讲四书解义》、《四书讲义困勉录》之类，而且大量采集了国内学者难以见到的如日本、朝鲜、越南前代学者关于《论语》的研究成果，其数量达数十种之多，这在此前的国内注本中是很少有的。二是于每则之前冠一小标目，标目之立灵活变化，不拘一格，目的在于帮助读者把握要义，领悟其中的意义。三是以阐发义理为重点，不做过多的文字考证。并于阐发之中渗入对当下的关怀，着力建立《论语》与当代人生之间的意义联系，使读者能亲身感受到其意义的存在。

《五经与中国传统价值观》

"五经与中国传统价值观"视频课，入选国家第八批精品课。本书是在精品课录音的基础上整理、补充、修改而成的。旨在阐明中国传统价值观的形态，以求在与西方价值观的比较中，体现其于当代的价值和意义。其中突出的有两点：第一，用通俗浅显的语言对五经价值核心及文化精神做了最简要的说明，不做烦琐的论证，要言不烦，但力求简而不空，字字有根。第二，对当下某些流行关键词，如竞争、自我价值实现等进行辩证分析，要唤醒人们，这些被欧美强行在世界推行的所谓"普世价值"，其中潜藏着威胁人类生存与永久和平的祸根。从而提出中国经典中以道义为核心的价值观念和以万世太平为终极目标的生存智慧，这是人类积累了数千年才得以形成的文明之果，对人类的继续生存有不可或缺的意义。

《汉字浅说》

此书是在讲义基础上形成的，其初是"小学"课程的一部分内容，后来独立成书，回真向俗，以使一般读者都能阅读。书中融入了《说文》百家及近现代古文字学诸名家研究的成果，以及笔者四十多年来对中国文字的理解。从汉字中蕴藏的远古人类秘密入手，论述了汉字对于民族历史与民族文化的创造性意义。并根据汉字的构成特征，分为《汉字的形符与部首》和《汉字的声符及其意义》两部分，对汉字进行解说。形符部分中，以《汉语大字典》两百个部首为基础，将部首分门别类，对其在字的构成中的意义进行解释，同时以常用字为例，进行说明。声符部分中，则将相同声符的字综合于一处，根据"右文说"提供的思路进行解释。在说解中，将文化知识贯穿其中。

《神话与历史论稿》

这是笔者三十多年来关于神话和历史研究的论文选集。有少部分文章未曾发表。关于神话研究，笔者经历了由西方理论为指向回归到中国传统学术体系的过程。从最初将神话作为初民观念形态的研究，到"神话是一种思维形态和叙事形态而非文化形态"结论的提出，反映了笔者舍弃概念回归事物本身的学术经历与研究思路。通过对论文的倒时序排列的方式，以反映学术历程，并诉说自己三十多年的研究体会：用西方概念规范中国学术，只能是死路一条；中国学术只有回归到中国文化的本位上，才能获得生机。关于历史研究，关注点主要在中国上古史上。强调上古史研究的独立性，不过度依赖考古。方法上的特点是：以先秦文献为基础，以秦汉以下文献为辅助，广泛参考考古资料、民俗资料和民间传说，即以文献为主体，以考古与民俗为两翼，多重证据，以证其成。

《诗骚论稿》

这是笔者三十多年来有关于《诗经》与《楚辞》研究的论文选，其中部分文章未曾发表过。笔者早年受闻一多先生的影响很深，《诗经》研究基本上是沿着闻一多的路子走。近十年来，则逐渐反思，发现了闻一多在研究方法上存在的问题，无论其所开创的文化人类学研究方法，还是所谓的新训诂学方法、回归文学本位的研究，都存在着严重缺陷。故而笔者对闻氏的研究，从方法论的角度，做了深刻的检讨，从而走出了自己的一条新路。论稿中对《诗经》学史上的诸多问题给予了特别关注，而其基点是文献，即在文献上超越了前人所把握的范围。对《诗经》中涉及水和鸟的诗篇的解读，基本上是在文化人类学研究方法和思路的启示下进行的。所不同的是，笔者不喜欢推衍，觉得用文化模式无限推衍是很难服众的，故而用归纳法，即先对文献中相关的记载做归纳、分析，探其机微，然后用文化形态比较的方法，呈现其原貌。关于《楚辞》，笔者更侧重把屈原作为一种文化现象研究，并且是放在历史文化大背景下来研究，充分尊重清以前学者的观点，摆脱 20 世纪文化思潮的影响。故见解多与主流观点相左。

《治学论稿》

这是笔者关于中国文学理论问题和两汉以降文学研究的论文选，也有部分是关于文化的。大多数文章体现着方法论意识。从研究主体，到研究方法、研究对象等几个方面，反映了笔者对中国文学及文化的认识和理解。其中较突出的是：第一，强调古代文学研究者不能只有职业角色，更应该有社会角色意识，故而其研究中每蕴有当代意识。第二，强调文学研究应该抛弃西方理论的制约，走近文学本身，走进文学的心灵世界。其中《汉赋作家的心态研究》，发表于 20 世纪 80 年代，是国内最早的一篇研究文人心态的文章。第三，对于问题研究，不满足于"具体问题具体分析"，更强调"具体问题整体分析"，从而在更广阔的视野下，分析和把握文学现象的来龙去脉。有两篇是关于姚奠中先生课堂教学和学术思想、实践的文章，使人们能从前辈学者的身上，看到当下学者学术研究的缺失。另外有一组是用中国传统价值观念与生存智慧对当下社会问题的思考，体现出的是忧患意识。

《诗经考评》

这是一部通俗性与学术性兼顾的《诗经》新注本。笔者研治《诗经》40年，早年曾对《诗经》做过全注，先后出版过《诗经图注》、《诗经讲读》、《诗经译注》等几种注本。中华书局"中华经典名著全注全译丛书"中的《诗经》，2011年3月至2014年9月连续九次印刷所用的译注本，均出自笔者之手。《诗经考评》即是在旧注本的基础上不断修改而成的。"考"主要体现在文字训诂与史实考据上，"评"主要体现在内容及艺术评说上。但笔者的原则是，充分尊重前人研究成果，尽可能择善而从。不得已处，则出己见。书中征引中国、日本、朝鲜《诗经》研究的成果多种，但都是采其精义，不做烦琐引证。从文字训诂、史实考据、经学意义、文学理解等多个角度，尽可能地发现其当代价值，让《诗经》走进现代人的生活。

"椿楸园著作系列"得以面世，赖有商务印书馆及丁波先生的大力支持，借此谨谢！

目 录

百年来《诗经》研究的偏失^①

今天，几乎所有的中国文学史著作，所有的语文教材或文学通俗读物，一旦涉及到《诗经》并需要对她进行说明时，总是会给出这样的定义：《诗经》是中国最早的一部诗歌总集。这个定义似乎已成为天经地义。众所周知，《诗经》是《五经》之一，在两千多年的历史中她是被作为"经"来对待的，何以突然变成了"诗歌总集"呢？这正是被今天许多学者所认为的 20 世纪《诗经》研究的最大贡献，即恢复了《诗经》的文学真面目。

所谓恢复《诗经》文学真面目的不是别人，正是 20 世纪初有着强烈的革命热情的一批优秀学人，如顾颉刚、胡适、闻一多等。他们干着一件轰轰烈烈的大事，就是颠覆经学体系，建立新文化的大厦，而《诗经》则首当其冲。顾颉刚连载于 1923 年《小说月报》第 3、4、5 期上的大文《诗经的厄运与幸运》，明确指出："《诗经》是一部文学书。"他说《诗经》好像一座矗立于荒野的高碑，被葛藤盘满，这是她的"厄运"。然而历经险境，流传了下来，有真相大白于世的希望，这又是她的"幸运"。顾先生声明，他要做的就是斩除"葛藤"，肃清"战国以来对于《诗经》的乱说"^②。闻一多先生在《匡斋尺牍》中更是语出惊人，他说："汉人功利观念太深，把《三百篇》做了政治的课本；宋人稍好点，又拉着道学不放手——一股头巾气；清人较为客观，但训诂学不是诗，近人囊中满是科学方法，真厉害。无奈历史——唯物史观的与非唯物史观的，离诗还是很远。明明一部歌谣集，为什么没人认真地把它当文艺看

---

① 本文最初发表于《名作欣赏》2015 年第 1 期。

② 顾颉刚：《古史辨》第三册，上海古籍出版社 1982 年影印本，第 309 页。

呢？"① 当时一批学人 —— 对后人来说都是如雷贯耳的名字，如胡适、顾颉刚、郑振铎、俞平伯、刘大白、周作人、钱玄同、魏建功、朱自清、钟敬文等，都参加了讨论，并且达成了共识：《诗经》是文学，不是经。由此便为《诗经》的研究定了基调。

确实，20 世纪，在一批优秀学者的努力下，《诗经》研究出现了革命性的变化。综合研究与深入探讨问题的论著超出了以往的任何时代。大量的著作都是以"《诗经》是诗歌总集"为起点的。然而却忽略了《诗经》在建构中国文化乃至东亚文化大厦中所起到的支柱性作用，这难道是作为纯文学的"诗歌总集"能够承载的吗？毫无疑问，20 世纪的《诗经》研究出现了极大的偏失。

偏失之一，忽略了《诗经》对于建构中国文化乃至东方文化的意义。我们不否认《诗经》的本质是文学的，但同时必须清楚《诗经》的双重身份，她既是"诗"，也是"经"。"诗"是她自身的素质，而"经"则是社会与历史赋予她的文化角色。在两千多年的中国历史乃至东方历史上，她的经学意义要远大于她的文学意义。《毛诗序》说："正得失，动天地，感鬼神，莫近于诗。先王以是经夫妇，成孝敬，厚人伦，美教化，移风俗。"孔颖达说："夫诗者，论功颂德之歌，止僻防邪之训。"② 朱熹《诗集传序》说："《诗》之为经，所以人事浃于下，天道备于上，而无一理之不具也。"③ 其在中国文化史上之地位由此可见。同时她还影响到了古代东亚各国。如日本学者小山爱司著《诗经之研究》，在书之每卷扉页赫然题曰："修身齐家之圣典"、"经世安民之圣训"等④。朝鲜古代立《诗》学博士，以《诗》试士。他们都以中国经典为核心，建构着其自己的文化系统，由此而形成了东亚迥异于西方的伦理道德观念与文化思想体系。这是作为"文学"的《诗经》绝对办不到的。作为"文学"，她传递的是先民心灵的信息；而作为"经"，她则肩负着传承礼乐文化、构建精神家园的伟大使命。一部《诗经》学史，其价值并不在于她对古老的"抒怀诗集"的诠释，而在于她是中国主流文化精神与主流意识形态的演变史，是中国文学批评

① 闻一多：《闻一多全集》第三卷，湖北人民出版社 1993 年版，第 214 页。
② 孔颖达：《毛诗正义》，中华书局 1980 年影印《十三经注疏》本，第 270、261 页。
③ 朱熹：《诗集传》，上海古籍出版社 1953 年版，第 2 页。
④ 〔日〕小山爱司：《诗经之研究》，中央学会昭和十二年版。

与文学理论的发展史。如果我们仅仅认其为"文学"而否定其经学的研究意义，那么《诗经》对于东亚文化建构的意义便会丧失殆尽，东亚国家的文化史与学术史，都需要重新改写了。

偏失之二，否定了《诗经》之为"经"，也彻底否定了"旧经学"，但自己却掉进了"新经学"的泥淖。20世纪初，西方思想输入大陆，批判旧的礼教、追求个性解放、婚姻自由成为时代的强音。顾颉刚编《古史辨》第三册，组织了五十多篇讨论《诗经》的文章，而讨论最多的是《静女》、《野有死麕》等几篇关于男女幽会的诗。参加讨论的十几人，都赞美那爱情的甜美。这表面上是在研究《诗经》，实则是为当时个性解放、婚姻自由的思想文化思潮，从经典中寻找理论依据。所谓《诗经》中赤裸裸地表现性生活与性感受的作品，实是研究者为适合现实需要所做的"意义开发"。20世纪五六十年代，"阶级斗争"理论风靡一时，文艺强调为人民大众服务，人民性成为时代文学的关键词。大批学者便从《诗经》寻找反剥削、反压迫的作品，使《伐檀》、《硕鼠》之类变成了"阶级斗争"的最佳教材；《氓》、《谷风》等，变成了抨击男尊女卑制度及礼教的控诉书。有学者甚至把《螽斯》（旧以为贺子孙众多）说成是劳动人民讽刺剥削者的歌子，《月出》（旧以为写男女思念）是统治者杀人的写照①。配君子的淑女变成了劳动姑娘，君臣间的劝词变成了劳役者的怨声②。改革开放以后，西方文化思潮再度冲击大陆，人性解放、个性解放再度变成了关键词，用西方观念观照中国学术、规范中国学术变成了一种潮流，于是《诗经》中表现爱情的诗作如《关雎》、《蒹葭》等，再度进入教材，以《诗经》资料支撑西方理论的著作不断出现，在一定程度上，《诗经》变成了西方文化理论的图解。这种从《诗经》中为现实政治、学术思潮寻找理论根据的研究方法，不正是"经学"的一种变化形态吗？但这种"经学"变态比之旧经学，不但没有发展，而且是极大的倒退。因为旧经学关注的是人伦道德，是社会秩序的维护与和谐环境的构建；但一味服务现实政治和文化思潮的研究，则是功利的，实用主义的。不仅偏离了经学求善的价值取向，更在观念与思潮的左右下失去了

---

① 高亨：《诗经今注》，上海古籍出版社1980年版，第7、148页。
② 余冠英：《诗经选》，人民文学出版社1956年版，第4、29页。

"求真"的基本心理条件。

偏失之三，对历代研究成果不是作为精神产品继承，而是作为思想垃圾抛弃。就两千多年的中国历史而言，几乎没有一个文化人不曾读过《诗经》。面对《诗经》有两种不同的价值取向，一种是通过学习内化为自己的一部分，一种是研究其中所蕴有的意义。后者的行为产生了大批可供后人继续研究的思想性、学术性著作，是属于经学的。而前者，则或见诸于行为表现，或形之于诗文与艺术创作，是属于文学的。这两方的成果都是极为丰富的。就所谓的《诗经》文学研究而言，明朝人即留下了数以百计的著作。他们在经的"思无邪"的阅读原则下，体味着《诗经》的文学情味，如戴君恩《读风臆评》自序说："爰检衣箧，得《国风》半部，展而玩之、哦之、咏之、楮之、翰之。嗟夫，此非夫天地自然之籁，颜成子游之所不得闻，南郭子綦之所不能喻，而归之其谁者耶？彼其芒乎忽乎，俄而有情，俄而有景，俄而景与情会，酝涵郁勃而啸歌形焉。当其形之为啸歌也，景有所必畅，不极其致焉不休；情有所必宣，不竭其才焉不已。或类而触，或寓而伸，或变幻而离奇，莫自而计夫声于五，莫自而计夫正于六，而长短疾徐、抑扬高下，无弗谐焉。"钟惺批点《诗经》自序说："诗，活物也。游、夏以后，自汉至宋，无不说《诗》者。不必皆有当于《诗》，而皆可以说《诗》。其皆可以说《诗》者，即在不必皆有当于《诗》之中。非说《诗》者之能如是，而《诗》之为物不能不如是也。"① 明万历之后，《诗经》的文学研究一度繁荣，著作多达数百种 ②。但由于大多学者从概念出发，以为此前的研究全是"经"的研究，是宣扬封建的伦理道德，于是将传统的《诗经》研究，除清人的几部训诂考据的著作外，几乎全盘抛弃，使得成百《诗经》，封于尘埃之中。以致使我们不时地发现，前人已有非常精辟之见，而今人却一无所知，还在那里左证、右探，而不能中其关要。

偏失之四，既然把《诗经》认作是纯文学作品，于是便用 20 世纪的文学观念来研究《诗经》。而 20 世纪从西方引进的某种"统一"的文学观念，将文

---

① 刘毓庆、贾培俊：《历代诗经著述考》（明代），中华书局 2008 年版，第 118、245 页。
② 参见刘毓庆：《从经学到文学——明代诗经学史论》下编，商务印书馆 2001 年版，自序第 8 页。

学的价值认定在了"反映生活"上，于是《诗经》研究者便配合社会的政治与文化思潮，来研究《诗经》中的婚恋生活、妇女生活、阶级斗争生活，甚至从《诗经》中寻找"奴隶社会"或"农民起义"的影子。把一部《诗经》认作是周代社会生活的镜子，不但否定了《诗经》作为传统文化的载体，也忽略了其作为文学展示人类心灵世界的意义。

偏失之五，以守正为保守，以创新为荣耀。创新是这个时代的一个关键词，从课题申报，到在刊物发表文章，都要求"创新"。而研究者又认定前人对于《诗经》的研究，都是瞎子断扁担，不可信。于是不知认真总结前贤，而师心自用、锐意求奇之作，随之而生。如以"王室如毁"的"王室"为女阴，以"狂童之狂也且"的"且"为阳具，以"振振君子"的君子为奴隶，"雎鸠"为天鹅，以"及尔颠覆"为男女之事等等，千奇百怪的观点不一而足。只知知识创新，而没有价值分析，使研究成果除了在晋职称、增绩效上派大用场外，对于推进学术几乎没有意义。

钱穆先生在其大著《中国文化史导论》中说："《诗经》是中国一部伦理的歌咏集。中国古代人对于人生伦理的观念，自然而然的由他们最恳挚最和平的一种内部心情上歌咏出来了。我们要懂中国古代人对于世界、国家、社会、家庭种种方面的态度观点，最好的资料，无过于此《诗经》三百篇。在这里我们见到文学与伦理之凝合一致，不仅为将来中国全部文学史的渊泉，即将来完成中国伦理教训最大系统的儒家思想，亦大体由此演生。"① 钱先生对《诗经》的这一把握是非常准确的。"文学与伦理之凝合一致"，更好的说明了《诗经》的双重价值。《诗经》的经学地位虽被现代学者否定，但在当代人的心目中，她仍然不同于一般《楚辞》、《乐府诗集》之类的诗歌总集，最主要的还在于她曾经有过的"经"的地位。就像一位天生丽质的淑女，如果她不是皇后、公主，没有政治权力做后盾，她对社会很难产生影响。《诗经》正是因为她乘坐着"经"的"圣驾"，在浩浩荡荡地穿行于历史的城镇村乡之中时，才博得万千之众的"围观"与"喝彩"，才对历史产生了巨大的影响。《诗经》的基本素质虽是"文学"的，而她的文化血统、她的地位身份则是"经"的。"诗"是她自

---

① 钱穆：《中国文化史导论》，商务印书馆 1996 年版，第 67 页。

身所具有的，"经"则是社会、历史赋予她的殊荣。如果曾经是"皇帝"，即使被废黜，在经济和政治权利上被剥夺得一干二净，在世人心目中他仍然不是普通人，他的影响要远远大于普通人。《诗经》就是如此。

也正因为如此，我们必须从《诗经》"文学与伦理之凝合"的性质上来考虑问题，认识其经学与文学的双重价值与意义。接受百年来《诗》学的经验与教训，调整我们的学习、研究思路。

析而言之，从经的角度考虑，我们不但要面对作为元典的《诗经》，还要正确对待历代由《诗》而产生的大量阐释性著作。要看到《诗经》与每个时代人的精神生活的联系，及其与每个时代思想文化变迁的联系，与整个中华民族思维、心理、气质、精神、性格等形成的联系。要把《诗经》作为一种文化载体来认识、理解和接受。

从根本上说，《诗经》是周代礼乐文明制度的产物。"礼"包括人的行为准则、道德规范、尊卑秩序以及礼仪规矩等等。人的嗜欲好恶，都由礼来节制。"乐"是指音乐。"礼"负责规范人的行为，"乐"则负责调和人的性情，人的喜怒哀乐之情，都可以通过乐来表达，同时也可以在乐声中化解。所以古人说："礼所以经国家，定社稷，利人民；乐所以移风易俗，荡人之邪，存人之正。"[①]"礼乐"的目的在于教化，导人向善，让社会处于"和谐"状态。孔子一生奔波，追求的目标就是"礼乐制度"的实现，即社会和谐的永恒存在。孔子编《诗》，提倡《诗》教，目的多半也在此。后儒秉承孔子之志，将礼乐文明作为一种社会理想，融入了《诗经》的诠释之中。古代文人群体"皓首穷经"的耐性，犹如成千上万只蜜蜂构筑巢穴那样，在意识形态领域构筑起了礼乐文明的金字塔，并在一代又一代人的诗学阐释中，不断丰富着以"礼乐文明"为核心的文化思想体系，这形成了一个强大的传统，有力地规定着黄河和长江流域这个人类族群的心理结构——思维方式和价值取向。如果我们自作聪明，对旧《诗》学予以彻底否定，那否定掉的不只是一种诠释观点，而是一种文化传统。而这种文化传统最为特异之处就在于它"贵义贱利"，不为物欲所动，志在完善人格，构建和谐，为万世开太平。尽管《诗

---

① 见陈奇猷：《吕氏春秋校释》，《吕氏春秋》高诱注，学林出版社1984年版，第191页。

经》所代表的"礼乐文明"，两千年来只作为儒家的一种社会理想和奋斗目标，存在于观念形态与文化精神之中，但有力地遏制了物欲膨胀、道德滑坡现象的及早发生，以致保持了两千多年来东方世界人与自然、人与人之间的相对和谐与稳定。比之二三百年即把地球折腾得乌烟瘴气的"拜金主义"文化来，难道这种文化思想不是当今世界更为需要的吗？《诗经》作为"经"而存在意义，不正在此吗？

从文学的角度来说，《诗经》最少有三个层面的东西，需要我们认真对待。第一是语言的层面，即形式表现的层面。大量关于《诗经》语言艺术与语言风格的论著，以及关于《诗经》复叠形式的研究，都是在这个层面上努力的。而且《诗经》作为一种与自然的韵律相合无间的语言，其所具有的魅力，是值得我们永远学习与效法的。第二是生活的层面，即在内容层面上作者着力展开的生活世界。在这个层面上，《诗经》像一幅周代社会的画卷，其丰富性与多彩性最为 20 世纪的研究者所关注。我们从中可以认识到礼乐文明制度下人们的生存状态，并从那个时代人的苦乐忧喜中感受到文学对于生活的"保鲜"处理。不仅可以从中获取种种知识，获得快感，而且还可以获取许多创作的启示。第三是心灵的层面，这个层面包括了内在于人的一切。这是《诗经》作为文学最主要的一个方面，"语言"所构织的是"生活世界"，而生活世界的素材所构织出的则是心灵图像。内在心灵支配着人外在表现，人的行为实际上是心灵的外向化。在《诗经》所描述的"生活世界"背后，隐存着一个无限深广的心灵世界，这个时代人的情感、思想、意识、精神、思维、性格、心理、良知等诸多方面，都在这个世界中展开。人类的生活形式在不断变化，有可能会面貌全非，而人心、人情却相去不远，因而在这个层面上，《诗经》所具有的那种情感力量与道德信念，最能唤起人们的内心世界。而且《诗经》也正是在这个层面上与当代人生发生了关系，我们可以由此而进入《诗经》的情感世界，与那里的人进行对话、交流，同时在那里发现我们昨天的影子，从而更深刻地认识我们自己。这个层面上，明清学者留意者尚多，到了 20 世纪，反被"反映生活"、"反映现实"的文学观念遮挡了人们的视野，影响了人们在这个领域的探索。这是我们今天学习、研究《诗经》应该特别注意的。

　　总之，我们今天学习、研究《诗经》，绝不能忽略其作为"经"对于中国文化与文学的影响，以及其所创造的文化对于当代人类的意义。作为"经"，我们要看到社会与历史赋予她的"深厚"与"博大"，以及其在铸造民族礼乐文化精神中的煌煌功绩；作为"诗"，则要看到她的"鲜活"与"灵动"，感受先民心灵深处的声音。

闻一多《诗经》研究检讨[①]

前　言

　　20世纪，中国历史出现了数千年来未有之巨变。这场巨变的启动者是五四前后兴起的新型知识群体，而巨变的起点则是这个知识群体在文化思想与学术领域掀起的革命性运动。犹如宋代新儒学在颠覆汉唐经学旧诠释体系的基础上建构起以理学为核心的新的意识形态话语系统一样，20世纪新文化的大厦，只有在彻底摧毁数千年经学统治的基础上才能建立，因此颠覆经学思想体系，便成五四时期文化思想革命的一项重要任务。疑古运动的领袖顾颉刚曾明确地说："我辈生于今日，其所担之任务，乃经学之结束者而古史学之开创者。"[②]闻一多则声称："我们现在要翻案！"[③]也正是在"经学"的颠覆与翻案中，顾颉刚提出了"层累地造成的中国古史"的理论[④]，闻一多提出了"《诗经》是一部淫诗"的学说[⑤]。由于新型知识分子的群体性参与，矗立了两千多年的"经学"大厦，在20世纪初叶很快便坍塌！接下来的任务是"清除"和"建设"。

　　可以说，清除、建设的任务，比摧毁更艰巨。五四运动与"疑古"运动以急风暴雨式的大破坏、大批判，从观念上颠覆了经学的权威，为思想解放迈出了一大步。但要从根本上清除旧经学的影响，还必须通过具体的研究工作，摧

---

　　① 本文最初发表于《文学评论》2012年第6期。

　　② 顾潮编著：《顾颉刚年谱》，中华书局1993年版，第337页。

　　③ 刘晶雯整理：《闻一多诗经讲义·文踪忆语》，天津古籍出版社2005年版，第5页。

　　④ 顾颉刚：《与钱玄同先生论古史书》，《古史辨》第一册中编，上海古籍出版社1982年版，第60页。

　　⑤ 闻一多：《诗经的性欲观》，《闻一多全集》第3卷，湖北人民出版社1993年版，第190页。

毁经学的诠释体系，重新构建一套新的话语系统。开始参与拆解《诗经》经学体系、构建《诗》学诠释新话语系统的学者很多，如胡适、顾颉刚、郭沫若、俞平伯等，都是中国现代史上的一流学者。他们大多业攻多方，成就不拘一隅。闻一多也是一样。但是闻一多在《诗经》研究上投入了比其他大家更多的精力，因此成果也最为丰硕。加之他别具一格的研究方法与学术观点，对《诗经》的经学诠释体系产生了无比巨大的冲击力，从而结束了《诗经》经学的研究时代，揭开了现代《诗经》学崭新的一页。

据时贤研究，闻一多最具开创性意义的重大贡献有三：第一，他调动考古学、民俗学、神话学、社会学等多方面的知识和手段对历史及文化背景进行还原，力求再现《诗经》时代的生活风貌，时贤称之为"文化人类学"或"文学人类学"方法①；第二，他以传统训诂学方法为基础，注入新的学科知识，穷搜证据，疏解文意，时贤称之为"《诗经》新训诂学"或"《诗经》新诠释学"②；第三，他通过"《诗经》的时代"还原，呈现出了《诗经》作为文学的本质，时贤称之为"回归于诗学本位"③。也正是因为闻一多在这三个方面的巨大贡献，使之有了划时代的意义。20世纪中叶，因与闻一多同辈的一批《诗经》研究者，如朱东润、陈子展、余冠英、高亨等还健在，他们的研究方法与观点的影响，还占据着一定的学术空间。1980年代后，随着老一辈《诗》学专家的陆续过世，闻一多独特的研究方法与学术观点的影响日益彰显，研究闻一多《诗》学的文章开始批量出现。他的观点及研究方法、学术作风，为越来越多的中青年学者接受和继承。1990年代后涌现出的《诗经》青年研究者（海外除外），几乎无一不受闻一多的影响。同时负面影响也开始呈现。这便不得不引起我们的关注。闻一多所处的时代是一个矫枉的时代，矫枉需要过正。正是在过正地矫枉中，闻一多成功地完成了时代赋予的使命，使《诗经》研究的观念与方法发生了革命性变化。而时隔近一个世纪的今天，学术生态已经发生了根本性变化。如果不能正确理解闻一多，而是把他为矫枉采取的过正手段，当

---

① 参见赵沛霖：《现代学术文化思潮与诗经研究》，学苑出版社2006年版；梅琼林：《闻一多文学人类学的探索向度》，《民族艺术》1999年第1期。

② 夏传才：《诗经研究史概要》，清华大学出版社2007年版，第214页。

③ 王以宪：《闻一多〈诗经〉研究的两大贡献》，《江西师范大学学报》1999年第3期。

作正确的研究方法加一发挥，就会影响到《诗经》学的健康发展。因此，对闻一多《诗经》研究进行深入检讨、反思，就显得非常必要。

一、文化人类学研究方法的检讨

闻一多提出过一个非常响亮的口号："带读者到《诗经》的时代"。所谓"到《诗经》的时代"，就是要还原《诗经》产生的背景。确实，像《诗经》这样与上古人类生活密切相关的经典文本，如果舍弃对背景的还原而想获得确解，几乎不可能。因此在闻一多之前，国内学者胡适、顾颉刚、魏建功、钟敬文、刘大白等，都曾在"礼失而求诸野"的思想引导下，不同程度地引用民俗学、人类学的资料，不自觉地在背景还原中对《诗经》的"兴"及个别篇子进行过诠释。而闻一多则明确地提出"到《诗经》的时代"的背景分析理念[①]，"不但研究文化人类学，还研究佛罗依德的心理分析学来照明原始社会生活这个对象"[②]，力求再现《诗经》时代的生活风貌。这就确立了他在《诗经》文化人类学研究史上的地位。

闻一多开辟的《诗经》文化人类学研究的道路与方法[③]，1980年代后其"巨大价值重新受到了重视"，20世纪末便"成为《诗经》研究较为普遍的方法"[④]。文化人类学有两种基本的研究方法，一是背景分析，二是文化比较。这两种方法用于《诗经》这样古老的文本，当是以先秦文献为依据，用归纳的方法，对《诗经》时代的背景进行还原。其次再通过文化形态比较的方法，利用人类行为带有普遍性的法则，使原本不清晰的背景与行为表现凸显出来，从而准确地把握诗的意义。叶舒宪先生提出人类学的"三重证据法"[⑤]，这是从方法

---

①　闻一多先生在《楚辞校补·引言》中提到过他研究《楚辞》的三项课题之一是"说明背景"，可见他对"背景还原"一向重视。参见《闻一多全集》第5卷，湖北人民出版社1993年版，第113页。

②　参见朱自清：《闻一多全集》（开明书店1948年版）所作的序，第18页。

③　在闻氏之前，法国汉学家葛兰言曾用此种方法研究过《诗经》，撰有《中国古代的祭礼与歌谣》一书。其论证粗疏，难令人信服，早期也不为大多中国学者所知，故影响甚微。

④　参见赵沛霖：《现代学术文化思潮与诗经研究》，第236、243页。

⑤　叶舒宪：《诗经的文化阐释》自序，湖北人民出版社1994年版，第3、4页。

论的角度对文学人类学研究的很好概括。然而在今人《诗经》人类学研究的实践中，我们发现更多的成果却只有从"文化比较"中摄取的一重证据，文献证据则严重缺失。他们用某种"文化模式"的推衍，替代《诗经》的背景分析；再通过对文本的曲解以迎合某种"文化模式"，从而对《诗经》做出了背离其文化生态的所谓"新解"。当我们对此种现象追本寻源时，却发现在其开辟者闻一多的身上问题便存在了。只因闻一多有今人不及的国学功底，在新方法的运用上能够游刃无间，刀不留痕，故可以紫夺朱，而难为人所察。若细加考究，便不难发现其偏失。

闻一多将文化人类学引入《诗经》研究的逻辑起点有二：一是《诗经》及其相关文献皆有作伪嫌疑 —— 从政府采诗作为教本开始，"就得加上骗了"[①]；所谓孔子删《诗》，"决不仅是删，恐怕还要改"[②]，汉之《诗经》一门学问，就是说"诳技巧的竞赛"[③]。二是《诗经》时代的生活，"没有脱尽原始人的蜕壳"[④]，因而只有舍弃与《诗经》相关的文献，从"较落后的少数民族"中寻找依据[⑤]，才能使《诗经》获得确解。我们且不说他的理论与结论（即"《诗经》经过政府及孔子删改"的理论与"《诗经》是一部淫诗"的结论）之间存在的逻辑矛盾（按其逻辑推导，《诗经》之所以为"淫诗"，当是"政府"及"孔子"做手脚的结果），但就其逻辑起点而言，最少存在以下两个问题：

第一是对文献所保存的上古信息的忽略。毛亨与汉儒毕竟去古不远，对于周代民俗生活的了解、获得《诗经》时代信息的渠道，至少在三个方面比我们占优势：一是文献典籍，他们能见到的上古文献，许多我们已经见不到了；二是传闻，他们能听到的经师们口耳相传的上古传闻，我们听不到了；三是礼俗，一些较原始的礼俗在汉时可能还残存，今天则荡然无存了。在大量与《诗经》相关的背景信息丧失的今天，我们对《诗经》的解释有了广阔的自由空间，所以可以"新解"迭出。但《诗序》、《毛传》的作者，他们

---

① 刘晶雯整理：《闻一多诗经讲义》，第3页。
② 闻一多：《匡斋尺牍》，《闻一多全集》第3卷，第199页。
③ 刘晶雯整理：《闻一多诗经讲义》，第3页。
④ 闻一多：《诗经的性欲观》，第170页。
⑤ 刘晶雯整理：《闻一多诗经讲义》，第4页。

除了要面对文本，还受到两周传闻、经师口义、遗存礼俗、文献记述等信息的制约。这就要求他们既要把握文本，又不能背离上古相关信息。正是在这样的背景下，他们得出了在今天看来似乎是很荒唐的结论。但要想到，毛亨、郑玄等都是旷世大儒，他们不可能犯连中学生都能看出的低级错误。而且，古人的学术道德未必不如今人，不会有意行骗。他们对待问题的认真程度也绝不亚于今人。他们的结论，大多有一定根据，即便是错，也有错的根据（如上古传说的根据），有些可能是他们的研究成果，属于学术见解，需要具体分析其得失。也就是说，必须珍视他们《诗》说中可能保存的上古信息。如果完全忽略甚至抛弃先秦及两汉《诗》说中所保存的珍贵的上古信息，只凭"较落后的少数民族"生存状态还原"《诗经》的时代"，其可信度必然要大打折扣。

　　第二是对周代礼乐文明制度的忽略。《诗经》是周代礼乐文明制度下的产物，古人关于王官采诗、臣工献诗、典礼用诗的种种记载，都是与周代的礼乐制度相联系的；周礼规定下的伦理道德观念、价值取向、行为规范、生活态度等，也必然要在《诗经》中得到反映。即如王洲明所说："周代的种种礼仪制度，决定了《诗经》的内容。"[①] 周代礼制及孔子思想，对于男女不以礼交是非常反对的。尽管我们不否认春秋时因原始遗俗尚有残存，加之蛮夷戎狄的大量进入中原，尚存留着较野蛮的婚俗[②]，甚至还有母系婚俗的遗存[③]。但作为主流意识形态，则要求移风易俗，倡导男女之别，规范两性行为。周礼中关于婚俗的六礼之仪，即反映了主流文化对于婚姻的严肃性。《诗经》中反复说"取妻如之何，必告父母"（《齐风·南山》）、"取妻如何，匪媒不得"（《豳风·伐柯》），并批评不守婚约者说："乃如之人也，怀婚姻也。大无信也，不知命也。"（《鄘风·蝃蝀》）也反映了周人对于婚姻的认真态度。这些，在其他史籍中是得到确切印证的。《春秋》亦力斥淫荡失礼

---

　　① 王洲明：《周代礼乐文化与〈诗经〉》（上），《先秦两汉文化与文学》，山东大学出版社1996年版，第29页。

　　② 顾德融、朱顺龙认为春秋婚俗中出现的性关系自由混乱状态，与非华夏族进入中原带来原始风俗有关。此说有一定道理，否则很难解释周礼与春秋婚俗间的巨大矛盾。见顾德融、朱顺龙：《春秋史》，上海人民出版社2004年版，第478页。

　　③ 牟润孙：《春秋时代母系遗俗公羊证义》，《注史斋丛稿》，中华书局1987年影印本，第1—43页。

之俗，而褒扬守礼法者。《左传·襄公二十七年》记郑国君臣在垂陇为晋国大臣赵孟饯行赋诗事，伯有赋《鹑之奔奔》，这是一首卫国群公子骂卫君淫乱的诗，故赵孟说："床第之言不逾阈，况在野乎？非使人之所得闻也。"①从赵孟的回答中可以看出，代表当时主流意识形态的社会群体，对于男女淫言是羞于启齿的。《史记·孔子世家》言孔子编《诗》，"去其重，取可施于礼义"②。《毛诗序》言："变风发乎情，止乎礼义。发乎情，民之性也；止乎礼义，先王之泽也。"③所谓"先王之泽"就是指以周礼为核心的传统道德观念。这说明，经过政府与孔子的删定④，不合于周朝道德规范、不利于教化、不能起到"移风易俗"作用的诗已被删除。而今人所谓淫诗，多为不能正确理解周人观念所致。如果忽略《诗经》赖以产生的周代礼乐文明制度，而把边远民族带有原始色彩的性风俗推衍为"《诗经》的时代"背景，其所谓"新解"，必然难以凭信。

闻一多恰恰是在舍弃《诗经》相关文献记载的上古信息与《诗经》赖以产生的周代礼乐制度这两个最主要的根据的基础上，来启动其文化人类学研究的。他以"较落后的少数民族"风俗，替代"《诗经》的时代"，这显然就是当今部分学者所谓以"文化模式"进行推衍方法的发轫。闻一多为了使《诗经》的内容合于他所认定的人类早期性开放的普遍法则，即"较落后的少数民族"风俗，于是对《诗经》及有关文献作了大胆的"新解"。如把《国风》中数十篇诗作，甚至连《大叔于田》、《清人》、《小戎》、《猗嗟》之类与男女不沾边的诗，都认为是与性行为有关的诗。凡诗提到的"食"字、"饥"字的，都被释为性行为或性反映。而对一些词汇，凡能与性行为牵合的，则不肯遗漏。如释《谷风》"及尔颠覆"为"床第之事"⑤，释《蜉蝣》"于我归处"为"来同我住宿罢"⑥，释《丘中有麻》"其将来施"为将来交

---

① 孔颖达：《春秋左传正义》，阮元校刻《十三经注疏》，中华书局1980年影印本，第1997页。

② 司马迁：《史记》，中华书局1959年版，第1936页。

③ 孔颖达：《毛诗正义》，阮元校刻《十三经注疏》，第272页。

④ 关于孔子是否曾删《诗》，学术界有不同意见。笔者有专文论述，参见刘毓庆：《〈诗〉的编定及其文化使命》，《文史哲》2008年第6期。

⑤ 闻一多：《诗经通义乙》，《闻一多全集》第4卷，第84页。

⑥ 闻一多：《风诗类钞甲》，《闻一多全集》第4卷，第461页。

合，等等①。

为了对其"新解"作深入了解，我们可作个案分析。闻一多有两个用人类学方法所获取的振聋发聩的理论：一是认为《国风》中的"饥"和"食"字，皆为男女的性欲或性行为的隐语，论证见《高唐神女之传说分析》及《诗经通义》、《诗经讲义》等；二是认为《国风》中的"鱼"皆为男女两性互称其对方的隐语，无一实指鱼者②，论证见《说鱼》、《诗经通义》、《诗经讲义》等。这两个理论影响之大、流传之广，为百年来《诗经》研究所罕见，今已为大多《诗经》研究者所接受。这两个理论的重要证据在《汝坟》一篇中皆有体现，因此他在《说鱼》、《高唐神女传说之分析》、《诗经通义》（甲、乙）、《风诗类钞》（甲、乙）、《诗经讲义》中反复讲到《汝坟》。故我们以《汝坟》为个案，来分析其研究方法。《汝坟》篇云：

> 遵彼汝坟，伐其条枚。未见君子，惄如调饥。
> 遵彼汝坟，伐其条肄。既见君子，不我遐弃。
> 鲂鱼赪尾，王室如毁。虽则如毁，父母孔迩。

这里我们先看闻一多是如何通过"惄如调饥"句的"新解"，来证明《国风》中与"饥"、"食"皆为性隐语的。《毛传》解释说："惄，饥意也。调，朝也。"这是说"调"即"朝"之借字。故《郑笺》云："如朝饥之思食。"③之所以言"朝饥"，即如《薛君韩诗章句》所言："朝饥最难忍。"④因为古时食物不丰，人日两餐，不吃晚饭。如白居易《访陈二》诗云："两餐聊过日，一榻足容身。"⑤宋虞俦《即事诗》："一榻容身无妄想，两餐度日少关心。"⑥这样，早

---

① 闻一多：《诗经通义乙》，第190页。
② 隐语本是对粗野内容的一种文明处理方式。如今之称厕所为"洗手间"、"卫生间"、"化妆室"一样，反映着社会文明的趋向。《诗经》中男女两性隐语的应用，也正说明了社会文明的进步，原初直言不讳的行为，现在则难以启齿了，需用隐晦的方式表达。但闻一多则把隐语当作了男女"智力测验的尺度"，以此而说明他们对于性的欲望。
③ 孔颖达：《毛诗正义》，第282页。
④ 参见薛汉：《薛君韩诗章句》卷1，马国翰辑《玉函山房辑佚书》本。
⑤ 曹寅、彭定求等编：《全唐诗》卷442，中华书局1960年版，第4945页。
⑥ 傅璇琮等主编：《全宋诗》卷1464，北京大学出版社1998年版，第28556页。

晨的饥饿感自然最为强烈，故葛洪《抱朴子外篇》说："所谓土桴瓦戢，无救朝饥者也。"[①]但闻一多却释"朝饥"为"情欲之饥"，说：

> 朝饥者，情欲之饥也。《正义》引李巡《尔雅》注："怒，宿不食之饥也。"案：宿非食时，宿食谓床笫之事，是朝饥为情欲之饥，明矣。[②]

按："宿不食"为古医家熟语，如唐孙思邈《备急千金要方》去胎方云："神曲三升，酢一升，煮两沸。宿不食，平旦顿服之，即下。"[③]唐王焘《外台秘要方》去蛔虫方："取龙胆根多少任用，以水煮浓汁，去滓，宿不食，平旦服一二升。"[④]可知"宿不食"指不吃晚饭，非谓"床笫之事"甚明。闻一多说显然没有根据。

为了使"饥为性欲隐语"的理论更为坚实，闻一多把与其相连的"调"字也作了新解，认为"调"与朝、豚，皆以声近相借，本字当作"豚"，指生殖器[⑤]，并旁征博引以成其说。这样"调（朝）饥"便被释成了女性生殖器官的纯动物性要求。然而此说却经受不起推敲。我们不妨将其所举的证据考察一遍。闻一多列举了《尔雅·释畜》中"白州"之"州"、《礼记·内则》"鳖去醜"之"醜"、《淮南子·精神篇》"烛营并天"之"烛"、《蜀志·周群传》"诸毛绕涿居乎"之"涿"为例，以为州、烛、醜、涿等，皆为豚之借，指生殖器。然考《广雅·释亲》："州、豚，臀也。"《广韵·屋部》："豚，尾下窍也。""尾下窍"显然指肛门。郭璞《尔雅注》："州，窍。"亦指肛门。"臀"为肛门所在。段玉裁曰："州、豚同字，俗作尻。"[⑥]"尻"从尸（人）字下有口，正指肛门。醜，《礼记·内则》"鳖去醜"郑注："醜谓鳖窍也。"此指鳖之粪门处。只有章太炎、杨树达两先生以为

---

①　杨明照：《抱朴子外篇校笺》卷 14，中华书局 1991 年版，第 361 页。
②　闻一多：《诗经通义乙》，第 25 页。
③　孙思邈：《备急千金要方》卷 3，台北：《文渊阁四库全书》第 735 册，第 66 页上栏。
④　王焘：《外台秘要方校注》卷 26，台北：《文渊阁四库全书》第 737 册，第 127 页。
⑤　闻一多：《闻一多全集》第 3 卷，第 312、313 页。刘晶雯整理：《闻一多诗经讲义》，第 77 页。
⑥　段玉裁：《说文解字注》，上海古籍出版社 1981 年版，第 463 页。

豚指阴器，烛、州、醜、涿同豚 ①，指的是阳具。章、杨两先生说自有根据，因"豚"古读如"督"，与屌、丢音近，今方言中仍有以丢、屌指男性生殖器者，但绝不能指女性生殖器官。而闻一多却据以证明诗中之"调"（豚）指女阴，其附会牵合，不言自明。

其次我们再来看闻一多是如何通过对"鲂鱼赪尾"的"新解"，来证明其"鱼为男女两性互称隐语"理论的。他据《左传·哀公十七年》"卫侯贞卜，其繇曰：如鱼窥尾，衡流而方羊"，疏引郑众说："鱼劳则尾赤，方羊游戏，喻卫侯淫纵。"认定鱼是象征男性情侣的隐语 ②。但他没有考虑到这里的"淫纵"并不一定指纵欲淫乱，因为这与卫庄公事不符。"淫"不同于"婬"，此处是过度、无节制的意思，"纵"是放纵。《左传·昭公二十年》："暴虐淫从（纵），肆行非度，无所还忌。"③ 晋范宁《穀梁传序》："弑逆篡盗者国有，淫纵破义者比肩。"④ 此诸"淫纵"皆指不行正道，放纵邪恶。卫庄公长期逃亡国外，归国后"怨大夫莫迎立"，"欲尽诛大臣"，对邻居戎族施行残暴 ⑤。故在位仅三年，便失国逃亡，为己氏所杀。《左传》所记为卫庄公出逃前的占卜，繇辞是他命运的预言。故杜预注说："窥，赤色。鱼劳则尾赤。横流方羊，不能自安。……言卫侯将若此鱼。"⑥ 竹添光鸿《左传会笺》说："方羊，不能进不能退之状，言鱼之困弱，泛泛于中流而无所依。"⑦ 以是喻卫侯的处境，确甚恰当。而诗之"鲂鱼赪尾"，古注皆云"鱼劳尾赤"，以为此是喻下所言"王室如毁"的。鲂鱼尾赤，又名火烧鳊，据罗愿《尔雅翼》云："以鲂言之，其体博大而肥，不能运其尾，加之以衡流，则其劳甚矣，宜其尾之赪也。"⑧ 故以此兴王室酷烈之象，也无不可。但

————————

　① 章太炎：《新方言·释形体》，《章氏丛书》上册，台北世界书局 1982 年版，第 242 页。杨树达：《积微居小学金石论丛·释属》，中华书局 1983 年版，第 32 页。

　② 闻一多：《说鱼》，《闻一多全集》第 3 卷，第 233 页。

　③ 孔颖达：《春秋左传正义》，第 2092 页。

　④ 范宁集解，杨士勋疏：《春秋穀梁传注疏》，阮元校刻《十三经注疏》，第 2358 页。

　⑤ 参见《史记·卫康叔世家》，第 1602 页。陈奇猷：《吕氏春秋校释·慎小》，学林出版社 1984 年版，第 1681 页。

　⑥ 孔颖达：《春秋左传正义》，第 2179 页。

　⑦ 竹添光鸿：《左传会笺》，明治丁未进上书屋重校本，第 2434 页。

　⑧ 罗愿：《尔雅翼》卷 28，《丛书集成初编》本，第 300 页。

闻一多为了证成他的性理论，使《诗经》与"较落后的少数民族"性风俗重合，故在认定"鲂鱼赪尾"为喻男性情侣的基础上，又认定诗的"王室"指王室成员，如后世称"宗室"、"王孙"之类，"如毁"是极言王孙情绪之热烈 ①。这这一观点却找不到证据，"王室"一词在《尚书》、《左传》、《国语》中多次出现，无一代指王孙者。

从以上个案不难看出，闻一多的《诗经》文化人类学研究，在思路和方法上基本上分为两步：先是以"较落后的少数民族"性风俗为文化模式，认定其为人类行为的普遍法则，并将其推衍为《诗经》时代的社会生活背景（与此种文化模式不合的文献记载，则弃而不用）；其次在这个虚拟的背景下，通过训诂手段使文本与之相吻合。如果文本与虚拟背景之间有较大距离，则必以所谓"没有脱尽原始人的蜕壳"的虚拟背景为主，曲解文本以求合。这种研究方法的偏失是显而易见的，这就使得《诗经》文化人类学研究在思路与方法上有了先天性缺陷，导致了当代研究中"新解"的无限扩张。

二、新训诂学方法的检讨

如果说，闻一多的《诗经》文化人类学研究，是接受西方科学观念与方法走出的一条学术新路；那么，他被时贤称作《诗经》新训诂学的方法，则是建立于旧学基础上的创新。二者相互交叉，但侧重不同。文化人类学侧重于文化背景还原分析，新训诂学侧重于语言文字上的破解。他将多学科知识引入了《诗经》考据之中，创造性地发展了传统训诂学，并产生了不少精辟的见解。然而其方法上的缺陷也对后世产生了不小的负面性影响。

首先，闻一多淡漠周代礼制的存在，仅从新的视角入手，在语言词汇的归纳与训诂中，来完成他对诗意的理解。一旦将其解说放置于周代礼乐制度的背景之下，矛盾便显露出来。如《诗经》中反复出现"女子有行"一语：《邶风·泉水》篇云："女子有行，远父母兄弟。"《郑笺》云："行，道也。妇人

---

① 闻一多：《说鱼》，《闻一多全集》第 3 卷，第 234 页。

有出嫁之道，远于亲亲，故礼缘人情，使得归宁。"① 《鄘风·蝃蝀》云："女子有行，远父母兄弟。"笺云："行，道也。妇人生而有适人之道。"② 《卫风·竹竿》云："女子有行，远兄弟父母。"笺云："行，道也。女子有道当嫁耳。"③ 闻一多认为把"行"与妇人"适人之道"联系起来，实在"甚矣其迂也"。于是将此数处"行"字与《诗经》中"携手同行"、"有女同行"、"驾予与行"等诸"行"字放于一处，而曰"行"就是"嫁"的意思，"《诗》又曰'同行'者，犹同归也。女子谓嫁一曰适，行亦犹适矣。"④ 并多方取证以成其说。今之研究《诗经》者，对于这一解说大都信从不疑。然而闻一多却没有考虑到毛、郑释"行"为"道"乃是以周代礼制为根据的。据文献记载，周代贵族女子成年期要进行一段时间的婚前教育。《仪礼·士昏礼》云："女子许嫁，笄而醴之称字。祖庙未毁，教于公宫三月。若祖庙已毁，则教于宗室。"郑玄注云："祖庙，女高祖为君者之庙也。以有缌麻之亲，就尊者之宫，教以妇德、妇言、妇容、妇功。宗室，大宗之家。"⑤ 《礼记·昏义》也有相同的记载。这种教育是与古代女子的笄礼（即成年礼）相联系的。笄礼是女子嫁前举行的一项重要仪式，女子经过学习"妇德、妇言、妇容、妇功"，懂得了为妇之道，便可举行笄礼，表示已成人，可以嫁人。此即《诗》所说的"女子有行，远父母兄弟"。郑玄之所以释"行"为"出嫁之道"、"适人之道"，根据便在此。而"行"之所以有"嫁"的意思，也正是从"适人之道"来的，即《有女同车》郑笺云："行，行道也。"闻一多以此为误，批评郑玄"甚矣其迂"，且把《诗经》中出现的同一个字归纳为同一种意思，不考虑其语言环境，这种方法显然是值得商榷的。

依闻一多的学识与敏锐，一些误解本是可以避免的，而且有些问题本已近于解决，但由于他忽略了周代礼制的存在，致使他与确解失之交臂。如《卫风·氓》篇，闻一多在文字训释上有三处很好的见解。第一是对"氓"的解

---

① 孔颖达：《毛诗正义》，第 309 页。
② 同上书，第 318 页。
③ 同上书，第 325 页。
④ 闻一多：《诗经通义甲》，《闻一多全集》第 3 卷，湖北人民出版社 1993 年版，第 374—375 页。闻氏此说实承自清儒，陈奂《诗毛氏传疏·蝃蝀》云："行，谓嫁也。女子必待命行以为礼也。"王先谦《诗三家义集疏》亦云："行，嫁也。"然陈、王皆不若闻氏论证之赅博。
⑤ 贾公彦：《仪礼注疏》，阮元校刻《十三经注疏》，第 970—971 页。

释，以往皆笼统地说："氓，民也。"闻一多在《诗经通义乙》中，仍用旧说，只补充说："此指对贵族而言之平民，故变言氓以别之。"[①]1945 年的《诗经讲义》则有了新的发现，说："城外居住之农夫曰氓，居城里曰民。古代往往有许多逃亡到外地之人，城里无其地位，只能在城外空地居住，曰'氓'。"[②] 第二是关于"乘彼垝垣"的解释，旧注训"垝"为"毁"，以为"垝垣"指倒塌的墙。闻一多则说："《尔雅·释官》：'垝谓之坫，墙谓之墉。'《说文》'坫，屏也。''屏，蔽也。'又'墉，城垣也。''垣，墙蔽也。'是坫与墉同类。析言之，蔽一方谓之坫，蔽四面谓之墉。混言之，坫亦墉耳。《诗》以垝垣连文，盖用混义，垝亦垣也。"[③] 其意是说垝垣就是城墙。第三是对"以望复关"的解释，旧注以为"复关"是氓所居之地，闻一多则说："'关'可能是'关卡'之关。《周礼》分明记载有'施关者'（毓庆按：当作司关者），古书（《左传》）也常说'关市之集'，商人经关要纳税。"[④]"复关谓酬其货贿之租税。"[⑤] 这里除释"复"为"酬"略有不妥外（按：陈氏《诗毛氏传疏》云："复，反也，犹来也；关，卫之郊关也。"此说较闻说胜），其余皆为胜说。这样的创见可以说是离问题的解决只有一步之遥了。如果结合周礼，便会发现，《氓》中的男主人公与女主人公，乃属于两个不同阶层的青年男女。根据《周礼》记载，周时有乡遂制度，当时把邦土分为国和野两大区域，"国"、"野"的分界处——即相交处名为"郊"。郊以内为"国"，也叫"乡"；郊以外为"野"，又叫"遂"。在国的叫"国人"，在野的叫"野人"，野人的特殊称谓就叫"氓"。氓的地位，是仅高于奴隶的自由民。而《氓》中的女主人公住的地方有"垝垣"卫护，男子要来找她，还须进关卡，她显然是居于国中的"国人"。在周代，"国人"与"野人"虽同为自由民，但他们却隶属于两个不同阶层。他们的经济地位、政治权力都有显著的不同。吴荣曾先生对此曾有总结：一、野人的租税、徭役都比国人为重；二、国人有服兵役的义务，野人则无资格当兵；三、国人

---

① 闻一多：《诗经通义乙》，第 155 页。

② 刘晶雯整理：《闻一多诗经讲义》，第 121 页。

③ 闻一多：《诗经通义乙》，第 156 页。《诗经讲义》略同。

④ 刘晶雯整理：《闻一多诗经讲义》，第 121 页。

⑤ 闻一多：《诗经通义乙》，第 157 页。

有被选拔为官吏的权力，野人则无；四、国人有参加谋"国迁"、"立君"的权利，野人则无权参加。① 国人与野人阶级地位、政治权力、经济状况的差别，正是诗篇中男女主人公关系最终破裂的根本原因。再从诗篇中看，氓的经济是很贫困的，故宋黄震说："'以我贿迁'，则女有资财；'三岁食贫'，则男家无以养之。此女子一时为其所诱，已既不堪，遂反目而相弃。"② 然而，闻一多却没有留意男女双方在身份、地位、经济条件等方面的不同，在女性解放思潮的导引下，认为女子为受压迫者，氓便成了负心汉。③ 他的这种观点影响了当代许多教科书。

再如《有狐》篇，这也是闻一多注目的重点篇章。诗说："有狐绥绥，在彼淇梁。心之忧矣，之子无裳。"在《诗经讲义》中他说："先秦时代无裤，《诗经》时代自然亦无。"④ 这本来说得很对，也是以前《诗经》研究者不曾关注到的。周代服饰，只有胫衣，膝以上大腿无衣。《拾遗记》记苏秦、张仪"遇见《坟》、《典》，行途无所题记，以墨书掌及股里，夜还而写之"⑤，因大腿上没有裤腿，仅有裳衣覆盖而已，所以不书于臂而书于大腿。正因为先秦时代人没有裤子，所以渡水时，水浅则褰裳而涉，如果水深，则连裳衣而渡，以防露出下体。《邶风·匏有苦叶》说"深则厉，浅则揭"，《毛传》说："以衣涉水为厉，谓由带以上也。"⑥ 就是这个意思。故《礼记·曲礼》说："冠毋免，劳毋袒，暑毋褰裳。"郑玄注："皆为其不敬。"孔颖达疏："'暑毋褰裳'者，暑虽炎热，而不得褰祛取凉也。"⑦ 露出下体既是不敬，更何况露出阴部呢？可是闻一多却没有考虑到周代礼制在这方面的明确规定，而说："无裳就等于裸体了。带是用来束裳的，如无亦裸。"在《风诗类钞甲》中说："涉水就得将衣裳和带卷起来扎在腰上，所以远望看不见裳带，并非真无裳带。"⑧ 男子渡水，扎裳带

---

① 吴荣曾：《周代的农村公社制度》，《先秦两汉史研究》，中华书局 1995 年版，第 48、49 页。

② 黄震：《黄氏日钞》卷 4，台北：《文渊阁四库全书》第 707 册，第 35 页。

③ 刘晶雯整理：《闻一多诗经讲义》，第 120—127 页。此诗有时称男子为"士"，故有人以为男子属于"士"阶层，实则此处之"士"指男子。今晋南方言中仍称男子为"士"，如一家有数兄弟者，则用大士、二士、小士之称以区别之。至于诗中指责男子"二三其德"，则完全出于女子的口吻，带有谩骂性质，不可当真。

④ 刘晶雯整理：《闻一多诗经讲义》，第 37 页。

⑤ 王嘉：《拾遗记》，中华书局 1981 年版，第 104 页。

⑥ 孔颖达：《毛诗正义》，第 302 页。

⑦ 孔颖达：《礼记正义》，阮元校刻《十三经注疏》，第 1240 页。

⑧ 闻一多：《风诗类钞甲》，《闻一多全集》第 4 卷，湖北人民出版社 1993 年版，第 461 页。

于腰，裸其下体，对面的女子不但不为此感到羞辱，反而会误认为其"无裳"而产生同情，这不仅不合周礼，更不合人情。

其次，闻一多的新训诂学，有显明的锐意求新之嫌。他不肯遵从旧说，始终以"打倒"、"推翻"、"破坏"为理念，较少考虑旧注的合理性，缺少对前人研究的尊重意识。今姑以其对于《诗经》首二篇的解释为例，以见一斑。

《诗经》首篇《关雎》，"关关雎鸠"，历代注"关关"皆为鸟鸣声，或谓雌雄相应之和声，或以为音声和美。闻一多则解为："雎鸠喻女，关关而鸣，状女子笑语声。"①这样便使传统所谓幽静娴淑的女子变成了带着几分野性的开放形象。关于雎鸠，《毛传》以为是王雎，并说"鸟挚而有别。"《郑笺》进一步解释说："雌雄情意至，然而有别。"②《尔雅》与《毛传》同，郭璞《尔雅注》云："雕类，今江东呼之为鹗，好在江渚山边食鱼。"③邵晋涵《尔雅正义》曰："雎鸠即今之鱼鹰，其色苍黑。"④这是最正统的解释。后人又有白鸥、鹭、白鹭、苍鶪、凫类、杜鹃、布谷、属玉等说。对旧说，闻一多一律不予考虑，而是仅以雎、楚古音相通为根据，便释雎鸠为楚鸠，也不管楚鸠是否在河洲活动，只是据《南有嘉鱼》篇之传、笺所言"壹宿之鸟"、"有专壹之意"等语，便认定楚鸠是"挚而有别"者。殊不知者这种论证方式，本想摆脱毛、郑"后妃之德"的旧说，而最终却又落入了象征"挚而有别"的"妇德"的窠臼。再如"窈窕淑女"，旧皆释"淑"为善、美，闻氏不考虑旧释的根据是否合理，而径读"淑"为"叔"，以为"淑女"就是"少女"。"君子好逑"，旧以"好逑"为佳偶，闻一多则说："好字从女从子，其本义，动词当为男女相爱，名词当为匹耦，形容词美好，乃其义之引申耳。"⑤而且不需要出示任何根据。"琴瑟友之"，旧皆释"友"为"交友"、"友爱"之"友"，意本甚通达，闻一多则说："'友'、'乐'并举，是友亦乐也。友当读作怡，古音同。"⑥反成曲说。

---

① 闻一多：《风诗类钞乙》，《闻一多全集》第 4 卷，湖北人民出版社 1993 年版，第 504 页。
② 孔颖达：《毛诗正义》，第 273 页。
③ 郭璞：《尔雅注》（宋监本），《天禄琳琅丛书》，1931 年故宫博物院影印本。
④ 邵晋涵：《尔雅正义》卷 18，《续修四库全书》本，第 287 页。
⑤ 闻一多：《诗经新义》，《闻一多全集》第 3 卷，湖北人民出版社 1993 年版，第 294 页。
⑥ 闻一多：《诗经通义》，《闻一多全集》第 4 卷，湖北人民出版社 1993 年版，第 11—13 页。

次篇《葛覃》,"葛之覃兮",《毛传》说:"覃,延也。"① 即指葛藤之长延广被,其意自顺。闻一多则根据覃、藤古音上的联系,认定覃为藤之声转,"葛之覃"就是"葛之藤"。② 并且旁征博引,表面看来甚是通达,实则大违古意。因为在《诗经》中,"葛"多次出现,如"旄丘之葛兮"(《旄丘》)、"彼采葛兮"(《采葛》)、"葛生蒙楚"(《葛生》),"葛"皆指葛藤言,不必再加一"藤"字。"师氏",《毛传》谓"女师",闻一多则新解为佣妇。"薄污我私,薄澣我衣",《毛传》说:"污,烦也。"《郑笺》云:"烦,烦撋之,用功深。"阮孝绪《字略》云:"烦撋,犹捼莏也。"《郑笺》说:"澣,谓濯之耳。"③ 郑玄分别以"烦撋"与"濯之"来诠释污、澣,显然这二者之间是有区别的。内衣因是贴身,故多油腻。古人清洗油腻的内衣,往往是先用灰水、碱水之类污水浸渍,然后揉搓去污。罗典《凝园读诗管见》云:"澣以洁水,不治,故用污。污谓今灰水、碱水之属。"④ 竹添光鸿《毛诗会笺》亦云:"去污而谓之污者,犹今人渍灰为水使滑泽,则垢易落。盖是以污之者洁之。仅用水浣,斯为烦矣。"⑤ 四十多年前,农村中尚有用此法清洗油腻者。因油腻用灰水使劲揉搓,故郑玄说污用功深。闻一多不考虑毛、郑之说的合理性,而是寻找污、澣之间的联系,征引盰(张目)、睆(目出貌)之间的联系为证,结论是:"污澣声近对转,污亦澣也。"而且还指斥郑玄视污、澣有深浅之别,"斯为蛇足矣"。⑥

不难看出,凡有可能立异的地方,闻一多必代之以"新解",故新说比比皆是。至于旧说是否合理,则不顾及。首二篇如此,他篇可知。显然在这里他已经偏离了学术研究以"求实"为上的目标,而进入了"创新"至上的误区。

其三,闻一多的新训诂学,不是根据具体情况采取随文释意的方式,而是过于相信逻辑的力量,即所谓"科学方法",忽略了语言运用的灵动性,每将相同词汇科于一律。如"师氏"一词,在《诗经》中出现过三次,分别见于《周南·葛覃》、《小雅·十月之交》、《大雅·云汉》。《葛覃传》说:"师氏,

---

① 孔颖达:《毛诗正义》,第 276 页。
② 闻一多:《诗经新义》,第 256、257 页。
③ 孔颖达:《毛诗正义》,第 277 页。
④ 《四库未收书辑刊》三辑 6 册,北京出版社 2005 年版,第 39 页。
⑤ 竹添光鸿:《毛诗会笺》第 1 卷,商务印书馆 1910 年版,第 18 页。
⑥ 闻一多:《诗经新义》,第 258 页。

女师也。古者女师教以妇德、妇言、妇容、妇功。"《十月之交笺》说:"师氏,亦中大夫也,掌司朝得失之事。"《云汉传》说:"师氏弛其兵。"①这三处所言的"师氏",前者为女职,后二者属男职,为中大夫,皆为尊位。但闻一多要颠覆旧说,首先认定《葛覃》中的师氏是佣妇,故用了较长的篇幅论证其地位低微,是一种家庭奴隶,特因其年事长而明于妇道,才被尊为师的。并据《说文》"娿,女师也……读若阿"、"姆,女师也……读若母",合之则为阿母,认为"今呼佣妇曰阿妈,即阿母矣。"②后进一步推衍:既然《葛覃》中的师氏听从小姐的调遣,是佣妇,那么"师氏"无论男女,都应该是鄙贱的职事。于是便认为《十月之交》、《云汉》中的"师氏"与阍人、隶仆之类为同属。而以为《周礼》以师氏为中大夫,为晚周之制,以此来强化其《葛覃》师氏为佣妇的观点。但此论却忽略了在周初文献如《尚书·牧誓》中,师氏是与司徒、司马、司空、亚旅等显官列于一起的,其地位自非隶仆可比。又《尚书·顾命》言,康王病重,要交代后事,召见的人是"太保奭、芮伯、彤伯、毕公、卫侯、毛公、师氏、虎臣、百尹、御事",师氏与公卿同被王召见,"本近鄙贱"的隶仆之属,何得周王器重如此?《孔传》:"师氏,大夫官。"③说明在周初,师氏就是要职,西周金文中亦屡见到,何得言为晚周之制?

将相同或相类的词汇汇集一处,然后进行诠释,这种训诂体例表面上是用归纳法寻绎其中的确解,但又不免要把其所认定的一种意义推衍开来,由此而推陈出新。一旦出新有碍,便利用训诂手段,曲解求合。这是闻一多常用的方法。其《诗经新义》与《诗经通义》两部《诗经》研究大著,就体现了此种方法的运用。如在《诗经新义》中,他把《何彼襛矣》"唐棣之华"、《氓》"渐车帷裳"、《常棣》"常棣之华"、《采薇》"维常之华"等放在一起,首先论证"帷裳"为"妇人之车以帷障其旁如裳",即女用车辆上装饰性的帷帘,又名裳帏、裳帷。然后再论证凡车上皆有帷裳,不限于妇人之车。接着论证"唐棣当读为裳帷",并寻求"棣"与"帷"相联系的例证。最终的结论是:维常、唐棣、

---

① 孔颖达:《毛诗正义》,第277、446、562页。
② 闻一多:《诗经通义》,第14页。
③ 孔颖达:《尚书正义》,阮元校刻《十三经注疏》,第237页。

常棣本是一物，都是帷裳。① 这种论证没有考虑到"唐棣"作为一种植物的存在，也没有考虑到这样的解释如何对应《论语·子罕》中"唐棣之华，偏其反而"的歌咏。

再如《诗经新义》"命"字一则，闻一多认定"舍命不渝"之"命"为君命，便由此出发，论证《国风》中的"命"字，除《蟋蟀》篇外，皆指君命。② 至于《雅》、《颂》中诸多明确指天命的"命"字，为什么不可能在《国风》中出现，则舍而不论。其最著名的关于《国风》中凡言鱼，皆两性间互称其对方之廋语的观点，也是用同样的方法得出的。他把《国风》中所有涉及到鱼的诗句汇集在一起，先将明确属于比喻的"鱼"字，如《衡门》"岂其食鱼，必河之鲂？岂其取妻，必齐之姜"、《九罭》"九罭之鱼鳟鲂。我觏之子，衮衣绣裳"等，确定为两性互称之隐语。然后将此作为普遍的法则进行推衍，③ 强作解释。至于《雅》、《颂》中的鱼，如《鱼丽》、《南有嘉鱼》等，其言过于明确，不好附会，同样便舍而不论了。

确实，闻一多的"新训诂学"，在资料征引的广度上超过了清儒，但在求实精神上则显有欠缺。乾嘉学者通常先引旧说，再指出其非，然后再详加论证。而闻一多则多不理会旧说之是非，直接推陈出新。这不免过于武断。

三、回归文学本位研究的检讨

闻一多在《匡斋尺牍》中曾说：

> 汉人功利观念太深，把《三百篇》做了政治的课本；宋人稍好点，又拉着道学不放手——一股头巾气；清人较为客观，但训诂学不是诗，近人囊中满是科学方法，真厉害。无奈历史——唯物史观的与非唯物史观的，离诗还是很远。明明一部歌谣集，为什么没人认真地把它当文艺

---

① 闻一多：《诗经新义》，第 285—287 页。
② 同上书，第 280 页。
③ 闻一多：《诗经通义甲》，《闻一多全集》第 3 卷，湖北人民出版社 1993 年版，第 314—316 页。

看呢？①

把汉宋清儒及近人一起推倒，原因只有一个：他们不懂得《诗经》本是一部"歌谣集"，不把它当"文艺"看。闻一多声明，他要"用'诗'的眼光读《诗经》"，要"求真求美"，"并不因攻倒前贤而快意"。其实，这是五四学人的一般态度，当时的胡适、顾颉刚、郑振铎等都有相同的看法。特别是顾颉刚明确指出："《诗经》是一部文学书。"他说《诗经》好像一座矗立于荒野的高碑，被葛藤盘满，这是它的"厄运"。然而历经险境，流传了下来，有真相大白于世的希望，这是它的"幸运"。顾颉刚声明，他要做的就是斩除"葛藤"，肃清"战国以来对于《诗经》的乱说"。② 但是顾颉刚后来着力于历史的领域，对《诗经》没有发表太多的见解。而闻一多则是这一代人中对《诗经》用功最勤的一位学者，因此对于《诗经》"回归文学本位"，他是最有贡献的。闻一多的《诗经新义》、《诗经通义》虽是"求真"，但前提是读"诗"，而不是读"经"，"求真"的目的是要为"求美"服务。《风诗类钞》虽说用的是社会学的方法读《诗经》，但他又补充说明："对于文学的欣赏只有帮助无损害。"③《匡斋尺牍》则是把《诗经》当作"文艺"来读的典范。他有一个宏愿，要把《国风》用这种方式讲一遍，只可惜未能完成。闻一多"《诗经》是一部歌谣集"的观点，以及强调以文艺的眼光读《诗经》的主张，对于之后《诗经》研究产生了很大的影响，以致人们普遍认为20世纪《诗经》研究的最大贡献，就是恢复了《诗经》作为文学的本来面目。于是20世纪后半叶的《诗经》研究，基本上局限在了文学的领域里。而对于诗中所蕴有的伦理道德精神，以及《诗经》对于中国文化建构的意义等等，关注者甚少。千百年来成百上千的《诗》学著作，被当作了封建主义的思想垃圾弃之不顾。

　　毫无疑问，对问题的简单化处理，往往会导致不良后果。首先，闻一多认为只有"他"或"他们"发现了《诗经》是一部文学作品，并只有"他"或"他们"才开始"用'诗'的眼光读《诗经》"，这一观点本身就是不全面的。

①　闻一多：《匡斋尺牍》，第214页。
②　顾颉刚：《诗经在春秋战国间的地位》，《古史辨》第3册，上海古籍出版社1982年版，第309页。
③　闻一多：《风诗类钞甲》，第456页。

因为早在他之前的三百多年，明朝人就开始用诗的眼光读《诗经》。如戴君恩《读风臆评》自序说："爰检衣箧，得《国风》半部，展而玩之、哦之、咏之、楮之、翰之。嗟夫，此非夫天地自然之籁，颜成子游之所不得闻，南郭子綦之所不能喻，而归之其谁者耶？彼其芒乎忽乎，俄而有情，俄而有景，俄而景与情会，酝涵郁勃而啸歌形焉。当其形之为啸歌也，景有所必畅，不极其致焉不休；情有所必宣，不竭其才焉不已。或类而触，或寓而伸，或变幻而离奇，莫自而计夫声于五，莫自而计夫正于六，而长短疾徐、抑扬高下、无弗谐焉。"钟惺批点《诗经》自序说："诗，活物也。游、夏以后，自汉至宋，无不说《诗》者。不必皆有当于《诗》，而皆可以说《诗》。其皆可以说《诗》者，即在不必皆有当于《诗》之中。非说《诗》者之能如是，而《诗》之为物不能不如是也。"① 明万历之后，《诗经》的文学研究一度繁荣，著作多达数百种。②对此闻一多竟未所知。很显然，这是由于他否定前人、对前人大多《诗》学成果（除训诂者外）不屑一顾所致。

其次，晚明的一批学者虽然以"诗"读《诗》，但同时还肯定《诗经》是"经"，而闻一多则只承认《诗经》是"诗"，不承认它作为"经"的意义，甚至认定"《诗经》为吃人礼教之圣经"③，前人的经学解释多为行骗。这种极端的态度，对于颠覆经学体系有一定意义，但在今天则需要重新思考，因为此不利于对《诗经》意义的全面认识。我们不否认《诗经》的本质是文学的，但同时必须清楚《诗经》的双重身份，她既是"诗"，也是"经"。"诗"是她自身的素质，而"经"则是社会与历史赋予她的文化角色。在二千多年的中国历史乃至东方历史上，她的经学意义要远大于她的文学意义。《毛诗序》说："正得失，动天地，感鬼神，莫近于诗。先王以是经夫妇，成孝敬，厚人伦，美教化，移风俗。"孔颖达说："夫诗者，论功颂德之歌，止僻防邪之训。"④ 朱熹《诗集传序》说："《诗》之为经，所

---

① 刘毓庆、贾培俊：《历代诗经著述考》（明代），中华书局 2008 年版，第 118、245 页。
② 参见刘毓庆：《从经学到文学——明代诗经学史论》下编，商务印书馆 2001 年版。
③ 刘晶雯整理：《闻一多诗经讲义》，第 2 页。
④ 孔颖达：《毛诗正义》，第 270、261 页。

以人事浃于下，天道备于上，而无一理之不具也。"①其在中国文化史上之地位由此可见。同时它还影响到古代东亚各国。如日本学者小山爱司著《诗经之研究》，在每卷扉页赫然题曰："修身齐家之圣典"、"经世安民之圣训"等。②朝鲜古代曾立《诗》学博士，以《诗》试士。他们都以中国经典为核心，建构自己的文化系统，由此而形成东亚迥异于西方的伦理道德观念与文化思想体系。作为"诗"，《诗经》传递的是先民心灵的信息；而作为"经"，《诗经》则肩负着承传礼乐文化、构建精神家园的伟大使命。一部《诗经》学史，其价值并不仅仅在于它对古老的"抒怀诗集"的诠释，还在于它是中国主流文化精神与主流意识形态的演变史，是中国文学批评与文学理论的发展史。如果我们仅仅认其为"文学"而否定其经学的意义，那么《诗经》对于东亚文化建构的巨大意义将会被彻底忽略。这显然是不合适的。当下《诗经》研究，很少有人去过问《诗经》对于文化承传与建构的意义，原因无疑正在于此。

其三，闻一多与他同时代的胡适、顾颉刚、郑振铎、俞平伯、刘大白等一批学者，他们虽然以激烈的态度向旧经学发起了进攻，但在不知不觉中又掉进了"新经学"的泥淖。从闻一多的《诗经的性欲观》，到他在西南联大的《诗经讲义》，都在强调《诗经》时代的婚姻爱情是自由的，性是开放的。顾颉刚编《古史辨》第三册，组织了五十多篇讨论《诗经》的文章，而讨论最多的是《静女》、《野有死麕》等几篇关于男女幽会的诗。参加讨论的十几人，都赞美那爱情的甜美。这表面上是在研究《诗经》，实则是为当时批判"吃人的礼教"、追求个性解放与爱情婚姻自由的思想文化思潮，从经典中寻找理论依据。所谓《诗经》中表现性生活与性感受的作品，实是研究者为适合现实需要所做的"意义开发"。这种实用主义的研究思路，影响了以后的《诗经》研究。五六十年代在"阶级斗争"理论风靡一时、文艺的人民性主张高涨之际，学者们从《诗经》中寻找反剥削、反压迫的作品，使《伐檀》、《硕鼠》之类变成了"阶级斗争"的最佳教材；《氓》、《谷风》等，变成了抨击男尊女卑制度及礼教

---

① 朱熹：《诗集传》，上海古籍出版社1953年版，第2页。
② 〔日〕小山爱司：《诗经之研究》，中央学会昭和十二年版。

的控诉书。有学者甚至把《螽斯》（旧以为贺子孙众多）说成是劳动人民讽刺剥削者的诗歌，《月出》（旧以为写男女思念）是统治者杀人的写照①。配君子的淑女，变成了劳动姑娘，君臣间的劝词，变成了劳役者的怨声。②这种从《诗经》中为现实政治寻找理论根据的研究方法，某种程度上也是"经学"的一种变化形态。

　　闻一多一代人出于文化思想革命的需要，他们对《诗经》经学意义的彻底否定和对于其文学意义的全面开发，在当时是有进步意义的。但在"革命"不再成为时代关键词的今天，我们便需要对此一问题做全面思考了。钱穆在《中国文化史导论》中说："《诗经》是中国一部伦理的歌咏集。中国古代人对于人生伦理的观念，自然而然的由他们最恳挚最和平的一种内部心情上歌咏出来了。我们要懂中国古代人对于世界、国家、社会、家庭种种方面的态度观点，最好的资料，无过于此《诗经》三百篇。在这里我们见到文学与伦理之凝合一致，不仅为将来中国全部文学史的渊泉，即将来完成中国伦理教训最大系统的儒家思想，亦大体由此演生。"③钱穆对《诗经》性质及意义的这一把握，我认为是比较客观的。"文学与伦理之凝合一致"，很好地说明了《诗经》的双重价值。在中国古代，几乎没有一个文化人不读《诗经》的。他们面对《诗经》有两种不同的价值取向，一种是关注其"人生伦理道德观念"，并由此产生大批可供后人继续研究的思想性、学术性著作，是属于经学的。另一种是关注其自然天成的艺术与情感表现，并把由此而领悟出的美、刺、比、兴手法，运用于文学创作领域，这是属于文学的。但无论哪一种取向，都与《诗经》之作为"经"有关。《诗经》作为一种文化精神，已融入了中国人的血脉之中，这是一个不争的事实。否定《诗经》"经"的意义，甚至不顾《诗经》的"伦理道德观念"，而随意地进行所谓文学的阐释，并在阐释中掺入完全背离自周礼以来的道德伦理观念的内容，这不仅违背学术研究实事求是的原则，更无法认识《诗经》在建构中国文化体系中的意义。现在《诗经》的经学地位虽然已被否定，但在人们的心目中，它仍然不同于一般

① 高亨：《诗经今注》，上海古籍出版社 1980 年版，第 7、148 页。
② 余冠英：《诗经选》，人民文学出版社 1956 年版，第 4、29 页。
③ 钱穆：《中国文化史导论》，商务印书馆 1996 年版，第 67 页。

《楚辞》、《乐府诗集》之类的诗歌总集，最主要的还在于它曾经有过的"经"的地位，曾经对历史产生的巨大影响。

也正因为如此，我们需要从《诗经》"文学与伦理之凝合"的性质上来考虑问题，认识其经学与文学的双重价值与意义。我们不但要面对作为"元典"的《诗经》，还要正确对待千百年来由《诗经》产生的大量诠释与研究著作。要看到《诗经》对于建构中国人精神家园及文化思想史的意义，看到它与每个时代（包括我们这个时代）人生之间的意义联系，以及它作为一种文化载体承传民族价值系统与经典智慧的意义。

从根本上说，《诗经》与周代礼乐文明制度是密切相联系的，没有礼乐制度就没有《诗经》。而这种制度乃是华夏民族数千年积累起来的文明智慧的创造。"礼"指人行为应该践履的原则，故《礼记·乐记》说："礼也者，理之不可易者也。""不可易"就包括了内在的道德意识与外在的行为规则两个方面。"乐"是指音乐，是人内在情感的表达。故《乐记》又说："乐者，音之所由生也，其本在人心之感于物也。"[①]"礼"负责规范人的行为，节制人欲望的膨胀，克制自己，遵守规则，使人与人之间相互尊重，达到人际关系的和谐。故《孝经》说："礼者，敬而已矣。"[②]《论语》说："礼之用，和为贵。"[③]"乐"则负责调和人的性情，节制情感，使喜怒哀乐之情得以表达，达到心境的和谐。健康的音乐还可以诱人向上、向善，起到教化的作用。所以古人说："礼所以经国家，定社稷，利人民；乐，所以移风易俗，荡人之邪，存人之正。""礼"与"乐"合作，"乐由中出，礼自外作"，"乐至则无怨，礼至则不争"[④]，这样便可使社会人群和平相处。而《诗经》，便是礼乐婚合的宁馨儿。它用诗的形式、乐的表达方式，运载着符合礼义的情感表现，是先民健康的心灵世界的展现，具有典范意义。古代《诗》学家们反复强调《诗经》"发乎情，止乎礼义"的原则，正是这种典范意义的说明。孔子一生奔波、追求的目标就是想使"礼乐制度"永恒存在，故而他编订《诗经》，倡乐

① 孔颖达：《礼记正义》，第 1537、1527 页。
② 邢昺：《孝经注疏》，阮元校刻《十三经注疏》，第 2556 页。
③ 邢昺：《论语注疏》，阮元校刻《十三经注疏》，第 2458 页。
④ 孔颖达：《礼记正义》，第 1529 页。

《诗》教，至死不渝。后儒秉承孔子之志，在《诗经》的诠释中，倾注了他们对于礼乐文明制度的向往。并在一代又一代人的诗学阐释中，不断丰富着以"礼乐文明"为核心的文化思想体系。这形成了一个强大的传统，有力地规定着中华民族的心理结构——思维方式和价值取向。如果对传统《诗》学予以彻底否定，那么否定掉的不只是一种诠释观点，而是一种文化传统与儒者道济天下的担当精神。尽管传统《诗》学所体现和努力建构的"礼乐文明"，二千年来只是作为儒家的一种社会理想和奋斗目标存在于观念形态中，但它有力地遏制了物欲膨胀、道德滑坡现象，为维护二千多年来东亚世界人与自然、人与人之间的相对和谐与稳定起到了积极的作用。由此而论，《诗》之作为"经"的"伦理"意义，在历史上要大于它作为"诗"的"文学"意义。因此从"文学与伦理之凝合"性质出发，来阅读、理解、接受《诗经》，才是合理的态度。

需要特别说明的是，我们主张"文学与伦理之凝合"，并不是要回到旧经学，而是要消除经学与文学观念上的对立，全面认识《诗经》的价值与意义。一方面要承认历史，充分认识历代经学研究对于中国文化思想史的意义与伦理道德意义；另一方面则是要在确认《诗经》文学本质的前提下，看到内在于文学的民族精神。剥离旧经学探求微言大义或诗人美刺之旨的研究思路，从《诗经》文学艺术表现的层面，深入到民族的心灵世界。要认识到，《诗经》不仅仅是一种可供赏玩的"文学遗产"或所谓"自然天成"的语言艺术，在其语言艺术的背后隐存着一个"过去的世界"，它向我们传递着一种文化生命的信息。当诗的意义向我们敞开时，我们面对的则不只是"起承转合"、"声光色态"之类的艺术表现，也不仅仅是所谓永恒人性的男女之爱，而是一个充满着生命激情与向善精神的世界，它向我们展示了民族早年的情感表现、价值取向、伦理观念、精神追求、性格特征、心理结构等等，为我们民族认识自己并为适应新的时代重新塑造自己的灵魂，提供了不可替代的借鉴与资源。如果只看到文学的表层色光和其中关于男女之情的歌咏，而却忽略了其所运载的文化精神，那么《诗经》的意义便会大打折扣。

总之，闻一多以对《诗经》的破坏性解读方式，与他时代的新型知识群体一道，成功地颠覆了旧经学的思想体系，以全新的观念、方法、视角与多学科新知识，启动了现代《诗经》学的新航程。然而过于强烈的破旧立新理念，影响了他对问题的深入研究和客观性的把握，并造成了学术后遗症。约言之：一、由对前人《诗》学著作的基本否定，影响了他对上古信息以及前人《诗》学信息的全面把握，造成了结论性错误（如不知前人大量《诗经》文学研究著作的存在等），并导致后学对于前人《诗》学著作（除与训诂相关者外）的全盘抛弃，甚至影响到了文化思想史著作取材的全面性。二、由对《诗经》相关文献记载的上古信息与《诗经》赖以产生的周代礼乐制度的漠视，影响了其背景还原的客观性，形成以"较落后的少数民族"风俗冒顶"《诗经》的时代"背景的研究模式，导致现代《诗经》文化人类学研究中，将西方学者所谓的"文化模式"无限推衍于中国上古的现象出现。三、由对"虚拟背景"的过度信赖，形成了曲解求合的研究方法，导致现代《诗经》文化人类学研究中曲解文本迎合某种"文化模式"的现象出现。四、由重创新而忽求实，形成锐意求新的学术作风，导致现代《诗经》研究中崇信创新、滥用训诂、不讲规则的现象出现。五、由对《诗经》文学意义的过度关注和对经学意义的过度贬抑，影响了其对《诗经》文化意义的正确把握，导致现代《诗经》学中，对《诗》学的伦理道德价值与文化思想史意义研究的缺失，以及对民族内在精神研究的薄弱。我们今天的反思，目的不在于对发生过的历史进行客观评述，更不是要颠覆闻一多在《诗》学史上的地位，而是要在对闻一多的检讨中，洞见现代《诗经》学偏失的来龙去脉，从而纠其偏失，端正《诗经》学发展的方向，推进学术发展。

《诗》学之"兴"的还原与背离[①]

关于《诗经》的艺术，最为研究者所关注的莫过于"兴"。仅 20 世纪有关"兴"的论文就多达二百余篇[②]，关于"兴"之研究的专著也不断问世[③]。研究越来越深、越来越细，"兴"的意义也在开掘中不断拓展、深化，由诗歌研究领域逐渐延伸到了宗教、哲学、美学、伦理、历史等领域。这无疑标志着学术的发展与进步。但我们发现，相当多的研究者本意是想还原《诗》学之兴的原初意义，可是一次次的还原，结果却是一次次的背离。并在背离中构建着新的意义。一个根本的问题在于，绝大多数的研究成果，都是以"兴"的概念所具有的意义内涵为逻辑起点而进行论证、推衍，忽略了《毛传》是第一个以"兴"解释《诗经》的注本，是事物的本身。游离开事物的本身而从概念出发进行研究，其结果只能是对概念的研究，并将概念研究中所生成的意义落实于事物之上。于是便出现了以新概念规范《毛传》，并以《毛传》为误的现象。如钱锺书先生就说过："毛、郑诠'兴'，凡百十有六篇，实多'赋'与'比'；且命之曰'兴'，而说之为'比'，如开卷之《关雎》是。"[④]要想理清《诗经》之兴的问题，还必须返回到事物的本身，以《毛传》之兴为起点。并从历史视域的变迁中，来认识兴之概念的变化，从而使问题获得根本性解决。

---

① 本文最初发表于《文学评论》2008 年第 4 期。

② 参见冠淑慧：《二十世纪诗经研究文献目录》，学苑出版社 2001 年版，第 63—78 页。

③ 今知者有赵沛霖《兴的源起》、彭锋《兴的研究》、刘怀荣《中国古典诗学原型研究》、袁济喜《兴：艺术生命的激活》、陈丽虹《赋比兴的现代阐释》、李湘《诗经名物意象探析》等。至于专著中作为专节论述者，则不知其几。

④ 钱锺书：《管锥编》，中华书局 1979 年版第一册，第 65 页。

一、经学视野下的"兴"说创建

众所周知，《毛传》是第一个标"兴"的《诗经》注本，也应该是"兴"意赖以界定的基础。在《毛传》之前，也有将"兴"与"诗"联系起来的例子，如《论语》言"兴于诗"、"诗可以兴"；《周礼》"六诗"，其四曰"兴"；《诗序》"六义"中亦有"兴"。但这些"兴"与《毛传》所标之"兴"，是否一回事，书阙有间，实难定夺。即便有联系，我们也很难找到可以证明其概念内涵的直接材料。因此，要理清"兴"之概念内涵，只有从《毛传》入手，才是最可靠、最便利的途径。

《毛传》标兴共116处，也即116篇，除两篇标于二三章外，其余全部标在首章开首一、二、三句之下。从表中可以看出一个显明的特点，凡标兴之处，《毛传》都认为兴象与所兴之事间，有意义联系，这意义就在一个"喻"字中。这从《毛传》自己的解释中，可以看得非常清楚。如《关雎》"关关雎鸠，在河之洲"，传曰："兴也。后妃说乐君子之德，无不和谐，又不淫其色，慎固幽深，若雎鸠之有别焉。"这是说雎鸠有喻后妃之意；《邶风·谷风》"习习谷风，以阴以雨"，传曰："兴也。阴阳和而谷风至，夫妇和则室家成，室家成而继嗣生。"这是说谷风有喻夫妇相和之意；《卫风·竹竿》"籊籊竹竿，以钓于淇"，传曰："兴也。籊籊，长而杀也。钓以得鱼，如妇人待礼以成为室家。"这是说竹竿钓鱼有喻"妇人待礼以成为室家"的意思。他如《兔爰》传："兴也。言为政有缓有急，用心之不均。"《采葛》传："兴也。葛所以为絺，日不见于君，忧惧于谗矣。"《山有枢》传："兴也。榆，荎也。国君有财货而不能用，如山隰不能自用其财。"《南山》传："兴也。国君尊严，如南山崔崔然。雄狐相随，绥绥然无别，失阴阳之匹。"《甫田》传："兴也。大田过度，而无人功，终不能获。"这无不在表示着兴象与所兴事物之间，有一种喻义关系。

郑玄之笺，则进一步证实了《毛传》之兴的隐喻意义。《郑笺》解释《毛传》之"兴"，有一个程序化的表述方式，这就是："兴者，喻"云云。如《周南·南有乔木》，传曰"兴也"，郑则曰："兴者，喻贤女虽出游流水之上，人无欲求犯礼者，亦由贞洁使之然。"《麟之趾》，传曰"兴也"，郑云："兴者，喻今公子亦信厚,与礼相应,有似于麟。"《卫风·芄兰》传曰"兴也",郑云:"芄兰柔弱,恒蔓延于地,有所依缘则起。兴者,喻幼稚之君,任用大臣,乃能成其政。"《周南·葛覃》传曰"兴也",郑云"此因葛之性以兴焉。兴者,葛延蔓于谷中,喻女在父母之家,形体浸浸日长大也,叶萋萋然,喻其容色美盛。"此种表述方式,《郑笺》中出现多达八十余次。毫无疑问,郑玄是把《毛传》这八十多篇所标之兴,作为"喻"来对待的。即使有些解释中未出现"喻"字,也有与"喻"意相近的词出现。如《召南·草虫》,传标为兴,笺则曰:"草虫鸣,阜螽跃而从之,异种同类,犹男女嘉时以礼相求呼。"《邶风·泉水》,传曰"兴也",郑则曰:"泉水流而入淇,犹妇人出嫁于异国。"由此可见,郑玄对"兴"这一概念的理解,与毛氏是完全相同的。

　　最能说明"兴"有隐喻意义的,是《毛诗传笺》中郑玄与毛氏相异的那部分诗篇的解释。这有两种情况,一种是毛以为"兴"而郑否之,一种是毛未标"兴"而郑以"兴"解之。先看第一种情况。在《毛传》116 篇标"兴"之作中,有 27 篇郑玄没有对"兴"作出任何说明。其中 16 篇《毛传》自己有解释,这可以看作郑玄认可了毛氏的解释。但有 11 篇《毛传》也没有任何解释。这样有可能存在两种情况,一是郑不以毛氏之说为然,二是不知可否。明确地以《毛传》为非者,如《召南·行露》:"厌浥行露,岂不夙夜,谓行多露。"传曰:"兴也。"毛之所以标"兴",据《孔疏》解释,是认为"厌浥然而湿,道中有露之时,行人岂不欲早夜而行也,有是可以早夜而行之道,所以不行者,以为道中之露多,惧早夜之濡己,故不行耳。以"兴"强暴之男今来求己,我岂不欲与汝为室家乎?有是欲与汝为室家之道,所以不为者,室家之礼不足,惧违礼之污身,故不为耳。以行人之惧露,喻贞女之畏礼。"《郑笺》则云:"厌浥然湿,道中始有露,谓二月中嫁取时也。言我岂不知当早夜成昏礼与?谓道中之露大多,故不行耳。今强暴之男,以此多露之时,礼不足而强来,不度时之可否,故云然。"显然认为此是在叙述事情,不带有任何喻义。再如《匏有苦叶》:"匏有苦叶,济有深涉",毛云"兴也",《孔疏》说:"毛以为匏有苦叶不可食,济有深涉不可渡,以兴礼有禁法不可越。"但郑玄则说:"瓠叶苦而渡处深,谓八月之时,阴阳交会,始可以为昏礼,纳采问名。"根本不以为此中有喻"礼有禁法"之意。《野有蔓草》"野有蔓草,零露漙兮",传云"兴也",《孔疏》云:"毛以为郊外野中有蔓延之草,草之所以能延蔓者,由天有陨落之露,溥溥然沾润之兮,以兴民所以得蓄息者,由君有恩泽之化,养育之兮。"郑玄则曰:"零,落也。蔓草而有露,谓仲春之时,草始生,霜为露也。《周礼》:仲春之月,令会男女之无夫家者。"认为这里"蔓草"、"零露",表示的是时间,并无喻义。显然,郑玄之所以不同意毛氏,是因为认为这些诗作不存在喻义。也就是说:无喻义者不能称"兴"。

第二种情况,《毛传》未曾标"兴"的一些诗篇,《郑笺》却提出了"兴"。如《邶风·燕燕》:"燕燕于飞,差池其羽。"《毛传》只曰:"燕燕,鳦也。燕之于飞,必差池其羽。"而《郑笺》则云:"差池其羽,谓张舒其尾翼,兴戴妫将归,顾视其衣服。"毛不标兴,是认为此句中没有喻义,而《郑笺》则认为它比喻戴妫对衣服穿着的检点。再如《小雅·四月》篇:"四月维夏,六月徂暑。"《毛传》只言:"徂,往也。六月火星中,暑盛而往矣。"并不认为有喻义,而《郑笺》则云:"徂,犹始也。四月立夏矣,至六月乃始盛暑,兴人为恶,亦有渐,非一朝一夕。"再如《燕燕》篇第二章:"燕燕于飞,颉之颃之。"笺云:"颉颃,兴戴妫将归,出入前却。"第三章:"燕燕于飞,下上其音。"笺云:"下上其音,兴戴妫将归,言语感激,声有大小。"《小雅·采薇》第四章:"彼尔维何,维常之华。"笺云:"此言彼尔者,乃常棣之华,以兴将率车马服饰之盛。"《出车》第五章:"喓喓草虫,趯趯阜螽。"笺云:"草虫鸣,阜螽跃而从之,天性也。喻近西戎之诸侯,闻南仲既征猃狁将伐西戎之命,则跳跃而乡望之,如阜螽之闻草虫鸣焉。草虫鸣,晚秋之时也,此以其时所见而兴之。"而《郑笺》之所以要认定这些诗篇为"兴",是因为他认为此中存在着喻义。也就是说,有喻义者则为之"兴"。孔颖达在《螽斯疏》中有如下一段总结:

传言"兴也",笺言"兴者喻",言传所兴者欲以喻此事也,兴、喻名异而实同。或与传兴同而义异,亦云"兴者喻",《摽有梅》之类也。亦有"兴也"不言兴者,或郑不为兴,若"厌浥行露"之类;或便文径喻,若"褖衣"之类。或同兴,笺略不言喻者,若《邶风》"习习谷风"之类也。或叠传之文,若《葛覃》笺云"兴焉"之类是也。然有"兴也",不必要有"兴者";而有"兴者",必有"兴也"。亦有毛不言兴,自言兴者,

> 若《四月》笺云"兴人为恶有渐"是也。或兴、喻并不言，直云犹亦若
> 者。虽大局有准，而应机无定。郑云喻者，喻犹晓也，取事比方以晓人，
> 故谓之为喻也。

这个总结基本上是准确的。从以上毛、郑释《诗》的实例中，我们不难看到兴
以托喻、无喻非兴的"兴""喻"关系。毛、郑之间在对具体诗篇是否属兴的
理解上虽有分歧，但他们对于兴的概念的理解却是完全一致的。我们认为以兴
解《诗》，并非《毛诗》一派的创造，而是承自先秦经师的一种解诗方式，只
是在《毛诗传》中得到了完整的保存而已。因此，在整个汉代学者中，无论其
所学为何家《诗》学，在对《诗》之兴意的理解上，几乎没有发现有何分歧。
这从汉儒的有关论述中，可以获得证实。如：

> 《淮南子·泰族训》："《关雎》兴于鸟，而君子美之，为其雌雄之不
> 乖居也；《鹿鸣》兴于兽，君子大之，取其见食而相呼也。"
> 　孔安国《论语注》："兴，引譬连类也。"
> 　《论衡·商虫》："《诗》云：'营营青蝇，止于藩。恺悌君子，无信谗
> 言。'谗言伤善，青蝇污白，同一祸败，《诗》以为兴。"
> 　郑众《周礼注》："兴者，托事于物。"
> 　《潜夫论·务本》："诗赋者，所以颂善丑之德，泄哀乐之情也。故温
> 雅以广文，兴喻以尽意。"
> 　王逸《离骚经序》："《离骚》之文，依《诗》取兴，引类譬谕。"
> 　郑玄《周礼注》："兴，见今之美，嫌于媚谀，取善事以喻劝之。"

各家的表述方式虽不尽一样，但认为"兴"中有"喻"这一点则是相同的。特
别是其中的解释性文字，如"兴，引譬连类也"、"兴者，托事于物"之类，对
兴之喻义更是言之凿凿。这些解释虽然不是针对《毛传》之兴而发，但都是对
兴之喻义的揭示，反映了汉代人对兴的基本意义的理解。《文心雕龙·比兴》
说："兴之托喻，婉而成章，称名也小，取类也大。"这可以说是对汉以来关于
兴的认识的总结。没有喻义，不能称兴，这是汉代学者的共识。像朱熹所说的

"全无巴鼻"、顾颉刚等所说的仅仅是起头的"兴"[①]，在汉代学者看来，是根本算不上"兴"的。

　　站在今天的角度来谈论"兴"是否有喻义，似乎只是一个概念的界定问题。而在从战国至汉代的《诗经》经典化过程中，"兴"之喻义却有着极为重要的实际意义。在经典解释系统中，兴是一种解经方式，一个意义转换机制。从《庄子》之"六经"、《荀子》之"诵经"中我们得知，《诗经》最迟在战国时代就具有了经的地位。如果从"诗"的角度看，《诗经》所表现的只是一种情怀。而要作为"经"，则它必须具体有深刻的内涵，与大事业、大道理联系起来，才能体现出她超越一般文学、文献的价值意义。即如刘勰所说："经者，恒久之至道，不刊之鸿教。故象天地，效鬼神，参物序，制人纪，洞性灵之奥区，极文章之骨髓者也。"[②]经既然如此之神圣，自然就不可以寻常文字视之。故而经学家们就要极力去发掘文字中蕴藏的意义，从看得见的物象中看到看不见的诗人意图。所谓"看得见的"，这在经学上属于一个"知识系统"；所谓"看不见的"，是指事物之后所藏着的喻义，也就是"经典意义"。而从"知识系统"到"经典意义"，其间要有一个认识上的转换，这个转换机制便是"兴"。以"兴"的解读方式进行意义转换，便可使诗中大量客观"物象"具有了人伦道德与政治伦理方面的寓意，使经典的文化内涵获得极大限度的丰富。《毛传》标"兴"的目的，就是要说明这"物象"不是单纯的自然物的呈现，而是藏着诗人意图的。如《秦风·蒹葭》："蒹葭苍苍，白露为霜。"朱子注曰"赋也"，认为这只是描写秋景，没有什么奥义。而《毛传》则曰：

　　　　兴也。白露凝戾为霜，然后岁事成，国家待礼然后兴。

这就是说，这句话看似寻常，其中却深藏着与君国大事相关的意义。《毛传》求简，点到为止，孔疏则对毛氏之意作了详细的阐述：

----

① 《朱子语类》卷八十曰："《诗》之兴全无巴鼻，后人诗犹有此体。"顾颉刚《说兴》、钟敬文《谈谈兴诗》、钱锺书《管锥编·关雎（四）》等，皆以为兴是发端，与所咏之事未必有意义上的联系。

② 周振甫：《文心雕龙注释》，人民文学出版社 1981 年版，第 18 页。

> 毛以为，蒹葭之草苍苍然虽盛，而未堪家用，必待白露凝戾为霜，然后坚实中用，岁事得成，以兴秦国之民虽众，而未顺德教，必待周礼以教之，然后服从上命，国乃得兴。今襄公未能用周礼，其国未得兴也。由未能用周礼，故未得人服也。

这从表面上看，就要比朱子"赋也"之说深刻得多了。因为他看到了文字背后的一层意义。再如《王风·采葛》："彼采葛兮，一日不见，如三月兮。"朱子注曰"赋也"。在朱子看来，这只是述说一件事件。一对情人，一个去采葛，一个在家思念，思念之深竟至于有了一日三月之感。"采葛"只是一种劳动行为，并无意义。而《毛传》则曰：

> 兴也。葛所以为绤绤也，事虽小，一日不见于君，忧惧于谗矣。

《孔疏》伸之曰：

> 言所以为绤绤者，以其所采，疑作当暑之服，比于祭祀疗疾，乃缓而且小，故以喻小事使出也。大事容或多过，小事当无愆咎，但桓王信谗之故，其事虽小，一日不见于君，已忧惧于谗矣。

在文字表层，我们一点儿也看不到"喻小事出使"与"惧谗"的影子，可是经学家们在"兴"意的阐释中，却发现了这个"秘密"。虽然这种解释，不一定合于诗之原义，有的甚至是无中生有，捕风捉影，但这对于《诗》之经典意义的开掘，以及经学的发展，却起到了不可忽视的推动作用。

总之，《毛传》之"兴"，应该是"兴"意赖以界定的基础，郑玄"兴者喻"的解说，乃是"兴"的原初意义。就性质而言，"兴"是一种"解经"方式，是探讨《诗经》深意的一条途径，而不是单纯的诗歌修辞手段。其意义在于丰富"经典"之意义世界，使《诗经》超越一般文献而体现出其神圣性来。尽管这一概念有可能是从原初的用诗方式——即所谓"诗可以兴"转换而来，但作为一种解经方式，《毛传》则是最早、最可靠的文本依据，是事物的本身。

离开此而去探讨"兴"的所谓本意，其所得可能是"兴"一般意义上的、作为文字的本义，但不是《诗》之"兴"的本义。

二、文学视野下的兴义还原

对"兴"意理解的变化，发生在经学思潮消失之后的魏晋南北朝时期，其标志是"比兴"一词的出现。在汉儒关于"兴"的论述与解释中，我们很难找到"比兴"合称的实例，可是到魏晋以降，"比兴"却频频出现在了文学批评的论述中。如：傅玄《叙连珠》："其文体词丽而言约，不指说事情，必假喻以达其旨，而贤者微悟，合于古比兴之义。"刘勰《文心雕龙·辨骚》说："虬龙以喻君子，云蜺以譬谗邪，比兴之义也。"萧纲《与湘东王绎书》："既殊比兴，正背风骚。"徐勉《萱草花赋》："览诗人之比兴，寄草木以命词。"这种现象的出现，决不仅仅是产生了一个新词汇，而标志着经学之"兴"向文学之"兴"的变迁。

汉儒言"兴喻"，如《论衡·物势》："兴喻人皆引人事。"《潜夫论·务本》"诗赋者……兴喻以尽意。"这说明在汉儒的观念中，"兴"与"喻"本为一事，即如孔颖达所云"兴、喻名异而实同"。而不言"比兴"，即说明"兴"与"比"是两个不同的概念，不可同日而语，在"六诗"、"六义"中，它们即分属两类，在《毛诗》的解释系统中有"兴"，但没有"比"的位置。汉儒对于"比""兴"的理解，与我们今天显然有很大区别，但肯定他们是有师传的。在这方面，他们肯定掌握着比我们更多的信息，因此他们在概念的解释上，有一些让我们今天看来觉得很莫明其妙的界定。如郑玄《周礼注》曰：

> 风，言贤圣治道之遗化也；赋之言铺，直铺陈今之政教善恶；比，见今之失，不敢斥言，取比类以言之；兴，见今之美，嫌于媚谀，取善事以喻劝之；雅，正也，言今之正者，以为后世法；颂之言诵也，容也，诵今之德，广以美之。郑司农云：古而自有风雅颂之名，故延陵季子观乐于鲁时，孔子尚幼，未定《诗》、《书》，而因为之歌邶鄘卫，曰是其卫风乎？

又为之歌《小雅》、《大雅》，又为之歌《颂》。《论语》曰：吾自卫反鲁，
然后乐正，雅颂各得其所。时礼乐自诸侯出，颇有谬乱不正，孔子正之，
曰比曰兴。比者，比方于物也；兴者，托事于物。①

郑玄的这个解释，徐复观先生就认为很不合理。他说：郑玄用"喻"来说
"兴"，实际上是把"比"和"兴"认作是一个东西了。用"见今之失"与"见
今之美"来区别比兴，这与"《毛传》所说的兴，乃至默认的比"，都"不能
相应"。"除《二南》以外的兴体诗，皆以怨悱之词，占绝大多数，而《周南》
的《螽斯》，分明是比，但绝非是'见今之失'的。"②徐先生的认识代表了现
在大多数学者的观点。但要知道，在现在看来越不合理、越不可理解的东西，
越是要慎重对待。郑玄作为一代大儒，如果说他竟然连现在人以为是常识的东
西都搞不清楚，竟然使他自己所做的结论与自己所掌握的事实之间，存在如此
显著的矛盾，这无论如何是说不通的。显然他如此解释比、兴，是有其根据和
道理的。他特意引述了郑众的解释以补充自己的观点，说明他们的理解基本上
是一致的。他们是在一定历史传闻与先师传授的基础上，来理解和把握比、兴
的意义。郑玄对于比兴概念的区别，应该是非常清楚的，但是他没有从概念
出发，按图索骥，从今本《诗经》中去摘取比、兴诗作，而是采取了非常慎重
的态度。因为他知道，概念与实际事物毕竟不是一回事，不能用概念回溯去界
定或判别事物。他在回答学生提问时就说得非常清楚："比、赋、兴，吴札观
诗已不歌也。孔子录诗，已合《风》、《雅》、《颂》中，难复摘别。"③这就是
说：今《诗经》中的《风》、《雅》、《颂》，已经不是《周礼》"六诗"中的风、
雅、颂了，有比、赋、兴等类诗作合于其中，已难再区分。可以说，经师讲授
与复杂的历史传闻，制约了郑玄对于比兴的解释，使他不敢自作聪明，强从
《诗经》中判别比、兴，故而留下了一笔让今人看来不应该出现的糊涂账。

很显然，汉儒是以经师讲授与历史传闻为依据，来界定比兴的，他们面对
的是杂乱无章的事物本身，而经学时代对他们的要求，还必须对这个经学上的

---

① 阮元校刻：《十三经注疏》，中华书局 1980 年影印本，第 796 页。
② 林庆彰编：《诗经研究论集》（一），台湾学生书局 1982 年版，第 70 页。
③ 郑小同：《郑志》上，商务印书馆 1939 年版，第 5 页。

难题做出解释，用概念来把握它。但概念对于事物的把握、描述，总是有缺憾的，更何况郑玄所面对的又是本来就已经模糊了的事物呢？而魏晋以降，随着经学时代的过去，郑玄时代存在着的经师讲授与复杂的历史传闻，逐渐在历史中消失，剩余下的唯有汉儒从复杂的模糊不清的事物中抽象出的概念。也就是说，汉儒是依据复杂的事物说话，而魏晋以降则是依据汉儒抽象出的概念说话。概念比事物本身自然要简单许多，于是魏晋以降人对比兴表现出了比汉儒更明确、清晰的认识，他们以汉儒抽象出的概念为逻辑起点，加入自己的理解，将比兴认作同类之物，创造出了"比兴"一词，同时推导出了如下的解释：

> 挚虞《文章流别论》曰："比者，喻类之言也；兴者，有感之辞也。"
> 刘勰《文心雕龙·比兴》："诗文弘奥，包韫六义。毛公述传，独标兴体。岂不以风通而赋同，比显而兴隐哉。故比者，附也；兴者，起也。附理者，切类以指事；起情者，依微以拟议。"
> 钟嵘《诗品》（上）："故诗有三义焉，一曰兴，二曰比，三曰赋。文已尽而意有余，兴也；因物喻志，比也。直书其事，寓言写物，赋也。宏斯三义，酌而用之，干之以风力，润之以丹彩，使味之者无极，闻之者动心，是诗之至也。若专用比兴，则患在意深，意深则词踬；若但用赋体，则患在意浮，意浮则文散。"

很显然，这是在汉儒给予的概念的基础上，结合诗歌的本质所作出的重新思考。但值得注意的是：第一，汉儒面对的是经典诠释，而以上的解释则面对的是诗歌创作。第二，汉儒解释"兴"，只言"喻"，言"托事于物"，揭示的是经典意义之所在，而此处则增益了"起也"、"起情"、"有感之辞"之类的解释，将兴与情感表现联系了起来。第三，在郑玄那里，"六诗"之"兴"与《毛传》之"兴"是有严格区别的，因此他对"六诗"之兴的界定无法落实于《诗笺》中，而刘勰则把二者视为一物，这代表了这个时代人的一般认识。

    从这种变化中，我们明显地看到了两种趋向。一是由"兴"的概念出发产生出的新意义。"兴者起也"，这是在汉儒的解释中没有出现的新概念，而从语言学的角度讲，这却是"兴"字最基本的意义。如《说文》云："兴，起也。

从异从同，同力也。"《周易·同人》"三岁不兴"，虞翻注："兴，起也。"《大雅·大明》"维予侯兴"，《毛传》："兴，起也。"《仪礼·士冠礼》"夙兴，设洗直于东荣"，郑注："兴，起也。"刘勰对汉儒释"兴"所依据的经师讲授与历史传闻一无所知，只有从"兴"字的基本意义出发，参酌汉儒"兴者喻"、"托事于物"之说，对"兴"意做出自己的理解。

第二是时代文学观念的介入。魏晋南北朝，传统认为这是一个经学衰落、玄学兴起、文学自觉的时代。经学衰落的背后，是经典原初神圣地位的丧失；而"文学自觉"理论的支撑，则是文学批评的昌兴。从战国时代起，《诗经》就具有了"诗"与"经"双重性质。从"诗"的角度言，它是"吟咏性情"的；从"经"角度言，它是有"美刺"的。但汉儒崇经，特别强调的是美刺，故郑玄《六艺论·论诗》，以"诵美讥过"概括诗的基本精神。同时，汉儒把《诗经》认作文章典范，以《诗经》为标准，规范辞赋。司马迁言相如之赋曰："此与《诗》之风谏何异"（《史记·司马相如列传》）。班固《两都赋序》言赋曰："赋者，古诗之流。""抑亦《雅》、《颂》之亚也。"王逸《离骚序》言《离骚》之文曰："依《诗》取兴，引类譬谕。"而魏晋南北朝时期，经学衰落，文学高扬，导致了观念上的大变化。汉代人看重的是《诗经》作为"经"的一面，因而以《诗经》为标准要求辞赋；中古人则看重的是《诗经》作为"诗"的一面，因而以诗歌的标准来评价《诗经》。虽然此时代《诗经》作为经典仍存在于学术研究之中，研究著作多达一百多种，但在文学批评领域，《诗经》却与诗赋放在了同一个天平上。如：

夏侯湛《张平子碑》："《二京》、《南都》，所以赞美徽辇者，与《雅》、《颂》争流，英英乎其有味与。"

葛洪《抱朴子·钧世》："《毛诗》者，华彩之辞也，然不及《上林》、《羽猎》、《二京》、《三都》之汪濊博富也。"

《世说新语·文学》："谢公因弟子集聚问：'《毛诗》何句最佳？'遏称曰：'昔我往矣，杨柳依依。今我来思，雨雪霏霏。'公曰：'吁谟定命，远猷辰告。'谓此句偏有雅人深致。"

颜之推《颜氏家训·文章》："《诗》云：'萧萧马鸣，悠悠旆旌。'

> 《毛传》曰：'言不喧哗也。'吾每叹此解有情致，籍诗生于此意耳。"

在这种思潮中，《诗经》经学意义上的义理部分被淡化了，而作为文学意义上的情感，则被揭示了出来。如郑玄在"兴者喻"的解说中，所揭示的无一不是义理；经典中也明确地将诗的性质界定为"诗言志"、"诗者志之所之也"；文学上开魏殿汉的曹操，也一再声明"歌以咏志"。而到西晋，陆机却提出了"诗缘情而绮靡"的理论，梁简文帝亦曰："诗者，思也，辞也。发虑在心谓之思，言见其怀抱者也。在辞为诗，在乐为歌，其本一也。"[①]原初的"志"字被轻轻放在一边，而代之以"思"字、"情"字。特别是诗人们感物起情的创作体验，更促成了人们观念的改变。如王延寿《鲁灵光殿赋序》曰："诗人之兴，感物而作。"曹植《赠白马王彪》曰："感物伤我怀。"阮籍《咏怀》曰："感物怀殷忧。"潘岳《悼亡诗》曰："悲怀感物来。"张协《杂诗》曰："感物多情思。"这样，原先经学中为阐发"经典意义"而存在的"兴"，在诗学中便变成了一种感物起情的创作方式。挚虞所谓"兴者，有感之辞也"，即是指外物对人心的感发，也即刘勰所谓之"起情"。钟嵘所谓"文已尽而义有余"，则是对感物起情创作手法的欣赏。

　　唐孔颖达奉敕编撰《毛诗正义》，开始从六朝人的文学批评中走出，他在理论上要做的一个工作就是经典意义的阐释与还原。但他面对"兴"的时候，却不能不考虑六朝人的批评，于是整合各家之说曰：

> 郑司农云："比者，比方于物。"诸言"如"者，皆比辞也。司农又云："兴者，托事于物。"则兴者，起也，取譬引类，起发己心。诗文诸举草木鸟兽以见意者，皆兴辞也。……比之与兴，虽同是附托外物，比显而兴隐，当先显后隐，故比居兴先也。《毛传》特言兴也，为其理隐故也。[②]

显然孔颖达对汉儒赖以界定比、兴的根据已很茫然，对于制约汉儒作如彼界定

---

① 成伯玙：《毛诗指说·解说》，《文渊阁四库全书》第70册，台湾商务印书馆1986年版，第171页。
② 阮元校刻：《十三经注疏》，第271页。

的复杂文化历史因素也没有做过多考虑，因此完全从概念出发，参酌汉儒（经学的）与六朝人（文学的）的认识，将"兴"的基本意义认定在"起"字上，将其内涵分为"取譬引类"、"起发己心"两个方面。这实际上已完全接受了六朝人以兴为创作手法的认识，故进而将比、兴之同认定在"附托外物"上，将比、兴之别认定在"显"、"隐"二字上。然而这个貌似全面的结论，却为宋儒彻底否定汉儒打下了基础。

在宋儒看来，"附托外物"是"比"的本质，而今所谓的"兴"竟然也是"附托于物"，这则与比无别了。所谓"比显而兴隐"，也只是形式上的勉强区别，从其本质而言，无论是"显"还是"隐"，只要是"附托外物"，都可以称比。比有明比、暗比之别，所谓兴之"取譬连类"，也不过是暗比而已。只有"起也"、"起发己心"之说，才能既合于"兴"字的基本意义，也可以与比相区别，同时与汉儒"托事于物"之说也不大矛盾。于是宋儒开始以"兴者起也"为基点，对兴意作了全新的探讨。如：

> 程颐《伊川经说》："因物而起兴，如'关关雎鸠'、'瞻彼淇奥'之类是也。"（《吕氏家塾读诗记》卷一引）
>
> 王安石《诗经新义》："以其所感发而况之之谓兴，兴兼赋与比者也。"（《吕氏家塾读诗记》卷一引）
>
> 黄櫄《毛诗集解》卷一："兴者，因物而感之谓也。"
>
> 范处义《诗补传》卷一："因感而兴者，兴也。"
>
> 郑樵《读诗易法》说："《诗》三百篇，第一句曰'关关雎鸠'，后妃之德也。是作诗者一时之兴，所见在是，不谋而感于心也。凡兴者，所见在此，所得在彼，不可以事类推，不可以理义求也。"（《六经奥论》）

"因物起兴"、"感发而况"、"因物而感"、"因物而兴"、"而感于心"，这无一不是从"兴者起也"滋生出的意义，同时也融入了诗歌创作体验。而对于汉儒所谓的"兴者喻"、"引譬连类"一层意义，则明显的有淡化趋向。不难看出宋儒在做着清洗汉儒陈见、创立自家新说的工程。这一工程的完成者是朱熹，他全面总结了宋儒的研究成果，并改变先前宋儒"因物而感"之类的感性描述，对"兴"从理论上作了阐释，从而完成了"兴"意的第二次界定。他在《诗集传》中明确地指出：

> 兴者，先言他物以引起所咏之词也。

"因物而感"之说虽有一定道理，但在朱熹看来，还不全面。因为从《诗经》文本分析，有些起兴不但非"因物而感"，甚至是好无来由。故他改换了一种表述。"他物"指外在于人的事物，这可以是眼所见、耳所闻之物，也可以是与己毫无相关之物。"所咏之词"即指诗中主题。"他物"与"所咏之词"之间，是"引起"与"被引起"的关系，不一定有意义上的联系。这一结论对于先前"感发己心"、"因物而感"之说是一种补充或否定。为了进一步将比与兴区别开来，朱熹在师徒问答中，对此多次作了辨析、说明。如《朱子语类》卷八十中载："说出那物事来是兴，不说出那物事是比"、"比是以一物比一物，而所指之事常在言外；兴是借彼一物以引起此事，而其事在下句。但比意虽切而却浅，兴意虽阔而味长"、"兴体不一，或借眼前物事说将起，或别自将一物说起，大抵只是将三四句引起，如唐时尚有此等诗体"、"诗之兴，是劈头说那没来由底两句，下面方说那事"等。最有名的是下面一段辩说：

> 诗之兴，全无巴鼻（振录云：多是假他物举起，全不取其义）。后人诗犹有此体，如："青青陵上柏，磊磊涧中石。人生天地间，忽如远行客。"又如："高山有崖，林木有枝。忧来无端，人莫之知。""青青河畔草，绵绵思远道。"皆是此体。[①]

这段话曾被后人反复引述。从这里不难看出，朱熹是在确定《诗经》诗歌本质的基础上谈"兴"的（朱熹在内容上还是肯定《诗经》的经学意义的）。他把《诗经》从创作角度，与后世诗歌完全等同起来。并将兴认作为诗之一体，认定"后人诗犹有此体"，且从后世诗歌创作的实例中，寻找理论根据，以求彻

---

① 黎靖德：《朱子语类》，中华书局 1985 年版，第 2070 页。

底推翻汉儒"兴者喻"之说。由于朱熹在儒学史上的绝高地位，他的这一解释，便成了宋元以来对"兴"的最具权威性的界定。

需要补充一点，朱熹实际上是认定《毛传》之"兴"即周代"六诗"之"兴"，认为《毛传》背离了"兴"的本义，因此需要还原。所以他完全抛弃了汉儒的作风，在《诗集传》中，他依据自己对于赋、比、兴的界定，将三百五篇标注一过。据宋儒王应麟统计，仅关于"兴"，朱熹于《毛传》之外又增补了十九篇，同时"摘其不合于兴者四十八条"①。但是要知道，汉代大儒郑玄不仅掌握着远多于朱熹的文献资料，同时还掌握着大量传自先秦的文献以外的经师传闻资料，可是连他都觉得比赋兴合于风雅颂中，"难复摘别"，不敢下手。而对于文献以外先秦经师讲授资料一无所获的朱夫子，竟然动手想还原赋比兴，其可信度到底有多少呢？

三、文化视野下的兴义重审

朱熹犯了两个非常严重的错误：第一，他完全抛弃了先秦两汉《诗》学家创建"兴"说的事物本身，仅从概念出发，即还原《诗经》之"兴"的原初意义，其结果是参酌诗歌创作，将一个"经学的概念"想当然地变成了一个"文学的概念"，完全背离了先儒创"兴"的本来用意。第二，他无视汉儒在赋比兴问题上的慎重，在没有任何事实依据的情况下，仅凭自己的理解，判定赋比兴，故而创造出了"兴而比"、"比而兴"之类的复杂表述方式，结果把人的思维搞得一团混乱。故钟敬文先生说："《诗集传》中尚叫作什么'赋而兴也'、'比而兴也''赋而兴又比也'、'赋其事以起兴也'等，更是分得糊涂无理的。"②但是，他的第二个错误虽遭到了后人的非议，而他的第一个错误，却因第一符合"兴"字的基本意义，第二符合诗歌的本质，因而在文学批评领域获得了很大的支持。明清儒者虽时有不同意见，然不足以改变朱子奠定的大

---

①　王应麟：《困学纪闻》，商务印书馆 1959 年版，第 223 页。

②　《古史辨》第三册，上海古籍出版社 1982 年版，第 681 页。

局。到 20 世纪疑古思潮兴起,《诗经》彻底脱去了"经典"的神圣皇袍,而被认作了一部诗歌总集,甚至是"下里巴人"式的民间歌谣的时候,朱熹的学说则变成了一块基石,促成了"兴"之研究彻底背离经学的轨道,而进入了文化的领域。这种转变是以 20 世纪初民俗学的介入为开端的。

1924 年,通过田野调查获得大量民间歌谣资料的顾颉刚先生,在《歌谣》杂志上发表了一篇以《起兴》为题的文章。这篇文章以否定朱熹《诗集传》乱点比兴谱为切入点(即从朱熹在向《诗经》落实其赋比兴理论的实践中出现的重重矛盾开始),从根本上颠覆了以文献为依据认识诗歌之兴的研究思路,将《诗经》引入了飘荡着民间歌咏的广阔天地,以现代歌谣的起头如:"萤火虫,弹弹开,千金小姐嫁秀才"、"阳山头上竹叶青,新作媳妇像观音"之类,以证《诗经》之"兴"的庸俗性。并说苏州唱本中"山歌好唱起头难,起仔头来便不难","写尽了歌者的苦闷和起兴的需要"。从而得出:兴就是"起兴",只是"随口拿来开头"的结论。其后,钟敬文先生的《谈谈兴诗》、何定生先生的《关于诗的起兴》等文,几乎无一例外地皆以否定朱熹及其以前关于"兴"的理解为起点,也几乎无一例外地以民歌为依据,来论证《诗经》之"兴"的实质,以及其作为民间口唱文学特征的基本性质。何定生先生在《诗经之在今日》一文,甚至认为《诗经》中包括"兴"在内的几个特点,"非歌谣是不能解释得好的"①。他们共同的结论是:兴是"起兴",是民歌的一种基本的起头方式。这个起头是为了与下文凑韵,至于起头与下文之间有无意义联系,则不是重要的。

以顾颉刚先生为代表的一批学者,在当时是创新意识极强的一批新秀。他们的目的在于推翻传统,扫清旧学制造出的乌烟瘴气,开辟学术的新天地。可是他们尽管想打倒朱熹,批评他对比兴是"茫然"的,对兴诗的认定是"再凌乱糊涂没有的",竟使得"念《诗经》的人死也不明白起兴是怎样一回事",而他们对于"兴"的解释,从本质上并未能跳出朱熹划定的圈子,最多只是增多了一重证据或变换了一种角度而已。这最根本的原因在于,他们仍是从诗歌创作的角度来认识"兴"的,与朱熹并无根本性的不同。他们拉开架势要建立惊

---

① 以上几篇文章皆收入《古史辨》第 3 册。

天动地的新说，可是一场轰轰烈烈的讨论，却反而证实了朱熹"诗之兴全无巴鼻"理论的合理性。这实际上在说明，如果不返回到先儒创立"兴"说事物的本身，仍然从概念出发，在文学的圈子里打转，并寻求"兴"之概念与现实文学作品中的对应关系，这样，《诗》学之"兴"的还原是根本不可能的。

不过顾颉刚等人的颠覆性与创新性努力，虽然未能颠覆或代替朱熹之说，甚至是补充、完善了朱熹的理论，坚固了朱熹学说的权威性地位，但是他们的研究思路与学术视野，却大大地启发了一代学人。如果从积极的方面考虑，他们的研究起码有两点对以后的研究影响甚大。第一，证实并确认了在文学视野中朱熹学说的合理性，从而使其后的研究者以基本上肯定的态度对待朱熹关于"兴"的界定，并以之为基础，推进"兴"的研究。第二，他们为证实"兴"的性质而从民间歌谣中寻找二重证据的研究思路，实质上已将这一研究引入了文化视野下的广阔空间，从而为"兴"确立了新的文化学研究方向。

因此，顾氏之后关于"兴"的研究，明显地出现了两种趋向，一是在确定"先言他物以引起所咏之词"理论的基础上，在文学的领域，进一步完善、细化关于兴的性质、功能、分类及意义等方面的研究和归纳。如分类上出现了分三类还是分四类之别，有所谓无义之兴、取义之兴、背景交代之兴、形象联想之兴等；性质上则有修辞手法、创作方法、思维方式、精神状态等之说；功能上则有所谓渲染情感、气氛象征、形象表意、婉曲情思、借物达等之论。但这一方面的研究不管如何深入、细致，其基本的方法都是以兴的概念为出发点，重新审视兴诗；再以自己所认定的兴诗为依据，进行性质、分类、功能等方面的研究。这种研究虽然不能还原《诗》"兴"，甚至可以说完全背戾了先儒创"兴"的初衷，但作为一种"诗兴新概念"的运用，对于诗歌艺术新的认识与研究，还是极有意义的。

另一种趋向是文化学的研究。这一研究领域十分广阔，它已经完全跳出了文学的圈子，而走进了哲学、宗教、美学、神话学等领域。如笔者所见到的几部关于"兴"的专著：赵沛霖《兴的源起》、彭锋《兴的研究》、袁济喜《兴：艺术生命的激活》等，就是从宗教学、神话学、哲学、美学等角度对兴做出的研究。像彭、袁二位先生的著作，已经与《诗经》完全无关了。彭先生就明确地表示：其所理解的"兴"同传统古代文论中所说的"兴"的内涵不尽相同。

像陈丽虹《赋比兴的现代阐释》①，则更明确地把"兴"认作是一个动态的发展概念；余虹《中国文论与西方诗学》②，虽列有《抒情论：兴与表现》专题，而所言兴则是兴起、兴会、兴喻、兴咏、兴象、兴趣等六大范畴，与《诗经》亦不相关。因此对此类成果我们则不予考虑。而对于将意义指向定位在"兴"之原始意义与起源上的研究成果，则是我们应该特别关注的。这部分成果的作者，一个根本的出发点是，不满足于传统关于"兴"之研究的单调、肤浅与乏味。如刘怀荣先生就认为：传统关于"兴"的研究，第一是"无法对兴之本义做出比较明确的解答，讲来讲去只能将兴混同于比"；第二是"无法对兴在后来不可思议的渗透力及其地位和影响做出历史说明"，"找不到使它在古典诗歌中如此得宠的生命本源"。"这两方面的问题即是兴的发生本源的迷失和兴的发展历史的中断。对于兴的研究来说，这无疑是一种困境。……要走出这个困境，必须寻找新的出路。"③刘传新先生则说："尽管两千年来对'兴'的解释歧义百出，却大体上没有跳出儒家诗教的藩篱，始终局限在一个极其狭隘的范围内。"近几年"突破儒家诗教的限定与经学的迷雾，从不同的侧面对'兴'的本义和它蕴含着内在精神"进行的探索，是"对'兴'的本质的揭示"，这"将是中国古代文学研究中的重大突破"④。从这种表述中可以看出，求新、求深意识代替了这个时代的一批学者对《诗》"兴"原创意义的认识，他们甚至认为汉儒对于兴的理解是"对'兴'的扭曲与变形"，只有拨开"经学的迷雾"，才能"恢复'兴'原初风貌"⑤。在这种意识驱动下，所谓"恢复'兴'原初风貌"的还原研究，只能是完全背离经师创"兴"的初衷，重新创造一种新概念。因而文化视野下的一批关于"兴"之本义与起源的新成果，几乎全部深入到了原始宗教文化与原始生活的领域，对兴的概念做出了多种全新的认识，出现了多种新学说。如：

（一）兴源于宗教崇拜说。这一理论以赵沛霖先生为代表。赵先生认为，

---

① 陈丽虹：《赋比兴的现代阐释》，中国美术学院出版社 2002 年版，第 130 页。
② 余虹：《中国文论与西方诗学》，生活·读书·新知三联书店 1999 年版，第 163 页。
③ 刘怀荣：《中国古典诗学原型研究》，台湾文津出版社 1995 年版，第 70 页。
④ 刘传新：《兴：中国诗歌之本》，《东岳论丛》1989 年第 2 期。
⑤ 同上。

《诗经》中的"他物"与"所咏之词"之间，原本有一种神话或宗教意义上的联系。如以鸟为"他物"起兴的诗，其中"所咏之词"部分与怀念祖先父母有关；以鱼为"他物"起兴的诗，"所咏之词"多与爱情婚姻有关；以树木为"他物"起兴的诗，其中部分与宗族乡里和福禄国祚有关；以虚拟之物如龙、凤、麟等为"他物"起兴的诗，其"所咏之词"每与国祚久长的帝业兴盛相关等。究其根源，皆可发现其与图腾崇拜、生殖崇拜、社树崇拜、祥瑞观念等之间的关系。各种原始崇拜的宗教生活以及有关的观念与神话，赋予了这些物象以特定的超现实的宗教观念意义，这些物象被援引入诗，便有了兴的艺术①。

（二）兴为原始舞蹈说。这一理论的代表是陈世骧、周策纵先生。陈、周先生皆从文字学的角度，来探讨"兴"的原始意义。陈先生认为，兴之本义是群众合力举物并旋游，所展现的是群体舞蹈。举物旋游者为表达欢快而发出呼声。而群体舞蹈中总会有一人作为领唱，把呼声引向有节奏感的歌唱，此即古诗歌中的"兴"②。周先生亦认定兴是一种原始的宗教祭祀，从文字形意中获得，其表现形式是多人持盘而旋舞，或击盘而舞，或围绕盛满物品的承盘而舞，总之是一种宗教性的舞蹈。又推测早期的兴是"陈器物而歌舞"，如伴随颂赞祝贺或诔祭之辞，便会从实物说起，由此便易演成"即物起兴"的作诗方法，甚至说些不相干的事物来引起主题。郑玄说"兴者，以善物喻善事"，这可见和初期陈物而兴的关系，由于赞诔当然只会以善物喻善事，所以有这种只言赞美的"兴"之作法③。

（三）兴源于原始民俗说。此说为日本学者白川静所倡。白氏认为，兴是以古代信仰与民俗为背景的表现。如《桃夭》以桃起兴，是因为桃在民俗中具有咒性灵力；《扬之水》以水与束薪起兴，则与古代水占民俗有关；《卷耳》与古代为与行旅在外的人产生灵魂交感而摘草的习俗有关；《蒹葭》与祭水神的民俗有关，《樛木》与树神信仰有关等等。结婚的祝颂歌束薪鲂鱼，祭祀征旅之诗屡叙鸟兽的生态，哀伤之诗咏衣裳等，皆是出于要与神灵交通而发的吟唱④。

---

① 赵沛霖：《兴的源起》，中国社会科学出版社 1987 年版，第 1—79 页。

② 陈世骧《原兴：兼论中国文学的物质》，《中文大学中国文化研究所学报》第 3 卷第 1 期。

③ 周策纵：《古巫医与六诗考》第 4 章，台北联经出版公司 1985 年版。

④ 白川静著、杜正胜译：《诗经的世界》，东大图书公司 2000 年版。

（四）兴源于劳动说。此说以张朝柯先生为代表。张先生认为兴直接借鉴了劳动歌子。劳动歌子分两部分，一部分是领唱部分，即兴；一部分是合唱部分。由领唱部分引起合唱部分，这是劳动歌子的基本构成形式。这种形式成为新生诗歌不可避免的承继基础，这就是《诗经》兴的起源[①]。

（五）兴为原始祭名说。此说以刘怀荣先生为代表。刘先生根据甲骨文的记载，参酌文字学家关于"兴"的解释，以及陈世骧、周策纵之说，定"兴"为祭名，并据唐元次山《演兴》诗，认为此种祭名唐时尚有遗存。兴祭是一种祖先崇拜的祭祀活动，是由早期的图腾祖先祭祀仪式演化而来的。其特征是集体供祭，集体舞蹈，其所关注的是人神和谐问题，所追求的是"神人同一"的特殊心理状态。当在人们的意识中一部自然物神性消退，真面显现后，兴祭仪式的"与神同一"便自然转化为"与物同一"。这种变化了的心理原型主要由诗歌来加以表现，这便是兴与诗密不可分的根本原因所在[②]。

（六）兴源于图腾亲情说。此说以朱炳祥先生为代表。朱先生认为，兴的本义是图腾氏族或部落共同向祖先献祭。这与图腾宴有关。兴象最初是初民的图腾物，所以有"起情"、"感发志意"的作用。兴象与所咏之词间的有一种图腾关系，汉这种关系在人们的意识层次表面失落以后，人们意识深层的集体无意识并不能彻底消失，它使兴象成为象征与取譬连类的关系。兴有三个发展阶段：第一，物我一体的图腾关系。第二，他物与所咏之词之间意义一体化的比喻与类比联系。第三，他物与所咏之词之间失落了一体化的比喻与类比性意义而转换成仅仅是艺术形式之间的联系[③]。

（七）兴源于原始思维说。此说以叶舒宪、涂元济为代表。叶先生认为兴源于史前人类的神话思维。所谓引譬连类，就是一种类比联想的思维推理方式。而这种思维方式正是神话思维的产物[④]。涂先生也认为兴诗"他物"与"所咏之词"之间是以原始思维的互渗律联结起来的，主要起着象征的作用[⑤]。

---

① 张翰柯：《诗经诗的兴及其起源》，《文学遗产》增刊第二辑。
② 刘怀荣：《中国古典诗学原型研究》第 3 章。
③ 朱炳祥：《中国诗歌发生史》第 6 章，武汉出版社 2000 年版，第 226 页。
④ 叶舒宪：《诗经的文化阐释》第 6 章，湖北人民出版社 1994 年版，第 404—407 页。
⑤ 涂元济：《兴与原始思维》，《福建师范大学学报》1986 年第 4 期。

不可否认，文化学的介入，确实为这一研究领域注入了一种新的生命活力。可以说是"兴"之研究的一次大飞跃，也是"兴"的研究史上的一次带有突破性的进展。这种研究思路与方法对于学术的推进，其意义是不可限量的。但需要指出的是，无论是兴之本义还是兴之起源的研究，也无论其结论是兴源起于宗教崇拜还是兴为祭祀舞蹈，其所面对的都是"兴"的概念，是对这一概念原初意义及其原始生成的探讨，而不是作为《诗经》之"兴"的事物本身。朱熹将文学观念引入经学，在对毛郑所面对的复杂的经师讲授与历史传闻一片茫然的前提下，便下手重新界定兴的概念，否定毛郑，使的兴的内涵与意义完全背离了经师们的创始初衷。而文化学的研究，则同样忽略了经师们"兴"说创始时的具体而又复杂的历史文化因素，而是以上古广阔的宗教生活与社会为背景探讨"兴"之意义。说白了，其所研究的所谓"兴"的本义与起源，只是"兴"的概念的本义与起源。

如果把"兴"的文化学研究，认作是对"兴"的概念的重新界定和价值重估，他们是在运用这一新概念对《诗经》做重新审理和研究，那么我们会说他们取得了巨大的成功。因为这种研究确实深入到了《诗经》赖以产生的丰厚的原始文化土壤与广阔的社会生活、观念知识背景，使我们在《诗经》普普通通的草木虫鱼中，看到了其所蕴含的丰富而深远的意义，甚至使我们有可能解开《诗经》中一些长期存在的难题。这标志着《诗经》研究上的一个巨大进步。然而如果从《诗》"兴"还原的角度考虑，即如有些学者所说的从"恢复'兴'原初风貌"考虑，那么这种研究则大大的失败了。因为他们还原的不是《诗》学之"兴"的本义，而是文字学、语言学与文化学上的"兴"的意义。他们只是找到了"兴"这一概念的文化渊源与先秦两汉经学家运用"兴"这一概念的语言学依据，而不是《诗》学之"兴"的本身。甚至是完全背戾了《诗》学之"兴"的本义。

结　语

总之，在两千年来关于"诗兴"的研究，创造出了三种"兴"的概念，一是经学的，二是文学的，三是文化的。三种概念则产生在一次次的"兴义"还原与背离中。将"兴"这一概念运用于《诗经》研究，是经学家的原创。他们的目的在于以"兴喻"方式进行意义转换，使诗中草木虫鱼等大量客观存在之物，具有了人伦道德与政治伦理方面的寓意，这样便可以大大丰富经典的意义内涵。正是因为这一特殊的解读方式为一代又一代人所继承，在一代又一代的兴喻意义的开发中，使得经典意义不断拓展，并为构建中国文化精神与以经典为核心的意识形态，起到了积极的作用。也正因如此，《诗经》在中国历史上，其经学的贡献要远远大于其文学的贡献。

"文学之兴"产生于对"六诗"之兴的还原努力。六朝以降的儒者忽略了《毛传》标"兴"的原创性，认定其本自于周代"六诗"，故而在还原中完全背离了"经学之兴"。他们也不明白"经学之兴"创始的实际意义，将"兴"认作是一种诗歌创作方式，从"兴者起也"的概念出发，参酌诗歌创作体验，对"兴"义做出了二次界定。他们虽然背离了"兴"的原初意义，可是却开辟出了一个新领域，将比兴引入了文学批评之中，丰富了中国文论的内容，并由此而明确揭示出了中国文学批评与创作的民族性特色。

"文化之兴"产生于对"兴"的原始意义的还原努力。20世纪文化人类学的发展，给当代学人提供了广阔的学术视野。他们不满足于纯文学的肤浅的形式研究，也认为传统研究无法揭示"兴"的本质。于是为摆脱"儒家诗教"的影响，寻找兴的生命本源，而深入到了原始文化与原始生活的广阔背景之中。他们把"兴"认作是一个文化的概念，从史前人类的活动中探寻其原初状态。这一研究虽然更加背离了"经学之兴"的创始意义，而却使"兴"彻底跳出了文学的圈子，延伸到了哲学、美学、宗教、神话等领域，无限加大了它的存在意义。

就《诗经》研究而言，"经学之兴"才是诗"兴"的本真。《毛传》标"兴"，是我们认识《诗》"兴"原初状态的唯一可靠的依据。而"文学之兴"、"文化之兴"，则是在对诗兴本义的还原与背离中产生出的新概念，是"兴"之研究的发展，标志着学术的进步。但是如果以此种新概念来规范"经学之兴"，并认为"经学之兴"扭曲了"兴"之本义，那则就本末倒置了。

《诗经》结集历程之研究①

《诗经》的结集无疑是中国文化史上的一件大事，故而备受历代学者关注。但相当多的学者，把目光集中在了孔子删诗的问题上，而忽略了对《诗经》及上古有关记载的全面考察。笔者在考察中发现，《诗经》作品有三个逐次递增的层次，即：

第一，《周颂》、"正雅"及"二南"，此属典礼用诗，见于《左传》、《国语》及"三礼"的记载；

第二，《周颂》及"二雅"、"二南"、"三卫"，此为春秋交际场合引诗赋诗的主要范围，见于《左传》记载；

第三，"二雅"、"三颂"、"十五国风"，此为传世本《诗经》的内容。

这三个递增的层次，说明《诗经》结集不可能是一次性完成的。《诗经》在形成过程中，最少有过三个发展历程，即进行过三次重大的编辑整理工作。

一、宣王中兴与《诗》之第一次结集

汉儒郑玄于《诗》之结集提出"二度编辑说"，认为诗分正、变，"正经"为周初及成王、周公致太平之作，"变经"由孔子所录懿王之后讫于陈灵公淫

① 本文最初发表于《文艺研究》2005 年第 5 期。

乱之事诗而成①。郑氏之"正经",包括《周颂》、《大雅》中之《文王》至《卷阿》十八篇、《小雅》中之《鹿鸣》至《菁菁者莪》十六篇、《风》诗中之《周南》、《召南》。其余之《风》、《雅》则谓之"变风"、"变雅"。唐成伯玙在此基础上又进一步提出《鲁颂》、《商颂》为"变颂"之说②,此后严粲、王柏、章潢等皆略同此说。我们认为,《诗》之"正"、"变"的划分,以及将"正经"归于周初、"变经"归于孔子所录的观点,并不是郑玄自己的意见,而是《毛诗》系统的口传历史。这一划分其原初有何根据?名之曰"正"、"变",起自何人?这一切我们皆已不得而知。但我相信它是有承传的。我们不完全同意今之所谓"正经"就一定是古之"正经",因为《诗经》在长期的流传过程中难免有错简与归类错乱的情况发生。但就大体而言,郑氏将《诗经》分为两个部分,并以为它们结集于不同时代,这一点是有参考价值的。《诗经》的第一次结集,其内容基本上当是郑氏所谓的"正经"部分。

"正经"为最早结成的诗集,这一点我们可以从两个方面来证明。首先,不管"正"、"变"之说是否有根据,"二南"、"正雅"与《周颂》,在《诗经》中则是最为平和、格调最为雅正的一部分。周人是为礼而作乐的,而诗又是从属于乐的,因此最早的诗集应该是为典礼用乐而编辑的。从所留下的周代典礼用乐记载看,除几篇逸诗外,全部乐诗都集中在"正经"中,无一例外③。白惇仁先生考察春秋时代的歌诗方式有八种之多,其所列《春秋时代歌诗表》,绝大部分也在"正经"中④。郑樵及清儒陈启源、顾镇、马瑞辰、魏源、皮锡瑞等也曾考证《诗经》全部入乐,顾颉刚先生更有专文论证,可成定论。但为什么在三百篇乐诗中,"正经"部分典礼所用独多,而"变经"几乎没有呢?这是因为这部分诗作是周代最传统的乐诗,是"礼崩乐坏"之前官方编定的乐诗底本,因而也是全部《诗经》中编订最早、最权威、最有影响的一部分。

---

① 孔颖达:《毛诗正义》,阮元校刻《十三经注疏》,中华书局1980年影印本,第262、263页。

② 成伯玙:《毛诗指说·解说》,同治十二年粤东书局重刊本。

③ 如《仪礼·乡饮酒礼》、《燕礼》、《大射仪》、《周礼·钟师》、《礼记·明堂位》、《祭统》、《文王世子》、《仲尼燕居》、《左传·文公四年》、《左传·襄公四年》、《国语·鲁语下》等,所言用乐,皆在"正经"。

④ 白惇仁:《春秋时代歌诗考》。见熊公哲等编:《诗经研究论集》,黎明文化事业公司1981年版,第211—226页。

其次，这部分诗作也最符合周代诗教的基本要求。温柔敦厚，无哀怨之情，即属前人所谓的"治世之音"。朱熹《诗集传》卷九曰："《正小雅》，燕飨之乐也；《正大雅》会朝之乐、受釐陈戒之辞也。故或欢欣和说，以尽群下之情；或恭敬斋庄，以发先王之德。"《周颂》部分，如《诗序》所云："美盛德之形容，以其成功告于神明"，更显正大之气。可以说，其最能体现"周德"。"德"乃"乐"之本，《国语·晋语八》载师旷曰："夫乐以开山川之风，以耀德于广远也。风德以广之，风山川以远之，风物以听之，修诗以咏之，修礼以节之。夫德广远而有时节，是以远服而迩不迁。"韦昭注曰："风，风宣其德，广之于四方也。作乐各象其德，《韶》、《夏》、《濩》、《武》是也。"乐与德相称，"耀德广远"，是乐的一项基本使命，乐又是从属于礼的，故曰"知乐则几于礼矣[①]。周人实行礼乐制度，一个根本目的，就是要"耀德广远"，推行"治道"，即《乐记》所云："礼以道其志，乐以和其声，政以一其行，刑以防其奸。礼、乐、刑、政，其极一也，所以同民心而出治道也。""先王之制礼乐也，非以极口腹耳目之欲也，将以教民平好恶而反人道之正也。"显然"礼乐"是带有政治功利目的的。"出治道"，"反人道之正"，这便是实施礼乐制度的一个终极目的。但要使诗乐服务于政治，起到维护社会情绪稳定、创造和谐生存环境的作用，必须要以健康的诗乐内容作为前提，才有可能"同民心"，使之归于"道之正"。只有颂美之辞、和乐之音，以及乐于从命、服从大局而不以一己之苦为苦的诗作，才算得上是"和平之声"。如《正小雅》中《四牡》、《皇皇者华》、《采薇》、《出车》诸篇，其中也有悲伤哀愁，但对"王事"却有一种向心的力量，他们是在牺牲一己之利而为王朝、为民族辛劳的，体现出的是一种自我牺牲精神，是每个社会群体都需要的精神。因此是健康的、和谐的。这也应该是最好的诗教范本。像"变风"、"变雅"中的许多作品，所表现的是"怨诽"的情调，是一种不和谐的情感力量，对氏族及社会群体的团结是大为不利的。因而其除了有"观民风，知得失"的意义之外，很难看到其教化与"和同"的作用。因而最早以典礼仪式为基本需求而编订的诗乐底本，只能是"正经"而不可能包括"变经"在内。

---

① 孔颖达：《礼记正义》，阮元校刻《十三经注疏》，中华书局 1980 年影印本，第 1528 页。

但"正经"不可能像郑玄及孔颖达所说的那样，编定于周公成王之时。最主要的反证是，在《正小雅》中有几篇可确定为宣王时的作品。如《出车》提到了南仲，而南仲又见于宣王朝诗《常武》中及宣王时《驹父盨》等金铭中。《左传》明确地指出是《常棣》召穆公的诗①。魏源力证《出车》、《采薇》、《杕杜》三篇为宣王朝诗②。孙作云先生更认为这部分全是宣王朝诗（见下）。有如此多的宣王时诗作，可以肯定其编订再早也不可能在宣王之前。而其最有可能成册的时间当就是周宣王时。

宣王统治四十六年，在西周诸王中仅次于穆王。宣王长于乱世，缘召穆公保护，幸免于难。因而："宣王即位，二相辅之，修政，法文、武、成、康之遗风，诸侯复宗周。"③古籍关于周宣王的资料所存甚少，此条记载虽甚简略，然弥足珍贵。第一指出了宣王即位后的政治抱负："修政"；第二指出了宣王的政治措施："法文、武、成、康之遗风"；第三指出了"修政"的结果："诸侯复宗周"。史称："穆王之孙懿王时，王室遂衰，戎狄交侵，暴虐中国，中国被其苦。……至懿王曾孙宣王，兴师命将以征伐之，诗人美大其功，曰'薄伐猃狁，至于太原'，'出车彭彭'，'城彼朔方'，是时四夷宾服，称为中兴。"④

"诸侯复宗周"，"四夷宾服"，展示了宣王的"中兴"之势。在"二雅"中更有不少宣王朝的颂诗，如《六月》，《采芑》，《车攻》，《吉日》，《鸿雁》，《庭燎》，《云汉》，《崧高》，《烝民》，《韩奕》，《江汉》，《常武》等。孙作云先生认为《小雅》中的《楚茨》、《信南山》、《甫田》、《大田》、《斯干》、《无羊》、《皇皇者华》、《白驹》、《采菽》，还有《正小雅》中以《鹿鸣》为代表的十篇诗作，全是宣王朝的"颂诗"。而"《大小雅》中有一半以上的诗，是周宣王朝的诗。在《大雅》三十一篇中，约有二十几篇是周宣王朝的诗；在《小雅》七十四篇中，有四十几篇是周宣王朝的诗。在"大小雅"一百〇五篇中，有百分之六十以上是周宣王朝的诗。"⑤台湾学者李辰冬先生则认为，《诗经》全

---

① 左丘明：《左传·僖公二十四年》，阮元校刻《十三经注疏》，中华书局1980年影印本，第1817页。
② 魏源：《小雅宣王诗发微》，见《诗古微》卷4，《清经解续编》本，卷1295。
③ 司马迁：《史记·周本纪》，中华书局1962年版，第144页。
④ 班固：《汉书·匈奴传》，中华书局1975年版，第3744页。
⑤ 孙作云：《诗经与周代社会研究》，中华书局1966年版，第345页。

部出自宣王时的大臣尹吉甫之手①。虽然这些观点未必全是，但也可看出，宣王朝确实是西周一个辉煌的时代。《诗》之"正经"，传统之所以能认定其全出自周初盛世，很可能是由宣王中兴之盛世误传而致的。

周公"制礼作乐"，确立了周以礼乐安天下的政治方针。《仪礼·乡饮酒礼》郑注曰："昔周之兴也，周公制礼作乐，采时世之诗以为乐歌，所以通情相风切也。"② 这就是说："采时世之诗以为乐歌"，是周公制礼作乐的一项重要内容。故后儒以为《风》、《雅》、《颂》之名定自周公③。宣王既"修政"，修复礼乐必定不可缺少。而所谓"法文、武、成、康之遗风"，其最重要的内容应当就是兴正礼乐，再致太平。虽然我们没有更多的史料为宣王"法文、武、成、康之遗风"做出具体说明，但"二雅"中所存的大量宣王朝诗，却可以为宣王复兴礼乐做出最好的证明，而且也可以与周公成王时之"兴正礼乐……颂声兴"④，遥相呼应。可见，宣王"法文、武、成、康之遗风"，"兴正礼乐"，编订一册乐诗底本，作为典礼用乐的规定，在逻辑上是完全有可能的。而后人把宣王"法文、武、成、康之遗风"所定的乐诗，误认作是"文、武、成、康之风"，最根本的原因，是因为文、武、成、康比宣王更具权威性，而且在《国语》中连续记载了宣王"不籍千亩"、"伐鲁"、"败绩于姜氏之戎"、"丧南国之师"等几件不光彩的事情。清儒崔述曾言："余考宣王之事，据《诗》则英主也，据《国语》则失德实多，判然若两人者。"⑤后人据《国语》所言，自然不愿意、也不相信表现盛世之德的"正经"会编订于宣王朝，故而强行将《常棣》、《出车》等宣王朝诗，归之于文王之世，将宣王在"兴正礼乐"上的功绩，一概抹杀。

据前所言，宣王朝还有不少颂诗被归到了"变雅"之中，在今天看来这是极不合理的，从内容上也看不出其与"正雅"中所收诗篇有何区别来。同时正、变的区分，先儒或以盛衰言，或以美刺言，连郑玄也未能说得清楚⑥。因而有人

---

① 李辰冬：《诗经研究》，水牛图书出版事业有限公司1995年版，第1页。
② 《仪礼·乡饮酒礼》，阮元校刻《十三经注疏》，中华书局1980年影印本，第986页。
③ 宋范处义《诗补传》卷1曰："疑自周公制礼作乐，即定《风》、《雅》、《颂》为乐章之名。"
④ 司马迁：《史记·周本纪》，第133页。
⑤ 崔述：《丰镐考信录》卷7，见《崔东壁遗书》，上海古籍出版社1983年版，第242页。
⑥ 《朱自清古典文学论文集·诗言志辨》，上海古籍出版社1981年版上册，第319—332页。

认为"正"、"变"之说纯属无稽之谈①。其实越是说不清的上古传说，越有可能是真实的，只是因为时代变迁，后人难以理解而已。如果我们从用乐及编订时间上考虑，问题就好解决了。所谓的"正经"，就是最先编订成册以作典礼仪式所演奏的诗集，并不以内容分。如《文王》、《大明》、《緜》本是歌颂周之先王的，可《左传》、《国语》都说是"两君相见之乐"。《鹿鸣》写宴嘉宾，《四牡》写征夫思归，可却用之于乡饮酒礼中。《召南》中的《采苹》、《采蘩》，都无关射事，而却用于射礼之中。这都说明，诗之编辑是为典礼而设的。有些诗作尽管内容与"正经"之作很相近，甚至内容更佳、颂美的意味更浓，但或因晚出，或因选编者音乐曲调上的要求，而未能编入"正经"，这也是可以理解的。

如上述推论成立，宣王时对于典礼乐诗的编辑，当是历史上第一次系统整理典礼乐歌。《周颂》、《正大雅》，都是西周早、中期的作品，可能原来都有乐师保存的底本。宣王"修政"，"法文、武、成、康之遗风"，则将历史上所传的典礼乐诗与其时所改编的典礼乐歌合为一编，这就形成了《风》、《雅》、《颂》齐备的《诗经》基型。

二、平王"崇礼"与《诗经》的再度编辑

郑玄将"变风"、"变雅"称作"变经"，认为这一部分是孔子所编录，这一观点很难成立，因为"变雅"中大量诗篇，早在孔子之前的"国际"外交中，已被广泛引用，肯定不会晚至孔子才被收录。日本学者冈村繁先生，曾将《左传》会谈、会面记载中的引诗和赋诗情况列表统计分析，他认为，第一，"二南"、"三卫"的诗作与"二雅"、《周颂》一样，都是直接产生于周室宫廷，而后再流传于列国去的。它们"都是为了充实周室的宫廷歌曲，而被吸收并同列于以往的《雅》、《颂》系统中去的"。第二，《王风》以下十国风进入《诗经》，是被鲁国宫廷中再度编集的结果②。

---

① 如叶适《习学记言序目》卷6、《六经奥论》卷3、朱自清《诗言志辨》等，皆曾辨正变说之不合理。今之学者大多不信正变说。

② 〔日〕冈村繁：《周汉文学史考·〈诗经〉溯源》，《冈村繁全集》第1卷，上海古籍出版社2002年版，第4—46页。

　　冈村繁先生的这个结论，是十分值得重视的。我们认为，在宣王与孔子之间，《诗经》应该还有一次较大规模的结集整理，其工作除对原有的典礼乐诗可能有所增改外，主要是新增进了"变雅"与"三卫"。这是《诗经》的第二次结集。而其时间最有可能的就是在平王时，最迟也不可能晚于桓王后①。

　　首先，从平王的历史角色与东周之初近五十年的太平光景来看，平王朝是最有可能再度编辑《诗经》的时代。郑玄称平王"迁于成周，欲崇礼于诸侯"②，平王经过了西周灭亡的沉痛教训，在诸侯的辅佐之下，始得初定大局，其必不同于苟安之君。执政期间，倚重晋秦，抗击西戎；出师戍申，以御荆楚。显然，他是有复兴周室的意图的。因此发扬周人以礼乐治国的传统，"崇礼于诸侯"，必在情理之中。习惯上人们把东迁之后，认作春秋时代，以为此时王威丧失，政由方伯。其实平王东迁后，东周有近五十年的时间是处于"治世"的。真正的王室衰微是在平王末年或平王死后。故贾谊曰："周平王既崩以后，周室稍稍衰弱不坠。"③《论语·季氏》记孔子曰："天下有道，则礼乐征伐自天子出；天下无道，则礼乐征伐自诸侯出。自诸侯出，盖十世希不失矣。"孔安国注曰："周幽王为犬戎所杀，平王东迁，周始微弱。诸侯自作礼乐，专行征伐，始于隐公，至昭公十世失政，死于乾侯矣。"④可见，平王在位的前四十九年，还是一个"天下有道"的时代。王权失统在此之后，故孔子作《春秋》始于平王四十九年，即鲁隐公元年，以作为"天下无道"、诸侯征伐的开端。《诗经》的"二雅"、"二南"、"三卫"，春秋时代能在"国际"上广泛流传，并且能具有权威性，为整个社会所尊崇，这只有出自"天下有道"的王朝"礼乐"，才会有如此崇高的地位。而在"礼崩乐坏"的时代，是不可能形成如此具有权威性的"礼乐"的。从这一点上讲，《诗经》之再度编辑，只能在东周之初，而不可能在春秋霸权兴起之后。

―――――――――――

　　① 童书业：《春秋左传研究》有《东迁初周之国势》一则，曾举鲁隐公五年、六年、八年、九年、十年及桓公四年、五年所记周王诸事，以为东迁之初，缙葛之前（桓王十三年），"周王尚能讨伐诸侯，王师尚有一定力量，诸侯尚有朝鲁者。……周室亦尚能纠合诸侯以讨伐叛离之国，至缙葛战后，周室一蹶不振矣。"故《诗》之编辑亦有可能延至桓王时。

　　② 孔颖达：《礼记正义》，第 1557 页。

　　③ 王洲明、徐超《贾谊集校注》，人民文学出版社 1996 年版，第 380 页。

　　④ 《论语·季氏》，阮元校刻《十三经注疏》，第 2521 页。

其次，从"二雅"的时代下限看，也只有在平王时代或其后，才有条件再度编辑《诗经》。"二雅"应该说是《诗经》的主体部分。春秋引诗赋诗一百八十五次中，就有一百一十六次在"二雅"之中；以解释《诗》、《书》为主，相传成于周代的辞书，被名之曰《尔雅》①，亦可见《雅》之重要地位。《诗经》再度编辑的工作也主要是对"二雅"的续编。"二雅"共一百〇五篇，据《诗序》所言，除"正雅"三十四篇为周初之作外，其余七十一篇诗作：归于厉王者共五篇，全为刺诗；归于宣王朝者共二十篇，其中有美有刺；归于幽王者共四十六篇，全为刺诗。《诗序》对诗篇的解释及时代划分，我们并不完全同意，这里只是要看其大略而已。在"变雅"七十一篇中，绝大部分被视为刺诗，而幽王朝诗作的全部内容都是刺，占到了"变雅"的三分之二还多。有如此多刺幽王之诗，幽王时代无论乐师还是史官，恐怕都不会如此去编辑诗集、专给他们主子难看的。更值得注意的是，"二雅"中有部分周室东迁后的作品，有些痕迹非常明显。如《抑》篇，据《国语·楚语上》是卫武公九十五岁时的作品。卫武公卒于平王十三年。其九十五岁后之作，自当在平王时。《瞻卬》言"哲妇倾城"、"乱匪降自天，生自妇人"；《节南山》言："国既卒斩，何用不监"；《正月》言："赫赫宗周，褒姒灭之"；《雨无正》言："周宗既灭，靡所止戾。"这些都当作于东迁之后②。据赵光贤先生研究，《十月之交》也为平王时作品③。如果属于个别现象，我们完全可以怀疑是孔子三度编辑补入的。但若属于批量性的，我们只能考虑其编辑时间即在东迁之后了。

其三，"变雅"以怨刺诗为多，以西周最后厉、宣、幽三代王朝的诗作为主，而且这些诗作带有浓郁的政治色彩。周室从厉王到幽王三朝君主，有两朝因"行非君道"而未能善终，这对周室最高统治者来说，无论如何都是惊心动魄的大事。宣王、平王两朝治平之君，其必然要在治世方案上以"前车为鉴"。整个"变雅"几乎可以看作一部"史鉴"，它记录了三朝君主两朝灭亡、一朝

---

① 张揖：《广雅》卷首《广雅表》引《大戴礼·孔子三朝记》，有孔子教鲁哀公学《尔雅》一事。以其初成于周公，而后人不断有增益。其言虽不可全信，然亦可见其成书之早。

② 参见陆侃如、冯沅君：《中国诗史·古代诗史·诗经》及拙著《雅颂新考·雅颂诗的断代》，山西高校联合出版社 1996 年版，第 210、213 页。

③ 赵光贤：《〈诗·十月之交〉作于平王时代说》，《齐鲁学刊》1984 年第 1 期。

中兴的历史经验与教训。因而它非常有可能是为政治目的而编纂的，带有总结历史兴衰教训的意义。而最有可能做这一工作的就是周平王。

将反映政治形势与民众情绪的怨刺诗收集起来，以作为统治者制定政策的参考，这便是聚讼千年的"献诗"与"采诗"，二者与周代礼乐制度有着密不可分的关系。第一，无论"献诗"还是"采诗"，都是作为周代的礼制而存在于传说中的，"献诗"侧重在上层官僚系统，即所谓"公卿"、"列士"；"采诗"侧重在下层社会，即所谓"求歌谣之言"。二者构成了一个信息反馈系统，用一种平和的方式，对政治起着"补察"作用。第二，无论是所"献"之诗还是所"采"之诗，最终都是要通过乐师"比其音律以闻于天子"的。因而"献诗"与"采诗"，在逻辑上则是完全合于周代礼乐制度的。对"采诗说"反对最力、也最有影响的是崔述，他认为：

> 旧说"周太史掌采列国之风，今邶、鄘以下十二国风皆周太史巡行之所采也。"余按：克商以下逮陈灵近五百年，何以前三百年所采殊少，后二百年所采甚多？周之诸侯千八百国，何以独此九国有风可采，而其余皆无之？曰：孔子之所删也。曰：成、康之世，治化大行，刑措不用，诸侯贤者必多，其民岂无称功颂德之词，何为尽删其盛而独存其衰？伯禽之治，郇伯之功亦卓卓者，岂尚不如郑、卫，而反删此存彼，意何居焉……则此言出于后人臆度无疑也。[①]

崔氏之论颇有说服力，故为众多学者所信从。但是如果我们打破传统"采诗之制自古有之"的成见，与西周晚期的历史结合起来思考，问题就容易解决了。其实从"变雅"中所记述的厉、宣、幽、平四代的怨刺诗情况看，"采诗之制"很可能就是从周宣王才真正开始的。前代或许有之，然时过境迁，典礼乐诗以外的诗歌便很容易丧失。厉王止谤，自取灭亡。宣王即位，必然接受这一教训。《毛公鼎》记宣王教导臣下说："汝推于政，勿雍累庶民。"因古文字训释各有不同，对于"雍累"二字自有不同解释，我们理解这与召穆公谏厉王

---

① 崔述：《读风偶识》卷2，见《崔东壁遗书》，上海古籍出版社1983年版，第543页。

所说："防民之口，甚于防川。川壅而溃，伤人必多"的"壅"字意思，应该是有联系的。这里应该有让人"放开说话"这一层意思在内。而"采诗"与"献诗"最本质的目的，就是总结教训，全面了解民情。《诗经》中宣王朝的诗作骤然增多，当与此大有关系。这些诗当时采集来，都保存在太师手里。到平王时，又一次沉痛的历史教训发生，这必然会促使平王总结历史教训与经验的动机产生，故而从太师那里全面收集厉王以来反映政治得失的诗歌，"钦定"成册，以体现官方的主流意识形态，作为政治"教本"与"史鉴"，颁布于天下，就成为可能。

平王编《诗》说的另有一条有力证据就是"三卫"诗的编入。如前所言，《春秋》时代广泛流行于社会的《诗经》本子，《国风》部分只有"二南"、"三卫"。"二南"因为与周公、召公有关系，编于最初的诗集，乃属情理中的事。故宋儒王质《诗总闻》及程大昌《考古编》皆主张将"二南"从《国风》中分离出来。问题是为什么除此之外的十二国风中，独独收录了邶、鄘、卫的诗呢？而且在今本《诗经》中，"三卫"诗居于"变风"之首，这是什么原因呢？《诗》学家们曾对此做出过种种解释①。其实只要我们考察一下平王时的历史，便会恍然大悟。幽、平之世，"国际"上声望最高的诸侯，恐怕就数卫武公了。《国语·楚语上》有如下一段记载：

> 昔卫武公年数九十有五矣，犹箴儆于国，曰："自卿以下至于师长士，苟在朝者，无谓我老耄而舍我，必恭恪于朝，朝夕以交戒我，闻一二之言，必诵志而纳之，以训导我。"在舆有旅贲之规，位宁有官师之典，倚几有诵训之谏，居寝有亵御之箴，临事有瞽史之导，宴居有师工之诵。史不失书，蒙不失诵，以训御之。于是乎作《懿》诗以自儆也。及其殁也，谓之睿圣武公。②

这个故事不出自中原，而却出自楚国史官之口，也足以见其流传之广、影响之

---

① 参见孔颖达《毛诗正义》、成伯玙《毛诗指说》、蔡卞《毛诗名物解》、吕祖谦《吕氏家塾读诗记》、高似孙《纬略》、章如愚《群书考索》等。

② 徐元诰：《国语集解》，中华书局2002年版，第500—502页。

大了。而且"国际"上还给了卫武公"叡圣"这样一个绝高的称号，其地位也就可想而知了。季札观乐时即言："美哉渊乎，忧而不困者也。吾闻卫康叔、武公之德如是，是其卫风乎！"《诗序》于《卫风·淇奥》篇说："《淇奥》，美武公之德也。有文章，又能听其规谏，以礼自防，故能入相于周，美而作是诗也。"《大雅》和《小雅》中，分别录有武公的诗作，武公的文采于此亦可见一斑。《史记·卫康叔世家》说："武公即位，修康叔之政，百姓和集。四十二年，犬戎杀周幽王，武公将兵往佐周平戎，甚有功，周平王命武公为公。""甚有功"三字十分有力，虽然《史记》未详载其功，但一个"甚"字也足以看出其非同寻常了。由此看来，卫武公无论文韬武略、道德文章，还是地位声望，在这个时代都是最具有楷模意义与影响力的。故平王编《诗》，出于诗乐教化的功利目的，在诸国之中，便首先将"三卫"编入了其中，以示"康叔、武公之德"。

《孟子》云："王者之迹熄而《诗》亡，《诗》亡然后《春秋》作。"考察一下今本《诗经》，诗作于春秋时代者极多，何以言"《诗》亡然后《春秋》作"？但如果从平王编《诗》这一历史可能性考虑，问题便可迎刃而解。平王编《诗》，结集成册，颁行各国。平王四十九年后，诸侯专伐，天子巡守之礼废，采诗之制辍，故曰"王者之迹熄而《诗》亡"。《诗》再度编订于平王之时，《春秋》起始于平王之末，故曰"《诗》亡然后《春秋》作"。由此言之，春秋时代流行的《诗》的本子，只有编辑于平王之时，才最符合孟子所言。我们相信孟子是有所传承的。

需要说明的是，《诗经》的再度编辑，主要是在原初典礼乐歌基础上的扩充。除了大量增入"变雅"与"三卫"部分外，对于原初的典礼乐歌可能有所增补甚至更替或修改。如《周南·汝坟》，崔述即疑其为东迁后的诗[①]。《召南·何彼襛矣》篇言及"平王之孙"，显然已入桓王之世。陆侃如先生甚至认为"二南"是东迁后的南方文学[②]，此也未必没有可能。我们怀疑，如果"二南"初成于宣王时的话，其篇籍扩充及地位的大幅度提升应该是在东迁之初。

---

① 崔述：《读风偶识》卷1，《崔东壁遗书》，上海古籍出版社1983年版，第536页。
② 陆侃如：《〈二南〉研究》，《陆侃如古典文学论文集》，上海古籍出版社1987年版，第126—136页。

所谓"后妃之德也，风之始也，所以风天下而正夫妇也"，所谓"王化之基"，所谓"乐得淑女以配君子，忧在进贤"等观念，其最有可能产生的背景，就是褒氏之祸发生之后的东周之初，即在周贵族痛定思痛、反思教训的历史过程中。因为这次女祸对周王室的打击是带有毁灭性的，因而引起了王室贵族的高度重视，在正兴礼乐中，将"正夫妇"放到了首位，而颁于侯国。

三、孔子"删诗"与《诗》之三度编辑

《史记·孔子世家》称：

> 古者《诗》三千余篇，及至孔子，去其重，取可施于礼义，上采契、后稷，中述殷、周之盛，至幽、厉之缺，始于衽席。……三百五篇孔子皆弦歌之，以求合韶、武、雅、颂之音。

这里"去其重"的"去"即有"删去"之意，其后王充《论衡·正说篇》、《汉书·叙传》、伪《古文尚书序》、《隋书·经籍志》等大率相同，皆言"孔子删《诗》"。至唐，孔颖达《毛诗正义·诗谱序疏》始质疑："如《史记》之言，则孔子之前，诗篇多矣。案：书传所引之诗，见在者多，亡逸者少，则孔子所录，不容十分去九。司马迁言古诗三千余篇，未可信也。"此后孔子是否"删诗"的问题，便成了《诗》学史上的大公案。宋儒如欧阳修、王应麟、马端临等皆以"删诗说"为是，而清儒朱彝尊、赵翼、李惇、崔述等则力主孔子未曾"删诗"。今之学者则多从清儒朱、赵之说，而各有发挥。

其实太史公之说并非没有根据。诸家的怀疑，主要在"三千"篇与"三百"篇之差，即孔氏所云："书传所引之诗，见在者多，亡逸者少，则孔子所录，不容十分去九。"但我们只要分析一下当时的形势，问题可能就容易解决了。原先"礼乐征伐，自天子出"，周王朝采集诗歌，经过大师"比于音律"，再由周王"钦定"编选成集，代表着官方意识形态，颁行于各诸侯国。而到春秋时代，礼乐崩坏，"乐礼征伐，自诸侯出"。天子不能统一颁布礼乐，

乐诗保存在了周太师与各诸侯国的乐官手里。传统的乐诗因长期不演奏而散乱失传。中间有好事者收集整理，也难得其完。如《国语·鲁语下》言："昔正考父校商之名颂十二篇于周太师，以《那》为首。"正考父是孔子的八代祖先，其所校的《商颂》有十二篇，但到编定《诗经》时，却只剩下五篇了①。当时乐诗保存最好的当数鲁国，因此在襄公二十九年吴季札至鲁时，特意要观周乐。晋国大臣韩宣子也有"周礼尽在鲁矣"之叹。但鲁哀公时，鲁国礼乐也散佚不堪了。重视礼乐的孔子在周游列国时，对各国乐师所保存的诗乐自然特别留意，他与各国的太师谈乐，闻《韶》而三月不知肉味，从师襄子学鼓琴。周游各国时，他随时从各方收集乐诗。所谓"三千余篇"，当是他所收集到的篇数。但在这三千多篇中，有相当多都是重复的，还有些是残篇断简无法演奏、不能用于礼乐的。于是孔子一是"去其重"，把重复的、大同小异的去掉；二是"取可施于礼义"，将能用于礼乐者取出，如此而得者不过三百余篇而已。因此司马迁的说法是可以成立的。刘向校书，可作所为孔子"删诗"最好的佐证。汉改秦之败，大收篇籍，迄孝武世，书缺简脱。到刘向才开始了艰难的校书工作。他在《管子书录》、《晏子书录》、《孙卿书录》等篇中记录下了去复定篇的情况。如：

> 所校雠中《管子》书三百八十九篇，大中大夫卜圭书二十七篇，臣富参书四十一篇，射声校尉立书十一篇，太史书九十六篇，凡中外书五百六十四篇。以校，除复重四百八十四篇，定著八十六篇。
>
> 所校中书《晏子》十一篇……太史书五，臣向书一篇，参书十三篇，凡中外书三十篇，为八百三十八章。除复重，二十二篇六百三十八章，定著八篇，二百一十五章。
>
> 所校雠中《孙卿书》，凡三百二十二篇，以相校，除重复二百九十篇，定著三十二篇。②

----

① 郑玄《商颂谱》亦曰："自从政衰散亡，商之礼乐，七世至戴公时，当宣王大夫正考父者，校商之名颂十二篇于周太师，以《那》为首，归以祀其先王。孔子录诗之时，则得五篇而已。"
② 严可均：《全上古三代秦汉三国六朝文》第一册，中华书局1958年版，第332页。

《孙卿书》收集到三百二十多篇，而重复的就有二百九十多。以此推之，孔子"删诗"，十去其九，完全是情理中的事。不过准确地表达，应该说是"整理"而不是"删"。宋郑樵提出：

> 大抵得其乡声则存，不得其声则不存也。周之列国，如滕、薛，如许、蔡，如邾、莒等国，夫岂无诗？但鲁人不识其音，则不得其详。季札聘鲁，鲁人以《雅》、《颂》之外所得十五国风尽歌之。及观今三百篇，于季札所观与鲁人所存，无加损也。若夫夫子有意删诗，则当环辙之时，必大搜而备索之，奚止十五国乎？然圣人不欲强备者何也？盖以天下情性美刺讽咏亦不过是也。删诗之说，非夫子本意，汉儒孔安国倡之。^①

清王士禛则曰：

> 孔子但正乐，使各得其所而已，未尝删《诗》。观"自卫返鲁"云云可见。且一则曰"《诗》三百"，再则曰"诵《诗》三百"，《家语》对哀公问郊，亦曰："臣闻诵《诗》三百，不可以一献。"知古诗本来有三百篇，非孔氏自删定也。^②

这是非常具有代表性的两种意见。根据他们的分析，《诗经》应该是鲁国通行的本子，在孔子之前早就如此了，未必经过孔子删定。这种观点有相当的合理性，但也忽略了一个问题。司马迁在"古者诗三千余篇"这段记载前，先是说："孔子语鲁太师，乐其可知也，始作翕如，纵之纯如，皦如，绎如也，以成。吾自卫反鲁，然后乐正，《雅》、《颂》各得其所。"在这段记载后又曰："礼乐自此可得而述，以备王道，成六艺。"这就非常明确地指出，孔子整理《诗经》的目的，不在诗之本身，而在"兴正礼乐"。因此他首先是从礼乐的角度考虑诗篇的取舍的。凡无法演奏、不能用于礼乐者，如一些徒歌、民谣，残

---

① 郑樵：《删诗辨》，见《六经奥论》卷3，同治十二年粤东书局重刊本。
② 王士禛：《池北偶谈》卷18《诗三百非孔子所删》，中华书局1982年版，第440页。

竹断简，皆舍而不取。而鲁国乐师所保存的、曾为吴公子演奏过的乐章，则是全部能够演奏、可用于礼义的，也是当时保存最为完好的本子，从大的构架上自然不必大加删损。至于具体篇目和各篇的情况，则难得其详。《论语》中反复所谓的"诗三百"，当是孔子当时掌握的大略数字。《孔子世家》于孔子自齐返鲁后言："孔子不仕，退而修《诗》、《书》、《礼》、《乐》，弟子弥众，至自远方，莫不受业焉。"崔述以此为定公五年后事①，其说大致可信。此去孔子"自卫返鲁"之年尚有二十四年之久。也就是说，孔子在鲁定公五年就开始了修《诗》、《书》的工作，其间他边授徒边收集诸国保存的本子，或有出入，自可择善而从。此与后世的校勘图书是相差无几的。如果说在这中间，孔子"以求合《韶》、《武》、《雅》、《颂》之音"，竟无一删削，恐怕也是不合情理的。王士祯等认为孔子只是"正乐"，未曾"删诗"。其实"正乐"与删定诗篇是相联系的。即如范家相所说："夫诗为乐章，诗正则乐亦正，不分为二也……乐正则诗亦正……故正乐即以正诗，而非有二也。"②今存《诗经》的本子，未必是先秦旧帙③。但就其总体构架而言，不会有多大变动。《诗经》各部分的诗篇，基本上是按时间先后编排的，再度、三度编辑，乃是在原基础上的增益，即于旧作之后，附以新收集的篇子。孔子编诗，除对"二雅"、《周颂》、"二南"、"三卫"部分有所增补外，最主要的还是编定了《王风》以下十国的诗。关于十五国风的次第，有三种排列，如欧阳修所说：

> 《周南》、《召南》、《邶》、《鄘》、《卫》、《王》、《郑》、《齐》、《豳》、《秦》、《魏》、《唐》、《陈》、《曹》，此孔子未删之前，周大师乐歌之次第也。《周》、《召》、《邶》、《鄘》《卫》、《王》、《郑》《齐》、《魏》、《唐》、《秦》、《陈》、《桧》、《曹》、《豳》，此今诗次第也。《周》、《召》、《邶》、《鄘》《卫》、《桧》、《郑》、《齐》、《魏》、《唐》、《秦》、《陈》、《曹》、

---

① 崔述：《洙泗考信录》，《崔东壁遗书》，上海古籍出版社1983年版，第277页。
② 范家相：《正乐正诗》，《诗渖》卷1，清乾隆三十九年古趣亭刻本。
③ 《诗》经秦火，篇籍散乱，经师整理，自难复其旧。郑玄《诗谱序》曰："汉兴之初，师移其第耳。乱甚焉。既移，又改其目。"顾炎武《日知录》卷3《诗序》一则中也言及《诗经》篇次错乱之事。

《豳》、《王》，此郑氏《诗谱》次第也。①

今本《诗经》为何要改变太师乐歌之次第呢？孔颖达、欧阳修、蔡卞、张载、程颐、章如愚、何异孙、虞惇等皆对此作过探讨②，亦各有所得，然未达一间。周太师保存的《国风》次序，看不出有什么规律，似乎带有很大的随意性，可能是根据采集的先后次序排列而成的。而孔子的重新整理，则对其作了历史性的思考。首先他考虑到的是春秋时代一个特殊的历史现象，即王权的丧落与霸权的兴起。故而对"三卫"以下国风的排列，先列《王风》，以示王国虽微，其爵犹存，世犹尊之。接着以《郑风》次之。虞惇以为郑原属于畿内之国，后来又是随王室东迁的，所以《郑风》次于《王风》之后。其实《郑风》次于《王风》的一个根本性问题，是因为郑是春秋时代首先兴起的霸权国家。随后霸业相继而兴者是齐桓公（此前有齐僖公小霸）、晋文公、秦穆公，故诗以齐、晋（《魏》、《唐》）、秦数国之风相次。《秦风》以下《陈》、《桧》、《曹》、《豳》等风，则略依其地及影响之大小而附次之，不见得有什么严格标准了。《豳风》附于最后，可能因豳在周时已非国名，只是一地区的缘故。

另外，《大武》原不入《诗》③，此次编辑则附于入《周颂》后。鲁国是周公之后，《商颂》为先代之乐，故将二颂次于《周颂》之后。

需要说明的是，相当多的学者都认为《诗经》是由乐师编辑而成的④。如许廷桂先生所言，秦穆公说"中国以《诗》、《书》、礼乐法度为政"，赵衰说"《诗》、《书》义之府也"。像这样具有权威性的著作，太师是不够格承担其总纂任务的⑤。因而《诗经》在春秋时代之所以具有权威性，是因为它出自"乐礼征伐，自天子出"的王朝政治中心。而其在战国之后所具有的地位，则是由孔子决定的。《诗经》既为乐歌总集，自然应由熟谙音律的乐官手定。但要

---

① 此据《吕氏家塾读诗记》引，段昌武《段氏毛诗集解》、王应麟《诗地理考》、刘瑾《诗传通释》等引同。欧氏《诗本义·诗谱补亡后序》文字与此略异。

② 见孔氏《毛诗正义》卷1、欧氏《诗本义》卷15、蔡卞《毛诗名物解》卷18、《吕氏家塾读诗记》引张氏、程氏、章氏《群书考索》卷3、何异孙《十一经问对》卷四虞氏《读诗质疑》卷首等。

③ 参见拙著《雅颂新考·颂诗新考》，第143—155页。

④ 最有代表性的是朱自清与高亨，朱说见《朱自清古典文学论文集·经典常谈》，上海古籍出版社1981年版下册。高说见《文史述林·诗经引论》，中华书局1980年版。

⑤ 许廷桂：《〈诗经〉编者新说》，《重庆师院学报》1997年第4期。

知道儒与乐师本有着极为深远的渊源关系①，作为儒家鼻祖的孔子，编订《诗经》，完全是在情理之中的。而且又因孔子在文化史上的绝高地位，完全可以赋予《诗经》以经典性、神圣性的。《诗经》的三次编辑问题，因书阙有间，史书不详，我们以上只是作了尽可能的考证与合乎情理的推论。从以上认定的三次编辑来看，其每一次都有不同的用意和目的。第一次宣王编诗，主要是从"典礼仪式"出发考虑的，目的是在"兴正礼乐"，再致盛世。即所谓"法文、武、成、康之遗风"。因而他所"钦定"的只是典礼乐歌，倡导的是一种中正平和之音。据以上考证，尽管宣王有可能是"采诗"制的真正实行者，但所谓"观民风，知得失，自考正"，只是要求政治家自己掌握的事情，故不必颁于天下。平王时则不同了。平王编诗，则是从"反于治道"考虑的，带有非常强烈的政治功利目的。他想从亡国的教训中复振国祚，故而所编以厉、宣、幽三世"怨诽"之音为主，并将此颁于诸侯，以警天下。他所追求的目标只是维护周统不坠而已，故远不及宣王之高远。孔子编诗则面对的是"礼崩乐坏"、天子失统的现实。因而他所考虑的是恢复周礼、"雅颂各得其所"的问题，同时也考虑到了文化承传与世道人心的修复的问题，故将"可施于礼义"作为一项标准。

《诗经》经过三度编辑，规模加大，也基本定型。故而我们可以看到，孔子之后的战国人，如《左传》"君子"引《诗》，及于《曹风》；《晏子》引《诗》，及于《王》、《郑》、《豳》；《孟子》引《诗》，及于《鲁》、《齐》、《魏》等，其范围就超越了春秋引《诗》、赋《诗》的局限，在"二雅"、"三卫"之外，增多了对《王风》以下国风及《鲁颂》的引用。这应当是增订本《诗经》传播的说明。值得注意的是，今本《诗经》与孔子所编的《诗三百》，其间仍存有不同。但这可能是在流传中出现的问题。因为古代不存在著作权的问题，同一部著作在不同的传播系统中，因传播者根据自己的认识往往有所损益，故便形成了不同的版本。今本《诗经》与《论语》中引《诗》有所不同，当属此类，并非存在四度编辑问题。

---

① 参见阎步克：《乐师与史官·乐师与"儒"之文化起源》，生活·读书·新知三联书店 2001 年版，第 1—32 页。

孔子编《诗》及其文化使命①

一、司马迁"孔子编《诗》说"的可信性认定

孔子编《诗》，《史记·孔子世家》言之凿凿，其云：

> 古者诗三千余篇，及至孔子，去其重，取可施于礼义，上采契、后稷，中述殷、周之盛，至幽、厉之缺，始于衽席。……三百五篇孔子皆弦歌之，以求合韶、武、雅、颂之音。②

其后类似的记载不绝于典籍，如王充《论衡·正说篇》说："孔子删去重复，正而存三百篇。"《汉书·叙传》说："虞夏商周，孔纂其业。纂《书》删《诗》，缀礼正乐。"郑玄《诗谱序》说："故孔子录懿王、夷王时诗，讫于陈灵公淫乱之事，谓之'变风'、'变雅'。"③陆玑《毛诗草木鸟兽虫鱼疏》卷下说："孔子删《诗》，授卜商，商为之序。"伪《古文尚书序》说："先君孔子……删《诗》为三百篇。"《隋书·经籍志》说："孔子删《诗》，上采商，下取鲁，凡三百篇。"可以说，这是唐以前人坚信不疑的观念。我们相信这一记载是有历史根据的，也是可信的。

然而唐代之后，这一传统的说法遇到了颠覆性的发难。发难者主要是从两个角度考虑的：第一，将三千篇诗删剩三百篇，不合情理；第二，春

---

① 本文最初发表于《文史哲》2008 年第 6 期。
② 司马迁：《史记》，中华书局 1959 年版，第 1936 页。
③ 孔颖达：《毛诗正义》，阮元校刻：《十三经注疏》，中华书局 1980 年影印本，第 262、263 页。

秋使臣赋诗言志，孔子每言"诗三百"，说明《诗经》在孔子之前就已存在。从第一个方面最先发难的是孔颖达，他在《毛诗正义·诗谱序疏》中说："如《史记》之言，则孔子之前，诗篇多矣。案书传所引之诗，见在者多，亡逸者少，则孔子所录，不容十分去九。马迁言古诗三千余篇，未可信也。"[1] 其后从之者甚夥。如清儒朱彝尊、赵翼、李惇、崔述等则力主孔子未曾"删诗"。从第二个方面发难者，如清王士禛曰："孔子但正乐，使各得其所而已，未尝删《诗》。观'自卫返鲁'云云可见。且一则曰'诗三百'，再则曰'诵诗三百'，《家语》对哀公问郊，亦曰：'臣闻诵诗三百，不可以一献。'知古诗本来有三百篇，非孔氏自删定也。"[2] 日本江户时代学者仁井田好古亦云："季札观乐于鲁，其《国风》、《雅》、《颂》，与今正同，此皆先于孔子之时，则其篇数次叙，非孔子之所创造者，章章而明矣。"并提出了"《诗》编定于定王时师挚"说[3]。现代学者缪钺撰《诗三百纂辑考》，亦力主"诗三百篇之纂为定本，必前于孔子"[4]。于是，现在通行的文学史著作，几乎皆对孔子编《诗》删《诗》说作了彻底否定。如分别由游国恩、余冠英、章培恒、袁行霈等先生主编，流布最广、在高校作为教材通用的几部《中国文学史》，皆无一例外的认定，《诗经》成书于孔子之前。

　　这种貌似合理的发难，却犯了一个严重的错误：他们不是以正面的历史记述为根据，以背景还原的方式，解决其与周边记载的矛盾。而是以钩沉索隐所获得的与正面记述相矛盾的资料为逻辑起点，游离开事物本身，从概念出发，以否定事物存在的方式，达到矛盾的彻底解决。然而此却无法解决司马迁为什么要如此记述的问题。在对待历史问题上，古代史学家与后世学者采取的是两种不同的方法。司马迁及古代史学家，他们对待历史，是以前人传闻或历史记载为根据的，即便有时出自己意，那也是经过了他们的一番综合分析、深入研究而做出的决断，一般不会向壁臆造。而后世学者，则是以当代人的观念认识为逻辑起点，来推断历史。凡不合于今之逻辑者，则皆被视为谬误。但要知

①　孔颖达：《毛诗正义》，阮元校刻：《十三经注疏》，中华书局 1980 年版，第 263 页。
②　王士禛：《诗三百非孔子所删》，《池北偶谈》，中华书局 1982 年版，第 440—441 页。
③　〔日〕仁井田好古：《毛诗补传》卷首《毛诗补传举要·纂定第一》，斯文会藏版。
④　江矶：《诗经学论丛》，崧高书社 1985 年版，第 46 页。

道，历史是靠记载传承的，而不是靠逻辑推导出来的。就诸家的第一个发难而言，其疑点主要在"三千"篇与"三百"篇之差，即孔氏所云："书传所引之诗，见存者多，亡逸者少，则孔子所录，不容十去其九。"但只要看一下以下几条资料，问题便可迎刃而解：

> 刘向《管子书录》：所校雠中《管子》书三百八十九篇，大中大夫卜圭书二十七篇，臣富参书四十一篇，射声校尉立书十一篇，太史书九十六篇，凡中外书五百六十四篇。以校，除复重四百八十四篇，定著八十六篇。
>
> 《晏子书录》：所校（雠）中（书）《晏子》十一篇……太史书五篇，臣向书一篇，参书十三篇，凡中外书三十篇，为八百三十八章。除复重二十二篇六百三十八章，定著八篇，二百一十五章。
>
> 《孙卿书录》：所校雠中《孙卿》书凡三百二十二篇，以相校，除重复二百九十篇，定著三十二篇。①

这是刘向校书的几则记录文字，当时收集到《管子》书共三百八十九篇，去掉重复篇子，仅得八十六篇，所剩仅有七分之一；《晏子》三十篇，去掉重复仅得八篇，所剩也只有四分之一；而《孙卿》书三百二十二篇，去重复后仅得三十二篇，所剩还不到十分之一！这与"孔子删诗，十去其九"的情况完全一样。刘向与司马迁同为西汉人，他们对于书籍整理中篇章的计算方式以及问题的理解应该是相同的。以此推之，由"三千"而得"三百"之数，完全是情理中的事。孔子周游各国时，随时从各方收集乐诗。所谓"三千余篇"，当是他所收集到的篇数。但在这三千多篇中，有相当多都是重复的，还有些是残篇断简无法演奏、不能用于礼乐的。于是孔子一是"去其重"，把重复的、大同小异的去掉；二是"取可施于礼义"，将能用于礼乐者取出，如此而得者不过三百余篇而已。因此司马迁的说法是可以成立的。

就诸家的第二个发难言，其疑点主要在孔子之前使臣赋诗范围与季札观乐时所披露的《诗经》本子，与今本略同。但此中起码忽略了两个问题。一、

---

① 　严可均：《全上古三代秦汉三国六朝文》第一册，中华书局1958年版，第332页。

《诗经》并非一次编定，郑玄就曾提出《诗经》二度编辑的问题①。在孔子之前不仅有《诗》的传本，而且不止一种，今知者最少有两种。但这并不能成为颠覆孔子编《诗》说的根据。日本学者冈村繁先生曾将《左传》引诗赋诗情况作表统计，发现所涉及诗篇集中在《周颂》、"二雅"、"二南"、"三卫"中，而又以"二雅"为最多。其余《郑风》是郑人所赋，《秦风》是秦人所赋，《唐风》是为晋人而赋，皆属特例②。这说明春秋时在各诸侯国广为流传的《诗经》本子只有《雅》、《颂》和"二南"、"三卫"，与今传《诗经》大不相同③。此外各国乐师也各有收集，但不能纳入通行本之中。二、吴季札所见的保存于鲁国乐师手中的《诗经》本子，不仅不同于通行于各诸侯之间的《诗经》传本，其排序与今本也有很大差异。季札所见《诗》本《国风》部分的排序是：《周》、《召》、《邶》、《鄘》、《卫》、《王》、《郑》、《齐》、《豳》、《秦》、《魏》、《唐》、《陈》、《曹》。这个次序除"二南"、"三卫"为旧帙所有外，其余很难看出其有何规律来。而今本《诗经》则明显地体现着王权丧落与霸权迭兴的历史变迁，与孔子《春秋》有相同的思路。如"三卫"以下先列《王风》，以示王国虽微，其名犹存，世犹尊之。接着以《郑风》次之，是因为郑是春秋时代首先兴起的霸权国家。《春秋》始于鲁隐公元年，而隐公元年最大的一件事就是郑国内部发生的兄弟争地的一场大战。战争以郑庄公胜利告终。从此之后郑国日强，史家称"郑庄小霸"④。随后霸业相继而兴者是齐桓公（此前有齐僖公小霸）、晋文公、秦穆公，故诗以齐、晋（《魏》、《唐》）、秦数国之风相次。其后排序，以清儒虞惇之言说："次《陈》何也？曰：定王之九年而楚庄入陈，盖自是而中国无霸矣。夫子伤之，故变风终于陈灵也。次《桧》次《曹》何也？曰：桧灭于西周之终，天下无王也；曹灭于春秋之终，天下无霸也。乱极则思治，故终之以《豳》。"⑤《诗》本排序上的这种变化，正可证明孔子编《诗》的可能性存在。

---

① 孔颖达：《毛诗正义》，第262、263页。
② 〔日〕冈村繁：《周汉文学史考·〈诗经〉溯源》，《冈村繁全集》第1卷，上海古籍出版社2002年版，第33页。
③ 参见刘毓庆、郭万金：《诗经结集历程之研究》，《文艺研究》2006年第5期。
④ 参见童书业：《春秋左传研究·郑庄小霸》，上海人民出版社1980年版，第40页。
⑤ 严虞惇：《读诗质疑》卷首5，《文渊阁四库全书》本，第87册，第80页。

　　司马迁在"古者诗三千余篇"这段记载前，先是说："孔子语鲁太师，乐其可知也，始作翕如，纵之纯如，皦如绎如也，以成。吾自卫反鲁，然后乐正，《雅》、《颂》各得其所。"在这段记载后又曰："礼乐自此可得而述，以备王道，成六艺。"这就非常明确地指出，孔子整理《诗经》，是从礼乐的角度考虑诗篇的取舍的。凡无法演奏、不能用于礼乐者，如一些徒歌、民谣，残竹断简，皆舍而不取。而鲁国乐师所保存的、曾为吴公子演奏过的乐章，则是全部能够演奏、可用于礼仪的，也是当时保存最为完好的本子，从大的构架上自然不必大加删损。至于具体篇目和各篇的情况，则难得其详。《论语》中反复所谓的"诗三百"，当是孔子当时掌握的大略数字。《孔子世家》于孔子自齐返鲁后言："孔子不仕，退而修《诗》、《书》、《礼》、《乐》，弟子弥众，至自远方，莫不受业焉。"①崔述《洙泗考信录》以此为定公五年后事②，其说大致可信。此去孔子"自卫返鲁"之年尚有二十四年之久。这里有三个问题值得重视，第一，孔子在鲁定公五年就开始了修《诗》、《书》的工作。第二，孔子到这时才真正专心于教授弟子的工作。他要悉心把"在兹"之"文"传授给他的弟子，使"斯文不灭"。那么，他就要有一个固定的《诗经》教本供弟子研习。第三，"诗三百"这个说法，从今见史料而言，孔子之前无一人道及，只有孔子才开始确定下来，可以说，在"自齐反鲁"到"自卫反鲁"之间，他边授徒边收集诸国保存的本子，或有出入，依据"可施于礼义"者，自可择善而从。并根据他对王道兴衰轨迹的认识，重新排列各国风诗次第，此与后世的校勘图书相差无几。所谓"修《诗》《书》"，假如《诗》、《书》早有定本，各国所传版本并无差异，为什么还要"修"？况且孔子还要"以求合《韶》、《武》、《雅》、《颂》之音"，如果说，孔子在以"可施于礼义"与"合《韶》、《武》、《雅》、《颂》之音"即以符合礼与乐两个标准的"修诗"过程中，竟无一删削，恐怕也是不合情理的③。仔细思考《史记》原文"三百五篇，孔子皆弦歌之，以求合《韶》、《武》、《雅》、《颂》之音"这句话，我们还可以发现一个问题，就是司马迁在强调

---

① 司马迁：《史记》，第1914页。
② 崔述：《洙泗考信录》，《崔东壁遗书》，上海古籍出版社1983年版，第277页。
③ 参见范家相：《诗渖》卷1《删诗》，清乾隆三十九年古趣亭刻本。

这样一个事实，《诗经》三百五篇从歌词内容到音乐形式都是孔子手定的。观《论语》原文，可以把"《雅》、《颂》各得其所"那句话，理解为孔子在音乐上对他手定的《诗经》三百五篇做了最后的校定。而"诗"是从属于"乐"的，在亲自弦歌之中，只定"乐"而不管"诗"，这是怎么想都不合理的。

上博简《孔子诗论》的出土发现，也为此问题提供了新的证据。关于竹书《孔子诗论》的作者目前学界尚无定论，无论是孔子、孔子的弟子抑或其再传弟子，但短短千余字的《诗论》中六次"孔子曰"的出现，足以说明孔子在《诗》传授中的重要作用及其在当时《诗》学上的重要地位。由此，我们说孔子曾经对《诗》进行过编辑整理，这种推断当是合理的。

总之，关于司马迁孔子删定《诗经》的记载，现在学者除了从逻辑推导中发现的几处本来并不矛盾的所谓矛盾之外，并拿不出多少足以推翻这一成说的历史证据来。我们认为，对于历史记载，应该首先考虑它的合理性，在这种合理性实在无法获得圆满证实时，再考虑它的失实的可能性。因而对于孔子编《诗》说，在没有新的材料出现之前，我们认为还是要尊司马迁的记载。

二、《诗经》承载文化重荷的必然性分析

以司马迁"孔子编《诗》说"的可信性认定为基点，我们就可以对《诗经》经典化的必然性做出更深刻的理解。《诗经》就其本质而言，是"诗"，是文学。而就其社会与文化角色而言，则是"经"。其"经"的地位的确立，关键在于"圣人亲定"。可以说，没有孔子，《诗》不会成为"经"。是孔子赋予了《诗经》"经"的文化角色。而这一文化角色，决定了《诗经》承载文化重荷的必然性结果。

（一）从孔子自身所具有的文化使命感着眼，我们看到了他在编《诗》这一巨大工程中所寄寓的文化期盼。在那个依靠竹简艰难地记录语言的时代，参照郭店楚简，编辑一部三万八千余字的《诗经》，如依简本《老子》的书写格式，最少需要一千六百多支竹简；若依《语丛》格式，则需要四千七百多支竹简。这是多么浩大的工程！同时，春秋最后一次赋诗是在鲁定公四年，即公元

前 506 年。而孔子编定《诗经》，是在鲁哀公十三年自卫返鲁以后，即公元前 482 年后，中间相隔二十五年之久。也就是说，《诗经》最后的编定，是在"诗礼"高潮退去的二十五年之后。请想，一位饱经风霜、在国际政治舞台上颠簸了半个世纪之久的文化老人，在垂暮之年竟然耗费大量物力、精力，兴致勃勃地编起了为时代开始冷漠的《诗经》来，这到底意味着什么呢？很显然，孔子编《诗》绝不是出于纯学术目的，而是有着更为重大的文化上的考虑的。

孔子是一位有非常强烈的文化使命感与社会责任感的学者。《论语·子罕》篇中的一段记载，非常突出地体现了孔子自己所认定的文化角色："子畏于匡，曰：'文王既没，文不在兹乎？天之将丧斯文也，后死者不得与于斯文也；天之未丧斯文也，匡人其如予何？'"在孔子看来，文王死后五百年，承传中国文化的重任非己莫属，如果自己道未行而死于匡，中国文化道统就会断绝。怀着这样的抱负而安排自己的一生，他的每一项工作都应该是具有文化意义的。尽管司马迁对于孔子编《诗》的目的性，没有作解释，只是说孔子将收集到的三千多篇古诗，去其重复，把"可施于礼义"的部分编订成册，拿来演奏，"以求合《韶》、《武》、《雅》、《颂》之音"，但这里却披露了一个重要的信息，即孔子编《诗》最基本的考虑就是"礼乐"二字。史之职在记述，但在记什么与不记什么之间，彰显着史家的观念，司马迁前言"取可施于礼义"，后言"以求合《韶》、《武》、《雅》、《颂》之音"，已经把孔子编《诗》的目的强调得非常清楚了。而"礼乐"则是周代文化与政治的基石。因而《诗经》的编定工作，无疑是与时代政治与文化面临的重大课题相联系的。

（二）周代礼乐文明所赋予《诗经》的文化精神，使其具有了承载历史、文化重荷的基本素质。

周文化是在对夏、商文化的继承、损益中发展起来的一种具有浓郁的人文主义特点的文化。故孔子曰："周监于二代，郁郁乎文哉！吾从周。"（《论语·八佾》）周文化的基本精神是以人文为核心的，它不同于殷人的神学知识体系。殷人将一切归之于上帝，"率民以事神"，将血淋淋的人祭、残酷的人殉，作为对神与死者的孝敬。而周人则是"敬鬼敬神而远之"，将天认作"惟德是辅"的存在，始终向人间投注着一份关怀，人成了这个世界的中心。正如徐复观先生所云："从甲骨文中，可以看出殷人的精神生活，还未脱离原始状态；他们的宗教，还是原始性的宗教。当时他们的行为，似乎是通过卜辞而完全决定于外在的神 —— 祖宗神、自然神及上帝。周人的贡献，便是在传统的宗教生活中，注入了自觉的精神；把文化在器物方面的成就，提升而为观念方面的展开，以启发中国道德地人文精神的建设。"① 周文化的内在本质是以德为本的，故孔子曰："周之德，其可谓至德也已矣。"（《论语·泰伯》）"德"的观念在商代非但不曾见到，而且商文化中更多的是恐怖与武力的展示，从商代青铜器上那面目狰狞的饕餮食人纹，到地下发现的大量人殉，以及《商颂》中"武王载旆，有虔秉钺，如火烈烈，则莫我敢曷"等所表现出的对武力的歌颂，都反映了商人崇武尚力的文化特色。

周人重视"德"的作用。周礼是以人为核心的网罗天地的大文化系统，从其内容看，可分为三个子系统：即人与神灵的关系，人与自然的关系，人与人的关系。其中每一个系统都贯注了对人本身的关怀。在人与神的系统中，我们看到周人的核心在人、在德，而不是完全依赖于神灵的保佑。《周颂》中的《清庙》说："济济多士，秉文之德。"《载见》说"烈文辟公"，《烈文》说："无竞维人，四方其训之。不显维德。百辟其刑之，於乎！前王不忘。"《思文》云："思文后稷，克配彼天。"《时迈》云："时迈其邦，昊天其子之。……载戢干戈，载櫜弓矢。我求懿德，肆于有夏。"《敬之》云："佛时仔肩，示我显德行。"《维天之命》云："不显文王之德之纯。"等等，可见，周人向上帝和祖先神祈求的是赋予自己"文德"，而不是武力的强大。周人清醒地意识到"天命靡常"（《大雅·文王》），《大雅·皇矣》说得更为明确："帝谓文王：予怀明德。"周人以自己的文德使天下稳定，从而使上天把百神有所归依的责任交到周王手中："乃眷西顾：此维与宅。"神与人的关系，人是主体、主动的一面，而神是心向于人之德的。《尚书·泰誓中》即武王灭商的誓师演讲中说得更为明白："天视自我民视，天听自我民听。"桓公六年《左传》记季梁语："夫民，神之主也。"这是对周人礼乐文化中人与神的关系的正确阐释。我们也就明白孔子所谓"远人不服，则修文德以来之"这一主张的来历。在同样是祭祀祖先神的《商颂》中我们根本看不到"德"的影子。在人与自然关系这个系统

---

① 徐复观：《中国人性论史》（先秦篇），上海三联书店 2001 年版，第 13、14 页。

中，主要于农业生产的一系列祭祀活动中，既表现了周人对土地山川的敬畏和尊重，也同样高扬了人的主动精神，彰显了人与自然和谐的追求，如《时迈》、《天作》、《载芟》、《良耜》等。《尔雅·释天》："夏曰岁（原注：取岁星行一次），商曰祀（原注：取四时一终），周曰年（原注：取禾一熟）。"周人把庄稼成熟的一个周期定为一"年"，而且把人的生命的周期与庄稼的周期等同起来，也就是把人与自然物置于天地运行、载负万物的大系统之中，所以我们看到《诗经》各个部分多用比兴，那都是人的内在精神和情感与自然物的融合和寄托，《大雅·旱麓》说："鸢飞戾天，鱼跃在渊。岂弟君子，遐不作人？""莫莫葛藟，施于条枚。岂弟君子，求福不回。"他们期望人与天地的整一性、和谐性、甚至合一性，也就是十分自然的了。所以，《诗经》所载负的礼乐文明中，处处体现了"德"的至高无上的地位。"文德"是礼的内核，这就是周人的精神家园。这种思想在"三礼"中有更为明确的表述。《礼记·礼运》云："天子以德为车，以乐为御。"《乐记》曰："德者，性之端也；乐者，德之华。"《周礼》记太师教"六诗"，而原则是"以六德为之本"。"以德为本"是周人的一个优秀文化传统。周文化的外在表现则是以礼乐制度为基本特色的。《礼记·明堂位》曰："武王崩，成王幼弱，周公践天子之位以治天下。六年，朝诸侯于明堂，制礼作乐，颁度量而天下大服。"

　　周之"礼乐"是相对于暴力与刑法而存在的一种文明制度，它与商代以敬神与刑罚作为主要统治手段的制度是有本质区别的。《尚书·康诰》说："殷罚有伦。"《荀子·正名》说："刑名从商，爵名从周，文名从礼。"从这些记载中，我们可以看到商代刑罚制度是相当完善的，但也很残酷。在《尚书·盘庚中》记载商王要迁都，百姓不从，于是他告给那些不听话的臣民说："乃有不吉不迪，颠越不恭，暂遇奸宄，我乃劓殄灭之无遗育，无俾易种于兹新邑。"这是说："你们要不听话，我就要把你们统统杀掉，斩草除根。"如此恶狠狠的训话，在周人中很难见到。《韩非子·内储说上》说："殷之法，弃灰于公道者断其手。"史称殷纣王有炮烙之刑，曾剖比干，醢鬼侯，脯鄂侯，这些传说，反映了商代统治的残酷性。而周人的礼乐制度，则是要"明德慎罚"，以礼乐化天下，显得温情脉脉。用《乐记》上的话说："乐者为同，礼者为异。同则相亲，异则相敬。""乐至则无怨，礼至则不争。揖让而治天下者，礼乐之谓也。暴民不作，诸侯宾服，兵革不试，五刑不用，百姓无患，天子不怒，如此则乐达矣。合父子之亲，明长幼之序，以敬四海之内，天子如此，则礼行矣。"① "乐也者，情之不可变者也；礼也者，理之不可易者也。乐统同，礼辨异。"孔颖达疏曰："乐主和同，则远近皆合；礼主恭敬，则贵贱有序。"②不难看出，这一文化不但带有十足的理性精神，而且具有强烈的人情味与人本倾向，显然要优于商文化之冷峻、无情。也就是说，周代礼乐文明制度，是历经千百年历史洗练而结成的华夏文明的硕果，而《诗经》则是周代礼乐文明的产物，她所体现出的以人文道德为基本内核的文化精神，对于维持人类的和谐生存，具有永恒的价值。正因如此，《诗经》便成了华夏传统文化见之于文字记载最可靠的载体，具有了承传礼乐文明精神的基本素质。这也正是孔子反复言"诗三百"、反复强调学习《诗》的主要原因所在。

（三）春秋时代礼崩乐坏、四夷交侵的社会现实，决定了孔子编《诗》必然赋予《诗经》的文化重任。

经过千百年的历史风雨而结出的华夏文明的硕果——礼乐文明制度，在春秋之世，受到了来自两个方面的威胁。首先是华夏集团内部，随着周天子的失统，原先维系社会秩序的礼乐制度崩溃了，原初文王、周公所倡导的德，此时失去了其权威地位。居于社会主导地位的贵族们更看重的是实际利益，所追求的是更高一级的享受，因此僭越行为无处不在。卫州吁弑其君完，宋人弑其君杵臼，赵穿弑其君夷皋，楚世子商臣弑其父頵，蔡太子般弑其父固……臣弑君，子弑父，比比可见。司马迁在《自序》中说："春秋之中，弑君三十六，亡国五十二，诸侯奔走不得保其社稷者不可胜数。"鲁季氏本为大夫，却以天子的派头，用六十四人的大型舞蹈（《八佾》）舞于庭；祭泰山本只有天子才有资格，可季氏也要祭泰山；《雍》本是天子彻祭用的乐，而鲁仲孙、叔孙、季孙三家都在抢着用；屏风本是国君府上才有的，现在大夫家如管仲也有了……这一切的越轨行为，都是对传统礼乐文明的破坏性冲击。

其次，四夷交侵，也对华夏文化带来了危机。春秋时代，并存着多种不同形态的文化，既存在着夏、商文化的孑遗，也存在齐、吴、越、楚等多种地

---

① 孔颖达：《礼记注疏》，阮元校刻：《十三经注疏》，第 1529 页。
② 孔颖达：《礼记注疏》，第 1537 页。

方文化，同时更有与诸夏迥异带原始野蛮性的夷狄文化。不同文化群体有着
不同的生活方式与文化心理，文化上的隔阂造成了对立与冲突。因而夷夏冲
突，以及戎狄文化对于华夏文化的冲击，成了这个时代士君子关注的重要问题
之一。孔子在其大著《春秋》一书中，曾以惊惧之笔记录了"春秋四夷交侵
史"。如：隐公元年，北戎侵郑；桓公六年，北戎伐齐；庄公二十四年，戎侵
曹；庄公三十二年，狄伐邢；闵公二年，狄入卫；僖公八年，狄伐晋；僖公十
年，灭温，温子奔卫；僖公十三年，狄侵卫；僖公十四年，狄侵郑；僖公十八
年，邢人、狄人伐卫；僖公二十一年，狄侵卫；僖公二十四年，狄伐郑；僖公
三十年，狄侵齐；僖三十一年，狄围卫，卫迁于帝丘；僖公三十三年，狄侵
齐；文公四年，狄侵齐；文公七年，狄侵鲁西鄙；文公九年，狄侵齐；文公十
年，狄侵宋；文公十一年，狄侵齐；文公十三年，狄侵卫；宣公三年，赤狄侵
齐；宣公四年，赤狄侵齐；成公九年，秦人、白狄伐晋等。类似的记载，也
频见于《左传》。如《左传·僖公十一年》："扬拒、泉皋、伊洛之戎同伐王京
师，入王城，焚东门。"《左传·僖公三十三年》："狄伐晋，及箕。"《左传·宣
公七年》："赤狄侵晋，取向阴之禾。"《左传·定公三年》："鲜虞人败晋师于
平中。"由此可见当日四夷侵扰情景。故《公羊传·僖公四年》曰："南夷与北
狄交，中国不绝若线。"晋江统《徙戎论》亦曰："春秋时，义渠、大荔居秦晋
之域，陆浑、阴戎处伊洛之间，鄋瞒之属害及济东，侵入齐宋，陵虐邢卫。南
夷与北狄交侵，中国不绝若线。"①这种现实，激起了民族主义的高涨，自觉地
捍卫华夏文化传统，成为诸夏各国的共识。如《左传·闵公元年》记管仲语齐
侯曰："戎狄豺狼，不可厌也；诸夏亲昵，不可弃也。"孔子曾赞称管仲保诸夏
拒夷狄之功说："管仲相桓公，霸诸侯，一匡天下，民到于今受其赐。微管仲，
吾其被发左衽矣！"（《论语·宪问》）又曰："夷狄之有君，不如诸夏之亡也。"
（《论语·八佾》）即表示了对夷狄文化的鄙视与对华夏文化的颂扬。

　　总之，无论是《诗经》编定者的文化追求与期盼，还是《诗经》自身所具
有的礼乐文明素质，抑或华夏文化道统面临崩溃的现实，都决定着《诗经》必
然要改变其文学的身份，以"经"的角色，肩负起文化复兴与传承的历史使命。

---

① 房玄龄等：《晋书》卷 56，中华书局 1974 年版，第 1530 页。

三、《诗经》的文化使命

历史赋予《诗经》两项使命，一是"文化复兴"，二是"文化承传"。就"文化承传"而言，孔子编《诗》，一方面是要把被贵族们糟蹋得不像样子的礼乐文化作一番整理，另一方面则是要通过整理文化典籍，建立文化学统，加强华夏集团的凝聚力，防止文化"以夷变夏"的悲剧发生，使中国文化得以承传。

朱东润先生在《诗三百篇成书中的时代精神》一文中说："我们大致可以假定《诗》三百篇是诸夏部族对外奋斗中收集的一部乐歌集。"[①] 这一观点我们虽不完全赞同，但他把《诗经》的形成放在了"诸夏部族对外奋斗"的背景上来认识，这一点则是非常有见地的。要使一个民族百代不衰，关键是使其文化百代不衰，最好的方式就是确立经典，建立文化学统。在从西周末到春秋末的三百余年间，诸夏部族在对外奋斗的过程中，为不断强化民族文化意识，加强内部团结，逐渐形成了自己的文化经典体系。《左传·僖公二十七年》记赵衰誉郤縠之言曰："说礼乐而敦《诗》、《书》。"又曰："《诗》、《书》义之府也。"《秦本纪》记穆公之言曰："中国以《诗》、《书》礼乐法度为政。"《国语·楚语上》记申时叔言教育子弟，将《春秋》、《世》、《诗》、《礼》、《乐》，列为必学的教育科目。这说明在春秋时代，华夏族的几部传世典籍，已在"诸夏"中得到普遍重视。而孔子，删定《诗》《书》，正兴礼乐，著《春秋》，序《周易》，系统整理传世典籍，自觉地建立起了一个经典文化系统与文化学统，并以之教授三千弟子，这样便使之成了影响两千多年中国人精神与历史的最强大力量。

可以说，《诗经》的编定，是奠基经典系统与文化学统最重要的一步工作。《诗经》不同于《书》、《易》的庄重、神秘与局限性，也不同于礼仪的制度性和目的性，不同于乐的难于把握的技艺性，它把礼乐文明的精髓用可见的不可磨灭的文字表现出来，是礼乐文明的另一种表现方式，她是民族心灵世界的

---

① 朱东润：《诗三百篇探故》，上海古籍出版社1981年版，第137页。

自觉表达，她以诗歌的语言形式，凸显并运载着民族的思想、情感、精神、气质、心理、意识、观念、价值判断等一切内在于人的东西，是民族文化精神最具体、最形象、最深刻、最全面的展示。它所承载的一切无法伪造，也不能伪造，因而最真实、最无欺诈性。在中国文化的传承中，它不只是传递一种文化知识，而是"兴、观、群、怨"，凭着独特的把握世界与自身关系的思维方式，并以一种情感力量，唤起华夏民族独特的理性精神，从而调动起群体的民族情绪，并使华夏文化以鲜活的状态影响多种文化群体，使之接受这一文化体系，达到"以夏变夷"的目的。即以独立不移的先进文明精神改造和提升周边族群的精神素质与物质生活素质，最终容纳周边落后部族并与之一体化。

就文化复兴而言，孔子于编《诗》中寄寓了更多的期待。这一点我们可以从三个层面上理解。第一是制度层面。众所周知，孔子编《诗》实际上所编的是一部乐歌总集。从表面上看，这一总集的编订、整理，只是对有周礼乐文化的有意保存。但从这一文化活动的目的性考虑，他实在是期待着一种走向崩溃的礼乐制度的复兴！礼乐制度最完善的是西周，其时礼有定制，乐有定章，礼乐征伐，自天子出。礼乐成了有周王朝大厦的支柱。我们从《左传》、《国语》以及"三礼"所看到的关于礼仪与用乐的规定，也在证实着这个时代礼乐的严格规定与社会秩序之间的联系。故周公制礼作乐，成为千古佳话。春秋王道凌替，霸权迭兴，礼乐征伐，自诸侯出。礼乐制度开始废弛。但春秋列国公卿赋引诗作，毕竟还是礼乐制度的一线维系。他们不是赤裸裸地追求私欲的满足，而是在一定的礼仪形式掩盖下，冠冕堂皇地进行着活动。到定、哀时，赋诗不作，声乐乱奏，礼乐制度彻底崩坏，原有的社会秩序完全被打破。曹元弼曾言："考之《左氏》，卿大夫论述礼政，多在定公初年以前，自时厥后，六卿乱晋，吴越迭兴，而论礼精言，惟出孔氏弟子，此外罕闻。"① 孔氏一门坚持礼乐复兴的理想是独一无二的，而他们于礼乐大崩溃的时代大谈礼乐，其目的可想而知。《论语·子路》篇记孔子曰："诵诗三百，授之以政，不达；使于四方，不能专对，虽多亦奚以为！"这是针对春秋时代《诗》的实际功用而言的，从这里反映了孔子对即将消失的春秋赋诗之风的肯定与留恋。然而延续这种作为

---

① 转引自杨向奎：《宗周社会与礼乐文明》，人民出版社 1997 年版，第 299 页。

礼乐制度一线的交往形式，绝不是孔子的终极目的。孔子实是要越春秋诗礼而上，直达西周礼乐之最高境界。其所谓"从周"，就是要遵从周之礼乐制度。他一生追求的就是"克己复礼"，其编《诗》，之所以要"取可施于礼义"，以求"合《韶》、《武》、《雅》、《颂》之音"，实际上就是要复兴礼乐制度，法文武成康之道，再致盛世。

第二是人伦道德层面。众所周知，周代社会是建立在宗法制度基础上的。宗法社会最重人伦道德，王国维言周之制度曰："周之所以纲纪天下，其旨在纳上下为道德，而合天子、诸侯、卿大夫、庶民以成一道德之团体，周公制作之本意实在于此。"又说："周之制度典礼乃道德之器械，而尊尊、亲亲、贤贤、男女有别四者之结体也。"①这一论断是有相当的合理性的。《诗经》乃是植根于宗法土壤上的艺术之树，因而它真实、生动地展现出了这个时代人的伦理思想、道德观念、价值判断体系。这可以从个人、家庭、国家三个方面来认识。

就个人言之，《诗经》中所体现与倡导的是完美的德行及人格修养。《大雅·烝民》描写仲山甫曰："仲山甫之德，柔嘉维则。令仪令色，小心翼翼。古训是式，威仪是力。天子是若，明命使赋。"《大雅·抑》篇记卫武公之言曰："辟尔为德，俾臧俾嘉。淑慎尔止，不愆于仪，不僭不贼，鲜不为则。"所言皆为道德修养问题。康晓城先生在《先秦儒家诗教思想研究》一书中，曾把《诗经》中言及个人道德者，分为厚重、谨慎、克己、勤俭四项②，虽举例有过当处，但就《诗》中所体现的民族对自身行为的要求与人格追求而言，这一概括还是可取的。这种个人道德的外在表现，即是自己对家庭、国家、社会的付出，以及自己在各种社会关系中位置的处理。也就是说，德行修养并不是要突出自我，而是要取消自我中心意识，使个人服从整体，强化自己的社会责任感与道德责任感，以个人的付出，给社会群体更多的温暖。故《诗经》言人之德，每以"温"字形容之，如曰："终温且惠，淑慎其身"、"言念君子，温其如玉"、"温温恭人"、"温恭朝夕"。"温"就是自己在付出中给予人的感受。

---

① 王国维：《殷周制度论》，《观堂集林》卷 10，中华书局 1959 年版，第 454、477 页。
② 康晓城：《先秦儒家诗教思想研究》，文史哲出版社 1987 年版，第 134 页。

　　就家庭而言,《诗经》所呈现的是以血缘为纽带的亲情人伦关系。其所歌咏的,如"哀哀父母,生我劬劳"、"陟彼岵兮,瞻望父兮……瞻望兄兮"、"兄弟既具,和乐且孺"、"妻子好合,如鼓琴瑟"、"戚戚兄弟,莫远具迩"、"诸父兄弟、备言燕私"等,乃是一种父慈子孝、兄友弟恭、夫义妇顺的伦常道德与人生情感,在这种关系中充满了人情气味与和谐气氛,体现着以德为核心的文化价值体系。《诗大序》言:"先王以是经夫妇,成孝敬,厚人伦,美教化,移风俗。"这是早期的《诗》学专家对《诗经》展示的家庭伦常道德及其意义的基本认识,存在着将一种温和而有序的家庭伦常道德推衍于整个社会的理想。《大雅·思齐》"刑于寡妻,至于兄弟,以御于家邦",已非常明确地说明了这一点。

　　因而就国家言之,其所重者仍是一种伦常关系。"君明臣贤"是全社会对政权机构的期盼,也是对君臣的道德要求。君臣如父子,对君而言,要求的是明、是圣,是体恤下情,如《诗》中所述后稷、公刘、太王、王季、文王、武王等,他们既有远见卓识,同时也有以天下苍生为念的奉献精神,他们是历代君王的楷模。对臣而言,要求的是忠、是贤,是对君王的忠贞不二与对国家前途的关怀。如《诗》中展示的"言私其豵,献豜于公"、"雨我公田,遂及我私"的为公思想,"民莫不逸,我独不敢休"、"瘼此下民,不殄心忧"的忧患意识,"不遑启居,玁狁之故"的爱国情怀,"王事靡盬,不遑启处"的忠义精神,无不是在伦常关系支配下的道德体现。不难看出,《诗经》同时也是有周一代人伦道德观念的载体。它在大道倾颓、伦常崩坏的时代编订,其意义自然不只在于保存一段即将消亡的历史,更重要的在于它肩负着修复世道人心的重荷,寄寓着孔子复兴周道的期盼。

　　第三是风俗的层面。一个地区、一个民族的风俗,是在长期稳定的生活中逐渐形成的,据班固的说法,是在"水土之风气"与"君上之情欲"双重作用下形成的。所以,一种风俗往往有着深邃的历史成因。由此而知风俗之敦厚与浇薄,实关联着政治教化。现存对《诗经》"二南"的解释,先儒反复强调着一种观念,即所谓"文王之化"、"后妃之化"等。所谓"化"就是指变化风俗、更易人心,是指社会风气的好转。而《诗大序》训解"风"字,一则曰:"风之始也,所以风天下而正夫妇也。"再则曰:"风,风也,教也。

风以动之，教以化之。"三则曰："上以风化下，下以风刺上。"所强调的便是
"君上"对百姓生活方式影响的一面。而于诗则更明确地提出了其"经夫妇，
成孝敬，厚人伦，美教化，移风俗"的功能。很清楚，《诗序》的作者以夫
妇为基础，以男女情感的礼义化经典化，推及对父母长辈的孝敬，再进而推
及社会的敦厚人伦，加上礼义美好的"教"而"化"之，普及于全社会的所
有成员，从而转移风俗。这个过程，与前文所论在逻辑上正是一致的。这既
是《诗》学家们对于诗之功能的理解，同时也反映了《诗经》编订者的初衷。
也就是说，《诗经》的编订，明确的功利目的之一，就是要"移风俗"，复兴
"王化"时的社会风尚。

　　先儒以为《诗》有正、变，以"正经"为"治世之音"，"治世之音安以
乐"，所体现的是先王教化大行、人心敦厚的一面，故其风俗淳厚。"变经"，
则是衰世之音，但其时先王之泽尚存，其风俗虽浇薄，而犹不失对前代敦厚尚
德风气的追怀和向往，故其诗"发乎情"，而亦知"止乎礼义"。苏辙《诗集
传》于《陈风》之末即曰：

　　《诗》止于陈灵，何也？古之说者曰王泽竭而诗不作，是不然矣。予
以为陈灵之后，天下未尝无诗，而仲尼有所不取也。盍亦尝原诗之所为作
者乎？诗之所为作者，发于思虑之不能自已，而无与乎王泽之存亡也。是
以当其盛时，其人亲被王泽之纯，其心和乐而不流，于是焉发而为诗，则
其诗无有不善，则今之正诗是也。及其衰也，有所忧愁愤怒不得其平，淫
泆放荡不合于礼者矣，而犹知复反于正，故其为诗也，乱而不荡，则今之
变诗是也。及其大亡也，怨君而思叛，越礼而忘反，则其诗远义而无所归
向。由是观之，天下未尝一日无诗，而仲尼有所不取也。故曰变《风》发
乎情，止乎礼义。发乎情，民之性也；止乎礼义，先王之泽也。先王之
泽尚存，而民之邪心未胜，则犹取焉以为变诗。及其邪心大行，而礼义日
远，则诗淫而无度，不可复取，故《诗》止于陈灵，而非天下之无诗也，
有诗而不可以训焉耳。①

①　苏辙：《诗集传》，舒大纲、曾枣庄：《三苏全书》第二册，语文出版社 2001 年版，第 370、371 页。

苏辙的这一观点，代表了先儒对诗中表现的风俗的认识。如此说来，一部《诗经》就是"先王之治"与"先王之泽"尚存时代的民众歌唱。他们或是"其心和乐"，或是"发乎情，止乎礼义"，或出于王道之正，或"知反于正"，《荀子·大略篇》云："国风之好色也，传曰：'盈其欲而不愆其止。'"总之皆不离正道。定、哀之世，世风日下，人心不古，一切都不像原来的样子了。孔子曾非常伤心地说："觚不觚，觚哉！觚哉！"（《论语·雍也》）而诗乐则是感发人之善心的最佳选择，如《诗序》曰："正得失，动天地，感鬼神，莫近于诗。"《乐记》亦云："乐也者，圣人之所乐也，而可以善民心，其感人深，其移风易俗，故先王著其教焉。"故孔子编《诗》，志在非小，移风易俗、修复世道人心，无疑是《诗》的又一使命。

孔子所赋予《诗经》的这两项文化使命，虽未能获得完满的结果，"复兴周道"成为泡影，而"文化承传"却获得了最大的成功。其建立的以《诗经》为代表的经典体系与文化学统，深刻地影响着中华民族的历史进程，并塑造了中华民族的性格。中华民族历尽劫难，然而没有在劫难中消亡，反更加壮大，就是因为有以《诗经》为代表的经典文化体系的存在。无论是鲜卑人、女真人、蒙古人，还是满洲人，他们必须首先接受这个经典文化体系，才能为中国最广大的民众所接受而实现他们对中原的统治，最终又在这个文化体系中将自己化于无形。可以说，没有这个经典体系，就没有今天的中华民族！

子夏与《诗大序》①

《诗序》的作者问题，千百年来一直是《诗》学史上的第一大公案。②汉儒以为《大序》是子夏作，《小序》是子夏、毛公合作。隋唐以降则有"子夏所创，毛公卫宏润益说"、"卫宏作序说"、"诗人自作序说"、"《大序》孔子作《小序》国史作说"、"村野妄人作说"等多种观点。20世纪疑古派兴起，"子夏说"几乎被彻底否定，更多的学者认为《诗序》出自汉儒之手。20世纪在高等院校通行的文学批评史教材，如罗根泽先生的《中国文学批评史》、郭绍虞先生主编的《中国历代文论选》、复旦大学编写的《中国文学批评史》、张少康先生的《中国文学理论批评发展史》等，都把《诗大序》认作是汉代之作而加以论述。其影响之大，可想而知。上博楚简《孔子诗论》的出现，《诗序》作者问题重新引起了学术界的关注。有学者认为，《孔子诗论》当是"卜子诗论"，这为子夏作序提供了佐证，可以确认子夏即是《诗序》作者③。也有学者认为，《孔子诗论》就是《古诗序》④。

笔者不同意"汉儒作序说"，也不赞同《孔子诗论》与子夏作序有何联系，但认为郑玄"《大序》子夏作"说，绝非凭空编造。我们不应该把古人想得过于卑劣，似乎个个都成了造假大王，而应该考虑到其说的合理性。即是错误的结论，大多也是他们的研究结果，并非有意造假。本文不想重复前人旧说，只

---

① 本文最初收录于《第六届诗经国际学术研讨会论文集》。

② 见刘毓庆：《历代诗经著述考》，中华书局2002年版《诗序》节，第12—23页。

③ 参见江林昌：《上博竹简〈诗论〉的作者及其与今传本〈毛诗序〉的关系》，《文学遗产》2002年第2期。

④ 姜广辉：《中国经学思想史》第1卷，中国社会科学出版社2003年版，第498页。

提供几条新证据，以望推动此一研究的深入。

20 世纪大多学者认为《诗序》出自汉儒，一个符合逻辑的推断是：《诗序》是《毛诗》学者杂采先秦古籍如《左传》、《国语》、《乐记》、《孟子》等遗文，附会旧说，拼凑而成。但我们现在有证据可以证明，《毛诗》的编撰者，并没有见到《左传》与《乐记》。《礼记·乐记》载孔子与宾牟贾对话说：

> 宾牟贾侍坐于孔子，孔子与之言，及乐曰："夫《武》之备戒之已久，何也？"对曰："病不得其众也。""咏叹之，淫液之，何也？"对曰："恐不逮事也。""发扬蹈厉之已蚤，何也？"对曰："及时事也。""《武》坐致右宪左，何也？"对曰："非《武》坐也。""声淫及商，何也？"对曰："非《武》音也。"子曰："若非《武》音，则何音也？"对曰："有司失其传也。若非有司失其传，则武王之志荒矣。"子曰："唯丘之闻诸苌弘，亦若吾子之言，是也。"宾牟贾起，免席而请曰："夫《武》之备戒之已久，则既闻命矣。敢问迟之迟而又久，何也？"子曰："居，吾语汝。夫乐者，象成者也。总干而山立，武王之事也；发扬蹈厉，大公之志也。《武》乱皆坐，周、召之治也。且夫《武》始而北出，再成而灭商，三成而南，四成而南国是疆，五成而分周公左、召公右，六成复缀以崇……"

这段话历来被认作是研究《大武》乐曲最主要的资料。因为它描写了《武》舞表演的基本形态与基本内容。但我们所注意的并不是《武》舞自身，而是《乐记》时的《诗经》传本。这里提到了《武》舞有"六成"的问题，而且指出了每一成不同的内容表现。郑玄注说："成犹奏也，每奏《武》曲一终为一成。"与诗相配，六成就是有六篇。而曲名为《武》，《武》应当是歌词的第一章。《周颂·武·序》说："《武》，奏《大武》也。"参照《左传·宣公十二年》楚庄王的一段话：

> 武王克商，作《颂》曰："载戢干戈，载櫜弓矢；我求懿德，肆于时夏，允王保之！"又作《武》，其卒（疑有误，当是首章）章曰："耆定尔功。"其三曰："铺时绎思，我徂维求定。"其六曰："绥万邦，屡丰年。"

"其三"见于《赉》，"其六"见于《桓》。其余三篇，各家则有不同意见。《乐记》既然能如此清楚地说出《大武》六成的内容，《左传》又明确地指出了其中三篇的排序，显然当时的《诗经》传本，《大武》乐章六篇是排在一起的。而今本《毛诗》，则《武》篇排在《臣工之什》之末，《桓》在《赉》前，排在《闵予小子之什》的倒数第二三篇，杂乱无序，远不如《左传》所言。如果《毛诗》编撰者见过《左传》、《乐记》，他们既可依据《左传》、《乐记》编写《诗序》，何不依据《左传》、《乐记》，将《大武》乐章排在一起，使其井然有序？何必仍其混乱之态继续存在呢？显然这是讲不通的。

再则，《毛诗》编撰者也未必见过《孟子》。《孟子·滕文公上》说："《鲁颂》曰：'戎狄是膺，荆舒是惩。'周公方且膺之……"认为诗所言的是周公的行事。在《滕文公下》亦云："周公兼夷狄，驱猛兽而百姓宁……《诗》云：'戎狄是膺，荆舒是惩，则莫我敢承。'无父无君，是周公所膺也。"这两句诗见于今本《毛诗·鲁颂·閟宫》篇，所言则是鲁僖公的行事。故朱子《孟子集注》说："按今此诗为僖公之颂，而孟子以周公言之，亦断章取义也。"[1] 但断章取义，不当两处同说，更不应背离历史。如果说孟子缺乏历史知识，张冠李戴，似乎也难令人相信。俞樾《茶香室经说》卷四"王曰叔父"一条曰：

> 《閟宫篇》："王曰叔父，建尔元子，俾侯于鲁。"愚按：上文从姜嫄生后稷以至大王、文、武，叙次皆有条理，而未及周公一字也。此乃骤接"王曰叔父"之句，不太鹘突乎？反复读之，此文盖有错简。第四章"公车千乘，朱英绿縢，二矛重弓。公徒三万，贝胄朱綅，烝徒增增。戎狄是膺，荆舒是惩，则莫我敢承"九句，当在此章"王曰叔父"之上。自"公车千乘"至"为周室辅"十四句为第三章。所谓公者，周公也。[2]

俞樾连举四证以明其说。今观《閟宫》一篇，确实文字零乱无章。若依俞氏之说，则与《孟子》所言相合。《毛诗》编撰者若熟悉《孟子》，能依《孟

---

①　朱熹：《孟子集注》，《四书五经》本，中国书店 1985 年版，第 40 页。

②　俞樾：《茶香室经说·卷四》，《续修四库全书》第 177 册，上海古籍出版社 1995 年版，第 464 页。

子》所言撰写《诗序》，自当依《孟子》所言调整《閟宫》章次，何必使错乱之状遗存于后世呢？

《经典释文·序录》述毛诗先秦时的传播世系说：

> 《毛诗》者，出自毛公，河间献王好之。徐整云：子夏授高行子，高行子授薛仓子，薛仓子授帛妙子，帛妙子授河间人大毛公，毛公为《诗故训传》于家，以授赵人小毛公。小毛公为河间献王博士，以不在汉朝，故不列于学。一云：子夏传曾申，申传魏人李克，克传鲁人孟仲子，孟仲子传根牟子，根牟子传赵人孙卿子，孙卿子传鲁人大毛公。[①]

前一说出自徐整，徐整是三国时吴国的一位学者，著有《豫章列士传》、《毛诗谱》等书，这可能引自他的《毛诗谱》。后引"一云"也是出自三国时吴国，是陆玑《毛诗草木鸟兽虫鱼疏》书后叙四家诗源流的观点。原文说："孔子删《诗》授卜商，商为之序，以授鲁人曾申，申授魏人李克，克授鲁人孟仲子，仲子授根牟子，根牟子授赵人荀卿，荀卿授鲁国毛亨。"出自同一个时代同一个地方的两位不同学者之手，而差异竟如此之大，自然要引起后人的怀疑了。但这两个相互矛盾的世系传说，正好证明了"子夏作序说"，不是毛诗学者精心编造的谎言。因为《毛诗》传自子夏，是汉朝经师早已有之传说，徐整、陆玑只是各秉持了一种传说，若是编造，不必要搞一些如高行子、帛妙子、根牟子之类奇奇怪怪、令人生疑的名字出来，更要注意编造的合理性，定不会在世系代数上留下那么多的破绽[②]。显然这是一段口传的历史，开始可能人们不大注意，到后来《毛诗》逐渐形成气候，人们才意识到了它的意义，于是根据回忆记下了不同的传说。回忆自然难免有脱错。同时就大毛公的师承而言，他完全可以既受《诗》于帛妙子，又师事于荀卿子，转益多师，为先秦学者所常有，不必从一而终。因而"帛妙子授河间人大毛公"与"孙卿子传鲁人大毛公"并不矛盾。

---

① 陆德明：《经典释文》卷一，中华书局1983年版，第10页。
② 如钱穆《先秦诸子系年·孔门传经辨》即疑之曰："考河间献王立于景帝二年，子夏少孔子四十四岁，则生限鲁定公二年，相距三百五十八年。而子夏至小毛公仅五传，其不可信。"

其三，更重要的是《诗大序》中有子夏家族的影子在。序言："动天地，感鬼神，莫近乎诗。"这是《诗序》中最带有神秘色彩、最令人难以理解的话语。好端端的诗歌，为什么会与天地鬼神连起来呢？而且其作用竟然能大到使天地效灵、使鬼神心动！为什么说"莫近乎诗"，强调只有诗才是人类与天地鬼神沟通的唯一渠道？为什么作者会产生如此奇怪的感觉呢？这种感觉难道不是精神病患者的症状？但如果我们与子夏的家学结合起来分析，问题便涣然冰释了。

子夏（约前507——前420）本姓卜名商，子夏是他的字，魏之温人。今河南温县有卜里村，传即子夏故里①。《通志·氏族志略》四曰："卜氏，《周礼》卜人氏也。鲁有卜楚邱，晋有卜偃，楚有卜徒父，皆以卜命之。其后遂以为氏，如仲尼弟子卜商之徒是也。"这是对"卜"姓氏的探源性论说。"卜"之本义是指以龟甲占卜，即《说文》所云："卜，灼剥龟也。"字形则"象龟兆之从横也。"后则泛预测吉凶的活动。占卜是古人生活中一项非常重要的工作，从甲骨文中可以看到，商人几乎是无事不卜的，他们每进行一项活动，都要通过占卜获得神的告谕，以求把握事物的结局。殷墟出土的大量卜辞，可说是占卜的权威性的说明。周人同样一些重大的事情也必须占卜，如《诗经》中写到太王到周原勘探地形考虑都城建设问题时就说："爰契我龟，曰止曰时，筑室于兹。"在《左传》、《周礼》、《礼记》等古籍中，常可见到为国家卜算命运、为新生儿卜择名号、占卜吉凶、预测事态发展，以及以占卜的方式选择墓地、居宅、吉日、车右等活动。像《周礼》中提到的太卜、卜师、卜人，《左传》中所提到的卜正等，都是专管占卜的官吏。这些官吏与巫、祝、史等构成了古代社会中一个最有文化的阶层。卜姓就是因世代为卜而以卜为氏的。由此可以推定，卜商子夏乃出自世代为卜的占卜之家。《通志》的推源是有根据的。

占卜者最主要的任务是沟通人与神之间的联系，领悟神意，并把神的意志准确无误地告诉当事者。"神"本来就是一种神秘的幻影，所谓"神意"自然只能是一种主观虚拟的存在。要把一种虚幻的东西与现实兑现，这自然是对占卜者悟性与灵气的最大考验。占卜者所依据的是甲骨上不同形状的裂纹，或是

---

① 张继峰、王建忠：《卜子夏故里考》，《中州古今》2001年第6期。

通过撰蓍所出现的数，这在占卜人的眼里都是"象"，与象相对应的是占辞，占辞多是一些带有象征意味的短歌残诗，《周易》中的卦辞、爻辞，就是很好的证明①。在《左传》等书中关于古代占辞也时有记载。如《左传·僖公四年》卜人为晋献公引的龟占辞："专之渝，攘公之羭；一薰一莸，十年尚犹有臭。"这也是一首短诗，渝、羭古在侯部，莸、臭古在幽部，侯、幽古可合韵。字面的意思是：专心宠幸，就会生变，夺去公的公羊。一香一臭绞到一块，闻不到香味，而臭味却可以长留不散。似乎诗中讲的是一种道理，而卜人则由此推断：晋献公纳骊姬为夫人，是不吉利的。同样的卦象，同样的占辞，不同的卜人就可能得出不同的结论，因为占卜象数的神秘性，不可能给人以明确的答案，这在很大程度上是要凭主观想象来臆断的。而占卜者对于那些短歌残诗的理解，全在一个"悟"字，占卜的神秘意义也就隐存在那些"短歌残诗"中。于是"悟"就成了沟通神灵的唯一手段，占辞成了传递神意的媒介。占卜手段的高下，也在对那些神秘的短歌残诗的领悟中见出了分晓。在不同的情景中，占卜不同的事物，对于相同的占辞，需要做出不同的领悟。如《左传·襄公二十五年》载：崔杼欲娶棠姜，陈文子便曾对其所占卦象做出一番迥异于他人的分析，以阻止崔杼的行为。在世袭制盛行的时代，占卜之家世世代代从事着这种工作，使他们获得了对于占辞——那些"短歌残诗"多重理解的传授，领悟能力不断强化，经验也不断丰富，这自然也就成了"家学"。尽管春秋之末，礼崩乐坏，世官亦多失其授，但家传之学作为一种文化传统对其后人的影响，短期内必很难消除。子夏就是秉持了这一家学传统而投入孔门的，因而在孔门中表现出了对《诗》的绝高领悟能力。

占辞中的古诗歌谣，在卜人的眼里，其神秘性是不言而喻的。子夏正了因为秉持了卜氏家族对于诗的神秘性的特殊感悟，并把其对占辞的神秘性感受移植于诗歌之中，故而在诗歌的理解上表现出了独特的悟性，看到了诗与天地鬼神世界的联系，才发出了"动天地，感鬼神，莫近乎诗"的呼喊。

现在我们可以回到《诗大序》的文本上来分析。《诗大序》说：

---

① 黄玉顺先生曾有著《易经古歌考释》一书（巴蜀书社 1995 年版），对周易中的古歌作了整合。亦可证明占辞与古诗歌的关系。

　　诗者，志之所之也，在心为志，发言为诗。情动于中而形于言，言之不足，故嗟叹之；嗟叹之不足，故永歌之；永歌之不足，不知手之舞之足之蹈之也。

　　情发于声，声成文谓之音。治世之音安以乐，其政和；乱世之音怨以怒，其政乖；亡国之音哀以思，其民困。

　　故正得失，动天地，感鬼神，莫近乎诗。

　　这是从发生学的角度对诗歌做出的本体论的认识。从横向上揭示了诗、乐、舞同根并生的原始共存状态，从纵向上建立了个体心灵、政治社会、天地鬼神三重世界之间的联系。在第一段话中，强调了诗是个体生命激荡高扬的声音。它是在"心"的"志"和"动于中"的"情"的合一，"志"是带有方向性的欲望追求的体现，"情"则是内在生命冲动的表证。二者合一，构成了一种发自生命意识深处的力量，不可抗拒、也无法抗拒。"嗟叹"、"永歌"、"手舞足蹈"，无一不是内在生命激荡高扬的外向化表现。从这里我们看到了原始巫卜在向神灵祈佑时发自内心的贞诚与歌舞降神时的迷狂状态。在第二段话中强调诗牵动着社会政治机体的盛衰。个体生命根植于现实社会，生命意志与现实社会冲撞、激荡，发而为声音，这声音已超越了个性行为的范畴，而构成了社会的一种呼声，因而"治世"、"乱世"、"亡国"的社会政治状态，都在这种声音中得到了呈现。从这里我们看到了诗歌神秘意义的有一个方面。第三段话是对诗歌巨大功能的强调，对其巨大感召力的认可。"正得失"是对人间善性的感发，"动天地"是对天地宇宙灵性的感发，"感鬼神"是对神灵世界的震撼。这实际上是说：诗是天地间一种真情的宣泄，是联系人心、社会与天地神灵的神秘存在，它发动于人心深处，遥于宇宙深层，因而是天地间一种最无法抗拒的力量。这是在诗歌发生的原点与本体上，对其自然本真特质的认定。本体论的体认显然与子夏的"卜"氏家传关系密切，只有这种赤诚的投入，才会对诗有如此深刻的认识，一种难以泯灭的沟通天人的历史使命感纵横于其间，那正是源自远古占卜家族的独特领悟与神秘感应。结合汉代纬书那种所谓"诗者，天地之心，君德之祖，百福之宗，万物之户"①的神秘感受，我们更可以确认，对诗本体论的神秘体认，乃是巫卜之流的家数。

子夏有句名言："学而优则仕"，这说明他有很强的政治观念，因而《诗大序》体现出了强烈的"政治核心"意识，从价值论的角度，对风、雅、颂的命名及其意义做出了阐释：

> 风，风也，教也，风以动之，教以化之。
>
> 上以风化下，下以风刺上，主文而谲谏，言之者无罪，闻之者足以戒，故曰风。
>
> 是以一国之事，系一人之本，谓之风。言天下之事，形四方之风，谓之雅。雅者，正也，言王政之所由废兴也。政有小大，故有小雅焉，有大雅焉。颂者，美盛德之形容，以其成功告于神明者也。

风、雅、颂是编诗者对于所搜集的诗歌的和分类，因而这里所谈的是编辑者的意图，而不是从创作论的角度说的。所谓"风，风也，教也"，是说"风"就是"讽"，因为自然之风是流动的，故而将"风以动之"与"教以化之"比附起来。其本质在"刺"，其刺之手段是"主文而谲谏"，其形式是"一国之事，系一人之本"（一国政之事善恶，皆系属于一人之本意）。"雅"的本义是"正"，由于"正"与"政"为谐音，故解其本质为"言王政之所由废兴"，其形式是"言天下之事，形四方之风"。颂的本质是"美盛德之形容，以其成功告于神明"。显然这一解释，是以周朝的采诗、献诗制度为背景的，并没有脱离开"赋诗言志"的文化环境。但这一理论对诗歌创作却有一种暗示性的导向，在这一暗示中，表现出了诗歌工具论与目的论的倾向，故而影响着中国诗歌民族特色的形成。

孔子死后，子夏寓居魏之西河。根据蒙文通先生的研究，魏国学术是以古史为根柢的②。这非常有道理。从《左传》、《国语》记晋史独详，到魏文侯之

---

① 〔日〕安居香山、中村璋八编：《纬书集成》，河北人民出版社 1994 年版，第 464 页。

② 蒙文通：《经史抉原·经学导言》，巴蜀书社 1995 年版，第 17 页。

相吴起传《左传》，到魏襄王墓出土大批古史书等一系列事情看，晋国是史学独多的地方。其中被称为"籍氏"、"董史"者，即为晋国史学的代表。孔子盛称董氏狐为"古之良史，书法不隐"，也可以看出晋国史法之严。子夏既寓居于此地，故受三晋古史文化熏染，在《诗大序》中表现出了"诗歌与时变迁"的历史观，如：

> 至于王道衰，礼义废，政教失，国异政，家殊俗，而变风、变雅作矣。国史明乎得失之迹，伤人伦之变，哀刑政之苛，吟咏性情，以风其上，达于事变，而怀其旧俗者也。故变风发乎情，止乎礼义。发乎情，民之性也，止乎礼义，先王之泽也。

这里实际上是把《诗》分成了两个部分，一部分是"正"，一部分是"变"。"正"的部分是所谓"治世之音"，"变风"、"变雅"则是"王道衰，礼义废"后的产物，因而表现出了"伤人伦之变，哀刑政之苛"的情怀。"正"与"变"的认识，无疑是以周王朝的兴衰变迁为背景的。如果结合"治世之音"、"乱世之音"、"亡国之音"的论述，不难看出作者对诗歌本质的认识，已经超越了一般性的功能、意义分析，以及"兴观群怨"之类应用性理解，而是把诗歌看成是时代精神风貌、民族情感世界的展示，在历史的流程中随着政治盛、衰的变化，而呈现出了不同的精神状态与情绪表现，因而可以从诗歌所体现的精神与情绪中，辨识出"治世"、"乱世"、"亡国"的政治迹象来。这些观点被其后的公孙尼子所继承，而采入了《乐记》之中，影响了中国诗歌理论与音乐理论的形成。在中国古代，卜、史的渊源极深，"祝宗卜史"往往职能互通，马王堆帛书《易传·要》篇载孔子答子贡言，"赞而不达于数，则其为之巫；数而不达于德，则其为之史。"，言外之意，继起的儒应该兼达"数、德"[1]，"究古今之变，通天人之际"的史家精神已然贯穿其中，作为孔子的得意门生，子夏自然引以为任，六经皆史，子夏所关注的不是帝王的兴衰成败，而是历史背后那维系民族血脉的世道人心，而这正是《毛诗序》所体现出的历史观。

---

① 陈来：《古代思想文化的世界》，生活·读书·新知三联书店 2002 年版，第 59 页。

　　子夏小孔子四十四岁，他在西河收徒传经时"不学《诗》，无以言"的时代早已过去，因而可以不考虑诗的操作层面上的应用价值，而专注于诗的基本精神对于修复世道人心的意义，故而在《诗大序》中体现出了他对政治安和与世俗教化的强烈关注。在《诗大序》中我们找不到"君"的位置，而体现出的是一种原始民主与人本精神，也看不到对具体王朝兴衰的关注，而揭示的是诗歌情调与历史变迁的联系。其立足点是极高的，并没有强调诗歌为政治服务的意思，而考虑的是人伦道德的贯彻，显然作者是把"经夫妇，成孝敬，厚人伦，美教化，移风俗"的"道"放在了"政"之上的。有人认为《诗大序》在《乐记》与荀子理论的基本上创造出来的。其实恰恰相反，是《乐记》、荀子继承了《诗大序》的理论。《乐记》中大段记述了子夏与魏文侯的对话，即表示了作者对子夏学说的关注。荀子理论中更多的是帝王之术，强调国家集权，与《诗大序》的人本思想是不相牟的。①

---

① 汪春泓：《关于〈毛诗大序〉的重新解读》，《北京大学学报》1999 年第 6 期。

孟子与《诗小序》①

《诗序》之说，可谓古今说经家第一争诟之端。《四库全书总目》卷十五曰：

> 《诗序》之说，纷如聚讼。以为《大序》子夏作，《小序》子夏、毛公合作者，郑玄《诗谱》也；以为子夏所序诗即今《毛诗序》者，王肃《家语注》也；以为卫宏受学谢曼卿作《诗序》者，《后汉书·儒林传》也；以为子夏所创、毛公及卫宏又加润益者，《隋书·经籍志》也；以为子夏不序《诗》者，韩愈也；以为子夏惟裁初句、以下出于毛公者，成伯玙也；以为诗人所自制者，王安石也；以《小序》为国史之旧文、以《大序》为孔子作者，明道程子也；以首句即为孔子所题者，王得臣也；以为《毛传》初行尚未有序、其后门人互相传授，各记其师说者，曹粹中也；以为村野妄人所作、昌言排击而不顾者，则倡之者郑樵、王质，和之者朱子也。然樵所作《诗辨妄》一出，周孚即作《非郑樵诗辨妄》一卷，摘其四十二事攻之。质所作《诗总闻》亦不甚行于世，朱子同时如吕祖谦、陈傅良、叶适，皆以同志之交，各持异说。黄震笃信朱学，而所作《日钞》，亦申《序》说。马端临作《经籍考》，于他书无所考辨，惟《诗序》一事，反复攻诘至数千言。自元明以至今日，越数百年，儒者尚各分左右祖也，岂非说经之家第一争垢之端乎？②

---

① 本文最初收录于《第五届诗经国际学术研讨会论文集》。
② 永瑢等：《四库全书总目》，中华书局 1965 年版，第 119 页。

朱彝尊《经义考》录清前论及《诗序》者，多达三十八家①。实际数字则远轶于此。近百年来关于《诗序》的文章，恐怕亦不下百篇。李嘉言先生搜罗各家异说，概括其旨为十七种②；张西堂先生搜罗归纳异说为十六种③；冯浩菲先生搜罗归纳异说为十四种④。赵沛霖先生归纳汉至"五四"前异说为十六种，"五四"至"建国"前异说为六种，"建国"后异说为八种⑤。各家掌握资料不尽相同，取此补彼，异说恐不下二十余种，但仍难得其全。如像清儒王崧"《关雎》一序，或经孔子圣裁，其余各序续而申之者由子夏，以至毛公又申，毛公以至郑氏，相传解说，各有润益"之说⑥，黄家岱"《诗序》首句系国史旧题，其下有出于孔子、子夏之言者，有毛公足成之者"之说等⑦，即为各家所未及。至于同主一说而论述各异者，则更不知几何。正如清柯汝锷所云："千古聚讼，盖未有能断斯狱者。"⑧然《诗序》关涉着中国传统诗学理体系的建构，及经学研究的发生，故其产生问题，对于中国经学、诗学及文学批评史的研究，都有重要的意义。尽管大多研究结果只不过是于众多异说中新增一见而已，但研究者仍愿勉力为之，各抒己见，以求一是。

　　笔者认为，考订历史文献的著作权，有三个原则：第一是考察历史记载，辨其然否。一般来说，距事件发生时间越近的记载，可靠系数就越大。若无坚证可否定其说者，则当依从之。第二是分析背景，考察作品与历史记载的时代之间的联系；若与时代不合拍者，则当质疑之。第三是寻找内证，考察作品与相传作者之间的联系。若与作者身世及言行相矛盾者，则当改求之。后两项是以第一项为基础的，如果历史记载本身就不可信，那么，即使作品与其传说的时代及作者的言行不相矛盾，也不能判定其著作权的归属。历史记载、时代背

---

① 据中华书局 1998 年版统计。

② 李嘉言：《李嘉言古典文学论文集·诗序〉作者》，上海古籍出版社 1987 年版，第 38 页。

③ 张西堂：《诗经六论·毛诗序略说》，商务印书馆 1957 年版，第 120—125 页。

④ 夏传才主编：《第三届诗经国际学术研讨会论文集·论〈毛诗序〉的形成及其作者》，天马图书有限公司 1998 年版。下凡引及冯说出此文者，不另标注。

⑤ 赵沛霖：《诗经研究反思·关于〈诗序〉的作者》，天津教育出版社 1989 年版，第 251—259 页。

⑥ 王崧：《说纬》，《皇清经解》卷 1370，上海书店 1988 年版第七册，第 728 页。下凡引及《说纬》者，皆同此本，不另标注。

⑦ 黄家岱：《嫏艺轩杂著》上，光绪乙未刊本。

⑧ 柯汝锷：《甕天录》，《昭代丛书》癸集卷 16。

景、作者身世、作品内容，当四者统一而不相格牾时，则可定案。依据这原则，我们可对有关《诗序》作者的种种异说，作一番检讨。

在众多的异说中，只有"子夏作"、"卫宏作"、"子夏毛公合作"三说有文献根据，其余皆属逻辑推演而得出的结论，虽亦言之成理，但终因史书无记而难凭信。如程子曰："《诗大序》其文似《系辞》，其义非子夏所能言也，分明是圣人作。"[①] 王得臣亦云："非孔子不能作。"[②] 明卢格则继之曰："程子曰大序是仲尼作。今读其文包含该贯，涵泳从容，兴、观、群、怨兼而有之，实三百篇之纲领，非孔子不能作也。"[③] 虽言之凿凿，然终属臆断。对此类观点，我们可暂时置而不论。在以上文献所载的三说中，以"子夏作说"为最早。第一次提到子夏与《诗序》关系的是郑玄。孔颖达《常棣疏》引《郑志》答张逸问曰：

此序子夏所为，亲授圣人，足自明矣。[④]

此后王肃注《孔子家语·七十二弟子解》亦曰：

子夏所叙诗义，今之《毛诗序》是。[⑤]

陆玑《毛诗草木鸟兽虫鱼疏》卷下曰：

孔子删《诗》授卜商，商为之序。[⑥]

这几条记载，是主"子夏作"说者的最主要的根据。但子夏为春秋末战国初人，生于公元前507年。据王利器先生《郑康成年谱》，郑玄生于公元127

①　朱彝尊：《经义考》卷19引，中华书局1998年版，第535页。
②　王得臣：《麈史》，上海古籍出版社1986年版，第40页。
③　卢格：《荷亭文集》卷4《辩论》，嘉庆刊本。
④　阮元校刻：《十三经注疏》，中华书局1980年影印本，第408页。
⑤　王肃：《孔子家语》，《文渊阁四库全书》第695册，第86页。
⑥　陆玑：《毛诗草木鸟兽虫鱼疏》，《丛书集成初编》本，第70页。

年①。二人相差六百三十四年。六百年间无人道及"子夏作《诗序》"者，郑玄何由知之？此可疑者一。司马迁作《史记》，于孔序《书》、删《诗》、序《易》、作《春秋》，言之凿凿。而《仲尼弟子列传》于子夏无一言以及其序《诗》者。司马贞《史记索隐》曰："子夏文学著于四科，序《诗》、传《易》。又孔子以《春秋》属商。又传《礼》，著在《礼志》。而此史并不论，空记《论语》小事，亦其疏也。"②岂知非史公时尚无"子夏序《诗》"之说之故？此可疑者二。《汉书·艺文志》曰："又有毛公之学，自谓子夏所传，而河间献王好之，未得立。"③班固既不言及《诗序》之作，又以"自谓"二字以疑其传，示其非有它证，此可疑者三。有此三疑，"子夏作序"之说，即已失去了历史记载的依据，其他就更不必细论。毛公之学自谓传自子夏，但其传授世系，却有两种不同的传说。一说子夏三传而至帠妙子，帠妙子授大毛公；一说子夏五传而至荀卿，荀卿授大毛公④。显然这种传授世系乃毛公后人所编造。唐儒韩愈曾举三由以非"子夏序《诗》"之说，宋儒晁说之作《诗序论》四篇，亦反复申辩《诗序》非出自子夏⑤。清儒精于考据，其说更力。除众所周知的姚际恒、魏源、崔述、康有为等诸家外，夏炘曾举八证以证序非作自子夏而为卫宏所为⑥，吴承志亦举三证以证子夏作序之非⑦。其说皆有可取者。二十世纪《古史辨》派攻"子夏作序"更是不遗余力。虽诸家之说亦有过当处，但亦说明了"子夏作序说"是建立在虚幻的历史传说之上的，不可为凭。

其次是"卫宏作"说。"卫宏作《诗序》"最早的记载见于陆玑《毛诗草木鸟兽虫龟疏》卷下：

　　九江谢曼卿亦善《毛诗》，乃为其训。东海卫宏从曼卿受学，因作《毛诗序》，得《风》、《雅》之旨，世祖以为议郎。济南徐巡师事宏，亦

---

① 王利器：《郑康成年谱》，齐鲁书社1983年版，第27页。

② 泷川资言、水泽利忠：《史记汇注考证附校补》，上海古籍出版社1986年版，第1338页。

③ 王先谦：《汉书补注》，中华书局1983年版，第870页。

④ 见陆德明：《经典释文·序录》，中华书局1983年版，第10页。

⑤ 晁说之：《景迂生集》卷11，《文渊阁四库全书》1118册，台湾商务印书馆。韩愈说见晁文引。

⑥ 夏炘：《读诗札记》卷1，《续修四库全书本》，咸丰癸丑刻本。下引凡同此版本者，不另标注。

⑦ 吴承志：《横阳札记》卷3，南林刘氏求恕斋刊本。下引凡同此版本者，不另标注。

以儒显。其后郑众、贾逵传《毛诗》，马融作《毛诗传》，郑玄作《毛诗笺》。①

《后汉书·卫宏传》亦曰：

> 卫宏字仲敬，东海人也……初，九江谢曼卿善《毛诗》，乃为其训。宏从曼卿受学，因作《毛诗序》，得《风》、《雅》之旨，于今传于世。

《卫宏传》全袭陆玑说，而益"于今传于世"五字。此是古今持卫宏说者的主要证据。但此一说的主要症结在于：郑玄年先于陆玑，且去卫宏不远，玄为汉末经学大师，且谙于毛诗之学。卫宏作序，郑玄岂能不知，而要转托于子夏？且卫宏作序，当时知者必众，玄何能以只言欺世？正如清儒黄以周所云："郑笺《华黍》云：《诗序》篇义合编，毛公作传，各引其序冠之篇首②。《郑志》云：《丝衣序》高子之言非毛公，后人著之。据此，《诗序》在毛公前其传已久，而卫宏晚出，其《诗序》岂毛公所及见乎？抑郑君与卫宏时代不甚远，岂卫宏作序，郑君有不及知而妄为斯说乎？序篇分合，郑君言之凿凿，必得其实，后儒何为反据范书，多生异说？且范书言宏作序，别为序耳，非即今之《诗序》也。是犹郑君序《易》，非'十翼'之《序卦》、马融《书》序，非百篇序也（原注：郑序见《世说·文学篇》注，马序见《泰誓正义》）。"③李遇孙亦云："《后汉书·卫宏传》：宏字敬仲，光武中为议郎，即有《毛诗序》行世。康成著《诗笺》于桓、灵之世，相去止八十余年。岂有见宏之序而不识何人所撰，猥以为子夏作耶？且何以尊之如拱璧，不敢一议其辞而宗其说耶？"④再则在陆玑的一段话中，先言卜商作序，又言卫宏作序，显然二序非一。主"卫宏说"者，有一条重要的推理，即"汉世文字未有引《诗序》者，惟魏黄初四年有曹共公远君子近小人之语，《诗序》至此始行。"但清儒丁晏却考得"汉世

---

① 《丛书集成初编》本，第70页。
② 此句是《释文》言。非郑氏说，因《正义》将《释文》列于《郑笺》后，故后儒多误为郑氏语。
③ 《群经说》卷2，《续修四库全书》本。
④ 《李氏笔弨偶述》，《丛书集成续编》本。

文字引《诗序》凡十有五"①。陈子展、冯浩菲等先生亦力辩序非卫宏作②，其说辩而有力，可成定论。

第三是"子夏毛公合作"说。这一说亦出之郑玄，《经典释文》卷五引沈重云：

> 案郑《诗谱》意，《大序》是子夏作，《小序》是子毛公合作。卜商意有不尽，毛更足成之。③

此语又见引于《毛诗正义》，但不见于今之郑玄《诗谱》，当是沈重对郑说的衍义。据前所引《郑志》"《丝衣序》高子之言非毛公，后人著之"之言测之，郑玄确实认为毛公参与了《诗序》的写作。考郑玄当时，一方面相信《毛诗》"源出于子夏，序为子夏所作"的传说，一方面又看到了《诗序》续作的痕迹④，故以为"卜商意有不尽，毛更足成之"。但这毕竟是一种猜定，而非历史记载。至于《隋书·经籍志》"子夏所作，毛公及仲敬又加润益"之说，虽出自正史，然显系调停旧说争诟，非有实证。故仍不可为据。

上述所谓有历史记载根据的三说，显然都存在着严重问题，因而宋之后出现了关于《诗序》作者的众多歧说。但大多研究者却忽略了早于郑玄二百多年的《史记》记载。《史记·孟子列传》说：

> 当是之时，……天下方务于合纵连衡，以攻伐为贤。而孟子乃述唐、虞、三代之德，是以所如者不合。退而与万章之徒，序《诗》、《书》，述仲尼之意，作《孟子》七篇。

这条记载弥足珍贵，因为它是目前能见到的最早关于《诗序》的记载，而且

---

① 丁晏：《毛郑诗释录》卷4《诗序证文》，《丛书集成续编》本。
② 陈说见：《诗经直解·论〈诗序〉的作者》，复旦大学出版社1983年版。冯文见前注。
③ 陆德明：《经典释文》，中华书局1983年版，第53页。
④ 《诗序》续作之痕甚明，参见陈澧：《东塾读书记·诗》，生活·读书·新知三联书店1998年版，第99页。

出自史家之祖司马迁之手。泷川资言《史记会注考证》曰："梁玉绳曰：七篇中言《书》凡二十九，援《诗》凡三十五，故称'叙《诗》、《书》'。赵岐亦云：孟子言《五经》，尤长于《诗》、《书》。"① 以援《诗》、《书》之多，释"序《诗》、《书》"之语，恐非史公之意。《荀子》援《诗》达八十二条，远轶于《孟子》，史公何不以"序《诗》、《书》"许之？史公之意，当是以为《诗序》是孟子与万章之徒所作。清儒刘宝楠最先窥破此秘。其云："《孟子列传》：'退而与万章之徒，序《诗》、《书》，述仲尼之意。'按：《诗》、《书》序与《孟子》多合，岂孟子作序而后儒增润之与？此虽孤证，姑存一说。丁氏晏曰：《毛郑诗释序》以《诗序》为子夏作而孟子述之。"② 丁晏之说不见于今《毛郑诗释序》，丁氏为江苏山阳人，刘氏是江苏宝应人，二地相距仅数十里，二人又同时。故刘氏所记，当得之丁氏口述。是二人皆以为《诗序》与孟子有关。据吴文治先生《中国文学史大事年表》，孟子约卒于公元前 289 年，司马迁约生于公元前 145 年 ③。孟子晚年"序《诗》、《书》"，司马迁早年（约前 125 年）至孔、孟之乡，其间相距不过百六十余年。司马迁为撰《史记》，早年曾在各地考察取材，孟子"序《诗》、《书》"之传闻，史公当得自耆宿。史公既早于郑玄，又有史家实录之精神，而无经师"托圣以大其说"的私心。因此这条记载它的可信度应该是远在郑玄"子夏作序"之上的。

其次，从《诗序》的时代性看，今大多学者认为它不是一人一时之作，而是由先秦人写定，汉儒润益而成的。这个观点应该是可取的。但问题在于汉儒"润益"的比重究竟有多大呢？我比较同意冯浩菲先生"后人小有增损"的观点。《诗序》的基本形态应该是由孟子完成的。因为从《诗序》的内容到形式，与先秦这个时代都没有出现明显的矛盾，而且与这个时代的著述形态及儒家《诗》论，都比较相统一。如《关雎序》说："《关雎》，后妃之德也，《风》之始也。所以风天下而正夫妇也。故用之乡人焉，用之邦国焉。"此似乎是针对《关雎》一篇说的。可是以下紧接着说："风，风也，教也。风以动之，教以化之。诗者，志之所之也"等等，则游离了《关雎》而对《国风》乃至整部《诗

---

①　泷川资言、水泽利忠：《史记汇注考证附校补》，第 1430 页。

②　刘宝楠：《愈愚录》卷 1，光绪十五年广雅书局本。收入《丛书集成续编》。

③　吴文治：《中国文学史大事年表》上册，黄山书社 1987 年版，第 43、75 页。

经》开始了议论。如依郑玄所说《诗序》原合为一篇的话，则在总序全诗的一大段话完结之后，紧跟着的便是"《葛覃》，后妃之本也"等等。这在后人看来是极无章法的，所以郑樵斥责说是村野妄人所作。但请看《论语》、《孟子》等书，有何章法？既非以时间为序，也非以内容为准。滕文公问"事齐事楚"事，不列于《滕文公篇》，而编于《梁惠王》中；"公孙丑问不见诸侯"事，不编于《公孙丑篇》，而入于《滕文公》。此皆非今人所能晓。王崧《说纬》亦曾论之曰：

> 秦火以上之书，其例多不整齐。《尚书》分典、谟、训、诰、誓、命六体，然如《汩作》、《九共》、《禹贡》、《盘庚》之类，不题以此名。《左传》于一人之身，名、字、氏族、官邑、谥号错杂而书。《吕氏春秋》分十二纪、八览、六论，而所隶诸篇，不与总目相应。其《序意》一篇，本叙著书之由，如后世作者之自序，乃不冠于篇首，不附于篇末，而缀于《季冬纪》后。《史记》"诸侯世家"，"吴太伯"、"齐太公"之类，以始封之君标题；管、蔡、陈、杞、晋、楚诸国则否。"管蔡"后附以曹而不著其目，列传中或题姓名，或题官爵，初不画一。其他似此者甚多。

《诗序》的无章法性，正体现着它的古老，证明着他是一部先秦古籍。

其三，从《诗序》的内容与思维方法来看，也与孟子基本相一致。孟子论《诗》，其法有二：一曰"以意逆志"，一曰"知人论世"。这种训《诗》方法，大异于孔子之"兴观群怨"、强调诗之社会功能的做法。这可以说是《诗》学史上的一个重要变化。其特点在于通过这两条途径，直探诗之本旨。而《诗序》所谓"《君子于役》，刺平王也"；"《硕人》，闵庄姜也"；"《竹竿》，卫女思归也"云云，无一不是探诗之本旨者，也无一不是孟子"以意逆志"、"知人论世"训《诗》方法的实践。这在孔子时似乎是不存在的。如果我们将《孟子》与《毛诗序》作一比照，便可发现诸多相合处。如《孟子·尽心上》曰："公孙丑曰：'《诗》曰："不素餐兮"，君子不耕而食，何也？'孟子曰：'居是国也，其君用之，则安富尊富；其弟子从之，则孝弟忠信。"不素餐兮"，孰大于是？'"所引《诗》见于《魏风·伐檀》，其序云："《伐檀》，刺贪也。在位贪鄙，无功而受禄，君子不得进仕尔。"孟子意谓君子得其用，虽不耕而食，而却有德于国家人民。序意谓"不素餐"之君子不得其仕，故曰"刺"。二者意正相辅。《孟子·尽心下》曰："《诗》云：'忧心悄悄，愠于群小'，孔子也；'肆不殄厥愠，亦不殒厥问'，文王也。""忧心悄悄，愠于群小"出自《邶风·柏舟》，其序曰："《柏舟》，言仁而不遇也。"在孟子看来，孔子是一位仁者。《公孙丑上》曰："昔者子贡问于孔子曰：'夫子圣矣乎？'孔子曰：'圣则吾不能，我学不厌而教不倦也。'子贡曰：'学不厌，智也；教不倦，仁也。仁且智，夫子既圣矣乎！'"孔子之厄陈蔡之间，正与"仁而不遇"合。"肆不殄厥愠，亦不须殒厥问"出自《大雅·緜》篇，《緜序》曰："《緜》，文王之兴，本由大王也。"此与《孟子》所谓"文王也"合。《滕文公上》曰："孟子曰：'民事不可缓也。《诗》曰："昼尔于茅，宵尔索绹；亟其乘屋，其始播百谷。'"引《诗》见《豳风·七月》，其序曰："《七月》，陈王业也。周公遭变，故陈后稷先公风化之所由，致王业之艰难也。"意谓王业成于勤苦，此与"民事不可缓"合。《万章上》谓《小雅·北山》曰："是诗也……劳于王事而不得养父母之谓也。"此与《北山序》"役使不均，己劳于从事，而不得养其父母焉"之说合。《梁惠王上》引《大雅·灵台》第一二章曰："文王以民力为台为沼，而民欢乐之，谓其台曰'灵台'，谓其沼曰'灵沼'，乐其有麋鹿鱼鳖。"此与《灵台序》"文王受命，而民乐其有灵德以及鸟兽昆虫焉"之说合。《梁惠王下》引《大雅·皇矣》第五章曰："此文王之勇也。文王一怒而安天下之民。"与《皇矣序》"周世世修德莫若文王"之说合。《告子上》引《大雅·既醉》"既醉以酒，既饱以德"曰："言饱乎仁义也，所以不愿人之膏粱之味也；令闻广誉施于身，所以不愿人之文绣也。"此与《既醉序》"醉酒饱德，人有士君子之行焉"之说合。《梁惠王下》引《大雅·公刘》第一章曰："故居者有积仓，行者有裹粮也。"与《公刘序》"美公刘之厚于民"之说合。《公孙丑上》引《豳风·鸱鸮》第二章曰："孔子曰：'为此诗者，其知道乎！能治其国，谁敢侮之？'"与《鸱鸮序》"周公救乱也"之说合。《孟子·告子下》曰："《凯风》，亲之过小者也；《小弁》，亲之过大者也。"《小弁序》曰："刺幽王也，大子之傅作焉。"言幽王欲杀太子宜咎，宜咎之傅托太子口作此诗。此与所谓"亲之过大者"之说相合。《凯风序》曰："美孝子也。卫淫风流行，虽有七子之母，犹不能安其室，故美七子能尽其孝道，以慰其母心，而成其志尔。"所谓"不能安其室"，当如袁仁《毛诗或问》所说："卫人有夫死，而以七子不足恃，思再嫁者。"此与"亲之过小者"说合。

总之，《孟子》之说诗与《诗序》是基本相合的。罗大经《鹤林玉露》、何孟春《馀冬序录》、郝敬《毛诗原解》、张燧《千百年眼》、赵绍祖《读书偶记》等，皆盛称孟子言诗之善。而欧阳修《诗本义》卷十四则曰："今考《毛诗》诸序，与孟子说《诗》多合，故吾于诗常以序为证也。"①吴承志《横阳札记》亦曰："钱氏大昕《十驾斋养新录》云：《孟子》说《北山》之诗云：劳于王事而不得养父母，即《小序》说也。汉儒谓子夏所作，殆非诬矣。蒙按：《关雎序》'哀窈窕而无伤善之心'，本《论语》'哀而不伤'之文。为此说《序》，恐亦作者援据《孟子》，非《孟子》述《序》也。《丝衣序》引高子曰：'灵星之尸也。'证以《小弁传》引高子曰'小人之诗也'云云，《序》与《传》为一人所作甚明。出自子夏之说，《汉书·艺文志》已疑之，此《传》诂'我从事独贤'云：'贤，劳也'，正本《孟子》。《序》例当亦相同。"欧阳修看到的是《孟》、《序》间的"合"，吴承志所看见到的则是《序》、《传》与《孟子》间的关系。尽管他们的观点尚可商榷，但毕竟看到了《诗序》与《孟子》间的联系，此对证成我们的观点还是有帮助的。

更值得注意的，《毛诗序》与《传》引及了孟子、孟仲子、高子三位学者解经之言。《小弁传》曰："高子曰：'《小弁》，小人之诗也。'孟子曰：'何以言之？'曰：'怨乎！'孟子曰：'固哉！高叟之言诗也。……《小弁》，亲之过大者也。亲之过大而不怨，是愈疏也。"《丝衣序》曰："《丝衣》，绎宾尸也。高子曰：灵星之尸也。"《维天之命传》曰："孟仲子曰：大哉天命之无极，而美周之礼也。"《閟宫传》曰："孟仲子曰：是禖宫也。"孟仲子与高子，这两位在先秦其他典籍中很少提及的学者，却全见于《孟子》中。高子见于《孟子·告子下》、《尽心下》等篇中。赵歧注曰："齐人也。"孔颖达云："不知何人。"孟子称高叟，当是孟子同时而年长的一位研究《诗》及《乐》的学者，故《孟子》中记录了他讨论诗与乐的言论。

① 欧阳修：《诗本义》，《文渊阁四库全书》第 70 册，第 294 页。

《韩诗外传》卷二亦记有高子与孟子论卫女之诗之事。孟仲子见于《公孙丑下》，注曰："孟仲子，孟子之从昆弟，学于孟子者也。"这两位学者的名字为何不见于其他先秦古籍而仅见于《孟子》呢？这是否可从一方面证明孟子与《毛诗序》及《毛诗》传授的关系呢？

但问题在于：为什么汉四家诗的经师们言其师承，多谓出自子夏或荀子，而却没有一家自称传自孟子者呢？如《鲁诗》.由鲁人申培所传，《汉书·楚元王传》说：申培受《诗》于浮丘伯."伯者孙卿门人也。"《韩诗外传》引荀子达四十多次，《新唐书·艺文志》著录：《韩诗》二十二卷，卜商序，韩婴注。只有《齐诗》在秦前的师承不明。我认为这有两个原因：一是孟子在西汉初其权威性没有子夏、荀子大；二是"四家"中可能只有《毛诗》源出于孟子。子夏在孔门之中为"文学"一科的优秀代表，关于《诗》义的领悟，孔子于诸弟子中，独许子夏、子贡，子夏并授予"圣人"之门，自然就成了汉之经师相互争胜中"托以自大其说"的最理想的一张王牌。而荀子则是战国末最大的一位儒家大师，门徒甚众，在汉初影响甚大。这从汪中《荀卿子通论》中所看到的汉初荀子后学的一串串大名也可以了解到。《荀子·尧问》篇记荀卿弟子之言曰："今之学者，得荀卿子遗言馀教，足以为天下法式表仪，所存者神，所过者化。观其善行，孔子弗过。"这可以反映汉初学者的认识。刘向《孙卿书叙录》言："（孙卿卒）葬于兰陵。……兰陵多善为学，盖以孙荀也，长老至今称之曰'兰陵人'。喜字为卿，盖以法孙卿也。"又言：大儒董仲舒"作书美孙卿"[1]。三国时，有人为徐干《中论》作序云："予以荀卿子、孟子怀亚圣之才，著一家之法"[2]，仍将荀子之名列于孟子之前，荀子的权威地位由此可得而知。比较而言，孟子就没有这么幸运。赵歧《孟子题辞》说："孟子即没之后，大道遂绌。逮至亡秦，焚灭经术，坑戮儒生。孟子徒党尽矣。"[3]因他早荀子六十年，又经秦焚坑暴举，至汉初几乎已没有什么学术影响。中兴大儒董仲舒对孟子颇有微辞[4]，王充《论衡》中亦有《刺孟》一篇，专攻孟子。在这种情况下，

---

① 上引文见王先谦：《荀子集解》，中华书局《诸子集成》本，第364、367页。
② 严可均：《全上古三代秦汉三国六朝文》第二册，中华书局1958年版，第1360页。
③ 阮元校刻：《十三经注疏》，中华书局1980年影印本，第2663页。以下引《孟子》皆据此本。
④ 见苏舆：《春秋繁露义证》，中华书局1992年版，第304、311页。

诸传经流派数典认祖，自然不会找到孟子头上了。

我们认为四家诗中惟《毛诗》有可能出自孟子，除上文提到的《毛诗序》及《传》中提到的高子、孟仲子等学者名字仅见于《孟子》外，还有一个理由是：今传世的《诗经》本子是《毛诗》，其余三家与《毛诗》究竟有多大出入已不得知，但可以肯定"三家诗"与《毛诗》本子是不一样的。据董冶安先生《战国文献论〈诗〉引〈诗〉综录》①，《论语》引《诗》八次，其中逸诗一篇，为孔子所论；逸句一句，为子夏所引。《荀子》引《诗》八十六次，其中逸诗七篇。《墨子》引《诗》十二次，其中逸诗三篇。《晏子春秋》引《诗》二十次，其中逸诗一篇。《管子》引《诗》三次，逸诗一篇；《吕氏春秋》引《诗》二十次，逸诗四篇。据 2000 年 8 月 16 日上海《文汇报》报道，上海博物馆从香港购回的一批战国竹简中，有 31 枚与孔子论《诗》有关，而其中发现六篇佚诗，有三十九篇诗曲的篇名，不见于今本《诗经》。然而《孟子》一书引《诗》多达三十四次，仅次于《荀子》，竟然全见于今本《毛诗》中，无一逸诗②。这是否在暗示着《毛诗》与孟子的关系呢？而且齐、韩、鲁"三家诗"皆无序，《齐诗》不见有序，众已言之；后人所谓的鲁、韩二家的《诗序》，也很不可靠。据夏氏《读诗札记》考证，"《韩诗序》作于隋后唐前，故《隋书·经藉志》不载，至《唐·艺文志》始载之。《文选注》、《后汉书注》、《太平御览》所引《韩诗序》，皆唐人书也。自唐以前未有引《韩诗序》者……朱彝尊《经义考》谓刘向《新序》、《二子乘舟》为伋之傅母作，《黍离》为寿闵其兄作；《列女传》、《茉莒》为蔡人妻作，皆为《鲁诗》之序。按：向学《鲁诗》，其所徵皆《鲁诗》之说，非序也。犹《太平御览》引《韩诗》'《黍离》伯封作也'，亦不云《韩诗序》。"这样看来，也只有《毛诗》有序了，故《汉书·艺文志》著齐、韩、鲁三家的《诗经》本子是"二十八卷"，而《毛诗》的本子则是"二十九卷"，就是因为多了一卷《诗序》③。孟子作《诗序》，"三家诗"无序，唯《毛诗》有序，这是否说明《毛诗》传自孟子呢？

---

① 收入《先秦文献与先秦文学》，齐鲁书社 1994 年版。

② 按：《孟子·梁惠王下》讲述齐景公与晏子君臣对话，提及：景公"召大师，曰：'为我作君臣相说之乐！'盖《徵招》、《角招》也。其诗曰：'畜君何尤？'"此显非《诗经》逸篇。故不计在内。

③ 参见王引之：《经义述闻》卷 7，《清十三经注疏》本。

战国诗学传播中心的转移与汉四家诗的形成[①]

关于汉代四家《诗》的源流及师承，除《毛诗》自谓子夏所传、并有谱系流传外，其余齐、韩、鲁三家，史皆无载。《汉书·艺文志》仅言："鲁申公为《诗》训故，而齐辕固、燕韩生皆为之传。"治《诗》学史者，极想弄清三家在先秦的师承脉络，却苦于找不到线索。如林耀潾先生《西汉三家诗学研究》，于每家皆列"渊源与传承"一节，备言其在汉代的传授情况，而于其源，仅于《鲁诗》溯及荀子，齐、韩二家则无考。洪湛侯撰《诗经学史》，专列《三家诗的传授源流》一节，对三家与先秦学术的联系，也苦于无证。林叶连《中国历代诗经学》引江乾益说，亦仅言汉学师法根源，"本先秦之绪业"[②]，至于其详细情况，则无说明。其间也有想作深入考究者，但目光多集中在《史记·儒林列传序》特意标举的子夏、孟子、荀子三人身上。如汪中《述学·荀卿子通论》即认为鲁、韩、毛三家《诗》同源异流，共祖荀子。刘师培《诗分四家说》则认为四家诗远祖皆为子夏，近则出于荀子。其后张启成《论〈毛诗〉与三家诗的异同》[③]、刘立志《荀子与两汉诗学》[④]等，皆从此说而加以发挥。陈桐生则认为，汉代今文经学极大的受惠于孟子，孟子是西汉今文经学的先驱人物。[⑤]刘立志也认为，孟子与汉代《诗》学渊源极深，他的某些思想观点直接

① 本文最初发表于《文史哲》2005 年第 1 期。
② 林叶连：《中国历代诗经学》，台湾学生书局 1993 年版，第 65 页。
③ 张启成：《论〈毛诗〉与三家诗的异同》，《贵州师范大学学报》1995 年第 3 期。
④ 刘立志：《荀子与两汉诗学》，《中国文学研究》2001 年第 2 期。
⑤ 陈桐生：《论孟子对西汉今文经学的特殊贡献》，《孔子研究》2001 年第 2 期；《孟子是西汉今文经学的先驱》，《汕头大学学报》2000 年第 2 期。

为汉代四家诗学所继承①。王葆玹则认为，齐学源于孟子，鲁学始于荀子②。

　　诸家之说，自然都有相当的道理。但众所周知，汉儒最重师承家法，如果其在先秦师承脉络清晰，经师怎么会避而不谈呢？这是值得我们深思的。如果我们结合战国师承混乱、传本歧出的《诗》学传播情况，这一问题便可涣然冰释。战国纵横，学派纷呈。学派内部，不断分裂。"儒分为八，墨离为三"，或背师而自立，或由儒而入法、墨，极无门户之见。如吴起由儒入法③；墨子学儒，却创立墨家。禽滑釐由儒入墨④；段干木学于子夏⑤，却变成了道家式的隐士⑥；田子方本学于子贡⑦，在《庄子》中又自称其师是东郭顺子⑧。商鞅、韩非、李斯皆本受业于儒，却都背弃儒术。在这样的氛围中，儒家要想保持其学术的纯正性，显然是极艰难的。《诗经》的传授自然也变得复杂起来。《经典释文·序录》述毛诗先秦时的传播世系说：

　　　　《毛诗》者，出自毛公，河间献王好之。徐整云：子夏授高行子，高行子授薛仓子，薛仓子授帛妙子，帛妙子授河间人大毛公，毛公为《诗故训传》于家，以授赵人小毛公。小毛公为河间献王博士，以不在汉朝，故不列于学。一云：子夏传曾申，申传魏人李克，克传鲁人孟仲子，孟仲子传根牟子，根牟子传赵人孙卿子，孙卿子传鲁人大毛公。⑨

　　这个世系是《毛诗》学者根据传说回忆记述的，很难说有多少可靠性。但从其传说的矛盾中，我们可以看到战国《诗》学传授的复杂性。曾申字子西，是孔门七十子之一的曾参之子。孟仲子，据孔氏《正义》引赵歧说："孟仲子，孟子从昆弟，学于孟子者也。"郑玄《诗谱》以为子思弟子。根牟氏出

---

①　刘立志：《孟子与两汉〈诗〉学》，《盐城工学院学报》2002 年第 1 期。
②　王葆玹：《今古文经学新论》第 2 章，中国社会科学出版社 1997 年版。
③　司马迁：《史记·孙子吴起列传》，中华书局 1975 年版，第 2165 页。
④　《墨子·公输》、《庄子》、《吕氏春秋》等的相关论述，中华书局 1954 年版。
⑤　陈奇猷：《吕氏春秋校释·当染》，学林出版社 1994 版，第 96 页。
⑥　司马迁：《史记》，第 1839 页。
⑦　陈奇猷：《吕氏春秋校释·当染》，第 96 页。
⑧　方勇、陆永品：《庄子诠评》，巴蜀书社 1998 年版，第 553 页。
⑨　陆德明：《经典释文》卷 1，中华书局 1983 年版，第 10 页。

自东夷根牟小国，在琅琊阳都县东之牟乡。春秋鲁宣公九年取其国，子孙因以为氏①。子夏本居三晋，而《诗》学竟传到了孔子的老家鲁地，并深入到了孔门高足曾子和大儒孟子家中。这说明了战国学术传授的开放性，曾子、孟子并不因自己是大儒之家而拒绝、接纳其他学术观点。大毛公既可以学《诗》于帛妙子，又可拜荀子为师。同样，儒家学者在传经过程中也会受到其他思想的影响，如郭沫若称荀子是杂家的祖宗②，就因他是融汇多家学说的缘故。学派之间的相互渗透，师承关系的交互穿叉，要想理清《诗经》传播的师承脉络，自然是极为困难的。如《齐诗》好言阴阳灾异，若仅从传播主体上作线型考虑，它究竟来自孟子还是荀子？自然无法确定，也无法找到线索。因此三家《诗》不言其在先秦的师承源流，并不是一时疏忽，更可能的是先秦混乱的传经局面，使他们已经无法理清其师承渊源了。我们生于千载之下，要想理清连三家经师自己都难以理清的先秦师承关系，显然是不现实的。因而我们不能不改变思路，由关注《诗》学的"传播主体"转向《诗》学传播本身。

刘师培称："治齐学者，多今文家言，治鲁学者，多古文家言。"③蒙文通把先秦与汉学术分为鲁学、齐学、晋学，并认为《齐诗》与齐学、《鲁诗》与鲁学、《毛诗》与晋学之间皆存在着渊源关系④。《剑桥中国秦汉史》言及汉代经学时也说："关于《诗经》，已经有了并行的齐、鲁、韩三派，他们与早期的地域性学习中心相当。"⑤这些论说尽管简略，但对我们的研究极具有启发意义。因为它摆脱了关注"传播主体"的封闭型传播渠道的单一性，关注的是《诗》学传播过程中，在开放性的时代背景下，地域性学术思潮对《诗》学观念形成的意义。我们可顺着这一思路，对战国《诗》学的传播及其中心的转移做出全面考察，从而理清"四家诗"的学术思想渊源，从根本上把握先秦两汉《诗》学发展的历史走向。

学术中心与学术思潮的形成，通常都需要一个核心人物的号召与引领；在

---

① 邓名世：《古今姓氏书辩证》卷七，《文渊阁四库全书》第 922 册，第 689 页。
② 郭沫若：《十批判书》，科学出版社 1956 年版，第 209 页。
③ 刘师培：《国学发微》，《刘申叔遗书》，江苏古籍出版社 1997 年版，第 480 页。
④ 参见蒙文通：《经史抉原·经学导言》，巴蜀书社 1995 年版，相关章节。
⑤ 崔瑞德、鲁惟一：《剑桥中国秦汉史》，中国社会科学出版社 1992 年版，第 812 页。

"学术将为天下裂"的战国时代，诸侯的地域割据对学术流派的形成又有着极其重要的影响。战国时，诸侯招贤、权贵养士，蔚然成风，诸侯的招贤养士往往带有学术与政治的双重目的，这对《诗》学传播及流派的形成无疑是有决定性意义的。由于诸侯之间相互争夺人才战略的不断调整，与学术核心人物活动地域的不断变迁，战国时期出现了学术中心不断转移的现象。统观战国二百余年间，随着学术巨人的替兴与学术的地域性变化，学术中心出现了四次大转移，而由之形成的四大学术中心，则直接影响到了战国《诗》学的传播及《诗》学思想与观念的形成，成为汉代《诗》学流派形成的直接思想资源。

战国第一个学术中心形成于三晋之魏的西河。这里有两个核心人物，一是魏文侯，一是卜子夏。礼贤下士的魏文侯是魏国历史上最出色的一个国君。《史记·儒林传》称"是时独魏文侯好学"。《汉书·礼乐志》说："至于六国，魏文侯最为好古。"《后汉书·李固传》说："魏文侯师卜子夏，友田子方，轼段干木。故群俊竞至，名过齐桓，秦人不敢窥兵于西河，斯盖积贤人之符也。"《资治通鉴》卷一称："魏文侯以卜子夏、田子方为师，每过段干木之庐必式。四方贤士多归之。"《史记·魏世家》称："文侯受子夏经艺。"一则曰"好古"，再则曰"受经艺"，可见这是一位儒雅之君，因而当时大批学者即所谓之"士"便汇聚到了魏国，而此时此地作为学者的一个中心人物就是子夏。

子夏是孔门中对六艺最为精通的弟子，后世传说多把"六经"的传授与他相联系。《容斋续笔》卷十四有《子夏经学》一则曰：

> 孔子弟子，惟子夏于诸经独有书。虽传记杂言未可尽信，然要为与他人不同矣。于《易》则有传，于《诗》则有序。而《毛诗》之学，一云子夏授高行子，四传而至小毛公；一云子夏传曾申，五传而至大毛公。于《礼》则有《仪礼丧服》一篇，马融、王肃诸儒多为之训说。于《春秋》，所云"不能赞一辞"，盖亦尝从事于斯矣。公羊高实受之于子夏，榖梁赤者，《风俗通》亦云子夏门人。于《论语》，则郑康成以为仲弓、子夏等所撰定也。后汉徐防上疏曰："《诗》《书》《礼》《乐》，定自孔子；发明章句，始于子夏。"斯其证云。

　　孔子谢世后，子夏退居西河，其地在魏都城安邑附近。子夏开门讲经，魏文侯尊之为师，一个好古，一个身通六艺，两人联盟，西河便形成了孔子洙泗之后的又一个学术中心。《后汉书·徐防传》注称："孔子没，子夏居西河，教弟子三百人，为魏文侯师。"三百人的声势实不在小，故而在先秦各家的记述，常可见到"子夏之徒"、"子夏之门人"、"子夏氏之儒"之称。①

　　蒙文通先生认为，魏国学术以古史为根柢的②，此言不虚。从《左传》、《国语》记晋史独详，到魏文侯之相吴起传《左传》，再到魏襄王墓出土大批古史书等一系列事情看，晋国是史学发达的地区。其中被称为"籍氏"、"董史"者，即为晋国史学的代表。孔子盛称董氏狐为"古之良史，书法不隐"，也可以看出晋国史法之严。法家能从三晋兴起，当与此一文化传统有关。"古史"之学，实则是文献典籍之学。刘师培认为古学出于史官③，实有见地。而魏文侯之"最为好古"，正是在晋国这一学术传统背景之下出现的。《汉书·贾山传》说："贾山……祖父祛，故魏王时博士弟子也。山受学祛，所言涉猎书记，不能为醇儒。"这是一条非常重要的史料。魏立博士始于何时，史书失载，但魏文侯是最有可能的。其所立为何类博士，虽不能晓，但从"不能为醇儒"的遗憾中，可以窥见其所立自当有儒家经典。《艺文志》著录有"魏文侯六篇"，在儒家类，亦可见魏文侯与儒学的关系。《汉书·艺文志》说："六国之君，魏文侯最为好古。孝文时得其乐人窦公，献其书，乃《周官·大宗伯》之《大司乐》章也。"据颜师古注引《桓谭新论》，当时窦公年已一百八十岁。《左传》几次引到《逸周书》的内容，而引此书的荀息、狼瞫、魏绛都是晋人，再从汲冢出土的失传文献来看，三晋是最能保存古籍的。子夏在这里开展他的学术活动，自然会受到三晋古史传统的影响，因而汉儒在《诗经》传授中的历史化倾向，并溯源到子夏，看来也非子虚之谈。

　　子夏《诗》学在魏文侯的支持下，在三晋的文化土壤上发展起来，其后即

---

　　①　如《论语》卷19称"子夏之门人问交于子张"，《墨子》卷11称"子夏之徒问于子墨子"，《大戴礼记》卷6称"子夏之门人洒扫应对"，《荀子·非十二子》称"子夏氏之贱儒"等。

　　②　蒙文通：《经史抉原》，巴蜀书社1995年版，第16—32页。

　　③　刘师培：《古学出于史官论》，《刘申叔遗书》，江苏古籍出版社1997年版，第1477—1480页。

传布于各地，如其弟子李克为中山相，即把《诗经》传播到中山 ①。弟子曾申则将其学传于鲁国，传于孟子之家。孟子说《诗》，即可能受到了子夏《诗》学的影响 ②。荀子《诗》学据陆玑说，也是承自子夏这一系统的。弟子高行子，一说即孟子指责的"高叟"，齐人。其学自然也传到了齐国。汉代古文家的《毛诗》，其源头当即是形成于西河学术中心时期的子夏《诗》学。《毛诗序》明言"国史明乎得失之迹，伤人伦之变，哀刑政之苛，吟咏性情，以风其上，达于事变，而怀其旧俗者也。"认为《诗》三百承载了史家的职责。《毛诗》派最大特点即在于"以史证《诗》"，多把诗篇与历史和传说中的具体人、事相联系。这种明显的历史化倾向，不能说与三晋古史学统没有关系。

继西河而兴起的战国第二个学术中心是齐国的稷下。据徐干《中论·亡国》篇记载："昔齐桓公立稷下之宫，设大夫之号，招致贤人而尊宠之，自孟轲之徒，皆游于齐。""稷下"即"稷门之下"，稷门是齐国国都西门，《史记集解》引刘向《别录》说："齐有稷门，城门也。谈说之士期会于稷下也。"《史记索隐》引《齐地记》曰："齐城西门侧，系水左右有讲室，趾往往存焉。盖因侧系水出，故曰稷门。古侧、稷音相近耳。""齐桓公"，即威王之父田午，稷下开馆招贤从田齐桓公始，鼎盛于宣、湣之时（公元前 319—284 年）。《史记·田敬仲完世家》云：

> 宣王喜文学游说之士，自如驺衍、淳于髡、田骈、接子、慎到、环渊之徒七十六人，皆赐列第为上大夫，不治而议论。是以齐稷下学士复盛，且数百千人。

《盐铁论·论儒》篇亦云："齐宣王褒儒尊学，孟轲、淳于髡之徒，受上大夫之禄，不任职而论国事。盖齐稷下先生千有余人。"这所"稷下学院"集中了当时天下最著名的学者。《史记·孟子荀卿列传》载："自驺衍与齐之稷下先生如

---

① 参见李学勤：《平山墓葬群与中山国的文化》，《文物》1979 年第 1 期；江林昌《由古文经学的渊源再论〈诗论〉与〈毛诗序〉的关系》，《齐鲁学刊》2002 年第 2 期。

② 相传《诗序》为子夏作，而孟子论诗多与《诗序》合。参见刘毓庆：《历代诗经著述考》，中华书局 2002 年版，第 17—23 页。

淳于髡、慎到、环渊、接子、田骈、驺奭之徒，各著书言治乱之事，以干世主，岂可胜道哉。"淳于髡是齐人，"博闻强记，学无所主"。慎到为赵人，接子、田骈为齐人，环渊为楚人，四人皆学黄老道德之术，各有著述。驺奭为齐人，有《驺奭》十二篇。"自如淳于髡以下皆命曰列大夫，为开第康庄之衢，高门大屋尊宠之，览天下诸侯宾客，言齐能致天下贤士也。"除此之外，到过这里的学者还有孟子、荀子、尹文子、宋钘、兒说等。

在这座开放的文化研究院，各家各派的学者都可以自由发表演说。就一些有名的稷下学士的派别言，"孟荀是儒家，驺衍、驺奭是阴阳家，田骈、慎到、环渊、接子，还有宋钘、尹文，都是道家，淳于髡'其学无所主'是一位无所谓派。此外有确实可考的如兒说是倡导'白马非马'的人，田巴服徂丘，议稷下，'离坚白，合异同，'当然都是名家。"① 儒家学说在这样的环境中传播、发展，其纯正性的保持显然是非常艰难的。

齐国是阴阳家的大本营，驺衍、驺奭其学说在这里影响极大。《孟子荀卿列传》说："驺衍，后孟子。驺衍睹有国者益淫侈，不能尚德，若《大雅》整之于身，施及黎庶矣。乃深观阴阳消息，而作怪迂之变，《终始》、《大圣》之篇十余万言。其语闳大不经，必先验小物，推而大之，至于无垠……然其要归，必止于仁义节俭，君臣上下六亲之施，始也滥耳。"驺奭"亦颇采邹衍之术以纪文"。齐国人本有尚怪好奇之风，对他们的这种创造性理论自然也很满意，因而有"谈天衍，雕龙奭"的称誉，齐王对他们也很欣赏，故"邹子重于齐"。"六经"在齐国的传播，早期有孔门弟子。据《史记·仲尼弟子列传》及《史记》三家注所载，七十子中公冶长、公皙哀、樊须、梁鳣、后处、步叔乘六人为齐人②。《儒林列传》提到了"子贡终于齐"。战国中后期主要靠孟子、荀子两位大儒。孟子在齐威王时曾仕于齐。齐宣王之二三年，又再度适齐，为宣王宾师。荀子齐襄王时到齐国，在稷下最受尊重，三度为祭酒。孟、荀两位战国最大的儒家大师，先后来齐，这对儒家学说的传播应该是有巨大意义的。但其影响远不及阴阳家之大。在稷下是百家学说混杂之地，特别是在阴阳家的

① 郭沫若：《十批判书》，东方出版社1996年版，第158页。
② 钱穆认为前三人是鲁人，参见钱穆：《先秦诸子系年》，中华书局2001年版，第76—78页。

大本营里，儒家经学在这里经过发酵，必然会变味，染上百家特别是阴阳家的气味。正如蒙文通先生所说："太史公把战国学术分成六家，稷下先生六家都是有的。孔子的六经，在稷下只好占个小部分。这一小部分的六经，和百家学术在这里就混合起来，百家诸子的学说里边混有孔子的理论，孔子六经里自然也有诸子百家的理论，齐国以后传出来的六经自然也就没有鲁国传下来的纯粹了……"①，傅斯年亦云："齐国自有他的儒学，骨子里只是阴阳五行，又合着一些放言侈论。"②齐学这种骨子里浮动的"阴阳五行"精魂，很难说成于一人之手，而是稷下学术中心所特有的文化氛围造成的。《齐诗》派好言阴阳灾异，其源无疑在于此。有人根据《荀子·非十二子》批评孟子"案往旧造说谓之五行"的话，认为孟子讲五行，有可能是齐学之始。其实孟子所说的"五行"，是指仁义礼智圣，郭店楚简的《五行》篇即可为证。唐杨倞《荀子》注亦言指"仁义礼智信"，并非指阴阳五行。

第三个兴起的中心则转移到了燕国。燕国是周初同姓功臣召公的封国，地处北鄙，战国之前不大引人注目。根据古史记载，燕国有两件大事特别值得注意。第一是燕王禅让而身死国破的事。第二是燕昭王招贤而复兴的事。《史记·燕召公世家》说：

> 鹿毛寿谓燕王："不如以国让相子之。人之谓尧贤者，以其让天下于许由。许由不受，有让天下之名，而实不失天下。今王以国让于子之，子之必不敢受，是王与尧同行也。"燕王因属国于子之，子之大重。……三年，国大乱。

在这里，燕王哙效法的是古之圣王尧。而尧舜禅让是儒家的经典性故事，据《韩非子·说疑》说："燕君子哙，召公奭之后也。地方数千里，持戟数千万。不安子女之乐，不听钟石之声，内不堙污池台榭，外不罼弋田猎，又亲操耒耨以修畎亩。子哙之苦身以忧民如此其甚也，虽古之所谓圣王明君者，其

---

① 蒙文通：《经史抉原》，巴蜀书社 1995 年版，第 26 页
② 傅斯年：《战国子家叙论·论战国诸子之地方性》，冯天瑜等编：《中国学术流变》，华东师范大学出版社 2003 年版。

勤身而忧世不甚于此矣。"从行为上看，他是受过儒家思想熏陶的，而且信之甚深，故有禅让闹剧的发生。说明此地早期有儒家学说传播。据《礼记·檀弓》记载，在此前，鲁国在为孔子办丧事时，燕国就有人专门来到鲁国，住到子夏家里，目的是要看看圣人的葬礼与凡人有何不同。看来燕人对代表周礼的儒家文化素有倾慕之心。或是召公之遗泽吧。《诗经》中有《召南》一篇，与召公联系甚密，并有《甘棠》一篇专歌美召公。同时《大、小雅》中之《黍苗》、《崧高》、《江汉》、《韩奕》、《召旻》等篇，直接或间接咏及燕国之祖召公与召穆公，这对燕国来说是特别值得荣耀的事。也许因此缘故，《诗经》在这里得以传布。还有，燕与中山为邻，李克为中山相把子夏《诗》学传入中山，也很可能传入燕国。那位曾在子夏家里住过的燕国学者，也难说与子夏《诗》学没有关系。到汉代此地能出现《诗》学大家韩婴，也非偶然。《旧唐书·经籍志》著录有"韩诗二十卷"注曰"卜商序"，看来也非凿空。

至于燕昭王招贤，则是燕国历史上的一桩辉煌之举。《燕召公世家》说：

> 燕昭王于破燕之后即位，卑身厚币以招贤者。谓郭隗曰："齐因孤之国乱而袭破燕，孤极知燕小力少不足以报，然诚得贤士以共国，以雪先王之耻，孤之愿也。先生视可者，得身事之。"郭隗曰："王必欲致士，先从隗始。况贤于隗者，岂远千里哉！"于是昭王为隗改筑宫而师事之。乐毅自魏往，邹衍自齐往，剧辛自赵往，士争趋燕。

《太平御览》卷一七七引《史记》有"燕昭王置千金于台上，以延天下士，谓之黄金台"之语。《水经·易水注》亦言故安县"北有小金台，台北有兰马台，并悉高数丈，秀峙相对，翼台左右水流径通长庑广宇，周旋被浦，栋堵咸沦，柱础尚存，是其基构可得而寻访。诸耆旧咸言：昭王礼宾，广延方士，至如郭隗、乐毅之徒，邹衍、剧辛之俦，宦游历说之民，自远而届者多矣。不欲令诸侯之客伺隙燕邦，故修连下都馆之南垂。言燕昭创之于前，子丹踵之于后。故雕墙败馆，尚传镌刻之石。"《史记·孟子荀卿列传》说：邹衍"如燕，昭王拥彗先驱，请列弟子之座而受业，筑碣石宫，身亲往师之。"当日盛况，可想而知。从"筑宫而师事之"、"请列弟子之座而受业"等记述来看，燕王对邹子的重视实不在齐国之下。昭王招贤绝不只限于政治人才，有相当一部分"天下士"都是学者。如公孙龙子、荀子等都到过燕国[①]。这是继齐稷下之后兴起的又一学术中心。自然有一批儒家学者前往。关于燕国之习俗风尚，史籍不乏记载。如《韩非子·外储说左上》言"客有教燕王为不死之道者"，《史记·封禅书》称秦始皇时一批方士皆燕人。《史记·燕召公世家》称"燕北迫蛮貉，内措齐、晋，崎岖强国之间，最为弱小，几灭者数矣。"《史记·货殖列传》称燕"南通齐、赵，东北边胡"。"与赵、代俗相类"从这些记载中，我们不难发现：燕国地处齐、晋之间，国力弱小，在文化上有着明显的依附性，而对他影响最大的就是身边的齐、晋二国。故而，燕人一方面与"赵、代俗相类"。一方面却迷信着齐人的阴阳五行及神仙方士。燕地的这种特殊背景自然影响到了《诗经》的传播。形成于燕地的《韩诗》有两个特点：一是引《诗》证史，一是"取《春秋》，采杂说"，以《易》说《诗》，有阴阳习气。前者正是源自三晋的古史学统，而后者则是齐地阴阳五行学说的影响所致。

　　第四个学术中心是楚之兰陵。这个中心的形成主要是因为荀卿。《史记·孟子荀卿列传》说：

　　　　齐襄王时，而荀卿最为老师。齐尚修列大夫之缺，而荀卿三为祭酒焉。齐人或谗荀卿，荀卿乃适楚，而春申君以为兰陵令。春申君死，而荀卿废，因家兰陵。

　　春申君是战国以养客著称的四公子之一，故荀卿往投。《史记正义》说："兰陵县属东海郡，今沂州承县有兰陵山。"兰陵其实是鲁的地盘，只是战国时被楚国占领了。《太平寰宇记》卷二十三于沂州承县说："兰陵县城在县东六十里。史记曰：荀卿适楚，春申君以为兰陵令，因家焉。《十三州志》曰：兰陵故鲁次室邑，其后楚取之，改为兰陵县。"又说："楚荀卿墓在县东六十二里。"元于钦《齐乘》卷四说："兰陵城州东南六十里，古鲁之次室邑。……后为楚

---

　　① 《吕氏春秋·听言》有公孙龙说燕昭王偃兵的记载，《韩非子·难三》有"燕子哙贤子之而非孙卿"之言，其时间虽有误，但谓荀卿曾游燕似有可能。

地，改曰兰陵。春申君封荀卿为兰陵令。城南有荀卿墓，城北有萧望之墓。"

鲁国是儒家学说的发源地，此地儒学自比其他地方为盛。据《史记·货殖列传》称："邹、鲁滨洙、泗，犹有周公遗风，俗好儒，备于礼。故其民龊龊。颇有桑麻之业，无林泽之饶。地小人众，俭啬，畏罪远邪。"与有海滨之利的齐、燕不同，以农业经济为主的鲁地，拘谨、守礼的民风，亦最易彬彬儒风的形成与保持，故而此地延续了中国儒家的文化正统。孔门七十子中，几乎半数以上是鲁人。《史记·儒林列传》说：

> 天下并争于战国，儒术既绌焉，然齐鲁之间，学者独不废也……及至秦之季世，焚《诗》、《书》，坑术士，六艺从此缺焉。陈涉之王也，而鲁诸儒持孔氏之礼器往归陈王，于是孔甲为陈涉博士，卒与涉俱死……及高皇帝诛项籍，举兵围鲁，鲁中诸儒尚讲诵习礼乐，弦歌之音不绝，岂非圣人之遗化好礼乐之国哉……夫齐鲁之间于文学，自古以来，其天性也。

但是在战国百家争鸣中，国力弱小的鲁国并不引人注意，自然形不成中心。直到大儒荀卿居兰陵后，才把学术中心转移到了这里。战国之儒可分为两类，一类是传道之儒，如子游、子思、孟子等；一类是传经之儒，如子夏。荀卿则是传道而又兼传经的大儒，在战国末期与汉初影响甚大。胡元仪作《荀子别传》说："至汉时，兰陵人多善为学，皆卿之门人也。汉人称之曰：'兰陵人喜字为卿，法郇卿也。'教泽所及，盖亦远矣。"[①]汉代传经者多称出自荀子。鲁本有儒学根柢，荀子在兰陵传经，不像在稷下、碣石宫之有百家杂学熏染，故鲁学被后人视为醇正的儒学。《盐铁论·毁学》"昔李斯与包丘子俱事荀卿，既而李斯入秦，遂取三公"云云，《史记·李斯列传》则言斯从荀卿学帝王之术，"学已成，度楚王不足事"，由此看来，传《鲁诗》的包丘子与李斯，都是荀卿在兰陵的学生了。《艺文志》称《鲁诗》于三家诗中"最为近之"。所谓"鲁最为近之"，也即指其醇正而言。不过荀子之学，杂帝王之术，为政治服务的倾向太为明显，他不能像孟子那样把"道"放在"君"之上。故而汉代的今文学

---

① 王先谦：《荀子集解》，中华书局1954年版，第29页。

派，实际上受荀子影响最深。

　　总之，战国学术中心的四次大转移，也是《诗》学传播中心的四次转移，这四次转移在不同的文化氛围中所形成了不同的《诗》学观念与思想，直接影响到了汉代《诗》学流派的形成与发展。其时，秦国吕不韦虽也招揽文士，著书立说，而且声势也很大，但因秦国自商鞅以来排斥儒生，秦国的政治也多与儒生主张相背，故而传经之士，鲜至秦者。

《毛传》"战国遗孤"角色及其理性精神[①]

　　《毛诗》一派，其奠基之作是《毛诗故训传》（简称《毛传》）。《毛传》是现存最早的一部经典注本，在训诂学与《诗经》学史上都有极高的位置，因而备受关注。关于此书的作者，旧有三说：一是毛亨，二是毛苌，三是二毛合著。由作者自然牵涉到了成书的时代问题。同意大毛公者，或以为成书于秦火之前，如陈奂称："数传至六国时，鲁人毛公依序作传。"[②]仁井田好古亦言："其作传也（指毛亨作传），亦在秦火之前。"[③]或以为其在西汉，夏传才说："毛亨承自荀子，他在西汉初期开门收徒，著《诗故训传》，传于赵人毛苌。"[④]向熹以为毛亨卒于惠帝时，《毛传》当作于汉初政治环境宽松之后[⑤]。洪湛侯《诗经学史》则说"西汉（一说秦汉间）毛亨撰"[⑥]。以为毛苌作者，毛苌为河间献王博士，自然认为成书于汉。杜其容撰《诗毛氏引书考》，据《毛传》引书情况，而将其时代定在秦末汉初。今绝大多数学者则认为，《毛传》代表了汉代《诗经》学的成就与经学思想。

　　关于《毛传》的真正作者与成书时代，因时代久远，确实很难论定。即使是六国时毛亨所传，也不能排除汉初毛苌增补之可能。因而说它成书于汉初，并非没有可能。而且具体成书年代的讨论，也没有实质性的意义。最关键的一点是，《毛传》体现出了与汉代三家《诗》截然不同的精神风貌。三家《诗》

①　本文最初发表于《文艺研究》2007年第11期。
②　陈奂：《诗毛氏传疏·序》，中国书店1984年版，第1、12页。
③　〔日〕仁井田好古：《毛诗补传·序》，昭和四年斯文会藏版，第3页。
④　夏传才：《诗经研究史概要》，中州书画社1982年版，第76页。
⑤　向熹：《〈诗经〉语文论集》，四川民族出版社2002年版，第297—299页。
⑥　洪湛侯：《诗经学史》，中华书局2002年版，第178页。

学虽在先秦皆有其源，或以为同出于荀卿，但它们都积极介入了营建汉家意识形态的工程之中，在现实政治的激荡下，迅速褪去了"战国衣冠"，呈现出了"汉家学术"的风姿。而《毛诗》无论是它的思想本质还是解诗方式，在更大程度上所体现的都是战国学术素质与精神。可以说它是"战国遗孤，汉家螟蛉"，只是因"收养"于"汉家"，略沾有汉人习气而已。从根本上讲，它不能代表汉代学术的思想与作风。

　　首先从《毛诗故训传》的解诗方式，所秉承的就完全是先秦传统。其基本体例有三，即故、训、传三体。而这三种体例，乃是先秦训释古籍的三种基本方式。形成于战国的《尔雅》，其中即有《释诂》、《释训》两部分。《毛诗》之"故训"与《尔雅》之"诂"、"训"，实同祖于先秦儒家解经之体。不过毛氏所谓的"故"是一个较为宽泛的概念，不像《尔雅》那样严格。《尔雅》"释诂"有以今语解释古言之意，而毛氏则把古今异言、同字异义、方俗异称等等内容，都容纳在"故"要解决的范围之内了。《尔雅》中有《释言》，毛氏之"故"实兼"释诂"、"释言"之类内容而有之。若《毛传》中许多关于诗篇字词的解释就完全相同地出现于《尔雅》的《释诂》、《释言》中。"训"则是一种特殊的解释方法。孔颖达《关雎诂训传》正义说："训者，道也，道物之貌以告人也。"[①]郝懿行说："训之为言顺也，顺其意义而道之。"[②]如《大雅·常武传》"明明然，察也"[③]，《卫风·氓传》"晏晏，和柔也"[④]等，并见于《尔雅·释训》。此处所释都不是单纯的字义，更主要的是由其中生发引申出的意义。如"晏晏"本义是言天气清朗和暖之貌，性情和柔之义便从此中生出；"明明"其本义是指日月光亮之貌，明察之义则由光亮意引申出。如此便有了比喻、象征的意义，所以马瑞辰说"训则兼其言之比兴而训导之"[⑤]。"故"、"训"结合，便可以对全部经典文字做出解释。所以孔颖达又说："然则'诂训'者，通古今之异辞，辨物之形貌，则解释之义尽归于此，《释亲》已下，

①　孔颖达：《毛诗正义》，阮元校刻：《十三经注疏》，中华书局 1980 年影印本，第 269 页。
②　郝懿行：《尔雅义疏》，上海古籍出版社 1983 年版，第 531 页。
③　孔颖达：《毛诗正义》，第 576 页。
④　孔颖达：《毛诗正义》，第 325 页。
⑤　马瑞辰：《毛诗传笺通释》，中华书局 1989 年版，第 5 页。

皆指体而释其别，亦是诂训之义，故惟言'诂训'，足总众篇之目。"① 曾有学者在《毛传》与《尔雅》之先后问题上争论不休，认定两者有一种继承关系。其实两者皆是先秦经学诠释的集成、终结之作，它们有大略相同的学术传承，未必一定有承继关系。至于"传"，则是一种比较自由的阐发经义的解说体式。马瑞辰说："盖诂训第就经文所言者而诠释之，传则并经文所未言者而引申之……训故不可以该传，而传可以统训故，故标其总目为《诂训传》，而分篇则但言《传》而已。"② 《春秋》"三传"用不同方式申说经义，即可说是"传"体。《荀子·大略》引《诗传》曰："盈其欲而不愆其止。其诚可比于金石，其声可内于宗庙。《小雅》不以于污上，自引而居下，疾今之政，以思往者，其言有文焉，其声有哀焉。"③ 此亦是"传"之一体。汉初形成的《韩诗外传》也基本上沿袭的是先秦传经之"传"的体式。《毛诗故训传》中，这种形式亦昭昭可见。如《周南·关雎传》曰："夫妇有别则父子亲，父子亲则君臣敬，君臣敬则朝廷正，朝廷正则王化成。"④ 即为"传"之例。陈澧《东塾读书记》说："《毛传》有述古事，如《韩诗外传》之体者，如《素冠传》'子夏、闵子骞三年丧毕见夫子'一节，《小弁传》'高子曰《小弁》小人之诗也'一节，《巷伯传》'昔者颜叔子独处于室'一节，《绵传》'古公处豳'一节，'虞芮之君相与争田'一节，《行苇传》'孔子射于矍相之圃'一节，皆《外传》之体。《定之方中传》'建邦能命龟'一节，虽非述古事，然因经文'卜云其吉'一语，而连及'九能'，亦《外传》之体也。"⑤ 三家《诗》则有不同，他们似乎没有先秦故、训、传的分界概念，而将其《诗》学著作统名之曰"故"，或名之曰"传"，或名之曰"说"，如《鲁诗》有《鲁诗故》、《鲁诗说》，《齐诗》、《韩诗》皆有《内传》、《外传》，又有《韩诗故》、《齐后氏传》等，而皆无所谓"训"者。

　　不过，《毛传》"战国遗孤"的角色最主要的并不是体现在它对先秦解经方

① 孔颖达：《毛诗正义》，第 269 页。
② 马瑞辰：《毛诗传笺通释》，第 4、5 页。
③ 王先谦：《荀子集解》，中华书局 1954 年版，第 336 页。
④ 孔颖达：《毛诗正义》，第 273 页。
⑤ 陈澧：《东塾读书记》，生活·读书·新知三联书店 1998 年版，第 106、107 页。

法的继承上，而在于它所呈现出的基质。张士元曰："毛公……其所为《诗传》，字寡义精，盖亦孔门相传之遗意也。"①可以说《毛传》绝大多数内容，都是先秦儒家的遗意相传。且不说《毛传》与《尔雅》的诸多相同，已经证实了其与先秦儒家《诗》解的联系。即使《毛传》中所保存的战国学者遗说，也在证实着其"先秦遗孤"的角色。如《鄘风·定之方中传》引仲梁子曰："初立楚宫也。"②《孔疏》引《郑志》曰："张逸问：楚宫今何地？仲梁子何时人？答曰：楚丘在济河间，疑在今东郡界。今仲梁子先师，鲁人，当六国时，在毛公前。"③仲梁子一名又见于《礼记·檀弓》上篇，郑注曰："仲梁子，鲁人。"④据《韩非子·显学》，在儒家八派之中，有"仲梁氏之儒"⑤（一本作仲良氏）一派，当即此人之学。《汉书·古今人表》中上有仲梁子，与齐襄王同时⑥，齐襄王卒于公元前265年，孟子卒于齐襄王之前的湣王时，约在公元前289年。由此看来，仲梁子当是孟子之后的一位儒家学者了。《周颂·维天之命传》引孟仲子曰："大哉，天命之无极，而美周之礼也。"⑦《孔疏》引《诗谱》曰："孟仲子者，子思弟子，盖与孟轲共事子思，后学于孟轲。著书论《诗》，毛氏取以为说。"⑧《孟子·公孙丑下》有孟仲子，赵歧注曰："孟仲子，孟之从昆弟，从学于孟子者也。"⑨此皆为《毛传》引战国学者遗说之例。又《周颂·丝衣》序曰："《丝衣》，绎宾尸也。高子曰：灵星之尸也。"⑩序无此例，引"高子曰"一句显为《毛诗》学者补入。《孔疏》曰："子夏说受圣旨，不须引人为证。毛公分序篇端，于时已有此语，必是子夏之后，毛公之前，有人著之。"⑪高子或以为即《孟子》中之高子，或以为高行子，说法虽有不同，但认为其为战国学者则是一致的。

　　同时《毛传》中还保存了不少先秦遗典。如《邶风·静女传》曰："古

① 张士元：《读毛诗》，《嘉树山房外集》卷下，光绪四年刊本，第 1 页。
② 孔颖达：《毛诗正义》，第 315 页。
③ 孔颖达：《毛诗正义》，第 316 页。
④ 孔颖达：《礼记正义》，阮元校刻：《十三经注疏》，第 1291 页。
⑤ 陈奇猷：《韩非子新校注》，上海古籍出版社 2000 年版，第 1124 页。
⑥ 班固：《汉书》，中华书局 1962 年版，第 948 页。
⑦ 孔颖达：《毛诗正义》，第 583 页。
⑧ 孔颖达：《毛诗正义》，第 584 页。
⑨ 焦循：《孟子正义》，中华书局 1954 年版，第 152 页。
⑩ 孔颖达：《毛诗正义》，第 603 页。
⑪ 孔颖达：《毛诗正义》，第 603 页。

者，后夫人必有女史彤管之法，史不记过，其罪杀之。后妃群妾，以礼御于君所，女史书其日月，授之以环以进退之。生子月辰，则以金环退之。当御者以银环进之，著于左手。既御，著于右手。事无大小，记以成法。"①《小雅·鱼丽传》曰："古者，不风不暴，不行火，草木不折不操，斧斤不入山林。豺祭兽然后杀，獭祭鱼然后渔，鹰隼击然后罻罗设。是以天子不合围，诸侯不掩群，大夫不麛不卵，士不隐塞，庶人不数罟。罟必四寸，然后入泽梁。故山不童，泽不竭，鸟兽鱼鳖皆得其所然。"②像类似不见于他书的记载，《毛传》中时有所见。孙志祖《读书脞录》、夏炘《读诗札记》中皆有《毛传逸典》之目，共录逸典五十则，盛称《毛传》征引逸典之宝贵。夏氏又于《毛传》一则中言："《葛覃传》与《昏义》合，《采薇》、《葛屦传》与《曾子问》合，《简兮传》与《祭统》合，《子衿》、《候人传》与《玉藻》合，《扬之水》、《生民》、《既醉传》与《郊特牲》合，《葛生传》与《内则》合，《七月传》与《月令》合，《东山传》与《文王世子》合，《采芑》、《吉日》、《小旻》、《县传》与《曲礼》合，《行苇》、《那传》与《明堂位》、《射义》合，《泂酌传》与《孔子闲居》合，《瞻卬传》与《祭义》合，他如《素冠》、《鱼丽》、《车攻》、《巷伯》诸传所引，今皆不知所出，盖古书之亡者多矣。"③在刘向《列女传》及三家《诗》遗说中，时有诗话类故事可见，但这类故事任何时代人都可以编造出来。而《毛传》所载遗典，非亲有所受则不能言之。由此更可以看出《毛传》"战国遗孤"的本色了。

在诗篇文字训释与诗意的理解上，《毛传》则体现出了集先秦《诗》说大成的特色。如《国语·周语下》解释《昊天有成命》曰："夙夜，恭也；基，始也；命，信也；宥，宽也；密，宁也；缉，明也；熙，广也；亶，厚也；肆，固也；靖，龢也。"④而《毛传》曰："二后，文、武也；基，始；命，信；宥，宽；密，宁也。"⑤"缉，明；熙，广；亶，厚；肆，固；靖，和也。"⑥几乎一字不差，全承《国语》。《左传·闵公元年》解释"岂不怀归，畏此简书"

① 孔颖达：《毛诗正义》，第 310 页。
② 孔颖达：《毛诗正义》，第 417 页。
③ 夏炘：《读诗札记》卷 2，咸丰癸丑年刊本，第 6 页。
④ 左丘明：《国语》，上海古籍出版社 1978 年版，第 116 页。
⑤ 孔颖达：《毛诗正义》，第 587 页。
⑥ 孔颖达：《毛诗正义》，第 588 页。

说："简书，同恶相恤之谓也。"① 《小雅·出车传》曰："简书，戒命也。邻国有急，以简书相告，则奔命救之。"② 意相承而说略详。《左传·襄公十五年》："《诗》云：'嗟我怀人，寘彼周行。'能官人也。王及公、侯、伯、子、男、甸、采、卫、大夫，各居其列，所谓周行也。"③ 《周南·卷耳传》曰："思君子，官贤人，置周之列位。"④ 亦与《左传》相承。据统计，《毛传》采引《春秋》三传和《国语》而说诗者，多达四十八条⑤。采取其他先秦典籍者，亦复不少。《孟子·离娄上》解释"天之方蹶，无然泄泄"说："泄泄犹沓沓也"⑥。《大雅·板传》与之全同。《礼记·大学》曰："'如切如磋'者，道学也；'如琢如磨'者，自修也；'瑟兮僴兮'者，恂慄也；'赫兮喧兮'者，威仪也；'有斐君子，终不可諠兮'者，道盛德至善，民之不能忘也。"⑦ 《卫风·淇奥传》则曰："治骨曰切，象曰磋，玉曰琢，石曰磨，道其学而成也，听其规谏以自修，如玉石之见琢磨也。""瑟，矜庄貌；僴，宽大也；赫，有明德赫赫然；喧，威仪容止宣著也。""諼，忘也。"⑧ 几乎将《大学》的理解全部接受。夏炘《读诗札记》亦曾言："程子曰：毛苌最得圣贤之意。今按《关雎传》曰：'夫妇有别则父子亲，父子亲则君臣敬，君臣敬则朝廷正，朝廷正则风化成。'与《大学》相表里。《旱麓》篇'不闻亦式，不谏亦入'。传曰：'性与天合也。'与《中庸》言'文王之德纯一不已'相表里。《四牡传》曰：'思归者，私恩也；靡盬者，公义也；伤悲者，情思也。无私恩，非孝子也；无公义，非忠臣也。君子不以私害公，不以家事辞王事。'其言忠厚恻怛，可以教孝教忠，非深明《诗》、《礼》之意者，不能为此言。他如《小弁传》引《孟子》之说，《素冠传》引子夏闵子除丧见夫子之言，其余以《大学》、《论语》说《诗》（见《淇奥》、《伐柯》、《柏舟》、《无衣》、《七月》、《常棣》、《抑》等篇），不一而

---

① 孔颖达：《春秋左传正义》，阮元校刻：《十三经注疏》，第 1786 页。
② 孔颖达：《毛诗正义》，第 416 页。
③ 孔颖达：《春秋左传正义》，第 1959 页。
④ 孔颖达：《毛诗正义》，第 277 页。
⑤ 谭德兴：《汉代〈诗〉学研究》，贵州人民出版社 2003 年版，第 101 页。
⑥ 焦循：《孟子正义》，第 287 页。
⑦ 孔颖达：《礼记正义》，第 1673 页。
⑧ 孔颖达：《毛诗正义》，第 321 页。

足。"① 可以说，《毛传》是先秦儒家《诗》说的终结性成果。

先秦儒家学说最著者有三大派：一是以子思为代表的道德派，二是以孟子为代表的王道派，三是以荀子为代表的制度派。《毛诗》显然属于孟子一派的解《诗》体系。孟子一生倡导的就是王道、王政，而王道、王政最为典型的代表就是文王。他一再说："诸侯有行文王之政者，七年之内，必为政于天下矣。"② 因而在《孟子》一书中，提到文王者竟达三十五次之多，而且屡屡引《诗》以说明文王之道就是王道的典范。如《梁惠王上》引《大雅·灵台》，以说明文王能与民同乐，故大得民心，民乐为所使；《梁惠王下》引《大雅·皇矣》，以言文王之大勇，一怒而安天下之民；又举《小雅·正月》"哿矣富人，哀此惸独"，以言文王"发政施仁"之心；《公孙丑上》举《大雅·文王有声》，以言文王之以德服人；《滕文公上》引《大雅·文王》，以言文王新周的典范意义；《离娄上》引《大雅·文王》，以言文王修德而得天命；《尽心下》引《大雅·绵》，以言文王困境自修之道。像如此高扬文王，在孟子之前与之后，都不曾有过。入汉之后，儒者热衷于制度的构建，孟子的王道政治几乎无人言及。而《毛诗》派的解《诗》系统，与孟子思想如出一辙，大谈王道、王政、王化。在《国风》开首的所谓"正风"——"二南"解释中，一则曰"文王之道"③，再则曰"文王之化"④，"文王之政"⑤，"王化之基"⑥；在《小雅》开首的所谓"正小雅"的《序》、《传》中，一则曰"歌文王之道，为后世法"⑦，再则曰"文王之时……遣戍役，以守卫中国，故歌《采薇》以遣之，《出车》以劳还，《杕杜》以勤归也"⑧，"文武以《天保》以上治内，《采薇》以下治外"⑨；在《正大雅》

---

① 夏炘：《读诗札记》卷2，咸丰癸丑年刊本，第3页。
② 焦循：《孟子正义》，第302页。
③ 孔颖达：《毛诗正义》，第281页。
④ 孔颖达：《毛诗正义》，第282页。
⑤ 孔颖达：《毛诗正义》，第288页。
⑥ 孔颖达：《毛诗正义》，第273页。
⑦ 孔颖达：《毛诗正义》，第406页。
⑧ 孔颖达：《毛诗正义》，第412—413页。
⑨ 孔颖达：《毛诗正义》，第417页。

的解释中，一则曰"文王受命作周"①，再则曰"文王有明德"②，"文王之兴"③，
"周世世修德，莫若文王"④；在《周颂》的解释中，一则曰"祀文王"⑤，再则
曰"告文王"⑥。不难看出，《毛诗》的解释系统中，中心人物是文王，中心内
容是王化。"正经"部分，全部与文王之化、文王之政、文王之道相关；"变
经"部分则全部是"王道衰"、"王化未泯"的产物。这种《诗》学思想，在汉
代很难产生，显然属于战国孟子一脉，是孟子"王道政治"学说在《诗经》诠
释中的反映。在《毛传》中也随处可见到孟子思想的烙印。如《大雅·绵传》
曰："古公处豳，狄人侵之，事之以皮币，不得免焉；事之以犬马，不得免焉；
事之以珠玉，不得免焉。乃属其耆老而告之曰：'狄人之所欲，吾土地。吾闻
之：君子不以其所养人而害人。二三子何患无君？'去之，逾梁山，邑乎岐
山之下。豳人曰：'仁人之君，不可失也。'从之如归市。"⑦这段话又见于《孟
子·梁惠王下》。《小弁传》记高子、孟子之言，亦全见于《孟子·告子下》。
像《小雅·鱼丽传》所谓"庶人不数罟"⑧，《绵传》所谓"斑白不提挈"⑨之类，
亦时见于《孟子》关于王道的描述中。

　　大多数学者都看到了《毛传》解诗与《孟子》、《左传》等先秦旧典相合的
事实，但在为何得以相合的解释上，则出现了分歧。主张《毛传》为秦火前物
者，认为毛公在秦火之前看到了《孟子》、《左传》、《周官》等书。主张《毛
传》为小毛公苌所作者则认为，《左传》为古文，出现于河间献王时。毛苌为
河间献王博士，故得见《左传》，并据《左传》、《孟子》等书以作《毛诗传》。
我们认为后者的可能性是比较小的。据郑玄《诗谱》说："鲁人大毛公为《故
训传》于其家，河间献王得而献之，以小毛公为博士。"⑩所谓"得而献之"，

---

① 孔颖达：《毛诗正义》，第 502 页。
② 孔颖达：《毛诗正义》，第 506 页。
③ 孔颖达：《毛诗正义》，第 509 页。
④ 孔颖达：《毛诗正义》，第 519 页。
⑤ 孔颖达：《毛诗正义》，第 583 页。
⑥ 孔颖达：《毛诗正义》，第 583 页。
⑦ 孔颖达：《毛诗正义》，第 509 页。
⑧ 孔颖达：《毛诗正义》，第 417 页。
⑨ 孔颖达：《毛诗正义》，第 512 页。
⑩ 孔颖达：《毛诗正义》，第 269 页。

似乎如孔壁遗书之例，是由小毛公整理后献给河间献王的。但我们有证据证明《毛诗传》的整理者没有见过《孟子》、《左传》。笔者曾指出，《左传》中有关于《大武》舞六章顺序较为明确的记述，而今《毛诗》中《大武》乐章的排列却是零乱无序的；再则，《孟子》两次提到《鲁颂》的"戎狄是膺，荆舒是惩"，并都说是言周公之事的，而今本《毛诗》却搞错了竹简，安在了鲁僖公的头上①。如果小毛公见过《左传》、《孟子》，他整理《诗经》就不会犯这样的错误了。从这一点也可以证明《毛传》为战国遗物。

《毛传》"战国遗孤"角色，更主要的体现在其理性精神上。战国与汉代是两个完全不同的时代，无论社会制度，还是文化思潮、思维方式，都有着很大的差别。汉代是一个神学思潮泛滥的时代。其实从秦朝开始，一种神秘的文化观念即"谶纬"所体现的思想观念，就开始在社会上流行。到哀、平之后，即上升为一种国家意识形态，统治了这一时代的思想。在这种思潮下，汉代人对于上古史的理解，掺进了诸多神话的色素。不仅大量濒临灭绝的上古神话资料在此时被记录下来，同时还生产出了不少新神话。连司马迁这样优秀的学者，也不能摆脱神话思潮的制约，在记述三代及秦汉史时，将简狄吞玄鸟卵而生契、姜嫄履巨人迹而生后稷、女修吞鸟卵而生大业、孟戏中衍鸟身人言、刘媪与蛟龙交而生高祖、高祖斩白帝子而起义之类神话传说，一本正经地纳入了《史记》记述的历史序列中。而战国则是一个理性精神高扬的时代，诸子百家所考虑的多是理论性和思辨性的问题，不仅神话的东西在诸子间难以产生，原有的神话一旦进入这个时代人的视野，也会被做出理性的处理，而使其失去其原初的神秘之光。如神话传说"黄帝四面"、"夔一足"，到战国，人们便感到了这些传说荒唐不经，于是借孔子之口，对此作了合乎情理的解释，认为"黄帝四面"，是因为"黄帝取合己者四人，四方不计而耦，不约而成，此之谓'四面'"②。至于夔，"夔，人也，何故一足？彼其无他异，而独通于声。尧曰：'夔一而足矣！'使为乐正。故君子曰：'夔有一，足。'非一足也"③。

《毛诗》和三家《诗》，显然分属于两个不同的时代。齐、韩、鲁三家，无

---

① 刘毓庆、郭万金：《子夏家学与诗大序》，《山西大学学报》2006 年第 1 期。
② 《尸子》卷下，浙江人民出版社 1984 年版，第 6 页。
③ 陈奇猷：《韩非子新校注》，上海古籍出版社 2000 年版，第 731 页。

一例外地介入了汉代神秘文化的营建工程，而《毛诗》则秉承了战国的理性精神，在《诗经》的诠释中，用理性思考化解着《诗》原初携带的神秘色彩。如《诗经》中反复出现的许多"天"字，在三家《诗》学者的论述中，几乎都将其认作神性十足的超自然存在。《大雅·大明》"天难忱斯，不易维王"句①，董仲舒《春秋繁露·如天之为》申意说："夫王者不可以不知天。知天，诗人之所难也。天意难见也，其道难理。"②《大雅·板》"敬天之怒，无敢戏豫"③，《后汉书·蔡邕传》记其答诏问灾异引此而曰："天戒诚不可戏也。"④而《毛传》则将诸多"天"字的神性尽可能地抹去，使其变为人间王者的比喻或象征。如《大雅·板》"上帝板板"传："上帝，以称王者也。"⑤郑玄顺其意注经文中"天"字曰："天，斥王也。"⑥《大雅·大明》"天位殷适"，传曰："纣居天位，而殷之正适也。"⑦《大雅·荡》"荡荡上帝"，传曰："上帝，以托君王也。"⑧"天降滔德"，传曰："天，君。"⑨《大雅·桑柔》"倬彼昊天"，传："昊天，斥王者也。"⑩《大雅·崧高》"维岳降神，生甫及申"⑪，郑玄《礼记·孔子闲居》注述此意曰："周道将兴，五岳为之生贤辅佐，仲山甫及申伯为周之干臣。"⑫实实在在地认为是岳神为周家生下了贤辅之臣。郑玄在注《礼记》时，尚未治《毛诗》，所采取的是《韩诗》的观点。而《毛传》则曰："岳降神灵和气，以生申甫之大功。"⑬这样轻轻一笔，便化解了许多神话色彩。《小雅·正月》"正月繁霜"云云⑭，刘向《上封事》解释说："此皆不和，贤不肖易位之所致也。"⑮隐隐

---

① 孔颖达：《毛诗正义》，第 506 页。
② 董仲舒：《春秋繁露》，吉林大学出版社 1992 年《汉魏丛书》本，第 146 页。
③ 孔颖达：《毛诗正义》，第 550 页。
④ 范晔：《后汉书》，中华书局 1965 年版，第 1999 页。
⑤ 孔颖达：《毛诗正义》，第 548 页。
⑥ 孔颖达：《毛诗正义》，第 549 页。
⑦ 孔颖达：《毛诗正义》，第 506 页。
⑧ 孔颖达：《毛诗正义》，第 552 页。
⑨ 孔颖达：《毛诗正义》，第 553 页。
⑩ 孔颖达：《毛诗正义》，第 558 页。
⑪ 孔颖达：《毛诗正义》，第 565 页。
⑫ 孔颖达：《礼记正义》，第 1617 页。
⑬ 孔颖达：《毛诗正义》，第 565 页。
⑭ 孔颖达：《毛诗正义》，第 441 页。
⑮ 班固：《汉书》，中华书局 1962 年版，第 1935 页。

透出一股神秘之气。而《毛传》仅言："正月，夏之四月。繁，多也。"①不见神学踪影。最为典型的是关于《大雅·生民》、《商颂·玄鸟》的解释。这两篇分别记述了周、商两族的起源历史。《史记·三代世表》记褚少孙引《诗传》曰：

> 汤之先为契，无父而生。契母与姊妹浴于玄丘水，有燕衔卵堕之，契母得，故含之，误吞之，即生契。契生而贤，尧立为司徒，姓之曰子氏。子者兹；兹，益大也。诗人美而颂之曰："殷社芒芒，天命玄鸟，降而生商。"商者质，殷号也。文王之先为后稷，后稷亦无父而生。后稷母为姜嫄，出见大人迹而履践之，知于身，则生后稷。姜嫄以为无父，贱而弃之道中，牛羊避不践也。抱之山中，山者养之。又捐之大泽，鸟覆席食之。姜嫄怪之，于是知其天子，乃取长之。尧知其贤才，立以为大农，姓之曰姬氏。姬者，本也。诗人美而颂之曰："厥初生民。"深修益成。而道后稷之始也。②

褚少孙所学为《鲁诗》，此所引当为《鲁诗传》。《史记·殷本纪》、《周本纪》以及刘向《列女传》，所记与此略异，但皆认为契、后稷是"感生"的。《春秋繁露·三代改制质文》亦言"后稷母姜嫄，履天之迹而生后稷"③。据许慎《五经异义》言，齐、韩、鲁三家都以为圣人是无父感天而生的④。由此看来，三家《诗》皆是以神话传说理解《诗》意的。而《毛传》则将《生民》中最具有神话意味的"履帝武敏"一句，作了理性的解释，认为"帝"并非指"天帝"、大神，而指"高辛氏之帝"⑤。姜嫄本高辛氏的正妃，禋祀郊禖之时，高辛氏帝率嫔妃俱往，姜嫄跟在高辛氏帝之后，踩着高辛的脚印，行事敏捷，神爱而祐之，即得怀孕。于《商颂·玄鸟》一篇，则把最关键性的"天命玄鸟，降而生商"一句，解释为："春分，玄鸟降。汤之先祖有娀氏女简狄，配高辛氏帝。帝率与之祈于郊禖而生契。故本其为天所命，以玄鸟至而生焉。"⑥如此理性地

---

① 孔颖达：《毛诗正义》，第 441 页。
② 司马迁：《史记》，中华书局 1982 年版，第 505 页。
③ 董仲舒：《春秋繁露》，第 122 页。
④ 孔颖达：《毛诗正义》，第 529 页。
⑤ 孔颖达：《毛诗正义》，第 528 页。
⑥ 孔颖达：《毛诗正义》，第 622 页。

理解这两篇带有神话色彩的诗史，显然与战国人理解"黄帝四面"、"夔一足"，乃出于同一种思维模式，而与汉代兴起的神学思潮则是格格不入的。

有人认为《毛传》是东汉之物，认为东汉"民智益开"，故《毛传》少三家之说的神秘色彩[①]。然而我们看到的事实是，东汉不但神学思想未曾消退，反而尤烈于西京。不仅今所见纬书，绝大多数为东汉之物，而且从《后汉书》中我们可以看到，当时学习并擅长图谶、图纬、河洛者比比皆是。我们可以翻一翻《儒林》、《方术》等传，及唐晏所编的《两汉三国学案》，在后汉刘辅、郎宗、郎𫖮、徐稚、樊英、杨震、杨赐、黄琼、任安、长彦、景鸾、薛汉等等，长长的一串名字下面，都多多少少可以看出阴阳、灾异、河洛、图谶之类的内容来[②]。学者们通常所举反图谶者，不过桓谭、张衡、贾逵、尹敏、荀爽等数人而已。而这些被称作反谶纬的代表，也无不染有谶纬的习气。如张衡据纬书以责司马迁、班固所叙与典籍不合，贾逵上书言《左传》有刘氏为尧后之明文，尹敏上疏陈《洪范》消灾之术，荀爽以五行生克说《孝经》等，都无不在说明神学思潮的影响。像翟酺、宋均等，都曾为纬书作过注。将《毛诗》学推向高峰的郑玄，更是遍注群纬。这种情况说明，在东汉这样的文化氛围中，是根本不可能产生像《毛传》、《毛诗序》那样高度理性的著作的。

就常理而论，同样一段历史，记于官方编修的史书，它可能被歪曲，但一定会剔去与生活相去较远的虚幻传说，而在民间传播，就会增多传奇色彩。也就是说，同样一桩历史事件，由官方传播，一般要理性些，较少神秘色彩。在民间传播，则很容易感染上怪力乱神之类的内容。然而汉四家《诗》正好相反。立于官学的三家《诗》学，都带上了神学色彩，而在民间传播的《毛诗》学，反而张扬着一种理性精神。如果《毛传》不是在战国理性时代就奠定了基型，这一切是很难想象的。

由此而言，以《毛传》代表汉代经学与学术，是非常成问题的。然而《毛传》又毕竟是汉代广泛传播和最终完成的，虽说是战国学术的骨血，毕竟还

---

① 戴仁君：《两汉经学思想的变迁——诗经部分》，陈立夫编：《诗经研究论文集》，台湾黎明文化事业股份有限公司1981年版，第232—237页。

② 蒋清翊《纬学原流兴废考》卷中《师承》列后汉人118名；姜忠奎《纬史论微》论后汉纬学，涉及者达79人之多。亦足见后汉神秘思潮之烈。

是汉家学术的"螟蛉子"，故而不免也有时代的烙印。如关于《关雎》篇"雎鸠"的解释，形成于战国的《尔雅·释鸟》曰："鴡鸠，王鴡"①。仅此而已。而《毛传》则于"王雎"之下又缀以"鸟挚而有别"一句，又以为此一句有象征后妃之德意："后妃说乐君子之德，无不和谐；又不淫其色，慎固幽深，若关雎之有别焉。"②"鴡鸠，王鴡"只是以今称释古称，而"挚而有别"则具有了人性化的因素。郑玄释毛氏之意说："挚之言至也，谓王雎之鸟，雌雄情意至，然而有别。"③如此一来，"关关雎鸠"便有了象征夫妇和谐之意了。但以鸟之雌雄喻夫妇，这一观念是秦汉之后才突现出来的④。再如《葛覃》最后一章："言告师氏，言告言归，薄污我私，薄澣我衣。害澣害否，归宁父母。"《毛传》说："妇人谓嫁曰归。"⑤又说："宁，安也。父母在则有时归宁耳。"⑥前释"归"为"嫁"，后单释"宁"字，其意是说：女子嫁了，父母之心也就安了。而"父母在则有时归宁耳"，则说的是女子回娘家省亲的事，与前说相矛盾。马瑞辰据《公羊》、《穀梁》二传及惠周惕之说，以为古无父母在得归宁之礼，故以此九字说为非⑦。段玉裁亦言"或云此九字恐后人所增"⑧，陈奂也认为"此九字是笺语窜入"⑨。由此看来，这也是汉人之增说了。

---

① 邢昺：《尔雅注疏》，阮元校刻：《十三经注疏》，第 2648 页。
② 孔颖达：《毛诗正义》，第 273 页。
③ 孔颖达：《毛诗正义》，第 273 页。
④ 刘毓庆：《关于诗经关雎篇的雎鸠喻意问题》，《北京大学学报》2004 年第 2 期。
⑤ 孔颖达：《毛诗正义》，第 277 页。
⑥ 孔颖达：《毛诗正义》，第 277 页。
⑦ 马瑞辰：《毛诗传笺通释》，第 40 页。
⑧ 段玉裁撰：《毛诗故训传》卷 1，上海书店 1988 年《清经解》本，第 127 页。
⑨ 陈奂：《诗毛氏传疏·序》，中国书店 1984 年版，第 1、12 页。

《毛诗》派兴起原因之探讨[①]

汉代在官方支持下发展起来的三家《诗》学，最终为民间《诗》学流派《毛诗》所取代，这个结局，曾引起了众多学者的关注。然而研究者多瞩目于事物外部条件的分析或学派优劣的评价，而忽略了对《毛诗》自身的考察和对事物规律性的把握。《毛诗》之兴，其原因实在《毛诗》派自身，取三家而代之，实是事物发展的必然性所致。

汉代四家《诗》的发展，出现了令人意想不到的结局：凭借官方支持、利禄激励而一度发展为成千上万浩浩荡荡研经队伍的今文三家《诗》学，最终败在了一个由民间发展起来的古文《诗》学流派手里。在神学思潮泛滥、并不十分适应其生存的生态环境中，《毛诗》竟然奇迹般地取代三家《诗》，最终走向一枝独秀，个中缘由，耐人寻味。

一

对这种结局，信古文者认为，是因为《毛诗》优于三家，故三家被淘汰。如宋儒欧阳修曰："自汉以来，学者多矣，其卒舍三家而从毛公者，盖以其源流所自，得圣人之旨多欤？"[②]信今文者则不服气，以为不能以书之存亡评断优劣，如魏源、皮锡瑞、王先谦等皆力主三家胜于《毛诗》。而更多的学者则以

---

① 本文最初发表于《文艺研究》2009 年第 2 期。
② 欧阳修：《诗本义》，《四部丛刊》本，卷 14 第 7 页，卷 13 第 13 页。

为三家之亡与大儒郑玄笺《毛诗》有关，像陆德明、成伯玙、王柏、陆奎勋、魏源等，皆有此说。今之学者黄振民先生则归纳了两条：（一）由于三家传世太久，又入纬书杂说，令人难以诵习。而《毛诗》因为晚出，较为平实，易于传习。世人基于喜新厌旧，由难趋易心理，故多舍弃三家而从毛氏。（二）由于郑玄为汉末大儒，其笺《毛诗》出，学者慑于郑君之大名，于是多废弃三家而改习《毛诗》①。陈成国先生则归纳为三条：（一）三家自身在流传中产生了一些弊病，如以谶纬说《诗》，章句渐趋繁琐等；（二）后继无人。（三）与社会动乱有关②。

虽然各家之说不无道理，但不尽其然。如三家以谶纬说《诗》，这正是当时的一种文化思想思潮，似乎无人不受其影响。从《后汉书》列传中，像"学图谶"、"明图纬"、"善图纬"、"善河洛"之类的记载，可谓比比。唐晏所编的《两汉三国学案》，在后汉刘辅、郎宗、郎颛、徐稚、樊英、杨震、杨赐、黄琼、任安、长彦、景鸾、薛汉等等长长的一串名字下面，都多多少少可以看出阴阳、灾异、河洛、图谶之类的内容来③。学者们通常所举反图谶者，不过桓谭、张衡、贾逵、尹敏、荀爽等数人而已。而这些被称作反谶纬的代表者，也无不染有谶纬的习气。如张衡据纬书以责司马迁、班固所叙与典籍不合，贾逵上书言《左传》有刘氏为尧后之明文，尹敏上疏陈《洪范》消灾之术，荀爽以五行生克说《孝经》等，都无不在说明神学思潮的影响④。像翟酺、宋均等，都曾为纬书作过注，而为《毛诗》作笺的大儒郑玄，更是遍注群纬，不仅有《易纬注》、《尚书纬注》、《尚书中候注》、《河图洛书注》、《诗纬注》、《礼纬注》、《乐纬注》、《孝经纬注》等，而且在《诗笺》中也不时掺入谶纬杂说。如于《麟之趾》曰："麟角之末有肉，象有武而不用。"⑤即用《春秋感精符》之说。于《采薇》"岁亦阳止"曰："十月为阳，时坤用事，嫌于无阳，故以名此月为阳。"⑥此用董仲

---

① 黄振民：《诗经研究》，台湾正中书局1981年版，第239—240页。
② 陈成国：《诗经刍议》，岳麓书社1997年版，第45—49页。
③ 蒋清翊《纬学原流兴废考》卷中《师承》列后汉人118名；姜忠奎《纬史论微》论后汉纬学，涉及到者达79人之多。以亦足见后汉神秘思潮之烈。
④ 分别见《后汉书》本传，中华书局1965年版，第2051、2052页。
⑤ 孔颖达：《毛诗正义》，阮元校刻《十三经注疏》，中华书局1980年影印本，第283页。
⑥ 孔颖达：《毛诗正义》，第413页。

舒《雨雹对》之说。于《正月繁霜》曰："夏之四月，建巳之月，纯阳用事而霜多，急恒寒若之异。"①此用伏生《五行传》说。于《思文》"贻我来牟"曰："武王渡孟津，白鱼跃入于舟，出涘以燎。后五日，火流为乌，五至，以谷俱来……《书》说乌以谷俱来，云谷纪后稷之德。"②于《臣工》"于皇来牟"曰："赤乌以牟麦俱来，故我周家大受其光明，谓为珍瑞，天下所休庆也。"③此皆径采《尚书旋玑钤》之文。故欧阳修《诗本义·取舍义》曰："郑学博而不知统，又特喜谶纬诸书，故于怪说尤笃信。"④钱澄之亦言："大抵郑康成信谶纬，故多异说，未若《毛传》之醇正也。"⑤日本学者大田节尚撰《郑玄的诗经学》，亦曾为之专辟《神秘主义》一节⑥。于此亦可见所谓三家因以谶纬说《诗》而亡的观点，是不能成立的。

再如关于《毛诗》假郑玄之重而得独行于世的问题，确实郑玄笺《诗》，对《毛诗》的流传起到了极大的作用。但仔细想来，郑玄也曾注过《周易》、《尚书》、《论语》、《孟子》、《老子》等书，而今所传《周易》注，署名王弼；今所传《尚书》注，署名孔安国；所传《论语》注，署名何晏；所传《孟子》注，署名赵歧；所传《老子》注数种，署名则有河上公、严遵、王弼。何晏、王弼皆三国时人，其余皆汉朝人，都与郑玄时代相前后。郑玄的学术威望要远大于以上诸人，但他的权威影响不仅没有使其著作取代以上各家而独传，反而消失在了历史之中，这又该作何解释呢？特别是赵歧，他与郑玄是同时人，他的学术分量几乎无法与郑玄相比，可是为何他的《孟子注》能超越郑氏书而独传呢？显然所谓毛氏假重郑氏而得独传的观点，也是不能成立的。

至于关于《毛诗》与三家孰优孰劣的问题，更是说不清道不明的。因为三家《诗》已经失传，仅凭只言，难以折狱。而且所谓优劣，实即是从当代的价值观念出发对其正确与否做出的判定，而在学术史上，很难用对错评价一种学说或理论的价值。如《毛诗序》，今天大多数人认为它是不可靠的，没有道理

---

① 孔颖达：《毛诗正义》，第 441 页。
② 孔颖达：《毛诗正义》，第 590 页。
③ 孔颖达：《毛诗正义》，第 591 页。
④ 欧阳修：《诗本义》，《四部丛刊》本，卷 14 第 7 页，卷 13 第 13 页。
⑤ 钱澄之：《田间诗学》，黄山书社 2005 年版，第 5 页。
⑥ 〔日〕大田节尚：《郑玄的诗经学》，东京关书院昭和十二年版，第 103—113 页。

的，甚至认为是胡说。可是它对于中国文化的发展以及对于具有民族特色的文学理论的形成，所产生的积极影响，却是任何东西都不能代替的。历史并没有因为它是"胡说"而将其淘汰。因而用优劣、对错来解释三家之所以亡和毛诗之所以独存，也是很难令人信服的。

笔者认为，《毛诗》兴起的原因可能是多方面的，但最主要的不在事物的外部，而就在《毛诗》本身。研究者注目于事物的表层现象，而忽略了对《毛诗》自身的考察，忽略了对事物本质的规律性把握。只要我们跳出具体的是非圈子，就《毛诗》的内在素质及其学派的内在机制进行考察，并从理论的角度进行思考，就会发现《毛诗》取代三家而独行于世，并非偶然。

首先，任何事物的发展趋向及其命运，都决定于事物内在的基本素质，外因只能通过内因才能发挥作用。在四家《诗》的竞争中，今文三家的明显优势在于外部力量的支持：既有官方所开辟的利禄之途的激励，又有时代神学思潮的推助，但其自身素质，却看不出多大优势。而《毛诗》则是在没有任何外力支持的情况下，凭着自身的内力与三家抗衡的。其自身有两点优势使其具备了与三家竞争的能力，第一是源自圣门子夏的学派"血统"优势，第二是经文与子夏《诗序》并行的文本优势。

就第一点而言，文献中皆言《毛诗》出自子夏。这一点《毛诗》派自然是坚信不疑的，三家或许有怀疑，但并没有发现他们有何强有力的反驳文字。大约在当时社会上多数人还是相信的，故曾研治三家今文的大儒郑玄，后来能认定《诗序》为子夏所作。值得注意的是，在汉代这个注重经学的时代，子夏是倍受人崇敬的，《后汉书·徐防传》曾言："《诗》、《书》、《礼》、《乐》，定自孔子；发明章句，始于子夏。"[①] 这一句话即充分肯定了子夏在经学史上不可撼动的地位。故汉代不少人以子夏为名取字，如孔光字子夏，赵护字子夏，萬章字子夏，有两个杜钦，都取字子夏，还有商子夏等。由此也可以看出，《毛诗》将自己的渊源与子夏联系起来，其份量是何等之重了！《毛诗》派的这一出身传说，使这一派底气十足，面对强敌而不气馁，树立起了圣门正传的坚定信念，而这一点恰恰是三家诗所没有的。因而《毛诗》派在这一信念的支持下，始终充满活力。

---

① 范晔：《后汉书》，中华书局1965年版，第1500页。

二

关于《毛诗》源于子夏的问题，今之学者也多有怀疑，并基本上倾向于否定。但我们却看到了这一传说的合理性。文献中有两种不同的《毛诗》传授世系记载，一出自三国时徐整的《毛诗谱》，其所传世系为：

　　子夏→高行子→薛仓子→帛妙子→河间人大毛公→赵人小毛公

另一出自陆玑《毛诗草木鸟兽虫鱼疏》，其列世系为：

　　孔子→卜商→鲁人曾申→魏人李克→鲁人孟仲子→根牟子→赵人荀卿
　　→鲁国毛亨

这是一段口传的历史，是《毛诗》派壮大后对学派历史的追忆，其中自然会有些脱误、错乱，甚至连大毛公的国籍问题也说法不一，但我们相信这不会是随意编造。因为如果是有意编造，那一定会做得表面上天衣无缝，不可能留下如此浅层次的、让任何人看了都会发现问题的破绽。这正表明他们完全是依据记忆、不加任何造作因素的自然记述，其传说的混乱状态正好与战国《诗》学传播的混乱现象相吻合。同时这两种不同的传说，有可能出自《毛诗》不同的传授系统。研究者一般根据《儒书·儒林传》"毛公……授同国贯长卿。长卿授解延年，延年为阿武令，授徐敖"的记载①，认为《毛诗》在西汉只有一个传授系统，而却忽略《后汉书·儒林列传》的另一段记载："孔僖，字仲和，鲁国鲁人也。自安国以下，世传《古文尚书》、《毛诗》。"②这说明《毛诗》在西汉有两个传授系统，一支以贯长卿为代表，一支以孔安国为代表。贯氏一支第四代九江陈侠为王莽讲学大夫，影响始大。孔氏一支主要在孔氏家族中传

---

① 班固：《汉书》，中华书局 1962 年版，第 3614 页。
② 范晔：《后汉书》，第 2560 页。

授。《毛诗》两个传说世系，很可能与这两个不同的传授系统有关。孔安国为鲁人，对鲁国自然有更多关注，故而以大毛公为鲁人。贯长卿是赵人，故而以大、小毛公皆为赵人。《毛诗》作为一个民间学术流派，班固对其所知甚少，对于《毛诗》内部的传说，也无意去了解，故记之甚简。甚至在《艺文志》中还不屑一顾地说："又有毛公之学，自谓子夏所传。"① 所谓"自谓"，表示了他对《毛诗》派渊源的怀疑，但却无力否定它。

就文本优势言，《毛诗》与三家《诗》相比，文本上多出了一卷署名子夏的《诗序》。据《汉书·艺文志》载，齐、韩、鲁三家的《诗经》文本是二十八卷，独《毛诗》是二十九卷。王引之《经义述闻》"毛诗经二十九卷"条说："《毛诗》经文当为二十八卷，与鲁、齐、韩三家同。其序别为一卷，则二十九卷矣。"② 王先谦《汉书补注》亦有此说。在《唐书·艺文志》中著录有"《韩诗》，卜商序，韩婴注，二十二卷。"③ 王引之据此以为《韩诗》亦有序，故云："鲁、齐二家之序，今不可考，《韩诗序》则《唐书·艺文志》以为卜商作……盖《韩诗序》冠篇首也。"④ 朱彝尊、四库馆臣、魏源等则以为三家皆有序，并从三家遗说中录出关于诗旨或诗本事的说明文字，以其与《毛诗序》相类，故指定其为三家之序。然而除《韩诗》外，关于齐、鲁二家之序，古籍中却找不出一处明确的记载来。《韩诗序》虽见于《唐书》，但唐前无著录者。故夏炘《读诗札记》曰："《韩诗序》作于隋后唐前，故《隋书·经藉志》不载，至《唐艺文志》始载之。"⑤

首先，在现代有些学者的眼里，这一卷《诗序》似乎无所谓，甚至可以废弃，而在汉代那个注重传统、崇拜经典的时代，《毛诗序》的出现绝不亚于21世纪《孔子诗论》的发现，它是《毛诗》派作为一个民间学术流派能够与官方三家《诗》学抗衡的最有力的资本。《诗序》不仅有子夏这面大旗做虎皮，其内容也多与古籍相合。即如朱彝尊所言："惟《毛诗》之序，本乎子夏。子夏

---

① 班固：《汉书》，第 1708 页。
② 王引之：《经义述闻》卷 7，上海书店 1988 年版，第 829 页。
③ 欧阳修等：《新唐书》，中华书局 1975 年版，第 1429 页。
④ 王引之：《经义述闻》卷 7，第 829 页。
⑤ 夏炘：《读诗札记》，《续修四库全书》影印咸丰癸丑年刊本，第 618 页。

习《诗》而明其义，又能推原国史明乎得失之故。试稽之《尚书》、《仪礼》、《左氏内外传》、《孟子》，其说无不合。"① 正是因为《毛诗》派拥有特殊的具有权威性的《诗》学文本，故而在汉哀帝之世，博学多识的刘歆曾为其立于学官而努力。其虽未能获得政府的大力支持，而好经之士，却传之不已。到东汉，便得到了郑众、贾逵、马融、郑玄等大学者的特别关注，为其作注，广为传播。朱彝尊认为"《毛诗》出，学者舍齐、鲁、韩三家而从之，以其有子夏之序，不同乎三家也"②，此说信实有理。

其次，在价值取向上，《毛诗》也表现出了与三家《诗》的不同之处。齐、韩、鲁三家解《诗》，过于强调功利目的，惟有《毛诗》从大处着眼，从远处着想，最大限度地超越了时代生活，在理论的层面上开掘其人伦道德方面的意义。我们可以《芣苢》篇为例。与《鲁诗》同宗的刘向，在《列女传》中记述了《芣苢》诗的创作意图，以为是夫有恶疾，妇不忍弃之而去，而作《芣苢》之诗以表其心，表示"甚贞而一"。③《韩诗》以为这是"伤夫有恶疾"的，言"君子虽有恶疾，我犹守而不离去"④。这都是将其与日常生活问题的处理联系起来，是在操作的层面上立论的，所强调的乃是女性从一而终的观念。这也正是汉代意识形态领域推行的一种观念。但在现实生活中实在难以行通。这两种解释是否有误，我们则不敢说。即便是正确的，但作为一部经典的解释，其立意自然不算高。而《毛诗序》则说："后妃之美也。和平则妇人乐有子矣。"⑤ 郑玄注说："天下和，政教平也。"⑥ 显然《毛诗序》所关注的是一种人类万世追寻的太平气象，其立足点之高，远过于韩、鲁。再如《召南·驺虞》篇，《鲁诗》以为是"叹伤所说，而不逢时"者，追慕盛世"役不踰期，不失嘉会"之作⑦。这种解释完全有可能是建立在服役踰期而不得归的现实生活背景之上的，汉乐府诗言"十五从军征，八十始得归"，即真实地写出了汉代兵役制度导致的残酷

---

① 朱彝尊：《经义考》，台北"中研院文哲所筹备处"1996年版，第736页。
② 朱彝尊：《经义考》，第737页。
③ 刘向：《古列女传》卷4，《四部丛刊》本，第7页。
④ 王先谦：《诗三家义集疏》，中华书局1987年版，第47页。
⑤ 孔颖达：《毛诗正义》，第281页。
⑥ 孔颖达：《毛诗正义》，第281页。
⑦ 王先谦：《诗三家义集疏》，第118、119页。

现实。《齐诗》以为言"驺囿之虞官得其人，可悦喜也"。即所谓"其时君子盈朝，官制大备，即司兽之官，亦仁贤毕集"①。这不免又有借古之事以阿今之世的嫌疑。《毛诗》则超越了对具体事物的关注，将其与文王之化联系起来，而曰："《驺虞》，《鹊巢》之应也。《鹊巢》之化行，人伦既正，朝廷既治，天下纯被文王之化，则庶类蕃殖，搜田以时，仁如驺虞，则王道成也。"②这体现出了王道时代天地和畅、万物蕃盛的和谐精神。《召南·羔羊》篇，《齐诗》说："羔羊皮革，君子朝服。辅政扶德，以合万国。"③《韩诗》说："诗人贤仕为大夫者，言其德能称，有洁白之性，屈柔之性，进退有度也。"④二家都把目光放在了具体行为上。而《毛诗序》则曰："召南之国，化文王之政，在位皆节俭正直，德如羔羊也。"⑤显然《毛诗》派的诗学理论，有超越物质生活层面而在精神层面上立论的价值取向，不为现实政治所左右。正因如此，在汉季政权交替之际，三家《诗》随着汉王朝，一同走向了衰落，而《毛诗》却以博大气象，迅速引起了众多学者的关注，以其旺盛的生命力，战胜了对手，占据了经坛主导之位。

其三，《毛诗》派在开放性上，也表现出了与三家《诗》截然不同的作风。三家是严守家法、师法，而《毛诗》派显示出了包容精神。在《毛诗小序》与《毛诗诂训传》中，我们发现这里几乎不存在权威，始终是开放的，经师们可不断补充旧说，同时也可提出相反的意见，表现了开放的学术品格与优秀的学术传统。这可以说是这一派能从艰难中走出而发展壮大的最主要的原因。

三

我们可先从《诗小序》说起。《诗小序》明显地分为两截，古人一般名其曰"古序"与"续序"。关于其作者，古今异说更仆难数，但基本上同意非一

---

① 王先谦：《诗三家义集疏》，第 119、120 页。
② 孔颖达：《毛诗正义》，第 294 页。
③ 王先谦：《诗三家义集疏》，第 94 页。
④ 王先谦：《诗三家义集疏》，第 94 页。
⑤ 王先谦：《诗三家义集疏》，第 94 页。

人所为。如宋儒李樗曰：

> 此则《毛诗》也，然《毛诗》所传亦非成于一人之手。至于前后相因袭，缀缉而成其书。观此则毛、郑可知矣。《江有汜》之诗，既以为"美媵也，勤而无怨，嫡能悔过也"，而其下文云"文王之时，江沱之间，有嫡不以其媵备数，媵遇劳而无怨，嫡亦自悔也"；《载驰》之诗，既以为"许穆夫人所作也。闵其宗国颠覆，自伤不能救也"，又言"卫懿公为狄人所灭，国人分散，野处漕邑。许穆夫人闵卫之亡，伤许之小，力不能救，思归唁其兄，又义不得，故赋是诗也"；如《鱼丽》之诗，既以为"文武以《天保》以上治内，以《采薇》以下治外。始于忧勤，终于逸乐"，既以为文武之诗。《常棣》之诗又曰"宴兄弟也。闵管蔡之失道，故作《常棣》焉"，此又成王之诗也。非一人所作甚明矣。①

清儒王崧《说纬》亦云："《关雎》一序，或经孔子圣裁，其余各序续而申之者由子夏，以至毛公又申，毛公以至郑氏，相传解说，各有润益。"② 此虽为臆说，而"相传解说，各有润益"的推断，无疑是有相当合理性的。序的目的在于用最简练的文字点破诗旨，但过于简练会说不明白，故在《诗序》流传过程中，经师们在不易明白的地方，便再次用极简短的文字给以注释、说明，这样不断"润益"，就形成了今天所见的样子。关于原始《诗序》的形态，我们可从《周颂》各篇序中窥见。《周颂》因为其意易明，各篇序文皆一语破的，无须补充说明，所以除《清庙》一篇序文有续的痕迹外，其余皆基本上保持了其原初形态，如："《维天之命》，太平告文王也"③，"《维清》，奏象舞也"④。由《周颂》各篇序推测，诗各篇之序，原初当皆为一句，其下者皆为后人续说。如《有女同车》篇，首句"刺忽也"，这应该是原始的"诗序"；下面一句"郑人刺忽

---

① 李樗、黄櫄：《毛诗李黄集解》卷1，清同治十二年粤东书局重刻本，第5—6页。
② 王崧：《说纬》，上海书店1988年版，第728页。
③ 孔颖达：《毛诗正义》，第583页。
④ 孔颖达：《毛诗正义》，第584页。

之不昏于齐"①，显然是对第一句的说明，是续序。这一句使"刺忽也"三字失去了意义，按文章法而论，即可删去。但续序作者没有那样做，因为"刺忽也"三字必定有广阔的阐释空间，与"郑人刺忽之不昏于齐"意义不能完全等同。二者并存，实际上是给后之研究者以选择的余地。再下一句："太子忽尝有功于齐，齐侯请妻之，齐女贤而不取，卒以无大国之助，至于见逐，故国人刺之。"② 这则是对第二句的说明。在这一说明面前，前两句皆失去了意义。显然这一则序，最少经过了三人之手。再如《东山序》："周公东征也。周公东征，三年而归，劳归士，大夫美之，故作是诗也。一章言其完也，二章言其思也，三章言其室家之望女也，四章乐男女之得及时也。君子之于人，序其情而闵其劳，所以说也，说以使民，民忘其死，其为东山乎！"③ 第一句是古序，第二句是对第一句的说明，并且点出了作者身份及其作诗的目的。在这个语境中，古序同样失去了存在意义。最值得注意的是"一章言其完也"以下的一段文字，不仅说明了四章的章旨，而且还有感而发，很像是批注，与序的体例大不相类。这很可能是章句之学兴起之后，受三家讲诗方式的影响，才补缀上去的。类似的情况，在《诗序》中时有所见，如《伐木序》于"燕朋友故旧也"下，发议论曰："自天子至于庶人，未有不须友以成者。亲亲以睦，友贤不弃，不遗故旧，则民德归厚矣！"④《六月序》于"宣王北伐也"下⑤，竟发了二百多字的感叹，大违常例。这种体例上的突变，与经师们的随意补缀大有关系。可能当时补缀的文字不限于此，只是在流传中因其文不精而被淘汰而已。

不过，我们关注的并不是《诗序》中"各有润益"的部分，而是《古序》与《续序》之间的矛盾存在。因为这更能体现《毛诗》学派的开放性品格。在这个学派中，后代的学者不仅在不断补充自己学派的"经典"性诗说，而且不时地提出对立的观点，与旧说并存。如《周南·芣苢》篇《古序》曰："《芣苢》，后妃之美也。""后妃之美"指何而言？意甚不明。自然会产生各种歧解。

---

①　孔颖达：《毛诗正义》，第341页。
②　孔颖达：《毛诗正义》，第341页。
③　孔颖达：《毛诗正义》，第395页。
④　孔颖达：《毛诗正义》，第410页。
⑤　孔颖达：《毛诗正义》，第424页。

故《续序》始改其说为："和平则妇人乐有子矣。"[1]但为慎重起见，《续序》的作者没有直接删除旧说，而是将新说注于旧说之下，使二者并存。类似的处理方式，在《诗序》中随处可见，如《绿衣》篇，《古序》曰："卫庄姜伤己也。"《续序》则曰："妾僭上，夫人失位而作是诗也。"[2]《匏有苦叶》篇，《古序》曰："刺卫宣公也。"《续序》则曰："公与夫人并为淫乱。"[3]《君子于役》篇，《古序》曰："刺平王也。"《续序》则曰："君子行役无期度，大夫思其危难以风焉。"[4]《叔于田》篇，《古序》曰："刺庄公也。"《续序》则曰："叔处于京，缮甲治兵，以出于田，国人悦而归之。"[5]《伐柯》与《九罭》两篇，《古序》皆曰："美周公也。"《续序》则皆说："周大夫刺朝廷之不知也。"[6]《古序》与《续序》之间的显明对立，存在于同一个文本中，它说明的不是学派内部的矛盾冲突，而是一个学派包容精神与充满生机与活力的生命展现。

不仅如此，在《诗序》与《毛传》之间也存在类似的现象。众所周知，《毛诗序》与《毛诗传》，是《毛诗》派的两部经典。《序》与《传》是两个不同时期的产物，最少在时间、辈分上是有先后之别的。在任何一个强调师法与家法的经学学派中，后代经师对前代经师之说，都是重在发挥、阐释，绝不允许更改师说。学派内部的分歧，往往出现在对前代师说的不同理解上。然而在《毛诗》派中，竟然把两部经典文本之间的矛盾认作是合理的存在。唐丘光庭《兼明书》说：

> 先儒言：《诗序》并《小序》，子夏所作，或云毛苌所作。明曰：非毛苌作也。何以知之？按：《郑风·出其东门序》云："民人思保其室家。"经曰："缟衣綦巾，聊乐我员。"《毛传》曰："愿其室家得相乐也。"据此，《传》意与《序》不同，是自又一取义也……此类实繁，不可具举。[7]

---

① 孔颖达：《毛诗正义》，第 361 页。
② 孔颖达：《毛诗正义》，第 297 页。
③ 孔颖达：《毛诗正义》，第 302 页。
④ 孔颖达：《毛诗正义》，第 331 页。
⑤ 孔颖达：《毛诗正义》，第 337 页。
⑥ 孔颖达：《毛诗正义》，第 398—399 页。
⑦ 丘光庭：《兼明书》，商务印书馆 1936 年版，第 15 页。

丘氏所要说明的是《诗序》与《毛传》非一人所做的问题，而其所披露的则是《序》、《传》之间的相互矛盾。如果我们把《诗序》与《毛传》作一全面对比，便会发现这种矛盾时有所见。如《采苹序》曰："《采苹》，大夫妻能循法度也。能循法度，则可以承先祖、共祭祀矣。"郑玄解释说："此言能循法度者，今既嫁为大夫妻，能循其为女之时所学所观之事，以为法度。"《毛传》则曰："古之将嫁女者，必先礼之于宗室，牲用鱼，芼之以苹藻。"①以为诗所言为女子教成后的祭祀。《山有扶苏序》曰："刺忽也。所美非所然。"意为诗中"狡童"为昭公忽"所美非所然"之人。而《毛传》则以为"狡童"指"昭公"。②《匏有苦叶序》曰："《匏有苦叶》，刺卫宣公也。公与夫人并为淫乱。"而《毛传》于首章注曰："遭时制宜，如遇水深则厉，浅则揭矣。男女之际，安可以无礼义？将无以自济也。"于第二章曰："卫夫人有淫泆之志，授人以色，假人以辞，不顾礼义之难，至使宣公有淫昏之行。违礼义不由其道，犹雉鸣而求其牡矣。"于末章曰："以言室家之道，非得所适，贞女不行；非得礼义，昏姻不成。"③其主旨显然是言婚姻以礼的，并不认为主在刺卫宣公。《静女序》曰："《静女》，刺时也。卫君无道，夫人无德。"而《毛传》一则曰"女德贞静而有法度，乃可说也"；再则曰"既有静德，又有美色，又能遗我以古人之法，可以配人君也"④。显然是以诗为"美"的。《君子偕老序》曰："《君子偕老》，刺卫夫人也。夫人淫乱，失事君子之道，故陈人君之德，服饰之盛宜，与君子偕老也。"而《毛传》于"子之不淑，云如之何"一句下注曰："有子若是，可谓不善乎？"⑤显然又是以为"美"的。《东方之日序》曰："《东方之日》，刺衰也。君臣失道，男女淫奔，不能以礼化也。"而《毛传》说："日出东方，人君明盛，无不照察也。"⑥意正相背。《蟋蟀序》曰："《蟋蟀》，刺晋僖公也。俭不中礼，

① 孔颖达：《毛诗正义》，第286页。
② 孔颖达：《毛诗正义》，第341—342页。
③ 孔颖达：《毛诗正义》，第302—303页。
④ 孔颖达：《毛诗正义》，第310页。
⑤ 孔颖达：《毛诗正义》，第313页。
⑥ 孔颖达：《毛诗正义》，第350页。

故作是诗以闵之，欲其及时以礼自虞乐也。"①而《毛传》于"良士瞿瞿"下注曰："瞿瞿然顾礼义也。"②显然不以此诗为刺。《绸缪序》曰："《绸缪》，刺晋乱也。国乱，则婚姻不得其时焉。"而《毛传》于"绸缪束薪，三星在天"下注曰："男女待礼而成，若薪刍待人事而后束也。三星在天，可以嫁娶矣。"③正言其嫁娶得时。《宛丘序》曰："《宛丘》，刺幽公也。淫荒昏乱，游荡无度焉。"而《毛传》则以为刺大夫④。《四牡》，序以为"劳使臣之来"，而《毛传》则曰："文王率诸侯，抚叛国，而朝聘乎纣。故周公作乐，以歌文王之道，为后世法。"⑤就是第一篇《关雎》，如果认真琢磨，也会发现《序》、《传》之间存在着分歧。《序》曰："《关雎》乐得淑女，以配君子，忧在进贤，不淫其色。哀窈窕，思贤才，而无伤善之心焉，是《关雎》之义也。"其关注点在"进贤"、"思贤"上，实际上是以《关雎》为"求贤"之诗了。所谓"后妃之德"，就在于"哀窈窕，思贤才"上。从"而无伤善之心"一言观之，似诗中之淑女为后妃所思之"贤才"。而《毛传》则曰："后妃说乐君子之德，无不和谐，又不淫其色，慎固幽深，若雎鸠之有别焉。然后可以风化天下，夫妇有别则父子亲，父子亲则君臣敬，君臣敬则朝廷正，朝廷正则王化成。窈窕，幽闲也；淑，善；逑，匹也。言后妃有关雎之德，是幽闲贞专之善女，宜为君子之好匹。"⑥似以"淑女"即"后妃"⑦，以为"后妃之德"重在"慎固幽深"、"夫妇有别"上，显然其价值取向与序是不同的。

　　《序》、《传》的矛盾，在学术血脉上可以说是祖孙之间或父子之间的冲突，是一个学派在学术思想的传递过程中发生的变更。宋儒曹粹中在《放斋诗说》中，看到了《序》、《传》之间的"违戾"，得出了如下的结论：

---

①　孔颖达：《毛诗正义》，第 361 页。
②　孔颖达：《毛诗正义》，第 361 页。
③　孔颖达：《毛诗正义》，第 364 页。
④　孔颖达：《毛诗正义》，第 376 页。
⑤　孔颖达：《毛诗正义》，第 406 页。
⑥　孔颖达：《毛诗正义》，第 273 页。
⑦　陈澧《东塾读书记》亦言："此毛以为后妃是淑女，'是'字甚明。《孔疏》乃以为后妃思得淑女，强毛从郑，然《毛传》'是'字，岂可强乎！"

"羔羊之皮，素丝五纪"，《毛传》谓："古者素丝以英裘，不失其制，大夫羔裘以居。"其说如此而已。而《序》云："在位皆节俭正直，德如羔羊。"且以退食为节俭，其说起于康成，毛无此意也。"维鹊有巢，维鸠居之"，《毛传》谓"鸠不自为巢，居鹊之成巢"，其说如此而已，而《序》云"德如鸤鸠，乃可以配焉"；"君子偕老，副笄六珈"，《毛传》云"能与君子偕老，乃宜居尊位，服盛服"，而《序》云"故陈人君之德、服饰之盛，宜与君子偕老"，则与《传》意先后颠倒矣。《序》若出于毛，亦安得自相违戾如此？要知《毛传》初行之时，犹未有序也。意毛公既托之子夏，其后门人互相传授，各记其师说，至宏而遂著之，后人又复增加，殆非成于一人之手。[①]

笔者不同意曹氏《序》成于《传》后的观点，但他认为《毛诗序》在流传过程中，是在不断地修订、补充的，这一点则可以肯定。部分内容当补充于《毛传》之后。而《毛诗传》自身在传授过程中也在不断增益、补充。如《芣苢传》："芣苢，马舄；马舄，车前也。"[②] 显然此非一人所为，原生传当只有"芣苢，马舄"一句，后人因怕人不明白马舄为何物，故再加补充曰"马舄，车前"。再如《小弁传》抄录了大段《孟子》上的话，《素冠传》抄录了长段的孔门弟子三年之丧的轶事，《巷伯传》录颜叔子轶事等，其为后人补缀甚明。清儒段玉裁整理《毛诗故训传》，也曾言及后人增益传文的问题。《毛诗》"序"与"传"这两部经典文本，是经过长期的发展，到郑玄才基本稳定下来的。序的权威性，也是经郑玄才确立的。如果一个学派没有一种开放的精神品格，这种现象是很难出现的。

就《毛诗》在东汉的传授而言，也可以看出其开放性的一面。东汉郑众传《毛诗》，著有《毛诗传》，书虽早佚，而《周礼注》中所保存的他的诗学资料，却可以看出与今本《毛诗》的诸多不同。马融亦曾著有《毛诗传》，而亦

---

① 朱彝尊：《经义考》，第699、700页。
② 孔颖达：《毛诗正义》，第281页。

不"株守毛义",《后汉书·庞参传》所载马融上书，以《出车》中南仲为宣王时人，显与毛诗义相乖违[①]。郑玄正是秉承了《毛诗》派的这一优秀传统，故而在笺注《毛诗》时，敢于大胆地采纳三家之长，以丰富、完善《毛诗》的诗学体系。而三家《诗》则在师法、家法的制约下，逐渐趋向僵化。并在长期的政治支持中，失去了自强、自立的能力。加之作为利禄之器，也大大影响了其学术素质的提高。故最终走向萎缩、消亡。

总之，《毛诗》的兴起，有其必然性。其开放的学术品格与创新机制，强化了学派的生机与理论活力，所以经过三百年的艰难发展历程，终于崛起，在三家《诗》随着汉王朝一同衰落的时候，一枝独秀，传于后世。

---

① 刘毓庆：《历代诗经著述考》，中华书局 2002 年版，第 54—57 页。

郑玄诗学理论及其对传统诗论的转换[①]

　　《诗经》是《五经》之一，也是"六艺"之一，它是"经"，也是"艺"。因而对《诗经》的研究，自然就牵涉到了"经"与"艺"两个方面。就诠释而言，更多的是在"经"义的确认与阐发上。而对于"诗艺"的探讨，则多保存在评价文字与理论性阐述之中，这就是我们所说的《诗》学理论。从理论的角度而言，郑玄之前，只有《诗序》对《诗》做出了较全面系统的论述，代表了先秦诗学理论的最高成就。郑玄集两汉《诗经》研究之大成，则代表了汉代诗学理论的成就。郑玄的诗学理论，主要保存在《诗谱》与《诗笺》中，另外《三礼》注、《六艺论》、《郑志》中也有部分资料，都是在对"经"的解读中寻绎出诗学的理论的。虽然《诗笺》、《三礼》注等非一时之作，其中观点有些出入，但因皆产生于汉末大的文化语境与历史语境中，因而其主要精神则是一致的。

　　就整个汉代来说，这个时代在思想文化方面的创造力是非常不够的，这是一个注重传统的时代，因此这个时代更多的是对传统的继承。郑玄的《诗》学理论，就整体而言，也是重在继承。王国维在《玉溪生年谱会笺序》中说："及北海郑君出，乃专用孟子之法以治《诗》。其于《诗》也，有笺、有谱。谱也者，所以论古人之世也；笺也者，所以逆诗人之志也。"此言其方法上对孟子的继承。在《诗谱》中，郑玄将诗认作是记载周王朝与诸侯列国兴衰变迁的政治史与情感史，而在《诗笺》中则细加诠释。其中最受后世关注是他的"三论"，即：兴衰论、正变论、风化论。他以为兴衰皆系乎政教，国必建于有德，政必衰于无道，诗则记其"得失之迹"。这作为一个基本理论思想，贯穿

---

　　① 本文由李蹊先生增补，最初发表于《文学评论》2007 年第 6 期。

在他的《诗经》诠释之中。"正变论"本"兴衰论"而来，他明确地将《风》、《雅》诗篇分为"正经"与"变经"两部分，"正经"即西周盛世之诗，除《周颂》外，有《风》诗的"二南"，与《小雅》自《鹿鸣》至《菁菁者莪》、《大雅》自《文王》至《卷阿》等五十九篇作品。其余则为"变风"、"变雅"，为王道衰后之作。在郑玄看来，在"风雅正变"中，有王道"得失之迹"。"正经"之中树立了"王道盛世"的楷模，而"变经"为"先王之泽未泯"时的产物，亦可以见"吉凶之所由"。到五霸之末，"纲纪绝矣"，遂不复有诗。后世所言"文章与世高下"之说，便由此来。"风化论"又本"兴衰"、"正变"之说而来，其重在探讨"风俗"与"教化"之间的联系，以为民风之成乃由在上者之化。但这些理论，都是从子夏《诗序》那里来的，并非郑玄自己的创造。虽说也有发展，但严格地说，只是阐释，并没有突破性进展。

郑玄诗学理论最值得我们关注的，并不是他对前代诗论的继承或发展，而是其对传统诗论的修正与改造。其中最可注意者有二：一是"美刺"问题，二是"情志"问题。这两个问题从表面上看，都是先秦儒者所提出的。而实际上，郑玄却在特定的历史语境与文化语境下，对其意义作了切换。我们先看他关于"美刺"问题的理论。

清儒程廷祚说："汉儒言诗，不过美刺二端。"① 程氏此言，曾被后人反复引用。实则"美刺"是先秦儒者诗学诠释中的关键词，在汉儒那里已发生了很大变化。在先秦《诗》学文献《诗小序》中②，"美刺"频频出现。如《诗序》云："《甘棠》，美召公也"、"《凯风》，美孝子也"、"《雄雉》，刺卫宣公也"、"《谷风》，刺夫妇失道也"等。但从《诗序》中所看到的"美刺"，与汉儒及郑玄所论的美刺却有了很大变化。关键是这个"刺"字。在《诗大序》中提到了"乱世之音"与"亡国之音"两个概念，这两个概念中无疑隐括有对刺诗批量产生背景的提示。在"乱世"、"亡国"的背景之下，诗之"刺"所表现出的情感形态是"怨以怒"与"哀以思"。"怨怒"是愤慨，其"刺"自然要表现为激烈的方式。如《小雅·十月之交》一口气痛骂了周王左右的八位权臣；《大

----

① 程廷祚：《青溪集》卷2《诗论十三》，《金陵丛书》本。
② 关于《诗序》的作者、时代问题，学术界长久争论不休，迄今无定论。本文则采取传统说法，以其成书于先秦。

雅·瞻仰》直骂周王强占民财，骂王妃为"枭鸱"，都是直斥无隐的。"哀思"则是无可奈何，只有悲伤哀叹，如《小雅·苕之华》"知我如此，不如无生"之类。我们可以看出，《诗序》重在把握此类诗作对现实的批判精神，这种批判是带有根本否定性质的。在《诗序》的论述中，并没有给"讽谏"意义留有空隙。而所谓"上以风化下，下以风刺上"云云，乃是指正风而言，非指乱世、亡国之音。在《小序》中则对刺诗具体做了说明，指出了其所刺的对象、目的。如云："《匏有苦叶》，刺卫宣公也。公与夫人并为淫乱"、"《新台》，刺卫宣公也。纳伋之妻，作新台于河上而要之，国人恶之，而作是诗也"、"《株林》，刺灵公也。淫乎夏姬，驱驰而往，朝夕不休息焉"、"《硕鼠》，刺重敛也。国人刺其君重敛，蚕食于民，不修其政，贪而畏人若大鼠也。"在这种表述中，"刺"一点也看不出"婉而微讽"之意来，而更多的是痛斥谴责和批判。由此可以看到，先秦所言"美刺"，乃出自对诗人嬉笑怒骂情感的直接体验。故而《诗序》除"美""刺"两个概念之外，还将"伤"、"闵"、"恶"、"怨"、"责"、"思"、"惧"等诸多表示感情与情绪状态的概念应用于诗歌批评，如"《野有死麕》，恶无礼也"、"《日月》，卫庄姜伤己也"、"《击鼓》，怨州吁也"、"《旄丘》，责卫伯也"之类。在天下无君的历史语境与百家争鸣的文化语境中，虽说儒者有君臣纲常充塞于胸，但有一点可以使他们放谈无忌，那就是人身的自由，春秋时可以"楚才晋用"，战国时可以"朝秦暮楚"。儒生们更多考虑的是"尊道"的问题，把道放在了君之上，告诉野心勃勃的诸侯们，得道者才能得天下。而这道中就蕴含着君民关系的处理、定位问题。我们从孟子与荀子的理论中都可以看到，他们所强调的都是一个"民"字。认为民才是根本，是主体。孟子论民为贵、君为轻，荀子论君如舟，民如水，都是从理论上强调"以民为本"的重要性。在这种观念主导下，自然可以面对《诗经》，大谈美刺，而且唯恐其不能触动君侯之心，使之从历史成败兴亡中汲取教训。对于《诗经》中所涉及的暴君、昏君，自然要横加指责，不必有何忌讳。

到汉代，皇帝成了天下唯一合法的和绝高的统治者。汉初，士人犹得在诸侯王国间往来，做文学侍从，但此外也别无选择，特别是到了武帝以后，儒学只有考虑如何为君权服务，才有可能获得皇帝认可，取得意识形态话语权。在这特定的历史语境中,唯一要尊的是"圣上",原初的"道"只是"圣上"治天下的工具。《诗经》中向君主频频而发的"美刺",其原初的批判意义自然不能适应当下需求,于是"刺"诗中的那种愤怒、憎恶,转而变成了"忠诚之情怀不能已"的表达。淮南王刘安言"《小雅》怨诽而不乱"(《史记·屈原列传》引),司马迁言"此与《诗》之风谏何异"(《史记·司马相如列传》)。所谓"怨诽"、"风谏",其实都是"刺"的变言,只是多了一层"竭忠而谏"的意义。班固《两都赋序》,一方面指出赋是"古诗之流",一方面则说:其功能是"抒下情而通风谕"、"宣上德而尽忠孝"。"宣上德"、"通风谕",直可认作是"美""刺"的对译。很显然,"刺"这个字太刺眼了,只可以用作解"古",不大适用于说今。皇帝的权威需要保护,他的尊严是绝对"刺"不得的,只能是婉曲风谕,"冀幸君之一悟"。但先师"美刺"论诗的传统又不能抛弃,一个办法,只有重新解读。在这个问题上,汉儒作了几百年的努力后,终于由郑玄集其成了。

郑玄首先从本体论与发生论的角度出发,把诗的产生与"诵美讥过"的功能需求联系了起来。在《六艺论·论诗》中说:

> 诗者,弦歌讽喻之声也。自书契之兴,朴略尚质,面称不为谄,目谏不为谤。君臣之接,如朋友然,在于恳诚而已。斯道稍衰,奸伪以生,上下相犯。及其制礼,尊君卑臣,君道刚严,臣道柔顺,于是箴谏者希,情志不通,故作诗者以诵其美而讥其过。

就其本体言之,诗是周代礼乐"弦歌讽喻之声"。"弦歌"本意指依琴瑟而咏歌,表示欢乐。在这里则有歌美之意。《礼记·乐记》言"弦歌诗颂",《仪礼·燕礼》郑注言"弦歌《周南》、《召南》之诗",所弦歌的都是有赞美意义的歌子。虽说三百篇皆可"弦歌",但弦歌更侧重的是具有"美"意的诗。班固《两都赋序》说:"皋陶歌虞,奚斯颂鲁。""歌"与"颂"对举,显然"歌"亦是"颂"意。《白虎通义·礼乐》说:"歌者,象德。"《汉书·景帝纪》说:"歌者,所以发德也。"《公羊传·隐公五年》何休注:"歌者,德之言也。"看来汉人多是把"歌"与"德"的意义联系在一起的。因而郑玄所言"弦歌",

当即《诗序》所谓之"美"。"讽喻"又作"讽谕",指用委婉的语言相劝谏,即诗所谓之"刺"。"弦歌"旨在"宣上德",布教化;"讽喻"旨在抒下情,讥过失。

就其发生言之,"弦歌风喻之声"产生在君臣原始的和谐关系被破坏之后。为遏止"上下相犯"的无序状态,圣人制礼,规定了尊卑等级,由此而导致了上下"情志不通"。诗为适应"情志不通"的现实具备了"诵美讥过"的功能,其目的在于传递上下无法直接表达的"情志"。而所传递的这种信息,必须合乎"尊君卑臣"的原则,即要免"谄谀"之嫌,也不能犯"诽谤"之忌。故在《诗序》中"刺"字第一次出现的时候,郑玄就对其意义作了大胆的规定,《诗序》说:"上以风化下,下以风刺上。"郑玄注则说:"'风化'、'风刺',皆谓比喻,不斥言也。""比喻不斥言"五个字,将"刺"字的那种锋芒已经严严实实地隐藏了起来,浮现出的便只能是"讥过"了。而"美"因"嫌于媚谀",也变得含蓄起来。

就诗之功能言之,则在"诵美讥过"四字。"诵美"即是歌美其上,"讥过"则是要规谏其失。即《诗谱序》所言:"论功颂德所以将顺其美,刺过讥失所以匡救其恶"。"匡救其恶"的目的性,决定了"讥过"只能是尽忠孝的一种形式。《郑志》答张逸问亦言:"作诗者一人而已,其取义者一国之事。《变雅》则讥王政得失,闵风俗之衰,所忧者广,发于一人之本身。"虽然汉朝人视"刺"、"讥"为同意,但行文中还是尽量要回避这个"刺"字的。《说文》说:"刺,直伤也。"直伤是直犯无隐。而"讥"字,《说文》则说"诽也"。朱骏声说:"微言曰诽、曰讥。"段玉裁《说文解字注》说:"讥之言微也,以微言相摩切也。"显然"讥"与"刺"是有程度差别的。

不难看出,郑玄通过对《诗》的本体、发生和功能的重新认识,已将"刺"字的初意化于无形了。"弦歌讽喻"变成了诗的本质,"君道刚严"成了绝对保护的对象,"臣道柔顺"变成了为臣的原则,"讽喻""讥过"变成了诗歌合法存在的依据。

本着"弦歌讽喻"的本体理论,郑玄将"六诗"也纳入了以"美刺"为核心的评价系统中,并作了全新的解释。其《周礼·大师》"六诗"注曰:

> 风,言贤圣治道之遗化也;赋之言铺,直铺陈今之政教善恶;比,见
> 今之失,不敢斥言,取比类以言之;兴,见今之美,嫌于媚谀,取善事以
> 喻劝之;雅,正也,言今之正者,以为后世法;颂之言诵也,容也,诵今
> 之德广以美之。

"六诗"即风、赋、比、兴、雅、颂,在《诗序》中变作"六义"。在郑玄之
前,郑众曾对比兴作过解释,认为:"比者,比方于物。兴者,托事于物。"先
郑只是把比兴看是一种表现方法,根本没有所谓"不敢斥言"、"嫌于媚谀"的
意思。而郑玄则在由"美刺"转换而来的"颂美讥过"观念之下,将"六诗"
全部与政治评价联系起来,所谓"圣贤治道遗化",其意在"美"。所谓"政教
善恶",则兼有"美刺"。所谓"见今之失,不敢斥言",所指的是诗之"刺"。
所谓"取善事以喻劝",所言是诗之"美"。"雅者正也","以为后世法",意
在"美";所谓"颂之言诵",自然也是在"美"。这里在对诗的意义归类分辩
中,"美刺"二分的思路虽隐然可见,而在字面上,"刺"字却消失得无影无踪
了,而且"美"的比重却远远超过了"刺"。显然这与汉赋"寓微讽于颂德"
的创作表现,乃是同一种文化语境中的产物。不过,这里所反映的只是郑玄早
期的观点,在郑玄作《诗笺》、《诗谱》时,对以上观点作了大幅度的修正。
如关于比、兴,《周礼注》以为兴主美,比主刺,在《诗笺》中比兴则或美或
刺,未有定格。《周礼注》风、雅不分正变,皆倾向于美。在《诗笺》与《诗
谱》中,则将风、雅分为正变,"美"诗主要在正风、正雅中,变风、变雅的
主要倾向则是刺。但这种修正、变化,仍是在"美刺"评价系统思路的统摄
下进行的。

在"美刺"评价系统的支配下,郑玄为了突显诗篇"讥过"、"讽谏"的意
义,在诗篇注释中采用了多种方式。

第一种是补充诗意,以明讽谏、讥过之意。如《邶风·雄雉》,《诗序》
说:"刺卫宣公也。淫乱不恤国事,军旅数起,大夫久役,男女怨旷,国人患
之而作是诗。"所谓"淫乱",是指宣公上烝父妾,下纳子妇。这自是悖乱人伦
的禽兽之行,这种"刺"自是深恶痛绝的。但郑玄笺"展矣君子,实劳我心"
曰:"诚矣君子,诉于君子也。君之行如是,实使我心劳矣。"本来这已对诗句

作了完满的解释，可是又于下面加了一句："君若不然，则我无军役之事。"这样轻轻一转，便把《诗序》之"刺"换为"讥过"了。再如《北门》诗，序以为"刺仕不得志"。诗中所言乃是小臣之怨。郑玄则曰："君于己禄薄，终不足以为礼，又近困于财，无知己以此为难者。"以上笺"终窭且贫，莫知我艰"句，本已有余，而下补之曰："言君既然矣，诸臣亦如之。诗人事君无二志，故自决归之于天。我勤身以事君，何哉？忠之至。"通过对诗人忠心的发掘，诗便有了"讥过"的意义倾向。《小雅·小旻》，郑玄以为"刺厉王"。诗言："国虽靡止，或圣或否。民虽靡膴，或哲或谋，或肃或艾。"笺云："言天下诸侯，今虽无礼，其心性犹有通圣者，有贤者。民虽无法，其心性犹有知者，有谋者，有肃者，有艾者。"语意已完，而笺又补充说："王何不择焉，置之于位而任之为治乎？《书》曰：'睿作圣，明作哲，聪作谋，恭作肃，从作乂。'诗人之意，欲王敬用五事，以明天道，故云然。""王何不择焉"，就是要王考虑，"欲王敬用五事"。臣子拳拳之忠，便在其中了。《正月》："谓天盖高？不敢不局；谓地盖厚？不敢不蹐。维号斯言，有伦有脊。"笺释之云："局蹐者，天高而有雷霆，地厚而有陷沦也。此民疾苦王政，上下皆可畏怖之言也。维民号呼而发此言，皆有道理。"释意已尽，又补充曰："所以至然者，非徒苟妄为诬。"表示此言属实，请王不要以为"诬"。《小雅·大东》："有冽氿泉，无浸获薪。契契寤叹，哀我惮人。"笺云："既伐而析之以为薪，不欲使氿泉浸之，浸之则将湿腐不中用也。今谭大夫契契忧苦而寤叹，哀其民人之劳苦者，亦不欲使周之赋敛小东大东极尽之。极尽之则将困病，亦犹是也。"又于"薪是获薪，尚可载也；哀我惮人，亦可息也"下笺云："庶几析是获薪，可载而归，蓄之以为家用。哀我劳人，亦可休息，养之以待国事。"所谓"极尽之则将困病"、"养之以待国事"，皆为诗意所无。《頍弁》篇，《小序》以为刺幽王暴戾无亲的。诗言："未见君子，忧心奕奕。既见君子，庶几说怿。"笺云："君子，斥幽王也。幽王久不与诸公宴，诸公未得见幽王之时，惧其将危亡，己无所依怙，故忧而心奕奕然。故言我若已得见幽王谏正之，则庶几其变改，意解怿也。"像"惧其将危亡，己无所依怙"、"我若已得见幽王谏正之，则庶几其变改"等，诗中一点也看不出来。像这样的以意补诗，目的都是想让读者从讽谏的角度理解诗意。

　　第二是引经说经，婉曲诠解，以示讽谏之意。如《大雅·桑柔》篇，《诗序》以为刺厉王。诗说："如彼遡风，亦孔之僾。民有肃心，荓云不逮。好是稼穑，力民代食。"笺云："今王之为政，见之使人唱然，如乡疾风，不能息也。王为政，民有进于善道之心，当任用之，反却退之，使不及门。但好任用是居家啬蓄于聚敛作力之人，令代贤者处位食禄。明王之法，能治人者食于人，不能治人者食人。《礼记》曰：'与其有聚敛之臣，宁有盗臣。聚敛之臣害民，盗臣害财。'"前面解经文，后面引"明王之法"，引《礼记》，旨在说明"王"之"失"，以此表示王用"聚敛作力之人"，是一个很大的错误。由此便使诗彰显出讽谏的意思来——使诗人与君王的对立甚至对抗情绪，化解为忠心劝谏之切。这在《小雅·隰桑》篇的笺中表现得尤为明显，如郑在对"心乎爱矣，遐不谓矣"的笺注中说："我心爱此君子，君子虽远在野，岂能不勤思之乎？宜思之也。我心善此君子，又诚不能忘也。孔子曰：'爱之能勿劳乎？忠焉能勿诲乎？'"引孔子语，就把此类《诗》的讽刺功能纳入臣下对君王的忠爱之道。《白虎通义·谏诤》篇云："臣所以有谏君之义何？尽忠纳诚也。'爱之能无劳乎？忠焉能无诲乎？'"对"尽忠纳诚"的意思说得尤其明白。《大雅·瞻卬》篇，《诗序》说是凡伯刺幽王大坏的。诗言："如贾三倍，君子是识。妇列公事，休其蚕织。"笺云："贾物而有三倍之利者，小人所宜知也。君子反知之，非其宜也。今妇人休其蚕桑织纴之职，而与朝廷之事，其为非宜亦犹是也。孔子曰：'君子喻于义，小人喻于利。'"引孔子语的目的，是为了明确君子小人之分，辨明是非，表示何者当为，何者不当为，这样讽谏之意就更突出了。像此类意思，我们从经文中是很难直接读得的，这可以说是郑玄的体会，他无疑是把自己的思想注入了经典的诠释之中了。

　　第三是通过兴喻，引诗入"讽谏"、"讥过"之彀中，这是郑玄所采用的最为普遍的手法。郑玄对"兴"的解释除前引诸论外，在《小雅·鸳鸯》篇的笺注中还有一种说法："言兴者，广其义也。"就是说，把《毛传》的"兴"当作"喻"来理解，即以毛传所指的"兴"物作为基础，把类似的事物尤其是与社会现象联系起来，引申《诗》义。孔安国解释《论语》"诗可以兴"的"兴"时，把"兴"定义为"引譬连类"，前文所引郑众说"兴，托事于物"的"事"，也就可以明白汉人说"兴"，是因一物而联想到同类或相似的事物，自然包括社会之"事"。郑玄也继承了这种说法，但他借助于"兴——喻"的意义转换，在充分自由伸展的"兴——喻"空间中，把诗中没有明确言说的意思填充进去，并且充分利用这个伸展空间把"讽刺"纳入他的"讥过"的新《诗》学系统中了。如《小雅·小弁》，《诗序》以为刺幽王，作者是太子之傅。诗曰："弁彼鷾斯，归飞提提。"这里只是说鷾斯的飞行状态，并无关讽谏，而郑玄伸之说："乐乎彼雅乌，出食在野，甚饱，群飞而归，提提然。兴者，喻凡人之父子兄弟，出入宫庭，相与饮食，亦提提然乐。伤今太子独不。"这样把"应该如此而没有如此"之意彰显出来，以表示幽王之"失"，诗之"讥失"之意也就昭然了。《小雅·谷风》篇，《诗序》说是刺"天下俗薄，朋友道绝"的。故郑玄通过"兴喻"转换，把"习习谷风，维风及雨"与朋友之道联系起来，说："兴者，风而有雨则润泽行，喻朋友同志则恩爱成。"由此先确定了正确的朋友之道，然后在诠释下文中，则指出其"失"，曰："朋友无大故则不相遗弃，今女以志达而安乐，弃恩忘旧，薄之甚。"《小雅·桑扈》篇，《诗序》以为是刺幽王时"君臣上下，动无礼文"的。但从篇中看不出"动无礼文"来，更看不出有何"刺"意。郑玄为了把"讥过"之意体现出来，先于"交交桑扈，有莺其羽"下曰："交交犹佼佼，飞往来貌。桑扈，窃脂也。兴者，窃脂飞而往来有文章，人观视而爱之，喻君臣以礼法威仪升降于朝廷，则天下亦观视而仰乐之。"这样先确立了一个"君臣礼法"标准，然后于下笺文中曰："王者位至尊，天所子也。然而不自敛以先王之法，不自难以亡国之戒，则其受福禄亦不多也。"把一篇与讽谏毫不相关的诗，引上了"刺过讥失"的轨道。《小雅·菀柳》，序以为刺幽王暴虐无亲的，郑玄便于"有菀者柳，不尚息焉"下注曰："有菀然枝叶茂盛之柳，行路之人岂有不庶几欲就之止息乎？兴者，喻王有盛德，则天下皆庶几愿往朝焉。忧今不然。"可是，我们也看到了另外的情形，比如《隰桑》篇，序云："刺幽王也。小人在位，君子在野，思见君子尽心以事之。"郑玄则笺"隰桑有阿，其叶有难"曰："隰中之桑，枝条阿阿然长美，其叶又茂盛，可以庇荫人。兴者，喻时贤人君子不用而野处，有覆养之德也。正以隰桑兴者，反求此义，则原上之桑，枝叶不能然，以刺时小人在位，无德于民。"他明显地回避了"幽王"，而直指"小人"，并且把那个十分显眼的"刺"字加到"小人"身上，又加了一个缓冲的"时"字，明白地告诉读者，这是指作诗之时之事。其目的非常明确，就是遵循序意，既彰"美刺"之意而又避免把"刺"对准君王。

第四是改释经文，将"刺"意婉曲化。如《新台》刺卫宣公占儿媳，《诗序》明言"国人恶之而作此诗"，自然是深恶痛绝了。诗中言："燕婉之求，籧篨不鲜"、"燕婉之求，籧篨不殄"。《毛传》于"鲜"字无注，于"殄"字注曰"绝也"。据夏辛铭考证，"鲜"与"殄"同义。"《论衡》：'殄者，死之比也。'《左氏昭五年传》：'葬鲜者自西门。'注：'不以寿终为鲜。'张湛《列子注》亦云：'人不以寿死曰鲜。'然则"不殄"、"不鲜"犹云宜死而不死，即《相鼠》'胡不遄死'之意。盖深恶之辞也。毛训'殄'为'绝'，而于'鲜'字无传，自以'鲜'义同'殄'，人所易知，不烦故训。"① 据此，则此是痛骂宣公老不死的。可是郑玄似乎很难接受臣民用如此恶毒的言辞咒骂君上的行为，于是把"不鲜"释作"不善"，注"殄"字曰："殄当作腆。腆，善也。"所谓"不善"就是"不好"，只是言其面貌老丑，与骂该死而不死的谩骂相比，语气上显然就缓和了很多。那种恶狠狠的"刺"意，自然也就变成婉曲的"讥过"了。《小雅·节南山》，序以为刺幽王。诗曰："弗躬弗亲，庶民弗信。弗问弗仕，勿罔君子。"《毛传》说："庶民之言不可信，勿罔上而行也。"所谓"勿罔上而行"是对民而言的，是要下民不要欺罔其上。郑笺则改"勿"为"末"，云："仕，察也。勿当作末。此言王之政不躬而亲之，则恩泽不信于众民矣。不问而察之，则下民末罔其上矣。"所谓"下民末罔其上"，是说下民就会轻视、欺罔其上。依毛说，其责在民，而且是命令式。郑则变成了一种讲道理的口气，而且其责在君，"讥过"之意，如此方能显出。故孔颖达辨郑之意说："笺以此篇主刺在上，非责民之辞，故知'勿'当为'末'也。知躬亲为恩泽者，以王身所为而行于众民，唯恩泽耳。且上章疾尹氏贪暴以致灾，故知躬亲为恩泽也。易传者，以疾尹氏，使王亲之，明欲令王施政教以及下，不宜言其不可信也。且言庶民不信于王，其文自明，不当横加不可。故易之。言末罔其上者，谓若不问察，则明不烛下，下之善恶，上所不知，下民知上不知，则末略欺罔

---

① 刘毓庆等：《诗义稽考》，学苑出版社 2006 年版，第 590、591 页。胡承珙亦有同说，见《毛诗后笺》卷 3。

其上而不畏之，言躬亲施其恩泽，问察亦须躬亲，互相明也。"孔颖达这个理解，确实把握住了郑玄的思想意图。其中不独表现了郑玄对《诗》"讽谏讥过"方式和功能的规定性意识，也透露出郑玄对"君刚臣柔"义务和责任的维护。

经过郑玄对"美刺"意义的修正，不仅"刺"具有了"婉言微讽"之意，连"美"也具有了"嫌于媚谀"而求委婉以"喻劝"的意义。于是以"美刺"为评价标准的诗学理论，因其不但无碍于皇帝的尊严，反而有利于皇帝尊严的提升，故而在专制政体下被合法化，使周代文艺干预政治的传统获得了延续，由对《诗经》的评价而影响到了诗歌创作，促进了中国写实诗歌的发展，在历史上起到了积极的作用。这不能不说是郑玄及汉儒对中国历史的一个贡献。

需要指出的是，以上我们是把郑玄的"颂美讥过"论作为一个系统理论对待的，在这个理论系统中，郑玄尽可能地将《诗序》中所谓的"刺"，置换为"讥过"之意，而回避了"刺"之锋芒。但并不是说郑玄绝对不用"刺"字，而是根据具体情况对待的。如《小雅·頍弁》笺中就两次用"刺"，这主要在于，此处之"刺"是实在无法回避的。因为《诗序》说："《頍弁》，诸公刺幽王也。暴戾无亲，不能燕乐同姓，亲睦九族，孤危将亡，故作是诗也。"这已把幽王定位为一名无药可救、走向死亡的恶棍了。

再看"情志"问题。

《诗大序》开首即言："诗者，志之所之也。"此虽承自《虞书》，而"诗言志"成为中国古代诗学的关键词，则由此而起。虽说《诗序》中也曾言及"吟咏情性"，言及"情动"、"情发"，但其开首又言"在心为志"，知其强调的乃是"心志"。与《诗序》大略同时的郭店楚简《语丛一》也说"《诗》所以合古今之志"，又说"志，心司"；又《性自命出》说"心无定志"、"凡心有志也"；《礼记·祭义》说"心志嗜欲不忘乎心"。由此可知，《诗序》时代所说的"志"，是指定之于心的价值取向。在"心志"的统摄下，情则失去了自由伸展的空间。《诗序》所谓"发乎情"，即是指诗的情感内核；而"止乎礼义"，所强调的则是价值判断和是非定位对"情"的制约。明是非之分而发为诗，这样的诗自然就有了"志"的意义内涵。《诗小序》中所标识的"美刺"，便是志的具体化。郑玄《六艺论》所言"诗者弦歌风喻之声也"，也是在"诗言志"的诗学纲领下立说的。我们现在无法知道《六艺论》的撰写时间，但却看到

《六艺论》与《诗谱》之间，存在着明显的矛盾①。在《六艺论》中，郑玄认为"礼其初起，与诗同时"，诗作于阶级分化"情志不通"的历史背景之下，其目的在"诵美讥过"。也就是说，诗从发生的那一天起，就是以"言志"为其本质的。而在《诗谱序》中，郑玄却怀疑诗起于大庭、轩辕之世。他说：

> 诗之兴也，谅不于上皇之世。大庭、轩辕逮于高辛，其时有亡，载籍亦蔑云焉。《虞书》曰："诗言志，歌永言，声依永，律和声。"然则，诗之道放于此乎？

这段话有三个意思：第一，上皇之世未有诗；第二，大庭、轩辕、高辛之世是否有诗，没有记载；第三，"诗之道"即诗之"诵美讥过"，始于尧舜之世。孔颖达曾对此有很好的解释，他说："此言有诗之渐，述情歌咏，未有箴谏，故疑大庭以还……言'放于此者'，谓今诵美讥过之诗，其道始于此，非初作讴歌始于此也。"也就是说，郑玄认为"诗言志"是诗的一个发展历程，也是诗脱离原始讴歌形态之后呈现出的风姿。在此之前，曾有过一个"述情歌咏，未有箴谏"的"诗言情"时代存在。"未有箴谏"，自然缺少目的性，只是自我情感的表达，不具备社会意义。自"唐虞始造其初，至周分为六诗"，于是诗从意义上发生了变化，由"言情"而转为"言志"。郑玄尽管主张"诗言志"，在《礼记·内则》注又言"诗之言承也"，意即诗"承君政之善恶"而述己志，但他是把"情"认作是诗之原始本质的，故他在《礼记·孔子闲居》注中说："诗谓好恶之情也"、"诗长人情"，于《祭义》注说："乐以统情。"于《檀弓》注说："弹琴以散哀。"于《仪礼·燕礼》注说："昔周之兴也，周公制礼作乐，采时世之诗以为乐歌，所以通情相风切也。"于《六艺论》，又以诗通上下"情志"为其功用。或曰"情"，或曰"情志"，这说明在郑玄的观念中，"情志"是合为一体的。所谓"诗谓好恶之情"，其实就是对"诗言志"的通俗化诠释，这实际是把"情"认作了是"志"的实质，而"志"则变成了情的"好恶"指

---

① 孔颖达也看到了《六艺论》与《诗谱序》间的矛盾，认为问题出在"由主意有异，故所称不同"上。见孔颖达：《毛诗正义》，第262页。以下所引《六艺论》及孔氏语，皆见于此。

向。情的"好恶"二分，便自然归入了"美刺"二分的评价系统，于是"情"便具有了"志"的意义内涵。可见他是在不知不觉中，将《诗序》时代所强调的"心志"，转化为"情志"了。

值得注意的是，《诗大序》产生在诗歌思潮刚消退不久的战国之初，诗与乐尚有联系，故而在提出"诗言志"的同时，尚能感受到诗乐的情感色彩，提出了"发乎情止乎礼义"的诗歌理论。而在郑玄之前的汉朝几百年间，由于人们笼盖于经学思维之下，出于建构意识形态话语系统的需要，在对诗的认识中，更多强调的是诗之"志"。贾谊《新书·道德》篇言："诗者，志德之理而明其指也，令人自缘之以自成。故曰：诗者，此之志者也。"《说文》说："诗，志也。"《诗含神雾》曰："诗者，持也，以手维持，则承负之义，谓以手承下而抱负之。"《春秋说题辞》曰："诗者天地之精，星辰之度，人心之操也。在事为诗，未发为谋，恬淡为心，思虑为志，故诗之为言志也。"显然这都是从《诗》的经典诠释出发而对诗进行理解的，故忽略了诗的情感性。只有在言辞赋而连及《诗经》的时候，才有"怨诽"之评。到郑玄的时代，社会的大动荡，使人感受到了人生的悲伤，又一个"乱世之音"、"亡国之音"产生的时代出现了。郑玄怀着对时世的感伤而笺注《诗经》[①]，自然对《诗经》中那种"乱世"、"亡国"的感受，比他之前的任何经学家都要深刻得多。他从《变风》、《变雅》中看到了动乱社会的阴影，发现了"志"中包裹着的"情"的内核，于是在他的观念中，"情"和"志"完全统一了。

郑玄对于诗歌情感的这种认识，在《诗笺》中得到了充分的表现。他一方面是在总体上把握诗篇的"诵美讥过"之"志"，而另一方面则有意探讨诗人之"情"。如于《邶风·燕燕》篇曰："妇人之礼，送迎不出门，今我送是子乃至于野者，舒己愤，尽己情。"于《唐风·葛生》"夏之日，冬之夜"笺曰：

---

① 关于这一点，陈澧《东塾读书记》曾有专论，其曰："郑笺有感伤时事之语。《桑扈》'不戢不难，受福不那'，笺云：'王者位至尊，天所子也，然而不自敛以先王之法，不自难以亡国之戒，则其受福禄亦不多也。'此盖叹息痛恨于桓、灵也。《小宛》'螟蛉有子，蜾蠃负之'，笺云：'喻有万民不能治，则能治者将得之。'此盖痛汉室将亡而曹氏将得之也。又'战战兢兢，如履薄冰'，笺云：'衰乱之世，贤人君子虽无罪，犹恐惧。'此盖伤党锢之祸也。《雨无正》'维曰于仕，孔棘且殆'，笺云：'居今衰乱之世，云往仕乎，甚急迮且危。'此郑君所以屡被征而不仕乎？郑君居衰乱之世，其感伤之语，有自然流露者，但笺注之体谨严，不溢出于经文之外耳"（生活·读书·新知三联书店1998年版，第108页）。

"思者于昼夜之长时尤甚，故极之以尽情。"于"百岁之后，归于其居"笺云："居，坟墓也。言此者，妇人专一，义之至，情之尽。"于《豳风·东山》首章笺曰："此四句者序归士之情也。我往之东山，既久劳矣，归又道遇雨蒙蒙然，是尤苦也。"于《小雅·四牡》末章笺曰："故作此诗之歌，以养父母之志来告于君也。人之思恒思亲者，再言将母，亦有情也。"于《小雅·正月》曰："穷苦之情，苟欲免身。"如果对郑笺作一全面考察，便会发现，在他的眼里，一部《诗经》实际上就是一部言"好恶之情"的诗歌总集。

为了揭示诗人的情感，郑玄往往用"×之甚"、"×之至"之类词语来表述。如《邶风·柏舟》"静言思之，不能奋飞"笺云："臣不遇于君，犹不忍去，厚之至也。"《邶风·泉水序》笺曰："卫女之思，归虽非礼，思之至也。"于《鄘风·干旄》"彼姝者子，何以畀之"笺曰："时贤者既说此卿大夫有忠顺之德，又欲以善道与之，心诚爱厚之至。"于《小雅·车舝》"虽无德与女，式歌且舞"笺曰："虽无其德，我与女用是歌舞相乐，喜之至也。"于《邶风·击鼓》"土国城漕，我独南行"笺曰："此言众民皆劳苦也，或役土功于国，或修理漕城，而我独见使从军南行伐郑，是尤劳苦之甚。"于《邶风·谷风》"不远伊迩，薄送我畿"笺曰："言君子与已诀别，不能远，维近耳，送我裁于门内，无恩之甚。"于《鄘风·蝃蝀》"女子有行，远父母兄弟"笺曰："妇人生而有适人之道，何忧于不嫁而为淫奔之过乎？恶之甚。"于《卫风·氓》"既见复关，载笑载言"笺曰："则笑则言，喜之甚。"于《王风·黍离》"悠悠苍天，此何人哉"笺曰："远乎苍天，仰愬欲其察已言也。此亡国之君，何等人哉？疾之甚。"他如《君子于役》笺言"思之甚"，《兔爰》笺言"无所乐生之甚"，《遵大路》笺言"思望之甚"，《小雅·谷风》笺言"弃恩忘旧，薄之甚"，《苕之华》笺言"忧闵之甚"《何草不黄》笺言"劳苦之甚"等。这种对于诗人"好恶之情"的程度把握，体现了郑玄对于诗之情感本质的深刻体悟。

郑玄通过对《诗经》"情"与"志"的分析、体悟，遂使二者统一在了诗歌的具体表现之中，使三百篇皆具有了表"情"与达"意"的双重意义，由此成功地将《诗序》"诗言志"与"发乎情止乎礼义"的理论，转换为"情志合一"理论，确立了"情志合一"诗歌理论在中国诗学史上的核心位置，直接影响到了后世诗歌的批评与创作。

　　总之，"美刺"与"情志"这两个由《诗序》提出、在中国诗论中带有核心意义的概念，通过郑玄的笺《诗》实践，在汉代文化生态中，于"美刺"之中，注入了"喻劝"、"讽喻"、"诵美讥过"的意义；于"诗言志"、"吟咏情性"中，注入了"好恶之情"的意义。给这两种理论以新的生命活力，为其后的诗论，提供了新的发展途径。

从朱熹到徐常吉^①

——《诗经》文学研究轨迹的探讨

顾颉刚在为姚际恒《诗经通论》所作的序言中说：

> 姚首源先生崛起清初，受自由立论之风，遍考九经，存真别伪，其
> 《诗经通论》十八卷，实承晦庵之规模而更进者，其诋之也即所以继之也。
> 《序》中谓涵泳篇章，寻绎文义，以从是黜非，明非先悬一成见而曲就之
> 者。其以文学说《诗》，置经文于平易近人之境，尤为直探诗人之深情，
> 开创批评之新径。^②

这显然是说，姚际恒"以文学说《诗》"，是《诗经》批评新途径的开创者。其
后治《诗》者多承顾氏之说，而以姚际恒为用文学眼光研究《诗经》的先驱人
物。实则在姚际恒以前的百年间，即明代晚期，将《诗经》作为文学来研究，
早已形成风气，产生了大量像孙月峰《批评诗经》、徐光启《诗经六帖》、戴君
恩《读风臆评》、万时华《毛诗偶笺》等一系列《诗经》文学研究的著作。从
两汉到元明，《诗经》学始终沿着经学的道路变化、发展。即使清儒，大多也
是把《诗经》作为一部圣典，探求圣人隐匿在文字背后的奥秘的。而晚明的一
个巨大变化，就在于《诗经》经学研究的衰落与文学研究的兴起，这在经学史
上是一个非常特殊的时代。

---

① 本文最初发表于《西北师大学报》2001 年第 2 期。
② 《文史》杂志五卷三、四合刊（1945 年 4 月），后收入林庆彰、蒋秋华《姚际恒研究论集》
（中），台湾"中央研究院"文哲所 1996 年版，第 371、372 页。

　　不过，这个时代的到来，是经过了一个漫长的过程的。假如我们怀着索隐探赜的心态，去探索《诗经》作为文学研究的历程，在先秦汉唐及北宋人的著述中，也不是找不到从文学艺术角度认识《诗经》的只言片语，如孔子所谓"《武》尽美矣，未尽善也"、《毛诗序》所谓"情动于中而形之于言"、锺嵘评五言诗，每云"其源出于《国风》"之类，但这是没有多少意义的。因为从经学研究到文学研究的变化，牵涉到了研究者心态的变化，只有研究者从认识心态转向为艺术心态时，《诗经》的文学研究才有可能真正开始。推原中国士大夫阶级这种心态的萌芽，最晚可推到诗文评点与诗话批评兴起的南宋时期。而作为一代宗师的朱熹，便是较早感知到《诗经》文学情味的人！从南宋朱熹到万历初的徐常吉，这是《诗经》文学研究从滥觞走向成熟的一个过程。简言之，其间经历了三个发展阶段，即滥觞期、制义附庸期、成熟期。

　　从朱熹到谢枋得，可谓《诗经》文学研究的滥觞期。朱熹实在是中国历史上少有的巨人，他不仅是宋代理学集大成的人物，以其雄浑而深厚的新儒学思想影响了中国历史七百年，而且其对于文学艺术的感悟也是少有人能及的。他在淳熙间著成的《诗集传》，历经精心改定，遂成为元、明、清三代钦定的最具权威性的《诗》学著作。在这部大著中，他首先把《诗经》认作是一部性情之作，由"人心之感物而形于言之余"①。其次则对历代学者特别感兴趣的"比"、"兴"问题做了与前不同的解释。此前汉代最权威的学者郑玄在《周礼·春官》注中说："比，见今之失，不敢斥言，取比类以言之。兴，见今之美，嫌于媚谀，取善事以喻劝之。"孔颖达《毛诗正义》卷一则认为"比"、"兴"是"文之异辞"，"诗之所用"。其引汉郑众说云："比者比方于物"；"兴者托事于物"。依郑玄之说，比兴完全是带有政治思想意义的；郑众、孔氏之说，虽将其认作是修辞手段，但仍不能摆脱其与思想意义的联系。而朱熹则说："兴者，先言他物以引起所咏之辞也"②，"比者，以彼物比此物也"③。在《朱子语类》中，他对此作过进一步的解释，不难看出，他是把比、兴当作一种文学艺术手段来对待了。虽然他与孔颖达的解释只是"毫厘之差"，而其中

----

① 朱熹：《诗集传·序》，中华书局 1958 年版，第 1 页。
② 朱熹：《诗集传·序》，第 1 页。
③ 朱熹：《诗集传·序》，第 4 页。

却牵涉到了对诗歌艺术的分析和认识。在他以前的《诗经》研究者，更注重的是《诗》"止乎礼"的一面，因而对于比、兴的解释，把重心放在了"诗之所用"上。而朱熹则同时兼顾到了《诗》"发乎情"的一面，故考虑到了比兴的艺术功能。在《朱子语类》中，朱熹的弟子们记录了其师不少关于《诗经》的语录，其中有关于读《诗》法的，就非常具有文学情味。如云："读诗之法，只是熟读涵味，自然和气从胸中流出，其妙处不可得而言。"①像此类论述《语类》中甚多，这都非常接近于艺术心态了。辅广《诗童子问》中亦记其言云："看《诗》义理外，更好看他文章。且如《谷风》，他只是如此说出来，然而叙事曲折，先后皆有秩序。而今人费尽气力去做后，尚做得不好。"②可以看出朱子也确实是注意到了《诗经》的艺术的。但遗憾的是他却不能在此基础上再前进一步，而是始终不能忘怀于诗之"六义"、"道理"、"义理"及感发"善心"的功能，不能用艺术欣赏的心态去剖析这部古老的歌集。他的双脚牢牢踩在经学樊圃的土地上，望着文学院墙中的闪闪之光，时而赞叹两声，却无意迈入文学欣赏的门槛。这决定了他只能是一个道学家，而不能成为《诗经》艺术的探索者。

相对来说，朱熹的学生辅广，比他的老师稍前进了一步。辅广字汉卿，号潜斋。原籍河朔，南渡后居秀州之崇德县。初从吕祖谦游，后又从朱子学。其所著《诗说》中，有名《诗童子问》③，意者其所述乃平日闻于朱子之说，不敢自专，故谦之曰《童子问》。其于经义自是严守师说而不更移的，所值得注意的是，他开始注意到了对《诗经》文学性的分析。如云："（《麟趾》）一章言公子，二章言公姓，三章言公族，自远而近，自狭而广也。""（《草虫》）降而后说，说而后夷，亦其序也。""（《谷风》）观此一诗，比物连类，因事兴辞，条理秩然有序。勤而不怨，怨而不怒，玩之可谓贤妇人矣。"

辅氏的分析虽只限于章法，但毕竟是涉入了艺术分析的领域，只是缺少欣

---

① 黎靖德编：《朱子语类》，中华书局1986年版，第2086页。
② 辅广：《诗童子问》，《文渊阁四库全书》第74册，第321页。
③ 周中孚《郑堂读书记》卷八云："《宋志》载辅广《诗说》一部，即此书。盖据所见之本，无《童子问》之目。"周氏所见本作《童子问》，《四库全书》本作《诗童子问》。以下引文据文渊阁《四库全书》本第73册。

赏的意味。略晚于辅氏的谢枋得，则可算得是第一个具有艺术心态来研读《诗经》、探讨《诗经》艺术的学者了。谢枋得是宋元之际的人，著有《诗传注疏》，原书已散佚，散见于元人著述与《永乐大典》中，今所见为清人吴长元辑本①，吴氏序云："先生生《板》、《荡》之朝，抱《黍离》之痛，说诗见志，于《小雅》忧伤哀怨之什，恒致意焉，而于经义亦发明透畅，非空作议论者比。"可谓允评。在这里我们所注意者是其从文学角度对《诗经》的分析、理解。谢氏是一个非常具有文学眼光的诗人兼学者，他的《文章规范》，就是最早用文学眼光评点古文的文章选本之一，相传《檀弓记》、《檀孟批点》也是他评点的。他对《诗经》是否也施以评点，则不可知，但可以肯定他是在以文学的眼光来分析它了。如其云：

> （《召南·草虫》）"惙惙"忧之深，不止"忡忡"矣。"伤"则恻然而痛，"悲"则无声之哀，不止于"惙惙"矣。此未见之忧，一节紧一节也。"降"则心稍放下，"说"则喜动于中，"夷"则心气和平。此既见之喜，一节深一节也。此诗每有三节，虫鸣、螽趯、采蕨、采薇之时，是一般意思；"忡忡"、"惙惙"、"伤悲"之时，是一般意思；"则降"、"则说"、"则夷"之时，是一般意思。
>
> （《召南·甘棠》）思其人，一节深一节；爱其树，一节紧一节。此诗人法度，亦可见其忠厚之至也。
>
> （《北风》）一章曰"同行"，二章曰"同归"，三章曰"同车"，一节紧一节，此风人之法度也。

他虽仍然是从章法、法度及情感发展上来分析的，虽然有可能这种分析的目的与其《文章规范》一样，只是为作文立法，然而毕竟增多了文学品评的色彩，可以说这是《诗经》文学研究向前迈出的真正一步。朱熹是"注诗"，辅广是"析诗"，谢氏是"品诗"。此间细微的变化，即勾勒着《诗经》文学研究进步

---

① 今所据为《丛书集成初编》本，另见于《知不足斋丛书》、《宛委别藏》、《抱经堂丛刊》、《叠山先生评注四种合刊》等丛书中。

的曲线。

此外在南宋的其他著作中也有涉及到《诗经》艺术的，像诗话中即有不少关于《诗经》艺术的论说，只是多失之笼统，缺少分析。倒是林希逸谈《庄子·逍遥游》艺术时，对《诗经》艺术的引述，颇出人意料：

> 三百篇之形容人物，如《南有樛木》，如《南山有台》曰："乐只君子"，亦只一个"乐"字……《芣苢》一诗，形容胸中之乐，并一乐字亦不说，此诗法之妙。①

林希逸曾为严粲《诗缉》作过序，强调《诗》的文学品格，言"诗于人学，自为一宗，笔墨蹊径，或不可寻逐，非若他经"。并称严氏"能以诗言《诗》"②。今观严氏之书，偶亦见有情景体味，如于《大叔于田》篇体会段叔猎毕神情云："言其从容得意，如庖丁解牛，提刀而立，为之四顾，为之踌躇满志，善刀而藏之也。亦可想见叔段洋洋之意矣"③。亦算得善会诗义，但其着力于疏通诗义，而少艺术分析。林希逸《庄子口义》，则是一部在文学评点高潮中出现的最早兼从文学角度评析《庄子》散文艺术的著作，他对《诗经》不过是顺手一笔，然其对诗歌艺术的领悟、把握，却远远超出了同时代的经学家。这也证实着一个事实：在中国历史上，《诗经》文学意义的真正发现，不是经学家自己，而是谢枋得、林希逸等一批研究"文章血脉"的批评家。这就注定了《诗经》的文学研究，压根就是与经学研究同床异梦的，它们属于两种不同的思维系统，最终必然要分道扬镳。

谢枋得之后，元及明初的二百多年间，是《诗经》的文学研究作为经义附庸的时代。由于经义取士的导向，《诗经》研究开始走向了"为制义而讲经"的道路，功名所在，士子趋之若鹜。宋末出现的那种自由讲经的气氛随之消失，《诗经》刚刚萌芽的文学研究，转而作为"时文之法"而融进了经义讲章之中，一批为"时文之用"的讲《诗》之作应时而生。像朱公迁的《诗经疏义

---

① 林希逸《庄子鬳斋口义校注》卷 1，中华书局 1997 年版，第 1 页。
② 严粲：《诗缉》，《文渊阁四库全书》第 75 册，第 78、79 页。
③ 严粲：《诗缉》，《文渊阁四库全书》第 75 册，第 110 页。

会通》、刘玉汝的《诗缵绪》等，也曾对诗义、辞章做概括、分析，且也有过人之处，如刘氏于《何彼襛矣》云："首次章首，以兴对举；次末章下，以事对举，诗体也。《湛露》诗亦有此体"①。于《君子偕老》曰："末章首二语与前章相对，下章复极形容其服饰眉目颜色之美，辞意亦与前章同，然不过为邦国之美人耳。其讥刺之意溢乎言外，然必有前责之之辞，而后见后章辞益婉而意益深"②。但他们似为举业而计者，故其作风为后世"讲章"、"主意"之类著作所继承。正统时孙鼎所编《新编诗义集说》，可为"为时文解诗"之集大成者。阮元《四库未收书目》云："是编凡四卷，盖采取《解颐》、《指要》、《发挥》、《矜式》等书，择其精义，汇为一编。仍分总论、章旨、节旨各类。"《水东日记》卷六亦以为其是"专为进取计"的。其于《诗经》的文学性的认识，自然也只限定于其与应举作文之法的联系上。可以看出，其与宋末谢枋得、林希逸相比，似乎是在倒退。尽管他们也揣摸语脉，体会情景，分析语法，但这完全是为制义应举的需求而向文学领域迈出的生硬的一步。不过我们要看到，这种趋势必然会导致经学内部的裂变，经义的阐发只能反复煎炒朱子之"残羹冷饭"——因为在当时有背朱子者，将会获罪当局。只有文学表达手段的揣摸，才能轶于其外，真正有利于场屋制义，改变布衣之命运。因而在这种研究中，文学的因素不断在膨胀，而经义的阐发则不断在萎缩。到明代中后期便出现了根本的变化。

《诗经》文学研究的成熟期，大约在正德到万历间的六七十年间。这正是明王朝政治开始腐败、社会风气发生巨变、阳明心学开始兴起、思想文化界开始活跃、八股出现高潮、诗话著作开始大量涌现、文学评点进入一个新阶段的时代。自然《诗经》研究到此期也出现了一个巨大的变化。这个变化最突出之点，就在于《诗经》经学意义的渐渐失落与文学意义的不断伸张。而促成这场变化的最直接因素就是科举。据董立夫先生统计，明代所有参加科考的士子，选择《诗经》为专经而成为进士的人数，占到了总数的 34.69%，远高出了选择其他四经者。杨晋龙先生根据《明代登科录汇编》25 次的资料统计，也认

---

① 刘玉汝：《诗缵绪》，《文渊阁四库全书》第 77 册，第 591 页。
② 刘玉汝：《诗缵绪》，《文渊阁四库全书》第 77 册，第 606 页。

为明代至迟在成化五年以后，选择《诗经》应举的人数，一直高居诸经之首。"正德以后，《诗》选考者始终居前"①。据《明穆宗实录》记载，隆庆四年江西省乡试，被黜落的士子竟达四万之众。以此推之，全国应考者何至数十百万！而其中之习《诗》者，又何可胜计！如此庞大的应考队伍，其所需《诗经》之数亦可想而知。而书坊为争夺市场，自然要以便利举业为前提而进行新的注本的谋划。一些考举高中的士大夫，也在作着经验之谈，揣摩语脉，体味辞气，寻绎章旨节意，分析句法字法，创造着他们的《诗》学新著。像陆深（1477—1544）、黄佐（1490—1566）、薛应旂（1500—1574）、瞿景淳（1507—1565）、袁炜（1508—1565）等，皆是当时高中之士，也皆有与众不同的《诗经》注本。这样不自觉地便把《诗经》经学研究推上了文学研究的道路。

虽然此期大量的《诗经》著作已经失传，无法知其全貌，而散见于晚明《诗》学著作中的大量作者或书名，又大多无时代里居或作者身世可考，我们不敢说此期是否有大量从文学角度研究《诗经》的著作出现。但从今仅存的部分著作及晚明人引述中部分可考的著述来看，我们却可肯定，此期大量的《诗》学著作，都涉及到了《诗经》的文学艺术分析问题。像陆深、黄光升、袁炜、许天赠、陈省、邹泉等都曾有过相关的论述。其中较典型的是黄佐，黄氏字才伯，香山人，正德十六年进士，选庶吉士，授编修，出为江西提学金事。学问为一时所重，故曾掌南京翰林院。平生撰述至 260 余卷，关于《诗经》其著有《诗经通解》②。其在《诗经通解序》中说："《诗》之为经，本于性情而用于礼乐者也。天赋人以五常之性，人感物则有哀乐喜怒之情。情动则感叹讴吟之声发，而诗作焉。"这实是在说，《诗经》的本质就是"情"，而其为"经"，乃是用于礼乐所赋予的意义。因而对《诗经》的理解，"诚非训话所能尽"③。因而在很大程度上他注意的不是"经义"，而是"诗情"。如：

> （《卷耳》）唐人闺情诗云："袅袅庭前柳，青青陌上桑。提笼忘采叶，昨夜梦渔阳。"即首章意也。又云："梦里分明见关塞，不知何路向金微。"

---

① 见杨晋龙：《明代诗经学研究》（博士论文），第 98 页。董说见杨引。

② 黄氏：《通解》，复旦大学图书馆藏有嘉靖刻本，今未之见。

③ 黄佐：《黄泰泉集》卷 35，明万历元年香山黄氏家刊本。

即后章意也。思望之辞虽非经历实事，然而寄思深矣。

（《绿衣》）李白为谪宦诗云："圣主恩深汉文帝，怜君不遣到长沙。"张仲素出塞诗云："交河北望天连海，苏武曾持汉节归。"亦可谓"实获我心"者，如是则闻之者亦怨而不怒矣。

（《击鼓》）唐人王翰诗云："醉卧沙场君莫笑，古来征战几人回。""不我活"之意也。陈陶诗云："可怜无定河边骨，犹是春闺梦里人。""不我信"之意也。

（《绸缪》）"子兮子兮，如此良人何"，犹唐诗所云："东方渐高奈乐何"者也。失时而后遂愿，喜不自制，故曰奈此良人何也哉。此语当以意会耳。①

他看到了这本古老的诗集与唐人诗篇在情感表现上的一致性，看到了作为"诗"的生命内涵之所在，看到了储存于圣典中的人生体验的永久意义。这代表了当时《诗经》文学研究中的一种趋向。

而能代表《诗经》文学研究走向成熟的是徐常吉。徐常吉《明史》无传，据康熙《武进县志》卷二十三云，他字士彰，"嘉靖甲子举于乡。屡试礼部不第，授上海县学博。年五十六成万历癸未进士"。曾著有《诗经翼说》，又名《毛诗翼说》。所谓"翼说"，当有羽翼朱传之意。疑为教官时所作，故内容颇与当时"《诗经》讲意"之类相仿。此书清初尚存，朱彝尊《经义考》有著录，今未之见。但明代晚期的《诗》学著述中，征引其说者颇夥。辑各家征引，不下数百条。张以诚《毛诗微言例》即云："余生平最喜徐徽弦先生《翼说》，与吾乡玄扈徐公《六帖》，以其综辑前人而超然独解，绝无秽杂。"②从今所见的其论诗之语来看③，他远远高出了其前的诸家，毫不含糊地将《诗经》作为文学来欣赏、研究，品味着《诗经》作为诗的真正意义。他在分析诗篇意义及艺术的同时，能够走进诗歌语言构建起的艺术世界，努力把握文学的精魂，清醒

---

① 张以诚：《毛诗微言》，《四库全书存目丛书·经部》，第63册，第453页。
② 张以诚：《毛诗微言》、《四库全书存目丛书·经部》，第63册，第454页。
③ 按：本文所引徐常吉语，主要据徐光启《诗经六帖》与张以诚《毛诗微言》两书。为免烦琐，引文不另标注。

地将"经"义与"诗"趣区分开来。如于《邶风·击鼓》篇云：

> "我独南行"、"忧心有忡"，味诗人含蓄之意，似不言锋镝死亡，而
> 有隐然寓于其间者，盖不忍之也。如此则于"不我活兮"、"不我信兮"
> 处，方有味。若露出，即淡然无味矣。朱注所云，特解经之法，非风人
> 之旨也。

所谓"解经之法"，是指训解字句、阐明经意的作法。朱熹注此诗首章曰："有
锋镝死亡之忧，危苦尤甚也。"注末章曰："言昔者契阔之约如此，而今不得
活；偕老之信如此，而今不得伸。意必死亡，不复得与家室遂前约之信也。"
所谓"锋镝死亡"、"不复得与家室遂前约之信"等，都是诗人言外之意，文字
中并未明言。朱熹把言外之意，作为诗篇文字中所固有的意义，演绎出来，固
然不误，但诗篇所固有的那种含蓄意味，诗人那种不能言、不忍言的心中忧
虑与情绪表现，便消失得无影无踪了。在徐氏看来，朱熹所得到的虽是"经"
意，而其所失去的却是诗歌活泼泼的精魂，即"风人之旨"。"解经之法"是经
学家的作为，"风人之旨"是文学家的性灵，徐氏将这二者对立起来，而且明
显地表示出了对"解经之法"的贬抑，这无疑标志着在他的观念形态中，《诗
经》已脱去了经典神圣的外衣，回归到了其作为诗、作为文学艺术的本位。尽
管因研治经义，关乎前程，徐氏不可能超然世外。而他却能将"经"义融化于
"诗"趣之中，欣赏诗中的妙境。

徐常吉在分析诗作时，往往能进入情景之中，参与体验。如云：

> （《葛草》）看首章要体认当时初夏景象，须描写得出。看二章要得他
> 一段勤劳爱惜意思。看三章要得他不敢自专、不忍忘亲的意思。
> （《芣苢》）风人之旨，稚淡和平，况此又为妇人所作！看此诗全要模
> 写他一段无事而相乐意思出，方得他王民皞皞气象。

所谓"体认"、"描写得出"、"要得他"、"要模写他"、"方得他"等，实际
上就是要求读者进入作品，设身情景之中参与体验。这种读诗方法，有可能

与八股文要代古人立言有关，然而在《诗经》的文学研究中，它却具有了非同一般的意义。第一，它缩短甚至消除了作者与读者之间因历史而带来的时空距离，使读者进入诗的境界。第二，它把作品不是作为一具尸体进行解剖，而是作为活物，作为一个充满生机的世界，与之对话。这对于艺术审美无疑是很有意义的。

尽管徐常吉在《诗》旨的探讨上没有什么新的开掘，而且其分析的基点大多是建立在朱子《诗集传》基础上的，在《朱传》给予的经义研究视野中，进行文学上的分析，探索，这自然带有很大的局限性。然而他却彻底扭转了《诗经》经学研究的道路。万历之后，《诗经》的经学研究虽然还在延续中变化着，而整个《诗》学研究界的主流则变成了文学意义的探讨。我们虽不能把偌大之功全归于徐常吉，但根据晚明人不时地引用其说的现象分析，起码可以说他在《诗》学研究的转向上，起到了非常重要的作用。

明代诗学的历史贡献①

传统认为，中国"《诗经》学"的发展，有三个重要阶段，即汉唐经学、宋元义理、清代考据。至于明代"《诗经》学"，则"无甚精义"，可以略而不论。从清代以来，研究中国经学或《诗》学历史的学者，他们往往在十几万乃至几十万字的专著中，对有明一代的《诗经》研究，仅用数言或不过百字的篇幅一带而过，而且否定者多，肯定者少。如皮锡瑞的《经学历史》，仅用"季本、郝敬多凭臆说"，"丰坊造《子贡诗传》、《申培诗说》以行世而世莫能辨"二语②，将有明一代否定得一干二净。胡朴安的《诗经学》则云："明儒说《诗》，略分两派：一派演《集传》之余，如胡广奉敕撰《诗传大全》，悉以刘瑾之书为主，颁为功令，学者翕然从之；一派杂采汉宋之说，如季本之《诗解颐》，李先芳之《读诗私记》，何楷之《诗经世本古义》，朱谋㙔之《诗故》。大概明人之学，在义理一方面言，不如宋人之精；在考证一方面言，不及汉唐之密。名物训诂之考证，惟朱谋㙔之《诗故》略善。当日《诗经大全》盛行之日，朱氏独能研究遗文，发挥古义，亦不可多得也。此明代之《诗经》学也。"③谢无量的《诗经研究》，所举也仅《诗经大全》、《读诗私记》、《诗故》三书，而用"无甚精义"四字作结④。林叶连的《中国历代诗经学》，更举真伪不分的《诗传嫡冢》、《诗传阐》、姚允恭《传说合参》三著，以证"明朝学者

---

① 本文发表于《文学遗产》2002 年第 5 期。
② 《万有文库》本第三册，第 292 页。
③ 《万有文库》本，第 100 页。
④ 谢无量：《诗经研究》，河洛图书出版社 1991 年版，第 45 页。

无行之一斑"①。由此看来，"明代《诗经》学"学者不过数位，著作不过数部，而且真伪不辨，"多凭臆说"，"无甚精义"，于汉、宋之后，完全是一段多余的存在，实在没有什么研究的价值了。

然而，当我们认真地面对这一课题时，才惊奇地发现，有明一代二百七十年间，关于《诗经》研究的专著，竟多达六百余种！比今所知的自汉至元一千五百多年间《诗经》专著的总和还要多！也超过了《四库全书总目》与《续修四库全书总目提要》所著录的清代到民国的《诗经》专著的总和②。而且所有贬抑明代《诗经》学的学者，大多站在经学的立场，对《诗经》的研究指手画脚，而却完全忽略了《诗经》的本质本是文学的，只有作文学的理解，才能获得真正的诠解。胡朴安以"义理"不如宋人之精、"考证"不及汉唐之密而否定明儒，殊不知"考证"所得只是其筋骨，"义理"所得只是其血肉，而文学的研究所得，则是其活泼泼的灵魂。明代人恰恰在这一点上，做出了巨大贡献。

明代"《诗经》学"从纵向上可自然地分为两大块，一是经学的研究，一是文学的研究。自顾炎武以来，学术界对于明代《诗》学的否定，主要是站在经学研究的立场上立说的。当然，就经学研究而言，明人确实是杂了些，对圣人之义发挥得少了些，但也不乏精辟之见。如丰坊《鲁诗世说》对《芣苢》篇的研究云：

> 毛氏云：芣苢，车前，宜怀妊。考《本草》则曰："车前子味甘，寒，无毒，主气癃止痛，利水道小便，除湿痹。久服轻身耐老。"乃神农本经之语，初无怀妊之说。至《唐本草余》等，始云"强阴益精，令人有子"，盖因毛说而附会之也。滑伯仁：车前性寒，利水，男子多服，则精寒而易痿；妇人多服，则破血而堕胎。岂宜子乎？毛苌陋儒，必欲以"二南"为妇人之诗，故妄为凿说如此。且强阴益精，宕子所欲，而妇人采之，则淫妇耳，岂文王之世所宜有哉！

---

① 林叶连：《中国历代诗经学》，台湾学生书局 1993 年版，第 330 页。
② 二书著录清到民国的《诗》学著作共五百余种。

像这样彻底抛弃旧说而独辟蹊径的精彩之论，在汉、唐、宋、清诸儒中亦是不可多得的。明代《诗经》经学的研究，被后儒略作肯定的明初百年间，基本上是衍义"朱传"，向理学的方向倾斜，没有什么新的创造。而恰恰是被清儒贬得一文不值的明中叶正德之后、特别是晚明，才开始形成了它自己的特色。而此期间所作出的贡献，是任何时代都无法替代的。它代表着一段历史，一个过程，而且置于汉、唐、宋、清之列毫不逊色。

明人《诗经》经学研究的主要贡献有两个方面，一是在考据训诂上，一是在诗旨的探讨上。考据学，清人确实做了大量的工作，成就卓著。但他们的许多成就都是建立在明代学者研究的基础上的。如对于古音的考证，首先是由明成化间的彭华，对宋代音学权威吴才老提出了怀疑，认为古音与今音不同，赖经典韵语得以保存。随后杨慎又作了大量的考证，到焦澹园明确提出了"古诗无叶音说"的理论，陈第《毛诗古音考》用具体的事实考据，证实了这一理论，彻底推翻了此前占统治地位的"叶音说"，为清代古音学的研究开启了道路。清代训诂学能获得长足的发展，没有明代在古音学上的突破，是不可想象的。关于博物考据，像林兆珂《毛诗多识编》、冯复京《六家诗名物疏》、吴雨《毛诗鸟兽草木考》、沈万钶《诗经类考》、黄文焕《诗经考》、毛晋《毛诗陆疏广要》，以及林世升《诗经人物考》、陈子龙《诗经人物备考》等，他们广征博引，兼考得失，在资料收集之功上，远逸前人，为清儒的进一步研究，打下了基础。在诗义考据上，像何楷关于《大武》乐章的研究，这是一个前人鲜有问津的问题，而他继丰坊之后，提出了此乐章保存于《周颂》的观点，并作了考证，认为：《武》、《赍》、《桓》、《勺》、《般》、《时迈》六篇，即《大武》乐章的全部。可以说，这一研究是《诗经》学上的一个新突破。此后魏源、龚澄、王国维、高亨、孙作云等又在此基础上作了进一步研究。诸家肯定了《武》、《酌》、《赍》、《般》、《桓》五篇为《大武》乐中的诗章，只是《时迈》与六篇的排列次序有分歧而已。他如像杨升庵、焦澹园关于名物、文字训诂方面的考证，皆为后世所重。刘师培《国学发微》说："近儒之学，多赖明人植其基。"[1]这确是不刊之论。

---

① 刘师培：《刘申叔遗书》，江苏古籍出版社 1997 年版，第 502 页。

　　明人关于诗旨的探讨，是被后人完全忽略的一项成就。其实明人在这方面的成绩相当突出。像丰坊伪《诗传》、《诗说》，借申培、子贡之名，对许多诗篇作了与传统完全不同的新说。如认为《芣苢》是"童儿斗草嬉戏歌谣之词"，《摽有梅》是"女父择婿之诗"，《驺虞》是"美虞人之诗"等，都能别出心裁，发人深思。像钟惺评《诗经》所云："《有狐》，思配也。""《木瓜》，笃友也。""《丘中有麻》，迟所私也。""《有女同车》，怀佳人也。""《子衿》，思良友也。""《野有蔓草》，晤好友也，即班荆之意"等等，皆不落汉宋窠臼，且颇能得风人之旨。像季本一扫前人关于正《小雅》中《四牡》等篇所谓"遣使臣"、"劳还役"之类的千年陈说，而明确地指出这些诗作，或出征夫思家，或为闺妇思夫，与君臣遣往劳来，没有关系。《凯风》篇，旧以为是卫国淫风盛行，虽有七子之母，犹不能安其室，故其子作诗以自责。季本则说："卫有七子不能安其母之心，故作此诗。"《郑风·遵大路》篇，《毛序》说："思君子也。庄公失道，君子去之，国人思望焉。"朱子说："淫妇为人所弃，故于其去也，揽其袪而留之曰云云。"季本则说："淫妇因所私者别去，而于大路中留之之诗。或以为弃妇之迫词。则妇既弃去，夫又岂肯出至大路送之而为妇所揽乎？"这些探讨，不仅极有见地，而且在清儒的研究中也是难以见到的。

　　但明代《诗》学最有意义的贡献，且形成自己的特色，并不在经学的研究上，而在于这个时代的学者第一次从文学的角度审视这部圣人经典，以群体的力量改变了《诗经》原初经学研究的方向，开创了"《诗经》学"的新航线，并将《诗经》的文学研究推向了高峰。

　　自从汉代经师将《诗经》经典化之后，魏晋以降的大批《诗》学研究者，都把主要精力放在了对《诗经》文字背后所隐匿的圣人之意的考证上。虽然他们也承认《诗经》是先民发自于情的歌唱，但因受惠于先王德泽，故能"止于礼义"，而一经圣人删定，便更有了特殊的意义，它的一字一句中，都深藏着圣人修复世道人心的苦衷。如一篇简单的《关雎》，《毛传》说："后妃说乐君子之德，无不和谐，又不淫其色，慎固幽深，若关雎之有别焉。然后可以风化天下。夫妇有别则父子亲，父子亲则君臣敬，君臣敬则朝廷正，朝廷正则王化成。"孔颖达则接着说："此雎鸠之鸟，虽雌雄情至，犹能自别，退居在河中之洲，不乘匹而相随也。以兴情至性行和谐者，是后妃也。后妃虽说乐君子，犹能不淫其色，退在深宫之中，不亵渎而相慢也。"① 这在今天看来颇近于天方夜谭，而在当时却被认为最权威的解释。而且由此而附会出的"夫妇有别"之类的意义内涵，同时也被认作是天经地义、永恒不变的真理。这就是所谓的"经学"！朱熹解《诗》，虽破除了汉唐儒生许多捕风掠影之谈，而却认为："此《诗》之为经，所以人事浃于下，天道备于上，而无一理不具也。"② 其于《关雎》也不离"纲纪"、"王教"之论，将《诗经》从汉儒所加的政治与历史的桎梏下解放了出来，可却又给它套上了人伦道德的枷锁，最终将其纳入了理学的樊圃。与朱子同时代的严粲，虽被林希逸称赞"能以诗言《诗》"③者，但观其《诗缉》，也只是解《诗》而已，并没有品诗的意味。朱子之后，元及明初《诗》学研究者，几乎都是朱子的追随者。他们或者是诠释朱子《诗》学，或是顺着朱子指引的方向，在训解中大讲天道、人道，将《诗》学进一步理学化④，并没有多少新的创造。

明代中后期，形势突变。张少康先生曾指出："从明代中叶起文艺上出现了一股前所未有的新思潮，它的基本特征是：强调文艺是未受封建'闻见道理'污染的纯洁心灵之体现，是具有个性解放色彩的自由情性之抒发，提倡真情而反对假理，主张师心而反对复古，它与传统的言志载道、美刺讽谏文艺思想形成鲜明的对立，而具有很明显的叛逆性。"⑤ 与这种新思潮相应，传统知识分子的心态发生了变化。他们已不再执着于用先前的认识心态，探求圣人的微言奥义了，而开始用艺术心态领悟其中的妙趣。他们开始感到，在自己面前的已不是神圣的经典，而是一部古老的歌，是一部先民用心灵抒写的诗集。因而他们对《诗经》的评论已不再是以美刺讽谕为主导的诗教了，而是从诗本身的艺术出发，评价其得失。如王世贞《艺苑卮言》云："诗不能无疵，虽《三百篇》亦有之，人自不敢摘耳。其句法有太拙者：'载猃歇骄'（三名皆田犬也）；有太直者：'昔也每食四簋，今也每食不饱'；有太促者：'抑罄控忌'，'既亟

---

① 阮元校刻：《十三经注疏》，中华书局 1980 年影印本，第 273 页。
② 朱熹：《诗集传·序》，中华书局 1958 年版，第 2 页。
③ 严粲：《诗缉》，《文渊阁四库全书》第 75 册，第 8、9 页。
④ 像朱公迁、刘瑾、梁寅等即诠释《朱传》者；像蒋梯生、朱善、薛瑄等即将《诗》学推向理学化者。
⑤ 张少康：《中国文学理论批评发展史》（下），北京大学出版社 1995 年版，第 161 页。

只且'；有太累者：'不稼不穑，胡取禾三百廛'；有太庸者：'乃如之人也，怀昏姻也，大无信也，不知命也'；其用意有太鄙者：如前'每食无籑'之类也；有太迫者：'宛其死矣，他人入室'；有太粗者：'人而无仪，不死何为'之类也。《三百篇》经圣删，然而吾断不敢以为法而拟之者，所摘前句是也。"①孙月峰《批评诗经》于《小雅·车攻》篇云："'嚣嚣'字终觉与无声相碍。大抵此四句，微属痕迹。"于《小雅·四月》云："忽举江汉，觉语意不伦。岂作诗者居近江汉，因以起兴耶？"像这样挑剔《诗经》毛病的，在此前似乎十分少见。这表示在这种艺术思潮的冲击下，《诗经》已失去了其先前的神圣地位，它变成了纯文学的性情之作，因而更多的学者则从其审美价值与情感宣泄的功能上来认识它，肯定它。万历时戴君恩在其《读风臆评》的序言中，有一段关于他读《国风》时的精神状态的绝佳描写：

> 爰检衣箧，得《国风》半部，展而玩之，哦之、咏之、楮之、翰之。嗟夫此非夫天地自然之籁、颜成子游之所不得闻、南郭子綦之所不能喻而归之其谁者耶？彼其芒乎忽乎，俄而有情，俄而有景，俄而景与情会，酝涵郁勃而啸歌形焉。当其形之为啸歌也，景有所必畅，不极其致焉不休；情有所必宣，不竭其才焉不已。或类而触，或寓而伸，或变幻而离奇，莫自而计夫声于五，莫自而计夫正于六，而长短疾徐、抑扬高下、无弗谐焉。使之者其谁耶？非器非声，非非器，非非声，以不闻闻，或闻闻或否；以不解解，或解解或否。何哉乎……惟臆也不受制缚，时潜天，时潜地，时超象罔，时入冥涬，夫欲破习而游于天也，则莫如臆矣。是故蔑舍紫阳，以臆读，以臆评，以臆点。

戴氏解《诗》的这种心境，完全超越了经生们制造的乌烟瘴气及俗气、腐气的层面，而走进了一个纯艺术的清明之境。这代表了当时《诗》学界以诗读《诗》的新思潮。

　　与此同时，大批《诗》学专著蜂拥而生。从万历开始，到明亡国时约

---

① 丁福保：《历代诗话续编》中册，中华书局本 2006 年版，第 964 页。

七十年间，《诗经》专著就产生了约四百余种，而其中几乎半数以上是与文学的研究相关的。他们从各个不同的角度，对《诗经》的艺术作了探讨。而且还出现了一些颇有影响的《诗》学大家，他们不仅有实践，而且有理论作指导，对《诗经》进行了全新的认识。如孙月峰的《批评诗经》以格调说为核心，首先对《诗经》施以评点，将"气骨"、"风骨"、"风致"、"峻切"、"古淡"、"奇"、"险"、"峭"、"雄"等之类诗歌批评术语，引入了《诗经》批评之中。如其于《豳风·东山》云："风骨高奇，色泽苍蒨，四章各写一意，绝匀密有度。此应是随东征文士作。"其实这里决不仅仅是将文学批评术语引进《诗经》研究的问题，而是标志着研究方向的改变，标志《诗经》批评新途径的开创。徐光启《诗经六帖》以"诗在言外"说为核心，着力探求诗歌"意外之想"、"题外生意"、"意外生意"、"言在诗外"等多种艺术表现。其于《齐风·鸡鸣》云："大概风人之致，多是借有为机，倚无为用；说处不是诗，诗在不说处。譬如车轮之转，非毂非轴，妙在于空；又如鼓响于桴，声不在木；火传于薪，光不在烬。若将意思一句说尽，便如嚼蜡无味；又如力尽箭坠，气势索然矣。领略此旨，其于说诗已得大半，不然则舌敝耳聋，相去愈远。"其分析《周南·卷耳》云："通篇皆是托言，皆是幻想，非实事也。采物，幻想也；登高饮酒，亦幻想也。思而不遂，展转想象，展转起灭，遂有几许境界，几许事件耳！'诗以道性情'，又曰'诗言志'，此之谓也。此作实说，便说不通。此等诗中多有之，如《采绿》、《何人斯》、《载驰》之类，不一而足，可以类推。细读《离骚》，便晓此意。"显然他完全是从诗歌的艺术本质出发，而讨求其"不言之旨"的。戴君恩《读风臆评》以"格法"为中心，对《国风》中之"翻空"、"铺陈"、"关锁"、"反振"、"转折"、"伸缩"，以及"以客代主"、"前后呼应"、"投胎夺舍"、"由虚入实"等种种表现方法，作了极有意义的探索。如其于《关雎》云："诗之妙全在翻空见奇。此诗只'窈窕淑女，君子好逑'，便尽了，却翻出未得时一段，写个牢骚忧受的光景；又翻出已得时的一段，写个欢欣鼓舞的光景。无非描写君子好逑一句耳。若认作实境，便是梦中说梦。"至于汉儒经师所谓的文王后妃、纲纪、王教之类，他则全不在乎。钟惺《诗经》评本，提出了"诗活物也"的理论，"揆之性情，参之义理"，自己参与诗人的情感体验，探讨了诗人的内心世界。有时于诗篇紧要处略施评点，往往能使诗体耸动，醒人耳目。如《大雅·皇矣》篇第三章评云："'帝省其山'句，说得天眼甚近。'作邦'二句，看断商周运数、太伯王季行藏。"如此一评，似乎上帝即在头上，监察人间。《小雅·天保》评云："前后九'如'字，笔端飞舞。"似可见诗体飞动之状。评《小雅·南山有台》云："通诗'德'、'寿'二字相错，似乱似整，亦非后人笔端。"亦颇得其要。《小雅·隰桑》篇首章言："既见君子，其乐如何。"末章言："心乎爱矣，遐不谓矣。中心藏之，何日忘之。"钟氏评："'如何'二字藏末章意。"遂使诗篇通体灵动。《卫风·氓》篇二章云："以尔车来，以我贿迁。"钟评："画出私奔图，草草在目。"《小雅·节南山》第九章云："昊天不平，我王不宁。"钟评："二语见天心君心相通，洞察远想之言。"这种评点，无论正确与否，都确实能震人心魄。沈守正《诗经说通》提出诗有"声前之旨"、"意表之象"、"响终之韵"，皆"可神遇而不可踪求"之说。认为"诗之微妙，须人自会，出口落笔，便成筌蹄"，故力求领会诗的基本精神。如关于《关雎》，旧说或以为写文王的忧喜，或以为写宫人的忧喜。沈氏则云："唯淑女为君子之嘉耦，是以未得不胜其忧，既得不胜其喜。所谓忧之喜之者，不必泥定文王，亦不必泥定宫人，只是爱之重之，而形容无已之词。"万时华《诗经偶笺》也强调读诗"不可力取"，而要"神遇"，与"古人之妙理"相遇于"无故之中"，从体悟诗中情境的角度，带读者走进活生生的艺术世界。

毫不夸张地说，晚明是《诗经》文学研究的繁荣与高峰期。这不仅表现在大量《诗经》文学研究专著与大批《诗》学名家的产生上，而且还表现在各种不同流派的出现上。就形式而言，大约有五大流派。

一是讲意派，这一派势力最大。他们主要是讲章旨、节意，分析词章，揣摩词气，为写八股服务。像晚明《诗》著中，凡题有"主意"、"讲意"、"心印"、"真传"之类字样者，大多属之。这些著作大多不录经文，形式也不统一，或分上中下三格，或分上下格（所谓"高头讲章"，即指此类），有的则不分格，或作问答式。像魏浣初《诗经脉讲意》、徐奋鹏《诗经主意约》、沈翘楚《随寓诗经答》、杨廷麟《讲经讲意鞭影》、戚伸《葩经心印》等，皆属此派。他们主要的贡献在于对《诗经》篇章意义的艺术概括与中心把握上。如魏浣初《诗经脉讲意》于《小雅·小弁》云："通篇叙被谗之情。宜以章内'忧'字为主。首章伤己无罪见弃，以发思慕之端；二章极道其忧伤之甚；三章则反其不见爱者而莫得其故；四章叹己之无所依；五章叹己之不见顾；六章总上意而伤王心之忍；七章推其心之忍者易惑于谗人；八章原谗之所起由王易其言以来之。夫易其言以来谗邪之口，信谗言而有废黜之加，此太子所以始虽有不忍之情，而终致决绝之意也。章内'忧'字凡五见，曰：'云如之何'，其词尚缓；曰：'疢如疾首'，则切于身矣；曰：'不遑假寐'，则昼夜无休歇；曰：'宁莫之知'，则无所控诉，而仓卒急迫，故遂以陨涕终焉。《白华》之词简而庄，《小弁》之词婉而切，则处父子与处夫妇之变异也。"像这样的概括和分析，还是比较精辟与准确，在明以前未曾见到。

二是评点派。此派侧重于欣赏诗境、诗法，往往于经文关键处施以圈点，外加眉批、旁批、尾批等。他们不汲汲于文字诠解，也很少认真分析诗意，而是凭着一丝灵悟，发诗中妙趣。孙月峰《批评诗经》、戴君恩《读风臆评》、钟惺《诗经》批点等即属此派。此派在发展中因受讲意派的影响与八股制义之需的驱动，也带上了讲意派分析章旨、节意的特点，像张元芳主编的《毛诗振雅》，虽为评点之作，却分上中下三格为之，如高头讲章之式。陈组绶《诗经副墨》，则融讲意与评点为一体，评点文字加于讲意文字之上。此派最大的贡献在于思维方式的改变上。他们不是靠逻辑推理，分析诗意，而凭妙悟领略诗趣。正如《诗经副墨序》所云："私尝谓学诗如参禅，中有宿物。虽萌智果，堕落见闻，妙义现前，不相关对。岂知屠沽儿立地作佛，只缘空灵，顿得了义。钻它故纸，三百奚为？"

三是评析派。此派思维略近于评点派，但主在通讲大意，带有析议之风。四库馆斥为"以公安竟陵之诗派，窜入经义"、"以竟陵之门径，掉弄笔墨"者，多属此派。像沈守正《诗经说通》、陆化熙《诗通》、万时华《诗经偶笺》等即此派代表。在晚明《诗》学流派中，此派成就最高。他们能超越讲意派与评点派分章截句、字挑句拣的作法，深入诗境，体会诗中妙趣与人物性情。也往往能通过自己的感受，带读者进入活生生的艺术世界。如万时华《诗经偶笺》于《蒹葭》篇云："此诗意境空旷，寄托玄澹。秦川只尺，宛然三山云气，竹影风声，邈焉如仙。大都耳目之下，不乏幽人，豪杰胸怀，自有高寄。只此杳杳可思，正使伊人与作诗者，俱留千古。不尽之味，不必问其所作何人，所思何侣也。'蒹葭'二句，形容秋江景物，总非笔墨所至，此与'袅袅兮秋风，洞庭波兮木叶下'，已置古今文人秋咏都落下风。至今容与寒汀者，一念此语，不独意会，且觉心伤。'在水一方'原从浩淼波光之外，若灭若没，若隐若现，恍见此境，与下'道阻且长'、'宛在水中央'更无二际。此等处境象，自知语言皆赘。"这样的艺术体会，在其他各派中是比较少见的。而在此派的笔下则屡见不鲜。

四是汇辑派。此派重在汇前人特别是同代学者之说，而以汇辑有文学研究意味之语为主。凌濛初《诗逆》、《言诗翼》、张以诚《毛诗微言》、范王孙《诗志》等，即属此派。此派并没有多少发聋振聩的高见，其主要贡献在于保存了大量今已散佚的明中晚期的《诗》学著述。像《毛诗微言》与《诗志》二书，所引《诗》学论述俱达六七十种之多，大多为其同代人之作，而且相当多的一批作者，都是名不见经传的人物，他们的著作更是鲜为人知。如陈行之、向景岩、杨见宇、赵士会等，究竟何许人也？《诗测》、《诗弋》、《诗揆》、《诗论》、《诗经笺余》，究系何人所著？目前还都是未知数。但据张、范二氏征引来看，这些作者，这些著作，对于《诗经》文学意义的研究，确有不可小瞧之处。而且我们从中还可以看出晚明《诗经》文学研究的繁荣景象来。同时其中所保存的大量亡佚的《诗》学著述，也为我们研究明代《诗》学史提供了宝贵的资料。

五是诗话派。其实最早将《诗经》作为文学来对待的就是诗话著作。但在明万历以前，诗话著作中对于《诗经》往往是偶有所及而已。万历以后，随着《诗经》研究繁荣景况的出现，诗话中关于《诗经》的讨论也有所增。诗话派对于《诗经》的态度，与讲意、评点各派完全不同，他们不是为士子科考揣摩作经义八股的妙法，也不承担着传道解经的责任，他们摆脱了功利的目的，而纯粹把它作为文学史上的经典来处理。他们对于《诗经》的研究虽缺乏系统性，而却能面对与这部文学经典相关的一切问题，包括《诗经》在中国文学史上的地位、意义、《诗经》的风格、时代以及"六义"等等，各自从不同的角度提出自己的见解来。能够言《诗》学家所不能言，为明代的《诗》学研究，作了必要的补充。胡应麟《诗薮》、郝敬《艺圃伧谈》、许学夷《诗源辨体》、邓云霄《冷邸小言》、谢肇淛《小草斋诗话》、冯复京《说诗补遗》等，即是其代表。

在《诗经》文学研究的高潮中，一些经学著作也明显地带上了文学评品的色彩。如姚舜牧《诗经疑问》，既名之曰"疑问"，自然是有关经义的，可其于《卷耳》却说："'怀人''怀'字极妙。'怀'者怀诸心而不能舍也，故下章曰'永怀'，曰'永伤'，又曰'云何吁'。'伤'深于'怀'，而'吁'又深于'伤'也，总本一'怀'字。"胡绍曾《诗经胡传》本也是广征博引的讲经之作，而其与诗之妙处也不免要欣赏一番，如云："（《草虫》）篇中沿情切字，不特章有浅深，亦且有呼应。草虫鸣，而阜螽跃，以起'忡忡'，故云'降'；蕨本拳挛，以起'惙惙'，故云'说'；薇本芒苦，以起'伤悲'，故云'夷'。然自'忡'而'惙'也，'惙'而恻然之'伤'也，无声之悲也，'降'而乃'说'，'说'故渐夷也，亦良工心独苦哉。"连板着面孔解经的郝敬，其于《诗经原解·燕燕篇》亦云："关山寥落，只影孤飞，凄然有流离之感。至曲终奏雅，未亡人之志，有如曒日，千古离情，此为绝唱。"陈鸿谟《诗经治乱始末合注疏抄》一书，从命名上看，显然是一部经学研究著作，然而他却以评点的方式，欣赏着诗的艺术。如于《采苓》总评云："各章上四句如春水池塘，笼烟浣月，汪汪有致。下四句乃如风起波生，龙惊鸟澜，莫可控御。细味其语气当自得。"于《园有桃》眉批云："他人于心之忧矣，我歌且谣，意无余矣，此却借不知我者转出一段光景，而结以'盖亦勿思'。有波澜，有顿挫，有含蓄，有吞吐。"《七月》总评云："各章纪月分有复有倒，有错现有详略，文法出没，有生龙活虎之势。非圣手不能。若史迁《项羽本纪》之叙分封，昌黎之传毛颖，皆学此而有意于铺设者也。"这种形势表明，《诗经》的文学研究思潮，已以绝对的优势，压倒了经学研究，改变了《诗经》学原初的经学方向，走上了更新的道路。

顾炎武说：明人经学荒陋不足取；顾颉刚说：以文学读《诗》由清人始。两位"一代宗师"的大学者一否定前者，一肯定后者，这样除《四库全书》所收录的明人九种《诗经》专著外 ①，大多数学人再也没有心思去翻找明人的其

---

①　按：《四库全书》中署为明人《诗》著者共十种，其中张次仲《待轩诗记》与朱朝瑛《读诗略记》实作于清，而署为元梁寅的《诗演义》则当归于明，据梁氏自序，其书成于明洪武十六年。

他《诗》学著作了。明人詹景凤在《詹氏小辨》中曾对世人的盲从有过一番感慨，他说："后世言论，大儒倡，小儒和；大儒是之，即不复审是中之非；大儒非之，即不复审非中之是。如师公旦，则礼出老子勿问矣；法宣尼，则言自阳货皆弃矣。"当然以顾炎武为代表的否定明代经学的一派，其说并非全无道理。明代、特别是明晚期，学术界确实存在着"空疏"、"浅陋"、抄袭、窜改古籍之弊，其风气说来也非常恶劣，但这并不能代表明代经学的全部。不管怎么说，明代是"《诗经》学"史上有着卓越贡献的一个时代，是自汉迄清的两千多年间，力争对《诗经》进行文学研究的一个时代。

关关雎鸠：中国文学中鸟类意象的历史考察 [①]

引　言

由中国第一部诗集《诗经》的第一篇《关雎》开始，鸟便成为中国文学中反复出现的意象，表达着诗人们的心灵世界。从《诗经》开场君子淑女聆听的第一声鸟叫，到当代歌星"我的爱情鸟飞走了"的悠悠歌声，难道其间没有意义上的联系？

从现存的文献资料看，鸟类意象起始于鸟类兴象，《诗经》两部最具权威性的著作 ——《毛诗传》与《诗集传》，在"关关雎鸠"一章之下，所标识的第一个字便是"兴"，这对于我们研究鸟类意象是至关重要的信息。本篇以讨论《关雎》鸟类起兴意象为中心，展开论述，以探索鸟类意象意义内涵在历史过程中的流变。

关于《诗经》的鸟类起兴意象，此前有两种权威性的意见。一是"触物起情说"，认为诗之起兴带有随意性，只起个开头的作用，并无别的奥义。此派以朱熹为代表，其后顾颉刚、钱锺书等先生，都对此说有所发挥。在《诗经·国风》中，言及鸟类者有 28 篇，言及兽类者有 30 篇。但据《毛传》与《郑笺》所标识，前者有 13 篇为兴体，而后者只有 5 篇兴体。据朱熹《诗集传》，鸟类起兴者有 16 篇，兽类起兴者也只有 5 篇。不少学者认为：诗的起兴只是"触物以起情"，并没有多少奥义。如胡寅《致李叔易书》载李仲蒙语云：

"触物以起情谓之兴。"① 这话并不算错，在中国诗歌中可以举出大量这样的例子来。但以之说《诗经》，就不够全面了。兽类在诗中出现频率高，作为诗歌兴象者理当也多，可反而不及鸟类的三分之一，这该作何解释呢？如果说诗中鸟类只是单纯的没有意义的自然物，诗人只是"触物以起情"，那么兽鸟一也，为何兽类兴象却大大地少于鸟类？显然这是无法做出合理解释的。当然我是不排除《国风》中有"触物以起情"的情况的，只是认为这种解释不够全面。我们只有深入到原始人类生活与原始神话意识的领域，才有可能对此做出较为满意的解答。

二是以闻一多、赵沛霖先生为代表的"图腾说"。闻一多先生曾怀疑鸟类兴象导源于图腾。赵沛霖先生的大著《兴的源起》②，曾列有《鸟类兴象的起源与鸟图腾崇拜》专节，认为《诗经》中以鸟类为兴象的诗歌，许多都与怀念祖先与父母有关，其源在于远古的鸟图腾崇拜，并详细地论述了鸟图腾崇拜的宗教观念及其被引入诗歌的过程。赵先生把诗歌兴象的研究深入到了原始宗教生活的领域，在学术界产生了积极的影响。故而随后出现了一些相近观点的文章。我认为赵沛霖先生的观点有相当的合理性。但就《国风》中朱熹认定的 16 篇与鸟类兴象有关的诗篇来看，只有赵先生举出的 3 篇与怀念祖先、父母略有关联。在《小雅》14 篇以鸟类为兴象的诗歌中，真正将鸟意象与怀念祖先、父母联系起来的也只有《四牡》、《沔水》、《小宛》3 篇。赵沛霖先生以为《小雅》中《伐木》、《黄鸟》、《鸿雁》、《小弁》、《绵蛮》也与怀念祖先父母有关。但仔细检讨一下，《伐木》云：

> 伐木丁丁，鸟鸣嘤嘤。出自幽谷，迁于乔木。
> 嘤其鸣矣，求其友声。矧伊人矣，不求友生。

显然这是"以鸟之求友喻人之不可无友"的。《鸿雁》云：

---

① 徐中玉主编：《意境·典型·比兴编》，中国社会科学出版社 1994 年版，第 22 页。
② 赵沛霖：《兴的源起》，中国社会科学出版社 1987 年版，第 12—24 页。

> 鸿雁于飞，肃肃其羽。之子于征，劬劳于野。
> 爰及矜人，哀此鳏寡。

此是以雁之远飞兴人之劳苦的。《小弁》云：

> 弁彼鸒斯，归飞提提。民莫不谷，我独于罹。
> 何辜于天，我罪伊何。心之忧矣，云如之何。

此是以鸦乌之归巢兴己之无家可归的。《绵蛮》云：

> 绵蛮黄鸟，止于丘阿。道之云远，我劳如何？

此是以黄鸟兴劳苦的。只有《黄鸟》云：

> 黄鸟黄鸟，无集于栩，无啄我黍。此邦之人，
> 不可与处。言旋言归，复我诸父。

但此与"硕鼠硕鼠，无食我黍"相同，是以农业咒语作起兴的。云南宣威惊蛰节清晨的"咒雀辞"就是很好的旁证①。因此在此篇中黄鸟与图腾或祖先未必有必然的关系。进一步而言，即使诗中有怀念父母祖先的内容，也未必就与图腾有关。《诗经》中，以草木起兴的诗歌，也有不少言及父母的。如：

> 陟彼北山，言采其杞。王事靡盬，忧我父母。　　（《小雅·杕杜》）
> 陟彼北山，言采其杞。偕偕士子，朝夕从事。王事靡盬，忧我父母。
> 　　　　　　　　　　　　　　　　　　　　　　　　（《小雅·北山》）
> 蓼蓼者莪，匪莪伊蒿。哀哀父母，生我劬劳。　　（《小雅·蓼莪》）
> 维桑与梓，必恭敬止。靡瞻匪父，靡依匪母。　　（《小雅·小弁》）

---

① 参见拙著《雅颂新考》，山西高校联合出版社 1996 年版，第 221 页。

我行其野，蔽芾其樗。婚姻之故，言就其居。尔不我畜，复我邦家。

（《小雅·我行其野》）

南山有台，北山有莱。乐只君子，民之父母。　（《小雅·南山有台》）

有杕之杜，其叶湑湑。独行踽踽。岂无他人，不如我同父。

（《唐风·杕杜》）

这与赵先生所举的以鸟类兴父母的诗歌，基本上是同样的情况。我们很难说它们与图腾有关。当然我们并不彻底排除"触物起情说"与"图腾说"，应该说情况是复杂的，各种可能都存在。闻一多先生曾经说过：读《诗经》有两种方法，一是带读者到作品的时代去，一是移作品到读者的时代来。从发生的角度看，《诗经》中鸟类起兴意象有其更主要、更深刻的意义，我们只有紧紧把握住那个时代，并深入到那个时代的人类精神生活与宗教意识领域，才有可能获得真正的诠解。

一、"关雎"的生物学诠解

这里我们首先需要对《关雎》篇题的意义做出解答。

大凡越是熟悉的东西，其所存在的问题就越容易被习惯吞噬。在习惯之中，误解也变成了合理性的存在而被人们所忽略、所接受。而且这种误解越是久远，就越容易合理化。《关雎》便是一例。黄承吉《梦陔堂诗集》卷二有一篇《读〈关雎〉寄焦里堂》诗，其云："参差复参差，窈窕复窈窕。欲得风人情，《关雎》何了了！"似乎一篇《关雎》的价值即可代表《诗经》的全部了！《关雎》确是一篇极负盛名而且极具艺术品格的爱情诗歌，然而人们对它的误解以及因缺乏原始生活的经验而形成的解说上的混乱也确实是惊人的。就连诗何以《关雎》为题？"关雎"二字具有何种意义？其所指为何物等这样简单的问题，两千多年来竟鲜有能明之者。今试辨之。

诗何以"关雎"为名？古今治诗者多以为它只不过随意撮首句二字以为篇题而已，并无实在的意义。如唐颜师古《匡谬正俗》卷八云："蔡南问：'关雎、尸鸠，于今何鸟？'董勋答曰：'旧说云：关雎白鷢，尸鸠鹖鴟。'未之审。按：关关，和声；雎鸠，王雎。《诗序》总撮句内二字以为篇名耳，不得即呼雎鸠为'关雎'也。譬犹'交交桑扈'，岂可便谓桑扈为'交桑'乎？'于嗟驺虞'，岂可谓'于驺'耶？问者混糅，答又不析，俱失之矣。"①清方以智《通雅》卷四十五亦云："诗本谓雎鸠之声关关，后人合'关雎'为篇名。"②此说代表了传统经师的认识。今之治《诗经》者，亦大多从此说，如新近出版的崔富章先生的《诗骚合璧》说："关雎为篇名，《诗经》每首诗一般取首句里的两个字或几字作篇名。"③钱杭先生的《诗经选》说："关雎，篇名。《诗经》每篇都用第一句里的几个字（一般用两个字）作为篇名。"④然而实是一个不小的误会。"关雎"确确实实是鸟名，它习见于古籍，非出于一人一时之误会。其证据有三：第一，关雎之名习见于古籍。《毛传》一曰："若关雎之有别也"，再曰："后妃有关雎之德"。显然都是作为鸟名而运用的。前一"关雎"一本作"雎鸠"，于是陈奂遂以为作关雎者误。但阮元校勘记则云："小字本同，闽本、明监本、毛本亦同，相台本'关雎'作'雎鸠'。案：'关雎'是也。下传云'有关雎之德'可证。相台本因《正义》云'若雎鸠之有别'，因改此传。考《正义》凡自为文，每不必尽与注相应，不当据改也。"⑤东汉张超《诮青衣赋》云："感彼关雎，德不双侣。"⑥《后汉书·皇后纪·光烈阴皇后》："既无关雎之德，而有吕霍之风。"⑦徐铉《草木图》云："关雎在河洲上为俦偶，未常移处。"⑧陆佃《埤雅》云："关雎和而挚，别而通，习水，又善捕鱼。"⑨如果说此处"关雎"皆为篇名，显然是讲不通的。

　　第二，关雎之名亦见于民俗之中。东汉彭城相缪宇墓前室西横额上刻鸟鱼

---

①　《万有文库》本，民国二十六年版，第112页。

②　方以智：《方以智全集》，上海古籍出版社1988年版，第1357页。

③　崔富章：《诗骚合璧》，浙江古籍出版社1995年版，第9页。

④　钱杭：《诗经选》，上海书店1993年版，第6页。

⑤　阮元校刻：《十三经注疏》，中华书局1980年影印本，第275页。

⑥　严可均编：《全上古三代秦汉三国六朝文》第一册，中华书局1958年版，第929页。

⑦　范晔：《后汉书》，中华书局1965年版，第409页。

⑧　方以智：《方以智全集》，上海古籍出版社1988年版，第1357页。

⑨　陆佃：《埤雅》卷7，《文渊阁四库全书》本，第222册，第115页。

图，题曰："关雎求鱼"①。宋王铚《默记》（中）云："李公弼字仲修，登科初，任大名府同县尉。因检验村落，见所谓鱼鹰者飞翔水际，问小吏，曰：'此关雎也。'因言：'此禽有异，每栖宿一巢中二室。'仲修令探取其巢，观之，皆一巢二室，盖雌雄各异居也……仲修且叹村落犹呼关雎，而和而别，则学者不复辨矣。"②由此可以证明，关雎之名并非文人雅士的杜撰，在民间本来就叫作关雎的。

第三，《诗经》篇题取名方式可以作进一步证明。凡以叠字起头的篇子，篇名或取前两字，或取后两字，所取一定是名词。若后两字为一名词者，绝对是以后两字为篇名。如：

关关雎鸠 ── 《关雎》

采采卷耳 ── 《卷耳》

采采芣苢 ── 《芣苢》

肃肃兔罝 ── 《兔罝》

喓喓草虫 ── 《草虫》

燕燕于飞 ── 《燕燕》

习习谷风 ── 《谷风》

孑孑干旄 ── 《干旄》

籊籊竹竿 ── 《竹竿》

青青子衿 ── 《子衿》

纠纠葛屦 ── 《葛屦》

坎坎伐檀 ── 《伐檀》

肃肃鸨羽 ── 《鸨羽》

交交黄鸟 ── 《黄鸟》

呦呦鹿鸣 ── 《鹿鸣》

皎皎白驹 ── 《白驹》

---

① 见赵国华：《生殖崇拜文化论》，中国社会科学出版社1990年版，第260页引。

② 王铚：《默记》，《文渊阁四库全书》，第1038册，334页。

秩秩斯干 —— 《斯干》

交交桑扈 —— 《桑扈》

若句中只有一字为名词者，则与一叠字组合以成篇名，但所取篇名一定要独立成意。如：

湛湛露斯 —— 《湛露》

蓼蓼者莪 —— 《蓼莪》

楚楚者茨 —— 《楚茨》

皇皇者华 —— 《皇华》

"湛露"，即浓露（《楚辞·九章·悲回风》："吸湛露之浮凉兮，漱凝霜之纷纷。"）。"蓼莪"、"楚茨"、"皇华"虽不曾见作为固定的词汇被人引用，但在语法上作为独立成意的词语是可以成立的。这就是说，《诗经》撮取篇名，是有选择、有意义上考虑的，并非任意撮取。诗之所以取"关雎"为题，就是因为"关雎"本身就是鸟名。

　　当然"关雎"的得名是与它"关关"的叫声有关的。"关关"二字，自从《毛传》释曰"和声也"之后，经学家们便把这当作了二鸟唱和的鸣声。就连颇多新见、释诗多异于毛氏的宋朝大儒朱熹，也不能脱其窠臼，而曰："关关，雌雄相应之和声也。"然而我们发现，《诗经》中形容鸟鸣之声多用叠字。如

黄鸟于飞，集于灌木，其鸣喈喈。　　（《周南·葛覃》）

雍雍雁鸣，旭日始旦。　　（《邶风·匏有苦叶》）

风雨凄凄，鸡鸣喈喈。　　（《郑风·风雨》）

交交黄鸟，止于棘。　　（《秦风·黄鸟》）

伐木丁丁，鸟鸣嘤嘤。　　（《小雅·伐木》）

鸿雁于飞，哀鸣嗷嗷。　　（《小雅·鸿雁》）

甚至形容其他动物的鸣声也是如此，如"喓喓草虫"、"呦呦鹿鸣"、"萧萧马

鸣"、"虫飞薨薨"等等。因而"关关"是鸟鸣声，但未必是雌雄和鸣声。而且
《诗经》中也找不到以鸟象征男女爱情的例子。日本著名的《诗经》研究专家
松本雅明先生就曾说过：就《诗经》来看，在所有的鸟的表现中，以鸟的匹偶
象征男女爱情的思维模式是不存在的 ①。刘孝绰《咏众姬争物》云："河鸟复关
关"，魏收《晦日泛舟应诏诗》："关关新鸟鸣"，鲍照《代悲哉行》："关关鸣
列鸟"，吴均《赠王桂阳别诗》："黄鸟当关关"，都是以"关关"摹鸟之鸣声
的。《秦风·黄鸟》说："交交黄鸟"，而吴均诗则说："黄鸟当关关"，是"关
关"与"交交"相同。《毛传》训"交交"为"小貌"，朱熹训为"飞而往来之
貌"，都是望文生义之论。其实"交交"就是"咬咬"。稽康《赠秀才从军诗》
即作"咬咬黄鸟"。《玉篇》："咬咬，鸟声也。"《文选·祢衡〈鹦鹉赋〉》："采
采丽容，咬咬好音。"李善注引《韵略》："咬咬，鸟鸣也。"② "关"与"交"都
是见母字，《邶风·凯风》："睍睆黄鸟，载好其音。"韩诗作"简简黄鸟"。"简
简"古在元部见母，与"关关"为双声叠韵，可知关关、交交、简简，乃是一
声之转。不过声虽相近，用字不同，意思就有可能有别。钱锺书先生说："象
物之声，而即若传物之意，达意正亦拟声，声意相宣（the sound an echo to the
sense），斯始难能见巧。"③ 这一点古人亦早窥破，如范王孙《诗志》卷之一
引《诗测》云："关之言通也贯也，'关关'者，彼此相关，是声中见意，未
必是相应之和声。"④ 陈奂《诗毛氏传疏》卷一亦云："关，古读如管，如'管
叔'《墨子》作'关叔'之比，与和双声得意。"⑤ "关关"之声，口型变化由小
到大，声音洪亮而清脆，听之有和乐之感，所以《毛传》才与"和声"联系起
来。而孔颖达伸之曰："声音和美。"虽然他仍是指雌雄相和而言，但"和美"
二字却下得很好，它表现出了一种欢快活泼的情感气氛。而"交交"则不同，
古在宵部，它的口型则是由大到小的变化着，故带几分哀嚎。《庄子·齐物
论》："咬者。"陆氏《释文》引司马彪云："声哀切咬咬然。"所以"关关雎鸠"

---

① 〔日〕松本雅明：《诗经诸篇的成立关する研究》，昭和三十三年版，第55页。
② 俞樾、郑鼎元皆以为"交交"为鸟声。详见俞氏《毛诗平议》（《群经平议》）及郑氏《读毛诗日
记》（《学古堂日记》本）。
③ 钱锺书：《管锥编》第1册，中华书局1979年版，第116页。
④ 范王孙：《诗志》，明刊本，第1册第3页。
⑤ 陈奂：《诗毛氏传疏》，中国书店1984年版，第3页。

所起兴的是乐事，而"交交黄鸟"则起兴的是哀事。颜师古虽然极力驳"关雎"为鸟名之说，并举了"交交桑扈"的例子。但"交交桑扈"无人因之而叫"交桑"，"关关雎鸠"却曰"关雎"，正好证明"关雎"为鸟名，而"交桑"非鸟名了。

可疑的是"雎鸠"本身就是一个名词，为何不以之命篇名？我认为其间最主要的原因在于雎鸠乃是出现于图腾中的名字，在古代对鸟的指称中并不常见，故《毛传》特注一笔云："雎鸠，王雎也。"依《毛传》通例，通常所熟悉的名物，一般不加注。如"维鹊有巢"之鹊，"谁谓雀无角"之雀，"雄雉于飞"之雄雉等，皆无注。对于不常言及的名物，则是以通俗之名明之。如云："黄鸟，搏黍也。""仓庚，离黄也"等。"雎鸠"一名即属此类。古代冠以鸠名的鸟很多，《左传》中提到"五鸠"（祝鸠、雎鸠、尸鸠、爽鸠、鹘鸠），其实何止这个数？像糠鸠、役鸠、锦鸠、斑鸠、绿鸠、来鸠、鸣鸠、桑鸠、学鸠、浮鸠、楚鸠、鹁鸠等等一大堆名字，其间到底是什么关系？同物异名、同名异指，要想分得一清二楚是很难的。以鸠名的鸟中，有凶猛的鹰、鹗，也有温柔的斑鸠。《礼记·月令》有"鹰化为鸠"之说，这到底是怎么回事，今也不太清楚。至于其何以都名鸠？雎本已是很具体的鸟名了（见《说文》），缀加一个"鸠"字，是什么意义呢？笔者认为这与图腾有关。《左传·昭公十七年》记少昊立国，他手下的官吏即是一大群鸟，如凤鸟氏为历正，玄鸟氏为司分，伯赵氏为司至，祝鸠氏为司徒，爽鸠氏为司寇，鹘鸠氏为司事，而雎鸠氏则是一掌管法制的司马官。所谓"雎鸠氏"，显然是指以雎鸠鸟作图腾的氏族首领。"氏"字即指首领，罗香林有《释氏》一文曾言及此。其云："中土传疑时代，各族首领与部落，多称氏者。"[①] 雎鸠一名，在先秦古籍中除了《左传》作为图腾名称出现以外，目前发现的也只有《诗经》的《关雎》一篇。后世则多出现于与解"经"有关的语境中。这暗暗透露出了一种信息：雎鸠为图腾鸟之名称。其所以加"鸠"字，当与"鸠"鸟胞族有关。象鹘鸠、爽鸠之类恐怕都属于同一种情况。《左传》所谓的"五鸠"，当是鸠鸟胞族中的五个氏族，他们都以鸠名，表示他们出于同一个母氏族，犹如后世兄弟命名多以字相从一样。

---

① 　罗香林：《释氏》，《东方杂志》第 42 卷，第 19 号。

否则我们不好解释为什么不同种类的鸟却要冠以相类同的名字，其名为"鸠"，与现在生物学上所谓的鸠鸽类又大不相牟。根据人类学家们的考察，在原始人的同一个胞族中，其氏族类别往往相去甚远，如美洲易洛魁人卡尤加部有两个胞族，第一胞族的氏族是熊氏、狼氏、龟氏、鹬氏、鳗氏；第二胞族的氏族是鹿氏、海狸氏、鹰氏。鄂农达加部也有两胞族，第一胞族是狼氏、龟氏、鹬氏、海狸氏、球氏。第二胞族是鹿氏、鳗氏、熊氏。[①] 这种情况正与"五鸠"的复杂性相似。这一点我们可以从《山海经》中找到旁证。《大荒东经》云：

> 有芅国，黍食，使四鸟：虎豹熊罴。
>
> 有中容之国。帝俊生中容，中容人食兽、木实，使四鸟：豹、虎、熊、罴。
>
> 有司幽之国。帝俊生晏龙，晏龙生司幽，司幽生思士，不妻；思女，不夫。食黍，是使四鸟。
>
> 有白民之国。帝俊一帝鸿，帝鸿生白民，白民销姓，黍食，使四鸟：虎、豹、熊、罴。
>
> 有黑齿之国。帝俊生黑齿，姜姓，黍食，使四鸟。

明明是四兽，而却谓之"四鸟"。郝懿行的解释是："经言皆兽，而云使鸟者，鸟兽通名耳。"袁珂先生则云："帝俊之裔之有'使豹虎熊罴'能力者，盖出于《书·舜典》所记益与朱、虎、熊、罴争神神话……益（即燕——笔者注）与豹、虎、熊、罴四兽争神而四兽不胜，终臣于益，《舜典》'帝曰"往哉汝谐"'之实质盖指此也。四兽既臣于益，故益之子孙为国于下方者，乃均得有役使四兽之能力。"[②] 其实如用图腾制解之，疑团便可冰释。所谓中容、司幽、白民等，皆当为部落名。这些部落都是帝俊之后，是以鸟为图腾的。每个部落中都有虎、豹、熊、罴四个氏族。因为这些氏族都出于鸟图腾，他们虽有各自的图腾，但都是鸟族的后裔，故而总谓之曰"四鸟"。在现代人看来，这是极不合情理的，

---

① 〔美〕摩尔根：《古代社会》上册，杨东莼等译，商务印书馆1995年版，第89页。

② 袁珂：《山海经校注》，上海古籍出版社1980年版，第344页。

但对原始人来说，这则不成为问题，因为一个事物的形状比起它的本质来是微不足道的。崔载阳在《初民心理与各种社会制度之起源》一书中就曾指出："在野人心目中，一物之本质比起一物之形状远为有意义。我们总以一树只不过树枝、树干、树根、树叶之总体，然在 Laritj 族，在那图腾先祖死的地方而生的树，就是这些图腾先祖。虽是树，其实先祖。一如在别的地方，外表虽是顽石，其实亦是先祖之遗体，亦是先祖。"[①]《左传》所谓的"五雉"、"九扈"，大概也是如此。少昊氏能驱动五鸠、五雉、九扈，则当是一部落联盟首领了。也就是说，雎鸠是图腾鸟，对自然界的雎鸟而言，这鸠字完全可以不要。而"关雎"则不然，它的意义要明确得多，它是将鸟的鸣声与鸟的名字相结合而呼鸟的。这样的例子，在生活中并不少见。如鸽，又叫鹁鸽；燕，又叫乙鸟。李时珍说："鹁者，其声也。""乙者，其鸣自呼也。"[②]《诗经》的编者已不大明白雎鸠与图腾的关系了故篇名不名《雎鸠》而名《关雎》，原因或在于此。

那么"关雎"——即雎鸠所指为何种鸟的呢？《毛传》说："雎鸠，王雎也，鸟挚而有别。"《尔雅·释鸟》亦云："雎鸠，王雎。"后之学者多据此二家之说，而却生出了许多歧义。仅笔者所见，就有十三种意见。

（一）鱼鹰（鹗）说。郭璞《尔雅》注云："雕类，今江东呼之为鹗，好在江渚山边食鱼。"托名师旷的《禽经》云："王雎，雎鸠，鱼鹰也。"[③]《本草纲目》云："鹗状可愕，故谓之鹗。其视雎健，故谓之雎。能入穴取食，故谓之下窟鸟。翱翔水上，扇鱼令出，故曰沸波。"又云："鹗，雕类也。似鹰而土黄色，深目好峙。雌雄相得，挚而有别，交则双翔，别则异处。能翱翔水上捕鱼食，江表人呼为鱼鹰。"[④] 按：宋人王铚、丘光庭及清毛奇龄、邵晋涵、焦循、马瑞辰、王先谦等皆主此说。此说亦最得之。

（二）《禽经》又云："王雎亦曰白鹭。"按：鹭即鸥，白鹭即白鸥。但未曾见于他书，不敢遽信。

（三）鹜说。孔颖达《毛诗正义》引陆玑《毛诗草木鸟兽虫鱼疏》云："雎

---

①　崔载明：《初民心理与各种社会制度之起源》，台版中山大学民俗丛书第1册，第36页。

②　李时珍：《本草纲目》48卷，人民卫生出版社1982年版，第2624、2633页。

③　郭璞：《尔雅注》，中国书店1990年版，第879页。

④　李时珍：《本草纲目》，第2674页。

鸠大小如鸥，深目，目上骨露。幽州人谓之鹫。"①按：鹫即雕，见《广雅·释鸟》。此当因鹗、雕皆为猛禽类而误。

（四）白鹰说。《说文》云："鹰，白鹰，王雎也。"陆玑《诗疏》云："扬雄、许慎皆曰白鹰，似鹰，尾上白。"按：白鹰即白鹞子，郝懿行《尔雅义疏》已言之。宋丘光庭《兼明书》云："颜氏《匡谬》云：雎鸠，白鹰。明曰：按《左传》云：雎鸠氏司马也，《尔雅》云：雎鸠王雎。郭璞注曰：今江东呼之为鹗，毛苌云：雎鸠挚而有别。然则雎鸠之为鹗，不可易也。《尔雅》又：'扬鸟白鹰'，是白鹰一名扬鸟，则雎鸠非白鹰明矣。"②

（五）苍鹦说。《风土记》云："说诗义者，或说雎鸠为白。白鹰鹦属，于义无取。苍鹦大如白鹰而苍，其鸣夏夏和顺，又游于水而息于洲，常只不双。"③按：此说纯由《诗》"河洲"二字与《毛传》"挚而有别"猜度而成，没有任何根据，自然不可为凭。

（六）凫类说。郑樵《通志》卷七十六云："雎鸠，《尔雅》曰王雎，凫类，多在水边。尾有一点白。故扬雄云白鹰。旧说雕类，误矣。"④朱熹《诗集传》承此说而云："雎鸠，水鸟，一名王雎，状类凫鹥，今江淮间有之。生有定匹而不相乱，偶常并游而不相狎，故《毛传》以为挚而有别，《列女传》以为未尝见其乖居而匹处者，盖其性然也。"⑤按：其所指为何鸟，今何名，全不清楚，显属想象，曲就《抟传》"挚而有别"之意。

（七）杜鹃说。李时珍《本草纲目》于《鹗》一则下云："（雎鸠）黄氏以为杜鹃。"方以智《通雅》引钱文子《诗诂》云："王雎，杜鹃也。杜诗曰：'百鸟饲其子，乃知有君臣。'故谓王雎。秋，鸠化为鹰，故在河洲。"按：此说亦无根据，乃望文生义之训。不可从。

（八）布谷说。见方以智《通雅》引郝氏说。按：李时珍曾云杜预以王雎为尸鸠（布谷），不知何据。

① 阮元校刻：《十三经注疏》，中华书局 1980 年影印本，第 273 页。
② 《说郛三种》第 3 册，上海古籍出版社 1988 年版，第 273 页。
③ 李昉等编：《太平御览》卷 926，中华书局 1962 年影印本，第 4117 页。
④ 郑樵：《通志》，浙江古籍出版社 1988 年版，第 882 页。
⑤ 朱熹：《诗集传》，中华书局 1958 年版，第 1 页。

（九）属玉说。方以智《通雅》云："雎鸠，鹜鶄之类，非鹗也……近代冯元敏云：'状如鸳鸯。'然则雎鸠其属玉乎？藏器曰：'属玉如鸭，长项赤目，毛紫绀色。'他经传未常引之，时珍以属玉为鸑鷟，鸑鷟类凤，岂此乎？《荆楚记》云：'鸯名节木鸟。'罗氏曰：'杏黄色，头戴白长毛，尾翅黑者鸳也。五采缨者，漷鷟也。'……智按：《尔雅》'雎鸠，王雎'，王者玉也，其属玉乎？据《尔雅》'王雎'矣，又据别条'白鹢'耶？皆因毛臆而许附之，郭陆附之，故疑至今。"[1] 牟庭《诗切》同方氏说，以为《左传》雎鸠为雎之本字，《尔雅》之雎鸠为属之假音[2]。按：此纯由"雌雄相应"之说而猜度之。因鸳鸯为匹鸟，而朱子又云雎鸠"生有定匹"，故遂将雎鸠之名，附会于鸳鸯类的属玉。但"雎"古为鱼部清母字，"属"为屋部禅母字，声、韵皆非同部，方、牟二氏也未能举出二字相通的证据来，故其说是没有说服力的。

（十）鸠类说。闻一多云："鸠之为鸟，性至谨悫，而尤笃于伉俪之情，说者谓其一或死，其一亦即忧思不食，憔悴而死。封建社会所加于妇女之道德责任，莫要于专贞，故《国风》四言鸠，皆以喻女子。雎鸠即称鸠，又为女子之象征，则必与鳲鸠、鹘鸠同类。乃自来说雎鸠者，咸以为鹰鸷雕鸮之类，此盖因《左传》昭十七年'雎鸠氏司马也'而误。不知《诗》之雎鸠，与《左传》之雎鸠，名虽同物而实异指。旧传鹰与鸠转相嬗化（见《月令》、《王制》、《吕览》、《夏小正》），《左传》五鸠之雎鸠司马，爽鸠司冠，皆神话中与鹰相化之鸠。《诗》之雎鸠，乃真生物界之雎鸠也。学者不察，混而为一谈，过矣。"[3]按：闻氏说一是受"雌雄相应"说的影响，先设定其为笃于伉俪之情，这自然不是科学的态度。二是由鸠字推论，以《国风》四言鸠皆喻女性，而这一归纳本身就是成问题的。因为《鳲鸠》与《关雎》两篇，都未必是以鸠喻女子。三是以汉后之贞操观说《诗》，亦大乖于周代礼俗。

（十一）大雁说。这是骆宾基先生《〈诗经·关雎〉首章新解》一文的"创见"。他的理由主要有两条，一是："关关"是扁嘴如鸭的鸣叫声，不是雕类猛禽的声音。这叫声与大雁的叫声是相合的。二是：大雁是"情挚"的水禽。公

---

[1]　上引两条及此，皆见《方以智全集》，上海古籍出版社 1988 年版，第 1356 页。
[2]　牟庭：《诗切》，齐鲁书社 1983 年版，第 6 页。
[3]　见《闻一多全集》第 2 卷，生活·读书·新知三联书店 1982 年版，第 106 页。

雁失去母雁，或母雁失去公雁，都某愿沦为雁奴，不再找配偶。他曾举了亲眼所见的两只雁，一只发现自己的配偶被关在铁网里后，拼死相救、死不分离，最后双双殉情的情景[①]。按：骆氏的意见，曾为当代一些学者所赞许[②]。但古籍中写到雁鸣的甚多，多言其声"雍雍"、"嗷嗷"，如《邶风·匏有苦叶》："雍雍雁鸣，旭日始旦。"《小雅·鸿雁》："鸿雁于飞，哀鸣嗷嗷。"宋玉《九辩》："雁嗈嗈而南游"，陆游《秋晓》诗："嗈嗈天际雁初度"，未曾见有以"关关"形容者。此其一。其二，以"关关"为扁嘴如鸭者之鸣声，而否定其他，也是站不住脚的。因为黄鸟亦非扁嘴鸭类，为何韩诗可用"简简"（古音与关关相近）、吴均可用"关关"摹其声呢？其三，显然骆氏像其他各家一样，也是顺着古人雎鸠雌雄情笃之说，在自然界寻找更合适的解答的。一旦我们否定了以"雌雄情挚"喻"男女相爱"这一思维定势，这一理论自然也就站不住脚了。

（十二）雄鸟说。傅道彬先生说："雎鸠即雄鸠。雎字从且隹，隹为古鸟字，且为男根之象，引申为一切雄性动物。人之雄性为祖，马之雄性为驵，鸟之雄性为雎，整首诗是以雄鸟之求偶关关而鸣而引起男子思淑女之联想，从这'雎'字破译中可以看出《关雎》男婚之义甚明。"[③]按：傅先生显然是受到了郭沫若先生释"且"为男性生殖器的启发。据甲骨文及金文，"且"虽是像男根之形，但其形粗大，与另一作为雄性符号的"士"（⊥）有明显的区别。在甲骨文中看得非明显，于表示动物的字符如牛、豕、鹿、羊等旁加"士"，即表示其所指为雄性，而"且"则无此功能。显然"且"是一个男根的粗大模型，是专为祭祀而设立的，因此后来加了表示祭祀的符号"示"而成为"祖"，它并不能像"士"一样，代指活生生的生命。故甲骨文中凡称"且"者，皆指已故之先人。因其为物粗笨壮大，所以一些从"且"的字有了粗笨壮大的意思。如粗，《玉篇》："麤大也。"怚，《集韵》："心不精也。"心不精即粗心。伹，《说文》："拙也。从人，且声。"《广韵·鱼部》："伹，拙人。"就以傅先生特以举出的"驵"字来说，《说文》的解释是："壮马也，从马且声。"有本

---

①　骆宾基：《诗经新解与古史新论》，山西人民出版社 1984 年版，第 35 页。

②　叶舒宪：《诗经的文化阐释》，湖北人民出版社 1994 年版，第 355 页。

③　傅道彬：《晚唐钟声》，东方出版中心 1996 年版，第 24 页。

作"牡马"者，段玉裁注说："牡，各本作牡，今正。李善《文选》注引皆作牡。戴仲达引唐本《说文》作'奘马也。'皆可证。此犹牙下牡齿讹牡齿耳。《士部》曰：牡者，大也。《介部》：奘者，驵大也。《释言》曰：奘，驵也。郭云：今江东呼为大驵而犹麤也。"显然把驵解释成雄性之马是不合适的。以此推论，解"雎"为雄性之鸟，自然也站不住脚。如果一定要从声兼意的角度来考虑"雎"字，恐怕释为大鸟更合适一些。雎又叫王雎，"王"也是大的意思，这是为进一步明其为大鸟而加的。《汉书·邹阳传》孟康注："鹗，大雕也。"也冠以大字。这可从侧面证明"雎"含有大鸟之意，而非雄鸟之意。

（十三）雎水之鸠说。鄢维新《〈关雎〉本义与楚地婚俗》认为，《关雎》产生于古雎水地方，湖北江陵境内有地名叫关沮，疑为《关雎》之遗痕。"'雎鸠'一词似应得名于雎水，而不是雎水得名于雎鸠。"[①] 按：此说颇新，惜欠证据。

以上十三家中，真正明了雎鸠为何物的还是第一说。毛氏"雎鸠，王雎"之训，可谓确诂。郭璞以为即鹗，《禽经》以为鱼鹰，皆为的论。李时珍的解释更为明晰。今之生物学家，对这种鸟进行过多方科学的观察和研究。《中国大百科全书·生物学》卷云：

> 鹗（Pandion haliaetus osprey）隼形目鹗科鹗属仅有的一种。又名鱼鹰。除南美洲和南极洲外，分布遍于全世界。
>
> 雄鸟和雌鸟相似，体长约五百毫米。头顶和项后羽毛白色，有暗褐色纵纹。头后羽延长成为矛状。上体和两翅的表面均暗褐色，名羽都具棕色狭端，尾羽淡褐色。下体除胸部有棕有棕褐色斑点外，其余均为白色……常见于江河、湖沼、海滨或开阔地；在热带经常栖息于岩石海岸、珊瑚礁或红树林沼泽。一般在高空回翔或在水面低飞窥伺鱼类，偶尔潜入水中。飞翔时，鼓翼与滑翔交替进行，一旦见到鱼类，便俯冲到水面，用脚抓鱼而去。雌雄交配时，常成对在水面上追逐或在空中翱翔。[②]

---

① 方培元主编：《楚俗研究》，湖北美术出版社 1993 年版，第 290 页。
② 《生物学》卷 3 第一册，第 308 页。

《辽宁动物志》（鸟类）对鹗的说明是：

> 常见于江河、湖沼及海岸一带。有时高空飞翔，有时临近水面低空飞行，伺机猎取水中的鱼类，有停落在岩壁和乔木枝上啀停落在沙岸和近水的枯木上，静候猎物。几乎专以鱼类为食，间或捕食蛙、啮齿动物及鸟类。每年 5 月间来到辽宁西部朝阳，九、十月间离去，而且数量并不稀少，单只或成对活动。①

《浙江动物志》（鸟类）说：

> 据 1986 年 2 月下旬在温岭湖温水库观察，此鸟单独生活，栖于水库中一座有疏林及灌草丛生的孤岛（面积约两千平方米）上。昼间常在水库上空低翔窥伺游鱼，时而栖止于临水巨岩上静俟饵物。见有鱼，即折合双翅迅速直下猎取，凭钩曲的锐爪及遍生角质小刺的趾底牢牢擒住猎物，一跃而起。性机警而凶猛，不甚畏人。以捕食鱼类为主，兼食部分蛙、蜥蜴及啮齿类等动物性食物。②

《北京鸟类志》说：

> **别名**　鱼鹰　雎鸠　海鹘
> **生态**　鹗在北京地区为旅鸟，它完全生活于水域附近。沿江河湖泊和海岸、沼泽草地或水塘，是鹗类猛禽栖息与捕食地带。它通常回翔于水域上空，窥伺着水面游鱼动静，偶尔发现猎物，折合双翅，迅速直扑猎物，并能突袭潜入水中追捕游鱼，以它强壮而锐利钩爪、趾底的速突牢牢地捉住猎物，一跃而飞出水面，携带猎物飞到水域附近高大树干上或岩石、土丘的顶端，用钩嘴和锐爪撕裂猎物，而后吞食。每年春初 3～4 月间，鹗

---

① 季大明等：《辽宁动态志》，辽宁科学技术出版社 1989 年版，第 120 页。
② 黄美华等：《浙江动态志》，浙江科学技术出版社 1990 年版，第 117 页。

3～5只结群，沿着河流水域北返繁殖区。……亦见到它追捕水域附近小型水禽如鸊鹈类、鸻类等为食物。[1]

许维枢《中国猛禽》说：

> （鹗）栖息于水域附近，常在江河、湖泊、水库和海滨、沼泽一带活动；为水域猛禽。常在空中翱翔，或大树和水中木桩上静立停息，有时在空中定点振翅，俯冲水中捕食鱼类；捕鱼时双脚一只前，一只后抓住鱼背，使鱼的头向前尾向后，把鱼带走。性机警，不甚畏人。[2]

从现代生物学家的解说及关于鹗的插图中，我们不难看出：第一，雎鸠是一种非常凶猛的鸟，主要以鱼为食物，兼食其他小型鸟类及蛙之类动物。第二，一般单独生活，交配期成对活动。由此看来，用鹗鸟的和鸣，象征温柔的爱情，不管怎么说都是不伦不类的。后学者之所以要用布谷、杜鹃、鸳鸯、大雁等之类代替鱼鹰，原因正在于此。有些严谨的学者则干脆阙疑，曰："未详何鸟。"[3] 现在我们既已考定雎鸠即鹗，亦即鱼鹰，自然也就否定了加于其上的种种捕风捉影之谈。

无论是以"关关"为和鸣声，还是将雎鸠认作鸳鸯之类的匹偶鸟，其根源都在于一个根深蒂固的观念。汉代经学家们一直认为《关雎》是一首有政治意义的诗作。《毛传》云："关关，和声也；雎鸠，王雎也。鸟挚而有别。水中可居者曰洲。后妃说乐君子之德，无不和谐，又不淫其色，慎固幽深，若关雎之有别焉。然后可以风化天下。夫妇有别则父子亲，父子亲则君臣敬，君臣敬则朝廷正，朝廷正则王化成。"显然毛氏不是解诗，而是在解经，是要把它与政治比合的。三家解诗，虽各有不同，可是在以雎鸠喻夫妇这一点上却是相同的。然而自然界的雎鸠，却大多时是只而不双的，即《列女传》所说："未尝见其乘居而匹处者。"所谓"乘居"、"匹处"，就是成对成双的居处。后世习以

---

[1]　蔡其侃：《北京鸟类志》，北京出版社 1987 年版，第 136 页。
[2]　许维枢：《中国猛禽》，中国林业出版社 1995 年版，第 84 页。
[3]　余冠英：《诗经选》，人民文学出版社 1957 年版，第 3 页。

鸳鸯、白鹄（天鹅）、燕子等喻夫妻，就是因为它们是"乘居"、"匹处"之鸟，易使人们联想到人间的对对情侣。而关雎却不"乘居"、"匹处"，它们是独来独往的猛禽，与人间恩爱夫妻极不相类，这一点看来汉代经师是极为清楚的，故郑玄用"情义至然而有别"来曲解。"别"自然是眼睛可见的，但"情义至"又从何得知呢？显然他们是先设定其为"夫妻"之喻，而才曲成其说的。而后世治诗者又拘于"夫妻之喻"的成见，一方面否定毛氏及汉儒"后妃""君子"之说，一方面又从自然界寻找更益于表达夫妻之情的鸟类来替代王雎的角色。

　　但是，如果我们将《诗经》中所有写到鸟的诗作检查一下，便会发现，以鸟象征夫妇的诗作，根本就不存在。《诗经》写到鸟以声求其的只有三篇，即《匏有苦叶》（雉鸣求其牡）、《伐木》（嘤其鸣矣，求其友声）、《小弁》（雉之朝雊，尚求其雌）。但正如松本雅明所指出的，《伐木》未有说明具体指何鸟，而且所求的是友，不是雌或者雄。而提到雌雄的只有雉[①]。但《匏有苦叶》、《小弁》言雉之求牡、求雌，表现的纯是动物性的本能，是与性焦虑相关联的，并不存在道德性的问题。而以鸟喻夫妇则是将动物人格化的一种手段，是与人类社会的道德规范相联系的。这二者之间存在着很大的差异，不可混为一谈。《小雅·鸳鸯》篇，有人以为是贵族举行婚礼的颂歌，鸳鸯是匹偶鸟，有喻夫妻之意。但诗篇却云：

　　　　鸳鸯于飞，毕之罗之。君子万年，福禄宜之。

此与汉乐府《鼓吹曲辞》中的《临高台》颇相似：

　　　　黄鹄高飞离哉翻，关弓射鹄，令我主寿万年。收中吾。

雎鸠求鱼图

显然"毕罗鸳鸯"与"射鹄"属同一性质。至于为何将猎鸟与福寿联系起来，今不得其详，但鸳鸯非喻夫

---

　　① 〔日〕松本雅明：《诗经诸篇の成立に关する研究》，第59页。松本雅明亦否定关雎雌雄情至之说。

妇则是可以肯定的。另外在《诗经》同时代的其他典籍中，我们也不曾发现这种观念。《周易·中孚》有："鸣鹤在阴，其子和之。"相唱和的是母子，也非夫妻。

如果我们将此放到上古时代的文化背景下进行考察，将会得出如下的结论：《关雎》乃是以雎鸠的求鱼以象征男子求爱的。这从大量的文物资料与民俗资料中都可以得到证明。在汉画中我们就曾见有雎鸠求鱼图，仰韶文化中的鹳鱼石斧图、鸟衔鱼图，西周青铜器上的鸟鱼纹，秦汉瓦当、汉画砖、明清明刺绣、民间剪纸中的鸟啄鱼、鸡衔鱼纹，都可以看出其作为美满事物的象征意义。赵国华先生在《生殖崇拜文化论》中，关于鸟鱼与男女爱情之间的意义联系，言之甚详[1]。闻一多先生也曾论及《诗经》中食鱼之鸟与男女求爱的关系，可惜在《关雎》篇的解释中他却忽略了这一点[2]。

不过，我们这里所说的象征，与《诗经》中大量以鸟起兴的诗篇的象征一样，只是这一意象的表层意义。欲探其真谛，还必须深入到先民宗教观念形态的层面上去。

二、"关雎"意象与上古鸟占巫术

（一）上古载记中的鸟

《诗经》的时代，在人们的观念中，鸟是携带着何种意义而出现的呢？这一点对认识《关雎》中鸟意象的意义至为重要，因此我们有必要对《关雎》之前及与其时代相当或相近的文献中出现的有关鸟类的记载（当然是具有文化意义的记载，与艺术或人类精神生活无关者自不在其列）作一考察。在《国风》之前，我们依据的资料主要是甲骨文，与《国风》时代相当或相近的资料主要有《尚书》、《周易》、《春秋》、《左传》、《国语》及《逸周书》。这几部书都产生于战国前，其所记也都是春秋及其以前的历史，基本上能够反映《诗经》时

---

① 赵国华：《生殖崇拜文化论》，中国社会科学出版社 1990 年版，第 259 页。
② 闻一多：《闻一多全集》第 1 卷，第 117 页。

代人的观念与信仰。

1．甲骨文中的鸟

甲骨中有关鸟的记载并不算少，有相当多是作为猎物出现的。带有神秘意义的有以下几条：

　　□庚申，亦中□鸣雉……□围羌戎　　　　　（合36）

　　…之日夕，中鸣雉　　　　　　　　　　　（海1.1）

　　鸣雉　　　　　　　　　　　　　　　　　（京2859）

　　…于帝史凤，二犬　　　　　　　　　　　（遗953）

前三条都是关于"鸣雉"的。这应当是对非正常现象的记述，否则是不会特书一笔的。至于雉鸣其意何在，因记载过于简略，我们不好遽定。但可以肯定，其中蕴有原始的宗教意识。李学勤先生以为此是以雉非时而鸣为灾异的[①]，若此，则自是中国历史上最早的以鸟类活动为吉凶朕兆的记载了。最后一则是关于祭凤鸟的，意当是说用两只犬祭祀上帝的使臣凤鸟。以鸟为帝或神的使者或臣仆的观念，频见于神话之中。此一问题姑俟后再论。

2.《尚书》中的鸟

《尚书》中除鸟兽并提者外[②]，鸟以特殊意义而出现者约有四处：

（1）《皋陶谟》云："箫韶九成，凤凰来仪。"此是说禹行舜之德，兴舜九韶之乐，有凤凰来翔。古人认为凤鸟出现是天下太平的吉兆。相传黄帝时，"有凤鸟集"，"或鸣于庭"；少昊登位，"有凤鸟之瑞"；帝喾王天下，"凤凰鼓翼而舞"；帝尧时，"凤凰在庭"；帝舜时，"凤凰巢于庭"[③]。

（2）《高宗肜日》言：武丁祭成汤的第二天，有雉鸟飞落鼎耳而鸣。祖己借此对武丁进行了一番训导。据《尚书大传》说："武丁祭成汤，有雉飞鼎耳而雊。问诸祖己，曰：雉者野鸟也，不当升鼎。今升鼎者欲为用也。远方有将朝者乎？"《史记·殷本纪》说："帝武丁祭成汤，明日，有飞雉登鼎耳而呴，

---

① 李学勤：《古文献丛论》，上海远东出版社1996年版，第214页。

② 阮元校刻：《十三经注疏》，中华书局1980年影印本。

③ 见《宋书·符瑞志上》上海古籍出版社，《二十五史》本第三册，第92页。

武丁惧。祖己乃训王曰……"孔颖达《尚书正义》说:"高宗祭其太祖成汤,于肜祭之日,有飞雉来升祭之鼎耳而雊鸣。其臣祖己以为王有失德而致此祥,遂以道义训王。"各家虽解释不同,但有一点却是一致的,都认为雉鸟飞落鼎耳,有神秘的意义,它是某一事件的朕兆。

(3)《牧誓》篇引古人言云:"牝鸡无晨,牝鸡之晨,惟家之索。"这是说:如果母鸡打鸣,就会出现家破人亡的情况。

(4)《君奭》记周公云:"耇造德不降,我则鸣鸟不闻,矧曰其有能格。"伪孔传解"鸣鸟不闻"为"鸣凤不得闻"。孔颖达疏云:"政无所成,祥瑞不至。我周家则鸣凤不得闻。则凤是难闻之鸟,必为灵瑞之物,故以鸣鸟为鸣凤。"这也是以凤的出现为吉祥之兆的。

这四则材料有一个共同点,都是把鸟类作为一种预言载体或事物的朕兆来对待的。

3.《周易》中的鸟

《周易》中提及鸟类的约有5处[1]:

> 《明夷》:明夷于飞,垂其翼。君子于行,三日不食。
>
> (按:此卦爻辞下几则也言及明夷。明夷及鸣雉)
>
> 《渐》:鸿渐于陆,夫征不复,妇孕不育。
>
> (按:此卦爻辞尚有"渐于木"、"渐于陵"数则)
>
> 《旅》:鸟焚其巢,旅人先笑后号啕,丧羊于易,凶。
>
> 《中孚》:鸣鹤在阴,其子和之。我有好爵,吾与尔靡之。
>
> 《小过》:飞鸟遗之音,不宜上,宜下,大吉。

"六经"中唯《易》最近于《诗》。傅道彬先生的《〈诗〉外诗论笺》大著中,有《〈易〉诗之部》专节[2];黄玉顺先生有《易经古歌考释》一书[3],都是专论《易》中之诗的。唯其与诗相近,因而比兴之义也最明。同时因为《周

---

① 阮元校刻:《十三经注疏》。
② 傅道彬:《〈诗〉外诗论笺》,黑龙江教育出版社1993年版。
③ 黄玉顺:《易经古歌考释》,巴蜀书社1995年版。

易》本是占卜之书，因此其中也透露出了一股神秘的气息。关于《小过》一则"不宜上宜下"，王弼注云："飞鸟遗其音，声哀以求处，上愈无所适，下则得安。愈上则愈穷，莫若飞鸟也。"[1] 这是以飞鸟为喻的。而朱熹《周易本义》则云："卦体内实外虚，如鸟之飞，其音下而不上，故能致飞鸟遗音之应。"[2]《朱子语类》卷七十三云："'飞鸟遗之音'，《本义》谓'致飞遗鸟音之应'，如何？曰：看这象似有羽虫之孽之意，如贾谊'鵩鸟'之类。"[3] 似乎以飞鸟遗音，为某一事物的预兆，这恐怕是有一定道理的。这一则当是古代鸟占之语，古人据鸟之飞行或鸣声以断吉凶，故有"宜""不宜"之语。《旅》"鸟焚其巢"，旧解"焚"如字，帛书《周易》作："乌梦其巢"，《左隐四年传释文》："梦，扶云反，乱也。"梦声义并受于分，《列子·黄帝》张堪注："分，犹散也。"是梦有散乱之意。"乌梦其巢"当是说乌自散（即毁）其巢，这是一种不祥之兆，故曰"凶"。其余三则颇类比兴，当与《诗》同观，故留待后论。

　　4.《春秋》与《左传》中的鸟

　　《春秋》与《左传》中[4]，关于鸟类的特殊记述约有七处：

　　（1）《左传·庄公二十二年》云："初，懿氏卜妻敬仲。其妻占之，曰：吉。是谓：凤凰于飞，和鸣锵锵。有妫之后，将育于姜。五世其昌，并于正卿，八世之后，莫之于京。"杨伯俊先生注云："此是占之辞，今已无书可以稽考。"[5] 此辞近于兴体，但据凤为吉祥鸟的传统观念推之，此当脱胎于凤占辞，是凤鸟和鸣的吉祥之象，以兴家室之昌的。

　　（2）《春秋经·僖公十六年》："春王正月戊申朔。……是月，六鹢退飞过宋都。"《左传》："六鹢退飞过宋都，风也。周内史叔兴聘于宋，宋襄公问焉，曰：是何祥也？吉凶安在？'"宋襄公把鸟之怪异行为，认作是上天示之吉凶，代表者春秋时一般人的观念。《易林·塞之蛊》亦云："六鹢退飞，为襄败祥。"《解之噬嗑》云："鹢飞中退，举事不遂。"

---

[1]　阮元校刻：《十三经注疏》，中华书局 1980 年影印本，第 71 页。

[2]　中国书店《五经四书》本，上册《周易》卷 2 第 52 页。

[3]　中华书局《理学丛书》本第 5 册，第 1866 页。

[4]　杨伯俊：《春秋左传注》，中华书局 1981 年版。

[5]　杨伯峻：《春秋左传注》，第 222 页。

（3）《左传·襄公十八年》：齐国攻打鲁国，晋与鲁、宋、卫等诸侯国一起伐齐。当时齐国军队在平阴抵御。晋军用布空阵、扬飞尘的计谋，吓得齐军趁夜逃走。当时晋平公并不知晓齐国军队的情况。师旷说："鸟乌之声乐，齐师其遁。"师旷目不能见，他凭鸟的鸣声得知军情，说明鸟是信息的传递者。杜预注说："鸟乌得空营，故乐也。"此说未必正确。旷师传说是一位有预见能力的先知者，《左传》同年记载，他曾反复歌南曲和北曲，从其乐律中，预测到了楚国出师不利的信息。《汲冢琐语》也曾言，师旷在鼓瑟之间，预知到了齐君坠床伤臂的信息。师旷闻"鸟乌之声乐"，并非听到了齐国军营的鸟乌之声，而是听到了晋军营垒附近的鸟乌之声。因其去齐军营垒尚有距离，而且他是盲人，不能作战，是不会迫近敌营。显然这是一条鸟情占断的资料。

（4）《左传·襄公三十年》："或叫于宋大庙，曰：'譆譆！出出！鸟鸣于亳社，如曰'譆譆'。甲午，宋大灾。"显然作者认为，有鸟怪鸣于宋国的亳社，这是宋国将要发生灾难的预兆。随后宋国发生大火，这是"鸟鸣于亳社"的应验。

（5）《左传·昭公十七年》："秋，郯子来朝，公与之宴。昭子问焉，曰：'少昊氏鸟名官，何故也？'郯子曰：'吾祖也，我知之……我高祖少皞挚之立也，凤鸟适至，故纪于鸟，为鸟师而鸟名：凤鸟氏，历正者也；玄鸟氏，司分者也；伯赵氏，司至者也；青鸟氏，司启者也丹鸟氏，司闭者也……'"这是一段关于鸟图腾的记事，学者们引及者甚多，故不赘述。

（6）《左传·昭公二十二年》：王子朝的师傅宾起，"见雄鸡自断其尾"，随后即遇杀身之祸。两个月后，"王室乱"。《左传》的作者没有明言鸡断尾与灾变之间的联系，但其用意还是可想而知的。

（7）《春秋经·昭公二十五年》："有鸲鹆来巢。"《左传》云："师己曰：'异哉！吾闻文、成之世，童谣有之："鸲之鹆之，公出辱之。"童谣有是。今鸲鹆来巢，其将及乎！'"这是把鸲鹆来巢认作了昭公出走的先兆。

七则材料中，除一则是关于图腾者外，其余六则都是关于事物预兆的。

5．《国语》中的鸟

《国语》中把鸟作为一种特殊的对象而记载的约有四处[①]：

---

① 上海师范学院古籍整理组校点：《国语》，上海古籍出版社 1978 年版。

（1）《周语上》云："周之兴也，鸑鷟鸣于岐山。"鸑鷟为凤之别名。凤为吉祥之鸟，岐山为周之发迹地，凤鸣于岐，是大吉之象，古人认为它是周邦将兴的预兆。《墨子·非攻》云："赤鸟衔圭，降周之岐社，曰：天命周文王伐殷有国。"这当是同一传说之分化。

（2）《周语下》云："宾孟适郊，见雄鸡自断其尾。"此事《左传》亦有记载，已见前述。

（3）《鲁语上》云：有海鸟止于鲁东门之外，三日不去，鲁国大臣臧文仲惊以为神，让国人祭之。展禽则以为，"广川之鸟兽，恒知避其灾。"海鸟来止，当是"海有灾"的征兆。"是岁也，海多大风，冬暖。"

（4）《晋语二》记优施《暇豫歌》云："暇豫之吾吾，不如鸟乌。人皆于苑，己独集于枯。"此是以鸟喻人的。"苑"是草木繁茂之地，这里指茂木，喻得力的主子。"枯"指枯木，喻将要倒台的主子。以鸟集于枯木喻所托非人，其手法虽为比，而却有象征的意义在内。此种象征是否与鸟占有关，则不敢遽定。

以上四则，一则见于歌谣，三则记事，皆为预兆性质。

6.《逸周书》中的鸟

《逸周书》的时代较为复杂[①]，旧以为三代旧文，今人又或以为出自战国秦汉甚或魏晋人之手。朱右曾云："虽未必果出文武周召之手，要亦非战国秦汉人所能伪托。"其说可从。《逸周书》正文有两篇言及鸟之神秘意义。一篇是《度邑》，其云："维天不享于殷，发之未生，至于今六十年。夷羊在牧，飞鸿满野，天自幽不享于殷，乃今有成。"这是把"飞鸿满野"，认作了殷商失去天下的征兆。

其次是《时训》篇，其略云：惊蛰之后五日，鸿雁不来，远人不服。雨水之后，仓庚不鸣，臣不从主；鹰不化鸠，寇戎数起；春风之后，玄鸟不至，妇人不娠。清明之后，鸣鸠不拂羽，国不治兵；戴胜不降于桑，政教不中等等。此篇大量的篇幅都是言鸟兽之占的。以鸟兽活动非时，为不吉之兆。

另外逸文中也有言及鸟者，如："善为士者，飞鸟归之蔽于天，鱼鳖归之

---

① 朱右曾：《逸周书集训校释》，《万有文库》本。

沸于渊。""穆王田，有黑鸟如鸠，翩飞而跱于衡。御者毙之以策。马佚不克止之，踬于乘，伤帝左股。"前者将鸟与士相联系，后者将鸠与帝伤股相联系，鸟仍是作为一种事物的兆头出现的。

以上统计可能有所疏漏，但大致情况是不会相差太远的。从考察中可以看出，《诗经》的时代，在人们的观念中，鸟类的出现主要有三种意义，一是神之使者，二是图腾，三是某一将要发生的事物的朕兆。在上述 28 则材料中，关于神使与图腾的各一则，四则歌谣有待说明，其余 22 则都是把鸟作为一种信息载体而认识的。这理当是《国风》中鸟类兴象产生的观念背景，我们只有把《关雎》及有鸟类起兴意象的诗作放在这个背景之下进行认识，才有可能获得较完满的解答。

（二）古代鸟占习俗与鸟类意象

将鸟认作是可预测事物发展、变化之物，认作神秘信息的载体，是中国上古时代最常见的观念与习俗。这从以上的考察中，看得十分清楚。同时这也是带有世界性的一种原始观念。在希腊文里，"鸟"这个词兼有"预言"与"天之信息"的意思。在伊斯兰教里，鸟是天使的象征。《古兰经》里说，鸡冠鸟是所罗门和示巴女王之间的信使，说"鸟语"是"天使的语言"[①]。而在世界各地，领会"天之信息"或"天使的语言"的最普遍的方式便是鸟占。我们从《诗经》时代的文献中看到的大量关于鸟类的记载，多半便是关于鸟占的。

鸟占是一种原始的习俗，是根据鸟的鸣叫、飞行或出没活动来预测事物吉凶的。法国学者盖依将此认作是领会"天语"的一种方式。也就是说，神通过鸟把信息传递给人类，而人类通过对鸟活动的辨识才能认识这种神秘信息的意义。这种习俗几乎不同程度地存在于世界上所有的民族中。古巴比伦曾根据鸟的飞翔姿态判断吉凶。希腊神话中善卜未来的赫勒诺斯，曾据鸟的飞翔预见未来。在希腊罗马的传说中，猎人见到绿啄木鸟与听见它的声音，都是吉利的预兆。罗马古有占卜学校，学校的教士们在重大时节都要进行鸟占。他们手持占卜用的小木棒，用它来确定飞鸟将经过的方位，以判断吉凶。在基督教盛行后

---

① 参见〔法〕让·谢瓦利埃等：《世界文化象征辞典·鸟》，湖南文艺出版社 1994 年版。

很久，人们也还相信鸟的预言性，常常举行鸟占。日耳曼人中，也有根据鸟的飞翔预测未来的习俗。在英国北部，如果公鸡在日落时或夜半时连叫三次，那是死亡的预兆。在欧洲，有以当年听到的布谷鸟的第一声叫声来看某些征兆的习俗。在威尔士，孩子出世的那一天如果能听见布谷鸟的第一声叫声，幸运就会伴其一生。在苏格兰，外出散步，听到了布谷鸟的第一声鸣叫，那是非常吉利的。在东南亚的婆罗洲海达押克人，凡造房、耕种、战争等，都要先问七种"预兆的鸟"，听鸟声时有前后左右的区别。若遇不好的征兆，则所要做的事情立刻停止，以待时机。在欧洲也有七种啸声预言鸟，这些鸟的叫声被认作是灾难的预兆。在东方，阿拉伯也有鸟占之俗，且有不同流派。朝鲜、日本及中国的大部分地区都认为喜鹊叫是好事的预兆，乌鸦叫则是患病或不吉利的预兆。最著名的是高山族的鸟占。高山族人常以鸟的叫声、飞向、方位来判断吉凶。占卜鸟各族群不尽相同，阿美人是朱洛特鸟，泰雅人是西勒克鸟，布农人是迪多鸟，排湾人是兹里鸟、里里赫鸟、果基鸟、久嘎乌鸟，等等。吉凶征兆的判断，各族群也不一样，如布农人认为迪多鸟的鸣叫位置左吉右凶；排湾人认为兹里鸟从右向左飞，谓之"挡路"，为凶兆，相反为吉兆。果基鸟的征兆则左凶右吉等[①]。

在汉族文献中，关于鸟占的记载非常丰富。经书中的记载即如前述，《山海经·西山经》云："有鸟焉，其状如翟而赤，名曰胜遇，见则其国有水。"像类似的记载《山海经》中有十二条之多。汉时有《周易飞候》，为鸟占专著，惜今亡佚。《焦氏易林》则以诗的形式保存了不少鸟占资料，如：

> 城上有乌，自名破家。招呼鸩毒，为国灾患。（坤之蒙）
>
> 乌鹊嘻嘻，天火将起。燔我室屋，灾及后妃。（屯之晋）
>
> 有鸟来飞，集于宫树，鸣声可恶，主将出去。（屯之快）
>
> 鸿雁翩翩，始若劳苦。灾疫病民，鳏寡愁忧。（师之大有）
>
> 麟子凤雏，生长嘉国。和气所居，康乐无忧，国多哲人。（比之坤）

---

① 以上资料主要依据《世界文化象征辞典》、泰勒《原始文化》、《林惠祥人类学论著》、陈国钧《文化人类学》、〔英〕克里斯蒂娜·霍莉《西方民俗传说辞典》、许国良等《高山族风俗志》等书。

　　鹊笑鸠舞，来遗我酒，大喜在后。（噬嗑之离）

　　鸿飞遵陆，公出不复，伯氏客宿。（剥之升）

　　鸟夜中鸣，以戒凶灾。重门击柝，备忧外客。（大过之涣）

　　焦氏将《周易》六十四卦衍为四千零九十六卦，每卦赘以释辞。因为鸟占与卜筮皆为预测性质，故而卦辞与鸟占辞在此可天衣无缝地结合起来，而为人所忽略。因此前人只注意到了《易林》中对于历史资料的保存，而没有注意到它对大量鸟占兽占以及物候占卜资料的保存。据《隋书·经籍志》著录，《鸟情占》、《鸟情逆占》、《鸟情书》、《鸟情杂占禽兽语》、《占鸟情》、《风角鸟情》、《飞鸟历》等之类的书，就有十几种之多。这些著作形成的时代虽在秦汉之后，但以鸟来预测未来吉凶的信仰与观念，却是非常古老的。有人认为它源自于遥远的狩猎时代，这是比较可信的。传说晓知禽兽之语的伯益，同时也是一位发明陷阱捕兽的狩猎者①，就说明了鸟占与狩猎的联系。

　　值得注意的是，原始人的鸟占行为，是在原逻辑思维所固有的规律——互渗律的支配下进行的。其目的在于揭示人与物之间的神秘的互渗关系。他们最有可能的是将两件表面相似而内在毫无关系的事物联系在一起，认定其中有某种联系。即如列维-布留尔所云："对现象的客观联系往往根本不加考虑的原始意识，却对现象之间的这些或虚或实的神秘联系表现出特别的注意②。"列维·斯特劳斯亦曾谈到原始人鸟占的情况说：他们所选用的鸟类，是它们的习性便于拟人化象征的鸟类，以及借助那些可共同构成更复杂信息的特征使彼此易于区别的鸟类。"南婆罗洲的伊班人或沿海达克雅人通过解释几种鸟类的鸟鸣和飞行情况来占卜吉凶。有冠樫鸟（platyiophus gaericulatus Cuvier）的快速鸣叫使人联想起炭火燃烧时的噼啪声，人们因而预言，烧草肥田的工作会顺利成功。特罗公（Harpactes duvauceli Temminck）的惊叫像是动物被杀时的喘气声，这预示着狩猎会满载而归。而 Sasia adnormis Temmlnck 的惊叫则被认为是摆脱了烦扰农作物的恶鬼，因为这种声音与砍刀的声音相像。另外一种特罗公（Harpactes duvauceli Temminck）却是用'笑声'预示商队出征的好兆头，通过它

---

① 见《史记·秦本纪》、《汉书·地理志》及《吕氏春秋·勿躬》。

② 〔法〕路先·列维-布留尔：《原始思维》，丁由译，商务印书馆1987年版，第69页。

光洁的红胸脯，使人想起远征取胜后的声威 。"① 不难看出在原逻辑思维的支配下，他们认定相类似或可互为象征的事物之间，即人与自然之间，冥冥之中有一种联系。故而师旷从鸟鸟欢快的叫声中，预知胜利的喜讯；《晋书·五行志》把群鸟飞渡江北不达坠水而死，认作诸葛亮连年用兵终不能过渭水的朕兆。

根据鸟情预测事物的吉凶发展，准确率究竟有多少，实难说定，但原始人对此则是坚信不疑的。这种信仰与观念，依附于原始的人类生活经验的背景，随着历史的运行，在人们的心灵深处碾下了深深的辙痕，影响到了他们对外在事物的认识，也影响到了他们对未来事物的判断与生活的情绪。从而以象征、隐喻的形式携带着人生的悲欢离合、喜怒哀乐的情绪，渗透到了中国诗歌艺术之中，并在其中发挥着展示情绪、和谐物我、交融情景、渲染气氛的作用。因而在中国先民的歌唱集 ——《诗经·国风》中，鸟类兴象相当多地表现出了鸟情占卜的特点。

当然，虽然许多民族早期都有过鸟情占卜的信仰与习俗，但其发展的结果都没有能像中国人这样，将其转化为一种情感表现的意象，移植于诗歌艺术之中。或者即使有，也只是作为一种"偶然"而出现的，未能构成一个相对稳定的意义世界存在于诗歌之中。这自然与中国人特殊的思维方式及艺术表现有关。但非本文所研究的范围，故且置而不论。

从鸟情占卜到鸟类兴象，其间并不需要什么过渡或中介。因为诗歌本来就是人类情感的载体，而作为鸟占出现的鸟类，它对吉凶祸福的预示，也必然关联着当事者情感的波动。因而鸟占之鸟出现在诗歌之中，不仅作为意象携带着特别意义而天衣无缝地与诗之内容融为一体，而且还会更有效地表现人的情感世界。如下面几则歌谣：

> 老鸦哑哑叫，爹爹赚元宝，姆妈添弟弟，哥哥讨嫂嫂，姊姊坐花轿。
>
> 《吴歌甲集》
>
> 老鸦叫得早，新妇奶奶跳。阿公摸一把，阿婆哈哈笑。
>
> 《吴歌甲集》

---

① 〔法〕克洛德·列维－斯特劳斯：《野性的思维》，李幼蒸译，商务印书馆1989年版，第65、64页。

喜鹊喳喳叫，哥哥讨嫂嫂。嫂嫂年纪小，哥哥胡须绕。

《越歌百曲》

喜鹊巢，扁椭椭，媳妇房里吹（刺）海螺。一吹吹得三朵花，公一朵，婆一朵，还有一朵多，拨（赠给）得隔壁叔叔讨老婆。

《越歌百曲》

今年乌鸦叫得恶，新坟埋在旧坟脚。爹娘会养不会配，拿把白米配荞谷。

《贵州苗夷歌谣》[①]

树上喜鹊叫喳喳，喜事降到贵村家，众家姐妹送亲来，阿哥知礼应端茶。

《仫佬族风俗志》[②]

在中国民俗中老鸦与喜鹊都是能预兆吉凶的鸟，吴地人认为老鸦叫是吉祥之兆，仫佬族则认为喜鹊叫有喜事临门，因而以老鸦或喜鹊起兴，既引出了以下一连串的喜事，又渲染了一种气氛。贵州苗族认为乌鸦叫是不吉之兆，所以兴起了伤心之事。当然作者并不一定真听到了喜鹊或老鸦的叫声，诗只是以之张扬一种情绪状态、渲染气氛而已。因这种民俗尚存，故而在起兴物与所兴之事之间，人们既不会感到突然，也不会应起误解。当某种鸟占作为一种时代产物伴随着那个时代消失之后，其遗存于诗歌中的兴象，便被淡忘了那个时代的人们，忘却掉它的神秘的宗教意义，简单地作为艺术手段来对待了。最能说明问题的是《左传·昭公二十五年》所记载的"鸲鹆谣"：

鸲之鹆之，公出辱之。

鸲鹆之羽，公在外野，往馈其马。

鸲鹆趎趎，公在乾侯，徵褰与襦。

鸲鹆之巢，远哉遥遥，裯父丧劳，宋父以骄。

鸲鹆鸲鹆，往歌来哭。

---

① 以上见国立北京大学中国民俗学会《民俗丛书》。

② 罗日洋等：《仫佬族风俗志》，中央民族学院出版社1993年版，第78页。

这篇童谣若经过乐师之手处理，可能会变成章节整齐的典型的兴体诗。即使现在，其也不失兴体诗的风韵。若照经师们或传统的解诗之法解之，会得出怎样的结论呢？是否会说："鸲鹆者，八哥也。八哥者善学舌之鸟也，喻公因信谗而受辱也。鸲鹆之羽以飞，喻公得马以行也"？或认为鸲鹆只是诗人偶然眼目所及，而以兴公之出亡呢？但我们看了《左传》，才完全明白，原来这是一则以鸟占为起兴的童谣。鸲鹆来巢，是家室易主的不祥之兆。《开元占经》中就有好几则野鸟（包括鸲鹆）来巢，预示诸多不祥的记载。童谣将鸟占资料敷衍成诗，描述了在鲁国的这场动乱中，鲁昭公的不幸遭遇。在《诗经》中像类似的鸟占资料入诗者，想来应当不在少数，如："鹑之奔奔，鹊之强强。人之无良，我以为兄"之类的诗句，与鸲鹆谣很相似，只是因本事失传，我们无法考证罢了。

鸟占有两点值得注意：一、它作为事物的朕兆，一定是出现在事物发生之前的。二、它是通过一具体的显而易见的自然现象，来预测隐而未现的人事的。这两点决定了由"鸟占"转化而来的鸟类兴象在原始诗歌中的位置、表现与作用：第一，它只能出现在所表达的事物之前，即诗篇的开首或一章、一节的开首；第二，它在诗歌中出现，一定要有具体的存在状态的描写，即鸣声情形、飞翔状态、飞行方向、所在方位、栖止地点与活动时间等的描写；第三，与其后所述事物气氛上要相一致。这些在《诗经》中都得到了印证。

但这里还有一个问题，如上所述，似乎《诗经》中源自鸟占的鸟类兴象乃是对一种耳目所及的现象的描写，其与后文所述事物一脉相连，如此则与"赋"的形式没有什么两样了。其实不然。赋是一种平直的叙事手段，它所叙述的是与内心情感直接关联的事物，是构成诗的主题的元件。其所述事物之间或有时间上的秩序，或为在空间中的分布，是客观事物发展中的状态，事物之间很少存在象征与被象征的关系。如《齐风·鸡鸣》云："鸡既鸣矣，朝既盈矣。匪鸡则鸣，苍蝇之声。"这是一对男女的对话。一个说：鸡已叫了，天已亮了。一个说：不是鸡叫声，是苍蝇的声音。显然"鸡鸣"与所述事物之间是不存在任何隔阂的。而鸟类兴象则不同，"兴"与"所兴"事物之间，乃是一种间接的关系，是由情感活动将其联系起来的。与事物发展几乎没有什么关系，而是受制于纯主观的因素，以客体为主体的象征。故而"鸟"虽是客观之物，可是在这里却彰扬的是一种主观的情绪状态。也就是说，没有主观情绪的缝合，"兴"与"所兴"之间便会造成断裂，随而丧失意义，变为纯粹的形式。再则，源自鸟占的鸟类兴象，也未必全都是耳目所及的实境。它通过民俗生活的长期酝酿，大多已凝定为一种有固定意义的意象，而为诗人所接受。诗人在歌唱时，也可以不考虑眼前某种现象是否出现，而为表达蓄之于胸的情感随口咏及。因而在这个问题上，我们须根据具体情况具体分析，不可把问题看死。

（三）《关雎》及《诗》诸篇鸟意象的具体剖析

现在我们再返回到《关雎》诸篇上来。我们之所以认为《关雎》起兴与鸟占有关，主要在于它的形式与内容都表现出了鸟占的基本特点。这里需要特别重复一遍斯特劳斯的一句话：鸟占所选择的对象，是它们的习性便于拟人化象征表示的鸟类。因而我们须刻记住鸟类兴象的象征意义。同时还必须注意到"鸟占"的基本特点：第一，一般要有鸟名；第二，要有鸟的行为状态或存在状态，如鸣飞起落等；第三，有时也出现鸟的栖止地点；第四，与鸟的行为相对应的人事。在作为以鸟占意象起兴的诗歌中，这几项未必完全出现，但基本的意义指向还是可以明了的。以下我们就《关雎》及《国风》中与鸟占有关的鸟类意象作一具体分析。此类诗作，从内容上大致可分为三类，即婚恋、别离、行役。其中也有些交叉，在作品中我们再作具体分析。

1. 婚恋诗

其中最典型的自然是《关雎》。《关雎》云：

> 关关雎鸠，在河之洲。窈窕淑女，君子好逑。
> 一、鸟声："关关"；
> 二、鸟名：雎鸠；
> 三、方位：河洲；
> 四、人事：淑女配君子。

鸟占的基本要素都已出现。

许良国、曾思奇合著的《高山族风俗志》中有这样一般描述：泰雅人出猎前夕，首先委派三人到山林鸟占。他们向繁枝密叶间的西勒克鸟喃喃祷告后，即凝神谛听。倘若西勒克鸟拍动几下翅膀，扬起脖子，几声叫唤："得哩，得哩，得哩！"声音短促急迫，表示此行不利，猎手们当即折身返回，第二天一早再来到那棵树下聆听指导。当听西勒克鸟发出悠扬婉转的鸣唱："沙侬——，沙侬——！"啊，这是大吉大利的信息，占卜者喜不自禁，立即开始大规模的围猎活动 ①。这则资料对我们理解《关雎》很有帮助。"关关"是雎鸠欢快的叫声，雎鸠在河洲之上，正是准备捕鱼的地方。雎鸠是捕鱼高手，求而必得，它得意的啼叫声，对于求爱者来说，自是吉兆。故而说："窈窕淑女，君子好逑。"这样"关关雎鸠"二句，最少具有了五种功能：第一，它展示了求爱者高涨的情绪状态；第二，渲染了春日水边活泼的求爱场景气氛；第三，将自然物态与主观情感有机地融为一体，使二者达到了高度和谐的状态；第四，象征着求爱会顺利成功。第五，因鸟占乃是一种民俗，对某种鸟类现象的出现，是一种怎样的预兆，是同一种文化与民俗中生活的人们相互都明白的，因而当歌人唱出"关关雎鸠"时，其意虽不明言而已自明了，这样使诗篇变得含蓄有致。

与《关雎》一样，《曹风·候人》、《小雅·白华》中作为起兴物的水鸟，也是源自于鸟占的，它是以水鸟活动所展示出的不吉之兆来象征爱情发展不利的。《候人》云：

> 维鹈在梁，不濡其咮。彼其之子，不称其服。

在这里鸟占的几个特点也都出现。鹈即今之鹈鹕，是一种食鱼量非常大的水鸟。据《毛诗正义》引陆玑《毛诗草木鸟兽虫鱼疏》云："鹈，水鸟，形如鹗而极大，喙长尺余，直而广，口中正赤，颔下胡大如数升囊。若小泽中有鱼，便群共抒水，满其胡而弃之，令水竭尽，鱼在陆地，乃共食之，故曰淘河。"焦循《雕菰集》有《记鹈》一文，言其日食鱼数斤。据《简明不列颠百科全书》说：鹈鹕体长可达一百八十厘米，体重可达十三公斤，是现存鸟类中个体最大者之一。用象小捞网似的喉囊捕鱼为食，不是用喉囊储存鱼，而是直

---

① 许良国、曾思奇：《高山族风俗志》，中央民族学院出版社 1988 年版，第 73 页。

接将鱼吞下。显然这是鸟类中的捕鱼高手，所以《庄子·外物篇》说："鱼不畏网，而畏鹈鹕。"然而它虽是食鱼能手，可是它站在水梁上，连喙也不肯湿，自然是吃不到鱼的。鹈鹕的这种存在状态，自是事物发展处于停滞状态的象征，对求爱者来说是很不利的。这首歌子是由女性唱出的，女子希望男子向她求爱。鹈鹕不下水食鱼，暗示着男子不主求爱。故而云："彼其之子，不称其服"、"彼其之子，不遂其媾"，表现出了对男子的怨怼情绪。《白华》云：

> 有鹙在梁，有鹤在林，维彼硕人，实劳我心。
> 鸳鸯在梁，戢其左翼。之子无良，二三其德。

鹙、鹤、鸳鸯都是食鱼的水鸟。关于鹙，据《毛传》说即秃鹙，《郑笺》则说："鹙之性贪恶。"《本草纲目》第四十七卷云："秃鹙，水鸟之大者也。出南方有大湖泊处。其状如鹤而大，青苍色，张翼广五六尺，举头高六七尺，长颈赤目，头项皆无毛。其顶皮方二寸许，红色如鹤顶。其喙深黄色而扁直，长尺余。其嗉下亦有胡袋，如鹈鹕状，其爪如鸡，黑色。其性贪恶，能与人斗，好啖鱼、蛇及鸟雏。《诗》云：'有鹙在梁'，即此。"[1] 与鹙不同，鹤自古以来便被认作是高洁的水鸟。《小雅》中"鹤鸣于九皋，声闻于天"的歌吟，已表现出了对鹤气宇不凡容止的赞叹。宋林洪《相鹤诀》说鹤"顶丹颈碧，毛羽莹洁，颈纤而修，身耸而正……养以屋必近水竹，给以料必备鱼稻。"[2] 明屠隆《鹤品》亦鹤为"仙禽"，是"羽族之宗长，仙人之骐骥"。"蓄之者当居以茅庵，邻以池沼，饲以鱼谷。"[3] 鸳鸯是一种雌雄时常相伴随的水鸟，古人称它们为匹鸟，认作是夫妻的象征，因此经学家们也多在"夫妇之道"上下功夫。如孔颖达《毛诗正义》说："有鸳鸯之雄鸟在于鱼梁，尚敛其左翼。是左翼敛在右翼之下，为雄下雌之义，故恩爱相好以成匹偶。以兴夫妇聚居，男当屈下于女，为阳下阴之义，故能礼义相与，以成家道。"王安石《诗义》云："鸳鸯能好其匹，于止得其所止，雄雌相从，不失其性也。之子无良，二三基德者，幽

---

① 李时珍：《本草纲目》，第 2560 页。
② 林洪：《山家清事》，见《说郛三种》本，上海古籍出版社 1988 年版第六册，第 3448 页。
③ 屠隆：《考盘馀事》卷 3，《说库》本，浙江古籍出版社 1986 年版下册。

王不良，不一其德，鸳鸯之不如也。"① 朱熹《诗集传》用王氏说。其实在《诗经》的时代，我们并没有发现以鸳鸯喻夫妻的明确记载，将飞鸟作为夫妻象征，乃是汉以后之事。《白华》中的鸳鸯只是作为一般水鸟出现的。鸳鸯也是食鱼之鸟，这一点早已被经学家忽略了。冯德培等先生主编的《简明生物学词典》即指出："（鸳鸯）平时以植物性食物为主，兼食小鱼和蛙类；繁殖期间以昆虫、鱼类等为主食。"② 所谓"戢其左翼"，指以绳绊缚其左翼。于鬯曰："盖凡养禽鸟之不入樊笼者，初畜之必以绳绊缚其左翼，使不得飞逸。"③ 鸳之性贪恶，而今在鱼梁，得食鱼之便；鹤洁白而反在林，无求鱼之意。这对于女性来讲，是所嫁非人的兆头。鸳鸯虽在水梁上，可翼被缚而不得飞，也无求鱼之意。这种静止状态，对于人之福禄而言，或许是吉兆。但对于爱情，则是事不随意的象征。所以此诗一方面表达自己的忧伤——"实劳我心"，一方面又要谴责男子"二三其德"，抛弃了自己。

《召南·鹊巢》是一篇祝贺姑娘新婚的诗歌。诗云：

> 维鹊有巢，维鸠居之。之子于归，百两御之。

这里出现的是鸟名、行为状态与人事。旧以为鸠即鸤鸠，亦即布谷。《诗序》云："国君积行累功，以致爵位，夫人起家而居之，德如鸤鸠，乃可以配矣。"《郑笺》云："鹊之作巢，冬至架之，至春乃成，犹国君积行累功，故以兴焉。鸤鸠因鹊成巢而居之，而有均一之德，犹国君夫人来嫁，居君子之室，德亦然。"今人或以为诗以鸠侵占鹊巢喻新夫人夺取原配之位者，或以为鹊巢鸠居喻抢妇女为婚者。其实《诗序》与《郑笺》，除"德如鸤鸠"、"均一之德"之类与道德相牵合的言词之外，其解释还是略较近于事理的。据欧阳修《诗本义》云："今所谓布谷戴胜者，与鸠绝异。惟今人直谓之鸠者拙鸟也。不能作巢，多在屋瓦间或于树上架构树枝。初不成窠，便以生子，往往坠壳殒

---

① 吕祖谦：《吕氏家塾读诗记》卷 24 引，《丛书集成》本。

② 冯德培等：《简明生物学词典》，上海辞书出版社 1983 年版，第 1112 页。

③ 于鬯：《香草校书》，中华书局 1984 年版，第 307 页。

雏。鹊作巢甚坚，既生雏散飞，则弃而去，容有鸠来处居也。"① 焦循《毛诗补疏》云："崔豹《古今注》云：鸐鹆一名尸鸠。严粲《诗缉》引李氏云：乃今鸐鹆也（原注：李氏未详）。李时珍《本草纲目》云：八哥居鹊巢。萧山毛大可亦据目所亲验，以八哥占鹊巢，断尸鸠为鸐鹆（原注：见《续诗传鸟名》）。余书塾后柘颠有鹊巢，已而有卵自巢坠下，则鸐鹆卵。盖鹊巢避岁，每岁十月后迁移。其空巢则鸐鹆居之。"② 王先谦亦认为鸠指八哥，曾言长沙有谚："阿鹊盖大屋，八哥住见窝。"③ 八哥是好住鹊巢的。喜鹊是非常善结巢的。它的巢窝结于高树上，坚固完好，是其他鸟类巢窝难与相比的。此作为家室尊贵殷富的象征，自然是合宜的。同时在中国传统民俗中，喜鹊本身就是一种吉祥鸟。明周履靖所辑的《占验录》说：喜鹊中午叫，表示"婚姻吉"。④ 这则占辞将鹊与吉祥婚姻联系起来，非常值得注意。如果与《诗经》比照来看，便会发现这是一种古老的民俗观念。闻一多以为《诗经》中的鸠，多是象征女性。不管其说可信度有多少，起码在这篇诗里鸠作为女性的象征出现是可以肯定的。"鸠占鹊巢"这种自然现象，以鸟占"拟人化象征"的普遍法则来推定，自可认作是美满婚姻的吉兆，它象征着姑娘嫁得其"家"。因为在中国传统婚姻中，"女找男一个家，男择女一朵花。"女子出阁，嫁得一个尊贵富有的人家，那是再好不过的了。所以诗篇反复以鹊巢起兴，又反复言"百两御之"、"百两将之"、"百两成之"，极言迎亲队伍的众盛，以渲染婚礼的盛隆。《易林·节之贲》云："鹊巢百两，以成嘉福。"也表示了对这种婚姻的庆喜之情。

与《鹊巢》相反，《陈风·防有鹊巢》则是表示不利婚姻的诗。诗云：

防有鹊巢，邛有旨苕。谁侜予美？心焉忉忉。

关于"防"约有四种解释：一、邑名，《毛传》主之；二、堤坝，王安石《诗

---

① 欧阳修：《诗本义》，《四库全书》本。
② 阮元：《皇清经解》卷三之八，光绪二十一年上海鸿宝斋本。
③ 王先谦：《诗三家义集疏》，中华书局1987年版。
④ 周履靖：《占验录》，《丛书集成》本，第10页。

义》及朱熹《诗集传》主之；三、防借为房，指房檐，牟庭《诗切》主之；四、借为枋，即檀树或白榆树，高亨《诗经今注》主之①。汉时陈国故地陈县有防亭、邛丘，是《毛传》所据。但因所指过于笼统，有违于诗之常例，故后世解经者多不取其说。其他三种意见，不管哪一种，对喜鹊结巢来说都是不适宜的。堤坝是防水所用，不是喜鹊结巢的地方。房檐也非喜鹊所栖之地。檀树据《本草纲目》卷三十五说：一种"树体细，堪作斧柯"。斧柯不过把来粗，这样小的树，自然是不利于喜鹊结巢的。又有一种树，"高五、六尺"，也叫檀树②。但喜鹊多栖息于高大的乔木上，此也非鹊巢所当在。邛即土丘，苕是一种蔓草。《毛诗正义》引陆玑《诗疏》云："苕，苕饶也。幽州人谓之翘饶。蔓生。"《本草纲目》卷二十七引陈藏器《本草拾遗》云："翘摇，幽州人谓之翘饶。"又云："翘摇生平泽。"又引陆游云："小巢生稻田中。"据李时珍说，小巢亦即翘饶③。鹊巢筑于小树，有颠覆之危；泽草生于土丘，有枯萎之忧。鹊巢是家的象征，苕草根据《诗经》惯例，是女性的象征。鹊巢与苕草都出现在了不该出现的地方，这自是不吉之兆。显然诗是以鹊巢起兴，以表示爱人被人拐走的悲伤之情的。

2. 别情诗

别情诗有两类，一是生离，一是死别。前者可以《燕燕》、《雄雉》、《九罭》为代表，后者以《黄鸟》为代表。

　　燕燕于飞，下上其音。之子于归，远送于南。瞻望弗及，实劳我心。

《邶风·燕燕》

　　雄雉于飞，下上其音。展矣君子，实劳我心。

《邶风·雄雉》

　　鸿飞遵渚，公归无所，於女信宿。　　　　　　《豳风·九罭》

---

① 王说见邱汉生辑：《诗义钩沉》，中华书局1982年版，第102页。牟说见《诗切》，齐鲁书社1983年版，第1187页。高说见《诗经今注》，上海古籍出版社1980年版，第182页。

② 李时珍：《本草纲目》，第2010页。

③ 李时珍：《本草纲目》，第1670页。

《燕燕》写卫君送别女弟（一说男子送情人）出嫁；《雄雉》写丈夫远出，妻子在家思念；《九罭》写女子挽留将远去的情人——一位贵族男子。这三篇诗都道及了鸟名与飞行状态。《燕燕》与《雄雉》同时都描写了不同的鸟相同的声音状态。"于飞"注家皆以"往飞"释之，往飞有远去之意。"下上其音"是声音忽高忽低或上下飞鸣之意，这是鸟情占卜中不可忽略的情节。当然这种鸟情，在鸟占中具有怎样的意义，我们不好确定。但从诗之情绪上看，它与别离有关。《燕燕》篇可能与波斯人对燕子的认识有些相似。波斯人认为：燕子的鸣声，表示着孤独、迁徙与分离①。燕子是候鸟，秋去春来。由它的飞去而想及人的别离，也是很自然的。如曹丕的《燕歌行》云："群燕辞归雁南翔，念君客游思断肠。"即将燕子的飞去与远别的情人联系了起来。赵沛霖先生据《吕氏春秋》的记载，以为《燕燕》是图腾歌。这也有可能。不过图腾物与鸟占并不冲突。我们没有见到原始民族鸟占回避图腾的记载。只是因这一方面因资料匮缺，我们不好做出详细的论述。

与《燕燕》相同，《雄雉》哀伤之情也是由鸟的飞行状态与鸣声诱发的。《周易》有"明夷"卦，其卦爻辞云："明夷于飞，垂其翼。君子于行，三日不食。"明夷显然是鸟名。高亨以为"明夷"即"鸣雉"②，其说甚是。因为夷与雉古音相近，相通的例子很多。可以看出其与《雄雉》篇的内容是很相近的。"垂其翼"犹《雄雉》篇的"泄泄其羽"。"泄泄"，《毛传》以为是"飞而鼓其翼泄泄然"，《郑笺》以为"奋讯其形貌"，朱熹以为是"飞之缓也"。朱说稍尽情理。我认为"泄泄"与"肃肃鸨羽"的"肃肃"意思是一样的，当是形容野鸡飞行时翅膀发出的声音的；其本字当作"呭呭"，呭与泄古相通。《大雅·板》："无然泄泄"，《说文》引作"呭呭"，云："多言也。"《玉篇》云："呭呭，犹沓沓也。""多言"或"沓沓"都是形容声音嘈杂之貌的，如清张岱《陶庵梦忆·金山竞度》："晚则万艓齐开，两岸沓沓然而沸。""垂翼"是翅膀下垂，飞行艰难之状。雄雉尾有长翎，光彩美丽，但飞行笨拙，飞行时翅膀会发出嘈杂的响声，而且飞略一箭之地，就要停下来休息。此笔者所目验。所

①　见〔法〕谢瓦利埃、阿兰·海尔布兰合著：《世界文化象征辞典》，湖南文艺出版社1994年版，第1147页。

②　高亨：《周易古经今注》，中华书局1984年版，第263页。

以《本草纲目》引宗奭说："雉飞若矢，一往而堕，故字从矢。"相传为吕蒙正所作的《破窑赋》，其开首有"雉鸡两翼，飞不及鸦"之语，说明雉鸡是不善飞行的。在《邶风·匏有苦叶》与《小雅·小弁》中也曾提到雉。《匏有苦叶》云："有弥济盈，有鷕雉鸣。济盈不濡轨，雉鸣求其牡。"《小弁》云："雉之朝雊，尚求其雌。"这两处都是把雉与男女之爱联系在一起的。这与《雄雉》、"明夷"由雉而联及"君子"是完全一致的。"君子于行"的"君子"，与"展矣君子"的"君子"，都是女性对自己丈夫的称呼，这是《诗经》中的惯例。产生在同一个时代、出于不同典籍，而却用同一物起兴，表现相同的内容，这证明着它们有一个共同的民俗生活背景。在这个"背景"里，"雉鸡飞鸣"应当是与别离忧伤或行人的艰苦生活相联系的。也就是说，在那个时代的观念中，雄雉边飞边鸣，是情人伤别、行役艰难的兆头。只有在这样一个共同的观念背景与生活背景下，才有可能出现这样相同的感受。由雄雉孤独而艰难的飞行姿态，联想到"君子"艰苦的行役，使二者之间产生神秘的关系，并将前者认作是后者的象征，这也是符合原始思维的"互渗规律"的。

与上述两篇不同，《九罭》是以鸿起兴的。鸿雁在《小雅》、《周易》、《易林》中曾多次出现，我们可以与此比照来看：

> 鸿雁与飞，肃肃其羽。之子于征，劬劳于野。爰及矜人，哀雌鳏寡。
>
> 　　　　　　　　　　　　　　　　　　　　　　　　《小雅·鸿雁》
>
> 鸿渐于陆，夫征不复，妇孕不育。
> 鸿渐于陵，妇三岁不孕，终莫之胜。
>
> 　　　　　　　　　　　　　　　　　　　　　　　　　《周易·渐》
>
> 鸿雁翩翩，始若劳苦。灾疫病民，鳏寡愁忧。
>
> 　　　　　　　　　　　　　　　　　　　　　　《易林·师之大有》
>
> 鸿飞循陆，公出不复，伯氏客宿。
>
> 　　　　　　　　　　　　　　　　　　　　　　　《易林·剥之升》

在这里，我们发现一个共同规律，它们都与别离家室、流落他乡有关。《周易》"妇三岁不孕"一则，虽未直言丈夫流落在外，但妻子三年都没有怀孕，再参考其他几则，也基本上知其大略了。《九罭》中的"公"，根据"公归无所"句，可知这是一位像当年晋文公一样有家难归的流浪中的贵族。旧以为指周公，讲的是周公被迫东居时的事情。虽未必可信，但这与诗中"公"的身份地位及处境却是相合的。鸿雁同类，大曰鸿，小曰雁，故常合称之曰鸿雁。这是一种是候鸟，常排成行随季节迁徙，因而它给人带来一种人在征人远出或旅途、客居他乡的忧思。如宋玉《九辨》云："廓落兮，羁旅而无友生；惆怅兮，而私自怜……雁雍雍而南翔兮，昆鸡啁哳而悲鸣。"王粲《赠文叔良》云："翩翩者鸿，率彼江滨。君子于征，爰聘西邻。"韦应物《闻雁》诗云："故乡眇何处？归思方悠哉。淮南秋雨夜，高斋闻雁来。"杜甫《归雁》云："东来万里客，乱定几年归？肠断江南雁，高高正北飞。"陆龟蒙《鸣雁行》云："朔风动地来，吹起沙上声。闺中有边思，玉箸此时横。"《九罭》、《鸿雁》及《周易·渐》中的几则歌谣，明显地表现出了鸿雁作为流浪者的象征意义，并且《周易》的几则歌谣又多是与夫妻别离相关联的。

关于《周易·渐》中的爻辞，高亨先生的《周易古经今注》以为，"鸿渐于陆"是"物失其宜之象"，因陆指高平之地，鸿是水鸟，不应当降落在高原上。夫征而不返家，也是"物失其宜"。这里是以物比人的。这似乎也可以说通，但于结构内容略近的《九罭》就无法解释了。因为《九罭》说："鸿飞遵渚，公归无所。"渚是河中的小洲，是鸿雁常降落的地方，怎么也说是"归无所"呢？显然是有问题的。黄玉顺先生《易经古歌考释》认为，《渐》是"征夫怨妇之歌"，"诗人运用'比兴'手法，通过鸿与人的对比叙写，充分表现了这位妇女对丈夫的思念、对养育儿女的渴望，抒发了孤凄、感伤之情[①]。"但是鸿与人是怎样对比的呢？"鸿渐于陆"与"夫征不复"、"妇三岁不孕"有何联系呢？这些我们从诗中一点也看不到。如果我们跳出比兴说的圈子，把它与上古时代的鸟占习俗联系起来，一切就都明白了。由前所引《左传》"鸲鹆谣"的情况，我们已大略可知鸟占辞入诗的情形了。《周易·渐》与《易林·剥之升》当为上古时代的鸿占辞。"鸿渐于陆"、"鸿渐于陵"、"鸿飞循陆"，这是自然物象，这种物象是"夫征不复"、"公出不复"的朕兆。原始的鸟占是先民一种最简单、最易于把握、也最大众化的预测方法。同一种鸟占方法，是同一

---

① 见高亨：《周易古经今注》，第 263 页。

个文化群体中众所周知的知识，因为它不需要高深的技术。而卜筮则不同，它需要专业人才。因此将众所周知的鸟占辞，作为神秘卦象的解释，这也是情理中的事情。《九罭》"鸿飞遵陆，公归不复"、"公归无所"，显然是脱胎于"鸿渐于陆"之类鸿占辞的。在当时的文化背景下，"鸿飞遵陆"意象，其所蕴含的意义当是人所共知的。因此诗人咏及此时，像"公"长期流浪、无家可归的情形，与故人难以重逢、又与新知再度远离、离别后去无定踪的情形，别后相见遥遥无期的情形，情人担忧、伤别、挽留的情形，等等等等，许多的意义就都充溢于其中了，而且能为更多的人所领悟到。这样就大大地加大了诗的情感容量。同时"兴"与"所兴"之间也毫无碍滞了。

《秦风·黄鸟》是以篇写死别之悲的诗。诗云：

> 交交黄鸟，止于棘。谁从穆公，子车奄息……彼苍者天，歼我良人！
> 如可赎兮，人百其身。

鸟名、鸣声、栖止地、人事，鸟占的基本特点都已出现。以前人认为这是秦国人哀三良的诗，但据《唐风传》："良人，美室也。"的古训来看，这更像三良夫人悼三良的诗。但为什么以黄鸟起兴，则未能言之。黄鸟据古人说有多种名称，如黄鹂、仓庚、黄莺、黄栗留、楚雀、搏黍等。仓庚的名字，在《诗经》中也出现过，如《七月》："有鸣仓庚"，《东山》："仓庚于飞"，《出车》："仓庚喈喈"等，都有表现节候与美好时光的意义，与《黄鸟》内容相去甚远。《诗经》中黄鸟约出现过五次，即《葛覃》、《凯风》、《秦风·黄鸟》、《小雅·黄鸟》与《小雅·绵蛮》。《葛覃》篇云："黄鸟于飞，集于灌木，其鸣喈喈。"所言人事是"归宁"；《凯风》云："睍睆黄鸟，载好其音。"所言人事是家中的不幸。《焦氏易林·咸之家人》云："《凯风》无母，何恃何怙？幼孤弱子，为人所苦。"似有母子分离之意。《秦风·黄鸟》所言人事是死别；《小雅·黄鸟》是引之咒语，当作别论；《绵蛮》云："绵蛮黄鸟，止于丘阿。"所言人事是劳役在外，也含有与家人远别的意思。这几篇诗歌同是以黄鸟为兴象，又都与生离、死别或孤独有关，显然是同一种文化观念和生活背景下的产物。这个背景也只有与上古的鸟占习俗相叠合，黄鸟兴象的意义才能展示出来。也就是说，将黄鸟的鸣声认作是别离或孤独的征兆或象征，当是古代鸟情占的一个内容。而《秦风·黄鸟》与死别联系起来，主要的症结在黄鸟栖止之木上。诗言"止于棘"、"止于桑"、"止于楚"，棘与急协音，桑与丧协音，楚即痛楚之楚。从这些字的读音上讲，都包含着不吉利的意思在内。故而这里把黄鸟"止于桑"与"丧事"联系起来。如马瑞辰所云："三良从死，而以止棘、止桑、止楚为喻者，棘之言急也（《素冠》诗传：棘，急也），桑之言丧也（文二年《公羊传》：虞主用桑。何休注：用桑者取其名与其粗觕，所以副小子之心。今按：取其名，谓桑今之名音近乎丧），楚之言痛楚（《六书故》：楚亦名荆，捶即痛，因名痛楚）。古人用物，多取名与音近，如松之言容，柏之言迫，栗之言战栗（见《公羊》文二年何休注），桐之言痛，竹之言蹙（《白虎通》：竹者蹙也，桐者痛也），蓍之言耆（《白虎通》：蓍之为言耆也，久长意也），皆此类。"[1] 这种形式主义的思维方式，在中国民俗中极为习见。如把梦中出现棺材认作是"升官（棺）发财"的兆头，把梦中之鱼认作是"吉庆有余（鱼）"的兆头，把数字"四"与"死"联系起来，认作是不吉利的数字等，皆属此类。

3. 行役诗

以鸟作起兴以表现行役之怨的诗，《国风》中只有《唐风·鸨羽》一篇。诗云：

> 肃肃鸨羽，集于苞栩。王事靡盬，不能艺稷黍，父母何怙？悠悠苍天，曷其有所！

鸨是鸟名，据《释文》说："鸨似雁而大，无后趾。"马瑞辰《毛诗传笺通释》说："鸨盖雁之属，雁亦不止树也。曾目验之，无后趾信然。""肃肃"是鸨翅膀发出的声音，"苞栩"是鸨所在的地方。"民征役而不得养其父母"，是所兴之事。毛、郑及朱熹等，都认为"集"是"止"的意思，以为这里是用鸨鸟栖止于柞栎的危苦之状（因鸨之性不止树），隐喻民之行役的。日本学者松本雅明

---

[1]　马瑞辰：《毛诗传笺通释》，中华书局 1989 年版，第 390 页。

认为，这个"集"字应当是"鸿雁于飞，集于中泽"的"集"，指的是群聚。这是有道理的。从诗的形式结构上看，它与我们先前所讲的以鸟占起兴的诗，是完全相同的。我们与《小雅·四牡》篇比照来看，其意义或许更易明了：

> 翩翩者鵻，载飞载下，集于苞栩。王事靡盬，不遑将父。

鵻一本作隹，据李时珍说，是斑鸠小而无斑者。鸟名虽然变了，但它们的存在状态、栖止地方、所兴之事基本未变。斑鸠是常栖于树的，并无所谓"性不树止"之说，而与鸨同样以兴"行役之苦"，显然前人"鸨不善栖树，喻民之性不便劳苦"之说是不能成立的。这里值得注意的有三点，其一，这两篇诗中提到的鸟，据《中药大辞典》说："（鸨）栖于空旷的草原上，善奔驰，常成群觅食，食物以植物质为主。""（斑鸠）体长约三十四厘米……栖于树林间，常成群活动，营巢于树枝。"①《简明生物学词典》说："鸨，鸟纲，鸨科。体比雁略大，长可达一米，形亦近似……常群栖草原地带，足强健而善奔驰②。"它们都是成群活动的鸟类，这两种鸟在平原旷野成群活动的情景，最易使人联想到在旷野中成群结队行进的行役者。

其二，两篇诗作同时都提到了鸟的飞行。"肃肃鸨羽"，"肃肃"即表示飞行的声音，而且这种声音，既是飞行急速的表现（《小星传》："肃肃，疾也。"），也蕴有飞行凄苦的意思（《庄子·田子方》疏："肃肃，阴气寒也。"）。《诗经》中有两篇用"肃肃"描写鸟飞行的诗歌，即《鸿雁》与《鸨羽》，而这两篇都写的是劳役之苦。《召南·小星》有"肃肃宵征"，形容人的奔走也用了"肃肃"二字。"肃"字有峻急（《淮南子·本经训》高注："肃，急也。"）、萧瑟（《礼记·月令》郑注："肃，谓枝叶缩栗。"）之意，看来这也有以声传意的意思。后人又特意造了翽字。《玉篇·羽部》："翽，飞声。"《广韵·屋韵》："翽翽，鸟羽声。"其实"翽"就是肃。"载飞载下"，即飞上飞下的意思，也表现的是身无定所之状。《小雅》中类似的描写有三篇，《沔水》云："鴥彼飞隼，载飞载止。嗟我兄弟，邦人诸友，莫肯念乱，谁无父母？"这是用"载飞载止"象

---

① 《中药大辞典》，上海科技出版社 1986 年版，第 1715、2279 页。
② 冯德培：《简明生物学词典》，上海辞书出版社 1983 年版，第 958 页。

征动乱中人身无定的状态的。《小宛》云："题彼脊令，载飞载鸣。我日斯迈，而月斯迈。"所言也是行役之劳。这都是用鸟的飞行作为象征劳苦的。

其三，它们所止之地是"苞栩"、"苞棘"、"苞桑"、"苞杞"等丛生的杂木中，栩即柞栎，棘是酸枣树，杞是枸杞，这些杂木大多都有刺，这种处境本身也是艰苦境遇的象征。《大雅·绵》写太王开辟岐周时，曾云："柞棫拔矣，行道兑矣。"《皇矣》写经营岐周，亦云："作之屏之，其菑其翳。修之平之，其灌其栵。启之辟之，其柽其椐。攘之剔之，其檿其柘。""柞棫斯拔，松柏斯兑。"《左传》称楚之先祖，"筚路蓝缕，以启山林。"古代因人烟稀少，道路不通，到处杂木丛生，须披荆斩棘，始可前往。郑玄解释《绵》篇时说："混夷，夷狄国也，见文王之使者将士众过己国，则惶怖惊走奔突，入此柞棫之中，而逃甚困剧也。"[1] 这种解释虽然有点滑稽，但也反映了所谓苞栩、苞桑等杂木丛林，在古人的心目中，是怎样的一个概念！实际上苞栩、苞杞等，就是艰难苦境的代码。在其中要开出一条路来，实在不是容易的事。所以《诗经》讲述先周三代英主经营岐周时，要特别提到拔柞棫，开道路。可以想见，在杂木丛生的原野上行进的人们，他们的感受会是怎样的呢？《诗经》中三篇（《秦风·晨风》、《鸨羽》、《四牡》）提到苞栩之类丛生杂木的诗，情调都是忧伤的，其是否与此有关呢？

由于这三个方面的原因，古人将群飞的鸟栖止于杂木丛林，认作行役劳苦的不吉之兆，而镶于诗歌之中，也是情理之中的事情。

以上就《国风》中鸟占倾向较明显的几篇结合《雅》诗有关篇章作了分析。由《左传》的"鸲鹆谣"就可以看出，在具体诗篇中有些是很难分辨的，我们只能知其大略而已。

三、从河洲关雎到银河鹊桥

从以上的分析中可以看出，《国风》中的鸟类兴象，大部分与古代的鸟占

---

① 阮元校刻：《十三经注疏》，第 511 页。

习俗有关。虽然我们还不能说鸟类兴象就是起源于鸟占，但起码可以说这是一个主要的渊源。我们这个结论，与《诗经》前后的古籍中所反映出来的先民对于鸟的神秘意义的认识，是完全一致的。

鸟是神秘信息的载体与媒介——这可说是鸟类意象的意义内核。从《诗经》前后古籍中所反映出的鸟的神秘性，到古代的鸟情占，到《诗经》中的鸟占兴象，无不体现出这样一种意义来。河洲上的关雎，它用一种和谐明快的叫声，传递着神谕。这声音是神在告诉一位翩翩公子，他的求爱会获得成功，关雎是负责将神的旨意转告给"君子"的信使。但在这里它增益了一层意义，当这位"君子"向着那位"淑女"高唱出"关关雎鸠"的时候，也就等于向那位淑女发出了求爱的信号。因为"关雎求鱼"本身又是男女求爱的隐语。这样，鸟不仅是天地间联系即神与人之间联系的媒介，同时也是君子与淑女之间心灵沟通的媒介。其区别仅在于一是自然界带有神秘意义的鸟，一是歌中带有象征意义的鸟，一在世俗的层面，一在艺术的层面而已。

世俗的层面——形式：鸟占；媒介：关雎；沟通对象：神与人。

艺术的层面——形式：象征；媒介：关雎；沟通对象：君子与淑女。

可见无论在哪个层面，作为鸟的关雎都不失其信息载体与媒介的意义。追寻其源，这种意义恐怕皆生成于远古的神话意识之中。也就是说，鸟的信息载体与媒介的意义，体现在三个不同的层面上：

> 神话的层面：关于鸟使的神话传说；
>
> 世俗的层面：鸟情占与以鸟为贽的习俗信仰；
>
> 艺术的层面：鸟类意象的象征意义。

这里我们不妨暂且撇下《诗经》勿论，首先从远古的神话开始论起。

关于鸟的神话，至今见诸文字的最早的一则资料，就是前所引及的甲骨文中关于"帝史凤"的记载。从甲骨文的情况看，"帝"在武丁时是天神的专称，至廪辛、康丁以后，才开始加诸人王的[1]。所谓"帝史"，应当就是"帝使"，

---

① 李孝定：《甲骨文字集释》首卷，第0028页引胡厚宣说。

即上帝的使者。鸟类飞翔于天地之间，自然会使人联想到天地间使者的角色。而凤鸟作为神话传说中的百鸟之王，将它认作上帝的使者，更是情理之中的事情。《春秋合诚图》说："黄帝游玄扈洛水上，与大司马容光、左右辅周昌等百二十人临观，凤皇衔图置帝前，帝再拜受图。"又云："尧坐舟中，与太尉舜临观，凤皇负图，授尧图。"①所谓"凤皇衔图"，无疑是说凤皇就是神意的传递者。

仰韶文化彩陶金乌载阳图

《墨子·非攻》所谓赤鸟衔圭，降落到了周在岐山祭祀土地神的社树上，上面写着：上天命文王讨伐殷朝而得有其国。赤鸟也是上帝信息的传递者。此皆可作甲骨文中"帝史"二字的注脚。显然鸟神话在文字中第一次出现，便是与信使即信息载体与媒介的角色密切相关联的。

比甲骨文更早的是彩陶上的图画资料。在陕西华县泉护村出土的仰韶文化庙底沟类型彩陶上，我们发现了一"金乌载阳图"。在努力奋飞的鸟的背上，驮着一个硕大的太阳。关于这个图案，最好的注脚应该是《山海经·大荒东经》的一段传说："汤谷上有扶木，一日方至，一日方出，皆载于乌。"在浙江河姆渡文化遗址中发现的骨匕上的双鸟连体纹，是在双鸟连体之间绘着一个太阳。由此可知，早在五六千年以前，华夏先民就已把鸟认作一种载体了，他们认为是鸟给人间带来了光明的信息。

鸟图腾神话自是上古神话中一个重要的组成部分。《左传》中关于雎鸠氏为司马的图腾神话，因资料过少，我们不得其详。但著名的玄鸟生商的图腾神话却明确地表示着鸟的信息媒体的角色。《殷本纪》云："殷契母曰简狄，有娀氏之女，为帝喾次妃，三人行浴，见玄鸟堕其卵，简狄取而吞之，因孕生契。"而在比此早一千多年的《商颂·玄鸟》中，则指出："天命玄鸟，降而生商。"玄鸟它不是一普通的自然物，而是天帝的使臣，是受天帝的旨意而降生大商的。屈原《天问》中也说："简狄在台喾何宜？玄鸟致贻女何嘉？"帝喾是兼有人帝与上帝双重身份的神话人物，"宜"读为"仪"，是匹配的意思。"嘉"

① 黄奭辑：《春秋纬》，上海古籍出版社1993年版，第139、141页。

之言"加"，谓生子。这是说简狄在高台上，帝喾怎与她结合？派玄鸟送去卵，为何果然就生了孩子[①]？《吕氏春秋·音初篇》云："有娀氏有二佚女，为之九成之台，饮食必以鼓。帝令燕往视之，鸣若嗌嗌。二女爱而争搏之，覆以玉筐。少选，发而视之，燕遗二卵，北飞，遂不反。"《淮南子·地形训》高诱注云："天使玄鸟降卵，简狄吞之以生契。"各家之说虽不完全相同，但有一点却是一致的：玄鸟或燕子乃是上帝或帝喾委派的使者，它是从上帝那里接收到生命的信息而传给简狄的。

神话中最有名，并且在后世的诗词中频频出现的信使恐怕要数西王母的三青鸟了。《山海经·海内北经》云："西王母梯几而戴胜杖，其南有三青鸟，为西王母取食。"司马相如《大人赋》云：西王母"有三足乌为之使。"尽管将三青鸟与三足乌混而为一，是司马相如的一个失误，但说它是西王母的使者，则是合乎情理的。《酉阳杂俎·羽篇》说："齐郡函山有鸟，足青，嘴赤黄，素翼，绛颡，名王母使者。"《楚辞·九叹·忧苦》："愿寄言于三鸟兮，去飘疾而不可得。"洪兴祖补注云："《博物志》：王母来见武帝，有三青鸟如乌大，夹王母。三鸟，王母使也，出《山海经》。韩愈诗云：浪凭三鸟通丁宁。用此也。"[②]

在侗族《起源之歌》中，也有以鸟为媒介的情节。说洪水之后，大地上只剩下了姜良、姜妹兄妹俩。在岩鹰的说合下，兄妹结为夫妻[③]。

众多的神话传说表明，将鸟认作神的使者或媒介，这是上古先民一个非常顽固的观念。在先秦文学中，神话意识最为浓郁的无疑是屈原的《楚辞》。屈原在《离骚》中写到自己努力想与怀王沟通而又不得其法时有这样一段描写：

> 望瑶台之偃蹇兮，见有娀之佚女。
>
> 吾令鸩为媒兮，鸩告余以不好。
>
> 雄鸩之鸣逝兮，余犹恶其佻巧。

---

① 《天问》此句旧解不确，此处参用闻一多先生说。见《天问疏证》，生活·读书·新知三联书店1980年版，第81页。

② 洪兴祖：《楚辞补注》，中华书局1983年版，第300页。

③ 《侗族文学史》编写组：《侗族文学史》，贵州民族出版社1988年版，第44页。

> 心犹豫而狐疑兮，欲自适而不可。
>
> 凤皇既受诒兮，恐高辛之先我。

当然这只是一种意识活动。但屈原为什么会想到以鸟为信使呢？如果没有神话传说的背景，这恐怕是很难理解的。神话向人们表述着这样一个事实：在人类活动及彼此往来之中，人们最易感受到的是空间距离的隔阂。在天上与地下、彼岸与此岸之间，总是横亘着种种巨大的障碍。这障碍像一把利刀，割断了彼此间的交往。而这之间唯一可以自由来往的就是飞鸟。鸟可以横越山川，上下天地，是宇宙间唯一可以超越种种空间障碍的生命。因而它是沟通天地、彼此的信使，是彼此相隔的两个世界的一线联系。

由神话世界降落到俗世，鸟作为信息载体与媒介的角色，仍然没有改变。这可以从两个方面来得到证实，一是以禽为贽的习俗，一是鸟情占卜习俗。在上古时代，臣初次见君或士以尊卑相见，或两姓结好，都要带礼物，这礼物就叫作贽。贽根据每个人的身份地位不同而有别。《周礼·大宗伯》云："以禽作六挚（贽），以等诸臣。孤执皮帛，卿执羔，大夫执雁，士执雉，庶人执鹜，工商执鸡。"郑玄注云："挚之言至，所执以自致。"① 这里说的是臣见君之礼。《仪礼·士相见礼》云："士相见之礼，挚，冬用雉。"此言私相见。《仪礼·士昏礼》云："昏礼：下达纳采，用雁。"② 此言婚礼。但不管是什么性质的见面，礼物都是以禽为主的。《周礼》虽有"卿执羔"之说，但在总论贽物时，仍云"以禽为六挚"。为什么要用禽为贽？汉代学者对此有种种解释，如郑玄云："用雁为贽者，取其顺阴阳往来。"《白虎通·瑞贽》说："大夫以雁为贽者，取其飞成行，止成列也。"③《公羊传·庄公二十二年》注："凡婚礼皆用雁，取其知时候也。"④ 其实这是靠不住的。因为对雁可如此附会，那么对雉、鹜、鸡之类又如何为说呢？我们认为古人之所以以禽为贽，一是因为雁雉之类为狩猎时代先民们所猎获的对象，他们将猎物进献所尊敬的人，这也是情理中的事。如《郑风·女曰

---

① 阮元校刻：《十三经注疏》，第 762 页。

② 阮元校刻：《十三经注疏》，第 975、961 页。

③ 陈立：《白虎通疏证》，中华书局 1994 年版，第 356 页，下引一条在 355 页。

④ 阮元校刻：《十三经注疏》，第 2237 页。

鸡鸣》写男子为与恋情的女子结合，就曾言及"弋凫与雁"之事，显然是要猎取雁凫为贽的。再则便有可能在于鸟的神话意识对世俗生活的渗透。双方相见，贽以为先，"贽"所充当的就是"媒介"的角色。《白虎通·瑞贽》篇说："贽者，质也。质己之诚，致己之悃愊也。王者缘臣子之心以为制，差其尊卑以副其意也。"这无疑是说贽是沟通彼此的信物。而贽之所以用雁雉鸳鸡，可能是因为古人相信它们都有一种神秘的功能，都是信使，能将自己至诚之意准确的传递给对方，缩短彼此间心灵的距离。总之，不管这种解释准确与否，禽在这里具有信息载体与媒介的意义则是可以肯定的。

　　当然最能体现鸟之神话意识的世俗信仰与习俗，恐怕还是鸟情占卜了，这可说是神话中鸟的"信使"观念在俗世的落实。所不同的是，它不是像神话中的鸟那样，明确地以上帝或神的使者的角色出现，而是神的旨意的体现者；不是衔书于某前，而是用带有象征性的表述方式，传递着神谕。我们这里不必要对文献中大量鸟情占卜作过多的解释，只就《国风》中的几篇略作分析也就足以说明问题了。请看下表：

《国风》所见之鸟情占卜

篇名	信息主体	信息媒介	传递方式	信息接受者	信息内容
关雎	神秘存在者	关雎	鸣声关关	君子	求爱吉利
鹊巢	神秘存在者	鹊、鸠	鸠占鹊巢	人（姑娘）	嫁得其家
防有鹊巢	神秘存在者	鹊	筑巢非其所	失恋人	成家不利
燕燕	神秘存在者	燕燕	上下飞鸣	离人	别离
雄雉	神秘存在者	雄雉	泄泄其羽	离人	别离
黄鸟	神秘存在者	黄鸟	止于桑、棘	三良夫人	死别
侯人	神秘存在者	鹈鹕	不肯湿喙	季女	爱不遂愿
鸨羽	神秘存在者	鸨	飞止苞栩	行役者	和役之苦
九罭	神秘存在者	鸿	鸿飞遵渚	女	公归无所
凯风	神秘存在者	黄鸟	鸣声	子	与母别

　　从表面上看，这里，信息的主体，亦即播发信息者，在诗中都没有出现。但如果返回到鸟占的生活习俗之中，人们就会明白，这信息是天，是神，是天

地间神秘的存在者向人们的暗示。

但越过鸟占习俗的层面，返回到诗歌艺术的层面之中，拥有信息载体与媒介意义的飞鸟，则开始由带有神秘意义的自然物，而转变为具有一定文化意义的鸟意象。这意象它是一个可以不依赖于外物而独立存在的意义世界。以上分析的《国风》诸篇，我们只是从鸟占的角度探讨了一种可能性。而从诗歌的角度分析，鸟占只是一个民俗文化背景，诗人未必真的见到了"雄雉于飞"、"鸠占鹊巢"，而更多的可能是只借用这一意象，以其所具有的象征意义展示一种情感状态，表达自己心灵深处的悲欢忧乐以及希望与追求。美国华裔学者王靖献先生，在哈佛大学教授米尔曼·帕里（Milman Parry）及其学生阿伯特·洛尔德（Albert lord）套语理论研究的基础上，曾对《诗经》的套语及创作方式做了研究。他在其博士论文《钟与鼓》中，曾引用弗郎西斯·P·马贡对于英语诗歌中"战场禽兽"主题研究的成果说：

> 所谓"战场禽兽"主题，即凡是"在描写某一残杀场景时，就提到狼、鹰或者乌鸦等禽兽。"马贡注意到，只要一提到或暗示到战斗，歌手立刻就要引入禽兽（鹰、乌鸦与狼）来"给战场渲染气氛，增加点缀。"
>
> 禽兽的引入，不仅仅是"给战场渲染气氛，增加点缀"，它也强化了各首诗中的各种情绪。例如，在《芬斯堡》中，乌鸦的引入显然是非现实性的，因为乌鸦的引入紧跟在叙述古斯拉夫毙命之后，而这个丹麦人却正好死于室内。然而运用主题来创作的盎格鲁—撒克逊歌手之所以利用这一主题，不过因为它具有增加杀人气氛的现成功能。如雷诺瓦所说，"可以引起条件反应"。或者因为歌手忍将不住，脱口而出。在口述创作中，一个意象看来是如此自然而然要产生出别一个意象，以致叙述的非一致性与非现实性常常是不可避免的。

又说：

> 一个歌手，当全神贯注于表演人生的"基本条件"与自然界的"描绘"时也会在传统范围与分章分段的陈规惯例之内，常常是突然地把套语与主

题当作镶嵌图案来使用，以完成一系列相关的意象，从而以这样的方式来完成他的诗歌。实际上诗歌这种传统创作方式中的所"主题"，或"典型场景"或"旨式"，与中国抒情艺术中的所谓兴，几乎完全是同一回事。①

这个结论基本上适合于《诗经》中的鸟占兴象。鸟占资料被镶嵌于诗歌艺术之中，一方面它将鸟占固有的象征意义进一步固定和加强，另一方面它则以这一景物唤起人们的联想，唤起人们对文化群体所共同的"系列思想贮藏"的回忆。当求偶的"君子"向着"淑女"，热情地唱出"关关雎鸠"的时候，关雎可能压根儿就没有出现。但鸟情占卜的生活经验无数次的重复，已将求爱的信息储蓄在了"河洲关雎"这一意象之中。听到这歌声的淑女，她不需要再返回到鸟占习俗的层面，去推断"关关雎鸠"意义之所在，而是凭着承自先人的民俗文化知识，凭着悟性与联想，就足以领悟到其中的真谛了。"河"在这里代表着横亘于男女之的障碍，而关雎则是媒介，是桥梁，它超越了这障碍，将君子、淑女的心灵联结在了一起。同样"鸿飞遵渚"，鸿传递着女子对于情人的担忧与关切之情；"维鹈在梁"，鹈鹕传递着女子的焦虑与对男子的埋怨。"防有鹊巢"传递着男子对于所爱女人离开自己的忧伤情绪。"鹊巢鸠居"表达着人们对于美满婚姻的庆幸，同时也是男女双方欢悦情绪的相互表达。

值得注意的是，无论是在神话中，还是在诗歌中，鸟的信息载体与媒介的角色最能得到体现的，都是在男女情爱之中。在"玄鸟生商"的神话中，简狄是具有上帝神格的帝喾的妃子，玄鸟则是帝喾与简狄之间的情使；在《离骚》中，高辛氏与有娀氏之间的情使是凤凰；灵均欲求有娀氏，想到的情使候选人是鸩、雄鸩等。在《诗经》中，关雎、鹈鹕、鸿、鹊等，都也都充当着情使的角色。这一现象引起了我们对于中国文学史上文人笔下及通俗文学中不断出现、并在民间广为流传的鸟"情使"母题的思考。

鸟作为情使的角色，在中国文学中有多种不同的表现形式，其一是带有神话色彩的表述。如《琅嬛记》卷上引《谢氏诗源》云："昔有丈夫与一女子相爱，自季夏二十六日以书札相通，来年是日箧中殆满。皆凭一鸟往来。此鸟殊

---

① 王靖献：《钟与鼓》，四川人民出版社 1990 年版，第 21、22、124 页。以上所引，只撮其大略。

解人意，至是日忽对女子唤曰：情急了！女子因书系其足曰：秋期若再不果，有如白日！惟其所为，因名此鸟为'情急了'。"《聊斋志异·阿宝》叙名士孙子楚情迷于美女阿宝，而无由达，于是魂附于鹦鹉，飞到阿宝住所。得到阿宝成婚的允诺后，鹦鹉衔阿宝一履为信物飞回孙子楚处，终使有情人成眷属。

其二是鸟以信物的形式（像凤头钗、鸳鸯绦、玉鸾簪、玉燕佩之类）出现，以连接男女情感。如高濂《玉簪记》传奇，写潘必正与陈妙常，由父母指腹为婚，双方交换玉鸾簪、白玉扇坠，作为订婚信物。后经过许许多多曲曲折折，终于结为夫妻。小说《闹花丛》写才子庞文英与美女刘玉蓉一见钟情，玉蓉赠玉鸳鸯作为信物。后经过一番曲折，终成夫妻。小说《珍珠舶》中，秀才东方白与美女贾琼芳相爱，贾夫人提出要以玉燕钗为聘，正好东方白有此物，婚姻遂定。

其三是咏鸟以诗篇的形式出现，沟通双方感情。如小说《定情人》写才子双星与佳人蕊珠，一见钟情，蕊珠赋《似曾相识燕归来》诗，双星步韵奉和，两情相系，终成眷属。小说《凤凰池》，写佳人文若霞作听莺诗于扇，扇为才子云剑偶见，和诗其上。文小姐复见此扇，倾慕其才。经过一番风波，二人终成夫妻。

其四是以人名的形式出现。如无名氏小说《意外缘》，才子梅清之与佳人贺瑞英一见钟情，婢女春燕为之传书递简，二人得以私订终身。另外还有其他一些形式，如小说《生绡剪》中，秀才奚冠误以弹弓打死永懿侯俞楠畜养的丽鸟，掌管丽鸟的巫姬怕加罪于己，遂与奚私奔。经过一番波折后，奚冠与巫姬结为夫妻。杂剧《鸳鸯被》中，李玉英闺房寂寞，刺绣一鸳鸯被以寄情思。因受刘员外恐吓要挟，逼与成亲，只好让传话的道姑将鸳鸯被带去，说：被儿到处，便是我一世前程。道姑遵言将鸳鸯被安排在玉清庵。但阴差阳错，与玉英在鸳鸯被上相会的却是才子张瑞卿。经过曲折，二人结为良缘。《警世通言》中，崔衙内因寻失去的白鹞，而进入一山庄与女娘相识。传奇《和戎记》中，王昭君思念元帝，用白雁传书。但不管形式如何变化，"鸟"作为男女关系连接的"媒介"这一意义内核，则始终未变。当然并不否认小说戏剧中，在男女之间起媒介作用的还有其他之物，在此我们只是要进一步明确鸟意象承自神话、《诗经》的"信息载体与媒介"的意义。小说、戏剧有许多套式，看似庸俗。但正是在庸俗之中，体现着一种文化观念顽强的生命力。笔者姑将所知通俗小说与戏剧中体现鸟之爱情媒介意义的作品列表于下，以资参考：

通俗小说与戏剧所见鸟之爱情媒介意义表

书名	才子	媒介	佳人
警世通言（十九）	崔亚	白鹇	女娘
玉娇梨	苏友白	"送鸿""迎燕"诗	白红玉
醒名花	湛国瑛	紫燕诗	梅杏娘
鸳鸯配	申云、荀文	紫鸳鸯	崔玉英、崔玉瑞
生绡剪（三）	奚冠	丽鸟	巫姬
珍珠舶	东方白	玉燕钗	贾琼芳
定情人	双星	似曾相识燕归来诗	蕊珠
闹花丛	庞文英	玉鸳鸯	刘玉蓉
凤凰池	云剑	听莺诗扇	文若霞
醒梦骈言（三）	孙寅	鹦鹉	刘阿珠
五更风·鹦鹉媒	水朝宗	鹦鹉	炎氏
疗妒缘	朱纶	玉鸳鸯	许巧珠
双凤奇缘	汉元帝	飞雁	王昭君
意外缘	梅清之	婢春燕	贺瑞英
燕子笺	霍梁都	飞燕	郦云飞
泣红亭	贾璞玉	燕哭竹枝诗	金默琴
玉燕姻缘传	吕昆	玉燕	谈凤鸾
鸳鸯被（剧）	张瑞卿	鸳鸯被	李玉英
连环记（剧）	吕布	凤头钗	貂蝉
和戎记（剧）	汉元帝	白雁	王昭君
金雀记（剧）	潘岳	金雀	井文鸾
紫钗记（剧）	李益	紫玉燕钗	霍小玉
一种情（剧）	崔嗣宗	金凤钗	何兴娘
男皇后（剧）	陈子高	比翼鸟团扇	临川王妹
鸾鎞记（剧）	杜羔	碧玉鸾鎞	赵文姝
玉簪记（剧）	潘必正	碧玉鸾簪	陈妙常
琥珀匙（剧）	胥埙	雀钗	佛奴
鸳鸯绦（剧）	杨益友	鸳鸯绦	张淑儿
鹦鹉媒（剧）	孙荆	调鹦行乐图	宝娘

其五是鸟作为能够超越障碍的自由使者，给分离中的人们以希望。离人幻想通过它，接收到对方的信息，或把自己的信息传递给对方，或凭其双翼，获

取自由。这种构思主要见于诗歌艺术之中。如：

　　朝与佳人期，日夕殊不来。嘉肴不尝，旨酒停杯。寄言飞鸟，告余不能。

曹丕《秋胡行》

　　辞家远行游，悠悠三千里……愿假归鸿翼，翻飞浙江氾。

陆机《为顾彦先赠妇诗》

　　而我在万里，结发不相见。袖中有短书，愿寄双飞燕。

江淹《李都尉从军》

　　游子易感忾，踯躅还自怜。愿言寄三鸟，离思非徒然。

江淹《陆平原羁宦》

　　未有南飞雁，裁衣欲寄谁？　　　　孟浩然《登驿门亭怀汉诸友》

　　信阻青禽云雨暮，海月空惊人两处。　　　　欧阳修《玉楼春》

　　万山不隔中秋月，一雁能传寄远书。　　　　苏轼《和黄龙清老》

　　禁中鼓绝花奴老，海上宫深鸟使迟。　　　　林景熙《催梅诗》

　　这种观念，直至今日仍然存在。如"文化大革命"中有一首歌词说："远飞的大雁，请你快快飞，捎个信儿到北京，边区的人民想念恩人毛主席。"这无疑也是想借飞鸟的力量超越空间障碍的。

　　但鸟的情使角色最为突出、流传最广、文人笔下最为活跃的则是"七夕鹊桥"的故事。七月七日乌鹊架桥使牛郎织女相会，这是一个美丽的神话传说，但它不同于原始神话的古朴与粗犷，而是优美、清丽。虽然这里有人类原始生活的投影，但更多的是人生种种遗憾与圆满渴望的反映。有人将此认作是次生神话，这也未尝不可。关于这个故事，在先秦典籍中尚未见到，在汉魏诗歌中开始透露出来。在文人笔下出现，最早见于晋代的傅玄《拟天问》，其云："七月七日，牵牛织女，时会天河。"但《白孔六帖》卷九十五引《淮南子》云："乌鹊填河成桥，渡织女。"《岁华纪丽》卷三引《风俗通义》云："织女七夕当渡河，使鹊为桥。"看来乌鹊搭桥渡情人的情节，在汉代就出现了。这个故事有不同的传说，而鹊在其中始终充当着媒介的角色。闽南一带流传说：织女和牵牛幽会，被天帝发现后，把她关在了房子里不准出来。她正在向着窗外流泪时，一只鹊鸟飞进来。她就叫鹊鸟飞去告牛郎，说："你每七日来和我会一次。"口笨的鹊鸟去了，却把"七日"说成了"七夕"，于是这对情人只能每年七夕会一次。为了处罚鹊鸟，故让它搭桥①。有人认为"鹊桥"情节可能是由乌鹊到秋换毛产生的联想。《尔雅翼》卷十三云："涉秋七日，（鹊）首无故皆髡。相传是日河鼓（即牛郎）与织女会于汉东，役乌鹊为梁以渡，故毛皆脱去。"幼时在农村也常听人言，七月七日这一天见不到喜鹊，因为都为去牛郎织女搭桥了。但为牛郎织女搭桥的为什么不是熟悉水性的水族如龟鳖之类（在朝鲜流传的朱蒙神话中，朱蒙逃跑时为之搭桥的就是水族），而却是飞禽呢？这无疑是一个关键性的问题。

王孝廉先生说："产生以鹊为桥的原因也许是如前人所考察的鹊是栖息于中国全境，常在固定的季节群飞。鹊陈群飞是遮云蔽日的一大片，有如空中架桥，于是民间的人们看到七月飞来的鹊群，就认为鹊是为七夕织女渡河会牵牛而来架桥的了吧？"②这是从自然现象中所寻找的解答。王晓平先生说："在将《诗经》中喜庆的鹊变为给牛郎织女架桥的鹊的轨迹中，《山海经·北山经》中载录的精卫神话充当了重要的角色，起过不可忽视的作用。"又说："七夕神话是在吸收了沿海神话之后形成的内陆神话。"③这是从神话中寻找的解答。这两种意见都缺少信仰的支撑，而且都是只从表面上看问题的。"精卫填海"只是在水上运作这一点上与乌鹊架桥有点相近，而故事的核心却不是要平息障碍，打通彼此的联系。古人也根本不知道海那边还有个世界。而想到的更多的是复仇！鸟鹊群飞纵然规模再大，如果没有文化观念方面的原因，恐怕也很难与牛女河汉相会联系起来。在署名东方朔的《神异经》中，我们见到了这样一段记载：

> 昆仑之山，有铜柱焉，其高入天，所谓天柱也。围三千里，周圆如削，下有回屋，方百丈，仙人九府治之。上有大鸟，名曰希有，南向，张

① 见王孝廉：《中国的神话世界》引，作家出版社1991年版，第154页。
② 王孝廉：《中国的神话世界》，第153页。
③ 〔日〕中西进、王晓平：《智水仁山——中日诗歌自然意象对谈录》，中华书局1995年版，第84页。

左翼覆东王公，右翼覆西王母。背上小处无羽，一万九千里。西王母岁登翼上，会东王公焉……其鸟铭曰：有鸟希有，碌赤煌煌，不鸣不食，东覆东王公，西覆西王母。王母欲东，登之自通，阴阳相须，唯会益工。①

这是汉代出现的新神话。显然东王公、西王母是一对配偶神，他们之间相距止少也有“一万九千里”，希有大鸟在他们之间建起了桥梁，使他们能在鸟背上相会。这与牛女鹊桥相会倒有些相似，或许它们之间有些关系。但我认为在这里起决定性作用的还是传自远古神话，落实于先民习俗生活。而在《诗经》中得到进一步体现的鸟的“信息载体与媒介”的观念信仰。牛郎、织女，他们处在一个彼此相互隔离的世界，他们中间横亘着茫茫河汉，在人世间这是一个难以超越的障碍。他们与神话中的帝喾与简狄、《关雎》中的君子与淑女，所处境况几乎是完全相同的。《天问》说：“简狄在台喾何宜？”闻一多先生《天问疏证》云：古台皆有水周之。这就是说，把帝喾与简狄分隔为两个世界的是水，《关雎》“君子”与“淑女”中间相隔的也是水，牛郎、织女苦于不能超越的还是水。但鸟在他们之间架起了桥梁，使他们彼此获得了联系。所不同的是在牛女故事中，鸟的媒介意义不是通传递神秘信息，而是用“桥”这一更具表现力的形象展示了出来。而这桥之所以要由鹊来架，这可能与先民赋予鹊鸟的吉祥意义有关。《诗经》以鹊巢兴婚姻，《占验录》以鹊中时噪为婚姻吉祥的征兆，《淮南万毕术》又言“鹊脑令人相思”，民间又称鹊为喜鹊，以其鸣叫为有喜事之兆。民间结婚，洞房贴窗花“喜鹊登梅”，以表喜庆。《神异经》说：昔有夫妇将别，破镜各执一半。妻与人通，镜化为鹊，飞至夫前，夫乃知之②。在受汉文化影响颇深的布依族中，有喜鹊帮助八哥和阿果逃脱头领追捕而结为夫妻的传说③。这与喜鹊架桥给牛郎织女带来喜讯的故事构思，完全是一脉相通的。

鸟的“信息载体与媒介”这一观念，衍化为“鹊桥”这一意象之后，其意义也随着发生了变化。尽管其作为“媒介”的意义内核没有变，而其外壳却增

① 见《中荒经》，《百子全书》，岳麓书社 1993 年版第 5 册，第 4048 页。
② 李昉等：《太平御览》卷 717，中华书局影印本，第 3197 页。
③ 《布依族文学史》，贵州民族出版社 1993 年版，第 114 页。

益了新的色光。它具有了象征相会的意义，尽管这相会是暂时的，而却能给在痛苦中煎熬的人们以希望，以追求。自汉唐以来，这一意象不断出现在文人笔下。在《全唐诗》中，写到牛郎织女的诗作约不下50多篇。这些诗作所咏自然不离"别离"二字。但"鹊桥"都是作为情人相会的隐语出现的。宋元以降的诗词中的"鹊桥"意象，亦大多如此。唐李郢《七夕》云：

> 乌鹊桥头双扇开，年年一度过河来。
> 莫嫌天上稀相见，犹胜人间去不回。

李商隐《七夕》诗云：

> 鸾扇斜分凤幄开，星桥横过鹊飞回。
> 争将世上无期别，换得年年一度来。

天河把一对热烈相爱的年轻生命活生生地隔开，使他们一年只能凭着乌鹊架起的桥梁相会一次，说来这是非常残酷的。然而人间的别离，却多年不得相见。相反人们又在羡慕着牛女的生活。戴叔伦《织女词》云：

> 凤梭停织鹊无音，梦忆仙郎夜夜心。
> 难得相逢容易别，银河争似妾愁深。

题目虽是"织女"，实是写的人间的别离，"鹊无音"象征着相会无期，渗透着相思的痛苦。宋之问《牛女》云：

> 粉席秋期缓，针楼别怨多。奔龙争渡月，飞鹊乱填河。
> 失喜先临镜，含羞未解罗。谁能留夜色，来夕倍还梭。

"飞鹊乱填河"象征匆匆相会，长期别离的幽怨，片刻间化为乌有。"临镜""含羞"的举止，无法掩饰心头的喜悦。心中唯愿留住夜色，充分的体味

一下人生。秦观《鹊桥仙》词云:

> 柔情似水，佳期如梦，忍顾鹊桥归路。
> 两情若久长时，又岂在朝朝暮暮。

"鹊桥归路"象征别离。

　　总之，"信息载体与媒介"是鸟意象的意义内核。作为情使角色，乃是其媒介意义的一种表现形式。而情使角色的奠成，神话、《诗经》可说是两大基石。也就是说，鸟作为情使的神话观念，经过了《诗经》的溶冶，而凝定为一种艺术范式，不断再现于中国的文学艺术之中。"鹊桥"意象乃是"情使"角色的衍生与变化形态。从《诗经》河洲水畔传递爱情信息的关雎，到天河"七七"渡情人的鹊桥，鸟意象始终体现着同一种价值意义。

四、从鱼鹰到鸳鸯

　　每一具体的鸟占意象，都蕴有两重意义，一是作为神秘之鸟所具有的信息载体与媒介的意义，二是鸟的表现形态对于人事的象征意义。就《关雎》而言，"关关雎鸠"传递的是一种吉祥的信息，同时雎鸠鸣于河洲之上，也是一种象征。汉儒以为关雎是具有鸳鸯之性的鸟，其在河洲和鸣是夫妻和谐的象征，而我们的研究则认为关雎求鱼是男子求爱的象征。尽管在象征内容上各自认识不同，但在"关雎具有象征意义"这一点上，认识则是相同的。《毛传》释雎鸠为王雎，即鱼鹰，可谓确诂。但为什么汉儒没有顺着这条思路探寻下去，而却将"关关雎鸠"释为雌雄和鸣，并以其为夫妻之喻？"关雎求鱼"何以会有求爱之喻？"关雎"何以由凶猛的鱼鹰变为具鸳鸯之性的鸟类？我认为此间的这种变化是有深刻的社会生活、文化发展及意识形态演变的原因的。

　　汉儒以"关关雎鸠"为夫妻和谐象征之说，正如前所云，这是缺少根据的。因为在《诗经》的时代，我们没有发现以鸟喻夫妻的证据。不仅在古籍中没有，在春秋前的古器物图案中，也难找到雌雄匹配的鸟纹饰。在良渚文化遗物及金铭图饰中，出现有连体鸟型器物与双鸟纹饰，但那多是为对称而设计的，并看不出雌雄相和的意义来。自从闻一多先生从文化人类学的角度，对《诗经》中的鱼连及食鱼的鸟做出男女求爱隐语的解释后，学者们才开始有了新的考虑。赵国华先生在闻先生研究的基础上，对上古时代诗歌及器物图案中的鱼、鸟作了全面考察，认为鸟与鱼有分别象征男女两性的意义。雎鸠在河洲求鱼，象征君子执着求爱。这一解释基本上是正确的。

　　在闻一多、赵国华两先生的启示下，我们从先秦古器物及民间工艺美术中发现了大量"鸟鱼"图案与造型。这种图案主要有两类，一类是鸟鱼处于同一画面，有时画面上还有人物或花卉等物，如出土于河北燕下都的战国彩陶纹壶，中间一水鸟，前后是两条鱼。出土于河南辉县的铜器纹饰，

战国彩陶壶纹饰

战国铜器纹饰

中间一鱼，前后是两鸭。湖北云梦出土的秦漆盂，上面是两条相相反方向游动的鱼中间，一只凤鸟在起舞。在民间剪纸中则有鱼鸟戏莲、抓髻娃娃戏鸟鱼等图案。这一类图案为数较少。除剪纸造型含有明显的生育意义之外，大多意义不十分明了。

秦凤鱼纹漆盂

民间剪纸

民俗鸟鱼图案

第二类是"鸟啄鱼"型。这类图案为数极多。而且从新石器时代开始，一直延续至今。请看下图：

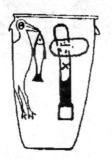

鹳鱼石斧图（新石器时代）

水鸟啄鱼图（新石器时代）

西周鱼鹰玉雕

秦鱼鸟瓦当

汉雁鱼灯

汉鸟鱼画像

汉凤鱼画像

民俗中的鸟（鸡）鱼图案

当在河南阎村仰韶文化遗址中发现"鹳鱼石斧图"时，严文明先生做出了鹳、鱼分别为氏族图腾，"白鹳衔一尾鱼"，表示白鹳氏族与鲢鱼氏族"进行殊死的战斗"的结论①。这个结论对于死无对证的"白鹳石斧图"的创作者来说，自然未尝不可。然而对于在此前出土于陕西宝鸡北首岭仰韶文化遗址中的"鸟啄鱼图"及其后出现的大量同类的图饰及造型艺术，则无法做出合理解答了。赵国华先生认为"鸟衔鱼"、"鸟啄鱼"，"实是男女性结合的象征"②，这是有相当合理性的。这可以从两个方面获得证实。一是从岩画及器物文字中。四川乐山麻浩石刻中，秘戏图相伴鸟鱼图出现，即被认作是对鸟鱼象征意义的解释③。1985 年 9 月，西藏文管会文物普查队在西藏自治区西端的日土县发现了三处岩画，其中位于任姆栋山南端的 1 号岩画，高 2.7 米，宽 1.4 米。在一巨大的男根与女阴画面之下，刻着一条首尾呈圆形的大鱼（大鱼的腹

---

① 《文物》1981 年第 12 期《〈鹳鱼石斧〉跋》。

② 赵国华：《生殖崇拜文化论》，第 259 页。

③ 李辛儒：《民俗美术与儒学文化》，中央民族学院出版社 1992 年版，第 75 页。

内孕有十条小鱼）和三条小鱼。在四条鱼之间有四个戴鸟首形面具的人正在舞蹈。在画面的下方还画有一百二十五只羊头[1]。岩画显然有祈求丰产生育的意义，但这里人化装成鸟对着鱼跳跃，又意味着什么呢？根据其上方那一对巨大的男女性器来看，恐怕也是有性象征的意义的。此岩画像一个谜，"鸟鱼"是谜面，男女性器是谜底。在中国的花钱中，有一种鸟踏花衔鱼造型而上有"五男两女"字样的压胜钱。"五男两女"显系是对多育的崇拜，而鸟踏花衔鱼的构图，恐怕也是对男女结合的象征表现。花、鱼在民俗中一般都是女性的象

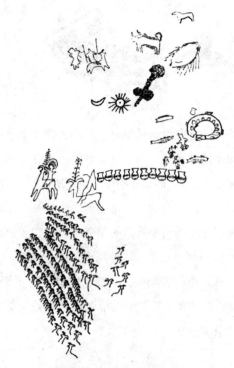

西藏日土县任姆栋山南端岩画

征物。男女结合是形式，"五男两女"则是表示结果[2]。其次是从诗歌中也可以找到大量证据。闻一多先生曾列举了《曹风·候人》、《铙歌·朱鹭》、李群玉《龙安寺佳人阿最歌》、王彦龄妻《点绛唇》、高启《芦雁图》诗及曲靖、陆良民歌，以证明鸟鱼对于性爱的象征意义。这是很有说服力的。在诗歌中大多是以鸟象征男性，鱼象征女性。偶尔也有以鸟象征女性的。如陕南情歌：

> 河边苇叶响索索，一对水鸭飞过河。
> 水鸭想条鲜鱼吃，贤妹想个少年哥。[3]

同样在图案中偶尔也可以见到鱼吞鸟的。如陕西武功出土的陶器上，就曾出现

---

① 《文物》1987年第2期《西藏日土县古代岩画调查》。
② 宁宇、荣华编，卢振海主编：《中国古代压胜钱谱》，辽宁大学出版社1991年版，第690页。
③ 《陕西民间美术研究》，陕西人民美术出版社1987年版，第90页引。此情歌闻氏未引及。

鱼吞鸟图

过鱼吞鸟头的图案。至于其意义是否仍为性象征，这就不敢说了。

总之，在鸟鱼图案中，鸟啄鱼或鸟衔鱼的图饰是带有主导性的。其后又由此演化出了鸟探花心的图案，其象征两性关系的意义也是较明显的。那么为什么会产生鸟食鱼象征男女性爱的观念？赵先生的解释是：鸟象征男性，鱼象征女性。这虽有一定的合理性（有时鱼也可象征男性），但这并不能解决"所以然"的问题。我认为这可能有两个方面的原因，一是社会的，一是心理的。从社会学的角度而言，以鱼鹰捕鱼的粗暴行为象征求爱，当与野蛮的掠夺婚有关。曾有人撰文，认为《关雎》反映的是古代的抢婚制习俗①。这种观点虽不一定对，但对于"关雎捕鱼"，未尝不是一种解释。据学者们研究，在人类社会的早期阶段，很多地方都存在过抢劫婚制。《周易》即留下了一些抢婚制的痕迹。梁启超在《中国文化史·社会组织编》中就曾指出：

> 社会学者言最初之昏姻起于掠夺，盖男子恃其膂力，掠公有之女而独据之，实为母系革命之始。我国载籍中虽无明征，然《易》爻辞屡见"匪寇昏媾"之文，其一曰："乘马班如，泣血涟如，匪寇昏媾。"夫寇与昏媾，截然二事，何至相混？得毋古代昏媾所取之手段，与寇无大异耶？故马蹄蹢躅，有如啜泣，谓之遇寇。细审乃知为昏媾也。爻辞据孔子推定，谓"兴于殷之末世周之盛德"。若吾所解释不缪，则掠昏之风，商周间犹未绝矣。即据《昏礼》所规定，亦有痕迹可寻，如亲迎必以昏夜，不用乐，女家三日不举烛。其制本意皆不可晓，若以掠昏遗蜕释之，则是掠者与被掠者两造各求遏密焉耳。今俗亦尚有存其馀习者，如婿亲迎及门，妇家闭门，妇家儿童常哗逐媒妁之类皆是。

梁氏是中国近代史上一位非常有卓见的学者，这段论述也十分精辟。从古

---

① 王振铎：《〈诗·关雎〉与古代抢婚制》，《史学月刊》1984年第3期。

籍记载与当今民俗两个方面都证实了抢婚制曾在中国这片土地上发生过。汉语中合两姓之好曰"婚姻"，之所以谓"婚"，当与"黄昏"掠女而成"婚"有关。吕思勉先生《中国制度史》亦云：

> 掠女为昏，野蛮人盖习为常事。会战而俘多女，乘隙而篡一我，皆是也。昏礼必行之昏时者？《郑目录》云："取阳往阴来之义。"此后来之曲说，其初盖以便劫掠也。掠夺之初，诚为掠夺，然及其后，往往徒存其貌，而意则全非。①

在《周易》与《诗经》的时代，中原地区可能还存在着抢婚制的遗俗，或如陆游《老学庵笔记》所记蛮俗与明人萧大亨《夷俗记》所记蒙古婚俗然：

> 男未娶者，以金鸡羽插髻，女未嫁者以海螺为数珠挂颈上。嫁娶先密约，乃伺女于路，劫缚以归。亦仇争叫号求救，其实皆伪也。生子乃持牛酒拜女父母。初亦佯怒，却之，邻里共劝，乃受。②
>
> 其成亲则婿往妇家，置酒高会。先祭天地，随宴诸亲友。妇家预置一帐房，树于所居之侧，如贰室然。宴毕，诸亲友皆已散去，时将昏矣。妇则乘骑避匿于邻家，婿亦乘骑追之，获则挟之同归妇家。不然，即追之数百里，一二日不止也。倘迫至邻家，婿以羊酒为谢，邻家仍赠妇以马，纵之于外，必欲婿从旷野获之。③

这里所记是抢婚制的遗风，即吕思勉所云"徒存其貌"者。而追其原初，那种野蛮的掠夺，实无异于鱼鹰之捕鱼。如《南海异事》云：

> 缚妇民喜他室女者，率少年持白梃，往趋墟路值之。俟过，即共擒缚归。一、二月，与妻首罪，谓之"缚妇"也。④

---

① 吕思勉：《中国制度史》，上海教育出版社 1985 年版，第 324 页。
② 陆游撰：《老学庵笔记》卷 4，中华书局，第 32 页。
③ 萧大亨撰：《夷俗记》卷上，《说郛三种》，第 536 页。
④ 李昉等：《太平广记》卷 483 引，中华书局 1961 年版，第 3979 页。

其次，从性心理学的角度考察，粗暴的带有征服性的行为，可使男女双方在强刺激中获得快感。霭理士在其大著《性心理学》中，谈虐恋问题时曾说过：虐恋的倾向原是原始时代所有求爱过程的一部分。后世的此种倾向也许是有远祖遗传的根据的。在动物中有粗暴的求爱者。求爱或交合时，公的会咬住母的颈项或其他部分，这是人和其他动物所共有的一种施虐的表示。以痛苦加人未尝不是恋爱的一个表示。他曾引希腊讽刺家逯兴的话说："若一个男子对他的情人没有拳足交加过，没有抓断过头发，撕破过衣服，这人还没有真正体验到什么是恋爱。"在正常的恋爱场合里，男子对所爱的女子，往往不惜教她吃些痛苦，受些折磨，而同时一往情深。受虐恋者，在接受对方作践的时候，同样地感觉到痛快①。霭理士的这个分析，对于我们理解雎鸠食鱼是极有帮助的。《史记》中记赵简子语、邹阳上书、孔融荐祢衡表等，都说："挚鸟累百，不如一鹗。"可见在古人心目中，鱼鹰是极凶猛的鸟，它的食鱼是一种粗暴的征服性的行为，用它象征男子求爱，自有征服与占有异性的意义在内，其中也有体现男性力量的意义。这种力量对于男性来说，是一种冲动，一种欲望，一种征服者的快慰。而对于女性来说，则是一种诱发性欲的魅力，一种性屈服者的享受。男女双方都可以从中体味到不可言说的人生情趣。这种一再重复的心理经验与抢夺婚的生活经验，与原始的鸟鱼性象征的观念叠合，遂而赋予"鸟鱼"意象以象征男女结合的文化内涵。

但无论是心理的还是社会的原因，都是与"原始野蛮生活"这一母体密切关联的。从"鸟啄鱼"或"鱼吞鸟"的意象之中，我们所体味到的性，完全是一种带有动物本能的交合。这里很难体会到人性温情脉脉的"爱"，而更多的是性的冲动与征服。《诗经》中大量描写男女随意野合与性感受的诗篇，正是这种两性关系是的披露。如：

> 子惠思我，褰裳涉溱。子不我思，岂无他人？狂童之狂也且！
>
> 《郑风·褰裳》

---

① 霭理士著，潘光旦译：《性心理学》，生活·读书·新知三联书店1987年版，第238页。

野有蔓草，零露漼漼。有美一人，婉如清扬。邂逅相遇，与子偕臧。

《郑风·野有蔓草》

喓喓草虫，趯趯阜螽。未见君子，忧心忡忡。亦既见之，亦既觏（交媾）之，我心则降。　　　　　　　　　　　　《召南·草虫》

有弥济盈，有鷕雉鸣。济盈不濡轨，雉鸣求其牡。《邶风·匏有苦叶》

摽有梅，其实七兮。求我庶士，迨其吉兮。　　　《召南·摽有梅》

岂其食鱼，必河之鲂？岂其取妻，必齐之姜？　　　《陈风·衡门》

荟兮蔚兮，南山朝隮。婉兮娈兮，季女斯饥。　　　《曹风·候人》

彼狡童兮，不与我食兮，维子之故，使我不能息兮。

《郑风·狡童》

"饥"、"食"在这里表示"情欲未遂"与"遂欲的行为"，这是闻一多先生的卓见①。在这种两性关系状况之下，贞操问题恐怕是谈不上的。故《左传》中记载了大量贵族妇女再婚的事情，如：

晋献公取于贾，无子，烝于齐姜（其父武公妾），生秦穆夫人及太子申生。

《庄公二十八年》

晋侯之入也，秦穆姬属贾君也，晋侯（惠公）烝于贾君（惠公长嫂）。

《僖公十五年》

秦伯纳五女（于晋文公），怀嬴（晋怀公之妻，文公之侄妇）与焉。

《僖公二十三年》

楚之讨陈夏氏也，庄公欲纳夏姬……王以予连尹襄老。襄老死于邲，其子黑要烝焉。　　　　　　　　　　　　　　《成公二年》

到秦汉时代，随着专制王朝的建立，社会的秩序化、稳定化、文明化便成

---

① 闻一多：《高唐神女传说之分析》，《闻一多全集》第 1 册，生活·读书·新知三联书店 1982 年版，第 83 页。

为人们的共同追求。那种原始的野蛮婚俗，自是一个追求文明、追求治平的王朝所"移风易俗"的对象。因而汉秦两代，中国社会在上层建筑意识形态领域发生了深刻的变化。在男女两性关系方面，不仅规定了带有稳定家庭关系的法律，而且还加强社会教育，倡导教化。如云梦睡虎地出土的秦简《法律答问》云："女子甲为人妻，去亡，得及自出，小未盈六尺，当论不当论？已官，当论；未官，不当论。"①意即：履行过结婚姻登记，官府即承认为合法婚姻，妻子离弃丈夫，应承担法律责任。在汉代关于婚姻法的规定更为细密，据彭卫先生总结，有婚姻范围、夫妻权利义务、后嗣的合法性、皇族与非皇族之间的通婚、离婚条件、对性变态的限制、对破坏婚姻稳定的规定等七个方面②。这对于维护家庭的稳定，无疑是有进步意义的。在教化方面最突出的就是经学的兴起。经学在汉代并不是简单的学术问题，而是统一文化思想、加强政治教化的问题。《汉书·礼乐志》云：

> 《六经》之道同归，而《礼》、《乐》之用为急。治身者斯须忘礼，则暴嫚入之矣；为国者一朝失礼，则荒乱及之矣……故孔子曰："安上治民，莫善于礼，移风易，莫善于乐。"礼节民心，乐和民声，政以行之，刑以防之。礼乐政刑四达而不悖，则王道备矣。③

汉大儒刘向《说成帝兴礼乐》亦曾云：

> 兴辟雍，设庠序，陈礼乐，隆雅颂之声，盛揖让之容，以风化天下。如此而不治者，未之有也……夫教化之比于刑法，刑法轻，是舍所重而急所轻也。且教化，所恃以为治也，刑法所以助治也。今废所恃而独立其所助，非所以致太平也。④

---

① 《中国法制史料选编》编选组：《中国法制史料选编》，群众出版社1988年版，第108页。

② 彭卫：《汉代婚姻形态》，三秦出版社1988年版，第264—276页。

③ 班固：《汉书》，第1027页。

④ 张溥辑：《刘中垒集》，《汉魏六朝百三名家集》，扫叶山房本。又见《汉书·礼乐志》第二。

无疑是把礼乐教化认作是治国之本了。而《诗经》，在汉儒看来，就是一部发"发乎情，止乎礼"的好教材。故《诗大序》云：

> 《关雎》，后妃之德也。风之始也，所以正夫妇也。故用之乡人焉，用之邦国焉。风，风也。风以动之，教以化之……故正得失，动天地，感鬼神，莫近于诗。先王以是经夫妇，成孝敬，厚人伦，美教化，移风俗。①

在法律与教化双重力量的作用下，原始的抢婚习俗与虐恋心理也必将逐渐消失或淡化，婚姻道德观念与两性情感自然要发生变化。此时，与我们的论题有关的有三项变化特别值得注意。其一是女性贞节观的强化。在先秦偶尔也可以看到人们对于贞节问题的认识，但只是对守贞节的女性表示赞许而已，如《战国策·秦策》说："贞女工巧，天下愿以为妃。"《史记·田单传》记王蠋说："忠臣不事二君，贞女不更二夫。"从国家法律与舆论上，并没有对此重视。《管子·五行篇》中有"不诛不贞"之语，为了人口的繁衍，对不贞的行为是不作苛求的。而秦汉之后，从统治者到儒家学者，都无不倡导女性的贞节。秦始皇巡狩各地，勒石为文，几次提到贞节问题。如《泰山刻石》云："男女礼顺，慎遵职事。昭隔内外，靡不清净，施于后嗣。"《会稽刻石》云："有子而嫁，倍死不贞。防隔内外，禁止淫佚，男女洁诚……妻为逃嫁，子不得母。"②汉宣帝神爵四年，曾诏赐"贞妇顺女帛"③，汉安帝元初六年，诏赐"贞妇有节义十斛，甄表门闾"④。刘向撰《列女传》，系统整理了关于女性的传闻，褒扬女子不事二夫，从一而终。如：宋人之女嫁于蔡，夫有恶疾，母亲劝她改嫁，她却说："适人之道，壹与之醮，终身不改。"黎夫人出嫁，夫妻关系不谐，人劝其离去，夫人说：这不合"妇道"，当"终执贞壹"。像这样的故事，共收录有十余则。这实际上是要给妇女树立榜样的。他对古之女性从一而终行为的标榜，就是对现实女性贞节行为作历史性的肯定。班固撰《白虎通义》，总结了西汉以来今古文思想家们的婚姻思

---

① 阮元校刻：《十三经注疏》，第267页。
② 司马迁：《史记·秦始皇本纪》，第243、262页。
③ 班固：《汉书·宣帝纪》，第264页。
④ 范晔：《后汉书·孝安帝纪》，第223页。

想，成《嫁娶》一篇。他在儒家"夫妇为人伦之始"学说的基础上，强调了女性对于男性的依附关系。进一步从哲学的角度肯定了女子从一而终的行为，说："夫有恶行，妻不得去者，地无去天之义也。"[①] 班昭撰《女诫》，更是从三纲五常、从一名恪守妇道的女性立场出发，要女子坚守从一而终的原则。她说："礼：夫有再娶之义，妇无二适之文。故曰：夫者天也，天固不可逃，夫固不可离也。行违神祇，天则罚之[②]。"直把女性的从一而终认作了天经地义的真理。这几家基本上代表了汉代意识形态领域对于女性贞节观的重视。尽管汉代女性改嫁现象十分普遍，甚至在皇族内部乱伦的臭闻也时有发生，但这丝毫不影响儒家思想家对于贞节观的宣扬，与贞节观念在社会的深化。

其二是夫妻关系的稳定与感情的深化。在《诗经》的时代，我们很少见到"夫妇"或"夫妻"并提的情况，更多的则是用"男女"或"士女"代替。《左僖二十三年传》说："男女同姓，其生不番。"这里的"男女"实指夫妻。《孟子·万章上》说："男女居室，人之大伦也。"这里的"男女"实际上指的也是夫妻。《郑风·女曰鸡鸣》："女曰鸡鸣，士曰昧旦。"《郑笺》则云："此夫妇相警觉。"此种情况甚多。而到后来"夫妇"或"夫妻"出现的频率逐渐增多。今根据哈佛燕京学社所编各种引得，制表如下：

先秦汉代典籍所见男女、士女与夫妇、夫妻表

书名	男女或士女次数	夫妇或夫妻次数	备注
诗经	10	无	包括士女对举
周易	5	3	
春秋、左传	12	6	
周礼	4	无	
墨子	18	3	
孟子	4	1	
荀子	6	6	
礼记	37	40	
淮南子	7	4	部分
春秋繁露	4	9	部分

① 陈立：《白虎通疏证》，中华书局 1994 年版，467 页。
② 严可均辑：《全后汉文》卷 97，《全上古三代秦汉三国六朝文》，中华书局 1958 年版，第 989 页。

成书于汉代的《淮南子》与《春秋繁露》，因《引得》统计不全，仅供参考。从《荀子》开始，到汉儒编撰的《礼记》，"夫妻"出现的频率便大大增加。"男女"或"士女"，所着眼的是生物的"性"别，而"夫妻"或"夫妇"，所指不只是性，同时也是两性之间确立的关系。从"男女"到"夫妻"，这个概念的变化，代表着人的意识与观念的根本性的改变。同时，在《诗经》中，我们看到男女两性其间的关系非常自由、随便，带有即发性，往往是邂逅相遇，互有好感即野合成亲，肉欲的成分大大多于深沉之爱。如前所引。而在汉乐府中，性的冲动几乎看不见了，即发性的情感被理性控制了。《陌上桑》中罗敷拒绝有权势的使君的求爱，理由是："使君自有妇，罗敷自有夫。"《羽林郎》中胡姬拒绝仗势欺人的子都的调戏说："男儿爱后妇，女子重前夫；人生有新故，贵贱不相逾。"《冉冉孤竹生》将夫妻关系比作"菟丝附女萝"，表示了难以分割的感情。《有所思》中女子听说男子别有新欢，不是"子不我思，岂无他人"，而是把准备送给男子的东西，统统烧毁，犹不解恨，还要"当风扬其灰"。《上邪》篇表示永远相爱，不是"之死无它"的简单的表态，而连举了五件根本不可能发生的事情，作为爱情崩溃的象征。《焦仲卿妻》则竟至于双双殉情。《白头吟》写女子的心理活动是："愿得一人心，白头不相离。"《同声歌》中的女子，在新婚之夜就想着如何好好服待丈夫。《艳歌何尝行》写夫妻相思云："各各重自爱，远道归还难。""若生当相见，亡者会黄泉。"而且妻子以礼自防云："妾当守空房，闭门下重关。"《陇西行》中写健妇待客，不管这位客人是谁，她的一举一动，都能以礼自持。这与《诗经》不少篇子所表现的那种自由活泼的行为，及拿得起放得下的浅层次的爱憎，与发自自然的爱，是大不相同的。尽管《诗经》中也有描写男女相爱、相思的，但从总体上看，远没有汉诗的深沉，也没有汉诗以礼自持的行为表现。反映了家庭关系的稳定与爱情观的发展。

　　其三是以"和"为主导的夫妻观的形成。"和谐"是中国文化的基本精神，在先秦各家思想中，这一精神就体现的十分明显。《墨子·辞过》中曾提到："夫妇节而天地和"。但将和谐精神大面积地体现于两性关系理论上，则是汉代学者的事情。贾谊《新书·礼》云："夫和妻柔，姑慈妇听，礼之至也……

夫和则义，妻柔则正，姑慈则从，妇听则婉，礼之质也。"① 大儒董仲舒在其大著《春秋繁露》中大讲"中"、"和"，认为"中者，天下之终始也；和者，天地之所生成也。夫德莫大于和，而道莫正于中。"② 同时认为"夫妇之义，皆取诸阴阳之道"，"阴者阳之合，妻者夫之合。""阳兼于阴，阴兼于阳；夫兼于妻；妻兼于夫。"③ 所谓"合"、"兼"，其实都有和合的意义在内。这种合和就是生命之源。《淮南子》也认为，"天地之气，莫大于和。""阴阳相接，乃能成和。"④ 天地大阴阳，夫妇小阴阳，圣人制婚姻之礼，就是为了"因民之所好而为之节文"，使之达到"和"的境地，"宁家室，乐妻子，教之以顺。"⑤《白虎通·嫁娶篇》说："礼男娶女嫁何？阴卑，不得自专，就阳而成之。故《传》曰：阳倡阴和，男行女随。"⑥ 班昭《女诫》云："夫为夫妇者，义以和亲，恩以好合。""夫妇之好，终身不离。"⑦《毛诗序》则更是处处从"和"字上着眼。《卷耳》是后妃能"辅佐君子，求贤审官"；《螽斯》是后妃"不妒忌，则子孙众多"；《桃夭》是"婚姻以时，国无鳏民"；《汝坟》是"夫人能闵其君子"；《小星》是"夫人无嫉妒之行，惠及贱妾"；《丰》是"昏姻之道缺，阳倡而阴不和，男行而女不随"。这无不强调的是一个"和"字。

意识形态领域的这种变化，必然导致人们对于原始的鱼鹰猎鱼式的求爱方式的否定。尽管秦汉之后，"鸟食鱼"作为一种艺术造型和吉祥图案，仍在民俗艺术中延续。然而人们更为感兴趣的却是自然界成双成对的飞鸟。因而从汉代开始，在诗歌艺术中，便出现了以比翼双飞的鸟喻夫妻的作品。如：

> 飞来双白鹄，乃从西北来。十十五五，罗列成行。妻卒被病，行不能相随。五里一返顾，六里一徘徊。五欲衔汝去，口噤不能开。五欲负汝去，毛羽何摧颓。乐哉新相知，忧来生别离。踟蹰顾群侣，泪下不自知。

① 贾谊：《贾谊集》，上海人民出版社 1976 年版，第 102 页。
② 董仲舒：《春秋繁露·循天之道》，《四库全书》，第 181 册，第 798 页。
③ 董仲舒：《春秋繁露·基义》，《四库全书》，第 181 册，第 777 页。
④ 刘安：《淮南子》，第 216 页。
⑤ 刘安：《淮南子》，第 350 页。
⑥ 陈立：《白虎通义疏证》，中华书局 1994 年版，452 页。
⑦ 严可均辑：《全后汉文》卷 97，《全上古三代秦汉三国六朝文》，中华书局 1958 年版，第 989 页。

念与君离别，气结不能言。　　　　　　　　　　　　　《艳歌何尝行》

　　显然这里不是写鸟，而是写一对恩爱夫妻的别离。白天鹅只是人间情人的化身。据生物学家说，天鹅一旦结为匹偶，则终生不变①。这确是"从一而终"的妙喻。汉代人对这种匹鸟的关注，正反映了民族意识的变化。这种变化意味着，除了带有野性的村姑野汉和求爱若渴的痴男呆女外，恐怕有情人很少会再去留意自然界"抢掠式"的行为了。而能感动他们心灵的更多的是雌雄双飞的鸟。汉乐府琴曲歌辞中有《雉朝飞操》，郭茂倩《乐府诗集》的解题中，引了两段旧说：

　　　扬雄《琴清英》曰："《雉朝飞操》，卫女傅母之所作也。卫侯女嫁于齐太子，中道闻太子死，问傅母曰：'何如？'傅母曰：'且往当丧。'丧毕不肯归，终之以死。傅母悔之，取女所自操琴，于冢上鼓之。忽二雉俱出墓中，傅母抚雉曰：'女果为雉耶？'言未毕，俱飞而起，忽然不见。傅母悲痛，援琴作操，故曰《雉朝飞》。"崔豹《古今注》曰："《雉朝飞》者，犊沐子所作也。齐宣王时，处士泯宣，年五十无妻。出薪于野，见雉雌雄相随而飞，意动心悲，乃仰天叹大圣在上，恩及草木鸟兽，而我独不获，因援琴而歌，以明自伤。其声中绝。魏武帝时，宫人有卢女者，七岁入汉宫，学鼓琴，特异于馀妓，善为新声，能传此曲。"……
　　　雉朝飞兮鸣相和。雌雄群游于山阿。我独何命兮未有家。时将暮兮可奈何，嗟嗟暮兮可奈何。②

　　两段传说，虽皆托名于先秦，但显然是汉代人才有的观念。第一则是从贞操上立说的，生既已许定，虽不能成双，死后灵魂也要化为鸟比翼双飞。第二则则是由比翼双飞的雌雄鸟而反照自己的孤独的，即有"鸟且如此，何况人乎"之意。像类似的诗作，汉魏以降大量出现。如：

---

　　① 中美联合编审委员会：《简明不列颠百科全书》中译本，中国大百科全书出版社 1986 年版第七册，第 767 页。
　　② 郭茂倩：《乐府诗集》57 卷，中华书局 1979 年版，第 835 页。

　　悲夫黄鹄之早寡兮，七年不双。宛对颈独宿兮不与众同。夜半悲鸣兮想其故雄。天命早寡兮独宿何伤！寡妇念此兮泣下数行。呜呼哀哉兮死者不可忘。飞鸟尚然兮况于贞良？虽有贤雄兮终不重行（《列女传》言：陶明女贤淑少寡，鲁人或闻其义，将求焉，女乃作此以明志。此诗亦显系汉人假托。）

　　　　　　　　　　　　　　　　　　　　　　伪鲁陶婴《黄鹄歌》[①]

　　将乖比翼佤隔天端，山川悠远兮路漫漫。揽衣不寐兮食忘餐（郭茂倩引崔豹云：商牧子娶妻五年无子，父兄将为之改娶。妻闻之，中夜起，倚户而悲啸。牧子闻之，援琴而歌此）。　　　　　　　　《别鹤操》

　　西北有高楼，上与浮云齐。交疏结绮窗，阿阁三重阶。上有弦歌声，音响一何悲。谁能为此曲，无乃杞梁妻……愿为双鸿鹄，奋翅起高飞。

　　　　　　　　　　　　　　　　　　　《古诗十九首·西北有高楼》

　　方舟戏长水，湛澹自浮沉．弦歌发中流，悲响有余音．音响入君怀，凄怆伤人心。心伤安所念，但愿恩情深。愿为晨风鸟，双飞翔北林。

　　　　　　　　　　　　　　　　　　　　　　曹丕《清河作诗》

　　双鹤俱起时，徘徊沧海间。长弄若天汉，轻躯似云悬……有愿而不遂，无怨以生离。　　　　　　　　　　　　　　鲍照《别鹤操》

　　双燕有雌雄，照日两差池。衔花落北户，逐蝶上南枝。桂栋本曾宿，虹梁早自窥。愿得长如此，无令双燕离。　　梁简文帝《双燕离》

　　汉儒之所以能将雎鸠认定为具有鸳鸯之性的鸟，其理论正是建立在这个背景之上的。人们的观念正大跨步地由野蛮向文明转化，社会所崇尚的是稳定的家庭结构，是夫唱妇和的夫妻关系，是从一而终的女性道德。而那种野蛮的性掠夺、性征服，自然不能为文质彬彬的儒家君子所嘉许。面对经圣人删定的圣典《诗经》的开篇第一章时候，他们无论怎么也不敢、当然也不能相信诗是以鱼鹰求鱼以象征求爱的。因为这与他们所标榜的"温柔敦厚"的诗风以及夫唱妇和的道德要求太不协调了。因而四家诗的经师们，尽管他们解经各有不同，他们也都明白雎鸠就是鱼鹰，但却没有一家敢顺着这条思路去探寻其原始的真

---

①　逯钦立：《先秦汉魏晋南北朝诗》上册，中华书局1983年版，第9页。

谛，当然也不愿意冒天下之大不韪去那么做。因为解经同时肩负着政治教化的重任。他们是要把《诗》作为人行为依照的圣典来教化天下的，因而毛诗说："关关，和声也。雎鸠，王雎也，鸟挚而有别……后妃乐君子之德，无不和谐。"鲁诗说："周渐将衰，康王晏起。毕公喟然，深思古道。感彼关雎，性不双侣。愿得周公，配以窈窕。"齐诗说：《关雎》言后夫人能致其淑贞，不二其操，情欲之感，无介乎容仪，宴私之意，不形乎动静。韩诗说：诗人言雎鸠贞洁，以声相求，必于河之洲，隐蔽无人之处。故人君动静，退朝入于私宫，后妃御见去留有度。但他们的解释，显然是把鸟人格化了，是以封建道德对于后夫人的要求来解释雎鸠独行不匹的行为的。第一，从"夫妇和合"的封建道德要求出发，他们将"关关"曲解为和鸣之声；第二，从后夫人不可使君王沉溺于色的宫闱原则出发，将关雎行不双侣的行为，解释为"情意至而有别"；第三，从贞洁观念出发，将关雎视为贞鸟，以比后夫人之德。但不管他们怎样用力化解"鱼鹰和鸣"比况"人间情侣"之间存在的矛盾，也无法消除后人的怀疑，因为鱼鹰的脸上是怎么也挂不住温柔的面纱的。因而从晋代开始，经师们便在肯定"雎鸠和鸣"解说的基础上，从自然界寻找更能表达夫妻恩爱的鸟类以替代凶猛的鱼鹰了。苍鹂、凫类、杜鹃、布谷、鸳鸯类的属玉、性至谨悫的鸠等，无不是此种思维指导下的产物。然而这些新的发明，显然又背离了上古文化背景，不仅歪曲了诗义，也使诗篇失去了朴野的原始气息与深厚的意义内涵。

　　总之，将鱼鹰转换为具有"鸳鸯之性"的鸟，绝不仅仅是因学者的无知而造成的解诗上的错误，而是一次具有文化意义的误读，它反映了民族社会生活及婚姻观的变化与民族追求和谐、温柔的心理趋向。

五、"关雎"及鸟意象的性别指喻问题

　　就鸟占而言，关雎的"关关"之声，是一种求而必得的吉兆；就修辞艺术而言，关雎伺机求鱼，是男子求爱的象征；就一定"结构"中的角色而言，关雎是信息媒介；而就初民心理而言，当关雎作为象征物投射于"君子"心灵荧屏的时候，"君子"心理上自身已化为关雎了！关雎那种充满信心的关关鸣叫

声，无疑就是"君子"心绪、情感、欲望、追求的表达。关雎就是爱情，就是君子，就是一颗充满爱欲与希望的心！杨牧博士在《说鸟》一文中，分析鸟的媒介角色时说："帝喾挑选了凤凰来作为他使简狄受孕的使者，则视该鸟为帝喾的化身亦无不可……相传希腊天神宙斯化身天鹅，强奸美女丽达使受孕，后丽达生海伦，海伦即特洛战争的原因。一凤鸟一天鹅都引导出历史的大变动，鸟在古史神话中为爱欲媒介之地位明矣。"[1] 这个分析是合理的。作为媒介，在一定意义上讲，就是差媒者的化身。《醒梦骈言》第三回言，秀才孙寅迷恋于美女阿珠而无缘亲近，化为鹦鹉，飞达阿宝住所，剖白心迹，最后终成眷属。这个故事很能说明飞鸟、媒介、差媒者三位一体的意义内涵。但在这里我们必须进一步说明的是关雎性别指喻的问题。自汉儒以来，经师们多认为"关雎"所象征的是女性。《毛传》说："后妃有关雎之德。"齐诗说："贞鸟雎鸠，执一无尤。"严粲《诗缉》说："雎鸠有关关然之声，在河中之洲远人之处，兴后妃德音外闻，而身居深宫之中也。"闻一多先生又用归纳法，得出了《国风》中之鸠象征女性的结论。而我们则认为关雎象征男性，它既是信息媒介，也是"君子"的化身。但无论是前人的"雎鸠喻后妃说"，还是我们以上的"关雎求鱼喻男子求爱说"，都是从问题表层的相似性立论的。我们并没有深入到原始意识的深层去分析。

　　关于这个问题，如果我们仅仅从修辞角色而言，无论如何解释都是浅白无味的。赵国华先生的大著《生殖崇拜文化论》有一节是专讲鸟与性的联系的。他认为，鸟本是男根的象征，古代器物上的鸟纹饰，其意多在此。古相传"玄鸟生商"，那玄鸟所指也就是男根，玄是黑的意思，"成年男性外生殖器都有色素沉着，呈现黑色，所以，远古先民或用'玄鸟'或用'鸟'作为男根的象征。"[2] 由此出发，赵先生将鸟的象征固着在了男根上，认定了《关雎》一诗，以鸟象征男性、鱼则象征女阴的意义。我们在上文中肯定并采用了赵先生"关雎求鱼"为男子求爱象征的结论，然而我们并不完全赞同赵先生的论说根据。因为单纯地从性器的象征上立说，很自然地会导致否定鸟喻女性的可能性。我们只要对《诗经》中全部的鸟意象作一检讨，便会发现

---

① 见郑树森等编：《中西比较文学论集》，时报出版公司 1978 年版，第 84 页。
② 赵国华：《生殖崇拜文化论》，第 259 页。

问题。请看下表：

《国风》中的鸟意象

篇名	鸟名	性质	篇意	鸟喻对象及备注
关雎	雎鸠	兴	求爱	喻男
葛覃	黄鸟	赋（一说兴）	治葛生活	喻女
鹊巢	鹊、鸠	兴	婚礼	喻男女双方
行露	雀	比	婚姻纠纷	喻男
燕燕	燕	兴	送别	喻女
凯风	黄鸟	兴	家庭纠葛	喻女
雄雉	雄雉	兴	闺怨	喻男
匏有苦叶	雉、雁	比、赋	求爱	喻男女
旄丘	流离	兴	怀人	一说非鸟名
北风	乌	兴或比	逃婚	喻女
新台	鸿	比	婚姻	喻男
鹑之奔奔	鹑、鹊	兴	骂卫君	喻男
氓	鸠	比	婚姻	喻女
君子于役	鸡	赋	怀人	
兔爰	雉	兴	叹生不逢辰	自喻
女曰鸡鸣	鸡、凫、雁	赋	爱情	
风雨	鸡	兴	情人相会	
鸡鸣	鸡	赋	情笃	
伐檀	鹑（当读为雕）	赋	伐木歌	
鸨羽	鸨	兴	行役思家	自喻
黄鸟	黄鸟	兴	伤死别	喻女
晨风	晨风	兴	怀人	一说非鸟名
墓门	鸮	兴	伤夫不良	喻男
防有鹊巢	鹊	兴	失恋	
候人	鹈鹕	兴	求爱	喻男
鸤鸠	鸤鸠	兴	美君子	喻君子
七月	䴗（伯劳）、仓庚（黄鸟）	赋	农业生活	
鸱鸮	鸱鸮	比	家室之劳	喻恶人
东山	鹳、仓庚	比	战士还乡	喻女
九罭	鸿	兴	挽留情人	喻男

《雅》、《颂》中的鸟意象

篇名	鸟名	性质	篇意	鸟喻对象及备注
四牡	鵻（小斑鸠）	兴	行役之苦	自喻
常棣	脊令	兴	兄弟情谊	喻人
伐木	鸟	比	朋友之谊	喻人
出车	仓庚	兴	出征归来	袭七月套语
南有嘉鱼	鵻	兴	宴飨	喻人
采芑	隼（鹞鹰类）	兴	征荆蛮	喻行军
鸿雁	鸿雁	兴	劳役	喻行役
沔水	隼	兴	忧乱	喻人
鹤鸣	鹤	比	求贤	喻贤人
黄鸟	黄鸟	兴	婚姻纠纷	喻女家人
斯干	鸟	赋	贺新宫	
正月	乌	赋	忧时	
小宛	鸣鸠脊令桑扈	兴	乱世相儆戒	喻人
小弁	鸒（鸦乌）、雉	兴、比	家庭纠纷	喻人
四月	鹑、鸢	比	忧乱抒愤	喻人
桑扈	桑扈	兴	宴诸侯	喻人
鸳鸯	鸳鸯	兴	祝福	
车舝	鹬（雉属）	兴	乐婚	喻女
菀柳	鸟	兴	刺周王	喻人
白华	鹜、鹤、鸳鸯	兴	怨嫁非其人	喻男
绵蛮	黄鸟	兴	行役	喻行役
大明	鹰	比	文武兴邦	喻太公
旱麓	鸢	兴	祈福	喻人
灵台	白鸟	赋	游观	
生民	鸟	赋	周人起源	
凫鹥	凫鹥	兴	绎祭	喻神主
卷阿	凤凰	兴	颂周王	喻多吉士
振鹭	鹭	比	宾至助祭	喻客
小毖	桃虫（鹪鹩）	比	自警	
有瞽	鹭（指鹭羽）	赋	宴乐	
泮水	鸮	兴	祝捷	喻淮夷
玄鸟	玄鸟	赋	商祖功业	

　　以上原则上取前人成说，只求"大概如此"，不求"必是"。所涉及到鸟的共约六十二篇，四十余种。以鸟喻人者就有四十多篇。而且其所喻有男也有女。特别是其中有些诗作，鸟喻女之意凿凿，如：

　　《召南·鹊巢》：维鹊有巢，维鸠居之。之子于归，百两御之。
　　《邶风·燕燕》：燕燕于飞，差池其羽。之子于归，远送于野。
　　《匏有苦叶》：有弥济盈，有鷕雉鸣。济盈不濡轨，雉鸣求其牡。
　　《卫风·氓》：于嗟鸠兮，无食桑葚。于嗟女兮，无与士耽。
　　《豳风·东山》：鹳鸣于垤，妇叹于室。

如依"男根象征论"来解释，其解释力显然是远远不够的。而且我们还从古代传说中发现了大量女变为鸟、鸟化为美女的神话。如：

　　有鸟焉其状如乌，文首、白喙、赤足，名曰精卫……女娃游于东海，溺而不返，故为精卫。

《山海经·北次三经》

　　豫章新喻男子，见田中有六七女，皆衣毛衣，不知是鸟。匍匐往，得其一女所解毛衣，取藏之。即往就诸鸟。诸鸟各飞去，一鸟独不得去，男子取以为妇，生三子。

《搜神记》卷十四

　　晋怀帝永嘉中，徐奭出行田，见一女子，姿色鲜白……女施设饮食而多鱼，遂经日不返。兄弟追觅，至湖边，见与女相对坐。兄以藤杖击女，即化成白鹤，翻然高飞。

刘敬叔《异苑》卷八

　　晋安帝元兴中，一人年出二十，未婚对，然目不干色，曾无秽行。尝行田间，见一女甚丽……遂要还尽欢。从弟便突入，以杖打女，即化成雌白鹄。

《幽冥录》（《古小说钩沉》本）

　　昔有燕飞入人家，化为一小女子，长仅三寸，自言天女，能先知吉凶。故至今名燕为天女。

《琅嬛记》上引《采兰杂志》

南方赤帝女学道得仙，居南阳愕山桑树上，正月一日衔柴作巢，至十五成。或作白鹊，或女人。

《太平御览》卷二百九十一引《广异记》

夜行游女，一曰天帝女，一名钓星，夜飞昼隐，如鬼神。衣毛为飞鸟，脱毛为妇人。

段成式《酉阳杂俎·羽篇》

袁伯文七月六日过高唐，宿于山家。夜梦女子甚都，自称神女。伯文欲留之，神女曰：明日当为织女造桥……天已辨色，启窗视之，有群鹊东飞，有一稍小者从窗中飞去。是以名鹊为神女也。

《奚囊橘柚》（《说郛》卷三十一）

由此可见，将鸟与男根紧紧地绾结在一起，而忽了它在历史中的发展变化，是无法解释以上现象的。而且在中国文学及民俗中，我们发现，鸟指代男根，大量地见于民俗图案（如上节所举）与骂人的言词中，而在神话故事与文学作品中，鸟更多的是指代女性。这固然因小鸟的轻灵可爱与女性姿容颇相合宜，但其根本的原因，恐怕还要到图腾的层面上去寻找。

闻一多先生在《诗经通义》中有一段论述，他说："三百篇中以鸟起兴者，不可胜计，其基本观点，疑亦导源于图腾。歌谣中称鸟者，在歌者之心理，最初本只自视为鸟，非假鸟以为喻也。假鸟为喻，但为一种修辞术，自视为鸟，则图腾意识之残余。历时愈久，图腾意识愈淡，而修辞意味愈浓，乃以各种鸟类不同的属性分别代表人类的各种属性。"[①] 这一见解是有相当的合理性的。在前文我们虽不完全赞同鸟兴象导源于图腾之说，但我们也不否认其与图腾的某种联系。鸟兴象的起源是多元的，成因是复杂的，而图腾应是其中诸多种因素中的一种。《关雎》兴于鸟占，而鸟占并不排除图腾物，甚至以图腾鸟占卜的可能性还要远大于其他鸟种。因为

---

① 闻一多：《闻一多全集》卷2，第107页。

图腾与人类更亲近，"它们的习性更便于拟人化象征"。诗言"关关雎鸠"，而雎鸠正是图腾鸟的名字。

六、"关雎"及鸟意象的意义滋生历程

到此，我们似乎陷入了不可回避的矛盾交织之中：在文章的开始，我们将图腾说悬置了起来。在论述"关雎求鱼"象征意义时，我们似乎是从性象征的角度来认识的。而在追溯以鸟喻人的起始时，我们又否定了鸟男根象征说，采纳了图腾说。这恐怕是有点随心所欲之嫌了。因此有必要对上述观点作归纳与条理化处理。并从历史发展的角度作一简单描述。

作为一个具有文化意义的意象而言，雎鸠具有以下四层意蕴：

1．信息媒体；

2．男性象征；

3．图腾遗存；

4．人之隐喻。

这四层意义实际上代表着鸟意象在人类意识中发展的四个历史过程。

第一个历程：以鸟为媒体。这是在原始巫术中生成的观念。巫术是人类企图把握自然、控制自然的第一步。据著名人类学家弗雷泽的考察，在人类社会的最落后状态里，明显地存在着巫术，而宗教却显然不存在。据此，他推测"世界上的文明民族在他们的历史的某个阶段也经历过类似的智力状态"，因而作出判断："在人类的历史上巫术的出现要早于宗教。"[①]著名人类学家马林诺夫斯基认为："最原始的民族与一切低级野蛮人，都信一种超自然而非个人的势力来运行底一切事物，来支配圣的范围里面一切真正重要的东西。"而巫术，"根据人的自信力：只要知道方法，便能直接控制自然。""巫术纯粹是一套实用的行为，是达到某种目的所取的手段。"[②]这些判

---

① 〔英〕詹·乔·弗雷泽：《金枝》，中国民间文艺出版社1987年版，第84、83页。

② 〔英〕马林诺夫斯基：《巫术科学宗教与神话》，上海文艺出版社1987影印本，第5、4、76页。

断与总结，都是很正确的。占卜巫术则是人类企图预测事物发生、发展以便更有力的控制自然的技术。而鸟占则是其中几乎不需要技术、也最容易掌握的一种预测方法。它存在的前提是相信自然存在的神秘意义，相信自然物之间的神秘关系。先民认为某些自然物带有一种神秘的信息，人们可以通过一定的方式，获得这些信息。自然界的一些鸟类，它们用它们的声音、姿态、出没、起止等，向人们传递着与人类相关的信息。如被鲁迅认作"古之巫书"的《山海经》[①]，即多次出现鸟占。如《南山经》云："有鸟焉，其状如鸡，五采而文，名曰凤凰……见则天下安宁。"《西山经》云："有鸟焉，其状如雄鸡而人面……见则有兵。""有鸟焉，其状如翟而赤，名曰胜遇……见则其国大水。"《北山经》云："有鸟焉，其状如蛇而四翼六目三足……见则其邑有恐。"《东山经》云："其状如鸳鸯而人足，其鸣自叫，见则国多土功。"像类似的记述，《山海经》中非常之多，而且情况各有不同。但有一点则是一致的，其所预测的都是与人类生活相关的事物。它是人类从关心自己的生存出发而产生的一种"实用行为"。当然具有这样的信息载体功能的不只是鸟类，像其他的动物、植物、日月星辰等，其非正常的表现，在先民看来，都是带有预兆性的。只是鸟所运载的信息量要大大多于其物种而已。这自然与鸟在天地间的生存状态以及人对鸟的认识有关。鸟能上下天地，甚至潜入水中，故它可以把天上地下的信息传给人类。也自然是天地之间的最佳使者。甚至把运载光明——太阳的任务，也落实在了飞鸟的身上。故而产生了"乌载曰"的神话与图案。在最初，可能只认为鸟有传递信息的功能，并未能意识到信息的发出者。随着人类意识的发展，人创造了神，于是便把信息传递与神谕联系起来。

第二个历程：以鸟为男根象征。这是宗教崇拜的产物。宗教时代是跟在巫术时代之后来到的。巫术是人类对抗自然的手段，而宗教则发轫于对自然的崇拜。人们在自然界生存，一方面要对付自然界的变化，一方面则要发展自己。在强大自然力的威胁面前，人类的生存与种族的繁衍，始终是困扰人类的大问题。巫术的抗争毕竟不能解除人类对自然的恐惧与对自身生存的担忧。故

[①]　鲁迅：《中国小说史略》，《鲁迅全集》第 9 卷，人民文学出版社 1973 年版，第 160 页。

而宗教出现了。宗教对自然的崇拜，是希望得到自然宽容的表示；对性的崇拜则在于对人类生生不息的欲望。从原始人留下的岩画与遗物中，我们即发现了大量有关生殖崇拜的资料。那大腹便便的孕妇造型，那巨大的男根与女阴的画像与模具，那男女交媾的种种场面，都在证实着一个事实：性崇拜乃是世界各文明民族所经历过的历史阶段。英国学者卡纳的《人类的性崇拜》，美国学者魏勒的《性崇拜》，中国学者赵国华先生的《生殖崇拜文化论》与傅道彬先生的《中国生殖崇拜文化论》，以及刘达临先生的《中国古代性文化》、石方先生的《中国性文化史》等专著，无不在证实着性崇拜存在的事实与意义。尽管传统的中国学究羞于谈性，但谁能否定在羞涩的背后所隐藏着的深深敬畏的心理呢？从发现的原始岩画与塑像中可以看出，人类早期的性崇拜，表现为对生殖器官的崇拜。随着文明曙光的出现，继而出现了对性器官替代物、象征物的崇拜（尽管当时不可能有"象征"这个词，但他们有这样的意识）。用鸟作为男根的象征，只是其中的一种。既然是象征，必然有它的相似性。鸟象征男根，主要是因为鸟下蛋，男性阴茎与睾丸犹如鸟之与蛋。故男根有了鸟或蛋之名，直延续于今日。

第三个历程：以鸟为图腾。这是原始宗教进一步发展的结果，是由自然崇拜转向为对人自身、对祖先崇拜的结果。关于图腾的解释有多种不同意见。杨堃先生在《女娲考》一文中说："图腾是妇女生殖力的象征物，图腾崇拜乃是对女生殖器象征物的崇拜，也是对氏族本身的'神化'与崇拜。图腾被奉为氏族的保护神，图腾崇拜便是氏族的宗教。"[①] 我觉得杨先生的观点值得重视。在我们今天看来是象征，在原始人看来则是同质、同体。不过与生殖器同质同体之物，不只限于象征女性，也有象征男性的。相传女娲蛇身，蛇是女娲氏的图腾，也是女阴的象征，故《小雅·斯干》中有"维虺维蛇，女子之祥"之语。而夏商周三代的图腾，则显然是象征男根的。夏人的祖先是大禹，《世本·帝系篇》说："禹母修己，吞神珠如薏苡，胸拆生禹。"《太平御览》卷四引《遁甲天山图荣氏解》说："女狄暮汲石纽山下泉，水中得月精如鸡子，爱而含之，不觉有孕，遂有娠，十四月，生夏禹。"所谓"神珠"，所谓如"鸡子"，其实

---

① 《民间文学论坛》1986 年第 6 期。

都是男性睾丸的象征物。此与今民俗中以白蛋、黑蛋、猪蛋、狗蛋之类为男孩命名，取意是相同的。周人的始祖是后稷，据《史记·周本纪》说，后稷之生，是因为他的母亲姜原踩上了巨人的脚印，因而怀了孕。《春秋元命苞》亦云：姜原履大人迹而生男。所谓"迹"——脚印，其实代表的就是脚，而脚则是男生殖器的象征物。如传说日中有"三足乌"，所谓"三足"，就包括了雄性器管。日本文政年间的画家英泉，在其《偶言三岁智惠》中，绘有一幅虚拟的日鸟图，日中之鸟乃是一变形人的轮廓，而鸟之第三足正是一巨大的阳具！此非英泉的发明，实乃三足的原始意义。在原始岩画中也曾有三足人、五足兽之类的图案，仔细辨识便发现其一足乃是夸大的性器。至今民间仍有以腿脚指男根者①。商人的始祖是契，《商颂·玄鸟》说："天命玄鸟，降而生商。"《殷本纪》说契母是因吞燕卵而生子的。而玄鸟、卵皆是男根的象征，郭沫若、邢公畹、赵国华诸先生都已作过考证。这就是说，所谓图腾，实际上是生殖器的象征。各种不同的图腾，是各个氏族对生殖器的不同象征。其不同的象征物，即表示不同的祖先、不同的血统。

第四个历程：以鸟喻人。这是脱胎于图腾观念的艺术表现。"图腾 ＝ 性器"这一公式，随着人类意识的发展，置换为"图腾 ＝ 始祖"，以鸟兽为图腾的氏族，即认为他们的始祖就是某种鸟兽。某种鸟兽即是他们的先祖，也是氏族的保护神。为了获得图腾神的认同与保护，人就需要向图腾靠拢，在服饰、行为上模仿图腾的样子。这样图腾又成了氏族的标志，每个个体也都与图腾合而为一了。在原始的混沌思维中，鸟图腾的人就认为自己就是鸟，只是与鸟形态有别而已。这种观念反映在诗歌艺术中，便如闻一多先生所说的那样："歌谣中称鸟者，在歌者之心理，最初本只自视为鸟，非假鸟以为喻也。"这样以鸟自称者，便不分男女了。所有的雎鸠氏族的人都可自称是雎鸠，玄鸟氏族的人都可自称是玄鸟。鸟与人便一体化了！像这一切都是已被人类学家所证实、学术界所共认了的事实，故此，我们不必做过多的论证。

人类进入文明阶段，就意味着对野蛮生活的抛弃。原始的观念在发生着深刻的变化。图腾意识被淡化，人开始意识到自己就是自己，而不是别的物质。原初

---

① 赵国华：《生殖崇拜文化论》，第 274 页。

出现于歌谣中的那种"以物自视"的观念，演变为"以物为喻"。"以物喻人"成了一种纯粹的修辞术。当然在"以物为喻"意识产生之初，还可能残存有图腾的痕迹。如"鸟"是古代东方的氏族与部落崇拜的图腾，在上古是影响最大的一个文化群体。传说中的少昊、舜、皋陶、伯益、商人等，都是以鸟为图腾的。故在《尚书·禹贡》中还要特意提到"鸟夷皮服"的问题[①]。而在《诗经》的以物喻人现象中，鸟占得比重最大，即可能与此有关。《关雎》以"雎鸠"这一图腾鸟的名字起兴，也可以看出图腾意识的残痕来。《左传》提到"五鸠"、"五雉"、"九扈"等图腾集团，这种概括说明了当时以鸠、雉、扈等鸟为图腾的氏族很多。今在《诗经》四十多篇以鸟喻人的诗作中，"鸠"出现了十次（包括称为佳、隼、鹰等上古归于鸠类的鸟），"雉"出现了五次（包括鷮）。扈比较复杂，据《通志·昆虫草木略二》说："扈之类甚多，皆雀属也。"如此，则其出现也有九次之多（包括黄鸟、桑扈、雀）。这些都是在诗中出现频率最高的，与图腾情况基本一致。

艺术的发展，进一步出现了喻义的分化。同样都是喻人，但不同的鸟所喻的人也不相同。从《诗经》始，即基本奠成了鸟意象不同的意义指向。今将其著者胪列于下：

（一）以雉喻情人或求爱。《诗经》中有五次提到雉，《雄雉》云："雄雉于飞，下上其音。展矣君子，实劳我心。"以雄雉喻行役的丈夫，"雄"更指明其性别，不言而喻，作者是以雌雉自喻的。《匏有苦叶》云："有弥济盈，有鷕雉鸣。济盈不濡轨，雉鸣求其牡。""牡"是雄性动物，雉显然是怀春的女性自喻的。《兔爰》是以"雉离（罹）于罗"喻不幸的君子；《小弁》云："雉之朝雊，尚求其雌。"是以雉鸣求雌，反喻自己得不到爱的；《车辇》云："依彼平林，有集维鷮。辰彼硕女，令德来教。"雉之健者为鷮，尾长六尺。这是以羽毛漂亮的鷮喻新娘的。五篇中就有四篇与求爱有关。在汉以后的诗歌中，雉作为爱情鸟意象屡屡出现，如《乐府诗集》在《雉朝飞操》下所收录的犊沐子、鲍照、李白、韩愈、张祜等人的诗，即表示了雉意象的这一意义。再如霍总《雉朝飞》云："五色有名翟，清晨挟两雌。群群飞自乐，步步影相随。"方夔《感兴》云："斑斑林中雉，雌雄同朝晖……啄食百草间，未暮相随归。"都是把雉

作为情侣的象征来处理的。论者或以为此意象起源于汉乐府《雉朝飞操》，其实探其本源自在《诗经》中《匏有苦叶》诸篇。后世称沿街拉客的妓女为野鸡，可能也是源于《诗》之"雉鸣求其牡"的咏唱的。

（二）以鸿雁喻离别。《诗经》中《鸿雁》、《九罭》两篇，皆以鸿雁喻远别家人、流浪在外的人，前文已细言之。《匏有苦叶》中的"雍雍鸣雁"，也有象征因见不到情人而感到焦虑的意义。这一喻义奠成了鸿雁意象的基本意义。如鲍照《鸣雁行》云："邕邕鸣雁鸣始旦，齐行命侣入云汉。中夜相失群离乱，留连徘徊不忍散。"梁简文帝《赋得陇坻雁初飞》云："天河霜白夜星稀，一雁声嘶何处归？早知半路应相失，不如从来本独飞。"陆游《闻雁》云："过尽梅花把酒稀，熏笼香冷换春衣。秦关汉苑无消息，又在江南送雁归。"范成大《九月三日宿胥口始闻雁》云："故人久不见，乍见杂悲喜。新雁如故人，一声惊我起。把酒不能觞，送目闻行李。"或思情人，或怀故交，或望乡关，总之这一意象所表达的是离人的情怀。

（三）以鹤喻隐逸。《小雅·鹤鸣》篇有"鹤鸣于九皋，声闻于天"之句，郑玄以为鹤喻隐居的贤人。后世经师多从其说。这意义构成了鹤意象的基本内核，如元稹《有鸟》诗云："有鸟有鸟真白鹤，飞上九霄云漠漠。司晨守夜悲鸡犬，啄腐吞腥笑雕鹗。"郑谷《鹤》诗云："一自王乔放自由，俗人行处懒回头。睡轻旋觉松花堕，舞罢闲听涧水流。"方夔《鹤》诗云："辽海有黄鹤，翛然出尘姿。结巢表松顶，百丈无柯枝。"皆有象征飘逸超俗之意。他如王粲、曹植等人的《白鹤赋》、苏轼的《放鹤亭记》、吴淑的《鹤赋》、解缙的《白鹤颂》、朱静庵的《双鹤赋》等，无不赞美鹤之高洁脱俗，而寓以人格追求。

（四）以鸱鸮类喻邪恶。《豳风·鸱鸮》："鸱鸮鸱鸮，既取我子，无毁我室。"此以鸱鸮指毁人家室的恶人。朱熹《诗集传》云："鸱鸮，鵩鹠，恶鸟，攫鸟子而食者也。"李时珍说："鸱与鸮，二物也。周公合而咏之，后人遂以鸱鸮为一鸟，误矣。"又云："鸱似鹰而小，其尾如舵，极善高翔，专捉鸡、雀。"知其为凶猛之鸟。又云："鸮、鵩、鵩鹠、枭，皆恶鸟也。"①《陈风·墓门》："墓门有梅，有鸮萃止。夫也不良，歌以讯之。"《毛传》云："鸮，恶声之鸟

---

① 李时珍著：《本草纲目》卷49，第2676、2674、2677页。

也。"孔氏《正义》："鸮，恶声之鸟，一名鵩与枭，一名鸱。"此以鸮喻不良之徒。《大雅·瞻卬》："懿厥哲妇，为枭为鸱。"此以枭鸱喻长舌坏事之人。此即铸成了鸱鸮类意象的基本意义。《庄子·秋水》即以鸱喻贪得私利之人。韩愈《病鸱》云："屋东恶水沟，有鸱堕鸣。悲青泥掩两翅，拍拍不得离。群童叫相召，瓦砾争先之。计较生平事，杀却理亦宜。"苏拯《鸱鸮》云："天不歼尔族，夫与恶相济。地若默尔声，与夫妖为讳……伤哉丑行人，兹禽亦为譬。"皆以鸱枭喻邪恶之辈。

（五）以凤凰喻贤能。《大雅·卷阿》云："凤凰于飞，翙翙其羽，亦集爰止。蔼蔼王多吉士，维君子使，媚于天子。"此以凤凰喻德才兼备之士。后世咏及凤者，多沿此意。如刘桢《赠从弟》："凤皇集南岳，徘徊孤竹根。于心有不厌，奋翅凌紫氛。岂不常勤苦，羞与黄雀群。何时当来仪，将须圣明君。"阮籍《咏怀七十八》："林中有奇鸟，自言是凤凰。清朝饮醴泉，日夕栖山冈。高鸣彻九州，延颈望八荒。"杜甫《朱凤行》云："君不见潇湘之山衡山高，山巅朱凤鸣嗷嗷。侧身长顾求其曹，翅垂口噤心甚劳。下愍百鸟在罗网，黄雀最小犹难逃。愿分竹食及蝼蚁，尽使鸱鸮相怒号。"凤皆象征德才之士。

因鸟的喻义指向，大多蝉蜕于上古的鸟图腾，因而在鸟意象凝定的意义之中，往往可看出图腾意识的蛛丝马迹来。如以凤类喻贤能，以鸱鸮之类喻邪恶，这是在中国诗歌及文学作品中反复出现的意象。追其源当和周人与凤、鸱鸮部落的不同关系、感情有关。凤是舜部落的图腾①，舜之后曾为周陶正，周武王"赖其利器用也，与其神明之后也，庸以元女大姬配胡公，而封诸陈，以备三恪"（《左传·襄公二十五年》）。周人重孝道，每扬舜之德，言舜孝事顽嚚之父。又盛传尧传贤禅位于舜的故事。故舜之图腾凤有了象征贤能才德之

---

① 舜部落以凤为图腾，诸书证据甚夥。《绎史》引《孝子传》云："舜父夜卧，梦见一凤凰，自名为鸡，口衔米以食己。言鸡为子孙，视之乃凤皇。以黄帝梦书占之，此子孙当有贵者。"这无疑是说舜就是凤了。在传说中，舜与凤的缘法至深。《大荒南经》说：舜之子孙所在的方国，"爰有歌舞之鸟，鸾鸟自歌，凤鸟自舞"；《世本》说：舜所制箫，形如凤翼；《尚书》说：舜韵乐九成，"凤皇来仪"；《竹书纪年》说：舜为天子，凤鸟结巢于庭树。更有意思的是《列女传》的一段记载："瞽叟与象谋杀舜，使涂廪。舜告二女。二女曰：时唯其戕汝，时唯其焚汝，鹊（去）汝裳，衣鸟工往。舜既治廪，戕旋阶，瞽叟焚廪，舜往飞（《天问补注》引）。"这个故事有明显的修改痕迹。所谓舜衣鸟衣逃避了火灾，实则是火中生凤的寓言。而《鹖冠子》说："凤鹑火禽，阳之精也。"《春秋演孔图》说："凤，火精也。"《春秋元命苞》说："火离为凤。"显然舜即火精凤鸟。此皆可证舜之图腾即凤。

士的意义。鸮鹗为商人集团中的部落，其作为徽识在殷商彝器中时有所见。周初武庚及徐、奄、熊、盈等东国之乱或与其有关，故《鸱鸮》诗斥责之。《鲁颂·泮水》云："翩彼飞鸮，集于泮林，食我桑黮，怀我好音。憬彼淮夷，来献其琛。"《郑笺》云："言鸮恒恶鸣，今来止于泮水之上，食其桑黮，为此之故，故其鸣，归我以好音，喻人感于恩则化也。"这是以为鸮是喻淮夷的。实则鸮有可能就是淮夷的图腾，故以之指代淮夷。此与《豳风》以鸱鸮指东方叛国情形相似。在中国文学中狼意象也属此类。狼为古代北方匈奴、突厥、蒙古等少数民族图腾，这些民族长期与汉族发生冲突。故在汉族文学中，狼意象成了凶恶残忍的象征。

总之，信息媒体、男性象征、图腾遗存、人之隐喻，这四个层面，代表着鸟意象意义滋长的四个历史历程。每一新的发展，只是在原有基础上滋生新的意义，并非冲刷掉旧的内容而重建新的楼阁。简而言之，鸟在人类意识之中，其变化过程是：鸟是鸟，它有神秘的信息载体功能——→鸟并不仅仅是鸟，它与性具同质、同体——→鸟可以是图腾，鸟可与人同质——→鸟可以象征人。鸟意象的这四个发展过程所滋生出的四重不同意义，在《关雎》中同时表现了出来。但图腾意义这个层面，由于在历史发展中与鸟喻意义的叠合，故已难以看出了。

最后需要补充说明一点，鸟类意象起始于鸟类兴象，鸟类兴象主要植根于原始的人类生活、宗教情感之中，而原始思维是不完全遵循现代人认定的因果关系的。某一事物具有怎样的意义，不是完全由事物自身的性质所决定，而是由一种神秘的互渗关系在支配着。可能同一事物，在不同的场合，便被赋予了不同的意义内涵。因此，在这种情况下，我们要想对《诗经》中全部的鸟兴象做出明确的解答，那是非常艰难的。上文我们仅从《关雎》出发，对与鸟情占卜有关的鸟兴象作了分析，并就鸟的媒介意义作了进一步探讨。由此出发对《诗经》中鸟意象作了简略的历史考察与意义归纳。但绝不敢由此而得出鸟兴象起源于鸟占的结论。在《诗经》中的鸟类意象中，蕴有许许多多繁杂的内容，本文也只能就其要者言之而已。

在河之洲：中国文学中水意象的原型分析①

引　言

在《诗经》中，水是一个出现频率极高，而且意义也极为含蓄的意象。在中国文化中，水意象包括两个方面的意义，一是由水之自然属性生发与体现出来的意义，如历史变迁、时光流逝、宇宙衰变、事物之去而不复、漂泊、恬澹、纯洁、清美、柔韧等，这可以说是水意象的表层意义，这层主要是由主体领悟、感受到的意义。二是由远古人类经验的无数次重复而结成的意义，如情缘阻隔、理想障碍、缠绵之思、生命激情、女性指喻等。这层意义存活于人类的潜意识中，是水意象的原始意义，它不是靠领悟，而是靠潜能所把握到的。前者是思想的，后者是历史的。中国的哲人们，每多赞誉水的品格，在自然万物中，于水投注了更多的关怀。先秦时代最伟大的两位哲人老子和孔子，都无不表示出对水的赞美来。老子说："上善若水，水利万物而不争，处众人之所恶，故几于道。"②孔子说："夫水，遍与诸生而无为也，似德；其流也埤下，裾拘必循其理，似义；其洸洸乎不渍尽，似道；若有决行之，其应佚若声响，其赴百仞之谷不惧，似勇。主量必平，似法，盈不求概，似正；淖约微达，似察；以出以入、以就鲜絜，似善化；其万折也必东，似志。"③《韩诗外传》、《春秋繁露》等承孔子之流风，大赞水之智、礼、勇、德、力、

---

①　本文为原拟博士论文的一部，因中更题目，原计划未结完成。
②　王弼：《老子注》第八章。
③　章诗同：《荀子简注·宥坐》，上海人民出版社 1974 年版，第 320 页。

平、察、武等德性行 ①；《管子》、《淮南子》等承老子的余韵，大赞水利万物、强济天下的精神 ②。是什么原因促使中国的哲人走近自然去体味水与人生的意义联系呢？

在《诗经》诗人们的歌咏中，人们几乎没有发现哲人们体味到的那一层意义，而看到的是水作为阻隔与情思诱发物的存在。20 世纪五十年代，孙作云先生发表了一篇题为《诗经恋歌发微》的文章 ③。文章将《诗经》中的十五首恋歌与上古习俗联系起来，精辟地论述了其与春日水边男女盛会的关系，认为它们是在同一种背景下作成的，这背景就是"在春天聚会、在聚会时祭祀高禖和被褉于水滨以求子。" ④ 因此《诗经》中谈到水或钓鱼、食鱼者，多与爱情婚恋有关。这是一个非常有意义的发现。但我们要进一步问：为什么男女要到水边聚会？为什么要"被褉于水滨以求子"？

台湾著名学者黄永武先生有篇题为《诗经中的"水"》的论文，在文中黄先生提出了"水"是"礼"的象征的命题。他认为："周代自周公制礼作乐以来，礼乐教化就是周代人教育思想的主题，当时产生的《诗经》，在艺术形式方面是'乐'；在艺术内涵方面是'礼'。……吾人今日从纸上欣赏《诗经》，已经失去了周代的'乐'，若再失去周代的'礼'，对《诗经》的看法，将一无是处。因此对于诗经中的'水'是'礼'的象征这一点，应该视作最合乎周代当时的看法，而不应讥为道学面具下的产物。" ⑤ 黄先生的看法可以说是很深刻的，但给我们留下了提问的空间：为什么水可以象征礼？诗人们因何而产生了如此这般的联系？

表面上毫不相关的三个问题，实则同源于一个文化生态大背景。本文想以《诗经》关于水的歌咏为切入点，从发生的角度对中国文化中水意象的原型作一探讨。一方面揭示水的原始意象中所隐藏的民族远古的一段生活经历，另一

---

① 见《韩诗外传集释》，中华书局 1980 年版，第 110 页；《春秋繁露·山川颂》，上海古籍出版社 1989 年版，第 88 页。

② 《管子校正·水地》，河北人民出版社 1992 年版，第 236 页；《淮南子·原道训》，河北人民出版社 1992 年版，第 10 页。

③ 文章发表于《文学遗产增刊》第五辑，后收入《诗经与周代社会研究》，中华书局 1966 年版。

④ 孙作云：《诗经与周代社会研究》，第 314 页。

⑤ 见黄永武著：《中国诗学·思想篇》，巨流图书公司 1980 年版，第 96、97 页。

方面揭示中国文学中反复出现的水意象的深层意蕴，从而对《诗经》以及中国
文学、文化中有关的问题做出新的认识和解答。

一、水与《诗经》地理生态背景考察

为了对水的原始意象做出根本性的探讨，此处我们有必要对《诗经》产生
及上古华夏民族生存的地理生态背景，做出较全面的考察。以往的《诗经》研
究是不大注意这个问题的，因而对《诗经》中山隰之咏、河洲之歌之类作品，
只是作些支离破碎的解说，而不能对它们作背景上的还原，自然不能使读者
从根本上真正把握这些诗篇的意义，更无法将这些诗篇与上古人类生活联系起
来。这不能说不是一个遗憾。

只要我们稍微留心一下就会发现，《诗经》中的许多诗篇，直接或间接地与
水产生着联系，仅《国风》中，言及水或与水有关者（包括隰）就有 50 余篇，
占到了总数的三分之一。其言草木则有"参差荇菜"、"于以采苹"、"于以采
藻"、"彼茁者葭"、"绿竹猗猗"、"蒹葭苍苍"、"隰有荷华"等关于水地、水生
植物的采用和描写；其言水则有"川泽訏訏"、"叔在薮"、"于沼于沚"、"南涧
之滨"、"于彼行潦"、"彼泽之陂"、"东门之池"以及淇、溱、洧、济、渭、江、
汉、汝等水道湖泊的记述；言地势则曰"汾沮洳"、"隰则有泮"及"旄丘"、
"阿丘"、"顿丘"、"宛丘"、"淇奥"、"桑田"、"下泉"、"河广"等；言交通则
曰"方之舟之"、"泳之游之"、"济有深涉"、"褰裳涉溱"、"一苇杭（航）之"、
"泛彼柏舟"等。文化地理学与文化人类学的研究，都在证实着人与地不可分割
而且相互依赖的关系。近代地理学大师拉采尔在其大著《人类地理学》中，将
环境对于人类的制约性分为四大类：（一）直接给予生理上的影响；（二）心理上
的影响；（三）物产的丰歉或一般物质的盈缺，决定了一个民族的经济和社会的
发展或停滞、进化或退化；（四）支配人类迁移及其最后分布的影响。总之，无
论个人或社会的，生理的或精神的，社会的静态或动态，均不能逃脱环境的制
约。他认为土地总是盲目的、残暴的控制着人类的命运，人类也只能安于其所

居的土地给予的命运，他们生死于此，他们屈服于这个法则①。有人把拉采尔的
理论归纳为"地理决定论"而给予批判，其实这是一个不小的误会。美国人类
学家R·H·洛威说："和一些人的说法相反，拉采尔没有夸大过自然环境的
力量，实际上他曾反复地告诫人们要提防这个陷阱。"②重视环境的作用，并不
等于肯定环境可以决定一切，像时间的因素、人类的意志、人的创造力等，都
是决定人类命运的力量。但对于生产力不发达的原始人群来说，自然环境对他
们的制约作用几乎是带有决定性的，环境不仅制约着他们的生产方式，而且也
影响着他们的社会组织、婚姻形态、家庭结构以及人际关系的形成等。故有学
者认为："环境现象对所研究的文化行为的起源和发展在一定程度上起主导作
用。"③因此对文化生态环境的考察、研究，是把握一个民族群体行为、文化现象
（自然包括诗歌艺术特点）、性格特征形成的一条有利途径。因这一点不被以往
的文学研究者所重视，故笔者在此要略费点笔墨，不过也只是尝试而已。

　　关于《诗经》产生的地域，一般认为"二雅"及《秦》、《豳》二风产生于
今陕西境内，《唐》、《魏》二风产生于今山西境内，《齐》、《曹》二风及《鲁
颂》在山东，《邶》、《鄘》、《卫》、《王》、《郑》、《桧》在河南，《陈风》跨河
南、安徽二省。《周颂》为西周前期的作品，自然产生在周京，《商颂》为商朝
的遗诗，当产生在河南安阳一带④。问题最大的是"二南"。郑玄《诗谱》云：

　　　　周、召者，《禹贡》雍州岐山之阳，地名，今属右扶风美阳县。……
　　文王受命，作邑于丰，乃分岐邦周召之地，为周公旦、召公奭之采地。⑤

此是认为"二南"产生于陕西境内。陈乔枞《韩诗遗说考》云：

　　　　《楚地记》：汉江之北为南阳，汉江之南为南郡。胡徵士虔曰：案汉南

---

① 参见盛叙功：《西洋地理学史》，西南师范大学出版社1992年版，第332页。
② 罗伯特·迪金森：《近代地理学创建人》引，商务印书馆1980年版，第85页。
③ 〔美〕欧·奥尔特曼、马·切默斯：《文化与环境》引维达说。东方出版社1991年版，第9页。
④ 关于《商颂》的时代，目前仍存在着分歧。杨公骥、张松如先生皆有专文、专著论证其为商代
旧制。笔者亦有专论。
⑤ 阮元校刻：《十三经注疏》，第264页。

郡今湖北荆州府荆门州及襄阳施南宜昌三府之境。南阳今河南南阳府汝州之境。《周南》之诗曰"汝坟"者，其东北境至汝也；曰"汉广""江永"者，其西至汉，南至江也。《召南》之诗曰"江沱"者，其西至蜀，东南至南郡也。大约周南有南郡之东，而东至南阳；召南有南郡之西，而西至巴蜀也。①

这是认为"二南"跨越了湖北、四川、河南三省。牟庭《诗切》云：

《周南》之诗言"河洲"，《江汉》、《汝坟》、《召南》之诗言江汜、江渚、江沱，皆东周之地望也。东周在《禹贡》豫州、太华方外之间，北得河阳，南望江汉，诗人托兴，咏其土风。……《水经注》曰：南，国名也。引韩婴叙诗曰：其地在南郡、南阳之间，吕氏所谓禹自涂山，巡省南土者也。《史记·自序》曰：太史公留滞周南，周南谓东周之地也，南郡南阳之间，因诗而为名也。②

这是认为"二南"并未走出今之河南境内。近人刘节先生又将文献记载与金铭相互参证，认定"二南"地域在陕南、豫西、川东、鄂北四省之境③。然而如果我们对"二南"所及地名略作检点，便发现问题之复杂性了。如：

《关雎》："在河之洲。"

《汉广》："汉之广矣。"

《钟鼓》："江之永矣。"

《汝坟》："遵彼汝坟。"

《草虫》："陟彼南山"（旧以为指终南山）。

《殷其雷》："在南山之阳。"

《采苹》："有齐季女。"

《何彼襛矣》："平王之孙，齐侯之子。"

---

① （清）王先谦：《皇清经解续编》卷 1050，南菁书院本。

② （清）牟庭：《诗切》，齐鲁书社 1983 年版，第 2 页。

③ 《禹贡半月刊》第 1 卷第 11 期《周南召南考》。

其南北兼及黄河、长江两流域，东至于齐，西至于陕南。实际上这就包括了当时几乎大部分的疆域。而且从诗所咏及的地域，也看不出周、召"二南"有何区别来。无论以南为地名，还是遵周、召二公分治之说，对此都不能圆满解释。因此我认为传统占优势的两种观点都是不可取的。倒是《吕氏春秋·音初篇》的记载颇值得注意：

> 禹行功，见涂山之女，禹未之遇而巡省南土。涂山氏之女乃令其妾等禹于涂山之阳，女作歌曰：'候人兮猗'，实始为南音。周公召公取风焉，以为《周南》、《召南》。①

这是关于"二南"起源的最早记载，也是最具解释力的一种观点。这里可注意者有三点：第一，南音创始于涂山氏，是一种古老的乐曲；第二，《周南》、《召南》是用从南方采回的古老乐曲所演唱的歌子，自然其歌词未必全产生在南方；第三，"周南"、"召南"，是因出自周公、召公采曲而得名，并非地名。这种解释避免了因地域问题而产生的许多纠葛。因为乐曲之起源虽不能离开一定的地域环境，但它的传播，它所演唱的内容，却可以不受地域的限制。故而"二南"中，既有齐之季女，又有周之平王，既有河洲，又有江汉。清儒崔述说："盖其体本起于南方，北人效之，故名以南。"②这是有一定道理的。

在此我们可根据《诗经》中所涉及到的地名，看到如下地图范围：

从图中可以看出，《诗经》绝大多数篇子产生在黄河中下游流域。我国地形呈西高东低趋势，由西向东分为三级阶梯。第一级阶梯为青藏高原，平均海拔在四千米以上，这是《诗经》未有涉及的一个区域。第二级阶梯在青藏高原边缘以东和以北，即云贵高原、黄土高原、内蒙古高原及四川盆地与新疆的诸盆地。这一地区一般海拔在一千米至两千米之间。而与《诗经》发生关系的则主要是黄土高原地区。黄土高原沟谷纵横，在陕西境内，泾河、渭河两流

---

①　陈奇猷：《吕氏春秋校释》，学林出版社1984年版，第334页。

②　顾颉刚编订：《崔东壁遗书》，上海古籍出版社1983年版，第523页。

域，是西周及春秋时人口较集中的地区，也是"二雅"及《秦风》、《豳风》所产生的地方。"豳"在今陕西的彬县一带^①，"秦"在宝鸡东，"雅"在西周镐京一带，即今咸阳周围，其中心基本上在关中平原地区，海拔约在五百米至三百米之间。在太行山以西的山西晋南汾河下游平川地区及黄河东折处，这是《唐风》、《魏风》产生的地方。"唐"在今临汾盆地，海拔在五百米以下。"魏"在今芮城县北，即黄河拐弯处，北及汾河下游，海拔在八百米至两百五十米间。第三级阶梯则是东北平原、华北平原及长江中下游平原地区，海拔一般在一千米以下，而与《诗经》发生关系的主要是海拔在两百米下的华北平原上，《鲁》、《商》二颂及十五"国风"中的十一个"国风"都产生在这一地区。不难看出，《诗经》主要产生在黄土高原与华北平原海拔比较低的地方。如果找一张彩色中国地形图，就可以发现，《诗经》产生的主要地区正是地图上用绿色和浅绿色所标识的区域，而绿色正是与水相紧密联系着的。其在古代这一区域更是河流湖泊遍布，以黄河为主干，构成了网络与星棋交织的地貌结构，成为华夏先民活动的最主要的舞台。其特点大略言之有四：

第一，川流纵横。

《诗经》中所言及的水流，大约有二十余条，关中地区有泾、渭、洽、漆沮、丰等；山西境内有汾、杨之水；河南、山东境内有洛、溱、洧、淇、寒泉、泉源、肥泉、济、汶、淮等。另外还涉及到了江、汉。而出现次数最多的是"河"水，共有十五篇诗作二十七次提到它。

　　　　《说文·水部》："河，河水，出敦煌塞外昆仑山，发原注海。"

　　　　《尔雅·释水》："河出昆仑虚，色白。所渠并千七百一川，色黄。"

　　　　《春秋说题辞》："河之为言荷也，荷精分布，怀阴引度也。"

　　　　《风俗通义·山泽》："河者，播也，播为九流，出龙图也。"

各家训释"河"之原始意义，无不想努力把握住黄河的本貌。"发原注海"、

----

① 傅斯年、徐中舒先生认为，《豳风》当为鲁诗，其说甚辩。若此《豳风》也当是海拔两百米至五百米之间的产物了。见《历史语言研究所集刊》第一本《鲁颂说》、第四本《豳风说》。

"并千七百一川"、"荷精分布"、"播为九流",写出了古代黄河的一派浩茫气概。今日的黄河水流量锐减,它的支流、支津大多已干涸或变为田地,不复昔日景观。而在上古时代,黄河浩浩荡荡,横行于北方大地,《庄子·秋水》篇所描绘的"秋水时至,百川灌河,泾流之大,两涘渚崖之间,不辩牛马",正是当日所目睹的情景。这是一个大水系,它一面接纳百川,一面支津纷出,影响了华北平原一带的生态格局。最早记载黄河水道的是成书于先秦时代的奇书《山海经》。这可以说是我国最早的一部地理学著作。如依此书所记,黄河的气势要远大于长江,它是中国古代的第一大河流。书中记长江的支流只有十二条,而黄河的支流则多达四十九条,大多支流分布在中下游地区。其实远不至此数。如《北次三经》所记载水道,黄河是由今河南武陟向东北经浚县、内黄、曲周、平乡、巨鹿、宁晋、深州市、安平、蠡县、高阳、安新、霸州市,至天津入海的。在这约六百余公里的流程中,汇入的支流就有十九条。而据谭其骧先生的研究,《北次三经》中实际最终注入黄河的水道(包括与其他水合流后注入的水)达三十四条之多①。由此而言,古代黄河中下游支流之多,实不可胜计。《山海经》中共记水道约两百八十余条,大多分布在黄河流域。《水经·河水注》中记载的河水支流,从黄河壶口以下算起,约近八十条。而每条支流,又不知汇入了多少条小的水流!仅一条不大的淇水,在注入黄河之前,就汇合了十几条水流。这些水道恐怕大多在上古时代就存在了。

再就黄河支津观之,《禹贡》有如下一段描写:

> 导河积石,至于龙门,南至于华阴,东至于厎柱。又东至于孟津,东过大伾,北过降水,至于大陆。又北播为九河,同为逆河,入于海。

"大陆"旧以为指大陆泽,今研究者多认为是指一片广阔的平陆,即河北巨鹿一带的平原。其实说泽也未尝不可,因为这里本是一片水泽,水消退后而成为一片平阔的原野。所谓"北播为九河",是指在这平原上,黄河歧流纷出,像一把展开的扇,分布在河北、山东平原。略言之,黄河出龙门后,直向南到

---

① 据谭其骧:《长水集·山经河水下游及其支流考》所附图统计,人民出版社1987年版。

华山之北，然后东折，过三门峡（砥柱）、孟津，至武陟（大伾）而北折，沿太行山东麓与漳水（降水）合流，至巨鹿、隆尧一带开始满溢散开，"播为九河"[①]。关于九河，历代研究者很多，《尔雅·释水》以为"九河"指徒骇、太史、马颊、覆釜、胡苏、简、洁、钩盘、鬲津等九条河流。郦道元《水经注》、孔颖达《尚书正义》、杜佑《通典·州郡》、元人于钦《齐乘》、明人王樵《尚书日记》、王夫之《书经稗疏》、清儒阎若璩《四书释地续》、胡渭《禹贡锥指》等，对此皆有申述，他们或据文献，或据目验，来确定九河所指。今刘起釪先生又根据科学工作者在河北省黑龙港地区地下水考察中，发现九条古河道的报道，对九河又作了新的认定[②]。这对我们认识上古河域地理是很有意义的。也有学者认为九是泛言其多，未必是实指，如顾颉刚、辛树帜、金景芳等先生即有此说。但不管怎么说，在上古时代黄河有许多支津入海，这一点是可以肯定的。岑仲勉先生曾力辩上古言河未必为黄河之专称，如"河水清且涟漪"之河即非指黄河，因为黄河不可能清。古人称洹水为河，也是一例。认为河是水道的通称[③]。但正如谭其骧先生所说：河为河道之通称，只能适合于唐宋以下，唐宋以上"河"是黄河的专称。《汉书·地理志》除河水外，河北平原水道称河的计有十二条，《水经》中除河水外称河的水有七条。这十多条称河的水道中，有五条是西汉黄河决流所形成的，"其余诸河，估计都应该曾经是春秋战国时代黄河干流或其岔流的故道。"[④]其实春秋前称河的水道何尝不是与黄河发生过关系的水流？"九河"未必是春秋之后才出现的。尽管不少学者认为《禹贡》成书于战国，但书即托名于禹时代的产物，自然所记的河道，不可能是战国时代才出现的。简言之，在上古时代，在黄河流域与黄河发生过关系的河流很多，特别是中下游的山西、河南、河北、山东等省，定有不少同时也可以称河的水道存在。

谭其骧先生曾制有汉以前黄河下游河道形势图，移来以做参考：

---

①　参见金景芳、吕绍纲：《〈尚书·虞夏书〉新解》，辽宁古籍出版社 1996 年版，第 339—402 页。

②　刘起釪：《古史续辨·九河考》，中国社会科学出版社 991 年版。

③　岑仲勉著：《黄河变迁史》，人民出版社 1957 年版，第 219、82 页。

④　谭其骧：《长水集》下，人民出版社 1987 年版，第 82 页。

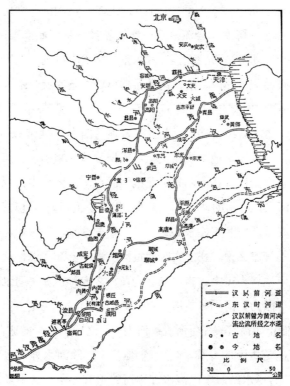

汉以前黄河下游河道形势图

　　除黄河水系外，在北方与黄河相邻的还有淮河水系的水群，分布在中原一带。在历史上曾发生过黄河夺淮入海的事情。这些河流在上古时代是否与黄河发生过关系虽不好确定，但这种嫌疑是存在的。这样黄河中下游一带，像布下了巨大的水网，中国文化便在这里发生。正如钱穆先生所云："中国文化发生，精密言之，并不赖于黄河本身，他所依凭的是黄河的各条支流。每一支流之两岸和其流进黄河时两水相交的那一个角里，却是中国文化之摇篮。"[1]

　　第二，湖泊广布。

　　除河流外，古代中原一带还分布有许许多多大大小小的湖泊。《诗经》中虽很少提到具体的湖泊名，但泽、薮、隰、沼之称，却不断出现。这也反映出了先民生存的地理生态背景的一个特点。根据胡渭的《禹贡锥指》统计，从春

---

　　① 钱穆：《中国文化史导论》，商务印书馆1994年版，第2页。

秋到清康熙两千余年间，黄河有五次大改道。而据民国时人统计，黄河历史上大大小小的决口改道约有一千五百余次。据谭其骧先生研究，春秋中叶公元前602年"河徙"，是黄河历史上的第一次大改道。在此之前，黄河基本上是安稳的、平静的，正因为它的安稳、平静，黄河流域才能成为古代中国的经济文化中心。而其之所以能安稳平静，原因之一就是因为"中下游的湖泊和下游从黄河分枝出的支津很多，足以停蓄或分泄一部分洪流与泥沙。""黄河流域缺少湖泊是容易发生水灾的原因之一。"①

《尔雅·释地》云：

> 鲁有大野，晋有大陆，秦有杨陓，宋有孟诸，楚有云梦，吴越之间有具区，齐有海隅，燕有昭余祁，郑有圃田，周有焦护。——十薮

这是古代著名的十薮。其中除云梦、具区在长江流域外，其余八薮都在黄河流域。《禹贡》记载有猪野、大陆、雷夏、大野、海滨、孟猪、菏泽、荥播、彭蠡、震泽、云梦等十一个湖泊，《周礼·职方氏》记载有弦蒲、杨纡、昭余祁、大野、貕养、望诸、荥、圃田、具区、五湖、云梦等也是十一个湖泊，《吕氏春秋·有始》、《淮南子·地形训》等，记有九个湖泊。名称、分布地区虽都略有不同，但大多分布在黄河流域则是一致的。这些湖泊，动辄数百里，如昭余祁，《汉书·地理志》邬县下云："九泽在北，是为昭余祁，并州薮。"王先谦补注云："陂泽连接，其薮有九，谓之九泽，总名之曰昭余祁。"②看来到汉代时，因泥沙淤积，此湖已分割成许多小湖泊了。其原先之大，可想而知。据田世英先生研究，昭余祁位于晋中盆地，约当今介休以北，平遥、祁县西境，文水、汾阳东境，方圆有数百里③。郑之圃田，又名原圃、圃中，《史记·魏世家》说："秦七攻魏，王入圃中。"其大可知。到唐时其泽东西尚有五十里，南北二十六里，"又溢为二十四陂"。④再如《禹贡》所提到的荥泽，是由黄河水

① 谭其骧：《黄河与运河的变迁》，《地理知识》1955年第8期。
② 王先谦：《汉书补注》，中华书局1983年版上册，第680页。
③ 田世英：《黄河流域古湖钩沉》，《山西大学学报》1982年第2期。
④ （唐）李吉甫：《元和郡县志》，中华书局1983年版，第206页。

溢出而形成，湖址在今郑州市西北，古荥阳县境，《史记·魏世家》曾有"决荥泽水灌大梁，大梁必亡"之语，其泽之大，自不待言①。而最大的湖泊恐怕要数大陆泽的前身太行山东麓的大泽了！《山海经·北次三经》记有发鸠之山"精卫填海"的故事，说发鸠山有鸟名精卫，它是炎帝少女所化。炎帝之女女娃游东海，溺而不返，故化为此鸟，常衔西山之木石以填东海。论者多以为东海指祖国东部的大海，这是个不小的误会。发鸠山在今太行山西的山西长子县，距东海有千里之遥，其何能飞行千里去填海呢？其实这里所谓的"东海"，可能就是太行山东麓的汪洋大泽。《说文·水部》云："海，天池也，以纳百川者。"上古太行山东麓河北平原是一片汪洋，山中的条条水流皆汇于此。即使黄河之水也流入了这片茫茫水泽之中。其有海之名也是自然的。《山经》中共记湖泊约四十个左右，而以反映太行山东河北地理为主的《北次三经》就占了七个。这七个湖泊可能就是水退之后留下的遗迹。七个湖泊之中有泰陆（大陆）、大泽、海泽诸名称。"海泽"据谭其骧先生研究在今河北平原中部的周县经境②，这里正是当日大泽的中心所在。既然是"泽"，为什么又冠以"海"名呢？仔细琢磨一下，就会发现这个名字中蕴含着由大海湖演变为沼泽的信息。《春秋感神符》说："后妃恣则泽为海"，说明泽大则为海，在古人的观念中二者是有联系的。精卫所在的发鸠山在太行山西侧。山中漳水流出，即流入太行山东麓的黄河。《北次三经》与"精卫"相邻，就记载了"海泽"。由此推测，经中的西山当指的是太行山，因为在"海泽"之西，故名"西山"，"海泽"在其东，故得名"东海"。所谓"衔西山之木石以堙东海"当是说衔太行山的木石堙这汪洋之水。虽是神话，但侧面反映了河北平原的地理形势与先民对这个大湖泊的认识。

除《尔雅》、《周礼》、《禹贡》等提到的大湖泊之外，黄河流域还分布有许许多多较小的湖泊。如《左传》中提到的蒙泽、荥泽、澶渊、阿泽、修泽、崔苻、洧渊、棘泽、狼渊、豚泽、沛泽、鸡泽、空泽等，约三十多个。据邹逸麟先生统计，在黄淮海平原范围内，先秦文献记载的大小湖泊有四十个左右，《水经注》则记载有一百九十个之多③。这一百九十个湖泊中的天然湖泊部分，

---

① 但岑仲勉先生以为此泽在战国时已干涸。见《黄河变迁史》，第 195 页。

② 谭其骧：《长水集》下，人民出版社 1987 年版，第 43 页。

③ 邹逸麟：《黄淮海平原历史地理》，安徽教育出版社 1993 年版，第 178、181 页。

可能大部分在先秦时代就已形成，只是没有专书记载而已。

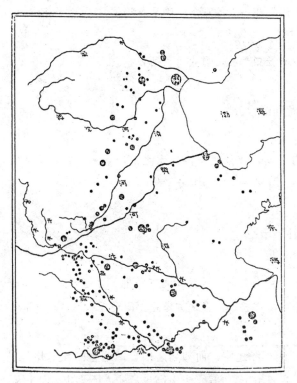

《水经注》记载湖沼分布图（邹逸麟绘）

第三，州丘如星。

与水流相关联的便是州与丘。河流交错，湖泊星罗，在黄河流域便出现了许许多多的水州和土丘，故《诗经》中既有洲、渚、沚、坻之称，又有顿丘、旄丘、宛丘、阿丘之名。《山海经·海内经》云：

> 有九丘，以水络之，名曰陶唐之丘、有叔得之丘、孟盈之丘、昆吾之丘、黑白之丘、赤望之丘、参卫之丘、神民之丘。

"九丘"，每丘上住一个氏族，所谓陶唐、叔得，都是氏族之名。这些氏族不少是见于其他古籍的。丘之下有水环绕，这实际上就是九个州了。《左传·昭公十二年》说楚左史倚相能读"《三坟》、《五典》、《八索》、《九丘》"，贾逵注云："《九丘》，九州亡国之戒。"马融也说："《九丘》，九州之数。"[1] 看来"丘"与"州"在古人的观念中确是有些关系了。《释名·释丘》云

> 泽中有丘曰都丘，言虫鸟往所聚也。

《山海经·大荒西经》云：

> 西海之南，流沙之滨，赤水之后，黑水之前，有大山，名曰昆仑之丘。……其下有弱水之渊环之。

《水经·汾水注》云：

> 汾水西经癸丘北，故汉氏之方泽也。贾逵云：汉法，三年祭地，汾阴方泽，泽中有方丘，故谓之方泽丘，即癸丘也。[2]

或有水环绕，或在泽之中，而却名之曰丘，这里的丘与州几乎没有什么区别了！《说文·丘部》云："丘，土之高也，非人所为也。从北从一。一，地也；人居在丘南，故从北。"此解字形显系有误，卜辞中之丘字作 𝝡，象丘阜之形。但许氏强调丘为人居之所，则特别值得注意。而其解"州"字也是突出了个"居"字。《说文·川部》："州，水中可居者曰州，水周绕其旁。从重川。昔尧遭洪水，民居水中高地，故曰九州。《诗》曰：'在河之洲'。"毛诗作"在河之洲"，"洲"与"州"在古代是相同的。《字汇·水部》云："洲，本作州，后人加水以别州县之字也。"《尔雅·释水》云："水中可居者曰洲。"《广雅·释水》："州，居也。"《释名·释水》："洲，聚也，人及鸟所聚息之处也。"所谓"居"就是居住，即《易传》所谓"穴居而野处"之"居"。更值得注意的是《释名》将"洲"声训为"聚"，而伪孔安国《尚书序》亦云："丘，聚也。"是

---

① 贾、马说俱见孔氏疏引，阮元校刻：《十三经注疏》，第 2064 页。

② 王国维校：《水经注校》，上海人民出版社 1984 年版，第 213 页。该本癸误作邓，据《永乐大典》改。

古代"丘"与"州"在读音与意义上都是有关系的。大禹治水，将天下划为九州，实际上是以水为界，划为九个区域。《淮南子·地形训》说："宵明、烛光处河洲，所照方千里。"①《尚书·说命下》云："既乃遁于荒野，入宅于河。"伪孔传云："遁居田野河洲也。其父欲使高宗知民之艰苦，故使居民间。"孔颖达疏云："河是水名，水不可居，而云'入宅于河'，知在河之洲也。《释水》云：'水中可居者曰洲。'初宅遁田野，后入河洲，言其徙居无常也。"②显然河洲也是先民栖居之地。

丘与州从形式到意义上的联系，显然都是缘于一个"水"字。州是有水环绕之地，而丘则是由水而形成的。丘一般形成于河道拐弯或二水交汇之处的三角洲地方。由于水的冲积形成土包，水道移向低处，而土包则因风吹，土沙堆积越来越厚，形成高丘。因为川流纵横，湖泊广布，人皆依择高地而居，因而古书中出现了许多以丘、州为名的地名。据顾颉刚先生统计，《春秋》与《左传》中以丘名者有四十八处之多，而以宋（11）、齐（10）、鲁（7）、卫（6）、晋（4）为最多，渭水流域的秦与江湖间的吴越一个也没有。而宋、齐、鲁、卫、晋正当黄河中下游地区，是湖泊河流分布最稠密的地区③。这些地名可能是大水退后的遗存。据清儒杨守敬的《春秋列国图》④就可以看出，名丘之地多在水边，如营丘在淄水东，贝丘在滆水东，葵丘、渠丘在时水东，牡丘在黄河北，重丘在大野泽西南，中丘在沂水东等。水来为州，水退为丘。《春秋·桓公五年》有："州公如曹。"州为国名，姜姓，据《括地志》说，在密州安丘县东三十里，即今山东安丘市东北。此地距海近百里之遥，且当汶水、潍水交汇之处。上古时很可能是水中之高地可居者。而且周时名"州"，汉时得名"安丘"，大有水退为丘之意在内。出土的西周《周公簋》有铭云"舍邢侯服，锡臣三品：州人、东人、郭人。"其地不详。《左传·昭公三年》："赐汝州田。"注："州县，今属河内郡。"春秋前其地正处于黄河北折处，夹于沁水、黄河之间。《诗经·小雅·钟鼓》云："淮有三洲"，"三"言其多，说明在淮河上也有不少水洲。历史上黄河曾一度夺淮入海，显然在黄河与淮河形成的三角地带，

---

① 《淮南子》，中华书局 1954 年版，第 63 页。
② 《十三经注疏》，中华书局 1980 年版，第 175 页。
③ 《禹贡半月刊》第 1 卷第 4 期《说丘》。
④ （清）杨守敬：《春秋列国图》，光绪丙午年九月版。

是受着黄河的影响的。在《汉书·地理志》涿郡有州乡，王先谦补注云："《一统志》：故城今河间县东北四十里。"地名河间，显然是由黄河支津歧出、地在两河之间而得名，而其又名"州"，其意义就更明确了。据《周礼·大司徒》记载，周时户制"五党为州"，"五州为乡"，用"州"划分行政区域，显然也是由自然地理的区域分割而定的。一州犹今之一村，《论语·卫灵公篇》说："言不忠信，行不笃敬，虽州里行乎哉？"这里的州里，犹今之所谓乡里。《周礼·小司徒》又说："九夫为井，四井为邑，四邑为丘。"总之，无论是丘、州之类的地名，还是以州、丘为单位的区域划分，都反映了上古时代水居州处的人类生存环境。

第四、山隰相连。

在《诗经》中每将山隰连称，如《邶风》云："山有榛，隰有苓"；《郑风》云："山有扶苏，隰有荷华"；《唐风》云："山有枢，隰有榆"；《秦风》云："山有苞棣，隰有六驳"等。也有单称隰者。这也反映了上古河域的一个生态地理特点。《尔雅·释地》说："陂者曰阪，下者曰隰。"邢昺疏引李巡注云："下湿谓土地窊下，常沮洳，名为隰也。"根据《尔雅》与李巡注，隰指地势低下、土壤阴湿的地方。这有两种情况，一种是原野上的低湿之在，即《诗经》中所谓的"于彼原隰"、"原隰既平"、"度其原隰"的"隰"。一种是与山相连的"隰"。这些"隰"位于山脚下不远的平地，由于山洪由高而下，激流冲击山下平坦之地，进入平野之后，水流减慢，冲击力消失。这样在山下便形成了地洼的地势，一下雨便有雨水积储，平时山间的小溪也流入洼地。这样的"隰"其实与"泽"很相似，所不同的是泽是由径流溢出而形成的，此则主要靠积存雨水形成水泊。《卫风·氓篇》说："淇则有岸，隰则有泮"，表明隰一般面积还比较大，所以诗人才以为喻。因为隰常有积水，所以可以种植莲藕。《郑风》说："隰有荷华"，就可以证明。《邶风》说："隰有苓"，前人关于"苓"有卷耳、地黄、甘草、黄药等说。其实这"苓"也就是"莲"。《七发》："蔓草芳苓"，李善注："诗传曰苓，古莲字也。"《字汇》："苓读连，古莲字。"隰的周围则长有丰茂的草木，如榆、桑、苌楚、芦苇等喜水植物，形成了一个较好的生态环境。故在山与隰之间的冲积扇地带，则是先民们所选择的较理想的宅地。《诗经》中"山有××，隰有××"的咏唱，便是在这样的环境下触发的。

　　无论河、泽，还是丘、隰，都是因水而形成的。现在我们根据《春秋》与《左传》的记载，将先秦河流、湖泊、丘州在黄土高原及华北平原所经各国的分布情况列表如下。表中关于水道部分，主要参考的是清顾栋高《春秋大事年表》卷八《列国山川表》部分①，丘、州部分参考顾颉刚先生的《说丘》。从这张表中可以看出，河流、湖泊、丘、州的分布，集中在了黄河下游的晋、卫、郑、齐诸国。晋本当黄河中游，但它的地盘较大，今河南的北部、河北的西部相当大的一部分都属于它。西部的秦国，只有泾渭二水，在湖泊、丘州一栏里是空白。据《周礼》、《尔雅》等书记载，秦地也有湖泊，像弦蒲、阳华等，曾与大陆诸大泽并提，但与中原地区的湖泊相比就要小得多了②。《诗经》中提到的关中境内的水道与水泽似乎还较它国为多，当是因周王室建都关中，对此生态地理较多关注的缘故。

先秦河流、湖泊、丘州列国分布图

国	水道	湖泊	丘、州
秦	河、泾、渭		
周	河、洛、伊、谷、湟、溴		
晋	河、汾、浍、涑、洮、涂、汝	董泽、盐池、百泉、琐泽、共池、大陆	邢丘、苕丘、瓠丘、英丘、州
郑	河、济、邲、颍、汝、洧、旃然、黄水、南氾水、北氾水	荥泽、棘泽、圃田、狼渊、萑苻、洧渊	桐丘、顷丘
卫	济、濮、洹、彭	澶渊、阿泽、荧泽、鸡泽	犬丘、桃丘、楚丘、帝丘、清丘、平丘
齐	无棣、济、泺、潍、沂、淄、渑、时、姑、尤	申池	葵丘、贝丘、牡丘、犀丘、句渎之丘、重丘、廪丘、渠丘、丰且、犁丘、州
曹	济		重丘、黍丘、揖丘
邾	漷、沂		於丘、虚丘、闾丘
宋	泓		楚丘、谷丘、梁丘、葵丘、长丘、幽丘、犬丘、商丘、赭丘、老丘、雍丘
陈	颍		壶丘

---

①　（清）王先谦：《皇清经解续编》卷82、83。

②　参见田世英：《黄河流域古湖钩沉》。

　　《管子·揆度》说："共工之王，水处者什之七，陆处者什之三。"《淮南子·地形训》说：大禹时"凡鸿水之渊薮，自三仞以上者，二亿三万三千五百五十里。"这些数字可能是由当时情势对上古地形做出的推测，但也由此可以想见《诗经》时代的地貌状态了。由于川流湖泊众多，加之《诗经》时代北方气候温暖湿润①，因而影响到了当时的生态环境。据史念海先生说："当时黄河流域主要是森林地区。这个地区大致从渭河上游及更西的地区开始，一直到下游各地。黄河中游西北部则是草原地区。森林中兼有若干草原植被，而草原地区也兼有森林茂盛的山地。"②像梅、竹之类亚热带植物，在北方也较常见。《诗经》中还有猎获现在只有热带地区才有的大犀牛的记载。在湖畔水边，以及泽薮之地，生长着大片草木，水中有荇菜、苹、藻等水草，湖畔大量水鸟云集，芦苇荡里大批野猪之类野兽出入，林中及原野时常可见到鹿群觅食、奔走。《召南·驺虞》说：在芦苇荡里可以"一发五豝"；《大雅·桑柔》说："瞻彼中林，甡甡其鹿"；属于黄土高原的陕西境内，今日本多为干旱区，而《诗经》的《秦风》与《雅》、《颂》中，却多次歌咏到这里的泽地、水产与芦苇，俨然一幅水乡泽国情景；《魏风》、《唐风》中说，山西晋南的汾河岸边是大片沮洳之地，这里有大片的桑田；山上长有刺榆、山樗、漆树等木，山下的水洼的周围则有榆树和楸树等；在中原地区，《曹风》写到了地下水冒出地面的情景，《郑风》中写到了在大泽中围猎的情景，"卫诗"写到了淇水湾丛生的绿竹与水岸栖息的大雁、飞鸣的野鸡、水中的大鱼，还有成千的马群。《齐风》中写到了雄兽、大兽、狼，还有闲游的狐狸，以及大片的狗尾草；《鲁颂》中写到了众多的马群。这些诗篇正是对当日生态环境的描写。现在许多河流已经干涸，大量湖泊已淤为平地，不少水州与丘阜也因水枯或挖掘变为平地，如宛丘在春秋时还是陈国的一个热闹繁华之地，但到《水经注》的时代，却已"不知所在矣"③。昔日的景观不复存在。但我们根据《诗经》给予的信息，可以想见这种生态环境对当日先民生活的影响。生命离不开水，故人要

---

　　①　据竺可桢先生研究，当时黄河流域气温一月比现在高 4.6 度，二月高 3.2 度，年均高 1.5 度。参见《中国近五千年来气候变迁的初步研究》，《考古学报》1972 年第 1 期。
　　②　史念海：《河山集二集》，生活·读书·新知三联书店 1981 年版，第 352 页。
　　③　王国维校本：《水经注校》，第 733 页。

傍水流而居。丘阜水洲，是人类避水患的生存栖身之所。川流是湖泊的水源，湖泊是河流水量与气候、气温的调节系统，洪水到来时它们可以泄洪储水，平时则可以积水养河流；夏天吸收热量使气温降低，冬天则散发热量使气温升高，同时蒸发水分，使空气保持湿润，对维持生态平衡起着积极的作用。湖泊还是人类物质生活资料的渊薮，故《尚书》、《左传》、《周礼》诸书中都记到了专门管理湖泊泽薮的官员。正如顾颉刚先生说："中国古代对于薮泽是最注意的，所以然之故就为这是生产的大本营，在农业不甚发达的时候，只有依赖天然的力量。泽是众流所归的大湖泊，薮是卑垫之地。湖泊中产有蕈鱼之类固不必说，薮则当每年水长的时候，也盛满了水，和泽没有分别；等到水退，留下了沈沉淀物作肥料，就很能生长草木，连带着繁殖禽兽，天然的生产品比了泽中还要多。"[①] 这种条件对农业、渔猎，都是非常有利的。一般认为周朝是个农业社会，而忽略了当时人们的渔猎生活。王廷洽先生的《〈诗经〉与渔猎文化》一文则认为，渔猎是当时一项重要的经济活动，无论食用还是祭祀，或是对皮革羽毛的利用，都体现出了渔猎的意义[②]。这是有一定道理的。古代婚礼纳采用雁，吉礼以鹿皮为贽，之所以用雁用鹿，也就反映了当日狩猎生活在人类经济活动中的位置。

　　周代的地理生态环境，规定了农、渔、猎并举的生活方式。这种生活方式要求人类更注目于自然的春秋更替与生物的休养生息。日出而作、日入而息的生活节律，顺天之所赐以充庖厨的生活情趣，春耕夏耘秋收冬藏的四季循环，使人们将自己的生活、劳动、欢乐、悲伤、忧愁，融入了大自然的运行之中。在这样的生态环境中，他们感受到的是大自然的祥和与亲切。因而在《诗经》中山水草木鸟兽都成了有情之物，他们与人类共悲欢。"呦呦鹿鸣"，是要与同伴共享丰美的苹草；"鸟鸣嘤嘤"，是要求得朋友的呼应。而大量的以草木起兴的诗篇，所展示的也多是抒情主人公的情绪状态。于希贤先生认为，《诗经》"温柔敦厚"诗风的形成，与西周地理环境有关。他说："中国的文化的风格始终保持着一种温暖、祥和的传统，与西周地理环境的培育有很大关系。'温柔

---

① 《禹贡半月刊》第 1 卷第 2 期《写在泽薮表的后面》。
② 王廷洽：《〈诗经〉与渔猎文化》，《中国史研究》1995 年第 1 期。

敦厚'的诗教,一直是国人崇奉的典范。"① 这是有一定道理的。尽管《诗经》中也提到大旱、地震,专家们也曾指出西周初年有过短暂的寒冷期,但这都不足以从根本上改变黄河流域的生态环境。黄河流域能成为中国文明的发祥地,这当是一个重要的原因。

同时这些川流、湖泊、水洲的分布,也大大地影响着人类早期聚落的分布。当时人烟稀少,原野因时有水患而空旷无人居住。据《左传·闵公二年》记载,卫国被狄人攻破后,卫地的遗民只有七百三十人,加上共、滕两邑的民众也只有五千人,等于现在的一个大村。卫国如此,其他国家的情景也就可想而知了。因此中原地方人择高丘傍水而居,聚落或国都之间,都有大片的荒田或水道湖泊相隔。即使到了人口有了较大增长的春秋晚期,地处中原的郑、宋二国之间,仍有两不相属的大片土地②。我们发现《诗经》十五《国风》,除"二南"外,其在中原地区的分布:陕西、山西、山东各得其二,河南得其七,而河北境内竟然是空白!如果再结合考古发掘考察一下,便发现河北平原在今京广线至徒骇河之间的数百里中,没有发现新石器时代的遗址,商周时代的遗址只在靠近京广线的地方发现数处,中间仍有几百里的空白③。显然河水自由漫溢,使这里变成了汪洋水泽,生态环境不利于人类生存。

水的分布格局也影响到了各地民风民俗与诗歌风格。如关中地区,渭河所经的平原,水源较充足。周人迁都洛阳后,就把这片地方留给了秦人。但在关中平原之南是秦岭,北边则是黄土高原的山陵丘阜地带,原是游牧民族所在的地区。在西周晚期,由于连续干旱,草地枯死,游牧民族为争夺水草,多次南犯渭河平原,最终迫使周人放弃关中④。秦本戎狄之一支,犬戎、西戎杀幽王于骊山下,秦襄公将兵救周,后得封为诸侯,赐之岐丰之地。秦进入平原地区后,即改变了原有的游牧生活,从事农耕。遂后关中气候开始好转,故秦得用武力驱走其他游牧部落,而独居于水土丰饶之地。但他们为保护水源又不得不

---

① 于希贤:《地理环境变迁与文学思潮更迭》手稿。

② 杨伯俊注:《春秋左传注》,中华书局 1981 年版,第 1673 页。

③ 谭其骧:《长水集》下,《西汉以前的黄河下游河道》附《先秦各时期河北平原城邑与文化遗址分布图》。

④ 参见蒙文通:《蒙文通文集》第 2 卷《周秦少数民族研究》,巴蜀书社 1993 年版。蒙氏于书之开首即云:"西周末造,一夷夏迁徙之会也。而迁徙之故,殆原于旱灾,实以于时气候之突变。"

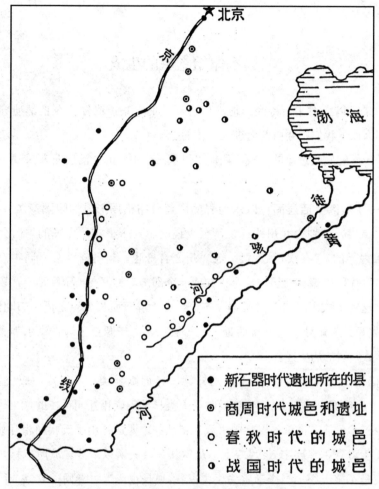

先秦各个时期河北平原城邑与文化遗址分布图

时时戒备，团结奋战。故而其民风强悍，《秦风》中即表现出了一种慷慨激昂、意气风发的风格。

　　以上我们所考察的是《诗经》中大部分诗作产生的一个广阔的地理生态背景。于此我们就不难理解为什么《诗经》中有那么多水生植物和动物，有那么多言及水的诗篇了。

二、水原始意象的生成

如果说以上对于《诗经》地理生态环境的考察，尚停留在自然研究的层面，那么以下我们则要由此而进入文化的层面了。

关于水的原始意象的生成，我们可以从三个不同的生活层面来探讨。

（一）聚落生活层面：以水为界的聚落分布格局形成的阻隔意象

大禹将天下划为九州的传说，至少说明了一个事实，先民的聚落分布曾是以水为界的。《春秋说题辞》云："州之言殊也。言殊含（合）同类，异其界也。"① 先民多聚族而居，一个氏族或一个部落，集聚在一个高地上，以逃避水害，这就形成了"州"。《国语·齐语》有"群萃而州处"之语，韦昭注曰："州，聚也。""州处"即群聚而处。这一层意义，当源自于远古洪水为患之日先民聚族州居的历史经验。

《国语·晋语四》说："异姓则异德，异德则异类。"《左传·成公四年》云："非我族类，其心必异。"这反映了人类早期氏族相互间存在的成见。自然其间少不了争斗、仇杀。汉字中"族"字从矢，即透露出了氏族间相互敌杀的信息。丁山先生释族字云："族字，从㫃从矢，矢所以杀敌。㫃所以标众，其本谊应是军旅组织。"② 李孝定先生说："丁说是也，盖古者同一家族或同一氏族，即为一战斗单位，故于文从㫃从矢，会意也。"③ 在他们的观念中不同的族，其间必然不能同心同德，自然在居住区域上就必须相互隔离开来，并且相互提防。这样，聚族而居划界设防就成为必然的选择。民族学、人类学与考古学的研究，都证实这一点。

生活于我国西南的彝族，他们的村落往往是"血缘关系结合一定的地缘关系而形成的生活共同体。按照父系血缘的家支聚居，是彝族社会生活中的一个

---

① 黄奭辑：《春秋纬》卷 13，上海古籍出版社 1993 年版，第 193 页。
② 丁山：《甲骨文所见氏族及其制度》，中华书局 1988 年版，第 33 页。
③ 李孝定：《甲骨文字集释》第 7 卷，第 2233 页。

明显特点。在广大彝区，人们都以父子联名这条血缘纽带，按原来的家支圈居于一个范围内，形成大小不等的村落。在凉山每个诺合家支都分布在一定的地区，一般都有比较固定和完整的聚居区，并自成村落。"[①] 居于湘鄂黔川边区的土家族，在清代之前，几乎全是单一民族的氏族村落。一个寨子，一个家族，寨名以姓而取。现在"在土家族聚居区，往往一个村寨，有三种姓氏；或沿着一条溪河的两岸村落，不同姓氏交错出现；或一座大山，山前山后，山上山脚山腰，村落姓氏不同……"[②] 广西、贵州毗邻山区的仫佬族，至今聚族而居，同姓大都住在一个村。一个村的居民如同姓不同祖，也必须分段居住，相互不混杂。每村都有围墙和闸门[③]。台湾高山族的聚落，番语是"在栅栏之内"的意义。聚落的周围通长有栅栏或壕沟。聚落中的成员相互称 finaulan，意思是"具有共同祭祀的人"。说明他们衍出于同一祖先。可见，这里的聚落"最早是以血缘为基础的氏族组织，后来才逐步发展为以血缘为纽带，包括一个或几个氏族组织的'社'。"[④] 东北满族的村屯，早期多是氏族居地，所以多有氏族的标记——鸟柱或兽头柱，也有五色旗帜作为族旗的。村外有栅栏相围[⑤]。云南境内的佤族，一个村寨有七八十户到几百户人家，村寨中包括数量不等的居民点，习惯称作"小寨"。他们"最初多是一族为一寨。为便于通婚，要同一地区，几个不同姓氏的家族住在一起，后来就成为一个寨子了。但寨中各家族还是分位居住。"[⑥] 居于东北的锡伯族的村落，也有高墙围着，墙上还可以巡逻[⑦]。这些情况无疑都说明了在人类发展史上，早期聚落是聚族而成的。氏族与氏族或部落与部落之间，除特殊情况外，居住区域都有明显的界线。

如果说以上民族志中所记述的民族居住情况，已非原始旧貌。那么，考古所发现的半坡类型村落，无疑是原始居住形式的再现。"西安半坡的遗址是一处典型的氏族村落，总面积五万平方米，包括居住区、制陶场和公共墓地三部

---

①　姊妹彝学研究小组、巴莫阿依等：《彝族风俗志》，中央民族学院出版社 1992 年版，第 81 页。

②　杨昌鑫：《土家族风俗志》，中央民族学院出版社 1989 年版，第 39 页。

③　罗日泽等：《仫佬族风俗志》，中央民族学院出版社 1993 年版，第 32 页。

④　许良国、曾思奇编著：《高山族风俗志》，中央民族学院出版社 1988 年版，第 47 页。

⑤　王宏刚、富育光：《满族风俗志》，中央民族学院出版社 1991 年版，第 55 页。

⑥　赵富荣编著：《佤族风俗志》，中央民族学院出版社 1994 年版，第 66 页。

⑦　贺灵：《锡伯族风俗志》，中央民族学院出版社 1994 年版，第 30 页。

分。居住区的周围有一条深宽各五六米的壕沟，它很可能是防卫性的设施。沟北边是氏族公共墓地，东边是窑场。在居住区和沟外的空地上，分布着各种形式的窑穴，是氏族的公共仓库。居住区内先后建筑的四、五十座房屋，密集地排列着，布局颇有条理。在居住区中，有一座规模很大的长方形房屋，当是氏族的公共活动场所，氏族会议、节日和宗教性的活动，都在这里举行。"① 村落内又有小沟分割成两群。研究者认为："居住区被分割成若干房屋群、组的现象，当与生活于居住区内的居民彼此存在的亲疏关系有关。"② 可见在原始时代，氏族居住是有严格分区的。

先民选择居宅聚落地址，在很大程度上是对水的选择，故往往将聚落建筑在比较稳定的河岸边。古书言：黄帝以姬水成，炎帝以姜水成，共工降处江水，昌意降处若水，羲和之国在甘水之间，少昊之国有甘渊等，即反映了这一事实，并且这一点也得到了考古学的证实。如西安附近的沣河中游一段长约二十公里的河岸上，两岸遥望向相对，就有十几处原始村落遗址。邻近半坡的浐和灞河流域，经调查发现了近 30 处仰韶文化遗址。在河流交错的地理背景下，水流湖泽自然成了氏族聚落之间的境界。生活于印度东北边区的阿迪人聚落就是一个典型的例子。阿迪人选择村址首先是接近河流，以保证用水与捕鱼之便；二是安全。"部落间的不和、进攻、反击的宿怨及土地纠纷，都会使彼此猜疑，失去安全感。"因此他们选择"有险可守、能防止偷袭的良好地形"，作为村址。同时再造一些防守设施。"村与村之间的界限，一般以河为准。"③河流水域将聚落分开，带来了双方交往之不便。但"聚族而居"的生存方式与"同姓不婚"的原始习俗④，又使得隔水相望的不同氏族的男女青年，必须走到一起来。这样，水便成了男女恋人之间天然的障碍物。羌族民间流传的《索桥的故事》，就很能反映这一点：小伙子木依和姑娘格基两人，隔一条大河放羊，他们常对坐在河边，小伙子吹奏羌笛，姑娘拨弹口琴，互向对方表达爱慕之

---

① 郭沫若：《中国史稿》第 1 册，人民出版社 1976 年版，第 39 页。

② 白寿彝总主编：《中国通史》第 2 卷（苏秉琦主编分册），上海人民出版社 1994 年版，第 101 页。

③ 〔印度〕沙钦·罗伊：《珞巴族阿迪人的文化》，李坚尚、从晓明译，西藏人民出版社 1991 年版，第 52、31 页。

④ 这一习俗可以得到人类学的普遍证明。在中国解放前象云南佤族等少数民族都严禁族内通婚。《左传》、《礼记》等书也有"男女同姓，其生不蕃"、"娶妻不取同姓"的记载。

情。小伙子想把羊赶到对岸与姑娘一起放，可河上没有桥，过不去。爱情的动力使他为架桥之事而绞尽脑汁，但终于如愿以偿①。

聚落分布格局而形成的水的阻隔意象，这在多水地区的男女情歌中，表现得最为突出。原始的生活背景我们虽已很难看到，但通过江南水乡及一些多水地区的少数民族情歌，远古先民隔水相恋的情景还是依稀可见的。如：

> 隔河望见一棵焦，大河江涨打起腰。
> 只要妹心合郎意，坐在河边等水消。
>
> 《金沙江情歌》第 13 页
>
> 雪山不老年年白，江水长流日日情。
> 死没良心长江水，隔了多少有情人。
>
> 《金沙江情歌》第 17 页
>
> 隔河望见一棵藤，藤花朵朵爱杀人。
> 有心采朵藤花戴，又怕藤断闪失人。
>
> 《金沙江情歌》第 67 页
>
> 隔河望见李子青，采了李子尝个新。
> 虽然不是亲姊妹，欢欢乐乐过一生。
>
> 《金沙江情歌》第 79 页
>
> 俺跟乖姐隔之河，树叶子遮了看不着。
> 久后一日霜打死，霜打树叶朝下落，
> 手搭荫棚望哥哥。
>
> 《淮南民歌集》第 7 页
>
> 结识私情隔条河，手攀杨柳望情哥。
> 娘问女儿"你勒浪望啥个？"我望水面浪穿条（鱼名）能梗（如许）多。
>
> 《淮南民歌集》第 9 页
>
> 隔河看见妹妹身，郎想过河水又深。

---

① 李明等：《羌族文学史》，四川民族出版社 1994 年版，第 129 页。

丢只石头来试水，试水浅深测妹心。

《客家山歌》第 28 页

娘在一岸也无远，弟在一岸也无远。

两岸火烟相对出，独隔青龙水一条。

《粤风》第 5 页

隔河望见嫂穿蓝，怀抱琵琶马上弹。

心想与你弹两调，隔山容易隔水难。

隔河望见牡丹开，好朵鲜花不过来。

惟愿天爷下大雨，风吹牡丹过河来。

刘经庵《歌谣与妇女》第 133 页 [①]

隔河浪件白短衫，远看好像白牡丹。

好花开在金盆里，看花容易采花难。

《吴歌乙集》下第 117 页 [②]

以上情歌所表现出的水的阻隔意象，似乎是纯属自然环境造成的，人为的因素较少。这是在一般的生活经验层面上形成的一种意义。

（二）性隔离习俗层面：由水的性隔离滋生出的水之女性指喻意义

如果说由以水为界的氏族区域格局所形成的氏族聚落间的交通障碍，尚是带有广泛意义的，那么原始的水畔性隔离，则是专为两性之间的接触设置障碍了。水在这里形成的隔离意义已超越了普通的生活层面，而进入了一个极具文化意义的层次。

据文化人类学的研究，在人类社会的初期，世界上大多数民族都实行过两禁忌与性隔离制度。这种制度主要是为避免狩猎集团内部为争夺女性而发生纠纷产生的。因为原始人类在极端低下的生产力条件下，主要是靠着自然群体的团结合作与强大的自然对抗而生存的。但争夺女性的纠纷却涣散着生产过程

---

① 以上引民歌集俱见《北京大学民俗丛书》。

② 见《中山大学民俗丛书》第 17 册。

中人们精神的专注与协作，严重地影响着狩猎生产，而导致集团食物紧缺，以致威胁到集团的生存。在北京周口店山洞发现的猿人几乎所有的颅骨，都有被打至死的迹象。根据在世界各地发现的同类现象，美国著名人类学家 F·魏敦瑞做出了"同伙相残死亡"的结论。人类学家们认为，虽然不能把这一切冲突都归于争夺女人，但有理由认为，许多冲突的根由是在性本能行为上。为了群体的生存，于是产生了季节的性禁忌[①]。即在生产过中禁止发生任何两性间的交往与接触，遂而出现了两性隔离制度。这种男女隔离制度，并没有随着狩猎时代的过去而消失，相反由于这一原始经验的无数次重复，凝定成了顽固的礼俗，以种种形式出现在了后世的礼俗禁忌之中。英国著名人类学家弗雷泽在其巨著《金枝》中曾列举了大量猎人、渔人关于性禁忌的例子。他说：

> 在原始民族的社会里，猎人和渔夫经常都要遵行节欲的戒规。马尔加什的捕鲸者过去和现在也仍遵行类似的戒规，出海前八天他们就开始斋戒，禁绝女色。在马布亚格岛，人们出发猎取儒艮（一种水栖草食的哺乳动物）之前，以及海龟交配期间，都要节制性欲。加罗林群岛中有个叫做乌阿普的小岛，岛上渔民在打鱼期间（一般约为六至八个星期）严格遵守戒律，出海前后必须住在男人会所，不许以任何借口回到自己家里，甚至不得看一看自己的妻子或任何女人的面孔。不列颠哥伦比亚的卡利尔印第安人，在布进陷熊之前的一个就同妻子分居。[②]

弗雷泽一再强调："所有野蛮民族渔猎时都严守贞操，并以此作为成败的关键。"列维－布留尔在其大著《原始思维》中也说："几乎所有原始民族中间，猎人在临近出发的日子里必须戒房事。"[③]并举了大量例子。弗雷泽与布留尔所举的猎人与渔夫的性禁忌，只能说是原始性禁忌的一种残存形式。为了证明狩

---

① 参见蔡俊生：《人类社会的形成和原始社会形态·性禁忌和原初公社中的两性关系形式》，中国社会科学出版社 1988 年版；〔苏〕谢苗诺夫：《婚姻和家庭的起源·从乱婚到两合氏族群婚》，中国社会科学出版社 1983 年版。

② 以上为阅读方便，仅撮其大意。中国民间文艺出版社 1987 年版，第二十章第六节。

③ 〔法〕列修 - 布留尔：《原始思维》，丁由译本，商务印书馆 1987 年版，第 224 页。

猎性禁忌的广泛性，谢苗诺夫在其大著《婚姻和家庭的起源》中，曾列举了世界各地存在过狩猎性禁忌的四十八个地区和民族，与在一般经济活动中存在过性禁忌的七十三个地区和民族。这些性禁忌短则一两天，长则达几个月不等。虽然原始人群对这些禁忌都有一定的解释，即违犯禁忌会发生危险等等，但人类学家们却清楚地看到了这种禁忌对于早期人类的两性关系的调节功能。生产方面性禁忌的发展，必然导致男女在各方面的隔离，即男子集团与女子集团的形成。这种生活的遗存便是谢苗诺夫所提到的女人们抱成团与男子隔开的形式①。这在近世许多原始部落中都可以见到。如中非地区有一种女子育肥房的风俗，性成熟期的女孩被隔离开来，有时长达数年之久。在不列颠哥伦比亚的凯利尔印第安人中，性成熟的女孩要被隔离三四年，人称为"活埋"。在太平洋南部的萨摩群岛，女孩在幼儿时期的头几年，就生活在完全没有男孩子的同性同龄伙伴之中。她们在村子的一角被人严加守护②。在阿拉佩什人中，女孩月经初潮即被隔离，听从告诫进行一系列的仪式。经过一段时间，仪式完结，方许与丈夫圆房③。印度尼西亚的望加锡人，青年男女在结婚前一周，便被家人幽禁。尼泊尔的尼瓦尔少女，在月经初潮之前或初潮之日开始，要守闺房十一天。这十一天中，不让见到阳光和任何男人④。多哥的卡必耶族，女孩十八岁时要举行"阿奔社"成人仪式。成人仪式的第一阶段就是要过九天的幽居生活⑤。在大洋洲、亚洲、非洲、美洲、澳大利亚等地方都存在过姑娘住宅（营地）和男子住宅。印度东北地区的阿迪人中，就有为单身小伙子们集体住宿的"莫休普"，和供姑娘们集体住宿的"雅胜"⑥。在我国西南的彝族中，则存有"西尼蒙格"形式，意即"妇女会议"，专门讨论有关妇女的问题⑦。谢苗诺夫说："在高加索的一些民族那里，曾记载有专门的'女子住宅'和'姑娘

---

① 〔苏联〕谢苗诺夫著、蔡俊生译，沈真校：《婚姻和家庭的起源》，中国社会科学出版社 1983 年版，第 159 页。

② 〔美〕露丝·本尼迪克特：《文化模式》，生活·读书·新知三联书店 1988 年版，第 29—32 页。

③ 参见〔美〕玛格丽特·米德：《三个原始部落的性别与气质》，浙江人民出版社 1988 年版，第 84—89 页。

④ 张殿英主编：《东方风俗文化辞典》，黄山书社 1991 年版，第 232、260 页。

⑤ 段宝林、武振江主编：《世界了俗大观》，北京大学出版社 1988 年版，第 521 页。

⑥ 〔印度〕沙钦·罗伊《珞巴族阿迪人的文化·社会生活》，西藏人民出版社 1991 年版。

⑦ 姊妹彝学研究小组、巴莫阿依嫫等：《彝族风俗志》，中央民族学院出版社 1992 年版，第 92 页。

住宅'，相应的女人集团和姑娘集团都到那里消磨时光。在西非，在吉尔伯群岛和加罗林群岛（密克罗尼西亚），也都发现过专门供妇人们集会的住宅，并且那是禁止男子进入的。总之，几乎在前阶级社会的所有民族中都存在一些专门的建筑（住宅、窝棚等），妇女在向成年状态转变的时期、在月经来潮时期和分娩时期，都必须住在这种建筑物里，与男人们严格隔离开。"①虽然目前人类学家对现存原始部落中的性隔离制度以及原始人对其自身习俗的解释，相互间存在着很大的分歧，但这种事实的存在，则是无可怀疑的。

我国古籍中也有关于性隔离的残缺信息。如：

> 《礼记·曲礼》："男女不杂坐。……外言不入于阃，内言不出于阃。女子许嫁，缨。非有大故（王夫之《礼记章句》：谓水火危疾），不入其门（王注：'不入'通父兄而言）。……男女非有行媒，不相知名；非受币，不交不亲。"
>
> 《礼记·郊特牲》："男女有别。"
>
> 《礼记·内则》："男子入内，不啸不指。夜行以烛，无烛则止。女子出门，必拥蔽其面。夜行以烛，无烛则止。道路男子由左，女子由右。"又云："男子居外，女子居内。深宫固门，阍寺守之，男不入，女不出。"
>
> 《淮南子·齐俗训》："帝颛顼之法，妇人不辟男子于路者，拂（放）于四达之衢。"

因为这些记载皆出于战国之后礼治文化膨胀时期，自然掺杂了后人关于礼的观念与认识。但我们隐约可以看出其透露出来的原始信息。所谓"内外"、"有别"、"左右"，都讲的是男女之间的隔离问题。这种所谓的"礼"并非是周代才凭空产生出来的，甚至周代是否真实行过这样的"礼"，也成问题。它实际上是原始性隔离制度的曲折反映。

原始的性隔离有种种方式。凯利尔印第安人是在荒野中建茅舍隔离，萨摩

---

① 〔苏联〕谢苗偌夫、蔡俊生译、沈真校：《婚姻和家庭的起源》，中国社会科学出版社 1983 年版，第 216 页。

群岛的土著是于村子的一角隔离。这大概取决于环境条件。而在中国上古，在川泽交错的背景下，将水边高地作为隔离地点，则是最理想的选择了。在狩猎时代，当男人们成群地去远处狩猎走后，女人们便居住在水洲上。这样既达到了性隔离的目的，同时水作为一道天然的屏障，安全问题也得到了一定的解决，还可以在这里从事采集工作。当进入氏族社会之后，这种"隔离"便衍化为一种礼俗，作为对豆蔻年华女性的婚前隔离形式保存下来。在《山海经》中有这样几条记载，特别值得注意：

> 又东南一百五十里，曰洞庭之山。……帝之二女居，是常游江渊。交澧沅之风，交潇湘之渊，是在九江之间，出入必以飘风暴雨。
>
> 《中山经》
>
> 女祭女戚在其北，居两水间。戚操鱼鳝，祭操俎。
>
> 《海外西经》
>
> 女子国在巫咸北，两女子居，水周之（郭璞注：有黄池，妇人入浴，出即怀妊矣。若生男子，三岁辄死）。
>
> 同上
>
> 舜妻登比氏，生宵明、烛光，处河大泽。二女之灵能照此所方百里。一曰登北氏。
>
> 《海内北经》
>
> 东南海之外，甘水之间，有羲和之国。有女子名羲和，方浴日于甘渊。羲和者，帝俊之妻，生十日。
>
> 《大荒南经》

我们可以看它们的共同特点，一是这些地方只有女人，没有男人。《大荒南经》一条虽提到羲和是帝俊之妻，但显然是衍文，是后人的注释衍入的。二是这些女性的住地或是"水周之"，或在两水之间，或在河洲，总之都在水中。特别是"女子国"一条，这两个特点最为明显。而且国名又叫"女子国"，故而特别为研究者所注意。在中国其他古籍中如《后汉书·东夷列传》、《南史·东夷传》、周致中《异域志》、陆次云《八纮荒史》等，都有关于女国的记载。西方及日本也有关于"女儿国"的传说。周星先生将女儿国之类的传说分为三型四式，即：女王国型历史传说；母权或母系型历史传说；女人国型神话传说（毗邻式、孤岛式）①。《山海经》中的女子国显然属于第三种类型。周星先生对这一类型的结论是："无论是毗邻式的，还是孤岛式的，都产生在史前世系更替的特定时代。它反映的社会组织，就毗邻式而言，既非父系或母系，亦非父母并存，而是男系和女系或男、女系的双系并存，母亲只对女儿享有亲权，父亲也只对儿子享有亲权；就孤岛式而言，也无疑只是女系的继承。"也有学者认为是母系氏族社会的折光反映②。周星先生的解释是有人类学根据的。冯承钧译注的《马可波罗行纪》中大量的女儿国的传说，便是女系继承的社会组织的反映③。但《山海经》的记载明显地与之不同。这些女人国，是有成群的女人一起生活，而《山海经》中一般是两名女子同在一处，而且其始终处于水洲。显然这不能用原始生产中的女性集团或女系社会来解释。比较正确的回答应该说这是由原始生产季节的性隔离衍生的婚前性隔离的一种形式。与前所提到的原始部落中的女孩月经初潮时的隔离或青春期的隔离属于同一性质。因而她不可能是成群的，只能是个少数到成年期女性与她的女伴。水在这里主要是从隔离与安全两重意义上考虑而选择的。

　　从《山海经》的记载中，我们还可以看到这是中原一带的一种习俗。"女子国"据郭璞注，其地有黄池。《左传·哀公十三年》说："公会单平公、晋定公、吴夫差于黄池。"《国语·吴语》亦云："以会晋公午于黄池。"《读史方舆纪要》卷四十七云："黄池在河南开封府封丘县西南七里，东西广三里。《史

　　①　周星：《"女儿国"传说的类式》、《民间文学论坛》，1988 年第 2 期。

　　②　参见吕振羽：《史前期中国社会研究·神话传说所暗示之野蛮时代的中国社会形态》（生活·读书·新知三联书店 1961 年版）、林树明：《"女人国"：父系意识形态镜像》（《外国文学研究》1993 年第 4 期）、李子贤：《东西方女儿国神话之比较研究》（《思想战线》1986 年第 6 期）、陈廷赞：《女人国考》（《贵州大学学报》1985 年第 2 期）。

　　③　冯承钧译注：《马可波罗行纪》，中华书局 1957 年版。正文与注释中皆录有女儿国传说。如云：距日本不远，有女人岛，岛中仅女人。每年一定月份，若干日本货船至此贸易，岛上女子即与之交合。次年生男即送交其父。印度南海有二岛，分别名为男岛、女岛。性别皆青一色。每年第三月，诸男子尽赴女岛，居三个月，与岛上诸女子欢处。三个月后再返回本岛。次年诸女生产，女属母，男则属父。恒河两岸有男女分居，女子在六、七、八月间接待男子四十日。女生子则其夫不复至。Mariannes 群岛南有一岛，仅有女子居其中，自成一国，不许男子羼入。惟在年中某季许男子来会。聚数日，携其无须哺乳之男孩而归，女孩则留在母所。此种制度当是原始性隔离衍生出的一种形式。

记》韩昭侯二年，宋取我黄池，即此。”

舜之二女所处的"河大泽"，《淮南子·地形训》作"在河洲"，这大概指的是黄河水溢出形成的大泽，二女处在大泽中的一个洲上。《山海经》中多处提到"大泽"，其地有二，一在西北方，即夸父追日，饮干了黄河与渭河，"北饮大泽"未及而死的"大泽"。推其地当在甘肃北部。一在太行山东，即《北次三经》敝铁之水所归的大泽。据谭其骧先生研究，《北次三经》中的水道湖泊，大致皆在河北平原。大泽亦当在这一带，其初当与海泽、大陆诸泽相通，故得名"大泽"。只是《山经》的时代，此泽因受黄河所带泥沙的淤积，虽仍存大泽之名，其"大"之实已不复存了。故《山经》中只有一条水道是归于此的。《海内西经》说："东胡在大泽东。"东胡指东北方的少数民族，大泽在其西，也可知其所指为太行山东的湖泊。

羲和之国在甘水之间。《大荒东经》说：少昊之国所在的地方有甘山，"甘水出焉，生甘渊。"少昊之虚在鲁曲阜，羲和之国当去此不远。

帝之二女在"洞庭之山"。洞庭在湖南，洞庭湖中有君山，这里盛传舜之二妃（即尧二女）的故事。但据钱穆先生研究，洞庭本为北方湖名，即《禹贡》所说的河"溢为荥"的荥，其地在河南荥泽。后来随民族迁徙，此地名及传说才传到南方长江流域的[①]。关于的舜的传说也当是如此。与此相关的《九歌》中的《湘君》、《湘夫人》两篇也有"水周堂下"、"筑室水中"的描写，当与"女子国"为同一类型。

总之，这些传说开始都产生在黄河流域。它所反映的可能是黄河流域的风俗。我们可把这些神话般的传说定型为"婚前性隔离"，《尧典》中有绝好的证明：

> 帝曰：咨四岳，朕在位七十载，汝能庸命，巽朕位（郑玄注：言汝诸
> 侯之中有能顺事用天命者，入处我位，统天子之事者）？岳曰：否德忝帝
> 位（《史记正义》：四岳皆云：鄙俚无德，若便行天子事，是辱帝位）。曰：
> 明明扬侧陋（令四岳察举隐匿伏处之人）。师（众）锡（献词）帝曰：有

[①] 见钱穆：《古三苗疆域考》，《燕京学报》第 12 期。

鲧在下，曰虞舜。帝曰：俞，予闻（言己曾听说此人），如何？岳曰：瞽子，父顽母嚚象傲，克谐（言父愚钝，母出言不实，弟傲慢，而舜竟能和柔相待）。以孝烝烝（孝貌），乂（克己自治）不格奸（江声《尚书集注音疏》：盖父母与弟虽俱恶，舜调处其间，使不终成其恶，故曰：不格奸）。帝曰：我其试哉！女于时（妻于二女），观厥刑于二女。厘降二女于妫汭，嫔于虞。帝曰：钦哉（叹舜能修己安人）。

这段话关键在最后几句。尧为了全面考察舜，把自己的两个女儿嫁给了他，观其如何以礼法接纳二女。舜则先"厘降二女于妫汭"，然后"嫔于虞"。这两句话到底说的是什么？因古礼亡佚，所以自汉以来的经师都不得其解了。陈乔枞《今文尚书经说考》辑旧说云：

> 《史记·五帝本纪》：舜饬下二女于妫汭，如妇礼。《正义》曰：舜能整齐二女以义理，下二女之心于妫汭，使行妇道于虞也。又曰：尧于是乃以二女妻舜以观其内，使九男与处以观其外。
>
> 又曰：舜居妫汭，内行弥谨，尧二女不敢以贵骄事舜亲戚，甚有妇道。尧九男皆益笃。《正义》曰：《括地志》云：妫源汭水，出蒲州河东南山。按《地记》云：河东郡青山东山中有二泉，下南流者为妫水，北流者为汭水。二水异源合流出谷西，注河。
>
> 《汉书·谷永传》：永对曰：夫妻之际，王事纲纪，安危之机，圣王所至慎也。昔舜饬正二女以崇至德，未有闺门治而天下乱者也。
>
> 《后汉书·荀爽传》：爽对策曰：《尧典》曰：厘降二女于妫汭，嫔于虞。降者下也，嫔者妇也。言虽尧之女下嫁于虞，犹屈体降下，勤修妇道。

古文《尚书·尧典》伪孔安国注也说：

> 降，下；嫔，妇也。舜为匹夫，能以义理下帝二女之心，于所居妫水之汭，使行妇道于虞矣。

后之解经者亦鲜有异说，如：

> 厘降未能以义理下之，则女意初时不下，故传解之言：舜为匹夫。帝
> 女下嫁，以贵适贱，必有骄矜，故美舜能以义理下帝女尊亢之心于所居妫
> 水之汭，使之服行妇道于虞氏。虞与妫汭为一地，见其心下，乃行妇道，
> 故分为二……二女归虞者，盖舜以大孝示法，使妻归事于其亲，以帝之贤
> 女事顽嚚舅姑，美其能行妇道，故云嫔于虞。
>
> 孔颖达《尚书正义》卷二
>
> 厘，理也；妫，水名也；妇敬曰嫔；虞，其族也。舜能理下二女于妫
> 水之阳，耕稼陶渔之地，使二女不独敬其亲，而通敬其族。
>
> 《东坡书传》卷一
>
> 厘，理；降，下也。妫，水名，在今河中府河东县，出历山入河。
> 《尔雅》曰：水北曰汭，亦小水入大之名。盖两水合流之内也，故从水从
> 内，盖舜所居之地。嫔，妇也；虞，舜氏也。史言尧治装下嫁二女于妫水
> 之北，使为舜妇于虞氏之家也。
>
> 蔡沈《书经集传》卷一

清光绪年间，孙家鼐等还纂辑有《钦定书经图说》，将此数句理解为"舜
以礼义下帝女尊亢之心，使之行行妇道"，于是绘制出了舜率二妃孝敬父母的
《帝女观刑图》[①]。其实都搞错了！为什么圣王的女儿还要舜用义理去教育？为
什么要先"厘降二女于妫汭"，然后再"嫔于虞"？虞和妫汭是怎样的关系？
这些问题诸家或避而不谈，或谈而不明。其实这里所讲的正是上古婚前性隔离
礼俗。"厘"繁体作釐，通嫠。《左传·襄公二十五年》："嫠也何害？"陆德
明释文云："嫠本作釐。"《说文新附》："嫠，无夫也。"《小尔雅·广义》："凡
无夫无妻通谓之寡，寡夫曰鳏，寡妇曰嫠。"《小雅·巷伯》毛氏传、《孔子家
语·好生》等，"嫠妇"皆作"釐妇"。而釐、嫠实皆斄之孳乳。甲骨文有㤙

---

① （清）孙家鼐等：《钦定书经图说》卷1，光绪三十一年版。

字，董作宾以为即釐之初文 ①。《说文》云："劙，坼也。"坼即分离之意。《说文通训定声·颐部》劙字条下云："男女分坼之义，字变作嫠，古皆以釐为之。"由此观之，嫠之本意当为男女分开、女寡居无匹。"汭"蔡沈以为"盖两水合流之内"。《说文》云："汭，水相入也。"即二水合流之谓。《水经·河水注四》云："（历山）有舜井，妫、汭二水出焉。南曰妫水，北曰汭水。……《尚书》所谓厘降二女于妫汭也。"不管是二水之间，或二水合流之内，解说虽略有不同，当二者都是水环绕之地，这一点则是一致的。这是说尧要物色接班人，想测试舜各个方面的才能和知识。妻以二女，主要是观察舜关于"礼俗"的知识。舜首先与二女分离开，将它们隔离在"妫汭"。然后再以妇礼迎归于虞。蔡沈之意"厘降二女"的是尧而不是舜，似亦可通。但不管怎么说，这里表演的正是是婚前性隔离仪式。而自然物"妫汭"，在这里充当的则是隔离物的角色。它与环绕女子国的水，体现的是同一种价值意义。《中山经》说帝之二女处水中，说者皆以为帝指帝尧；《海内北经》说舜二女处河大泽，袁珂先生疑与"帝女"为一传说的分化 ②，这是有道理的。这也正好作《尧典》"厘降二女于妫汭"的注脚。帝女居洞庭之山，说者多以"舜南巡崩于苍梧，二妃闻知，沉于湘川"的传说来解释。但既是舜妃，又是为舜而死，为什么《中山经》不说"舜之二妃居之"呢？不难看出在最早的传说中，居于水中者是帝女，并非以舜妃的身份出现的。如果结合"厘降二女"的传说观之，就非常容易理解了。舜取尧的两个女儿之前，先将她们隔离于水州，然后以礼迎之。这在上古时代可能是一个非常著名的关于礼俗的故事，所以《尧典》上要作为一个特别的事件记载下来。《山海经》中"帝之三女"的传说，当是由此衍化来的。《尧典》是官方档案，所以记载平实，而《山海经》是神话传说，难免有些神秘色彩了。

与"厘降二女"的性隔离可相互印证的，是有娀氏二佚女的故事。《吕氏春秋·音初篇》说：

　　有娀氏有二佚女，为之九成之台以处之，饮食必以鼓。帝令燕往视

---

① 见李孝定：《甲骨文字集释》卷 3，第 912 页。

② 袁珂：《山海经校注》，上海古籍出版社 1980 年版，第 320 页。

之，鸣若谣隘。二女爱而争搏之，覆以玉筐。少而发视，燕遗二卵，北飞遂不反。①

屈原《离骚》说："望瑶台之偃蹇兮，见有娀之佚女。"《天问》也说："简狄在台詧何宜？玄鸟致贻女何喜？"《殷本纪》说：有娀氏女在水中行浴时，见玄鸟坠卵，长女简狄误而吞之而生契。显然这里记述的是同一个故事。特别值得注意的是，《吕氏春秋》、《离骚》、《天问》都说她们所在地是"台"，《殷本纪》说"行浴"时得鸟卵，而《史记·三代世表》褚少孙引《诗传》、《列女传》卷一则说"契母与姊妹浴于玄丘水"。不难看出"台"与"玄丘"所指的是同一地方。闻一多先生《天问疏证》云："言简狄在台吞燕卵，与《史记·殷本纪》、补《史记·三代世表》引《诗传》、《尚书·中侯》、《路史·后纪》九下注及引《列女传》所言行浴时吞之者异。然古台皆有水周之，是二说异而实同也。"② 其说可从。云梦泽中的高唐神女，《高唐赋》亦提到其所在地有"阳台"。《天问》说禹与涂山氏女在"台桑"（应为"桑台"，为协韵倒）野合。这些台皆当有水周之。其与丘别者，在台为四方形，丘为突起形。《说文》云："台，观，四方而高者，从至，从之，从高省。与室屋同意。"之所以说与"室屋"同意，是因其皆从"至"。其意义是与丘略相似的。故《吕览》、《楚辞》作"台"，而《列女传》则变成了"玄丘"。问题在于为什么有娀氏二女要为"九成之台以处之"呢？这恐怕除了"婚前性隔离"之外，很找到更为合理的解释了。也就是说，有娀氏二女在台或玄丘，与帝之二女在妫汭或"洞庭之山"，乃是同一种背景下的产物，这"台"乃是为性隔离而设的。

无独有偶，在《北史·高车传》中，也见到了类似的记载：

> 俗云：匈奴单于生二女，姿容甚美，国人皆以为神。单于曰："我有此二女，安可配人？将以与天。"乃与国北无人之地筑高台，置二女其上，曰："请天自迎之。"经三年，其母欲迎之。单于曰："不可！未彻之间

① 旧本"九成之台"下脱"以处之"三字，据陈奇猷《吕氏春秋校释》补说。学林出版社 1984 年版，第 343 页注 29。

② 闻一多：《天问疏证》，生活·读书·新知三联书店 1980 年版，第 81 页。

耳。"复一年，乃有老狼昼夜守台嗥呼，因穿台下为空穴，经年不去。其小女曰："吾父处我于此，欲以与天。而今狼来，或是神物，天使之然。"将下就之，其姊大惊曰："此是畜生，无乃辱父母！"妹不从，下为狼妻而产子，后遂滋繁成国。

顾颉刚先生曾将这个故事与有娀氏二女的故事对比，认为："商之故事传衍彼族亦非不可能之事。即断其非一事之分化，要为初民所易有之想象。"①窃以为此当是根据北狄先民筑台进行性隔离的方式而产生的神话传说。所谓"欲以与天"，就是想让与天婚配，大约与藏族姑娘"戴天头"的成人礼差不多。藏族姑娘长到十五岁，大人要为她举行"与天结拜夫妻"的仪式。仪式之后姑娘即表示成人，可以自由恋爱②。而上古的性隔离往往是与成人礼相联系着的。关于这个问题，我们后面还要作详细讨论。

上古时代在中国大陆，婚前女性隔离障之以水的习俗，可能是比较普遍的。中国古代出现了许多与女性有关的水名，如妫水见于《尧典》，汝水见于《诗经》（《春秋说题辞》："汝之为言女也。"宋均注："女取其生孕也。"其意更明），姬水、姜水见于《国语·晋语》，姑水见于《左传·昭公二十年》，好水、液女之水、激女之水等见于《山海经》。《水经注》记载的则更多。如：

> 《河水注》：长宁水又东南，养女川水注之，水发养女北山。
>
> 《涑水注》：盐池西又有一池，谓之女盐池。
>
> 《济水注》：渌水，俗谓之娥姜水。
>
> 《淇水注》：女台水发三女台下，北流注于淇。
>
> 《洹水注》：洹水枝津南水经女亭城。
>
> 《浊漳水注》：女谏水出好松山。
>
> 《易水注》：易水又右会女思谷水，水出女思涧。
>
> 《易水注》：濡水旧枝入城大陂，陂内有泉，俗谓圣女泉。

---

① 顾颉刚：《史迹俗辨》，上海文艺出版社 1997 年版，第 26 页。
② 参见严汝娴：《藏族的着桑婚》，《社会科学战线》1985 年第 3 期。

　　　　《巨马水注》：涞水又经三女亭西。

　　　　《颖水注》：平洛溪水发玉女台下平洛涧。

　　　　《颖水注》：汝城外东北隅有旧台，俗名女郎台。

　　　　《溪水注》：溪水流为陂，俗谓玉女池。

　　　　《溪水注》：皇陂水出皇台七女冈北皇陂。

　　　　《渠水注》：渠水东流而左会渊流，其上承圣女陂。

　　　　《淄水注》：浊水注巨淀，巨淀之右，又有女水注之。

　　　　《水经注》：潢水之北，有积石焉，世谓女灵山。

　　　　《沔水注》：湖水又东北入女观湖。

　　这些水或以女名，或在女部，或水畔有以女取称的亭台山冈。虽然我们不能一一指其所命名的来历，但这些名称似乎都在说明着水与上古女性生活的联系。正是这种联系，使水具有了指喻女性的意义。《周易·说卦》说："兑为泽，为少女。"《春秋感神符》说："后妃恣则泽为海。"《淮南子·地形训》说："泽气多女。"《搜神后记》卷一云：临城县有姑舒泉，因舒女坐于此地，化为清泉[1]。《赤雅》卷中云："白州双角山下有绿珠井，井有七孔。吃此水生下的姑娘都是绝色佳人。如用巨石塞其一孔，绝丽女子七窍便必伤其一。"[2]《思无邪小记》说：盱眙有美女山，宛如女形，两腿半开，有一道山泉从这里流出。有人曾用石杵塞山泉，结果发生了满城女性将患了小便不通的怪症[3]。《方舆纪胜》说：昔有僧夜坐，见一女子投地化为清泉[4]。《红楼梦》中宝二爷的名言是："女人是水做的骨肉。"这些传说和观念，都有力的证明着：在民族心灵深处，水已非意义单一的自然物，而有了社会文化的内涵，它作为一种带有文化意义的意象，已凝定于民族的观念形态之中了。

---

① 汪绍楹校点本：《搜神后记》，中华书局1981年版，第8页。
② （清）王文濡：《说库》下册，浙江古籍出版社1986年版。
③ 姚灵犀著：《思无邪小记》，天津书局1941年版，第34页。
④ 《渊鉴类函》卷31引。

（三）学宫礼制层面：辟雍、泮宫及水与礼的粘合

由神话传说推进至三代历史，在文明制度确立的扉页，仍可看到性隔离习俗的深深痕迹。然而它变了，变成了具有文意义的性隔离教育。如果说在有关舜"厘降二女与妫汭"的传说中，这种隔离还停留在习俗层面的话，那么，周代存在过的性隔离教育，可以说已将此种升华到制度的层面上了。

根据人类学的调查，女性成年期的性隔离，往往是伴随着教育、成年礼进行的。中非地区性成熟的女孩，在隔离期间，就有人教给她们将来该干些什么[①]。赞比亚女子的成年教育，是被隔离在丛林隐蔽之处的小屋里进行，隔离期有的长达十个月[②]。里比利亚的尼格罗人，在结婚之前，少男少女们要分隔为两个"咒森"，这可以看作一种准备结婚的寄宿塾。少女的咒森设在部落附近的森林里，女塾中的教师由年老妇女担任。少女十岁入塾，直在里面寄宿到结婚。女咒森中，绝对不许男人入内。少女在这里学唱歌、游戏、舞蹈、咏诗。男咒森性质与之相当[③]。新几内亚的基米人，凡满婚龄的姑娘，往往聚集在一间圆形茅屋内，接受婚恋教育，由已婚的中老年妇女任教[④]。《礼记·内则》也记载了我国古代女性教育情况：

> 女子十年不出，姆教，婉娩听从，执麻枲，治丝茧，织纴组紃，学女事，经共衣服。观于祭祀，纳酒浆笾豆菹醢，礼相助奠。十五年而笄，二十而嫁。

这是说，女子十岁前不出家门，在家学习妇德、妇功及礼仪之事。十岁之后是否出门就教呢？没有说。妇师被称作"姆"，字又写作"娒"。《说文》："娒，女师也。"《仪礼·士昏礼》注："姆，妇人五十无子，出而不复嫁，能以妇道教人者。"这种女师的地位，大概与保姆差不多。妇师又称娑，《说文》："娑，

---

① 〔美〕露丝·本尼迪克特：《文化模式》，王炜等译，社会科学文献出版社 2009 年版，第 30 页。
② 任巍、刘冰主编：《风俗奇观》（一），黑龙江人民出版社 1988 年版，第 41 页。
③ 朱云影：《人类性生活》引蒲谛科菲说，上海文艺出版社 1989 年版，第 88、90 页。
④ 刘玉学：《世界礼俗手册》（亚太地区），对外贸易教育出版社 1988 年版，122 页。

女师也。"又称师氏,《诗经·葛覃传》云:"师氏,女师也。"姆、娶与师氏,是否不同性质、不同时女师的名称呢?这不敢说,但《仪礼·士昏礼》的一段记载,则颇值得注意:

> 女子许嫁,笄而醴之称字。祖庙未毁,教于公宫三月。若祖庙已毁,则教于宗室。

《礼记·昏义》也有同说。这里所特指的是士的女儿的婚前教育,而不是《内则》所说的十岁前的教育。这种教育,自然是要与男性隔离的。在民族志中我们看到了不少女性成年期隔离教育的资料。从这些资料中可以看出女子隔离教育时间的长短,是与她的家庭地位、经济条件相随的。越是大户人家,女子隔离教育期就越长,越讲究礼节仪式。小家因经济负担问题,则是能简则简。根据这种情况推测,士的女儿婚前教育是三个月,天子诸侯、卿大夫之女的教育期,恐怕要远长于此了。士的女儿受教育的地方是"公宫"或"宗室"。公宫、宗室何指?孔颖达有如下一段考证:

> "祖庙未毁,教于公宫三月,祖庙既毁,教于宗室。"《昏礼》文也。彼注云:祖庙,女高祖为君者之庙,以有缌麻之亲,就尊者之宫教之。则祖庙未毁,与天子诸侯共高祖者,则在天子诸侯女宫中教之三月。知在女宫者,以庄元年《公羊传》曰:群公子之舍(何注:女公子也),则以卑矣。是诸侯之女有别宫矣。明五属之内女就教可知。彼注又云:宗室大宗子之家。则大宗者继别为大宗,百世不迁者,其族虽五属外,与之同承别子者,皆临嫁三月就宗子女宫教成之。知宗子亦有女宫者,《内则》云:命士以上,父子皆异宫,则女子亦别宫,故《曲礼》曰:非有大故,不入其门是也。[①]

所谓"女宫",就是指贵族女子的"别宫"。这种"别宫"形制,今天我们已全然不知了。据《礼记·文王世子》,"公宫"包括了太庙在内的所有王侯宫室。

---

① 阮元校刻:《十三经注疏》,第 277 页。

故陈澔《礼记·昏义集说》云："公宫，祖庙也。"① 以为女性教育在祖庙中进行。方苞亦云："宗室即别子庙也。……如宗子为庶人而无祖庙，则卿大夫之女当教者，其家可久舍乎？又或有同时而教者，其家能兼容乎？惟大宗之庙未毁，然后可各止于旁，舍而并教于宗室耳。"② 方苞的怀疑是有一定道理的。不过将女子受教之地固着在祖庙，也未必为是。根据《仪礼》所言，诸侯大夫之女当有学宫或固定的性隔离教育之所，这样士的女儿才有可能在出嫁前就其地而教之的。这种属于"公宫"、"宗室"的地方，当就是由氏族社会中曾有过的女子住宅（即如前所述的尼格罗的"女咒森"之类的地方）演变来的。这种地方我怀疑就是辟雍、泮宫之类的地方。

关于辟雍、泮宫，《礼记·王制》中有一段记载：

> 天子命之教，然后为学。小学在公宫南之左，大学在郊。天子曰辟雍，诸侯曰泮宫。

这是说在周代，大学分两级，"国家"级的叫辟雍，地方级的叫泮宫。值得注意的是这种"大学"的形式，周围都有水环绕。杨宽先生《我国古代大学的特点及其起源》一文中，对此作了详细的考证。他说：

> 辟雍的所以称辟，就是表明其形状如壁。"雍"和"邕"音同通用。《说文》说："邕，邑四方有水，自邕成池者"，就是环于水中的高地及其建筑。"雍"字，甲骨文和金文从巛（或省作〈、从🐚（或省作 🐚、作□）、从隹。从巛，象四周环绕有水；从🐚，像水中高地上的宫室建筑；从隹，象有鸟集居其上，因为辟雍和泮宫的附近有广大园林，为鸟兽所集。
>
> 《礼记·王制》说："大学在郊"，"诸侯曰颊宫"。……泮宫的结构也和辟雍差不多，从来有四种不同的说法：一种认为西南两面有水环绕，

---

① 《四书五经》，第 325 页。
② 方苞：《仪礼析义》卷 2，《文渊阁四库全书》第 109 册，第 27 页。

《说文》说："泮，诸侯乡射之宫，西南为水，东北为墙。"一种认为东西南三面有水环绕，《鲁颂·泮宫》郑笺说："泮之言半也，半水者，盖东西门以南通水，北无也。"一种认为西北两面有水环绕，刘向《五经通义》说："诸侯不得观四方，故缺东以南，半天子之学，故曰頖宫。"一种认为只有南方有弧形的水，《白虎通·辟雍》篇说："诸侯曰泮宫者，半于天子宫。……半者象璜，独南面礼仪之方有水耳，其余雍之。"①

杨宽先生将古文字与文献相互参证来考证辟雍形制②，是有一定说服力的。关于泮宫，其列举四说，虽未定是非，但认为有水环之，则是无可怀疑的。同时从汉儒对泮宫的歧说中，也可以看出汉代人对古礼已经很阔然了。因此他们对辟雍、泮宫的解释在很大程度上都出于臆测，如云："水旋丘如璧曰辟雍"之类。后之学者也多据汉儒之说设想辟雍、泮宫的形制，如元朱公迁的《诗经疏义会通》、明王圻的《三才图会》、清儒焦循的《群经宫室图》等，皆绘有辟雍、泮宫图，其样式皆很秀美，但与《诗经》中所表现出来的那种"翩彼飞鸮，集于泮林"、"麀鹿濯濯，白鸟翯翯"的情景就大不相侔了。从杨宽先生的研究已可看出，辟雍是很大的。周围有水环绕，附近有广大的园林，有鸟兽居集，水中有鱼。这实际上就像是一个湖泊中间有洲的形式了。班固《辟雍》诗有"造舟为梁"之说，这样大的规模，它的水泊很难说纯粹是由人工开掘的。从《大雅·灵台》的描写看，辟雍显然是选择水泽之地而构成的建筑。问题在于：为什么作为学宫的辟雍、泮宫，却要环之以水呢？而且这样的学宫，究竟只是男校呢，还是同时也有女校呢？吕思勉先生云：

> 盖我国古者，亦尝湖居，如欧洲之瑞士然，故称人居之处曰州，与洲殊文，实一语也（洲岛同音，后来又造岛字）。以四面环水言之则曰辟，以中央积高言之则曰雍。斯时自卫之力尚微，非日方中及初昃犹明朗时，不敢出湖外，故其门必西南入。③

---

① 见杨宽：《古史新探》，中华书局 1965 年版，第 201 页。
② 罗振玉亦释"雝"为辟雍本字，杨说当承自罗氏。见《甲骨文字集释》第 4 卷，第 1277 页引。
③ 吕思勉：《吕思勉读史札记》，上海古籍出版社 1982 年版，第 447 页。

这是说环水建构的"学宫"形式，乃是古老的居住模式的沿袭。这一结论是有相当的合理性的。但既然是"自卫之力尚微"，为何唯"学宫"独然？是否一般民宅亦皆如此呢？我怀疑这种模式，其前身如果不是女性住宅，所存在过的女性住宅亦当是与此同构的。

　　这里有一个很重要的问题值得考虑。戴震《毛郑诗考正》说："辟雍于经无明文，汉初说礼者规放故事，援引《大雅》、《鲁颂》立说，谓天子曰辟雍，诸侯曰頖宫。如诚学校重典，不应《周礼》无一及之，而但言成均、瞽宗。《孟子》陈三代之学，亦不涉乎此。他国亦不闻有所谓泮宫者。"[①] 因此他以为辟雍是离宫之名，为游观之处。清儒牟庭、马瑞辰等皆赞同戴氏之说[②]。胡承珙则认为辟雍既为游观之所，也是礼乐之地，文王之后始为大学[③]。清儒的怀疑是有道理的。确实先秦文献中言学校者，没有涉及到辟雍、泮宫之名。但汉儒却言之凿凿。窃以为其中的奥秘正在于辟雍、泮宫并非一般意义上的学校，而是有特殊意义的"学宫"，同时正如胡承珙所说，也是游乐或举行一些典礼仪式的地方。《白虎通·辟雍》说："父所以不教子何？为渎渎也。又授之道当极阴阳夫妇变化之事，不可父子相教也。"[④] 所谓"阴阳夫妇变化"其实就是性的问题。这实际上是说：性教育乃是辟雍中的一项主要课程。那么这种教育无疑是男女分开进行的。从这里可以看出辟雍与原始性隔离的关系。辟雍、泮宫之名，也颇具"隔离"的意味。"雍"与"宫"都是宫室建筑，杨宽先生及诸家的考证都已说明。汉儒解"辟"为璧，以为是像璧玉一样的圆形水池，解泮为半，认为是璧之一半，因半边有水，故谓泮。闻一多先生则以为"辟、泮双声，义复相通，（《广雅·释诂四》：'辟，半也，'《泮水》笺：'泮之言半也。'）其为一语之转甚明。"认为辟雍和泮宫一样都是三面环水，为半圆，故名[⑤]。其实"辟"与"泮"都当是分别、僻远的意义。《淮南子·修务训》注：

　　① 《皇清经解分经合纂》卷三之五第5页，光绪二十一年上洋鸿宝斋印。

　　② 牟说见《诗切》，第1948页；马说见《毛诗传笺通释》，《清经解续编》，上海书店第2册，第766页。

　　③ 胡承珙：《毛诗后笺》，《清经解续编》，上海书店第2册，第1052页。

　　④ （清）陈立：《白虎通疏证》，中华书局1994年版，第257页。

　　⑤ 闻一多：《闻一多全集》第二册，第604页。

"辟，远也。"《楚辞·离骚》王注："辟，幽也。""幽也"、"远也"，皆是僻远、与世分离的意义在内。从辟之字亦多有分离意，如劈，从刀，意为用刀将物分开；避，从辶，意为回避；壁，从土，意指墙壁，为隔离物，可避开风雨；幭，从巾，意指覆盖在车上，以遮蔽日晒雨淋之物；擘，从手，意为用手剖开物；僻，从人，意为远离人在之所，即偏僻；闢，从门，意为将合着的门分开。半，《说文》云："物中分也。"从半之字，亦每每有分开之意。如判，从刀，意为分开；畔，从田，意为将田地分开的田界；姅，从女，指女人月经，须与男人分开。由此观之，"辟雍"、"泮宫"意即为"别宫"，实际上就是性隔离教育的地方。"辟雍"之"雍"，杨宽先生已考定其本意为水环之宫。"泮宫"之"泮"从水，与"判"之从刀、"畔"之从田意同，指用水隔离开来。就是说这种"学宫"是建在水中央的，是由水来隔离两性的。同时戴震说："他国不闻有所谓泮宫者"，也是很得其要害的。疑当日具有此类性质的"学宫"并不在少数，各地名称也不相同，其用途也是多种的。辟雍、泮宫只是其中之一而已。

我们并不敢说辟雍、泮宫就是女性学宫。因为古代在存在女性隔离教育的同时，也存在男性隔离受训。但我们有理由怀疑三代时存在过的女性学宫，应当就是辟雍、泮宫之类的地方。我怀疑《鲁颂》提到的"閟宫"也与泮宫是同类地方。如果认定泮宫为男性的学宫，那么閟宫就非常有可能是女性学宫了。《毛传》说："閟，闭也。先妣姜嫄之庙在周，常闭而无事。孟仲子曰：是禖宫也。"閟、闭与隔离意相近。《春秋元命苞》说："姜嫄游于閟宫，其地扶桑，履大人迹而生男。"[1] 这两则记载看起来相互矛盾，实则是相联系的，王先谦认为，这是"名从主人，援后之閟宫以定其地"[2]。閟宫履迹生子与有娀之女在台吞卵生子，是同一类故事。閟宫与"玄丘之水"，乃是同一类地方。虽然书无明载閟宫有水环之，但閟宫所在的是扶桑之地，据《小雅》言男女相遇曰"隰桑有阿"、《汉书·地理志》将"桑间濮上"并提、《天问》称生伊尹之"空桑"为"水滨之木"、《拾遗记》卷一言少昊母历"穷桑沧茫之浦"而得神婚、卷二易简狄受孕的"玄丘之水"为"桑野"等记载，《鄘风》言男女相会将"桑中"

---

① 黄奭辑：《春秋纬》卷3，上海古籍出版社1993年版，第75页。
② （清）王先谦：《诗三家义集疏》，第1078页。

与"淇上"并提，都说明男女相会的桑林、桑中之地，是与水滨相联系的。姜嫄受孕的扶桑之地的閟宫，也应当是有水的。而隔离之地又是季节性开放之地（这在下文我们还要谈到），所以姜嫄隔离之地，同时也是她受孕之地。

杨宽先生认为，周代的大学教育是与"成丁礼"即"冠礼"联系在一起的。这是很正确的。据人类学的考察，原始部落中的男子成丁礼，实际上是一个严酷的受训、磨炼过程，即象征着死亡与再生的过程。这种仪式是严禁女性窥视的。在有的部落，如发现有女人知道了这"秘密"，就会把知道这秘密的女人处死。这种仪式伴随成年人的教育进行，要与家人及女性隔离一般时间。如美洲山地居住的阿拉佩什人，他们的成丁礼，是参加者要经过三个月的隔离。在此期间接受各个方面的知识教育，恪守各种禁忌。在他们被隔离的几个月内，母亲和姐妹们一直担心着他们的命运，怕他们会死于鞭笞之下。因此他们一旦完成仪式回家，全家都会欣喜若狂①。《齐风·甫田》可能写的就是冠礼归来亲人相见的情景。诗说：

> 无田甫田，维莠骄骄；无思远人，劳心忉忉。
>
> 无田甫田，维莠桀桀；无思远人，劳心怛怛。
>
> 婉兮娈兮，总角丱兮。未几见兮，突而弁兮。

前人对此解说纷纭，《诗序》以为刺齐襄公，朱熹以为是"戒时人厌小而务大，忽近而图远，将徒劳而无功"的诗，王质《诗总闻》以为"老臣事幼君之辞"，何楷《诗经世本古义》以为刺鲁公，牟庭《诗切》以为"刺奇童子无所成"，今人或以为未成年的农家子被抓丁去，亲人思念唱的歌，或以少年情人相思，或以为征妇思夫。但都忽略了诗中所到唱的"总角丱兮"到"突而弁兮"这种人生历程的变化，更忽略了古人由"总角"到"弁"的人生历程中所举行的具有"划时代"意义的仪式。如果我们把这首诗放到上古礼俗中去认识，问题就比较清楚了。"甫田"旧以为大田，因为《小雅》中也有"甫田"，即指大田。其实此处与《小雅》不同，田地面积大，最便于种庄稼，故《小

---

① 参见米德：《三个原始部落的性别与气质》，浙江人民出版社 1988 年版，第 55 页。

雅·甫田》颂大田得丰收。而此处却说"无田甫田",于常理不合。"甫田"当指泽地,如《水经·渠水注》引《竹书纪年》说:"入河水于甫田"《周礼·职方》说:"河南曰豫州。……其泽薮曰圃田。"《小雅·车攻》笺作"甫田"。郑有圃田泽,据《国语·周语中》"薮有圃草(韦昭注:圃,大地),圃有林池",其名当由地大草茂而得名。《水经·渠水注》说:圃田泽"多麻黄草。……《诗》所谓'东有圃草'也"①。《齐风》中的甫田,当与郑国的圃田为同类的事物,故诗中说"维莠骄骄"。"莠"又叫狗尾巴草,《本草纲目》列为"隰草类",江苏新医学院编的《中药大辞典》说,多生于山野、草坡和潮湿地。泽薮湖泊往往是草木丛生、鸟兽集居之地,所以是狩猎的好地方。故诗中提到了"田"(畋猎)。《诗经》中的《车攻》、《大叔于田》,也都写到了在泽中打猎。湖泊中的洲岛往往是辟雍、泮宫的所在地。"婉娈"是"少好貌","总角"是古时未成年的发型,"弁"是古成人戴的帽子。中国古代男子长到一定年龄,要举行"冠礼"。即将原先分梳两边的"角"束在一起,用笄把冠固定在头上。加冠表示成人,就要履行成人的义务。"冠礼"是由原始的"成丁礼"演变来的。它的过程与成丁礼一样严肃。诗可能出自男子的一位母亲或姊妹。前两章的大意是说你不要到甫田去打猎,那容易使我想起自己的他。因为他就在那里,可是我却不能见到他,因此很伤心。之所以担忧,当如阿拉佩什人的妇女们,怕亲人死鞭笞一样,因为在这里是要经过严酷考验的。末章是见到了亲人平安归来的喜悦。走时他还是总角童子,可现在他已戴上了大人的礼帽。如此作解,是非常辞通理顺的。

与男子成年举行冠礼相同,在中国上古女子成年则有笄礼。《仪礼·士昏礼》云:"女子许嫁,笄而醴之,称字。"郑玄注:"笄,女之礼,犹冠男也。"《礼记·内则》云:"女子十有五年而笄。"注:"谓应年许嫁,笄而字之。其未许嫁,二十则笄。"杨向奎先生说:《昏礼》及郑注都有些前后颠倒,应当是成人而后笄,笄而后待嫁,并不是许嫁而后笄,笄而后成人②。这是完全正确的。今日许多民族中存在的女子成年礼习俗,都可以证明这一点。女子经过一段时间的隔离教育,

---

① 王国维:《水经注校》,第714页。
② 杨向奎:《宗周社会与礼乐文明》,第259页。

则束发加笄，表示成人，可以嫁人了。男子经过受训，加冠仪式最终在庙中举行，女子的笄礼似乎也相同。《召南·采苹》可能就是描写的这种情况：

> 于以采苹？南涧之中，于以采藻？于彼行潦。
> 于以盛之？维筐及筥。于以湘之？维锜及釜。
> 于以奠之？宗室牖下。谁其尸之？有齐季女。

学者们多将此诗与女子经过三过月的隔离教育，"教成祭之"联系起来。《左传·襄公二十八年》说："济泽之阿，行潦之苹藻，寘诸宗室，季兰尸之，敬也。"王先谦认为，《左传》的一段话正是解释此诗的。他说："济阿盖季女所居。"[①]这是非常有见地的。这里写的是一位贵族女子的婚前生活。"济泽之阿"即"济泽岸边"（《玉篇》："阿，水岸也。"），这当是女子婚隔离之地。"宗室牖下"，是教成祭祀之地。《毛传》："宗室，大宗之庙也。"以季女为主，在宗庙祭祀，这是成人的标志。这里虽没有提到笄礼，但说这是成年礼的一种过程，应该是可以的。

总之，上古时代的男女学宫，都具有性隔离的意义。都是学礼、举行典礼的地方。学宫设在野外湖泊之中，或川流环绕之地，水是一道屏障。虽然这道屏障并非不能逾越，但那是"非礼"的。水与礼当就是在这样的背景之下粘合在一起的。在以后的讨论中，我们会更清楚地看到这一点。

以水为界的原始聚落生活具有漫长的历史，而从原始水洲女性隔离习俗，到有周一代水上学宫制度的发展，也是一个漫长的过程。在这个历史过程中，在各个不同的层面上，水都以隔离、障碍的意义存在于男女两性之间。这种经验的无数次重复，便形成了水的原始意象。这个原始意象的意义内核就是"阻隔"，是现实与理想之间的一道屏障。水的女性指喻、礼的象征等，皆是由此旁衍出来的意义。

---

① （清）王先谦：《诗三家义集疏》，第83页。

三、水滨与水恋、春恋、水死母题

从《诗经》大量的诗篇中可以都看到，水畔是一个恋爱圣地，男女青年的爱情往往发生在这里。这种现象似乎与我们先前关于水洲性隔离的论述相矛盾，其实正是因为水之性隔离的文化属性，导致了其成为男女性爱圣地的殊荣。男女青年在这里被隔离开来，又于这里洒下了多少相思的泪水，同时又在这里疯狂的相会、相爱。"隔离 —— 情思 —— 性放纵"，这是一个在河洲水畔无休止地重复着的原始故事的内核。从远古春水之上的性放荡，到魏晋以降曲水流觞、大堤行乐的春日盛会，到今日男女青年野外踏青、春社庙会的种种活动，无不是这一故事内核的衍生或外化形式。而这一"故事"的酵母仍在于水的"阻隔"意义。恋爱是生命超越"阻隔"的积极运动，由此运动滋生出了中国文学中一再重复的水恋、春恋、水死三个母题。以下我们分而论之。

（一）隔离、放纵与"水恋"母题

水把男人和女人分成了两个世界，也把怀春的少男少女们残酷的割开。青春生命之火被压抑了！像地下奔腾的岩浆，随时都在寻找发泄的突破口。基里维纳岛南部和瓦库他岛的妇女们，在从事集体锄草的时候，只要看到一个男人（非本村的男人），她们便立即上前脱光他们的衣服，疯狂地向他们施行暴力，并在他们身上做些淫秽的动作。谢苗诺夫认为：这种放荡进犯，不是别的，"它乃是从前发生过的、异乎寻常地猛烈的性本能行为所采取的最粗野形式的遗迹。这种性本能行为是这样像暴风雨一样的激烈，以致只能用长期得不到性满足来解释。"[①] 南宋赵汝适的《诸蕃志》卷上曾有如下一段记载：

> 又东南有女人国，水常东流，数年水一泛涨，或流出莲肉长尺余£¬

---

① 〔苏联〕谢苗诺夫：《婚姻和家庭的起源》，蔡俊生译，沈真校，中国社会科学出版社 1983 年版，第 153 页。

桃核长二尺余，人得之则献于女王。昔尝有舶舟飘落其国，群女携以归，数日无不死。有智者，夜盗船亡命得去，遂传其事。[①]

显然这也是一则原始野蛮人女性性发泄的例子。"女人国"只有女人没有男人，说明这是一个被隔离的女性群体。这个群体由于长期的性压抑与性饥饿，使她们见到男人后不择手段，使男人们无法招架这群体的性进攻而死于床榻。像这样的例子在文明社会中也时而可见。如公元十四世纪初，在巴黎塞纳左河岸被称为尼鲁塔的卡贝王朝行馆里，路易十世的王妃玛格丽特，和查理四世的王妃及侍女们，在夜幕降临之后，用她们美丽的姿色，在河岸上将一个个壮汉引进塔里，先是酒肉相待，接着是疯狂的性发泄。在黎明前再把这一个个疲惫不堪的男人装进麻袋，从高塔的窗户扔向河里。王妃之所以要这么做，据说是因为新婚不久君王带宠妾出征，自己独守空房，寂寞难熬之余，只好如此发泄[②]。这些例子说明，性的隔离必然导致性的放荡，此乃本性使然。蓄之愈久，其发愈烈。由此可以想见原始人当性禁忌开放后的那种疯狂行径了。

　　值得注意的是，中国上古的这种性放荡是与水洲河畔联系着的。水把青年男女生生隔开，性的欲火就最有可能在水畔燃烧。因而在中国古代的传说中出现了大批水上女神女仙向人献爱的情景。如：《世本·姓氏篇》说，廪君乘土船（即陶壶，如匏葫芦称腰舟）至盐阳，盐水女神想方设法强把他留住，与之结欢；宋玉的《高唐赋》说，高唐神女，曾向楚王自荐枕席；曹植《洛神赋》说，洛水女神风流多情，向行客献爱；《列仙传》说，郑交甫在江汉之湄遇到了江妃二仙女，二仙女遂与之赠物结情；《水经·江水注》引《玄中记》说，阳新有一男子，于水边得衣羽女仙，遂与共居；《敦煌变文集·句道兴〈搜神记〉》说，田昆仑见三女在水中洗澡，匿其一女衣服，女遂而与之成亲；明彭大翼《山堂肆考》说，南昌有少年见美女七人，脱彩衣浴于池中，戏藏其一衣，少不能去，遂与之结为夫妻。在民间盛传的牛郎织女的故事，大略相同。西湖盛传的白娘子与许仙的恋爱故事，蒙古族中盛传的格拉斯与七仙女的故

---

① 赵汝适：《储蓄志》，《丛书集成初编》本，第22页。
② 林怀卿：《世界性风俗辞典》上册，台湾王家出版有限公司，第108页，。

事，傣族中盛传的召树屯与喃诺娜的故事等，都是在水边结爱成欢的。在这些传说中或是女子主动向男子献爱，或是男略表其意，女子便慷慨应诺。从这里我们看到了远古人类生活的幻影。这些女神女仙，乃是远古时代由长期性隔离而获得开放的女性的化身，因而她们表现出了大胆、热情、率直的性格。

中国古代大量水畔孕子生子的神话，也在有力地证实着水边性放荡的原始生活：

> 有华胥之洲，神母游其上，有青虹绕神母，久而方灭，即觉有娠，历十二年而生庖牺。　　　　　　　　　　　　　　　　　《拾遗记》卷一
>
> 昔少典取于有娇氏，生黄帝炎帝。黄帝以姬水成，炎帝以姜水成。
>
> 　　　　　　　　　　　　　　　　　　　　　　　　《国语·晋语四》
>
> 少昊以金德王。母曰皇娥，处璇宫而诜织，或乘桴木而昼游，经历穷桑沧茫之浦。时有神童，容貌绝俗，称为白帝子，即太白之精，降乎水际，与皇娥宴戏。……及皇娥生少昊，号穷桑氏，亦曰桑丘氏。
>
> 　　　　　　　　　　　　　　　　　　　　　　　　《拾遗记》卷一
>
> 大星如虹，下流华渚，女节气感，生白帝朱宣。
>
> 　　　　　　　　　　　　　　　　　　《河图》（黄奭辑）卷十二
>
> 瑶光之星，如虹贯月，感处女（一作女枢）幽房之宫，生帝颛顼于若水。（《河图》卷八云：帝乾荒，擢首而谨耳，猴喙而渠股，是袭若水。取蜀山氏曰枢，是为河女，所谓淖子也，淖子感瑶光于幽防，而生颛顼）
>
> 　　　　　　　　　　　　　　　　　　　　　　　　　　　同上
>
> 尧母庆都，有名于世，盖帝之女，生于斗维之野，常在三河之东南。……年二十，寄伊长孺家。无夫出观三河之首，常有若神随之者。有赤龙负图出。……赤龙与庆都合婚，有娠。龙消不见，而乳尧。
>
> 　　　　　　　　　　　　　　　　　　《春秋纬》（黄奭辑）卷七
>
> 大帝（尧）之精，起三河之州，中土之腴。　　　　　　　同上
>
> 握登见大虹，意感而生舜于姚墟（按：虹因阳光折射水气所成，形成于水上。其所感觉强烈，必在水畔）。
>
> 　　　　　　　　　　　　　　　　　　《诗纬》（黄奭辑）卷二

女狄暮汲石纽山下泉，水中得月精如鸡子，爱而含之，不觉吞之，遂有娠。十四月，生夏禹。

《太平御览》卷四引《遁甲开山图荣氏解》

契母简狄者，有娀氏之长女也。当尧之时，与其妹娣浴于玄丘之水。有玄鸟衔卵过而坠之……简狄得而含之，误而吞之，遂生契焉。

《列女传》卷一

姜原游閟宫（閟，闭也，密也。当为女性隔离之宫，犹泮宫），其地扶桑，履大人迹而生男。

《春秋纬》卷三

汉高祖以秦昭王五十一年生于丰。初母媪长息大泽之陂，梦与神遇，时雷电晦冥，父太公往视，见龙交于上。已而有娠，遂产高祖（原注：一云母名含始，游于洛池，有玉鸡衔赤珠，刻曰：玉英，吞此者王。含始取而吞之）。

《册府元龟》卷二

除最后一则为沿袭旧模式而有意编造者外，其余全出自上古传说。为什么这些圣王的受孕与诞生，多与水密切相连呢？而且为何或不知其父，或名为有父实为无父？最合理的解释，恐怕只能是原始水畔的男女狂欢，是性禁忌解开之后，男女疯狂地冲破障碍——水的阻隔，在水畔相遇、热烈性交、受孕的原始群体生活的折光反映。性放荡纯粹是性的发泄，故情为必专，爱不必一，所以尽管传说中舜、禹、契、后稷等都有父亲，而使其母受孕的却不是其父。中国神话传说中的女性水神，如高唐神女于云梦泽畔，初会于怀王，再幸于襄王，且为行云，暮为行雨，朝朝暮暮，神交于过来往过客；洛水女神飘然水上，呈艳于过往行人。《北梦琐言》说：西江妇神大姑，私悦于少年才子杨镳；《古今说海·辽海海神传》说，辽海女神，自荐于商人程某。这些与中国传统道德相背离的放荡女神，竟然受到了世俗的膜拜与祭祀，这难道不值得深思吗？我们有理由怀疑，这些女神的行事乃是原始性放荡生活在神话中的投射。在这些传说中，女子所在的或是"玄丘"，或是"幽房之宫"，或是"华胥之洲"，或是"华渚"，或是"三河之州"，或是"閟宫"，或是"姚墟"，总之她们都是独自在一个无人的地方，这些地方非常有可能是女性隔离之地。所谓"玄丘之水","玄丘"其实是"水州",丘与洲的关系前节中我们已有论述，《毛传》释辟雍说："水旋丘如璧曰辟雍"，这里的丘显然就是洲。《离骚》写到灵均漫游天地寻求美女时说："忽反顾以流涕兮，哀高丘之无女。"这里的高丘，也应当是指女性幽处的地方。墟古作虚，与丘同意。《说文》："虚，大丘也。昆仑之丘谓之昆仑之虚。……丘谓之虚，从丘，虍声。"

在《山海经》中"女子国"条下，郭璞曾注说："有黄池，妇人入浴，出即怀妊。"《诸蕃志》中也说："其国女人遇南风盛发，裸而感风，即生女也。"《梁书·东夷传》中所记载的女国，也是"入水则任娠"。所谓水浴则孕，正是水畔狂欢而孕的神话表述。《搜神记》说：汉末零阳郡太守史满有女，悦门下书佐。乃密使侍婢取书佐洗手水而饮之，遂而有孕。这个文明时代的神话也在暗暗地证实着"水－性放荡"这一文化酵母的力量。

20 世纪 40 年代，闻一多先生撰写过一篇题为《说鱼》的精彩论文[1]。他列举了《诗经》与现代民歌中的大量例子，论述了鱼、打鱼、钓鱼、吃鱼等与男女婚恋的关系。他认为："鱼"是一个隐语，它代替"匹偶"与"情侣"。"至于为什么用鱼来象征配偶呢？这除了它的繁殖功能，似乎没有更好的解释。"拙见鱼之象征义与男女之事的联系，恐怕与它的形态、它的生殖力等都有关，而最主要的一层原因，当离不开水畔男女狂欢之俗。女子被隔离于水洲，男女隔水相望，要委婉地表达自己的心曲，眼前活动着的水中之鱼便成了绝好的象征物。女子在水洲，与鱼为邻，鱼的外形，又酷似女阴，故鱼理当有了象征女性的意义。而且据《国语》里革所言的"古训"，春天是可以在水中打鱼的。因而男子以打鱼、钓鱼、吃鱼，隐喻向女子求爱，也就成了顺理成章的事。

水滨河洲的欢爱，这一原始经验的无数次重复，必然在民族心灵形成深深的辙痕，在民族意识中固着于特殊的观念形式上，导致了民族"水恋"情结的形成。因此，水由一种单纯的自然物而变为催使春情勃发的存在，牵动着多少颗青春之心的躁动。《诗经》中的第一曲 —— "在河之洲"的咏唱，即唱出了面对河洲窈窕淑女的春心波动。《汝坟》、《汉广》、《匏有苦叶》等相当多的恋歌，都与水发生着关系。明汪道昆的杂剧《悲生洛水》中，在阳林散步的曹

---

① 见《闻一多全集》第 117 页。

植，远望见了河洲采芝的美人，顿时产生了"雎鸠尚然有偶，吾曹何独无缘"的感慨；小说《绣屏缘》中，发誓要娶天下第一美人的赵青心，在西湖发现了他的追求对象王玉环小姐，致使神魂颠倒，不顾一切地一直雇船尾追至扬州；《一笑姻缘》中的唐伯虎，是画舫的美人使他神荡魂摇，为了得到这位丽人，竟不惜没身为奴。这种一见钟情的"水上恋爱"母题，一再地重复于中国的叙事文学之中。请看下表：

古典戏剧所见"水上恋爱"

书名	男女恋人	恋爱发生地点
潇湘夜雨（杂剧）	崔通、翠鸾	淮河渡口
青衫泪（杂剧）	白居易、裴兴奴	江州船中
柳毅传书（杂剧）	柳毅、龙女	泾河岸边
张生煮海（杂剧）	张羽、龙女琼莲	海上
倩女离魂（杂剧）	王文举、张倩女	江岸
金钱记（杂剧）	韩飞卿、柳眉儿	九龙池
浣纱记（传奇）	范蠡、西施	若耶溪畔
悲生洛水（杂剧）	曹植、甄氏（灵魂）	洛水河洲
红梅记（传奇）	裴禹、李慧娘	西湖
红渠记（传奇）	崔希周、曾丽玉；郑德邻、韦楚云	洞庭湖上
望湖亭（传奇）	钱万选、高小姐	湖畔尼庵
风流院（传奇）	舒洁郎、冯小青	孤山春水池边
占花魁（传奇）	秦钟、莘瑶琴	西湖
脣中楼（传奇）	柳毅、舜华	海上蜃楼
经情言（传奇）	皇甫曾、卢湘鸿	江上舟中
花舫缘（杂剧）	唐伯虎、慵来	游船上
雷峰塔（传奇）	许宣、白云仙姑	西湖

以上所列仅见于古典戏剧中者，不过此足以说明问题了。在中国现、当代文学中，小河流水边仍在重复着这种古老的恋歌。要么是出水蓉般在河池中沐浴的女性裸露的肉体，使窥视的男人神魂颠倒，而酿出了爱的蜜酒；要么是寂静的河边树林或岸上茅屋里，女人偎依到了男人怀里，编织爱的故事。在这里我们不能谴责作者的无能，不能只看到这种题材的乏味、单调，而要看到一种文化

潜意识的力量，看到这"水畔河洲"环境的展示在我们心灵深处的反应。我们要知道作者此时此地是在用一种浑厚雄深的原始声音说话，因而能引起我们潜意识中沉睡的记忆，唤起我们的内心世界。

（二）狂欢节与"春恋"母题

前已言之，原始的性禁忌，是随着原始季节性的生活节律而形成的，因而在关于女子国的传说中，有时也提到了男女交合的时间限定。如《马可波罗行纪》中提到的男子赴女岛的时间是每年的三、四、五三月，注释中提到的恒河两岸的男女，他们是六、七、八月间相会四十日。在中国大陆及很多地方，性禁忌与性开放是与原始的狩猎生活节律相应合的。《左传·隐公五年》将古之狩猎生产概括为"春蒐、夏苗、秋狝、冬狩"。"蒐"就是搜，春天是鸟兽孕育繁殖的季节，曰蒐者，意指搜捕其不孕者。"夏苗"是为苗稼除害，不做大规模的狩猎。"狝"即杀的意思，指较大规模的田猎。"狩"是围猎。这就是说，秋冬两季是狩猎旺季，春夏出生的鸟兽已开始长成，或亦脱离开母兽的关照而开始独立生活。特别是，秋天草木多实，鸟兽也因食果实而肥壮起来。冬天则草枯鸟兽现，更便于打猎。所以《诗经·七月篇》说："一之日（十一月）于貉，取彼狐狸，为公子裘。二之日（十二月）其同，载缵武功，言私其豵，献豜于公。"《礼记·月令》也说：季秋之月，"天子乃于田猎"。仲冬之月，"山林薮泽，有能取蔬食田猎禽兽者，野虞教导之"。春天则是禁猎期。《月令》说：孟春之月，"毋覆巢，毋杀孩虫胎夭飞鸟，毋麛毋卵"。仲春之月，"祀不用牺牲。"季春"田猎罝罘罗网毕翳喂兽之药，毋出九门"。《国语·鲁语》中有这样一段记载：盛夏季节，鲁宣公在泗水之渊布下了渔网，准备大捞其鱼。他的一位耿直的大臣叫里革，得知此事后，气愤地砍断了渔网，因为这不是网鱼的季节。里革说：

> 古者大寒降，土蛰发（指冬后大寒到开春惊蛰的一段时间内），水虞（渔师也，掌川泽之禁令）于是乎讲（习）眔罶（渔具），取名鱼（大鱼），登（进献）川禽（鳖蜃之属），而尝之寝庙，行诸国，助宣气也（韦注：是时阳气起，鱼陟负冰，故令国人取之。所以助宣气也。《月令》：季冬始渔，乃尝鱼，先荐寝庙）。鸟兽孕（注：孕，怀子，谓春时也），水虫成，

兽虞（注：掌鸟兽之禁令）于是乎禁（注：不得施也）罝（兔网）罗（鸟网），猎鱼鳖以为夏犒（注：夏不得取，故于时搣刺鱼鳖以为夏犒储也），助生阜也（注：鸟兽方孕，故取鱼鳖助生物也）。鸟兽成，水虫孕，水虞于是禁罝麗（小网），设井（陷阱）鄂（注：柞格，所以误兽也。谓立夏鸟兽已成，水虫怀孕之时，禁取鱼之网，设取兽之物也），以实庙庖，畜功用也（注：以兽实宗庙庖厨也。而长鱼鳖，畜四时功，足国财用也）。且夫山不槎（砍）蘖（以株生曰蘖），泽不伐夭（未成曰夭），鱼禁鲲（鱼子）鲕（未成鱼），兽长麑麌（小鹿小麑），鸟翼鷇（生哺曰鷇）卵，虫舍（舍弃）蚔（蚁子，可以为醢）蝝（蝻陶，可以食），蕃庶物也，古之训也。今鱼方别（别于雄而怀子）孕，不教鱼长，又行网罟，贪无艺（极）也。

里革讲的这一番大道理，并不是他个人的认识，而是"古之训也"。是先民在狩猎时代长期摸索出的经验和必须遵循的原则，否则狩猎集团的食物便无法得到保证。春天禁捕鸟兽而可以捞鱼，夏天则可以打猎而禁网鱼。鸟兽繁殖、生长的季节性，支配着原始人群的狩猎生活，故而形成了周期性"性禁忌与性放荡"的生活节律。对狩猎人群来说，在四季之中，冬天是最忙碌的季节，因此也当是性禁忌期；春天是最闲暇的季节，因而也应是"性放荡"最热烈的季节。我们不难想象在开春惊蛰之后，男人们结束了冬季紧张而繁重的狩猎生活，疯狂地扑向河洲水畔的女子国的情景。更不难想象在交媾之后，女人们纷纷受孕、生育的情景。神话中契母吞燕卵而生子，燕子到北方活动的时间正是春天；姜原生子是结冰的季节，除去十月怀胎的时间，也正好是春天。正好证明她们都是在春天性放荡的时日怀孕的。

原始季节性放纵的生活节律，逐渐凝定为一种节日习俗，这就是各地皆存的狂欢节。英国学者卡纳在《人类的性崇拜》一书中，记到吕底亚崇拜女神维纳斯的狂欢节说：

> 音乐成为狂欢节的一种刺激物，每在大宴会之后，立即举行。在会中，富贵豪强的人，尽情放浪，不顾性别年龄。此中的猥亵情状，简直是不堪入目。虽然有几位作家，不惜宝贵的笔墨加以记叙，但笔者以为，不

如较读者自己去想象好了。①

美国学者魏勒在《性崇拜》一收记述欧洲的酒神节说：

> 利柏耳是一位古意大利的神，司辖植物的成长和结果，他后来同饮酒和放荡之神巴克斯等同起来。以他的名义举行的这个节日是一个春季节日，在3月17日，也就是种植日。法罗告诉我们，在这个节日里，人们抬着这个神的象征，即男性生殖器形象，穿越罗马的大街小巷，以图神佑农作物的生长。在拉文纽姆，一个巨大的男性生殖器形象安放在广场上，人们给它戴上了由该城最可敬而尊贵的主妇们制作的花冠。
>
> 在乡村，这个节日是以最粗俗的象征和不加限制的放纵为特征的。男人和女人在路边性交，以纪念阿里阿德涅（利柏拉）和巴克斯（利柏耳）的婚姻。
>
> 在罗马的早期，只有妇女能参加酒神节，后来也允许男人参加，而且仪式由白天改为黑夜举行。节日最重要的内容是"秘密仪式"，这些仪式通常是由秘密团体举办的，只准会员参加。年轻男子到了大约二十岁时可以入会。男人和女人在夜间集合在一起，葡萄酒大量供应，不久他们就喝得酩酊大醉，接着便开始进行最无耻的性放荡活动。知情人，不论男女，如果反对，便被杀掉。②

这些狂欢节以女性参与为主，并表现女性对男性性具的崇拜，都可以看出其与女性隔离所造成的压抑的联系。贵州省东部清水江畔的苗家，每年农历三月举行的"姐妹节"，是一个很好的由性隔离、开放而演化成节日的好例子。据说在很久以前，这里有无数聪明、美丽的姑娘，她们过着丰衣足食的生活，但美中不足的是，许多姑娘已长大，却未能成婚。于是商量决定，每人拿些米来，姐妹们一块聚餐、唱歌、跳舞，让其他地方的小伙子们也来玩。到这一

---

① 〔英〕卡纳：《人类的性崇拜》，方智弘译，海南人民出版社1988年版，第59页。
② 〔美〕魏勒：《性崇拜》，历频译，中国文联出版公司1988年版，第320、321页。

天，人们聚在一起，有的斗牛，有的赛马，有的踩鼓，十分热闹。姑娘们也因此而得到了自己心爱的人①。在这里，原只有姑娘没有男子，不难看出这是一个被隔离的女性群体。而节日的欢乐，则是怀放荡的文明表现形式。

　　随着人类文明的进化，稳固的家庭关系的建立，野蛮的性风俗被文明的幕纱一层层覆盖。人们的道德观念已不能接受乱婚的史实，故而原始的季节性的性放荡节日流变为赛神、祓禊、求子、踏春、游乐、集会等活动。云南富宁一带壮族的陇端节（夏历一月至四月）、云南金平的姑娘街会（春节后第一个街期）、哈萨克族的姑娘追节（夏历正月）、湖南侗族的梁歌会（立夏前十八天即夏历三月）、贵州苗族的芦笙会（农历九月二十七）与闹冲节（正月下旬）以及踩花山节（夏历正月）、云南彝族的插花会（夏历二月初八）、云南瑶族的干巴节（夏历三月三）、白族地区的观音节（夏历三月）、云南纳西族的祭干木古节（夏历七月）、湖北土家族的女儿会（夏历五月、七月、八月不一）、云南贵州一带布依族的六月场（夏历六月）、广西仫佬族的后生节（夏历八月）、海南黎族的孚念孚节（三月三）、西藏藏族的沐浴节（夏末秋初）等，不管现代人对这些节日做出多么文明的、有纪念意义的解释，其实在很大程度上都是以性能量的释放为目的的。在汉族文献中，关于此类节日的记载也很多，《周礼·媒氏》的记载是一个很典型的例子：

> 中春之月，令会男女，于是时也，奔者不禁。若无故而不用令者，罚之，司男女之无夫家者而会之。

这是说，春天是一个恋爱的季节，是一个"奔者不禁"的放纵季节。这表面上是为了生育，其实是一种原始性风俗的沿袭，对每个个体来，其性的释放更多于其生育欲望。《诗经》中大批的恋歌主要产生在这个季节里。在汉族中各地春季都有各种盛大的集会和各种游乐活动。特别是三月的上巳节最为普遍和盛重。上巳，据孙作云先生研究，其实就是"尚子"，是个求子的节日②。这个节

---

　　①　关于姐妹节有各种不同的传说，此处采取惠西成等编《中国民俗大观》说，广东旅游出版社1988年版。

　　②　孙作云：《诗经与周代社会研究》，第322页。

日在各地以不同的面目出现，或为水边修禊，或祭女娲，或祭送子观音，或祭娘娘。但无论是什么名目，其形式都是大会男女。现实中这样的盛会我们曾亲眼目睹，这里我们再看看古人的描写：

王侯公主，暨乎富商，用事伊洛，帷幔玄黄。于是旨酒嘉肴，方丈盈前。浮枣绛水，酹酒醲川。若乃窈窕淑女，美媵艳姝，戴翡翠，珥明珠，拽离袿，立水涯，微风掩壒，纤縠低徊。兰苏盼蠻，感动情魂。

后汉杜笃《祜禊赋》

考吉日，简良辰，祓除解禊，同会洛滨。妖童媛女，嬉游河曲。或浣纤手，或濯素足。临清流，坐沙场，列罍樽，飞羽觞。

晋成公绥《洛禊赋》

暮春春服成，百草敷英蕤；聊为三日游，方驾结龙旃。廊庙多豪俊，都邑有艳姿。朱轩荫兰皋，翠幕映洛湄。临岸濯素手，涉水褰轻衣。沈钩出比目，举弋落双飞。羽觞乘波进，素卵随流归（指浮卵水中，演简狄水浴得卵而吞之之戏）

晋潘尼《三日洛水作诗》

芳年多美色，丽景复妍遥。握兰唯是旦，采艾亦今朝。回沙溜碧水，曲岫散桃夭。绮花非一种，风丝乱百条。云起相思观，日照飞虹桥。繁华炫朱色，燕赵艳妍妖。金鞍汗血马，宝髻珊瑚翘。……相看隐绿树，见人还自娇。玉桂鸣罗荐，渠碗泛回潮。洛滨非拾羽，满握讵贻椒（指男女相赠）。

梁简文帝《三日率尔成诗》

三月三日天气新，长安水边多丽人。态浓意远淑且真，肌理细腻骨肉匀。绣罗衣裳照暮春，蹙金孔雀银麒麟。

杜甫《丽人行》

禊事修初半，游人到欲齐。金钿耀桃李，丝管骇凫鹥。转岸回船尾，临流簇马蹄。闹翻扬子渡，踏破魏王堤。妓接谢公宴，诗陪荀令题。舟同李膺泛，醴为穆生携。水引春心荡，花牵醉眼迷。尘街从鼓动，烟树任鸦栖。舞急红腰软，歌迟翠黛低。夜归何用烛，新月凤楼西。

白居易《三月三日祓禊洛滨》

在男人们的眼里，"窈窕淑女"、"都邑艳姿"、"燕赵艳妍"、"舞急红腰"等等，无疑是这些节日的一景。而节日里文人雅士们难以启齿的男女相戏相谑的情景，无疑是远古怀放荡的遗风残存。

春天的种种群体性活动，源自于远古性放纵习俗！因而在种种活动中，"求爱"便成为一项重要的内容。这一延续于原始时代的群体经验，凝定成中国文学中的"春恋"母题。故而作家们往往将情人的恋爱安排在花红柳绿的春天。请看下表：

古典戏剧所见"春恋"

戏剧名	男女恋人	恋爱季节
金钱记（杂剧）	韩飞卿、王小姐	三月三上巳节
菩萨蛮（杂剧）	张世英、萧淑兰	清明时节
百花亭（杂剧）	王焕、贺怜怜	清明时节
荔枝记（传奇）	陈三、黄五娘	元宵之夜
浣纱记（传奇）	范蠡、西施	游春时节
经梅记（传奇）	裴禹、卢昭容	游春时节
金雀记（传奇）	潘岳、井文鸾	元宵之夜
紫钗记（传奇）	李益、霍小玉	元宵之夜
牡丹亭（传奇）	柳春卿、杜丽娘	春好时节
春芜记（传奇）	宋玉、季清吴	暮春三月
锦笺记（传奇）	梅玉、柳淑娘	春日游园时节
西园记（传奇）	张继华、王玉真	春日游园时节
绿牡丹（传奇）	顾粲、沈婉娥	春日游园时节
春灯谜（传奇）	宇文彦、韦影娘	元宵之夜
梦花酣（传奇）	萧斗南、谢倩桃	春日
桃花人面（杂剧）	崔护、蓁儿	桃红时节
赠书记（传奇）	谈子玉、魏轻烟	清明时节
秣陵春（传奇）	徐适、黄展娘	三月
风筝误（传奇）	韩琦、詹淑娟	三月

此种情况在小说中也极为习见，像《巫山艳史》、《锦香亭》、《玉支玑小传》、《春灯迷史》、《桃花庵》等，男女恋人的相遇、相爱也无不发生在春天。甚至连汉语中，像春女、春心、怀春、春情、春色、春念、春思等与春相关的词汇，也渗透进了男女之情的意义。这一现象说明一种原始经验的一再重复，积存于民族心灵深处，逐渐化生为一种群体心理结构，支配着其文化模式的创建。

（三）女性性焦虑与水死母题

就时间而言，从"隔离"到"放纵"，这中间有一个过程，这过程便是男女的痛苦"相思期"。《山海经·大荒东经》中有关于"思士不妻，思女不夫"的记载，何新先生认为这与两性禁忌、男女相思有关①。这个解释应该是合理的。在两性禁忌中，女性由于生理、心理及其他方面的原因，其所受到的性压抑更甚于男子。因而在魏晋以来的志怪小说中，大谈女鬼、女妖与后生的恋爱，而且这些女性往往是采取主对攻势。她们的性自由本自于她们没有肉体的牵累，她们超越了现实生活的种种羁绊，灵魂飘荡在天地之间，寻求着真正属于自己的爱。这种表现可说是对其凡世生活不能获得满足的补偿。"人与鬼"、"兽与人"，此间存在着生命的转化，而这种转化是以旧的形式的消亡为契机的。她们是从自我的"死亡"中获得新的生存形式、获得自由的。而她们对情的追逐，又表明她们是为情而结束旧有生存形式的秘密。在中国神话中，我们看到了女性的一种特殊的死亡形式：

> 又北二百里曰发鸠之山。……有鸟焉其状如乌，文首白喙赤足，名曰精卫，其名自叫。是炎帝之少女，名曰女娃。女娃游于东海，溺而不返，故为精卫。
>
> 《山海经·北山经》
>
> 宓妃，宓羲氏之女，溺洛而死，为神。
>
> 《文选·洛神赋》注引《汉书音义》
>
> 湖水西流，经二妃庙，世谓之黄陵庙也。言大舜之陟方也，二妃从

———————
① 何新：《中国远古神话与历史新探·思士思女与两禁忌》，黑龙江教育出版社 1988 年版，第194 页。

征，溺于湘江，神游洞庭之渊，出入于潇湘之浦。

《水经·湘水注》

《蜀梼杌》曰：古史云：震蒙氏之女窃黄帝玄珠，沉江而死，化为奇相，即今江渎神是也。

《蜀典》卷二

王孝廉先生认为："因为上古时代交通不便，水是阻隔和断绝两地的界限，又因为古代人生活在水边，时有水难，所以在神话中往往以洪水或水死作为原有秩序破坏和断绝的象征。"① 此说虽有一定道理，但并不能解答为什么水死的往往是女性这个问题。

在中国古典文学中，我们发现了这样一种极为普遍的现象：凡是坠入爱河而痛苦生存的女性，为了彻底解脱，其采取的方式大多都是投水自尽。如《孔雀东南飞》中的刘兰芝，在婚姻纠葛中她完全失去了自主。为了表达对故夫的真情而投池自尽。《定情人》人中的江蕊，钟情于四川才子双星，可偏又被朝廷点选进宫。在进退两难之际，选择了投河自沉。《快心编》中的裘翠翘，钟情于少年英雄石琼，却被堂兄骗卖于娼门。发现受骗后，她做出的第一个反应就是投江自尽。《白圭志》中的才女杨菊英与才子张庭瑞私订终身，遭到父亲的极力反对。在万般无奈之下，她想到的是投井自尽。《铁花仙史》中的蔡若兰，钟情于才子王儒珍，为逃避父亲的逼婚，男妆外逃，却谎称投湖自尽。在中国通俗小说及戏剧中，这种例子太多了。我们不妨列于下，以资参考：

古典戏剧所见之"女性水死"

书名	女主人公	死亡方式	原因	结果
警世通言第32卷	杜十娘	投江	钟情于孙富而为孙所卖	死于水
天凑巧第1回	小娟	欲投水	钟情于佘尔陈而为江公子所骗娶	为江之大妇所救，夫妻团聚。
贪欣误第4回	彭素芳	欲投河	属意于陆二郎而却逼迫与杨某定亲，欲与陆逃婚而却误随丑汉张福	与张成婚而发迹

---

① 王孝廉：《中国的神话世界》，作家出版社1991年版，第116页。

续表

书名	女主人公	死亡方式	原因	结果
金云翘传	王翠翘	投水	情钟于金重而命运多乖，几经周折嫁于徐海而徐又为人所杀	为尼所救得与旧情人团聚
西湖二集第34卷	王翠翘	投水	夫为人所杀又受辱于仇家胡监察史	王死，胡亦因党严嵩狱死
清夜钟第2回	胡氏二媳	投水	婆母与人通，己亦受欺辱凌虐，又难与人言	自尽
无声戏合集第1回	戏子刘藐姑	与情人同投溪水	钟情与楚玉而被逼嫁于他人	被人救起，夫高中，夫妻白关到老
古今列女传第3卷	王观妻女	投水	王观死，妻与二女被配象奴	自尽
桃花影	夏非云	投水	属意于才子魏生，而被逼嫁他人	被赵知府救起收为义女，后与魏团聚
定情人	江蕊珠	投河	钟情于才子双星，而为仇家陷害，选为秀女	被高中状元的双星之仆救起
小野催晓梦	柳翠凤	被父推入黄河	父发现女与汉玉有私情	为赵学士救起收为义女，后夫高中，团聚
南唐演义	凤娇	投江	与落难太子李旦成婚，旦走后，凤屡爱凌辱，为全节	为浔阳知府所救，后与太子团聚
二度梅传	陈杏元	投黑水	属意于梅璧，而却被逼和番	邹御史所救，收为义女，后与梅成婚
绣戈袍全传	素兰	投水	属意于大学士之子尚云卿，而为人强抢，转又入于贼人之手	为人所救，后团聚
草木春秋演义	金银花	投水	与总兵子订婚，而为盗所抢	为女贞娘娘救起，后团聚
听月楼	柯宝珠	投江	与表兄宣生两相爱慕，父误其有奸，败门风，逼其自尽	为裴侍郎所救收为义女，后与宣成婚
大明正德游江南传	曹玉英	投江	与孝子周元订婚，父欲害周，玉英逃走，盘费用尽，走投无路	被周元救起
泣红亭	琴默	投江	属意于璞玉，而父母将其许于宋衙内	被戴中堂所救收为义女，后与璞玉成婚
金钗记（以下为剧本）	萧氏	欲投河	夫一去二十余年不归，己又被逼嫁	未及投河，遇夫归
和戎记	王昭君	投乌江	与汉帝恩爱，而又被迫入番邦和亲	其妹继其幸于汉帝
快活三	莺儿	投河	夫出门未归，逃难中离家，走投无路	误跳入妓船
永团圆	江小姐	投河	已许配蔡生，而父悔婚，要将其另许他人	为应天府尹所救收为义女，与蔡团聚
天马媒	裴玉娥	沉江	与黄秀才一见钟情，船上幽会时，浪打船翻	为人救起，终团圆
龙灯赚	谢道衡	谎称投江	闻夫被杀，惧奸人继续迫害	夫妻团圆
红情言	卢湘鸿	投江	将父之郁金丸偷送情人皇甫曾，又被人揭发，为父所逼	为金焦留守所救，收为义女后与皇甫成婚

这些柔弱的女性，她们在走投无路的时候，所想到的都是以投水的方式结束痛苦的人生。特别值得注意的是，一些在历史著作中明确记载而非水死者，在文学作品中却变换了死的方式。如关于王昭君的故事，在《汉书·匈奴传》、《后汉书·南匈奴传》中，都说她曾为匈奴人生儿育女。并在其匈奴丈夫呼韩邪死后，又从匈奴之俗，嫁给了呼韩邪前妻之子。相传为蔡邕所作的《琴操》说，昭君的儿子世达，在前任单于死后，要娶他的母亲为妻，由于文化观念的冲突，昭君于是吞药自尽。可是在元明以降的小说戏剧中，这个故事则大大地变样了。马致远的《汉宫秋》说：王昭君被迫离开汉庭，行至汉番交界处的黑河，她念念不忘汉元帝，深情地为汉主祭了一杯酒，翻身跳入了滔滔黑河。无名氏的《和戎记》则说：昭君为汉元帝殉情于乌江。尤侗《吊琵琶》说：王昭君投交河身亡，"生为汉妃，死为汉鬼"。雪樵主人的《双凤奇缘》，又将昭君的死安排在白洋河。总之，他们都把昭君水死殉情，认作是最好的处理方式。再如关于朱买臣夫妻的故事，《汉书·朱买臣传》说，朱买臣早年穷困潦倒，卖柴为生。其妻不堪其苦，改嫁他人。后来买臣发迹，做了会稽太守，于杂役之中发现了故妻与他的后夫，于是"呼后车载其夫妻，到太守舍，置园中，给食之。居一月，妻自经死。"可是小说《国色天香》之《买臣记》、《燕居笔记》之《羞墓亭记》，以及《喻世明言》之《金玉奴棒打无情郎》，京剧《马前泼水》等，都将朱买臣的妻子改编成了投水自尽。万历《秀水县志》还附会有羞墓，说是买臣既贵还乡，妻羞死于亭湾。

或许有人认为，这不过是通俗小说家习惯套用的一种死亡模式。然而我们和神话中女性死亡形式相比勘，却发现了这一死亡模式的内在奥秘。它是一种文化、一种集体无意识的物化形式，一种古老的死亡模式在人类生活与意识中的重复。通俗小说及戏剧中表现得至为明显：水死大多是对爱情婚姻纠纷而带来的烦恼的解脱，是解除性焦虑的一种无可奈何的手段。上列表中二十多位女性，百分之九十以上，都是为情而投水的。她们心中大多有一个理想的爱情模式，而现实偏偏剥夺了她们的选择自由，她们无法爱，也无法恨，爱不能实现的焦虑，丧失贞操的恐惧，心灵无所依归的痛苦，使他们陷入了绝望之中。神话中的水死女性何尝不是如此！上引四则神话资料中，震蒙氏之女，因材料过少，不好判断。精卫一则，表现的是对人间阻隔的怨恨。何以如此？则不得知。洛妃和舜二妃，则显然是少有的"情种"。《九歌》中的《湘君》、《湘夫人》，据说就是写二妃的。而其中所表现出的那种相思、相怨、割不断理还乱的缠绵之情，即表明了二妃为情而水死的秘密。洛妃在传说中则是一位风流女神，她死后为神的放荡生活，暗示着其生前的性压抑。她的性爱正是从死亡中获得再生的。有名的巫山神女的故事也是一个很好的证明。据《襄阳耆旧传》说：她本是赤帝之女瑶姬，未嫁而卒，葬于巫山之阳，因而自称巫山之女①。这位女神从其常游云梦泽的情形看，亦当是死于水的。她的性生活也极为浪漫，初会于怀王，再会于襄王。她之所以有此表现，就是因为她本是一位生命的风采未得展示的少女，她是在情感的郁闭之中而死的，性的能量未能获得释放。

通俗文学中女性因"情"而水死的模式，映照着神话中女性水死的影子；女神放荡的性生活，暗示着其生前的性压抑。水凝定着先民的欢乐与悲哀。青春的生命在这里燃烧，在这里枯死。水将生与死联系了起来，统一了起来。这里牵涉到了水的"创生"意义的问题。古希腊哲学家赫拉克利特说："灵魂是从水而来的。"②印度《梨俱吠陀》中的《水胎歌》说："水最初确实怀着胚胎，其中聚着宇宙间的一切天神。"③埃及新王国时期的《尼罗河颂》说：尼罗河"给一切动物以生命。"④我国哈尼族的史诗《哈尼阿培聪坡坡》中也说："先祖的人种种在大水里"，在水中生长⑤。彝族典籍《六祖史诗》说："人祖来自水，我祖水中生。"⑥台湾学者杨儒宾先生有《水与先秦诸子思想》一文⑦，曾总结先秦各家关于水的思想，认为："水具创生、深奥、女性、消融这些象征意义，这个命题可以说是普遍的"。各民族对水的创生意义的认识，可能与水的自然属性及人类经验有关。水是生命之源，这是科学，同时也是宗教。中国上古女

---

① 《文选·高唐赋》，李善注引，中华书局 1877 年版，第 252 页。

② 《古希腊罗马哲学》，商务印书馆 1982 年版，第 22 页。

③ 黄川心：《印度哲学史》，商务印书馆 1989 年版，第 44 页

④ 《外国文学简篇》（亚非部分），中国人民大学出版社 1983 年版，第 17 页。

⑤ 《山茶》1883 年第 4 期。

⑥ 刘尧汉：《中国文明源头初探》，云南人民出版社 1985 年版，第 37 页。

⑦ 《语言、情性、义理——中国文学的多层面探讨国际学术会议论文集》。

性"水畔结胎"的经验，给定了先民水具创生功能的宗教信念。神话学家及人类学家泰勒曾经说过：对古代人而言，死亡不是生命的结束，而是到达再生的过渡。确实，死是对旧有的生存方式的否定。人们在痛不欲生的时候，同时也是召唤新生的时候。只有旧有生存方式的消失，才能带走痛苦；只有旧我的死亡，才能有新我的再生。生与死是绾结在一起的。生命从水中生来，水也会慷慨地接受人的死亡，并给予再生。再生的生命才是幸福的，顽强的。《博物志》卷二云：

> 荆州极西南界至蜀，诸民曰獠子。妇人妊七月而产。临水生儿，便置水中，浮则取养之，沉则弃之，然千百多浮。

此种仪式可能有两种意义，一是测探神意，一是作"再生"的模拟。窃疑神话中"炎帝以姜水成"，"黄帝以姬水成"，"昌意降居若水"，"祝融降处江水"等，或兼有对此种仪式神话表述的意义在内。而女娃之为精卫、瑶姬之为云梦女神、宓妃之为洛神、娥皇女英之为湘神，表现的无不是由死亡获得再生的意义。在爱情文学中，如上表所列，大批的为情困扰的女性，或投水，或谎称投水，这一举动，使她们的命运发生了根本的改变（除少数外），获得新的人生。这实是"初生－死亡－再生"这一神话模式在文学中的重演。

欲望的满足是以"死亡"为转机的，"再生"后的生存形式是对"死亡"前生命缺憾的补偿。由古代小说中江蕊珠、王翠翘等"死亡"前后的情势，我们不难推测神话中云梦女神、洛神、湘神以及汉水女神，原初为性所焦虑、为情所困扰的情景。但由生而自觉地走向死的过程，也是生之痛苦走向极限的过程。"水死"完成了她们生命的转机，使之获得了永恒的满足。生前的情感纠纷与烦恼，便随着死亡淹没于滔滔之中了。因此在这个意义上讲，"水死"是生命痛苦达到极限的标志，水容纳了人类最深刻的悲伤与苦痛，它是生命的终点，也是生命的始点，它永远观照着苦闷中的灵魂。

总之，水恋、春恋、水死三个文学母题，皆源自于原始春水之洲的性隔离与放纵的原始经验。而其酵母乃在于作为水意象的基本内核而存在的"阻隔"意义。由阻隔而导致性压抑、焦虑与"水死"；由阻隔的突然消失而导致性的突发性放纵与"水恋";由阻隔的季节性消失而导致季节性的热恋。

　　以上我们只是就与水洲性隔离有关的两性相思、相欢的问题作了论述。这里还须补充说明一点,即关于以水为界的聚落分布格局,所形成的氏族男女交往间的阻隔问题。氏族聚落间的水界,对于男女的阻隔似乎是带有永恒性的。但这种水阻隔是自然障碍,不带有文化意义。而对于男女爱情来说,特别是随着农业社会生活节律的变化,其中不免也渗入了一些悲欢离合的故事。人类跨入农业社会之后,人类生活便受到了四季变化的支配。随着"春耕、夏耘、秋收、冬藏"生活的节律,农夫们从夏历二月始,便要过野外生活,一直到九月秋收结束,再回家过冬。《诗经·豳风·七月》中即有明确的记述。其云:"四之日(夏历二月)举趾(下地),同我妇子,馌彼南亩,田畯至喜。……十月蟋蟀入我床下。穹窒熏鼠,塞向墐户。嗟我妇子,曰为改岁,入此室处。"《尚书·尧典》中将农业生活规律,概括为析、因、夷、奥四字。仲春之月,"厥民析"——"析"就是分散的意思,指农夫分散在田野开始农事活动。伪《孔传》说:"冬寒无事,并入室处;春事既起,丁壮就功。"仲夏之月,"厥民因"——"因"是就高而处的意思。因夏暑盛潮湿,而高处干燥凉爽。仲秋之月,"厥民夷"——"夷"是平的意思,指暑退由高处下于平地。这是指在野的活动情况。仲冬之月,"厥民奥"——"奥"意为室内,谓民避寒而入室内[①]。《汉书·食货志》有更明确的记载:"春,令民毕出在野,冬则毕入于邑(村落)。"这是说农夫们春夏秋三季在野外生活,到冬天才能回到村里渡寒。

　　这种生活节律显示:经过三个来月的家居生活,而在春暖时节到野外,春天必然是人们在野外非常活跃的季节。聚落间的男女经过几个月的封闭生活,在此期间的接触必然要猛烈或多于其他季节,而作为聚落地界的春水之畔,便有可能成为他们的相会地。这种生活节律与原始性隔离、放纵习俗的重合,更强化了春水之畔男女盛会的习俗。在周代,性隔离教育,可能真正实行只能在贵族之中,对于一般平民而言,恐怕只能象征行的进行了。因而在平民社会中起作用的更多的是承之远古的原始习俗与农业生活的节律。

---

　　① 参见金景芳、吕绍纲:《〈尚书·虞夏书〉新解》,第 43—63 页。

四、《诗经》之水与男女情怀

以上我们就水之原始意象形成的历史文化背景作了探讨。现在我们再来看《诗经》。神母水畔之孕的传说，只是原始水滨泽性放纵的原始生活的暗示，而《诗经》中大量爱情诗作，则真实地展示了先民水滨泽畔的欢乐与悲哀。《诗经·国风》中，有三分之一的诗篇直接或间接与水有关。而其中与男女之事相关者，少说也占到了三分之二。这些诗篇所提到的水域，有些显然就是古代男女游乐聚会的"圣地"。像卫国的淇水、泉源、济水；郑国的溱水、洧水，齐国的汶水，晋国的汾水，以及二南中的江、汉、汝等，不知有多少悲欢离合的故事发生在这里。在如此多的与水相关联的爱情诗作中，有不少问题长期以来朦胧不清。如果我们把它们放入上古广阔的民俗生活的文化背景之下来考察，许多问题似乎就清楚多了。

我们可将其中较典型的诗作分为四组。第一组以《关雎》、《汉广》、《蒹葭》为代表，其所表达的主要是被水隔离的哀伤。

> 关关雎鸠，在河之洲。窈窕淑女，君子好逑。
> 参差荇菜，左右流之。窈窕淑女，寤寐求之。
> 求之不得，寤寐思服。悠哉悠哉，辗转反侧。
> 参差荇菜，左右采之，窈窕淑女，琴瑟友之。
> 参差荇菜，左右芼之，窈窕淑女，钟鼓乐之。

曩读苏子由《诗集传》，至其释《关雎》"河洲"云："水中可居者曰洲。'在河之洲'，言未用也。逑，匹也。言女子在家有和德而无淫僻之行，可以配君子也。"[1] 一时大为惊讶。所谓"未用"即指未嫁，为什么他会在"河洲"与女子"未用"之间建立起联系呢？我敢肯定他这只是凭一种感觉而得出的判

---

[1]　苏辙：《诗集传》，《文渊阁四库全书》第 70 册，第 316 页。

断，决不会有什么理论作支撑。然而这种感觉却是有原始的集体无意识作基础的。由此而想到了古之经师们在阐释《关雎》时不厌其详地所强调的那个"别"字。《毛传》说：雎鸠"挚而有别"，后妃"慎固幽深，若关雎之有别"。《郑笺》说：雎鸠"雌雄情意至，然而有别"。孔颖达说：雎鸠"虽雌雄情至，犹能自别，退在河中之洲。"欧阳修说："雎鸠之在河洲，听其声则和，视其居则有别也。"① 李樗说："在河之洲"，此言所居之所也。雎鸠虽为俦偶，更不移处，又能有别矣。取喻后妃居深宫之中，严毅而有别。黄櫄说："在河之洲，取幽深之意而已。先儒之说则曰：雎鸠猛鸷而有别，以见后妃之严毅不可犯也。河洲取其远离于水，以见后妃之不淫于色也。"② 诸家所言"别"字，当然毛氏是始作俑者。《毛传》的"别"字，无疑与"男女有别"的"别"是一个意思，所讲的实际上是关于礼的问题。我们再看汉代传《诗》的其他几家。刘向《列女传》说："夫雎鸠之鸟，未尝见其乘居而匹处也。夫男女之盛合之以礼，则父子生焉，君臣成焉，故为万物始。"③ 所谓"合之以礼"也关联着一个"别"字，只有先"别"，然后才谈得上以"礼"合。这代表了鲁诗的解说。班昭《女诫》说："礼贵男女之际，诗著《关雎》之义。"这代表着齐诗之说 ④。这也是强调男女之际有一道"礼"的防线，《关雎》言男女之别，即表现了礼的意义。《韩诗章句》云："诗人言雎鸠贞洁慎匹，以声相求，必于河洲隐蔽无人之处，故人君退朝入于私宫，后妃御见，去留有度。"⑤ 我们可把汉儒的解释及后儒的申说综合为以下四点：第一、淑女所指乃后妃（或以为后妃未嫁之时），第二、"河洲"或言"深宫"，或言"慎固幽深"，或言"隐蔽无人之处"，总之是一个不寻常的地方，即严粲所谓"远人之处。"⑥ 第三、在河洲的雎鸠，是男女有别的象征。第四、男女有礼作为防线，合必以"礼"。四家师承不同，而观点基本上是相一致的。

---

① （宋）欧阳修：《诗本义》卷1，《文渊阁四库全书》第70册，第183页。
② （宋）李樗、黄櫄：《毛诗李黄集解》卷1，《文渊阁四库全书》第71册，第31、33页。
③ 丛书集成初编本卷3第90页。说详陈乔枞《鲁诗遗说考》卷1，《皇清经解续编》卷1118。
④ 说详陈乔枞《齐诗遗说考》卷1，《皇清经解续编》卷1138。
⑤ 陈乔枞：《韩诗遗说考》卷1，《皇清经解续编》卷1150。
⑥ （宋）严粲：《诗缉》卷1："雎鸠有关关之声，在河中之洲远人之处，兴后妃德音闻于外，而居深宫之中也。"

这里我们特别值得指出的是，今之解《诗》者，除文字训诂上尚尊重汉儒之说外，在《诗》义的理解上往往批驳汉之经师，以为他们是"瞎子断扁担"。其实在很多情况下是我们搞错了。汉儒对于周代民俗生活的了解，远比我们多。关于上古的信息，他们可从三个方面获得，一是文献，他们所见到的上古文献远比我们多；二是他们毕竟去古未远，关于上古的传闻还大量存在；三是有一些较原始的礼俗在汉时还残存着。而我们却只能从残存的先秦两汉文献中获取关于上古的信息。因而他们在某些方面自然比我们有较多的发言权。尽管有时他们对上古礼俗只是如雾中看花一样，并不十分清楚，但毕竟能看到雾中有花。因而对于汉儒之说，我们还是采取慎重的态度为好，无论是对是错，尽量找到他们立说的理由，从而从根本上肯定或否定他们。就此诗而言，他们为什么要把"河洲"与"隐蔽无人之处"、与"慎固幽深"联系起来？为什么说诗中有"别"的意思字？这对于现代人是无法理解的。但我们回眸洪荒的远古时代，在汉儒近乎荒唐的解释中，却发现了其所携带的原始礼俗的信息。虽然汉儒及诸家的解说，由于受到了"后妃之德"的政教干扰，未能像苏子由那样将"河洲"与未嫁女子联系起来，但能将居处之所、将男女有别之礼定位在"河洲"这个点上，就足以引起我们的注意了。因为汉儒可能得到了上古关于性隔离的支离破碎的传闻，故而在"河洲"这个自然存在之物中，发现了其所存在的文化意义。在传闻中，他们知道了"河洲"是"淑女"所在的地方，于是便把河洲鸣叫的雎鸠认作了淑女的象征，而用传闻中所得到的"无人之处"、"慎固幽深"、"挚而有别"之类的概念来解释。如果我们把它放入上古广阔的民俗生活的文化背景之下，便发现，"河洲"乃是辟雍之类所在的水洲。因为是隔离之地，所以有了"无人之处"的意义。"淑女"是隔离的女子，所以说是"慎固幽深"。"君子"爱河洲上的淑女，这水不仅是一道空间障碍，也是心理阻隔的象征。无故横越，便是非礼。故而他只能面对着河洲淑女，"寤寐思服"，"辗转反侧"，在幻想中同她缔结良缘。同时，因为在西周时代，只有大贵族之女——周王王妃或诸侯夫人等，才有可能较为严格地遵循水中隔离的古礼，故而汉代有了后妃之德如此的传说。更值得注意的是诗中对于荇菜处理的描写。先是"流"，流者求也，指寻求；其次是"采"，指采摘而回；最后是"芼"，这个"芼"字，毛诗训作择，鲁诗训作取，而《说文》用齐诗说则云：

"芼草覆蔓也。"所谓"草覆蔓"就是指用荇菜覆盖于牲上以为祭品，这正是女子婚前隔离教育完毕之后所进行的一项仪式。王先谦说："陈寿祺云：《昏义》言，妇人将嫁，教于宗室，'教成之，牲用鱼，芼之以苹藻'即'覆'之义也。愚案：以荇菜覆蔓于牲上以为祭品，许说正本《昏义》，齐说也。"可见齐诗是把此诗与女子婚前生活联系在一起的。这与我们的考证是完全相合的。

水的阻隔意义在《周南·汉广》中表现得更为清楚：

南有乔木，不可休思；汉有游女，不可求思。
汉之广矣，不可泳思；江之永矣，不可方思。

"游女"古有两种解释。《毛诗》以为出游之女，如《郑笺》所云："贤女虽出游流水之上，人无欲求犯礼者。"《韩诗》以为指汉水女神。《文选·嵇叔夜琴赋》云："游女飘焉而来萃。"李善注引《韩诗薛君章句》说："游女，汉神也。言汉神时见，不可求而得之。"今人多弃韩而从毛，其实《韩诗》之说，触及到了一个深邃的问题。前文我们已曾言及，水上女神多为原始性隔离女性的幻影。此处的汉水游女，当指在汉水上隔离的女性。这里的"江"是否指长江，不敢肯定。方正据诗所言，"游女"所在的，是在两水之间，即类似河洲之类的地方。《水经·沔水注》说："沔水又东经方山北。……山下水曲之隈，云汉女昔游处也。"所谓"水曲之隈"，也是便于隔离的地方。"方"，鲁诗作"舫"。《说文》说："方，并船也。"《尔雅·释言》说："舫，泭也。"孙炎注云："筏也。"不管是两船相并，还是竹木筏子，总之是渡水的便利工具。江汉再长再广，也是可以用这种方式渡过的，可为什么这里却说"不可方思"呢？这是因为"水"在这里就是一条"礼"的防线。如果越水而求女，那就违犯了禁忌之礼。《毛诗序》说："无思犯礼，求而不可得也。"这个解释是非常准确的。"求而不可得"与《关雎》"求之不得"，乃是处于同一种情况的。今之学者以为汉儒的解释太迂腐了，于是别作新解，以为这只是一个比喻，表示他与游女难于接近。但这样解释，显然是有问题的。因为乘筏渡水本是可能的，求女是不可能，用"可能"的事情比喻"不可能"的结果，在现实中是不存在的。著名学者余冠英先生，则把"方"字改释为"周匝"，云："就是环绕。遇小水可以绕到上游浅狭处渡过去，江水长不可绕而渡。"① 可是我们却找不到"方"可训为"周匝"的证据来。

《秦风·蒹葭》云：

> 蒹葭苍苍，白露为霜。所谓伊人，在水一方。
>
> 溯洄从之，道阻且长；溯游从之，宛在水中央。

时间是"白露为霜"的秋天，这正是原始狩猎时代的性禁忌季节。所思的"伊人"，"宛在水中央"。无论"溯洄"还是"溯游"，都无法与之相会。前人多以此为求贤之诗，"伊人"指贤人。伪申培《诗说》云："君子隐于河上，秦人慕之，而作是诗。"但从诗所表达的情感看，恐怕仍是男女之情。诗虽没有明确的标志显示它的作者是男还是女，但从诗的含蓄蕴藉、感慨情深上看，作者应该是一位有很高修养的"君子"，故能写出《国风》中第一篇缥缈文字"来②。看来这里描写的也是被水隔离开的青年男女的悲伤。"伊人"所在的"水中央"，是由"女子国"演变来的女性"学宫"。"伊人"是性成熟期被隔离的女性。在深秋中，男子站在蒹葭苍苍的水畔，遥望水的一方，心中无限惆怅。水阻隔了他与情人的相见，一种美好的理想被推到了彼岸。日本学者白川静以为《蒹葭》与《汉广》，都是祭祀水神的诗，祭仪有思慕女神追踪乘舟的仪式。"游女（女神）在水的一方出现，村人有从岸上的，有下河底的，到处追寻寻寻觅觅，觅觅寻寻，莫非思慕的表现。但越是追踪，她的神姿越在远远的水中央，逐渐离去。在思慕追踪之中，进行祭祀仪式。"③ 这种解释虽很新颖，但却找不到这种仪式存在的根据，也只是想象之词而已。更何况它也没法解释其他同类诗篇呢？

《卫风·竹竿》云：

> 籊籊竹竿，以钓于淇。岂不尔思？远莫致之。

---

① 余冠英：《诗经选》，人民文学出版社 1957 年版，第 9 页。
② 陈继揆：《读风臆补》，清光绪刊本。
③ 《诗经研究》，台湾幼狮文化事业公司 1982 年版，第 62 页。

泉源在左，淇水在右。女子有行，远兄弟父母。

淇水在右，泉源在左。巧笑之瑳，佩玉之傩。

《毛诗序》说，这首诗是写"卫女思归"的，朱熹及后之解经者多从此说，这大概是从"远兄弟父母"一句推衍来的，在诗中找不到旁证。《诗经》言垂钓是求爱的隐语，这是闻一多先生的发现①。但闻一多先生认为，此诗是"女子出适，失恋者见而伤也。"并又说："泉源喻女子父母之家，淇水喻所适夫家。"②这则不见其是了。"泉源在左，淇水在右"，表示这是一个水环绕的洲渚之地。据《水经·淇水注》说：淇水又东，右合泉源水。水有二源，一出朝歌城西北，又东与左水合，谓之马沟水。又东流与美沟合。美沟水出朝歌西北大岭下，经朝歌城北，东南注马沟水，又东南注淇水。即所谓肥泉。"斯水即《诗》所谓泉源之水也。"③泉源水与淇水合流处，相当于《尧典》所谓的"妫汭"，是女性隔离的地方。在这里的女子是接受婚前教育等时而嫁者，所以说"女子有行，远兄弟父母。"陈奂《诗毛氏传疏·蝃蝀》云："行，谓嫁也。女子必待命行以为礼也。"王先谦《诗三家义集疏》亦云："行，嫁也。"今人多从清儒之说，而却忽略了上古礼俗，更不顾汉儒的关于礼的解说了。而在这里汉儒恰恰又说对了。《诗经》中几次出现"女子有行"。《蝃蝀》篇《郑笺》说："行，道也。妇人生而有适人之道，何忧于不嫁而为淫奔之过乎？"《竹竿笺》说："行，道也。女子有道当嫁耳，不以不答违妇礼。"《泉水笺》说："行，道也。妇人有出嫁之道，远于亲亲，故礼缘人情，使待归宁。"郑玄随文为义，虽有随意之嫌，但释"行"为"道"，却始终如一。所谓"道"就是指"妇道"。这是女性教育的主要内容。"女子有行"正是指女子经过了婚前教育，学得了"为妇之道"，有了妇德之行，紧接着的人生旅程便是嫁人，远离亲人，所以说"远兄弟父母"。"巧笑之瑳，佩玉之傩"，这是男子眼中看到的情景，他可以看到女子的笑容和佩饰，然而却不能与她相会，所以说"岂不尔思，远莫致之"。

---

①　闻一多：《闻一多全集》卷1《说鱼》，第128页。

②　闻一多：《闻一多全集》卷4《风诗类钞乙》，第48页。

③　王国维：《水经注校》，第318—322页。

《陈风·泽陂》云：

> 彼泽之陂，有蒲有荷。有美一人，伤如之何？寤寐无为，涕泗滂沱。

在长着蒲草与荷花的地方，有一位美丽的姑娘，想得到她可却不能。虽然这里没有"汉广"、"道阻"之类的词语，当从"寤寐无为"的情感状态中，可以看出他是与《关雎》的"君子"处于同一种情况的年轻后生。所谓"有美一人"，也当是在茫茫水泽的另一边，是可望而不可即的。

与上数篇略有不同，《邶风·匏有苦叶》则是一位处于性饥渴女性的歌声。诗云：

> 匏有苦叶，济有深涉。深则厉，浅则揭。
> 有弥济盈，有鷕雉鸣。济盈不濡轨，雉鸣求其牡。
> 雝雝鸣雁，旭日始旦。士如归妻，迨冰未泮。
> 招招舟子，人涉卬否。人涉卬否，卬须我友。

主人公是一位待时而嫁的女子。她表示她是象野鸡求偶一样期待着男子来取的。他们之间隔着济水，《毛传》以为"水"在这里象征着"礼"，黄永武先生有细致的分析，应该是能够成立的。匏是渡水的工具，现在已经成熟，可以渡水了。这表示已到结婚的年龄、季节，可以迎娶了。古代婚礼以雁为贽，所以女子听到雁鸣，就想到了男子以礼来迎。有舟子可以渡河，但自己不能渡。《毛传》于此加注说："非得所适，贞女不行。非得礼义，昏姻不成。"黄永武先生说："渡河代表结婚。……结婚除了要及时外，就是合礼义。第一章匏有苦叶是说'及时'，济有深涉以下说'合礼义'。这章粘合'及时''合礼义'二个意义，其中'合礼义'比'及时'更重要，所以虽有'招招舟子'的引诱，而我却坚持'卬须我友'的原则，尽管别人都纷纷涉渡，而我仍坚持不苟，止于礼义。"这是正确的。这里的济水，是"女学宫"所在地的水，还是原始村落间的水，我们不敢肯定，但它是男女相爱的阻隔却是很显然的。

下面我们讨论关于《邶风·新台》的问题：

新台有泚，河水弥弥。燕婉之求，籧篨不鲜！

《左传·桓公十六年》说："卫宣公烝于夷姜，生急子，属右公子。为之娶于齐，而美，公娶之，生寿及朔。"《毛诗序》据此，云："《新台》，刺宣公也。纳伋之妻，作新台于河上而要之。国人恶之，而作是诗也。"孔颖达《正义》说："此诗盖伋妻自齐始来，未至于卫，公闻其美，恐不从己，故使人于河上为新台，等其至于河，而因台所以要之也。"《水经·河水注》测定卫宣公所筑的新台在濮州鄄城北。《太平寰域记》定其在濮州鄄城东北十七里。按：宣公为占儿媳筑新台之事，不见于《左传》、《国语》，崔述在《读风偶识》卷二中就曾说："未至而先筑台，又不于国而于河上，欲何为者？"认为此与宣公"了不相涉"。这个怀疑是有道理的。因为筑台非一日可成，不可能在迎亲的短暂时间内完工。而且诗中对新台带有赞美、欣赏的口吻，不像是讽刺卫宣公的。若以旧说解诗，新台为宣公所筑，目的是要齐女。那么"燕婉之求"应当是写宣卫筑台的目的了，可恰恰相反，却写的是齐女的心事。这样诗中便出现了明显的矛盾。如果我们把新台与有娀氏二女处"九成之台"的传说联系起来，问题就不难理解了。"新台"应当是齐姜未嫁前所在的地方，这是一个婚前性隔离的女性住所，它的性质与《尧典》的"妫汭"、《关雎》的河洲、《蒹葭》的"水中央"是相同的。这台是筑在河岸边的，所以说"新台有泚，河水弥弥"。"泚"是鲜明之貌，"弥弥"是水平满貌。从这里可以看出这是一块不容玷污的圣洁之地。河水同时有象征礼的意义。在这里的女子对未来的生活都充满了幻想，她们总希望能嫁个如意郎君。"燕婉"是美好貌，"燕婉之求"即"燕婉是求"，意思是要求取的是美好的配偶。"籧篨"即今所谓的丑八怪。"不鲜"郑玄以为"不善"，夏辛铭以为犹"不殄"，云："《论衡》：殄者死之比也。张湛《列子》注亦云：人不以寿死曰鲜。然则不殄、不鲜，犹云宜死而不死也。"[①] 其说可从。本想嫁个如意郎，可现在却嫁了个不死的糟老头。在这一章中，第一二句写齐姜婚前的居地，第三句写婚前的幻想，第四句写最终的结

---

① 夏辛铭：《读毛诗日记》，学古堂日记本。

果。文理十分通畅。《易林·归妹之蛊》说："阴阳隔塞，许嫁不答。《旄丘》《新台》，悔往叹息。"这代表了齐诗的观点。从"阴阳隔塞"一语中，似乎可以看出，这里的"河水弥弥"也带有阻隔阴阳的意义。

总之，这一组表示水的阻隔意义的诗中，其所言区域大多在二水相汇的三角地带或四面环水的河洲水渚上。这正是古人实行性隔离与性放荡所选择的地形，因此这种隔离不只是地理的自然格局，而更多的是一种文化表证。

第二组诗以《溱洧》、《褰裳》、《桑中》、《淇奥》等为代表，主要写水畔的相会、相乐。《郑风·溱洧》云：

> 溱与洧，方涣涣兮。士与女，方秉蕑兮。女曰："观乎？"士曰："既且"。"且往观乎！洧之外，洵訏且乐。"维士与女，伊其相谑，赠之以勺药。

可以说，这与圣母水孕神话是同一种背景下的产物。《韩诗》说："《溱与洧》，说人也。郑国之俗，三月上巳之辰，于两水招魂续魄，拂除不祥。故诗人愿与所说者俱往观也。"①《汉书·地理志》注则说："仲春二月，二水流盛，而士与女执芳草于其间，以相赠遗，信大乐矣，维以戏谑也。"②显然这是发生在春天的故事。溱与洧是郑国的两条河流，二水在密县东南合流。所谓"溱与洧，方涣涣兮"，应该指的是二水合流的地方。它与《尧典》的"妫汭"，《竹竿》所谓的"泉源在左，淇水在右"，是同一类地方。即如《水经·潧水注》所说："潧水又南，悬流奔壑，崩注丈馀，其下积水成潭，广四十许步，渊深难测，又南注于洧，《诗》所谓溱与洧者也。"潧即溱，这是便于性隔离的地方，也是季节性性放荡的地方。诗中所描写的是一对男女青年相悦、相谑、相赠、相答的情景。"谑"字闻一多先生怀疑指男女性交的。他说："谑字，我没有找到直接的证据解作性交，但是我疑心这个字和 sadism，masochism 有点关系。性的心理中，有一种以虐待对方，同受虐待为愉快之倾向。所以凡是喜欢

---

① （清）王先谦：《诗三家义集疏》，第 371 页。
② （东汉）班固：《汉书》，中华书局 1962 年版，第 1653 页。

虐待别人（尤其异性）或受人虐待的，都含有性欲的意味。《国风》里还用过现两次谑字。《终风》的'谑浪笑敖'很像是描写性交的行事。总观全诗，尤其是 sadism, masochism 的好证例。《淇奥》云：'善戏谑兮，不为虐兮。'马瑞辰《毛诗传笺通释》云：'《书·西伯戡黎》："维王淫戏用自绝"《史记·殷本纪》作"淫虐"昭四年《左传》亦云："纣作淫虐"。淫虐即淫戏也。淫大也。大戏即为虐矣。又襄四年《左传》臧纥如齐唁卫侯，卫侯与之言虐。虐即此诗"不为虐兮"之虐，谓戏谑之甚，故纥云："其言粪土"，谓其污也。'然则虐字本淫秽的意思（所谓谑，定是鲁迅先生所谓的'国骂'者）。《说文》：'虐，残也。从虎爪人，虎足爪人也。'注：'覆手曰爪，反爪向外攫人是曰虐。'覆手爪人，也可以联想到原始人最自然的性交的状态。谑字可见也有性欲的含义。"[1] 这是有一定道理的。闻氏提到的《淇奥》可能也是一首男女相欢的诗。诗说：

> 瞻彼淇奥，绿竹猗猗。有匪君子，如切如磋，如琢如磨。瑟兮僩兮，赫兮咺兮。有匪君子，终不可谖兮。

"奥"同"隩"，《尔雅·释丘》："隩，隈。"即水岸深曲处，与《汾沮洳》所言"彼汾一曲"，是同一类地方。这是男女游乐之地。"匪"通"斐"，文彩貌，这里指男子的风采。切磋二句，指男子的修养，"瑟"是庄严貌，"僩"是威武貌。这二句指男子气。"谖"训"忘记"。体味诗的意思，作者是一位女性。她在此间遇上了一位高贵文雅、富有男子气概的阔少爷，因而使她兴奋不已，终生难忘。末章"善戏谑兮，不为虐兮"，即如闻氏所解。

《郑风·褰裳》也是写春日溱洧之滨的性放荡情景的：

> 子惠思我，褰裳涉溱。子不我思，岂无他人？狂童之狂也且！

这支歌由女子唱出，有很强的挑逗性。她告诉男子：要爱我就过河来，要不

---

① 闻一多：《闻一多全集》卷 3《诗经的性欲观》，第 173 页。

然，我就找别人了。这并非单纯是女子个性坦率的表现，而是群体观念和节日习俗的反映。在这个日子里，任何男子都可以与任何女子结合，只要双方愿意，别人无权干涉。所以《周礼》说："于是时也，奔者不禁。"因而这就出现了种种情况，有的是旧日情人的相会，如《唐风·扬之水》：

> 扬之水，白石凿凿。素衣朱襮，从子于沃。既见君子，云何不乐！

扬之水，旧以为激扬之水。不妥。扬通杨，鲁诗即作杨。春秋有杨国。《左传·二十八年》注："杨，叔向邑。"又云："平阳杨氏县。"地在今山西省洪洞县境内，与唐尧古都平阳为邻。此地有一条涧水，在洪洞城南，古扬城北。水发源于古县与安泽二县境内，合流于今之洪洞县苏堡镇，西流入汾河。《水经·汾水注》说："涧水东出谷远县西山，西南经杨县霍山南，又西经故城北，晋大夫僚公去安之邑也。应劭曰：故杨侯国，王莽更名有年亭也。其水西流入于汾。"即指此。河中白石磊磊，如诗所咏。水从白石间穿行，扬之水疑当指此。所谓"扬之水，不流束楚"，与此地情势也相符合。"沃"，马瑞辰以为即"泽"，甚是。据孙奂仑修《洪洞县志》说，《周官·职方氏》所说的冀州扬纡泽薮，就在此地到曲沃之间的二百里中，是汾河水所经的地方[①]。诗言"沃"言"鹄"（皋），当指其地。由此看来，诗中所咏的也是一个二水相会的三角洲地。"素衣朱襮"指女子所服。旧情人在泽畔相会，乐不自胜，故曰"云何不乐"。诗第二章言："云何其忧"，"忧"字披露了长时间别离的痛苦。《鄘风·桑中》写的则是淇水之滨的艳遇：

> 爰采唐矣，沬之乡矣。云谁之思？美孟姜矣。期我乎桑中，要我乎上宫，送我乎淇之上矣。

"姜"是周代的大姓。姜太公之后，封于齐，门第高贵，所以《诗经》中屡以齐姜、孟姜为美人的代称。如《衡门》："岂其娶妻，必齐之姜"；《有女同车》：

---

① 孙奂仑：《洪洞县志》，山西人民出版社 1992 年版，第 14 页。

"彼美孟姜，洵美且都"。沫通牧，指商郊牧野，也即朝歌①。在其南淇水入河。桑中当指淇水之畔的桑林之中。上文我们已言及男女相会的桑林与水滨的关系，此诗将"桑中"与"淇上"并提，也可说明这一点。"上宫"当是建于淇水之上、源之于远古女性公所的"女性学宫"。平时是贵族女子隔离受教之所，而在一定的季节，便成了行乐之地。就如辟雍既是游乐之地，也是举行各种典礼仪式的地方一样。王先谦说："上宫盖孟姜所居"，这是有一定道理的。《易林·艮之解》说："上宫长女，不得来同"；司马相如《美人赋》说：上宫闲馆，有美人独处，都披露了其与女性隔离之宫的联系。"期我"、"要我"、"送我"，写出了女子的主动态势与男子的欢愉情怀。《魏风·汾沮洳》写得则是女子的蒙幸：

> 彼汾沮洳，言采其莫。彼其之子，美无度。美无度，殊异乎公路！

这是对在汾水之滨结识的男子的赞美。这位女性完全获得了心灵上的满足，因为她所新交的是一位风度翩翩、有特殊魅力的小伙子，所以说是"美无度"。《郑风·山有扶苏》有所不同：

> 山有扶苏，隰有荷花。不见子都，乃见狂且。

这是女子戏谑男子之词。在水滨盛会中，男女相识。女子戏谑小伙子说：我本想找个美男子（子都是古美男子的代称），结果遇上了你这个傻小子。扶苏、荷花分别象征男子和女子，未必是写实。《卫风·有狐》则反映的是另一种情趣：

> 有狐绥绥，在彼淇梁。心之忧矣，之子无裳。

在传说中，狐狸是妖媚之物。六朝以降，每有狐狸精变美人迷惑男子的传说。

---

① 详王先谦：《诗三家义集疏》，第 232 页。

而在上古，狐是男性的隐语。《齐风·南山》、《邶风·北风》皆以狐喻指男性。这篇诗是在淇水上男女相识时，由女子唱出的。言外之意是：我并非喜欢你，而是可怜你没裤子穿。语气中带有几分调侃。与上诸诗不同，《陈风·东门之池》则是写男女对歌的：

> 东门之池，可以沤麻。彼美淑姬，可以晤歌。

《水经·颍水注》说："陈之东门内有池，池水东西七十步，南北八十步。水至清洁而不耗竭，不生鱼草。水中有故台处。诗所谓'东门之池'也。"据此，此池当有建筑，如辟雍之类然。"淑姬"，据陈奂《诗毛氏传疏》考订，当作"叔姬"。姬为周代最大的姓氏，其族女子可说是最高贵的。"晤歌"即对歌。这描写的是男子要女子对歌的情景，可能男女是隔水相望的，男子有意调戏姑娘。

总之，以上这组诗，几乎都与节日狂欢有关，都发生在水边。有人认为这种欢会可能与壮族的"歌圩"相似。这也未尝没有道理。

第三组以《江有汜》、《汝坟》等为代表，主要表达由水诱发的情思。《召南·江有汜》说：

> 江有汜，之子归，不我以。不我以，其后也悔。

诗共三章，第二章是"江有渚"，第三章是"江有沱"。《毛传》说："决复入为汜。渚，小洲也。沱江之别也。"所谓"决复入"，就是指由干流分出，而又复入于干流的水；所谓"江之别"，就是指江的支流。在以上的研究中，我们已多次提到，此类地形格局，是古代选择性隔离居点的最理想的地方，同时也是季节性开放的地方。这篇诗当是一位男性失恋者的强作镇定。"江汜"、"江渚"、"江沱"其实指的是一个地方，只是变文为义罢了。此地当是昔日结欢的地方。现在女子出嫁，可嫁的人却不是自己。他心里感到难受，可又不愿意放下男子汉的尊严，于是说："你将来要后悔的！"活脱脱地表现出了自尊自强的男子汉失恋的心理。诗以"江有汜"起兴，表示这是他心灵中永难忘记的一块圣地，它凝定着往日美好的记忆。同时这水也成了生命激情的象征，它唤起了人青春的活力。不管由此诱发的情感是悲还是乐，它们都是生命之歌。

《周南·汝坟》不同，写的是别离的悲伤。这种悲伤的诱发物，仍然是水。诗云：

> 遵彼汝坟，伐其条枚。未见君子，惄如调饥。

汝水是发源于河南天息山的一条河流，东南入淮河。"坟"字有三种解释：一，《毛传》："坟，大防也。"《尔雅》李巡注说："溃谓崖岸，状如坟墓，名大防。"意思是坟是岸边高起的土堆；二，《楚辞·九章》注："水中高者曰坟，诗曰：遵彼汝坟。"意指水中的高地；三，《水经·汝水注》："汝水又东南经奇雒城西北，今南颍川郡治也。溃水出焉，世谓之大㶟水。《尔雅》曰：河有雍，汝有溃，然则溃者，汝之别也，故其下夹水之邑，犹流汝阳之名。"意思是溃（通坟）是汝水的别流。但不管哪一种解释，其与男女行乐或女性隔离之地理格局都极相近。《郑笺》说："伐薪于汝水之侧，非妇人之事，以言己之君子，贤者而处勤劳之职，亦非其事。"郑玄的解释显然离谱了。在《诗经》中采伐意象往往与求爱、婚配有关。如《关雎》以采荇菜喻君子求淑女，《卷耳》以采卷耳隐言少妇思夫，《汉广》以伐薪言求爱，《草虫》以采蕨菜喻思君子等。"伐薪非妇人之事"，故知此非写实，而是一种思念情人的隐语。因为男女之爱发生在汝坟，因而男女相思也由汝坟起兴，由汝坟昔日相识、相爱的甜蜜，而伤及今日别离相思的痛苦，这是非常合于逻辑的。但越是想及往昔的恩爱，就越感到别离的煎熬。"惄如调饥"一句正是对性饥渴痛苦的描写。"惄如"是饥饿之貌，"调"通"朝"，早晨的饥饿甚于平日，故此以喻情欲①。

《卫风·氓》篇一般认为是一篇弃妇诗，在诗中三次提淇水。如云：

> 送子涉淇，至于顿丘。非我愆期，子无良媒。（一章）
> 淇水汤汤，渐车帷裳。女也不爽，士二其行。（四章）

---

① 用闻一多说，见《闻一多全集》卷1《高唐神女传说之分析》，第83页。

淇则有岸，隰则有泮。总角之宴，言笑晏晏。（六章）

第一次提到"淇"是送别，这与《桑中》所谓"送我乎淇之上矣"，有同样的深情和意义。第三次言淇，有回味初恋时情景的意味。"总角"指少年时，"言笑晏晏"，形容心中欢乐，没有一点阴云。"淇岸"、"隰泮"是二人曾行乐之地。第二次言淇意义较复杂。《郑笺》说："我乃渡深水，至渐车童容，犹冒此难而往，又明己专心于女。"王先谦《诗三家义集疏》亦云："此妇人更追溯来迎之时，秋水尚盛，已渡淇径往，帷裳皆湿，可谓冒险，而我不以此自阻也。"以渡淇往嫁为冒险，显系文人的臆测。淇水两岸居民相互嫁娶为常，岂有以两岸婚姻为"冒险"之事？我认为这里写的是女子与男子分手后的情景。女子此时的心情十分沉重，她感到了人生道路的艰难，因而在淇水上她看的不是昔日充满生命活力的"方涣涣兮"，而是对行进形成障碍的汤汤之水，是水对自己乘车的侵袭。所想到的是男子的不良之行。淇水昔日曾给过自己甜蜜，而今留下的却只有悲伤。此时在她的心里是一个失去了光彩的世界。这样看来，诗人屡屡言淇，完全是因为淇水是他们爱情的见证。她无法忘却这条曾以爱的乳汁滋润过自己心田而今变得苦涩的水。

在《王风》与《郑风》中，都有以《扬之水》为题的诗作，其云：

> 扬之水，不流束薪。彼其之子，不与我戍申。怀哉怀哉，曷月予还归哉？
>
> 《王风·扬之水》
>
> 扬之水，不流束薪。终鲜兄弟，维予二人。无信人之方，人实不信。
>
> 《郑风·扬之水》

这两篇诗，可能是同一母题的分化。《毛传》释"扬"为"激扬"；朱熹释为"悠扬"，以为是水缓流之貌。疑当为水名，与《唐风》的"扬之水"同指一物。"不流束薪"，日本学者白川静以为指"水占"，即投物于水上，看能否浮走，以判事物吉凶①。我认为这两句中有个故事在内，诗人只是借以起兴，以

---

① 《诗经研究》，第22—25页。

表达心中的忧虑。《王风·扬之水》写夫妻别离，回归无期；《郑风·扬之水》写夫妻间对谗言的忧虑。由此看来，"扬之水"所隐括的当是一个与曲折爱情有关的故事。可惜书阙有间，我们难得其详。但不管如何，水在这里所起的仍是诱发男女情思的作用。

以上这组诗作，并非直接写水滨的欢乐与悲伤，而是将水滨的经验，凝定于记忆之中，随此拨动着思虑的琴弦。

第四组诗作以《谷风》、《泉水》为代表，表达着女性指喻的意义。《邶风·谷风》是一篇著名的弃妇诗，朱熹《诗集传》言之甚明："妇人为夫所弃，故作此诗，以叙悲怨之情。"诗的第三章说：

> 泾以渭浊，湜湜其沚。宴尔新婚，不我屑以。

泾与渭都是发源于今甘肃境内流入陕西境的河流。泾是渭的支流。关于泾清还是渭清的问题，学者们已争论了二千多年。郑玄以为泾清渭浊，孔颖达、朱熹都以为泾浊渭清。王心敬《丰川诗说》卷三云："泾渭，余乡之水，余所亲目，大约泾渭皆浊于澧涝，而渭则倍浊于泾。顾前辈解此，皆以渭清泾浊为说，虽朱子以因其解而注诗，皆未身至秦自见二水云然也。"按王心敬所说乃是明清时代泾渭的情况。在周代情况则有不同。当时因气候温润，泾水流域植被面积较大，为游牧部落活动的地方。周的先祖太王亶父，就是受游牧部落的侵扰，从泾水流域迁到渭水流域。草木丰茂，自然水土流失不像今日严重，故水远清于今。而渭河流域，因农业开发比较早，植被破坏严重，故渭水携带泥沙较多。在当日清浊是分明的①。《郑笺》说："泾水以有渭，故见渭浊。湜湜，持正貌，喻君子得新昏，故谓己恶也。己之持正守初，如沚然不动摇。"郑说不确。《说文》："湜，水清底见。"《玉篇》："湜，水清也。""沚"三家作"止"。《说文》："止，下基也。"这里指河底。马瑞辰《毛诗传笺通释》云："湜湜状水止貌，故以为水清见底。"诗是以泾和渭分别指喻弃妇与新妇的。渭喻指新妇，泾喻指弃妇。泾本清，渭本浊，可现在搞颠倒了，有了渭水，反而以泾水

---

① 史念海先生有《泾渭清浊的变迁》一文，收在《河山集二集》中，可参看。

为混浊了。"湜湜是沚"是弃妇品质的象征。

《邶风·泉水》说：

> 毖彼泉水，亦流于淇。有怀于卫，靡日不思。

《诗序》说："《泉水》，卫女思归也。嫁于诸侯，父母终，思归宁而不得。故作是诗以自见也。"《郑笺》说："国君夫人，父母在则归宁，没则使大夫宁于兄弟。卫女思归，虽非礼，思之至也。"这基本上是正确的。在这里，"泉水"显然是女子自喻。即如马瑞辰《毛诗传笺通释》所说："诗意以泉水之得流于淇，兴己之欲归于卫也。"《释文》："毖，流貌。"《说文》引作"泌"，云："泌，侠流也。"即涌流之意，象征自己思归之切。

《邶风·凯风》说：

> 爰有寒泉，在浚之下。有子七人，母氏劳苦。

此篇旧以为写卫国淫风盛行，虽有七子之母犹有改嫁之心，故其子作诗自责。但在诗中一点也看不出淫风来，也看不到七子母改嫁的迹象。故朱善、季本皆为是七子奉养有阙，不能安其母之心，故作诗自责。何楷说："言子赖母以有生，犹浚民赖寒泉以为养。"[①]此说甚为得之。这是由水的润物养生的功能而与女性联系起来的。

《陈风·衡门》说：

> 衡门之下，可以栖迟？泌之洋洋，可以乐饥？
> 岂其食鱼，必河之鲂？岂其取妻，必齐之姜？

"衡门"，《毛传》以为"横木为门，言浅陋也。"王引之《经义述闻》以为：

---

① 《诗经世本古义》卷10之下，《文渊阁四库全书》第81册，第380页。

"门之为象，纵而不横。……窃疑衡门、墓门亦是城门之名。"① 今之治诗中多从王说。按王说恐非，衡门当是一种原始的带有宗教意义的建筑。在今黄土高原地区还残存有一种"门"，形式是立四根木柱，中间两根稍高。木柱上横两木为门楣。中间即成为门的样子。这种门独立存在，不与其建筑物毗连。西南少数民族中也有类似的东西，不过不是横木，而是"横绳"，拿一根绳子拴在两棵树或木柱上，当门楣，就成了门。衡门当即此类。"可以"当据孙作云先生说读为"何以"。"泌"，《毛传》以为泉水。蔡邕《郭林宗碑》云："栖迟泌丘"，《周巨胜碑》云："洋洋泌丘"。王先谦据《广雅》："丘上有木为秘丘"之说，以为"木"字乃"水"字之讹，"洋洋"为"水出泌丘之上"。按王说非，丘为水冲积而成的土堆，其上不可能有水。泌当为水名，具体指何水，今已不得而知。在前面我们已说过丘与水的联系，泌丘当是因泌水而得名。"乐饥"即"疗饥"，乐、疗古通。在水边欢会的日子里，一对对情人各得其乐，而这位男子面对洋洋泌水，"饥饿"难疗。他并非要求苛刻，非鲂不食，非齐姜不娶。可是竟然落空了。水和鱼在这里都有指喻女性的意义。"泌之洋洋"，暗喻游女之多，可自己只能望"洋"兴叹，一无所获。

《齐风·敝笱》写鲁文之初嫁云：

敝笱在梁，其鱼唯唯。齐子归止，其从如水。

闻一多在《诗经的性欲观》一文中说：《诗经》中的笱隐喻女阴，"敝笱"犹如现在骂"烂东西"。闻氏之说，是可以讲得通的。据《诗序》说，这篇诗是讽刺文姜的。文姜是齐襄公的妹妹，嫁给鲁桓公后，还时常回齐国与他哥哥私通。后被鲁公发现。齐襄公为清除障碍，就派人暗杀了鲁桓公。这首诗用的是双重比喻。先以敝笱起兴，以象征文姜的不守妇道，乱交于人。其次以水喻其姪娣媵从之盛。《郑笺》说："水之性可停可行，亦言姪娣之善恶在文姜也。"《仪礼·士昏礼》郑注说："古者嫁女必姪娣从，谓之媵。姪，兄之子；娣，女弟也。"《说文》："姪，兄之女也。"可见这里水所喻指的也是女性。像此类情

---

① 王引之：《经义述闻》，《四部备要》本，第85页。

况比较多。如《齐风·载驱》，以"汶水汤汤"，形容文姜回齐国时声势之大的；《卫风·硕人》写卫庄姜初嫁，"河水洋洋，北流活活"，形容其滕从之盛。

另外，《诗经》中往往将山、隰对言。如前引《山有扶苏》，及《邶风·简兮》："山有榛，隰有苓。云谁之思，西方之美人。"《秦风·晨风》："山有苞栎，隰有六驳。未见君子，忧心靡乐。"《秦风·车邻》："阪有漆，隰有栗，既见君子，并坐鼓瑟。"细细琢磨一下这些诗篇，就会发现，"山"与"隰"有分别象征男女两性有意义。隰与女性的联系，在于它的低洼与水泊。

水的女性指喻，是中国文化中一个著名的命题。我们在上文中曾论及，水与女性的一体化，与女性水畔隔离的原始生活有关。但上面所举的几篇诗，我们并不敢说其完是如此，其中也可能存在着取喻的随意性，不过水指喻女性这一事实的存在，则是可以肯定的。

这里我们再顺便讨论一下《诗经》中"丘"的问题。"三百篇"中，共有八篇诗作言及到丘，其中有五篇与男女相乐、相别之事相关。如《氓》说："送子涉淇，至于顿丘。"写的是男女送别。《旄丘》说："旄丘之葛兮，何诞之节兮！叔兮伯兮，何多日也！"《毛诗序》以为这是责卫伯的诗，但从诗的情调来看，这应该是写夫妻别离的，所以第二章才怀疑男子"何其久也，必有以也"。《丘中有麻》说："丘中有李，彼留之子。彼留之子，贻我佩玖。"是写男女相悦的。《宛丘》："子之汤兮，宛丘之上兮，洵有情兮，而无望兮。"对其有情，而却没有希望得到，所写也是男女之事。《东门之枌》："东门之枌，宛丘之栩。子仲之子，婆娑其下。"又言："视尔如荍，贻我握椒。"所写的是男女相互赠答。我们在前面曾经提到过"丘"与"水"的关系。华北平原上的丘，多是由水冲积而成的，故丘多在二水形成的三角洲地带或水的拐弯处，这些地方也多是男女相聚相离之所。像旄丘、顿丘、宛丘之类，很可能都是男女游乐之地。故而使这些地名与男女的送别、相思、相乐联系了起来。其实丘的这种意义的获得，仍在于水。

总之，《诗经》真实地展示了先民在水滨泽畔的欢乐与悲伤。这里需要补充一点，在上文中我们曾提到了水的宗教意义，但在《诗经》中，这一点表现的并不明显。从逻辑上讲，水畔相聚结爱的节日活动得以延续，应当与水具有创生意义的宗教信念有关。《大雅·生民》说周的女始祖姜嫄，"克禋克祀，以弗无子"，最后生下了后稷。这个"弗"字，今文三家作"祓"。《毛传》解释说："弗，去也。去无子，求有子，古者必立郊禖焉。玄鸟至之日，以太牢祠于郊禖，天子亲往，后妃率九嫔御。"这是说这种"弗"的活动与祭祀郊禖（高禖）是相关的，时间是在燕子到来的季节。今文作"祓"，王先谦说："当即《周礼·女巫》祓除所由昉。"[①]《周礼·春官·女巫》郑玄注说："岁时祓除，如今三月上巳如水上之类。"唐贾公彦疏说："今三月三日水上戒浴是也。"[②] 无论毛诗还是三家诗，其实都认为姜嫄的生子与春日的宗教祭祀活动有关。这应该是《诗经》恋歌很重要的一个宗教活动背景。《郑风·溱洧》，韩诗解释即认为产生于水边的宗教活动之中。裴普贤先生认为："祓除之事，周代仅为官家祭礼中之斋戒沐浴，无固定日期，或因事而临时举行。西汉始临水祓除，或在春，或在秋，仍无固定月日，至东汉始有三月上巳官民同乐之禊事。晋代之禊事渐改以三月三日，不复用巳。"[③] 其实时日的固定虽在汉之后，而作为季节性的宗教活动，则远早于此。而且这种活动也未必始于官家祭祀，它是与水的创生意义的原始观念相伴而行的群体性活动。《生民》"以祓无子"与《玄鸟》"降而生商"的传说以及大量水生神话，都可证明这一点。但这种活动在宗教的层面上虽植根于水的创生功能，带有求子祈福的功利目的，而在实际的活动中，在神权逐渐消退的有周一代，那都是虚幻的，只有男女之间的相爱相欢才是更实在、更有意义、更使人骨飞肉动、兴奋不已的。故而在感情的层面上，宗教的功利目的完全消融在了狂热的男女情感之中，消融在了个体生命的体验之中。这在《诗经》中的反映便是对人间真情的欧歌，对生命价值、意义的张扬。

五、水意象的艺术象征与意义滋生

当水携带着原始文化意义而进入艺术作品的时候，它完全摆脱了自然物的单一性，发挥着其情感上特有的潜能。即如荣格所说："一个用原始声音说话

---

① （清）王先谦：《诗三家义集疏》，第 876 页。
② 阮元校刻：《十三经注疏》，第 816 页。
③ 裴普贤：《诗经欣赏与研究》，台湾三民书局 1982 年版，第 410 页。

的人，是在同时用千万人的声音说话。他吸引、压倒并且同时提升了他寻找表现的观念，使这些观念超出了偶然的暂时的意义，进入永恒的王国。"[①] 在《诗经》的时代，由于原始习俗的遗存，水意象的象征意义被搅入了对自然物与两性生活的描写之中。致使今之研究者难以清楚何者为实境，何者为象征。只有摆脱了客观实在的困扰完全进入艺术欣赏的境界，才能真正领悟到它的真谛。"秋水伊人"固然是实境，但那种飘飘渺渺、朦朦胧胧、可望而不可即的意境，又何尝不是一种象征？在两汉时代，随着水畔交媾的原始云雾的消退，水原始意象的象征意义，才充分地展示出来。最为典型的是产生于两汉时期的牛郎织女故事。

牛郎织女故事虽在《诗经》中已见端倪，但成为故事则始见于汉以后的著述中[②]。一对情人被一条无情的水残酷地隔开。他们隔河相望，日日夜夜经受着相思的痛苦煎熬。这既是远古性隔离生活在天国的投影，也是人间无数悲欢离合故事的神话表述。在这里水完全摆脱了写实的嫌疑，而成为一种艺术象征。天河的彼岸是美好的，那里存放着理想，存放着圆满，存放着幸福，也存放着生命的价值、意义。然而却无法超越。上帝为不使人完全的失望，他允诺一对情人在"七七"之夕相会。为了这一丝希望，生命甘愿接受命运之神的摆布，面对茫茫之水，努力生存着、期待着，到老、到死……

这个传说故事可以说是对《诗经》中《关雎》、《汉广》之类诗作的艺术概括，隔开牛郎织女的水叫"河"、"天河"或"汉"、"天汉"、"河汉"。我们知道，河、汉是黄河和汉水的专称，又是《诗经》中隔离男女相爱最典型的诗作中的两条水。这是否可以说明牛郎织女故事与《关雎》、《汉广》之类诗的微妙联系呢？这个故事投射着民族群体的心影。在这个巨大的心灵上，有一道深粗

---

① 〔瑞士〕荣格：《心理学与文学》，冯川、苏克译，生活·读书·新知三联书店 1987 年版，第121 页。

② 《诗经·小雅·大东》有："维天有汉，监亦有光。跂彼织女，终日七襄。……睆彼牵牛，不以服箱。"但未言牛女之关系。《岁时广记》卷二六引《淮南子》、《岁华纪丽》卷三引《风俗通》始有织女渡河之说。关于此故事起源，研究者颇多，徐中舒、钟敬文、袁珂、欧阳飞云、屈育德、王孝廉等都有文论述。大多学者认为形成于汉以后的魏晋时代。按：汉代人于数最崇拜"七"，如闻一多撰《七十二》一文，大多例证出自汉人著述；文体中有"七"一体，亦出自汉人《七发》、《七谏》、《七激》、《七辨》、《七厉》、《七广》之类文。"七七"牛女相会之说亦当始于汉代。且此故事疑起于汉水流域，故《大东》以"汉"名银河。

而苍老的伤痕，它记录着过去的风风雨雨，而又认定这样一个事实：现实与理想之间，总隔着一道天河，"希望"是人生的力量和安慰。在文人的笔下，"牛女天汉"又成了个性心灵的诉说，天河之水以明确的象征意义，发挥着其原始意象的情感潜能作用，拨动着千万个心弦。《古诗十九首》曾如此写道：

> 迢迢牵牛星，皎皎河汉女。纤纤擢素手，札札弄机杼。
> 终日不成章，泣涕零如雨。河汉清且浅，相去复几许？
> 盈盈一水间，脉脉不得语。

从总体上看，这首诗简直可以说是《汉广》之类诗的翻版，而其题材又确实是神话的，它与《关雎》、《汉广》之类取材于现实者有明显的不同，象征意义至为明显。"河汉"作为一种达成理障碍物，它带给人们的只有哀怨。织女的织锦妙手，织不出通往彼岸的桥梁。她脉脉含情地凝视着天河那边，期待着、向往着圆满，然而萦绕心头的却是离别的苦痛，是理想不能实现的悲哀。作者诉说的无疑是个性心灵的哀伤，然而因为他是在用"原始意象"说话，他把个人的命运已经转换成了人类的命运，因而唤起了人们心底的悲伤，引动了千万个心的颤抖。使之成了一种恨别模式，在中国文学史上产生了深广的影响。杜甫《牵牛织女诗》云："牵牛出河西，织女出其东；万古永相望，七夕谁见同？"杜牧《七夕诗》云："云阶月地一相过，未抵经年别恨多。最恨明朝洗车雨，不教回脚渡天河。"权德舆《七夕诗》云："东西一水隔，迢递两年愁。"晏几道《蝶恋花》词云："路隔银河犹可借，世间离恨何年罢？"这些诗作无不寄寓着人世的离情别恨，无不是借助牛女神话和水之神话意象，向全人类诉述天地间的悲哀。

当然借助"牛女河汉"神话，表达别离的悲伤，只是男女情思的一种表现方式。在更多的诗作中，水则是作为独立的神话意象而震发着人们的心灵。被闻一多视作可与司马迁相提并论的焦延寿[①]，他的《易林》一书，就曾多次运用这一意象，而表达情侣隔离之悲：

---

① 见郑临川述评：《闻一多论古典文学》，重庆出版社 1984 年版，第 32 页。

夹河为婚，期至无船，摇心失望，不见所欢。

《屯》之《小畜》

夹河为婚，水长无船，摇心失望，不见欢君。

《临》之《小过》

为季求妇，家在东海，水长无船，不见所欢。

《涣》之《履》

这里的河海，显然并非实际存在的自然物，而是男女间无法获得圆满的障碍的象征，而这里的男女婚约，又何尝不是一种象征呢？

男女之爱是人类最基本也是最深沉最热烈的情感，对异性之爱的追求是人性最基本也是最深沉最热烈的需求，因性爱而带来的悲伤则是人类最基本也是最深沉最热烈的痛苦。因而水——这一给先民带来极大的欢乐与痛苦的自然物，便有了象征和包容一切愁思、哀伤与痛苦的力量，它最为基本和最为习见的意义便是作为"理想中梗"的象征物而出现的。在《易林》中这类例子便很多。在古诗人中，李白是一个最善于用原始意象说话的人，请看他的诗作：

美人如花在云端。

上有青冥之长天，下有渌水之波澜。

天长路远魂飞苦，梦魂不到关山难。

长相思，摧心肝！

《长相思》

我浮黄河去京阙，挂席欲进波连山。

天长水阔厌远涉，访古始及平台间……

洪波浩荡迷旧国，路远西归安可得？

《梁园吟》

别后空愁我，相思一水遥。

《寄王汉阳》

何言一水浅，似隔九重天。

《赠宣州宇文太守兼寄崔侍御》

海水直下万里深，谁人不言此离苦！

《远别离》

横江欲渡风波恶，一水牵愁万里长。

《横江词》之二

白浪如山那可渡？ 狂风愁杀峭帆人。

《横江词》之三

郎今欲渡缘何事？如此风波不可行。

《横江词》之五

阳台隔楚水，春草生黄河。
相思无日夜，浩荡苦流波。

《寄远》之六

妾在春陵东，君居江汉曳。
一旦望花光，往来成白道。

《寄远》之七

渺然一水隔，何由税归鞅。

《酬裴侍御对雨感时见赠》

我思仙人乃在碧海之东隅。……
长鲸喷涌不可涉，抚心茫茫泪如珠。

《有所思》

若有人兮思鸣皋，阻积雪兮心烦劳。
洪波凌竟不可以径渡，冰水鳞兮难容舠。

《鸣皋歌送岑征君》

欲渡黄河冰塞川，欲上太行雪满山。

《行路难》之一

显然这些诗作大部分已超越了"男女之情"的樊圄，其所抒发的大多乃是人生旅途的感叹，是一种希望、一种理想无法达到的苦闷与悲哀。所谓"如花"的美人也不过是美好理想的象征，而"波浪"、"洪波"、"一水"等，所象征的则是人生旅途中的艰险，和一种难以逾越的障碍。有人以为水在离别主题中承担的角色，乃源之于六朝以来文人对山水自然美的体察与认同，或酵母于楚辞"登山临水"、"美人南浦"。而却忽略了"所谓伊人，在水一方"那来自远古的苍老的声音。这"水"把现实与理想分隔为两个世界，使之永远可望而不可即，可羡而不可得，使一颗颗"爱"之心，永远悬挂着，企盼着，死不得，活不能，经受着诱惑、"相思"的煎熬。人生的无限坎坷、悲痛、苦闷、压抑、失望、沮丧、哀伤、悲愤、无奈。……皆被储入了水的意象中。我们可以从男女热烈之爱中，感受到他那追求生命意义的如狂如痴，更可以从男女失恋的体验中，感受到其痛苦的摧心裂肝。他的悲伤，通过那水之神话意象，变成了全人类的声音，唤起了无数灵魂的哀鸣。他如像古乐府之"欲流河无船"、曹植之"欲济川无梁"、孟浩然之"欲渡无舟楫"、顾况之"我欲渡水水无桥"等，所表现的无不是理想无法实现的无可奈何的悲哀。

水原始意象的意义内核是"阻隔"，其最基本的象征意义是"理想中梗"。这一象征意义由"男女情爱"的两性生活层面，进而至于人生普遍的理想追求的意义层面，体现着其美学意义的发展。任何一个原始意象，都在历史中发展变化着，有的被埋葬于历史年代之中，有的则滋生出新的意义。水意象由于凝定着先民的悲欢离合，因而它滋生出的一个最具个性的意义，便是对生命的象征。《诗经》中水的女性指喻意义，以及水带给青春生命的欢乐与悲哀，即表现出了水与生命的一体化倾向。在先秦哲人的著述中，这一倾向至为明显。无论是老子的"上善若水"，还是孔子的以水比德，实际上都是将水作为生命象征而立说的。但在诗人的歌咏中，水与生命意义的联系主要在对于情感、情绪的表现上，这是水的一个极为普通的意义。

在《诗经》中，这个意义主要表现在三个方面，一是表现在词汇上。水边泽畔始自远古的一代又一代的痛苦体验，一次又一次的生命循环，使水与水边生命联结起来，水的形态表现具有了象征生命情绪、情感的意义。《诗经》中描写悲愁感伤最常用的一个词汇是"悠悠"。如《关雎》写君子思淑女曰"悠哉悠哉"，《终风》写思情人曰"悠悠我思"，《泉水》曰"我心悠悠"，《子矜》曰"悠悠我心"等。历代注家皆曰："悠，思也"，"悠，忧貌"。至于"悠"何以为思，何以是忧貌，则不能明。其实这是一个特意用水的绵长来表现愁思的汉字。"悠"字从"心"，表示是一种心理状态；从"攸"，攸亦声，《说文》云："攸，行水也，从攴，从人，水省。汖，秦刻石峄山石文攸字如此。""攸攸"为水流之貌，如《卫风·竹竿》云："淇水悠悠"，字亦作浟浟，浟浟、悠悠，《毛传》曰"流貌"。"攸"加"心"则成"悠"，本意则是表示愁思如流水一样绵长不断。张舜徽《说文解字约注》云："悠从攸声，声亦兼义，谓忧思之长也。""悠悠"时或写作"攸攸"，如《子矜》"悠悠我思"，一本则作"攸攸我思"，则其以水象征愁思之意更明。《邶风·二子乘舟》云："中心养养"，"养养"为"洋洋"的假借字，《尔雅·释训》云："洋洋，思也。"邢疏引诗云："养养犹洋洋矣。"洋洋本为水盛之貌，而用之形容内心忧思，无疑也是一种象征。

二是直接用水象征情感、情绪状态。如《魏风·伐檀》：

坎坎伐檀兮，寘之河之干兮，河水清且涟猗。不稼不穑，胡取禾三百廛兮？不狩不猎，胡瞻尔庭有县貆兮？彼君子兮，不素餐兮。

此诗共三章，第二章言："坎坎伐辐兮，寘之河之侧兮，河水清且直猗"。第三章言："坎坎伐轮兮，寘之河之漘兮，河水清且沦猗"。今之解诗者，多以此诗为反抗剥削之作，以二、三句为对河水的自然描写。其实这里表现的是伐木者的一种心境。"檀"指站立着的树，其形象是高大的。"河干"即河岸，陈奂《诗毛氏传疏》以为"干"为"厈"之省假。《字汇》说："厈，水厓高也。俗作岸。"是"干"也有高的意思。"涟"据《说文》是"澜"的或体，《尔雅·释水》引即作"澜"，云："大波为澜。"是"澜"也为高大的形象。第二章言"伐辐"，车的辐条是直的，所放的地方是"河之侧"，侧者则也，"法则"有直意，故而下言"河水清且直兮"。第三章言"伐轮"，轮子是圆形的，其所放的地方是"河漘"，人唇呈圆弧形，河漘当是指呈圆弧形的水边。而"清且沦"之"沦"，则是指"转如轮"的圆形水纹。这样檀、干、澜，其形象都是"高"的；辐、侧、直，其形象都是"直"的；轮、漘、沦，其形象都是圆的。但在现实中不可能檀正好长在高的水岸，所临的水正好有大波；轮也不可能正好放在呈圆弧状的水边时，河水也正好表现出圆形波纹来。显然这里是有诗人的主观感受在内的。在诗人的心中，水与水边都在伴随着他们的劳动进展在发生着变化，物我完全同化了！他们的心像水一样的清，一样的美，一样的富有情趣。水实际上成了他们心境的象征，周围的一切都完全沉浸到了劳动造创世界的热情之中。

　　但在《诗经》中，水在更多的情况下是象征忧伤的。如前所引及的《泉水》，泉水日夜不停地流向淇水，象征着自己无时无刻不在思念着自己的宗国。《卫风·氓》中写女主人公的忧伤云：

　　　　淇水汤汤，渐车帷裳。

这表面上是在描写淇水的盛满，描写水浸透了车的帷裳，实则是象征着一种无法排遣的忧伤，象征一颗心已被忧伤浸透。犹如今之流行歌曲唱"潮湿的心"。再如《小雅·鼓钟》云：

　　　　鼓钟将将，淮水汤汤，忧心且伤。淑人君子，怀允不忘。

《小雅·沔水》云：

　　　　沔彼流水，其流汤汤。……心之忧矣，不可弭忘。

注家们只说："汤汤，水盛貌。"其实"汤汤"在这里乃有表现内心情绪的意义。"汤"、"伤"古音相近，这里是以流水之态，象征不可断绝的忧伤。《韩诗外传》卷九第二十章说："汤汤慨慨，天地同忧。"即表明"汤汤"有形容忧伤的意思。以水象征忧伤的情绪，在魏晋以后的诗歌中特别多，如：

　　　　思君意无穷，长如流水注。

　　　　　　　　　　　　　　　　　　　　何逊《野夕答孙郎擢诗》

　　　　请君试问东流水，别意与之谁长短？

　　　　　　　　　　　　　　　　　　　　李白《金陵酒肆留别》

　　　　抽刀断水水更流，举杯消愁愁更愁。

　　　　　　　　　　　　　　　　　　　　李白《陪侍御叔华登楼歌》

送尔长江万里心，他年来访南山老。

李白《金陵歌送别范宣》

宝刀截流水，无有断绝时；
妾意遂君行，缠绵亦如之。

李白《自代内作》

淡淡长江水，悠悠远客行。

崔道融《寄人》

问君能有几多愁，恰似一江春水向东流。

李煜《虞美人》

离思迢迢远，一似长江水，去不断，来无际。

欧阳修《千秋岁》

用水来象征愁思的无穷无尽，无法排遣、不可言喻，实在是再好不过了！此种象征，表面上是源于个体或文人阶层对作为自然物的水的体验。它的文化根柢，深深地埋藏在原始的两性生活之中。当原始时代怀春的男女，被那无情之水活生生地割裂为两个世界的时候，他们经受着"盈盈一水间，脉脉不得语"的痛苦，面对浩茫烟波，心中无限悲伤。水悠悠，愁悠悠，缱绻之思，缠绵之恨，便全部化入了茫茫烟水之中。在愁思纷纭的烟波江上，水与内心情感完全一体化了！神神话中的瑶姬、宓妃、舜之二妃的"水死"，以及历史上"水死"文化现象，正暗示着：水中凝固着人类情感历程中最痛苦、最伤心的一页。水就是情思！就是悲伤！就是哀怨！就是剪不断、理还乱的愁绪！全人类最深沉、最激烈、最无法消解的痛苦，通过水这一意象，得到了最完满的表现。

三是水与舟一同象征心绪。在《诗经》的抒情歌子中，舟的意象出现过约七、八次。有些是写实景的，如"招招舟子"、"二子乘舟"、"造舟为梁"等。有些则有明显的象征意义。舟是通向彼岸的工具，是心灵获救的希望。可是在《诗经》中作为象征物出现的时候，却往往带着几分忧伤。如：

泛彼柏舟，亦泛其流。耿耿不寐，如有隐忧。微我无酒，以敖以游。

《邶风·柏舟》

泛彼柏舟，以在彼中河。髧彼两髦，实维我仪。之死矢靡它。母也天
只！不谅人只！

《鄘风·柏舟》

淇水悠悠，桧楫松舟。驾言出游，以写我忧。

《卫风·竹竿》

有漼者渊，萑苇淠淠。譬彼舟流，不知所届。心之忧矣，不遑假寐。

《小雅·小弁》

这里所表达的是愿望不能实现的悲哀。《邶风·谷风》说："就其深矣，方之舟
之；就其浅矣，泳之游之。"水是可渡的，即便是深水，只要有舟，就可以达
到彼岸。可是在上引几篇诗中，舟却是不能渡的，只在水中飘荡，不知所止，
无法达到彼岸，或者只能作为散心的工具而存在。它象征着一颗飘荡着的、找
不到归宿的心。这种意象是否源自"江之永矣，不可方思"的感叹呢？不管怎
样，水舟在这里是作为忧伤生命的象征而出现的。在魏晋之后，这一意象生发
出了象征失意无着、漂泊人生的意义。

　　总之，水之原始意象，深深植根于上古人类生活之中，神话传说只是一种
幻影，而在《诗经》中则获得了真实地展示。由实境展示到艺术象征，并在艺
术象征的领域与生命意义绾结在一起，亦由《诗经》始。

《魏风·硕鼠》新考①

论及《诗经》中反抗性的诗篇，人们自然会想到《魏风》的《硕鼠》。《毛诗序》云："《硕鼠》，刺重敛也。国人刺其君重敛，蚕食于民，不修其政，贪而畏人若大鼠也。"②后儒虽也时有异说，但有几点则是基本一致的：第一，硕鼠即大鼠或叫田鼠；第二，此诗旨在反重敛即反剥削；第三，此诗是以硕鼠喻剥削者。今治诗者，对此几点更是坚信不疑，并大加发挥其思想意义。我认为事有可疑，值得商榷：第一，田鼠为农业大害，人所尽知，但从未听说田鼠吃禾苗，为何诗云"无食我苗"？第二，诗云："三岁贯女，莫我肯劳"，显然是说应当慰劳而没有慰劳，假如是农民反剥削，他们有无资格向地主提出得到慰劳的要求？第三，《小雅·黄鸟》云："黄鸟黄鸟，无集于栩，无啄我黍！"此与《硕鼠》的形式非常相似，《毛传》以此为起兴，为何却以《硕鼠》为比体？本文想就以上三个问题，略陈拙见，以求教于同志们。

一、硕鼠乃蝼蛄非大鼠。大老鼠吃粮食而不吃禾苗，农村中妇孺皆知。《毛传》知其不妥，故释"无食我苗"之苗为"嘉谷"。孔氏《正义》云："黍麦指谷实言之，是鼠之所食。苗之茎叶，以非鼠能食之，故云嘉谷，谓谷实也。谷生于苗，故言苗以韵句。"训苗为谷实，于古无征。孔氏辩解，实为曲说，不必细辨。陆玑以为河东有大鼠吃禾苗，其所说即田鼠，但田鼠也不吃苗。不知陆氏得之何典。今按硕鼠当指蝼蛄。此为戚桂宴师之卓见。今试证成

① 本文发表于《教学与管理》1988 年第 1 期。

② 孔颖达：《毛诗正义》，阮元校刻：《十三经注疏》，中华书局 1980 年影印本，第 359 页。下引《毛诗正义》文本皆出此书。

之。玑《诗疏》引《神农本草经》云："蝼蛄为石鼠。"[①] 晋崔豹《古今注》云："蝼蛄一名天蝼，一名蟹，一名硕鼠。"[②]《尔雅》云："蟹，天蝼。"邢疏："蟹，一名天蝼，一名硕鼠，即今之蝼蛄也。"[③]《易·晋》："晋如鼫鼠，《释文》引《本草》："蝼蛄一名鼫鼠。"孔疏："蔡邕《劝学篇》云：鼫鼠五能，不成一伎……《本草经》云：蝼蛄一名鼫鼠。谓此也"。苏颂《图经》云："《广雅》一名硕鼠。《易》'晋如硕鼠'……蔡邕《劝学篇》云：'硕鼠五能不成一技……'并为此蝼蛄也"（见《证类本草》引）[④]。今本《广雅》作"炙鼠"，王氏《疏证》云："炙、硕声相近也……字一作石，一作鼫。《广韵》：'蝼蛄一名仙蛄，一名石鼠'。"[⑤]《尔雅翼》云："蝼，小虫。穴土中，好夜出。今人谓之土狗，一名蝼蛄，一名硕鼠，一名蟹，亦一名蟪蛄。由此可知，蝼蛄古亦名硕鼠。"[⑥]

蝼蛄属直翅类昆虫。体圆长，黄褐色，长寸馀。白天多在土中，晚上出来活动。常在土中齧食植物幼苗的根，对农作物危害极大。《大雅·桑柔》云"降此蟊贼，稼穑卒痒"，《小雅·大田》云："去其螟螣，及其蟊贼，无害我田稚。"《毛传》云："食心曰螟，食叶曰螣，食根曰蟊，食节曰贼。"陆玑《诗疏》云："或说云：蟊，蝼蛄，食苗根为人害。"是古人认为蝼蛄是农业的四大害虫之一。"无害我田稚"，田稚即幼苗，此与《硕鼠》"无食我苗"意正相同。由此看来，硕鼠完全有可能是蝼蛄了。

毛晋《陆氏诗疏广要》云："据陆氏云：蝼蛄为石鼠，物异名同也。或指此硕鼠为蝼蛄，且曰：蟊，蝼蛄，食苗根，故诗人戒之。然蝼蛄未见有食黍麦者，岂当年河汾之间独为崇耶？"[⑦] 陈大章《诗传名物集览》亦云："《古今注》说蝼蛄一名硕鼠，然蝼蛄不食黍麦，食黍麦者自是鼠属耳。"这里毛、陈二人犯着一个共同的错误。他们由于受"传"与"疏"的影响，心理上形成了"功能固定性"障碍，将黍、麦之名固定在颗粒状的谷实之上，而却没有想到黍麦

---

① 陆玑：《毛诗草木鸟兽虫鱼疏》卷下，《文渊阁四库全书》，第 70 册，第 19 页。
② 崔豹：《古今注》卷中，《文渊阁四库全书》，第 850 册，第 107 页。
③ 郝懿行：《尔雅义疏》，《续修四库全书》，第 187 册，第 636 页。
④ 唐慎微：《证类本草》卷 22，《文渊阁四库全书》，第 740 册，第 920 页。
⑤ 王念孙：《广雅疏证》卷 10 下，中华书局 2013 年版，第 360 页。
⑥ 罗愿：《尔雅翼》卷 25，《文渊阁四库全书》，第 222 册，第 472 页。
⑦ 毛晋：《陆氏诗疏广要》卷下之下，《文渊阁四库全书》，第 70 册，第 129 页。

的苗也可以称作"黍"、"麦"。如《黍离》："彼黍离离",《庄子·外物》："青青之麦",皆指苗言。而蝼蛄对于黍苗的危害,是产黍麦区的农民人所共知的。每年秋天,当麦苗刚刚出土之后,蝼蛄便开始为害了。整行整行的麦苗,枯萎死亡;整块整块的麦田,被害得不成样子。当你想补种时,初冬已到,为时已晚了。今天由于科学的发达,农民们可以用农药拌种,防止蝼蛄为害,而在古代,则是毫无办法的,故只有祈求田神或假之诅咒了。因此我认为,硕鼠当是蝼蛄而不是大老鼠。

二、《硕鼠》乃臣去其君之作,非反剥削。今人异口同声认为,《硕鼠》是一篇反经济剥削的诗,有人还根据《鲁诗》"履亩税而《硕鼠》作"的遗训,认为这是反对地租剥削的。但是诗云:"莫我肯顾""莫我肯德",在周代农民是绝没有资格提出要统治者予以照顾、惠施的要求的。象《伐檀》也只是对不劳而获者作一番讥讽而已,绝无其他奢望。此其一。其二,诗云:"三岁贯女",据今人的解释,就是"侍奉你多年",这与农民的口气十分不类。故戴溪《续吕氏家塾读诗记》云:"民去其君,必无'三岁贯女'之辞也。"其三,诗云:"乐国乐国,爰得我直。"[1]王引之《经义述闻》训直为职,以为与"所"同义。此自是高论。但"职"之所以与"所"同义,是因职有职务、职位之意,职务安排得合适就叫得其职,也就是得其所。若是农民,何能出此等言辞?因此反剥削之说是不能成立的。

我认为这实是一篇臣去其君时的"声明书"。主要谴责其君不能顾及臣下。诗云:"三岁贯女",《毛传》训"贯"为"事"。《释文》云:"贯,徐音官。"李黼平《毛诗紬义》云:"古人音字,有音某字即作某字者。徐仙民殆读贯为官。《说文》:官,吏事君也。从宀从官,此与师同意。是官亦事也。《鲁诗》作'三岁宦女'。《说文》'宦,仕也'。仕则事君,是宦亦事也。《玉篇》云:'官,宦也'。官与宦字虽异而义大同。《鲁诗》贯作宦,而徐音官。《传》云:'贯,事也',尚作臣刺其君。"[2]《经义丛钞》录金廷栋云:"石经《鲁诗》'三岁宦女',《毛传》作贯、训贯为事,盖本《尔雅》义。按:宦,臣也。宦为臣

---

① 戴溪:《续吕氏家塾读诗记》卷1,《文渊阁四库全书》,第73册,第820页。
② 李黼平:《毛诗紬义》卷7,《续修四库全书》,第68册,第71页。

仆，见《国语》'入宦于吴'，韦昭注训宦为臣隶。言三岁为臣，莫我肯顾，而将去矣。'三岁宦女'同《春秋左氏传》'宦三年矣'。"惠栋《九经古义》、马瑞辰《毛诗传笺通释》、牟庭《诗切》等皆同此说。可谓深得诗旨。《毛诗》的"贯"是借字，"宦"才是其本字。此句的正解是：多年做你的臣子，也不肯将我慰劳、关照。这显然是一个谋官的人所说的话，绝非一般百姓所能言。故牟庭译此句为"宦游三年久事汝"。

　　《韩诗外传》卷二，记伊尹去桀而适于汤，汤以为相，云："可谓适彼乐土，爰得其所矣"，并引《硕鼠》首章为说。又记田饶去鲁适燕，"燕立为相，三年，燕政大平"，和介子推去晋入山，亦求自快二事，并分引此诗的二、三章为说。《新序·节士》也云：介子推去晋"而之介山之上，文公使人求之不得，为之避寝三月，号呼期年。诗曰：'逝将去汝，适彼乐郊。适彼乐郊，谁之永号'。此之谓也。"《吕氏春秋·举难》篇记卫国人宁戚，到齐国谋官，以歌干齐桓公。高注以为其所歌即《硕鼠》。《说苑·善说》也云："宁戚饭牛康衢，击车辐而歌《硕鼠》。"从上述记载与引诗情况中，我们不难看出，《硕鼠》篇所反映的确是臣去其无道之君时的感情。春秋时期，中国社会出现了激烈的动荡，旧贵族濒临灭亡，新贵族跃跃欲试，士阶层的人择主而事，弃旧投新，寻求"知己"（所谓"士为知己者死"，即是春秋战国时期形成的观念），成了当时普遍的社会现象。如蔡声子论"楚材晋用"，列举王孙启、析公臣、雍子、巫臣等皆产于楚而用于晋（见《国语·楚语》）；李斯谏逐客，论穆公求士，"西取由余于戎，东得百里奚于宛，迎蹇叔于宋，求丕豹、公孙支于晋"。孙武去齐之吴，孔子周游列国，都反映了当时择主而事的风气。《硕鼠》所表现的正是当时这一部分人的思想动态。由于各国交往的频繁，使原来安土重迁的人，也有机会了解到各国的情况。在横线的比较下，他们便有可能发现自己所处国家的黑暗，所事主子的昏庸。

　　其实，此诗非反剥削，前人也有窥破其秘者。如何楷《诗经世本古义》云："《硕鼠》，晋谲也。士会奔秦，晋欲复之，使魏寿余伪以魏叛而自归于秦，因与之俱还晋焉。"[1]魏寿余是晋国贵族，他唱《硕鼠》自然是讲离开晋国

---

[1]　何楷：《诗经世本古义》卷25，《文渊阁四库全书》，第81册，第832页。

的理由。此说虽不见得正确，但对我们却是很有参考价值的。

三、《硕鼠》为兴体非比体。为什么古今学者会以《硕鼠》为"刺重敛"之作呢？即是那些训"贯"为"官"为"臣"的学者，也以此为"刺敛"，致使诗篇矛盾重重，何也？我认为其问题主要在对诗篇第二句的理解上。诗云："无食我黍"、"无食我麦"，这样的起兴句子，在后世诗歌中绝对少见。因其言"黍"言"麦"，故人们自然与剥削粮食联系到了一起，遂以硕鼠为喻剥削者，而以此诗为反剥削之作。但是我们一与《小雅·黄鸟》比较，便会发现，此二篇十分相似。此言"硕鼠硕鼠"，彼言"黄鸟黄鸟"；此言"无食我黍"，彼言"无啄我黍"。彼为起兴，此也当为起兴。今人也有以《黄鸟》为比体者，以《硕鼠》为证，谓《黄鸟》也是反剥削的诗篇。其原因就是因为不了解这种形式的来源。

《诗经》中为什么要以黄鸟"无啄我黍"，硕鼠"无食我黍"起兴呢？我认为这种形式，乃来之于古代的农业咒语。在上古时代，由于生产力低下，人们无力灭除危害农业的禽虫，于是幻想通过祈祷或诅咒，驱除禽虫。如《礼记·郊特牲》记伊耆氏的蜡辞云："土反其宅！水归其壑！昆虫勿作！草木归其泽！""昆虫勿作"，实际上与诗之所言"无食我苗"同义。在《小雅·大田》中，人们要去除螟、螣、蟊、贼，"无害我田稚"，也希望"田祖有神，秉畀炎火"。在今山西省汾西县的一些山村，农民们为了避免害虫吃瓜，常在瓜田中用砖石立一神龛，求禽虫之神保佑。在《中华全国风俗志》卷八中有一段关于云南宣威风俗的记载云：惊蛰为旧历二月节，是日清晨，农家之家长听见雀鸣，即唤起牧童往田间咒雀。牧童得命，手提铜器一具，急忙跑至田间，顺着田埂而行，随行随敲，随敲随唱咒雀词曰："金嘴雀，银嘴雀，我今朝来咒过，吃着我的谷子烂嘴壳。"这条记载十分重要。从伊耆氏"昆虫勿作"的祝辞，到《大田》"无害我田稚"的歌唱，到宣威的咒雀词，我们不难看出，在古代社会中这种祝、咒习俗的盛行。由于这类祝词、咒词的普遍流传，又由于这类咒所表达的是一种激愤的感情，所以诗人便移花接木，借以起兴，来表达自己对现实的愤怒。这便是"黄鸟"、"硕鼠"这种起兴句式的来源。像这样用民众最熟悉的语句作为起兴，是古歌和民歌中常用的一种起兴手法。

从《唐风》、《魏风》看中国诗歌传统[①]

《魏风》和《唐风》，是《诗经·国风》中较有特色的两部分。其特色并不在于它出之河东——所谓尧舜禹之故地，如古人所云有什么"圣贤之遗风"（《诗集传》）。而在于：第一，在三百篇中，它最具有反抗与批判精神。《伐檀》、《硕鼠》，为人尽知；《葛屦》、《鸨羽》对于统治者的直刺、责问，在其他国风诗篇中，也是十分罕见的。第二，它最能表现深沉的悲苦。《园有桃》写士之忧国，"哀思缭绕，较《黍离》更惨一倍"，如"屈原行吟泽畔"[②]；《山有枢》以旷达写悲伤，《陟岵》以家人之心写自家之心，《葛生》以荒野表现凄凉、孤寂，都非常深刻，为别国风诗所不及。第三，它的内容最为广泛，不像别国风诗，只以男女之事为主，而是刺褊的，刺贪的，刺掠夺的，刺听谗的，述怀的，忧国的，思家的，行乐的，采椒的，悼亡的，伤孤独的，答谢赠物的等，内容十分丰富。

然而，无论怎样，它与全部《诗经》的精神、风格都是相一致的，无不表现出"温柔敦厚"的作风来。《礼记》云："温柔敦厚，《诗》教也。"这也正是中国诗歌的一个主要传统。正如方玉润所说："自古至今，诗体千变万化，其能外此四字否耶？"[③]从表层上看，这一传统似乎与讽刺、感伤之作毫不相侔，可是在以刺著称，以深思、苦悲见长的唐魏二风中，却得到了充分的、顽强的表现。如《硕鼠》，被人誉作反剥削最强烈的诗作，其感情的激烈，情绪的愤怒，也非《诗经》它篇可比。然而此诗，第一，对统治者没有恶语中伤，只

[①] 本文以笔名予今发表于《文史知识》1989 年第 12 期。
[②] 刘瑾：《重订诗经疑问》卷 3，《文渊阁四库全书》第 80 册，台湾商务印书馆 1986 年版，第 647 页。
[③] 方玉润：《诗经原始》卷首下，中华书局 1986 年版，第 42 页。

是以农业咒语—诅鼠词起兴，表达自己的怨愤情绪。与《小雅·黄鸟》所谓的"黄鸟黄鸟，无集于谷，无啄我粟"，用意完全相同。这种起兴，既蕴含着不可遏止的义愤，而又显得含蓄、深沉，婉而有力。第二，没有无理谩骂，而是摆事实，讲道理，从道义、情理上提出问题，进行责备。第三，作者没有毁灭现实、创造新的生活的理想，而是以逃离解决问题。第四，作者没有失望的悲伤，而是以幻想的"乐土"、"乐国"，自我宽慰。先抒之以情，次责之以理，三喻之以志，四驰之以思。情激而能收，理正而词和，志坚而平，思和而安。虽为怨愤之作，却不失温柔敦厚之旨。

温柔敦厚，实际上是诗歌内在和谐的外象化。这种和谐是诗歌的结构布局、情感控制与心理调节三个不同层次所决定的。

就结构层次而言，可以说是一个最直接的功能系统，是一个由种种转换规律组成的体系，它具有整体性、转换性和自身调整性特征。诗歌的结构便是以诗人的需求布局而发挥其功能的，它对情节的转换、调整起着直接的作用。所谓"温柔教厚"，可以说是诗歌结构功能的直接效应。《硕鼠》篇由情而理而志而思，结构上的四次转换，不仅使得喷涌而出的感情渐转入平和，而且使得诗之速率从容纾缓，虽义正辞严，而却无刻薄急迫之感。《伐檀》篇每章分三个层次，首三句写劳动场景："坎坎"之声，"伐檀"之劳，"河水"之景，一片生动气象。中四句突而折转笔锋，斥责剥削者的掠夺行为，语势突兀，似乎不容辩驳，咄咄逼人，大有穷追不已之势。末二句反笔收束，回味无穷。首言不素餐者之劳作，中言素餐者之剥削，末审君子之不素餐。首尾回环，不急不迫。戴君恩《读风臆评》云："忽而叙事，忽而推情，忽而断制，羚羊挂角，无迹可寻。"[①] 牛运震《诗志》云："起落转折，浑脱傲岸，首尾结构，呼应灵紧，此长调之神品也。"这种情节的不断转移和首尾呼应的圆形结构框式，不仅使诗篇增添了灵气，而且增加了诗篇的纾缓气氛。在讽刺诗中，特表现出宽厚的君子风度来。

更具体而言，"温柔敦厚"，在表层上是一种圆形结构效应。中国诗歌的这一传统，是附着于"起承转合"、"前后照应"之类的圆形框架而得以充分表现

---

① 戴君恩：《读风臆评》，《四库全书存目丛书经部》第 61 册，齐鲁书社 1997 年版，第 253 页。

的。《扪虱新话》下云："桓温见入阵图曰：此常山蛇势也，击其首则尾应，击其尾则首应，击其中则首尾俱应。予谓此非特兵法，亦文章法也。文章亦要宛转回复，首尾俱应，乃为尽善。"[1] 文章如此，诗亦如此。《硕鼠》之情节转换，《伐檀》之首尾呼应，即是实例。当然结构上的转换和呼应，是以词理具足、适中得度为前提的，这样才能使诗作没有裂痕。如张兰泉所云："作诗不论长篇短韵，须要词理具足，不欠不余，如荷上洒水，散为露珠，大者如豆，小者如粟，细者如尘。一一看之，无不圆成，始为尽善。"[2] 虽然这与中国人的审美观密切相关，但也不可否认圆能给人以温润宽厚的直感，则有难以尽言的神妙功能。褚人获云："惟圆则无障碍，故曰圆通；惟圆则无毁缺，故曰圆满；惟圆其机常活，变化出焉，故曰圆转，又曰圆融。盖至竺乾之教，极于圆觉；大易之用，妙于圆神。天下之能事毕矣。"[3]

其次就情感层次言，诗之发展实是感情的运动。喜怒哀乐之情，发而为诗。情感的涨落起伏，支配着诗的运动方向。情怒则诗气暴戾，情乐则词气安和。但在情感万化的现实生活的基础上，中国诗歌能保持较为恒定的"温柔敦厚"的传统，这不能不归之于诗人的情感控制力量。这个对于情感的控制系统就是诗人的理性。这似乎是中国诗人的特异功能，无论怎样放纵，他们的感情都受着理性的控制，都能"发乎情，止乎礼"。孔子说《关雎》"乐而不淫，哀而不伤"，便是理性控制的结果。这种控制使得诗歌保持着恒定的内在和谐，表现出了"温柔敦厚"的感情特点。《蟋蟀》篇就是典型的例子：

> 蟋蟀在堂，岁聿其莫。今我不乐，日月其除。无已大康，职思其居。好乐无荒，良士瞿瞿。

诗的主旨写行乐，可是没有鼓吹狂欢，而是有节制的乐。劈首便道"蟋蟀在堂"，宛然有深秋悲凉之感。人畏老，岁怕寒，一年光景就要结束。于此百感交集，不禁有人生几何之叹，理应寻欢作乐一番。于是说"今我不乐，日月

---

[1] 陈善：《扪虱新话》卷 5，《续修四库全书》第 1122 册，上海古籍出版社 1995 年版，第 112 页。

[2] 刘瑾：《重订诗经疑问》卷 3，《文渊阁四库全书》第 1481 册，第 825 页。

[3] 褚人获：《坚瓠余集》卷 1，《续修四库全书》第 1262 册，第 259 页。

其除"。到此文笔一纵,大有"人生得意须尽欢"之势。但在情绪高涨、心胸开旷之机,突然以"无已(不可)大康(大乐)"一句喝住,遂翻出"职(当)思其居(所处地位)"一语,点醒耳目。理智紧紧地控制住了感情的放纵,一种即将出现的放怀畅饮、歌舞狂欢的情景,为刻苦自励、兢兢业业的人生态度所代替。诗篇立时恢复了平和和安定。

当然在更多的诗篇中,理性并没有粗暴的虐待感情;而是情与理有机地结合在一起,情感在事理的渠道中平稳地发展着。《葛屦》呼喊"掺掺(手劳累貌)女手,可(何)以缝裳",似乎不堪其劳,不胜其怒。然而依"理"又不可不缝。所以还是要之襋之,感情又趋于平静。"好人"的容貌是美的(好人提提),性情是美的(宛然左辟),服饰是美的(佩其象揥)。而他的"褊心"(狭隘、苛刻之心),却与这一切美不相称。隐含微讽,理在其中。《采苓》戒信谗,开首云:"采苓(莲)采苓,首阳之巅"。莲本水中之物,而却言采之山巅,荒唐自不待言,故下紧言"伪言","无信"、"无然"、"舍旃"(舍之)。词调和缓,情理兼至。它如《伐檀》、《硕鼠》、《陟岵》等,都无不蕴含着"理"。"三岁贯女,莫我肯顾",是理当"顾"而不顾。"彼君子兮,不素餐兮"。"不稼不穑",即是素餐。这种对于事理的寻绎,有效地控制了只有方向而没有目的的感情的放纵。《诗序》言"主文而谲谏",即用隐约的言词谏劝,而不直言其过,实际上所主张的也是理性对感情的控制,使事物不至于在感性的冲动下脱离轨道,与愿望相背。情与理的和谐及感情在理性控制下有节制的运动,自然就产生了"温柔敦厚"的效应。

其三是心理层次。人的心理像一个随时可以倾斜的运载工具,他会对外界的压力和冲击,很快地做出反应。一旦超载,就会毁灭。为了挽救走向毁灭的灵魂,往往会做出自我调节。这种调节是一种本能的自卫性反应。如清代的吴庄云:"或曰:子之境苦矣,而为文一似极乐者然,何也?曰:乐胜苦,文胜境,处极苦之境,正当作极乐之文。世之吃苦一生者,惟无文章足以胜境也。故笔墨之精,造物平衡。"① 用幻想填补现实的不足,用极乐之情处极苦之境,用自足、自慰或精神胜利,求得心态的平衡,这都是绝好的心理自卫手段。如

---

① 吴庄:《吴鹪放言》,《丛书集成续编》第25册,台湾新文丰出版公司1984年版,第568页。

《陟岵》篇是一篇写行役之苦的诗歌。诗篇不是从自身之苦写起，而是从家人怀念自己写起。这样实际上是从行役者与家庭两个方面，反映了兵役徭役给社会带来的苦难。这种苦难是深重的，给主人公造成的心理痛苦也是深刻的。可是诗篇却没有因此而痛声疾呼，而是以"上慎旃哉，犹来无弃"的良好愿望来解脱。陈继揆说："游子生还，高堂重聚，全在一慎字。"[①]《葛生》篇写夫人悼亡夫，写得凄凉满目，惋恻非常，可是夫人没有痛不欲生，而是想到熬过"百岁之后"，与之同归一穴。尽管是阴曹地府的团圆，也给了她一种生存的安慰。《硕鼠》对于不合理的现实，不公平的待遇，不是怒而抗争，而是幻想"乐国"的存在。这样通过调节，达到了心理上的平衡，外化为"哀而不伤"，便呈现出了"温柔敦厚"的诗风。

　　结构布局、情感自控、心理调剂，三个不同层次的同一价值取向，构成了形成中国诗歌"温柔敦厚"传统的基本因素。但是任何传统，都是有国民性做基础的。在这里最基础、最稳定、最具有决定意义的因素，就是中庸、善良、诚实、乐生的国民性格。国人崇拜的是君子之行。他们往往不喜欢过激或冒险，而是强调适中、留有余地，保持中和。不喜欢轰轰烈烈，而追求的是安定和平；不喜欢有棱有角，而主张圆通。他们的认识方法是肯定的，生活态度是温良的。善于发现善的事物，不忍批判现实的丑恶。他们不想把事情估计得过坏，总是用一种良好的愿望，调动自己生活的勇气。不想亲手毁灭不合理的存在，而是期待着它的灭亡。他们很少自我毁灭，而是用一种自强不息的精神鼓励着自己。在《唐》、《魏》二风及全部的《诗经》中，无不表现出民族的这一特点。这就决定了他们对自身人格的设计，对生活的设计，对精神产品的设计，对人生发展的设计，必然是以和谐为最高准则的，决定了他们必然以"温柔敦厚"为美的审美导向，也决定了中国诗歌"温柔敦厚"传统的稳定性和持久性。故方玉润说古今诗体千变万化，不能外乎"温柔敦厚"四字。

　　可以说，只要民族性格不改变，中国诗歌中存在的这种心理自调、情感自控，以及圆形结构形式就不会改变，"温柔敦厚"的诗歌传统就可能永存。国

---

　　① 陈继揆：《读风臆补》，《续修四库全书》第58册，第205页。

民性是诗歌传统最深层、最稳固、最少变化的层次。层次越浅，变化越大。最表层的诗歌结构，虽以圆形为总旨归，但同时也表现出了多样化的形态。这种多样化，又使得中国诗歌在"温柔敦厚"的传统涵盖下，表现出了无限的生机和永恒的魅力。

《诗经》与山西方言

山西方言近年来引起了较多学者的关注。因为它不仅保存有大量古音，同时还储存有大量古代汉语与古代北方少数民族语言词汇，为研究古代汉语及北方民族文化融合，提供了丰富而宝贵的资料。笔者在长期研究中发现，《诗经》中有一部分被大多学者认为已僵死的词语，甚至一部分长期以来无法准确解读的词语，在山西方言中还鲜活地存在着。今胪列于下，以求教于方家。

"施于中谷"与"拖蔓"、"引蔓"

《周南·葛覃》曰："葛之覃兮，施于中谷。"《毛传》："施，移也。"孔颖达《正义》曰："言引蔓移去其根也。"① 按：毛氏释诗，过于简略，其义难明。孔颖达释毛氏"移"字为"移去其根"，于意仍未允洽。后之学者则根据"施"字的形意，做出了自以为是的解释。如何楷《诗经世本古义》卷五："施本训为旗逶迤之貌，借以为附丽缠绕之义。"② 张次仲《待轩诗记》卷一说："施者，附丽缠扰之义。"③ 陈澧《东塾读书记》卷六曰："《说文》：'施，旗貌。''旖，旗旖施也。''迻，禾相倚移也。'此经'施'字乃'旖施'之'施'。《传》'移'字乃'倚移'之移，皆柔曲猗那之貌。《传》训'施'为'移'，葛藟之

---

① 孔颖达：《毛诗正义》，阮元校刻：《十三经注疏》，中华书局 1980 年版，第 276 页。后引《诗经》文本如无特别说明，均出此书。

② 何楷：《诗经世本古义》卷 5，《文渊阁四库全书》第八十一册，台湾商务印书馆 1986 年版，第 97 页。

③ 张次仲：《待轩诗记》卷 1，《文渊阁四库全书》第八十二册，台湾商务印书馆 1986 年版，第 48 页。

形状如绘也。"①

　　诸家之所以别出新说，重要的原因之一，就是因为"施"字的这种用法在官话中已经消失，造成了理解上的困难。今晋南方言关于植物延蔓有两种说法，一叫"拖蔓"，这一用法主要在赵城、汾西等地流行，在霍州一带则音转为"吐蔓"，特指在地上延蔓植物。如说"南瓜拖了蔓"、"西瓜拖了蔓"等。一叫"引（读平声或去声）蔓"，这一用法在晋南很普遍，可以指称所有的有蔓植物。施、拖古同在歌部，施从"也"得音，又读如移（《汉书·卫绾传》注引如淳曰："施读曰移。"），在现代汉语中，也、移、引乃一声之转。读"拖"读"引"，其实都是同源于《诗》之"施"字的。《尚书·君奭》："迪惟前人光，施于我冲子"，《左传·隐公元年》："爱其母，施及庄公"，《淮南子·修务训》："隐处穷巷，声施千里。"这诸多"施"字，都是延及、蔓延的意思。《毛传》解"施"为"移"，移也是蔓延的意思。《礼记·大传》："绝族无移服。"《释文》："移犹旁也。"孔颖达《疏》："在旁而及曰移，言不延移及之。"

"抱衾与裯"与"布条"

　　《召南·小星》："肃肃宵征，抱衾与裯。"《毛传》："裯，禅被也。"《郑笺》："裯，床帐也。"② 按：禅被即单被，郑玄之所以改释单被为床帐，有两个原因，一是因为郑玄当时人有名床帐为裯者，二是因郑玄以为衾已经是被子了，不宜再云单被。这在孔颖达《毛诗正义》中说得都已十分清楚。后儒或从毛，或从郑，各持其说，难成定论。亦有作别解者，如《慈湖诗传》以裯为单衣，杨慎《升庵经说》卷四"抱衾与裯"条曰："按：裯从周得声，与凋、雕、蜩同。裯当音条，今关中亦呼寝裯为条子。"何楷《诗经世本古义》又疑是汗襦。朱朝瑛《读诗略记》以为短衣。洪颐煊《读书丛录》"裯"字条据《尔雅·释训》，以为裯通帱，故得释帐。但据晋南方言，《毛传》之说实不可易。

① 陈澧：《东塾读书记》（外一种），中西书局 2012 年版，第 105 页。
② 孔颖达：《毛诗正义》，第 291 页。

裯从周得音，古从周得音之字，如雕、凋、彫、鲷、琱、调等读音皆近于条，即如杨慎所说。在晋南洪洞、赵城、汾西一带，谓单被曰"布条（平声）"，之所以冠"布"字，是因为单被只能用布做，而不能用丝绸之类。"布条"其实就是"布裯"，在六十年代以前，人要出远门，往往要携带被褥，其最基本的方法是，用"布条"将被褥包裹起来，背着或挑着走。不管到那里，只要带被子，"布条"便是不可缺少的。"布条"当就是《诗经》中的裯。"抱衾与裯"应当读为"包衾以裯"，"与"犹"以"，见《经传释词》，即言用布条包裹被子赶夜路。如此作解，十分通畅。

"籧篨"与"圪篨"

《邶风·新台》："燕婉之求，籧篨不鲜。"《毛传》："籧篨，不能俯者。"《郑笺》云："籧篨口柔，常观人颜色而为之辞，故不能俯也。"按：《尔雅·释训》云："籧篨，口柔也。"[①]《释文》引舍人云："籧篨，巧言也。"又引李巡云："籧篨，巧言辞以饶人谓之口柔。"又引孙炎云："籧篨之疾不能俯。口柔之人视人颜色，常亦不伏。因以名云。"[②]这些解释，虽大费其辞，但今人仍难以明。陈鳣《简庄疏记》卷三曰："《晋语》云：'籧篨，不可使俯。'高注《淮南》云：'籧篨，伛也。'盖籧篨本物名。《方言》云：'簟……其粗者谓之籧篨。'……《说文》云：'籧篨，粗竹席也。'窃谓竹席之粗者，卷而置之，不能使俯。谕人之侍立人前，望其颜色，而工于媚辞之丑状也。今人所谓蒇片，疑因此以名。"陈氏的解释较毛、郑为优，但仍觉勉强。窃以为"籧篨"就是晋南方言中的"圪篨"。古无舌上音，"籧篨"古当读为"圪篨"。在晋南临汾地区方言中，说人个子短粗叫"圪篨"，或形容之曰"一圪篨"。询之老人得知，当地把一种用芦苇或用高粱秆杆编织成的像大筐子似的盛草器叫圪篨。形状像是席子围起来的，但是底部是包着的。《尔雅》释文："籧，本或作篷。"《说

---

① 《尔雅注疏》，阮元校刻：《十三经注疏》，中华书局 1980 年版，第 2592 页。后引《尔雅》文本如无特别说明，均出此书。

② 陆德明：《经典释文》卷 29，中华书局 1983 年版，第 414 页。

文》："篾，食牛筐也。"正与此相证。圪篾一般高只有二、三尺，而周长就有七、八尺，看起来短而粗，用来形容人的个子短小而胖，那是再好不过了。《毛传》所谓"籧篨不能俯者"，像如此粗短之物，是绝对不能弯曲的。本诗之意，是骂卫宣公粗短丑陋，老而不死（"不鲜"即"不死"意）。

"戚施"与"酋黾黿"

《邶风·新台》："燕婉之求，得此戚施。"《毛传》："戚施，不能仰者。"《郑笺》："戚施面柔，下人以色，故不能仰也。"按：《尔雅·释训》云："戚施，面柔也。"《释文》引舍人云："戚施，令色诱人。"又引李巡云："和颜悦色以诱人，是谓面柔也。"又引孙炎云："戚施之疾不能仰，面柔之人常俯视之，因以名云。"这些解释，皆不能使人了然于胸。我认为"戚施"就是山西方言中所说的"醜黿"，读音如"求实"。山西人每骂人难看说："看那醜黿"，而且也只有这一种用法。因"醜"字读音与方言中指称男性阴器的"毬"字读音相同，人们误以为是下流话，而且由此衍生出了"毬态"一词。其实不然，醜黿即蟾蜍。《说文》引《诗经》即作"得此醜黿"。王育《说文引诗辨证》曰："醜黿，俗谓之蟾蜍，物之丑恶者，故以比宣公之无行。楷变作戚施，只取其声之同而已。"《韩诗薛君章句》亦云："戚施，蟾蜍，喻丑恶也。"清儒刘玉麐《彀斋遗稿》、陈鳣《简庄疏记》、徐鼒《读书杂释》、俞正燮《癸巳存稿》、朱绪曾《开有益斋经说》、邹汉勋《读书偶识》等对此皆有发明。只是不知此仍存活于山西方言中而已。

"美无度"与"美的无底"

《魏风·汾沮洳》："彼其之子，美无度。"《郑笺》："美无有度，言不可尺寸。"孔颖达《正义》曰："言不可以尺寸量也。"俞樾《群经平义》卷九曰："'无度'犹斁也。《振鹭》篇：'在此无斁。'《笺》云：'人皆爱敬，无厌之者．'然则'美无度'亦谓无厌之者也。"① 按：今晋南一些地方，言非常好则说："美的无底"，偶尔也说"好的无底"，"无底"就是"没有限度"。一般出自青少年人之口，老年人不这么说，而且也只有这一种用法。比如坏就不能说"坏的无底"。"美的无底"当是"美无度"一语之流变。

"山有枢"与"区树"

《唐风·山有枢》："山有枢，隰有榆。"《毛传》："枢，荎也。"《释文》："枢，本或作蓲，乌侯反。"《尔雅·释木》云："蓲，荎。"郭注："今之刺榆。"杨赓元《读毛诗日记》曰："其本字当作'区'，区之言句也，《礼记·乐记》之'区萌达'，即《月令》之'句者毕出，萌者尽达'，《管子·地员篇》有'区榆'是其证。"按：在古唐之地 —— 今临汾地区，盛产臭椿树，山上院落皆有之，当地人称作"区树"。诗言方物，"山有枢"当就是唐地人所谓"区树"。

"弗曳弗娄"与"娄腰"、"曳地"

《山有枢》："子有衣裳，弗曳弗娄。"《毛传》："娄，亦曳也。"《正义》："曳者，衣裳在身，行必曳之。娄与曳连，则同为一事。"张次仲《待轩诗记》卷三："曳即弃甲曳兵之曳，谓服之而下垂。《汉文帝纪》：后宫衣不曳地。衣长则曳之于地。娄，系也，收敛也。盖系以绅带，使其敛束也。"按：今晋南方言谓衣长拖地叫"曳"，谓衣用带子束于身叫"娄"。

---

① 俞樾：《群经平义》卷9，《续修四库全书》第一百七十八册，上海古籍出版社1995年版，第136页。

"我心写兮"与"写心"

《小雅·蓼萧》："既见君子，我心写兮。"《毛传》："输写其心也。"《郑笺》："我心写者，输其情意无留恨也。"按："我心写兮"一语，在《诗经》中反复出现，如《裳裳者华》曰："我觏之子，我心写兮。"《车舝》曰："鲜我觏尔，我心写兮。"后人多依《毛传》释为"输写"，或以为即去除、倾泻。如"我觏之子，我心写兮"句，郑玄笺说："我心所忧，写而去矣。"朱熹传说："我亲之子，则其心倾写而悦乐之矣。"这些解释都是有问题的，因为"写而去"是指把心中的东西去掉，"倾写"是指把心中的忧愁倒出来，而"我心写兮"应该是指将悬着的心放下。在晋南方言中，有"写心"一词，如男女久别，挂念不已，一旦会面，便可说："这一下可写心了"，或者说："心写下了"。一件事有了着落，可以放心了，则说："可以写心了"。"写心"是对"挂念"而言的。如果没有挂念作前提，是不能叫"写心"的。有人以为应该是"歇心"，其实用"写"字更准确。"歇"是"休息"的意思，而"写"则是放下的意思。《说文》说："写，置物也。"《石鼓文》："宫车其写"，就是指把车子上的东西放下来。顾炎武《日知录》卷三十二"写"字条说："今人谓马去鞍曰写，货物去舟车亦曰写，与'器之溉者不写'义同。《后汉书·皇甫规传》：'旋车完封，写之权门。'《晋书·潘岳传》：'发椷写鞍，皆有所憩。'《说文》作卸，舍车解马也，读若汝南人写书之写。"卸与写是同源字，因此意思是有联系的。因为"写"在现代汉语中专用为书写字，因而在方言中人们便把"写心"理解成"歇心"了。

"先生如达"与"达"、"蛋"

《大雅·生民》："诞弥厥月，先生如达。"《毛传》："达，生也，姜嫄之子先生者也。"《郑笺》云："达，羊子也。……生如达之生，言易也。"《正义》："'达生'者，言其生易如达羊之生，但《传》文略耳，非训达为生也。又解言先生之意，以人之产子，先生者多难，此后稷是姜嫄之最先生者，应难而今易，故言先生以美之。"案：关于"达"的解释，后人歧说甚多。何楷《诗经世本古义》以为"达，通也，以言语相通也。……后稷未生而如有神焉告语之者，或闻之空中，或得之梦寐。"朱朝瑛《读诗略记》以为："'如达'，贱之也。贱之而莫与保护，如羊子然。"[①]顾镇《虞东学诗》以为："盖人之初生，皆裂胎而出，骤失所依，故堕地即啼。惟羊连胞而下，其产独易，诗以如达为比，恐稷生未出胎，故无坼副灾害之事，而啼声亦不闻也。坼副谓破裂其胎，灾害谓难产，皆主稷言，非言其母。姜嫄惊疑而弃之，辗转移徙，屡见异征，至于鸟去乃呱，则胎破而声载于路矣。"[②]臧琳《经义杂记》据《初学记·兽部》引《说文》曰："羍，七月生羔也，他达切。"以为达通羍，"先生如羍"，谓后稷如羍之七月生。冯登府《十三经诂答问》引段玉裁说，谓"达生"即"沓生"，谓始生而如再生、三生之易。俞樾《茶香室经说》疑"达"当读为"狃"，"狃，串也，习也。先生如狃者，言首生之子而如习贯然也。"魏源《诗古微》十三引异说曰："先生如达，盖稷形似羊，如庖牺牛首蛇身，怪异致弃。"但各家之说，皆难畅达诗意。《虞东学诗》之说于情理较合，故李允升《诗义旁通》、姜炳章《诗经广义》、马瑞辰《毛诗传笺通释》、魏源《诗古微》等，皆从其说。今之学者从其说亦甚多。但值得注意的是，羊生羔并不是胞衣包裹而下的，也并不滑利。通常是先出前蹄后出头，也是比较艰难的。因此把"达"解作羊子，是不合适的。

　　在晋南一些地方，人名中用"达"字者甚多。如双胞胎，往往大的取名"大达"，小的取名"小达"。如孩子叫"建平"，他的小名就有可能被叫做"平达"；名字叫"国庆"，小名就有可能叫"庆达"。以笔者小时候生活的山庄为例，全庄不到四十口人，以达命名的就有四个。无论男女，都可以叫"达"。有时也用"亲达"、"狗达"、"亲达子"、"亲蛋子"、"亲圪塔"称呼自己的孩子。"达"、"塔"、"蛋"乃是一声之转，"达"其实就是"蛋"。后稷"先生如达"，就是说后稷"初生如蛋"。黄土高原上以"蛋"命名的现象十分普遍，各地都可以遇到黑蛋、白蛋、猪蛋、狗蛋之类的人名。我怀疑这种习俗可能与上古肉蛋生人之类的神话有关。关于肉蛋生人的故事，在许多民族

---

　　① 朱朝瑛：《读诗略记》卷5，《文渊阁四库全书》第八十二册，台湾商务印书馆1986年版，第510页。

　　② 顾镇：《虞东学诗》卷9，《文渊阁四库全书》第八十九册，台湾商务印书馆1986年版，第643页。

中都有，如《秦本纪正义》引《博物志》曰："徐君宫人有娠而生卵，以为不祥，弃之水滨洲。孤独母有大鹄苍，衔所弃卵以归，覆暖之，乃成小儿。……及长，袭为徐君。"《魏书·高句丽传》曰："朱蒙母河伯女，……生一卵，大如五升。夫馀王弃之于犬，犬不食；弃之于豕，豕又不食，弃之于路，牛马避之。后弃之于野，众鸟以毛茹之。夫馀王割剖之，不能破，遂还其母。其母以物裹之，置之暖处，有一男破壳而出。"《峒溪纤志》记黎族始祖亦出自肉蛋。《玉芝堂谈荟》以及《封神演义》、《回龙传》等通俗小说，亦有类似故事。在陕西宝鸡武功一带的传说中，后稷刚生下是正与朱蒙等一样，是一个肉蛋①。正因为后稷初生时在蛋中，所下文才有"鸟覆翼之"的情节。鸟孵出了后稷，才听到了"后稷呱矣"的声音。这于文理是非常顺的。如果说"达"是"羊羔"，那么"羊羔"与下文"鸟覆翼之"之间有何的联系呢？这显然是说不通的。

"释之叟叟"与"洒米"

《生民》："释之叟叟"，《毛传》："释，淅米也。叟叟，声也。"按：后人多依《毛传》为说，简单地解释为淘米。《说文》："淅，汰米也。"山西方言中，将用水处理黄米中沙石称作"洒米"，即：将黄米浸泡后，连水带米舀入瓢中，然后徐徐倒入准备好的大容器中。因米轻沙石重，所以在这样一次次反复中，黄米随着水渐渐流出，最后将小沙子沉在瓢底，流入大盆中的黄米便被处理干净。洒米过程中要发出嗖嗖的声音。所谓"洒米"，当就是"释米"的音变。

"可以馂饎"与"醮馂"

《大雅·泂酌》："挹彼注兹，可以馂饎。"《毛传》："馂，馏也。饎，酒食

---

① 任永华、李晨编：《炎帝的传说》，三秦出版社 1988 年版，第 11 页。

也。"朱熹曰:"餴,蒸米一熟,而以水沃之,乃再蒸也。"按:晋南地方蒸黍米,当米半熟时,向米上洒水再蒸。一般要反复三、四次。方言称作"醮餴",醮餴的次数越多,蒸下的米就越软。《泂酌》篇的意思是说,行潦之水澄清了,可以醮餴出香美的黍米饭。饎通糦,这里指黍米。《商颂》:"大糦是承",《韩诗》作"饎",《郑笺》曰:"糦,黍稷也。"

"是断是度"与"劇木头"

《鲁颂·閟宫》:"新甫之柏,是断是度,是寻是尺。"《正义》曰:"于是斩断之,于是量度之。其度之也,于是用八尺之寻,于是用十寸之尺。"《诗经世本古义》卷二十四曰:"度者以绳墨量其所用之宜。"按:根据文法结构,"是断是度"是一个意思,"是寻是尺"又是一个意思。"寻"和"尺"都是说的量材,"断"和"度"则当都是指取材。"断"指把木料断开,"度"则指砍木。在晋南方言中称砍木叫"劇木头"。《尔雅·释器》曰:"木谓之劇",即是这个意思。《左传·隐公十一年》引周谚曰:"山有木,工则度之","度"即"劇"的假借。

《四库全书总目》宋代诗学书目提要订误[①]

《四库全书总目》，自问世以来，一直被学术界视为最具权威性的目录学著作。然其涣涣洋洋三百馀万字，著录图书一万余种，涉及作者七千余人，论世撷要，评其得失，自难免有误。胡玉缙《四库全书总目提要补正》、余嘉锡《四库提要辩证》、崔富章《四库提要补正》、李裕民《四库提要订误》、杨武泉《四库全书总目辨误》等，皆对其疏误有所补正。本文仅就《总目》有关宋代《诗经》著述提要部分之疏误，各家之未及者，予以订正。

《毛诗本义》十六卷

《总目》曰："《毛诗本义》十六卷，两浙总督进采本。"

按：欧阳修《诗》著，晁公武《郡斋读书志》、陈振孙《直斋书录解题》、林光朝《与赵著作子直书》、《宋史·艺文志》等皆作《诗本义》。《总目》据《通志堂经解本》本作《毛诗本义》，显非欧氏之旧。关文瑛《通志堂经解提要》曰："欧阳《诗本义》十六卷，盖以辨毛、郑之失为主也。其意以为《毛传》、《郑笺》颇有违舛，乃推衍诗人言志之初衷，故曰'本义'也。……夫欧阳修既不主《毛传》，何得以《毛诗》命名？故钱曾

---

① 本文为 2002 年在赴台湾参加经学会议提交的论文。

述古堂藏宋版，是书并无'毛'字。"①

《总目》曰：自唐以来，说《诗》者未敢议毛、郑，虽老师宿儒，亦谨守《小序》。至宋而新议日增，旧说几废。推原所始，实发于修。

　　按：此说不确。《诗》学史上怀疑《诗序》、非难毛郑之说，实始于中唐大历间施士丐，欧氏非作俑者。王谠《唐语林》卷二曰："刘禹锡云：与柳八、韩七诣士丐听《毛诗》，说'维鹈在梁'，梁，人取鱼之梁也，言鹈自合求鱼，不合于人梁上取其鱼，譬之人自无善事，攘人之美者，如鹈在人之梁。毛注失之矣。又说'山无草木曰岵'，所以言'陟彼岵兮'，言无可怙也。以岵之无草木，故以譬之。……又说《甘棠》之诗，'勿拜，召伯所憩'，'拜'言如人身之拜，小低屈也。上言'勿翦'，终言'勿拜'，明召伯渐远，人思不得见也。《诗》注'拜犹伐'，非也。又言'维北有斗，不可以挹酒浆'，言不得其人也，毛、郑不注。"② 其后韩愈疑《诗序》非子夏所为，曰："子夏不序诗之道有三焉，不智，一也；暴中冓之私，《春秋》所不明不道，二也；诸侯犹世不敢以云，三也。"③ 成伯瑜《经义考》亦曰："学者以《诗》大小《序》子夏所作，未能无惑。如《关雎》之序首尾相结，冠束《二南》，故昭明太子亦云《大序》是子夏全制，编入文什。其余众篇之《小序》，子夏惟裁初句，至'也'字而止。'《葛覃》，后妃之本也'；'《鸿雁》，美宣王也'，如此之类是也。其下皆是大毛公自以诗中之意而系其辞也。后人见序下有注，又曰东海卫宏所作。事虽两存，未为允当。是郑玄于毛公传下，即得称'笺'，于毛公序末，略而为注耳。毛公作传之时，汉兴已亡其六篇，但据亡篇之小序，惟有一句，毛既不见诗体，无由得措其辞也。又高子是战国时人，在子夏之后，当子夏之世，祭皆有尸，'灵星之尸'，子夏无为引取。一句之下，多是毛

---

①　关文瑛：《通志堂经解提要》，河北大学图书馆藏民国铅印本。
②　王谠《唐语林》，中华书局1987年版，第127页。
③　（宋）晁说之撰：《景迂生集》卷11《诗之序论二》引，《文渊阁四库全书》第1118册，第222页。

公，非子夏明矣。"①欧阳修之前，大中祥符中，周式撰《毛诗笺传辨误》二十卷，其书虽佚，但由其名可知其书乃辨毛郑之误者。故知议毛郑者，非始自欧公。

《诗集传》二十卷

《总目》曰："《诗集传》二十卷，内府藏本。宋苏辙撰。"

　　按：《诗集传》之名非苏氏之旧。《郡斋读书志》作《苏氏诗解》，《文献通考》作《苏子由诗解》，《直斋书录解题》、《宋史·艺文志》俱作《诗解集传》。宋代《诗经》著作以《诗解》名者甚多，如伊川程氏、吴骏、宋徽宗、王大宝、罗从彦、陈鹏飞、唐仲友、张淑坚等，皆有《诗解》。后人于书名前冠以姓氏者，乃为别于他人《诗解》而设。苏氏书其初当如《宋志》作《诗解集传》，《诗解》或《诗集传》皆《诗解集传》之省言。

《总目》曰："史传言《诗序》者以《后汉书》为近古，而〈儒林传〉称谢曼卿善《毛诗》，乃为其训，卫宏从曼卿受学，因作《毛诗序》。辙以卫宏所集录，亦不为无徵。"

　　按：史传言《诗序》，实以《史记》为近古。《史记·孟子列传》说："当是之时，……天下方务于合纵连衡，以攻伐为贤。而孟轲乃述唐、虞、三代之德，是以所如者不合。退而与万章之徒，序《诗》、《书》，述仲尼之意，作《孟子》七篇。"②清儒刘宝楠《愈愚录》卷一据此云："《诗》、《书》序与《孟子》多合，岂孟子作序而后儒增润之与？此虽孤证，姑存一说。丁氏晏曰：毛郑诗释序》以《诗序》为子夏作而孟子述之。"③又：

---

① （清）董浩、阮元、徐松等编：《全唐文》卷402，中华书局1985年影印本，第4114页。
② （西汉）司马迁：《史记》，中华书局1959年版，第2343页。
③ （清）刘宝楠：《愈愚录》，《丛书集成续编》第19册，第267页。

《经典释文·毛诗音义上》曰："《山海经》及《周书·王会》皆云：苹苢，木也，实似李，食之宜子。出于西戎。卫氏传及许慎并同此。王肃亦同，王基已有驳难也。"①曾朴《补后汉书艺文志并考》曰："遍检隋唐志及汉后诸史列传，无别有卫氏能治毛诗学者。且《释文》引于许慎前，次王肃，再次王基，时代朗然，非宏而何？盖此书久佚，元朗从他书转采耳。"②此或即卫宏序之遗文。

《毛诗名物解》二十卷

《总目》曰："宋蔡卞撰。……自王安石《新义》及《字说》行，而宋之士风一变，其为名物训诂之学者，仅卞与陆佃二家。"

　　按：宋代治《诗》而为名物训诂之学者，尚有郑樵《诗名物志》，见《福建艺文志》；王应麟《毛诗草木鸟兽虫鱼广疏》，见《宋志》、朱睦㮮《授经图》；杨泰之《诗名物编》，见《经义考》。非仅卞、陆二家。

《诗总闻》二十卷

《总目》曰："宋王质撰。质字景文，兴国人，绍兴三十年进士，官至枢密院编修，出通判荆南府，改吉州。……黄震《日钞》曰：雪山王质、夹漈郑樵，始皆去《序》言《诗》，与诸家之说不同。晦奄先生因郑公之说尽去美刺，探求古始。其说颇惊俗，虽东莱先生不能无疑云云。言因郑而不言因王，知其趣有不同矣。"

　　按：《总目》著录书目，多以作者功名先后为序，而王质登第晚朱子

① （唐）陆德明：《经典释文》，中华书局 1983 年版，第 54 页。
② 曾朴：《补后汉书艺文志并考》，（《二十五史补编》，中华书局 1957 年版，第 2470 页。

十二年，其之所以列于朱子《集传》之前者，当是馆臣以王质此书成于《诗集传》前，故引《黄氏日钞》曰："言因郑而不言因王，知其趣有不同矣。"实则王质书乃成于朱子《集传》之后。如《诗总闻》卷二十注《商颂·长发》篇"苞有三蘖"曰："朱氏：'苞，夏桀也；蘖，韦也顾也昆吾也。'甚善。""朱氏"即指朱熹。《诗集传》于此注曰："苞，本也；蘖，旁生萌蘖也。言一本三蘖也。本则夏桀，蘖则韦也顾也昆吾也，皆桀之党也。"《铁琴铜剑楼藏书目录》曰："雪山登第后于朱子十二年，其著此书当亦在朱子后。观《鲁颂·閟宫》、《商颂》'苞有三蘖'，皆引朱子之说可见。"①

《诗集传》八卷

《总目》曰："其间经文讹异，冯嗣京所校正者，如《鄘风》'终然允臧'，'然'误'焉'。……《商颂》'降予卿士'，'予'误'于'。凡十二条。"

按：考历代治《诗》学者中无名冯嗣京者。冯嗣京当是冯嗣宗或冯复京之误。《江南通志》卷一六五曰："冯复京字嗣宗，常熟人。强学广记，少业《诗》，钩贯笺疏，著《六家诗名物疏》。"②《郑堂读书记》卷八曰："《诗集传》八卷（通行本），宋朱子撰。……冯嗣宗所校正者凡十二条。"③馆臣将字、名相混淆，而误作冯嗣京。

《慈湖诗传》二十卷

《总目》曰："宋杨简撰。简有《慈湖易传》，已著录。"

---

① （清）瞿镛撰：《铁琴铜剑楼藏书目录》，上海古籍出版社 2000 年版，第 68 页。
② （清）赵宏恩等监修：《江南通志》，《文渊阁四库全书》第 511 册，第 749 页。
③ （清）周中孚：《郑堂读书记》，中华书局 1993 年版，第 36 页。

按：《总目》卷一六〇《慈湖遗书》提要亦曰"简有《慈湖易传》已著录"，然《慈湖易传》之名，《宋史·艺文志》及倪灿《宋史艺文志补》皆不载，亦不见于各家书目。《四库全书总目·易类三》著录作《杨氏易传》，明刊本亦作《杨氏易传》，焦竑《国史经籍志》作《慈湖易说》，朱氏《经义考》作《慈湖易解》，钱曾《读书敏求记》著录有《慈湖书》二十卷，注曰："此为杨慈湖《易传》，其逐卷简端所题如此。"似亦非题《慈湖易传》者。当是馆臣因《慈湖诗传》之名而误记。

《总目》曰："篇中所论，如谓《左传》不可据，谓《尔雅》亦多误，谓陆德明多好异意，谓郑康成不善属文，甚至《自序》之中，以《大学》之释《淇澳》多为牵合，而诋子夏为小人儒。"

按：其自序曰："毛公之学，自谓本诸子夏。而孔子曰：'女为君子儒，无为小人儒。'盖谓子夏。又曾子数子夏曰：'吾与女事夫子于洙泗之间，退而老于西河之上，使西河之民疑女与夫子，尔罪恶一也；尔丧亲，使民未有闻焉，尔罪二也；丧尔子，丧尔明，尔罪恶三也。'夫子夏之胸中若是，其学可以弗问而知。而况于子夏初未尝有章句，徒传其说转而至于毛乎？"馆臣所谓"诋子夏为小人儒"者当指此。但未见自序有"以《大学》之释《淇奥》多为牵合"之意，不知所说何据。《慈湖诗传》卷五《淇奥》注斥言"《大学》太分裂"，"殊为害道"。疑馆臣误将注文记为序言。

《吕氏家塾读诗记》三十二卷

《总目》曰："钺序称得宋本于友人丰存叔，吕氏书凡二十二卷，〈公刘〉以后其门人续成之。……钺所云云，或因戴溪有《续读诗记》三卷，遂以后十卷当之欤？"

按：陆钺序首言："予尝读《吕氏读书记》、《大事记》，未睹《读诗记》也。近得宋本于友人丰存叔，读而爱之。"未言全书之卷数。而其末乃云："吕氏凡二十二卷，乃《公刘》以后编纂未就，其门人续成之。"是陆氏以为此书吕氏所作者二十二卷，后十卷为门人所续。绝无以戴溪《续读诗记》三卷当后十卷之意。而《吕氏家塾读诗记》二十六卷《笃公刘》首章注后识云："先兄己亥之秋复修是书，至此而终。自《公刘》之次章，讫于终篇，则往岁所纂辑者，皆未及刊定，如《小序》之有所去取，诸家之未次先后，与今编条例多未合。今不敢复有所损益，姑从其旧以补是书之阙云。"陆钺序所谓"吕氏凡二十二卷"者，当即"二十六"之误，其所见本当仍作三十二卷。今见宋本皆作三十二卷，二十六之后，则为他人续作。馆臣所谓"钺所云云，或因戴溪有《续读诗记》三卷，遂以后十卷当之欤"，纯属臆测。丁日昌《持静斋书目》于《吕氏家塾读诗记》下注曰："续得宋刊巾箱本共三十二卷，陆钺所称得宋刊于丰存叔处，凡二十二卷者，误也。"[1]丁氏以陆氏所言"二十二卷"当全书之数，显亦非。

《续吕氏家塾读诗记》三卷

《总目》曰："《续吕氏家塾读诗记》三卷，宋戴溪所续吕祖谦之书也。"

按：《书录解题》、《文献通考》并作《岷隐续读诗记》，《宋志》、《授经图》、《国史经籍志》、《经义考》等作《续读诗记》，《黄氏日钞》、《温州府志》作《续诗记》，馆臣以其所续为吕氏之书，始以《续吕氏家塾读诗记》名之，其初名当不如此。陈振孙曰："其书出于吕氏之后，谓吕氏于字训章已悉，而篇意未贯，故以'续纪'为名。其实自述己意，亦多不用《小序》。"是陈氏所见本如此。当以陈说为正。

---

① （清）丁日昌撰：《持静斋书目》卷1第20页，同治刻本。

《毛诗讲义》十二卷

《总目》曰："宋林岊撰。字仲山，古田人，绍熙元年特奏名。嘉定间尝守全州，《宋史》不为立传，而《福建通志》称其在郡九年，颇多惠政。重建清湘书院，与诸生讲学，勉敦实行，郡人祀之柳宗元庙。则亦循吏也。"

　　按：《总目》所据乃《福建通志》卷四十三，而《通志》卷三十二则以林岊为侯官人，《中兴馆阁续录》又作长乐人。《仪顾堂题跋》卷一曰："《中兴馆阁续录》：'林岊，字仲山，福州长乐人，淳熙十五年进士。开禧二年八月除校书郎，三年三月除秘书郎，七月除著作佐郎，以避祖讳改除秘书丞，十一月知衢州。'《福建通志》作古田人，绍熙元年特奏名，嘉泰间守全州。与《馆阁续录》不合。或岊由衢移全，事无不合，一以绍熙特奏，一以为淳熙进士，终不可合耳。"①考古田、侯官、长乐，古皆属福州，而侯官与长乐为邻，易混，似当以《中兴馆阁续录》说为近。

《诗考》一卷

《总目》曰："《诗考》一卷，宋王应麟撰。"

　　按：是书《宋志》著录曰五卷。陆心源《仪顾堂题跋》卷一题元刊《韩齐鲁三家诗考》曰："《韩齐鲁三家诗考》六卷，宋王应麟撰。元刊本每半页十一行，每行二十二字，前为《三家诗传授图》，卷一《韩诗》，卷二《鲁诗》，卷三《齐诗》，卷四《逸诗》，卷五《诗异字异义》，卷六《补遗》。"②《四库全书》本作一卷。何为王氏之旧，已不可知。

---

① （清）陆心源：《仪顾堂题跋》卷 1 第 14 页，光绪间刊本。
② 同上。

《诗疑》二卷

《总目》曰："《诗疑》二卷，宋王柏撰。"

　　按：《诗疑》其初当作《诗辨说》，故《宋志》及《儒林》本传、吴师道所作《行实》皆无《诗疑》之名。周中孚疑为二书。《郑堂读书记》曰："《宋志》作《诗辨说》，朱氏《经义考》从之，仅注其下云：'或作《诗疑》。'其书上卷凡五十二条，当为《诗疑》；下卷凡十《辨》，一曰《毛诗辨》，二曰《风雅辨》，三曰《王风辨》，四曰二《雅辨》，五曰《赋诗辨》，六曰《豳风辨》，七曰《风序辨》，八曰《鲁颂辨》，九曰《诗亡辨》，十曰《经传辨》，冠以《诗辨序》一篇，此卷其所谓《诗辨说》也。《宋志》作二卷者，盖混《诗疑》、《诗辨》为一书，故于《儒林》本传称其所著亦止有《诗辨说》也。纳喇容若即就旧本刊之，未及细审，其序称'《诗辨说》二卷，见吴礼部正传《节录行实》中。今所传《诗疑》，则《行实》未载，卷数不分，绎其辞殆即《诗辨说》，因公于《书》有《书疑》，遂比而同也'云云，而不知其实为二书，故《行实》失载。竹垞就是本著录，且以《诗辨序》录入，以为全书之序，总之为《宋志》二卷之数所惑也。"[1]胡宗楙《金华经籍志》则曰："光绪《金华县志》以《诗疑》第二卷有《诗辨》十则，遂疑《诗辨说》与《诗疑》系二书合并。楙考叶由庚所撰圹志与吴师道所撰《行实》，均未载有《诗疑》。惟《行实》载有《诗辨说》二卷。《鲁斋王文宪公集》卷十六亦有《诗十辨》，有自序，明称'予因读《诗》而薄有疑，既而思益久而疑多'云云。然则《诗辨说》即《诗疑》，并非二书。且卷数与《行实》所称吻合，是殆从文集分出别行，故圹志不具载欤？"[2]

---

[1]　（清）周中孚：《郑堂读书记》第36页。
[2]　胡宗楙：《金华经籍志》，民国十四年刊本。

《诗缉》三十六卷

《总目》曰："是书以吕祖谦《读诗记》为主，而杂采诸说以发明之。旧说有未安者，则断以己意。"

　　按：馆臣所用为黄佐之说，实则严氏乃自出其意者，非以吕书为主。实如《铁琴铜剑藏书目录》所云："其书集诸家之说，参以己意。……其体与《读诗记》颇异，其说亦多自抒心得，不袭前人。即如《关雎》次章章指，以'寤寐求之'为后妃求内政之助，以见不妒忌，引王夫人樊姬之事以证之。且云：说者多谓诗人思得淑女以配君子，如《车舝》之意，非也。《车舝》恶褒氏，故思得贤女以代之。太姒已为文王妃，何待诗人思得之？显与东莱之说不同。黄氏佐谓《诗缉》以《吕氏读诗记》为主，而集诸家之说以明之，似不尽然。惟不废《序》与东莱略同。"①

《毛诗集解》二十五卷

《总目》曰："《毛诗集解》二十五卷，宋段昌武撰。……原书三十卷，明代为朱睦㮮万卷堂有宋椠完本，后没于汴梁之水。此本为孙承泽家所钞，仅存二十五卷，其《周颂·清庙之什》以下，并已脱佚。"

　　按：此书存卷一至二十五，而中又脱四卷，实存仅二十一卷。瞿氏《铁琴铜剑藏书目录》曰："是书宋椠完本藏西亭朱氏者，已没于汴梁之水，此即北平孙氏本，商邱宋筠所录。原书三十卷，今存卷一至廿五，中又阙《卫风》一卷，《唐风》一卷，《小雅·鱼藻之什》一卷，《大雅·文

---

① （清）瞿镛撰：《铁琴铜剑藏书目录》，第70页。

王之什》一卷，实存廿一卷。"①

《诗说》一卷

《总目》曰："宋张耒撰。……是书载《柯山集》中，纳喇性德以其集不甚传，因刻之《通志堂经解》中，凡十二条。"

　　按：据馆臣之言，似此书乃纳兰氏由《柯山集》中抄出而刻之者。然明初陶宗仪即已将此抄辑于其《说郛》中，纳兰成德跋亦曰："文潜《诗说》一卷，杂论《雅》、《颂》之旨，仅十二条。已载《宛丘集》中，后人抄出别行者。"又馆臣据纳兰言作十二条，周中孚《郑堂读书记》据《说郛》本谓十一条，关文瑛《通志堂经解提要》言十条。今考《通志堂经解》本作十条，《宛丘文粹》作十二条。

　　上揭数则，虽属吹毛求疵，然对学者不无裨益。或有纰缪，望方家指正。

日本藏大陆罕见明人《诗经》著述录存

《诗经折衷》四卷，邹泉撰。

  按：日本尊经阁有存万历癸未刻本，题曰《新刻七进士折衷讲意》，署曰："吴中常熟涧谷间人峄山邹泉编著；进士秀峰钱岱订正；进士贞庵蒋以忠，进士养庵蒋以化仝订；进士云峰王之麟，进士襟宇顾云程，进士微弦徐常吉仝阅"。《续文献通考·经籍考·宗圣谱》曰："泉字子静，常熟人。"《四库全书总目·尚论编》则曰："泉字子静，昆山人，正德中诸生。"据《千顷堂书目》、《续文献通考》等载，邹氏著有《四书折衷》、《宗圣谱》、《尚论编》、《经世格要》等。

《诗经宗义》八卷，张瑞撰。

  按：日本内阁文库有明隆庆三年刊本。张瑞，号东湖，福建惠安人，嘉靖十七年进士，官至知府（《福建通志·选举志》）。另著有《四书存说》。此书名曰"宗义"，盖取"溯朱氏之宗而会其义"之意，乃羽翼朱氏《诗传》者。书前有郭惟、庄朝宾等人之序。

《诗经传注》三十八卷，李资乾撰。

  按：日本尊经阁文库存明崇祯癸酉序刊本，三十八册。自汉迄明，诗家立说之怪诞者无过于此书。如解"诗"曰："诗者土人以寸言纪性情、涉国政、按时事而曲尽人心者也，故字从土从言。"解《生民》曰：后稷初生如达羊（七月羊），毛氄气息与兽无二，故弃之。惟其如羊，所以牛羊腓字。鸟见而以翼覆之，以待十二月大寒坚冰之后，始脱羊质还人形，变羊嗥复人声。解《关雎》曰：古者门外有关以卫内，雎鸠以州为闉阇，以河水四面围绕为关。淑女以窈窕为闉阇而重穴其关关也。周南在京西，民俗掘土为室，故窈窕二字皆从穴。穴，土圹也，下从幼从兆，兆者端，幼者小，女幼小而兆端于土穴，如菓核掩覆未出芽之状，总之严禁出入，以养其幽闲贞静之体。解"眉寿无有害"曰：眉为保寿之官，害者灾之至，故害字上从宀，下从口，中从丰，丰者风也，宀口美德，以丰破之，则害至矣。故欲眉寿者，先去其害。如此类穿凿求奇之说，不胜枚举。

《诗经纂注》一卷，沈一贯撰。

　　按：此书收入李廷机《五经纂注》中，日本内阁文库藏明刊本。诗不录全篇，只截取一、二节而揭其要，省简朱传而酌采各家。可认作是早期《诗经选》之一种形态。一贯字肩吾，号龙江，鄞人。隆庆二年进士，万历间累户部尚书、武英殿大学士。另著有《易学》、《庄子通》、《经史宏辞》、《吴越游稿》、《喙鸣诗文集》等。编有《弇州稿选》。《明史》有传。

《诗经发微集注》八卷，王应选撰、张利忠编。

　　按：日本内阁文库藏明刊本，八卷六册。首题："新刻翰林真传举业全旨日讲意诗经发微集注"。署"慈溪探花午山王应选著，长乐后学西塘张利忠编"。无序言，分上下格，卷首上格为类题辨异，下格列目录。正文上为"发微集注"，下为朱子《集传》。每篇首讲全意，次标有"破"、"意"字样，如《鹿鸣》列"呦呦鹿鸣章全意"，曰："此诗语意虽略，有浅深，大意只重求教上。首节礼乐乃燕享之物，次节只言旨酒而礼乐在其中，末节言乐与酒而礼可知矣"。"破"字下曰："王者燕宾必屡兴以致其求教之义。""意"字下曰:"此托兴待乎宾者厚,而望乎宾者深"云云。揣其意,"破"在点破诗旨,"意"则揣摩比兴。节有节讲,句有句讲,皆属为举业周全考虑。然因务求其深,故多牵强之谈。王应选,慈溪人,万历二年探花。张利忠,长乐人。

《新刻顾邻初太史殊批诗经金丹》八卷首一卷,顾起元撰、潘晓辑。

　　按:日本内阁文库藏有明刊本。无序。卷首为《毛诗正变图指南》,次分上下格,上格《诗经金丹汇考》,下格《诗经难字》。正文上格署"新刻顾邻初太史朱批诗经金丹",下格为朱子《诗集传》。书末署"金陵筑居傅少山梓行"。显属高头讲章之类。先撮诗旨,次分章析说,摘发字句,标示语脉,不脱时文之习。

《礼部订正诗经正式讲意合注篇》十一卷,方从哲等撰。

　　按:是书日本尊阁文库藏明刻本,十一卷,六册。内题"新刻礼部订正诗经正式讲意合注篇",署:右谕德兼翰林院侍读中涵方从哲、左春坊左庶子兼侍读养淳朱国祚、司经局掌事右谕德兼侍读台山叶向高、翰林院修撰春阳翁正春同纂。内以"左谕德叶纂"、"左春坊朱纂"、"侍读方纂"、"修纂翁纂"等字标识作者。板心题"诗经合注篇"。据刘先楚序,此是官方为抵制异说,统一意识形态而主持编定的辅助教材。不录经文,只求寻绎诗意,指导时文。如于《芣苢》曰:"此妇人采物而历叙其始终之事,虽无浅深,而有次序,全要摸写相乐气象。盖即其相与采物,相与赋事,追随遊息,吟咏声歌,其一段自得之趣,真有溢于言外不可得而名者。此便是相乐。不可另作一等相乐语,亦不可用'幸而生圣人之世','浴圣人之化'等语。"所谓"不可"即指时文之忌。从哲字中函,其先德清人,家于京师。万历十一年进士,累官礼部尚书,兼东阁大学士。《明史》有传。

《诗经文林正达》二十卷，唐文献等撰。

  按：日本尊经阁文库藏明万历刊本，题"新刻十元魁述订国朝五百名家诗经文林正达"。所谓十魁元乃指唐文献、萧云举、骆日升、张其廉、叶向高、刘觐文、蔡献臣、李光祖、徐彦登、田大年等十人。上格为时文，题曰"汇选天下文宗考卷，汇集天下元魁新稿"。下格乃讲意。书中每及"刘景周课儿讲"、"骆台晋授徒讲"、"萧玄圃课儿讲"、"唐抑所经筵讲"等，疑当时各家讲意有"课儿讲"、"授徒讲"等不同名目，故得引述。讲意又标有"全意"、"字解"、"直讲"、"意林"、"详讲"等字样，全为时文设想。此类著作时人颇多，皆遵朱传而发挥者。唐文献字文征，号抑所，松江华亭人。万历十四年进士第一，拜礼部右侍郎，掌翰林院事。有《占星堂集》。《明史》有传。

《详训精讲新意备题标图诗经会达天机妙发》二十卷，唐文献撰。

  按：日本经尊阁文库藏和刻本，题曰"新镌唐叶二翰林汇编详训精讲新意备题标图诗经会达天机妙发"，内或题曰"新镌唐叶二翰林汇编昭代名儒详训精讲新意备题标图诗经会达天机妙发"。上格"精选名家大小长短题旨"，下格标有"全题大旨"，及"详训"、"精讲"、"要旨"、"注训"等名目。篇末又有"题外生意"，时加有"附馀"。显然为举业用书。

《重锲江晋云先生诗经衍义集注》八卷，江环撰。

  按：日本内阁文库藏明万历刊本。无序言，题《新锲晋云江先生诗经阐蒙衍义集注》，板心题"诗经集注"，卷首有"新锲诗经衍义类题辨异备览"。一书数处题名互异，颇显草率。每诗标全旨，又分章说意，其下又有"破"、"主意"名目。显为时文而设者。蓝鼎元《鹿洲初集》卷一《上车学宪请补漳浦县乡贤书》："江环《诗经衍义》一书，阐紫阳之精蕴，闽人应制举者莫不奉为正宗。"陈衍《福建艺文志》卷四曰：

"《诗经衍义》，漳浦江环著。道光《通志》云：'环字缙云，万历丙戌进士。此著发《朱传》之精蕴，闽人奉为正宗。'案：闽人罕有识其书者，焉有奉为正宗之说？"

《诗经古注》十卷，李鼎、王思任编。

　　按：日本内阁文库存有明刊本。所谓古注者，乃因其取《诗序》、《毛传》、《郑笺》以及伪子贡《诗传》、伪申培《诗说》杂俎而成。分章、音切则用朱《传》。成书颇见草率，故每多误。如误孔颖达为孔安国，又误安国为唐人。疑书商为之。

《葩经讲意金石节奏》四卷，骆廷炜、骆日升撰。

　　按：日本内阁文库藏有明万历刊本，题"明朝张柱国发刻骆会魁家传葩经讲意金节奏"，因题"家传"，故前署有其父邵武教授骆廷炜之名。上格标有"全旨"、"章意"、"全破"之类，全是举业用书之格套。骆日升，惠安人，万历乙未进士。历江西督学，首拔陈际泰、罗万藻、章世纯、艾南英等。学者宗之。及擢四川兵备，遭土官之变，以身殉难，赠光禄卿赐祭葬。见《福建通志》卷四十五。《续文献通考·经籍考》著录其有《台晋文集》八卷。

《诗经正觉》十一卷，骆日升撰。

　　按：日本尊经阁文库藏明刊本，题曰"鼎锲台晋骆先生辑著诗经正觉"，十一卷六册。不录经文，唯疏通大意，揣摸诗人语气。如于《河广》曰："二章只言非河之广而不可渡，非宋之远而不可至，则义不可往之意已隐然于言语外。作文须要含蓄，不可明说出义不可往。"则其为举业用书可知。

《诗经坚白鸣集注》四卷，骆日升撰。

　　日本加贺市立图书馆藏明万历二十七年刊本，题"新镌台晋骆先生诗经坚白鸣集注"，高头讲章，上格为骆书，下格为朱子《集传》。

《诗经心钵》五卷，方应龙撰，存。

　　按：日本内阁文库藏明万历刊本，内题"镌四明方先生心钵诗意"。不录经文，旨在阐发大意，揭其深蕴。因多属作者心得体会，故曰"心钵"。于诗意训释了无所及，唯揣诗人心意时有得之。如于《草虫》曰"此正所谓忽见陌头杨柳色，悔教夫婿觅封侯者也。然当时未必登山，亦未必采物，只是形容时之久而物类皆变。"于《甘棠》曰："此思人而益切于物，非因物而偶思乎人。"皆能得风人之旨。方应龙，万历二十八年举人。方氏另有《四书心钵》行世。

《诗筌》四卷，陆燧撰。

　　按：日本尊经阁文库藏明刊本。不录经文，亦不分格。于训诂无所求，全在寻绎义理，探讨诗旨。如于《关雎》曰："通诗俱爱美之词。"于《卷耳》曰："通章俱属幻想。思而不遂，展转想象，遂有几许境界。"于《樛木》曰："三章一意，无浅深，须想他叠味之趣在。"于《芣苢》曰："此诗极有次第，通只成得一个采之，全要闲闲说来，模写他一段太平无事光景。"可知其乃以诗解诗者，非为举子谋者比。陆燧，上海人，万历三十八年进士。

《尊注参订诗经》，徐奋鹏撰。

　　按：日本内阁文库藏有《尊注参订诗经》，上格有《棣鄂堂诗经图考》等，下格则题曰"重刻徐笔峒先生尊注参订诗经"，前有《徐笔峒先生原序》，然揣序中语气，却非徐氏所写。《千顷堂书目》、《经义考》著录徐氏有《诗经毛朱二传删补》，朱氏注曰"未见"。黄氏注曰："临川人，以《毛诗》、《朱传》繁简不一，学者昧比、兴之旨，乃为是书。"据其他书目著录，徐氏又有《诗经删补便蒙解注》、《诗经解蒙》、《诗经删补》等书，疑皆一书之异名，明人有此陋习。如邹之麟《诗经翼注讲意》，日本内阁文库藏晚明刻本，首题"新镌邹臣虎先生诗经翼注讲意"，板心则题为："诗经传意翼注"。而终尾又署："诗经传意"。冯元飏、冯元飙所注《诗经》，内题"新刻大小冯先生手授诗经"，而序则作"诗经狐白"。江环注《诗经》，首题《新锲晋云江先生诗经阐蒙衍义集注》，板心则作"诗经集注"，而卷首又有"新锲诗经衍义类题辨异备览"之目。

《诗经铎振》八卷，杨国会编。

　　按：日本内阁文库藏明万历刊本。上格为江环《诗经阐蒙衍义集注》，下格为徐奋鹏《诗经尊朱删补》。《内阁文库汉籍书目》作江环撰，乃据上格署名著录。

《诗经演义辩真》十三卷，李若愚撰。

　　按：日本尊经阁文库藏刻本，内题"新镌李公愚先生家传诗经演辨真"，"新镌"又或作"新刻"。上格题："纂翰苑新意，拟乡会题旨，集应试捷诀，附通考实录。"又有"小试题"、"小题旨"、"乡题旨"之类标目。下格则训解经文，串说大意。显系举业用书。《湖广通志》卷四十七曰："李若愚，字愚公。少从张绪讲学。万历癸未进士，司理温州，平反殊死以下数千人。时赵南星、高攀龙、秉宪推东南贤者，必首及之。……久之迁刑部主事。……迁江右参政，值流寇蔓延，保障功多解抚军举以自代，遽请告归。为司理时，分校浙闱，庚午典试广西，乙亥主江西拔贡。试皆称得人。"

《新刻诗经八进士释疑讲意》八卷，张本编。

按：日本内阁文库藏明万历刊本。所谓八进士，即王鏊（文意）、唐顺之（讲意）、瞿景淳（口义）、薛应旂（窗文）、田一儁（心授）、许天赠（讲意）、邓以赞（句读）、唐文献（正讹）。八人皆有《诗》著，张本汇诸家而成此书。但其所编并不限于此八人《诗》说，如引有所谓"新科状元"者，有所谓"大学士许颖翁经筵录"者等。是书全为举业而设者，故言多为诗题制艺之法。如曰"大场出此二章，总重原其所得之自意，勿分未得始得破，分破则板陋矣"云云，于释诗全无关系。然其揣摩语气，会诗人之意，亦时有得。张本，山东人。

《诗经全备讲意》二十九卷，郝孔昭撰。

按：日本宫内厅书陵部藏有明隆庆五年刊本。内题"刻郝鹿野先生诗经全备讲意"，或又题曰"新刊郝鹿野真传诗经全备讲意"、"新刊郝鹿野真传诗经分章析句全备讲意"。不录经文，而标有"全题"、"全破"、"节题"、"节破"、"句破"等字样，亦举业用书之一种。《江南通志》一六七称："来安郝孔昭，字起潜，由进士令常山，博学多著述。"据《选举志》，其为万历辛未科进士。

《诗经世业》十二卷，瞿汝说撰。

按：日本内阁文库有明刊本，共十二卷，缺第七卷，内题曰"鼎镌瞿先生诗经桥梓世业"。不录经文，唯讲大义。有全意，有章意。如于《大雅·荡》篇，首标"荡荡全意"，云："首章推言天道之变本于人事之乖，以启下文戒王之意，下数节俱托文王之叹纣者，以深戒之。"再标"荡荡上帝章"，云："诗人知厉王之将亡，故为此诗谓：夫天下之乱自不致也，有所以致之者。彼荡荡上帝，其广大之量无所不覆，乃下民之君也"云云，纯以时文之法推衍诗义，旨在举业，非释诗正宗。瞿汝说，字星卿

（《湖广通志》卷四十一以其号星卿），常熟人，吏部侍郎景淳之子。万历中举进士，官至湖广提学佥事。事见《明史·瞿景淳传》。

《诗经选注》一卷，陈继儒撰。

　　按：是书为《六经选注》之一种，日本内阁文库藏明刊本，疑冒继儒之名而为者，内多杂取时人五经纂注之文，而卷首所谓眉公序者，亦只于朱熹《诗集传序》前加"朱子曰"三字而已。陈继儒字仲醇，别字眉公，华亭人。少与董其昌齐名，工诗善画，名动一时。《明史》有传。

《诗经翼注讲意》四卷，邹之麟撰。

　　按：日本内阁文库藏有晚明刻本，无序言。首题"新镌邹臣虎先生诗经翼注讲意"，板心题"诗经传意翼注"尾署"诗经传意终"，一书数处异书，颇有浮燥之气。然据作者之意，其全称当为"诗经传翼注讲意"。其所谓"传"者，乃朱子《诗集传》。不录经文，每诗首讲主意，次则分章讲述，经与传一并揣摩。如于《关雎》，总曰："'好逑'二字，通诗之旨。二章之忧，三章之乐，皆本此。作者只要摸写宫人情思，得性情之正意在言外。宫人乃宫中旧时人，非文王宫人也。""宫中旧时人"云云，即释《朱传》"宫中之人"意。于首章曰："'关关'、'窈窕'相对。注'情挚有别'入河洲内；'和乐恭敬'入好逑内相对。'窈窕'自始见时言之，训'幽闲'之意。二字宜玩，'幽'有深潜不露意，'闲'有安静自如意。后言'幽闲'，而又言'贞静'者，在内为贞静，在外为幽闲，非有二也。'窈窕'字轻'淑'字，好逑亦根此'淑'字。文王之德尽于一敬，太姒之德尽于一淑。"分析可谓细矣。其所言"注"即朱注，知此亦疏解朱传之一种，乃为举业而设者。邹之麟，字臣虎，又号衣白山人。明万历进士，官至都御史。明亡，自号逸老，又号昧庵。

《朱氏训蒙诗门》三十六卷，朱日濬撰。

  按：日本内阁文库有藏本。朱氏用数十年之功而始成此书，书以"门"名，盖欲学者由浅得深，终求之心性之间，而不徒在章句之末。号称折衷诸说，实多采宋明学者之说。朱日濬，字静源，湖北人。

《章大力诗艺》一卷，章世纯撰。

  按：日本东京大学东洋文化研究所藏明天启《章氏四种》刊本。收章氏诗题制艺之文三十篇。虽剖析物理细密，然于解诗无补。章世纯字大力，临川人，天启辛酉举人，官至柳州府知府。闻闽王陷京师，悲愤而卒。传附《明史·文苑传·艾南英传》中。

《诗经琅玕》十卷，黄道周撰。

  按：日本内阁文库有藏本，十卷，首一卷，厘为四册。首卷列《学诗总论》、《诗经琅玕图考》等。全书分上下二格，下格以经文为主，篇前列全篇大旨，章下分注比兴，并训释文字、诠释章旨。篇末附子贡《诗传》及子夏《诗序》。旁加圈点。上格汇列诸家之说，标以剖明、参微、特解、筋脉、参证、附参、问辨、辨驳等目。据郑尚玄序，是其书实尚玄及熊九岳所作。

《诗经狐白》八卷，冯元飏、冯元飙撰。

  按：日本内阁文库藏明余氏跃剑山房刊本。内题"新刻大小冯先生手授诗经"，而序则作"诗经狐白"。取名"狐白"，意即取众狐之白腋以为裘，知其书乃集众说之长而成者。元飙为元飏之弟，字尔弢，天启二年进士，知澄海、揭阳二县，擢户科给事中。历官兵部尚书。《明史》有传。

《朱订诗经揆一宗旨》八卷，杨廷麟撰，朱长祚辑。

　　按：日本内阁文库藏明末清初刊本，朱墨套印，八卷，卷首一卷。首有冯元飏序，已残不可读。正文分上下格，上格题"朱订诗经揆一宗旨"，下格题"诗经翼注"，不知为何人之作。其凡例略曰：于诗结脉处，圈以标之。有实字眼为关键处，虚字眼为传灵处，则独点之，使学者悟其中无限趣味。训根于《朱传》，搜究《大全》、《语录》、诸名家制艺的为诗人传神者，融合若出一口，使学者可从剖破处悟出不尽新机。诗意串讲皆为诗人代说口吻语气，无驳杂，如面睹对谈。章末辑录六名家二贤言诗，评其妙旨。于此可知作者之意，乃在发诗之妙趣，非拘文牵义、钩剔字句者可比。如其于《关雎》曰："诗家风味与他经不同，说者须描其情景。如此章只讲如何是窈窕，如何是展转友乐，则呆矣。须写其思求喜跃之光景耳。"于末章曰："此章须得其叠咏之趣。"书中所引诸家如锺惺、何碻斋、徐自溟、无名氏（实即戴君恩）等评诗语，亦皆从文学角度欣赏诗趣。风人之旨，所得独多。廷麟字伯祥，崇祯四年进士，授编修，历官兵部主事、吏部右侍郎，进兵部尚书，兼东阁大学士。《明史》有传。

《鉴湖诗说》四卷，陈元亮撰。

　　按：此书《四库存目丛书》失收，日本内阁文库、尊经阁文库皆藏有明刻本。今见有两种本，一为朱徽序本，一为李若愚本，皆四卷。书题陈元亮辑、吴思穆、任荩臣参订。不录经文，只讲大意、章意、节意，段段分说。如《关雎》篇，题曰"关关章"，首言主意曰："此诗三章，看他把'窈窕淑女'叠咏四番，则通诗断宜以'淑'字为主，'好逑'正在'淑'处见得。二章之思，三章之乐，皆本此'淑'字。"其次分析诗趣曰："全是宫人写其一见后妃，欣喜不能自己之词。盖淑女始至，宫人一望其窈窕，便相庆为好逑。此时即已亲之爱之，欢欣而快乐之。但直接以末章之友、乐，趣便索寞，翻从昔日未得时癙寐怀思一段彷徨之景，反复追求，则今日得之，喜乐何能自己？是友乐、深情，政在于二章委曲见出。"

次则分言首、二、三章之意,并同时分析诗中之味。揣摸语气,分析字法,虽不脱时文习气,也多有自己心得在。《四库全书总目》曰:"《鉴湖诗说》四卷(江苏周厚堉家藏本),明陈元亮撰。元亮,字寅倩,山阴人。是书乃乡塾讲章,其凡例有十:曰尊经,曰从注,曰存序,曰辨俗,曰标新,曰考古,曰博物,曰章旨,曰节解,曰集说。其所取裁,不出《永乐大全》诸书。"考今见版本,皆不曾见有十凡例之目。所谓"所取裁不出《永乐大全》诸书",亦属子虚。

《蓉斐堂诗经汇纂》一卷,冯廷章撰。

　　按:是书收入其《五经汇纂》中,日本内阁文库有藏本。亦《诗经》选本之一种。《续文献通考·经籍考》著录冯廷章有《子史汇纂》二十四卷,注曰:"廷章字子建,常熟人。"

《诗经开心正解》七卷,首一卷,邵芝南撰。

　　按:日本内阁文库藏有明刊本。题"金陵原板诗经开心正解"。旁识:"刻首卷便蒙各色等考实;上层采摘新破,旧者不载;次层字训明白,昭若日星;下层句解发明,简要新微;前后校正绝无只字差讹"。显为书商广告,然亦可见其书概略。袁宗道有《送邵芝南太史册封唐藩》,不知是否此人。

《吴航心法诗经经纶》十卷,佚名。

　　按:此书不见于国内公私书目,日本大阪府立图书馆藏。板心题"诗经经纶"。为明安正堂刊本。此亦举业用书之一种,每篇绎诗之大意,并标有"主意"、"破"、"结意"之目。

关于屈原爱国主义诗人问题的重新探讨①

屈原是我国古代文学史上的一颗灿烂明星。他一生追求光明、坚持真理，与黑暗势力进行不妥协的斗争，因而受到了历代人民与仁人志士的敬仰。新中国成立以来曾举行过大规模的纪念活动，也曾举行过不同规模、不同形式的屈原学术讨论会。屈原及其作品越来越受到了更多人的喜爱，可以说屈原研究已成为专门的学问，堪称古代文学研究领域的一大"显学"。但是，新中国成立以来，在关于屈原的评价问题上，却存在着与历史不相协调的矛盾。其中较为突出的就是关于屈原爱国主义思想的问题。"五四"以来，曾有人称屈原为"人民诗人"，也有人称为"民族诗人"。中华人民共和国成立后，由于郭沫若、游国恩、姜亮夫、陆侃如、刘大杰等诸位大学者的倡导，学术界便渐渐统一了口径，认为屈原是"爱国主义诗人"。随后此观点又被采入了大中学校的教材中。似乎已成定论。但我认为这个评价并不妥帖。下面略陈拙见，以求教于方家。

一

"爱国主义"问题，是古代文学研究领域中一个比较复杂的课题，曾经有不少学者对此进行过研究。我这里只是试图运用马克思主义的观点、方法，对这个问题作一具体分析，从而对屈原的"爱国主义"问题，得出较为客观的结论。

---

① 此文为 1985 年参考屈原学术研讨会提交的论文，后收入中国屈原学会编的《楚辞研究》，齐鲁书社 1988 年版。此次出版，对注文部分作了完善。

在古代文学研究领域里，与"爱国主义"发生过纠葛的有两种情况：一种是民族分裂时期，列国战争中的忠臣义士；一种是民族大融合时期，民族战争中的英雄志士。这两种情况必须分别对待，不可同日而语。

所谓民族融合战争，就是指历史上一个民族为了把其他民族置于自己所建立的国家机器的统治之下所进行的战争，实际上也就是一民族征服另一民族的战争。显然，这种战争都带有掠夺、压迫的性质，并且多为较蛮的民族所挑起，"每一次由比较野蛮的民族所进行的征服，不言而喻都阻碍了经济的发展，摧毁了大批的生产力"①。在中国古代史上，宋与辽、金、元的战争，汉族反满战争，都属于这种情况。如金贵族南下时，沿途烧杀掠夺，所到之处，鸡犬不留，闾里为墟，"华人男女，驱而北者，无虑十余万"②。金人统治中原之后，又强迫汉人改从女真风俗，"禁民汉服，及削发不如式者死"③。如留的顶发稍长一点，也要捉去砍头。"生灵无辜被害，不可胜纪。"④故南宋诗人陆游有诗云："上源驿中撞画鼓，汉使作客胡作主，舞女不记宣和装，庐儿尽能女真语。"蒙古贵族灭金侵入中原之后，则采取了比女真族更为残酷的政策，大杀、大抢、大烧，所到之处，无不残破，试看《元史》中的诸将列传，几无不有"杀戮殆尽"、"骸骨遍野"的记载。元朝建立后，又把全国人民分为蒙古人、色目人、汉人、南人四个等级，对蒙古人在法律上予以特权，而对其他民族，则进行残酷压迫，使大批的人民沦为奴婢。清代满洲贵族统治中国后，一面高喊"满汉一体"，麻痹汉族人民的斗志；一面则残酷镇压各地人民的反清斗争。在《大清律》中所定的"十恶"实际上就是针对汉族及其他各族人民的，而所谓可以免刑、宽刑的"八议"，却只有满族和死心塌地的极少数奴才才能做到。

列宁在《无产阶级在我国革命中的任务》一文中指出："在民族问题上，无产阶级政党首先应宣布并立刻实行的，就是一切受沙皇制度压迫，被强迫合并或强迫划入版图的民族，即被兼并的民族都有享有同俄国分离的完全自

---

① 《反杜林论》，人民出版社1970年版，第180页。

② （南宋）李心传撰：《建炎以来系年要录》卷4，中华书局1956年版第1册，第92页。

③ （南宋）徐梦莘：《三朝北盟会编》卷132，海天书店民国二十八年版，丙集73页。《四库全书》本将此删去。

④ 同上。

由。……无产阶级政党力求建立尽可能大的国家，因为这对劳动者是有利的，它力求各民族的接近以至进一步的融合，但是达到这个目的的方法不是暴力，而仅仅是各民族工人和劳动群众的自由和兄弟般的联合。"列宁还批判沙皇制度"卑鄙地腐化大俄罗斯民族，使他们习惯于把其他民族都看成是下等民族，'理应'受到大俄罗斯民族的支配"。在《社会主义革命和民族自决权》一文中，列宁又指出："无产阶级不能不反对把被压迫民族强制地留在该国疆以内。"列宁的这一系列论述，对于我们认识中国历史上的民族问题，是有很大的指导意义的。他告诉我们，任何一个民族，为反对外来侵扰和压迫的斗争，都是正义的，尽管征服者已建立了中央集权国家，但被征服的民族争取分离、自由独立的斗争，仍是值得肯定的。"捍卫这种权力，不但不是鼓励成立小国家，恰恰相反，这会促使更自由更大胆地因而也是更广泛普遍地成立更有利于群众和更符合经济发展的大国家和国家联盟。"[①] 毛泽东同志曾经说过："中华民族的各族人民都反对外来民族的压迫，都要用反抗的手段解除这种压迫。他们赞成平等的联合，而不赞成相互压迫。"[②] 在中国历史上，金、元、清的统治，虽然对民族融合起了一定作用，但这种"融合"是用"暴力"和"强迫"方式完成的，是伴随着民族压迫、民族剥削进行的，对于这样的"融合"，双方的人民都带有相斥性。因此，汉族人民及其他各族人民为反对金、元、清贵族的压迫，为捍卫民族政权所进行的斗争，是完全正确的。尽管今天蒙、满、汉各族已兄弟般地团结起来，共同构成了中华民族这个整体，但对于历史上发生过的冲突，我们还是要尊重事实。因此，为维护汉族人民的尊严，保卫宋、明政权，坚持抗战的岳飞、陆游、辛弃疾、文天祥、史可法、郑成功等人，无疑都是民族英雄，是爱国主义者。

所谓民族分裂战争，则是指一段时间的相对统一之后，民族内部出现的各政治集团之间的斗争，即封建割据势力之间的战争。人民群众对于这种战争是带有抗拒性的，而对于统一，则有一种向心力，因此分裂是暂时的，统一是必然的。分裂战争大多是为某一政治集团的利益而进行的。虽然人民群众由于乡

---

① 列宁：《列宁选集》第 2 卷，人民出版社 1960 年版，第 684 页。
② 毛泽东：《毛泽东选集》第 2 卷，人民出版社 1966 年版，第 586 页。

土观念的影响，在战争中，思想上或许带有同情自己地方势力的倾向性，但若不牵涉到自己的切身利益，他们决少自愿投入战争的；而那些为自己集团或主子效力的所谓"忠臣义士"，虽然表面上他们"爱"的是一个小王"国"，但这决不能算作爱国主义。列宁说："爱国主义就是千百年来巩固起来的对自己的祖国的一种最深厚的感情。"① 所谓"千百年"就是指长期的，不是十年、三十年、五十年，而是几百年乃至上千年，而封建割据的王国，都是暂时的，最长的也不过上百年而已，而且割据国家的人民，往往思念着曾经有过的统一与安定。如东晋末，南北分裂已百余年，刘裕收复关中后，将要南归，三秦父老哭着挽留说："残民不沾王化，与今百年，始睹衣冠，人人相贺，长安十陵是公家坟墓，咸阳宫殿是公家室宅，舍此欲何之乎？"② 因此在这样的环境中，是很难形成爱国主义的，如果说割据时期存在着爱国主义，那也只能是人民群众要求民族统一的真诚心愿，绝不是为小王国卖命的"忠臣"。列宁在《论"左派"幼稚性和资产阶级性》一文中指出："如果剥削阶级为巩固自己的阶级统治而进行战争，这就是罪恶的战争，这种战争中的护国主义，就是卑鄙行为。"同样，割据国家的"忠臣"，尽管他们在封建道德上赢得了人们的赞赏，但他们在政治上仍然是不值得肯定的。因此，三国时期不管关羽怎样效忠于蜀汉政权，黄盖如何爱他的吴国小朝廷，曹植如何高唱"国仇亮不塞，甘心思丧元"，都不能算作"爱国主义"者；南唐李后主不管怎样用生花妙笔，诉述其亡国之痛，"爱国诗人"的桂冠，也不能用在他头上。

总而言之，中国历史上真正的爱国主义精神，只能产生在民族战争中，而不会出现于封建割据势力的混战中。那么，屈原所生活的战国时期，是属于前者，还是属于后者呢？我认为答案只能是第二个。毛泽东同志对中国历史是很有研究的，他曾经说过："如果说，秦以前的一个时代是诸侯割据称雄的封建国家，那么自秦始皇统一中国以后，就建立了专制主义的中央集权国家，同时，在某种程度上仍旧保留着封建割据的状态。"③ 这就清楚地告诉我们，战国时期的封建国家，不过是"诸侯割据称雄"的国家，割据势力之间的战争，只

---

① 《列宁全集》第 28 卷，人民出版社 1956 年版，第 168—169 页。
② （北宋）司马光：《资治通鉴》晋安帝义熙十三年。
③ 《毛泽东选集》第 2 卷，人民出版社 1966 年版，第 589 页。

能是民族分裂战争。在"诸侯割据称雄"之前，中国则处于一个相对统一的时期，这个统一天下的最高领导者便是周天子。《诗经》所谓"溥天之下，莫非王土；率土之滨，莫非王臣"，正说明了周天子的绝对权威。贾子《新书·保溥》篇说："殷为天子，二十余世，而周受之；周为天子，三十余世，而秦受之。"将殷周与秦并提，即说明了它们性质的相同性。《三国演义》一开头就说："话说天下大事，分久必合，合久必分，周末七国分争，并入与秦；秦末楚汉相争，并入于汉。"崔述《正统论》也说："盖自唐虞夏商皆合也，至战国始分，至秦、汉又合，三国又分。"是古人都认为周是一个统一的王朝，战国则是分裂时期。同时，战国时期还出现了"大国包小国为境，小国阔大国为都"①的情况，如齐之薛，魏之安陵，鲁之费，都是国中之国，则是分中又分。

　　有的同志认为：周只不过是联邦性质的国家，各国实际上都是独立，因此战国不是分裂而是融合。这种观点虽有一定的道理，但仍不能说明问题。因为"联邦"是若干成员国在互相平等的基础上形成的统一国家，而周代的诸侯，则是由周天子加封的，一直到战国初期，三家分晋之后，还要经过周天子的批准，三家才能列为诸侯。楚国地处江南，好像是一个独立王国，但它仍然是由周天子批准才得立为诸侯国的，他稍有不慎，周天子还要大兴问罪之师。虽然北方人称他为"蛮夷"，那只是因地处边鄙而已，就如同元代蒙古人称南宋人为"蛮子"一样，并不表明他们文化上落后或者是属于另一个民族。其实，楚国在春秋前早已成为华夏民族的一个成员了。春秋战国时期，王室衰落，出现了诸侯争霸的分裂局面，但在政治上，周天子仍然产生着影响，因为他仍然是天下统一的希望和象征，因此齐桓、晋文都不得不挟天子以令诸侯。时至战国，各诸侯国仍然还要参加天子的祭祖仪式，诸侯国的大功之臣，仍然由天子策赏②。《战国策·东周策》记周赧王二十三年（前292）温人之言云："今周君天下，则我天子之臣，而又为客哉！"③秦孝公时还一度利用周天子的威信，在周会同诸侯。这说明战国时列国在名誉上仍然属于周天子管辖，如同汉末建安时期的魏、蜀、吴三家政权承认汉献帝一样。至公元前256年，周始为秦

① （西汉）贾谊：《贾谊集》，上海人民出版社1976年版，第57页。
② 参见赵诚《〈中山壶〉〈中山鼎〉铭文试释》，《古文字研究》第一辑，中华书局1979年版。
③ 陈奇猷：《韩非子集释》，中华书局1958年版，第428页。

所亡。《吕氏春秋·谨听》云："今周室既灭，而天子已绝，乱莫大于无天子，无天子则强者胜弱，众者暴寡，以兵相残，不得休息，今之世当之矣。"这种"以兵相残"的混乱状态，自然对人民群众是极端有害的，所以孟子说"春秋无义战"，在"无义"之战中，自然不会有爱国主义精神产生的。

当然，我们并不否定，春秋战国时期，也存在着民族融合战争。如春秋时期，戎狄就曾多次侵扰华夏，顾栋高《春秋大事表·春秋四裔表叙》说："盖春秋时戎狄之为中国患甚矣。"对于戎狄的骚扰，列国人民显然采取的是联合抗战的态度。如公元前 665 年，狄人伐邢，齐国马上出兵援助；前 660 年，狄人伐卫，宋、齐又立即伸出了援助的手；前 664 年，山戎伐燕，齐国又马上出兵救燕。孔子曾称管仲"尊王攘夷"之功说："管仲相桓公，霸诸侯，一匡天下，民至于今受其赐，微管仲，吾其被发左衽矣！"[①] 江统《徙戎论》云："及至周室失统，诸侯专征，封疆不固，利害异心，戎狄乘间得入中国，或招诱安抚以为己用。自是四夷交侵，与中国错居。及秦始皇并天下，兵威旁达，攘胡走越，当是时，中国无复四夷也。"不难看出，古人对于周天子统辖外的四夷入侵，与华夏列国之争，显然是分别对待的。如果说先秦时有爱国主义，那也只能是列国人民反对夷狄侵扰的斗争，而不是列国"忠臣"为主子效力的行为。

以上论述如不大谬，那么楚国的忠臣屈原，自然不能认作"爱国主义"者，否则，秦末为复国反抗暴秦的六国贵族，如项羽、韩成、田儋、魏咎之流，岂不都可以算作爱国主义英雄了吗？

二

列宁告诉我们："在分析任何一个社会问题时，马克思主义理论的绝对要求，就是要把问题提到一定的历史范围之内。"[②] 屈原所生活的时代，正是周王

---

① 程树德著，程俊英、蒋见元点校：《论语集释》，中华书局 1990 年版，第 989 页。
② 列宁：《列宁选集》第 2 卷，人民出版社 1960 年版，512 页。

朝彻底崩溃、封建割据势力混战、兼并的时代，战争给社会带来严重的苦难，天下人心都向往着统一、和平，一些才智之士，也正为着建立一个统一的王朝而奔走呼号，为走向和平而奋斗。统一称为必然的趋势。在这种形式下，除了王公贵族之外，士与平民一般是没有宗国观念的，因此更谈不上"爱国"。

首先就士阶层来说，他们是不以"封疆之界"为界的。墨子、孟子是鲁国人，他们不为鲁国效力，相反却过着"国际浪人"的生活，到处宣传自己的主张。吴起是卫国人，不仕于卫，却先仕于鲁，又转入魏，最后做了楚悼王的令尹。商鞅是魏国人，听说秦孝公求贤，便西入秦，帮助秦孝公进行了具有伟大历史意义的变法运动。乐毅是魏人而北仕于燕，荀卿是赵人南仕于楚。蔡泽燕人、范雎魏人、李斯楚人，皆西仕于秦。苏秦、张仪、陈轸、甘茂、公孙衍、苏代、苏厉等纵横家之流，则更不必细论。由此可见，当时的士，他们信奉的不是"为国效力"，而是"士为知己者死"。孔子有一次让他的学生各言其志，就曾说："如或知尔，则何以哉？"很显然，效力是以"知己"为前提的，只要有"知己"的君主，能使自己施展才能，能推行自己的政治主张，便可以为他鞠躬尽瘁，岂管他是秦楚抑或韩魏。《魏世家》记子方的一段话说得很清楚："夫诸侯而骄人则失其国，大夫而骄人则失其家。贫贱者，行不合，言不用，则去之楚、越，若脱躧（草鞋）然，奈何其同之哉！"当时也正是这样的一批人左右着形式的发展，对历史的发展起了巨大的作用。《论衡·效力》云："六国之时，贤才之臣，入楚楚重，出齐齐轻，为赵赵完，畔魏魏伤。"这正说明了当时形势的特点。（当然，我们也不能否认当时的士有为自身名利而奔走的。）

其次，当时的人民群众也是极少有国家观念的。他们忍受着残酷的剥削和压迫，无力推翻凶残的统治者，但他们有权力选择有人性的即所谓有"文德"的统治者作为自己的君主，尽可能的改善自己的生活境遇。孔子曾说："远人不服，则修文德以来之。"[①]《管子·牧民》篇云："国多财则远者来，地辟举（开发）则民留处。"《权修》篇云："欲为天下者，必重用其国；欲为其国者，必重用其民；欲为其民者，必重尽其民力。无以畜之，则往而不可止也，无以牧之，则处而不可使也。远人至而不去，则有以畜之也；民众而可一，则有以

---

①　程树德：《论语集释》，程俊英、蒋见元点校，第 1137 页。

牧之也。"战国中期，梁惠王曾希望以救饥荒的仁慈之行，招来邻国之民。楚国的许行听说滕文公施行仁政，便与其徒数十人，跑到滕国"愿受一廛（一夫所居的住所）而为氓（种田的野人）"①。孟尝君礼贤下士，天下之人迁于薛地者达六万余家。孟子曾教诲齐宣王说："今王发政施仁，使天下仕者皆欲立于王之朝，耕者皆欲耕于王之野，商贾皆欲藏于王之市，行旅皆欲出于王之途，天下之欲疾其君者，皆欲赴诉于王。其若是，孰能御之！"②荀子也曾说："夺之人（争取人心）者臣诸侯。"如果要用强暴的手段，略取别国的土地，那就会"地来而民去"，"虽守者（土地）益（增），所以守者（人民）损"③。如果哪国的统治者不能体恤其民，一旦有外患，人民不仅不会为保卫国家而献身，而且还可能采取不抵抗态度，以迎来师。所以孟子说："彼陷溺其民，王往而征之，夫谁与王敌？"④《吴子》也曾云："成汤讨桀而夏民喜悦，周武伐纣而殷人不非，举顺天下，故能然也。"这些材料都可以证明当时人民群众国家观念的淡薄。

我们再看贵族在宗国去留问题上的态度。齐国的贵族孟尝君出使秦国，秦王要留他做相，他却以鸡鸣狗盗的方式逃出函谷关；被废齐相后，魏王（一说秦王）虚上位以请，他却固辞不受。魏国贵公子信陵君因窃印救赵，得罪了魏王，留赵十年不敢回国；当秦攻魏国时，一经人提醒"使秦破大梁而夷先王之宗庙，公子当何面目立天下乎"，他便立即"趣驾归救魏"⑤。楚国贵族春申君⑥与楚太子入质于秦，楚王病危之际，他当心国内有变，冒着生命危险偷送太子归国，自留于虎狼之秦待人处置。韩国公子韩非不见用于韩王，后出使秦国，秦王要重用他，他却上书要"存韩"，不与秦王合作，终为所害。为什么士与平民阶层的人能择主而仕，择地而处，而信陵君之流偏要系心宗国呢？原因很简单，就是因为他们都是贵族，是"王者亲属"⑦。一般的士与平民"赤条

---

① （清）焦循撰：《孟子正义》，沈文倬点校，中华书局1987年版，第365页。

② 同上书，第92页。

③ 王先谦撰：《荀子集解》，沈啸寰、王星贤点校，中华书局1988年版，第154页。

④ （清）焦循撰：《孟子正义》，沈文倬点校，第68页。

⑤ 《史记》卷七十七《魏公子列传》。

⑥ 《韩非子·奸劫弑臣》云："庄王（顷襄王）之弟春申君。"《史记·游侠列传》："孟尝、春申、平原、信陵之徒，皆因王者亲属。"可知春申君也是楚之同姓贵族。

⑦ 《史记》卷一百二十四《游侠列传》。

条来去无牵挂",而他们却有"族"的牵累,除政治避难之外,他们是不会轻易离国出走的,他们有着宗国的血统,有义务、有责任保卫宗庙,保卫社稷。《齐策》中有这样一段记载,楚人攻打孟尝君的封国薛,孟尝君力不能支,薛危在旦夕,淳于髡激齐王说:"薛也太自不量力了,还在那里立了先王的宗庙,楚这样一个劲儿地攻打,宗庙必然要完了!"齐王一听此言,痛声疾呼,马上出兵救薛。显然,薛邑的存亡,对齐王并无关宏旨,而宗庙的覆灭,却是莫大的耻辱,是所有的贵族都难以忍受的。因此,当时只有宗国的同姓贵族,特别是国君,为了祖庙不绝香火,才能真正爱他们的小王国。一般的所谓忠臣,只是为了名誉,为了信义而表现出忠于国家的举动而已。(如齐国的王,不北面事燕,自缢而死,并云:"忠臣不事二君,贞女不更二夫。")所以《齐策》云:"明主爱其国,忠臣爱其名。"屈原之所以不远适他国贡献才华,最主要的原因,就是因为他是"帝高阳之苗裔",是"楚之同姓",他有为宗国捐躯的义务。其次则是因为他"爱其名",即《离骚》所谓"恐修名之不立"。如果承认屈原的这种行动是"爱国主义"的体现,那便会很自然地推出这样一个结论:贵族一般都是爱国的,士和平民一般都是不爱国的。但有谁会承认这个结论是对的呢?因此,我认为,所谓屈原的爱国主义精神,实际上是宗族主义精神与忠君思想的化合物。

有的同志认为:"伍子胥对楚平王掘墓鞭尸,这是宗族的耻辱,而屈原还肯定伍子胥,说明他没有宗族观念。"我认为这种看法是比较强牵的。孔子在临死时,要求以殷人的葬礼安葬他,显然这是他宗族思想的反映。可是他却极力称道灭殷的文武周公。难道能因此否定他的宗族观念吗?很明显,孔子称道文武周公,只是肯定他们的以礼治邦,并不是肯定他们的断绝殷宗。同样,屈原赞称伍子胥,也只是肯定他"忠臣"的一面 —— 这正是屈原忠义思想的反映 —— 并非一切都肯定。同时,伍子胥只是掘平王之墓,并非毁灭了楚之宗庙,更何况从血缘关系上说,屈原与平王已是非常疏远的了。如果要那样强牵立说,那么伍子胥是楚国人,却帮助吴国克楚郢都,这是一种"卖国"行为,屈原称赞他,岂不是称赞"卖国"吗?《离骚》开卷第一句就说"帝高阳之苗裔兮,朕皇考曰伯庸",这种追主述本的写法,不正是他宗族观念的体现吗?

还有同志认为:"爱国主义在不同的历史阶段,有不同的情况,屈原的爱族姓，是先秦时爱国思想的表现形式。"这种观点的错误，首先在于没有站在人民群众的立场上考虑问题。"爱国"在中国的传统道德美学中，是与广大人民群众的根本利益以及中国的统一联系在一起的，但"爱族姓"在先秦时只能是贵族的事，因为广大人民群众都没有"族"，战国前甚至连"姓"也没有，要爱也只能去爱"贵族"，死心塌地地作奴才。只有贵族，为了他们神圣的家族，才有可能"爱族姓"。因此，爱国主义这项桂冠，也只能归于贵族而不属于人民。这实际上是站在贵族阶级的立场上，宣扬贵族的可"贵"，是对"爱国主义"的亵渎。其次，这种观点掺杂了主观感情的因素。主张屈原是爱国主义者的同志，表面上是"古为今用"，找爱国主义教材，实际上却抛弃了历史唯物主义原则，陷入了"历史为吾用"的泥坑。当然，我们并不否认，"宗族主义"与"爱国主义"是有相通之处的。但相通并不意味着完全相等。

还有同志认为："春秋战国是国与国之间的战争十分频繁的时期，因此爱国思想比较发达，像郑国商人弦高、鲁童汪踦、许穆夫人、楚囚钟仪等都表现了爱国精神，屈原的爱国主义，正是对历史上爱国主义的继承和发展。"这种观点，我不敢苟同。前面已经说过，先秦时所谓的"国"，与今天我们所说的"国"，概念是不同的。我们今天所说的"国"，是指同一个最高领导机构领导下的整个区域，"爱国"就是爱这"整个区域"中的一切；而先秦时的国，则是指诸侯封国，相当于现在的自治区或自治州。诸侯国之间的争霸兼并战争，如同民国时期军阀混战一样，是民族内部的分裂战争。因此为着自己所在诸侯国的利益而与别的诸侯国展开斗争，只能是乡土观念、宗族观念、反战思想或利己思想的体现，而不是什么"爱国主义"。如果承认列国战争中存在"爱国主义"，那就等于承认封建割据和民族分裂的合理性，与承认土皇帝阎锡山在山西统治的合理性一样，这无疑是和广大民众的根本利益背道而驰的。对于人民群众来说，他们并不要求非本国统治者统一天下不可，而只是希望和平，希望早日安居乐业；如果本国统治者昏庸无道，他们倒希望他早日灭亡，以迎"王者之师"。所谓"徯我后"（等待我们的君主到来）①，正反映了先秦人的这种思想。因此，所谓屈原对"历史上爱国主义的继承和发展"，实际上是乡土

---

① 江灏、钱宗武：《今古文尚书全译》，贵州人民出版社1992年版，第118页。

观念、宗族观念的继承和发展。虽然他无情地揭露了楚国统治集团的腐朽，但他终究不愿与这个集团绝缘，这正是他阶级的局限性。

我认为作为意识、观念方面的问题，还是尊重其当代或去其时代不远的人的认识为妥，而不应把今人的意识强加在古人身上。关于屈原的评价，汉以后不乏载籍。汉迄唐代，学者除极力赞扬他的文学成就外，大多称道他的"志洁""尽忠"的伟大人格。贾谊称他是"贤圣"[1]；刘安赞扬他是"蝉蜕浊秽之中，浮游尘埃之外，皭然泥而不滓，推此志虽与日月争光可也"[2]；司马迁称他"志洁"、"行廉"，"正道直行，竭忠尽智"[3]；东方朔称屈原为"忠臣"、"孤圣"[4]；王充称"屈平洁白"[5]；颜延年称他"志华日月"[6]；孟郊称他"吟泽洁其身，忠节宁见输"[7]。但不曾见有称道他的"爱国"思想者。不仅如此，而且对今人所谓的屈原的"爱国"行为，古人还颇多微词。贾谊说"历九州而相其君兮，何必怀此都也"，大不以其眷恋故国为然。司马迁曾说："及见贾生吊之，又怪屈原以彼其材，游诸侯，何国不容，而自令若是。"[8]李白《笑歌行》说："平生不能谋此生，虚作《离骚》遗人读。……赵有豫让楚屈平，卖身买得千年名。"贾谊、司马迁都是有正义感的学者，对于所谓屈原的爱国行为，都是如此看待，这就说明"爱国主义"作为道德美学观念，不仅先秦时不存在，即使是在汉代也还十分不发达。约到宋代，由于民族矛盾加剧，才有人正式将屈原的行为与"爱国"精神连在一起，"借他人酒杯，浇自家块垒"，发泄亡国之痛。陆游的《哀郢》及《楚城》等诗、郑思肖的《屈原九歌图诗》、王十朋的《汉水》诗等，就表达了这种思想。朱熹《楚辞集注》就明确指出："原之为人，志行虽或过于中庸而不可以法，然皆出于忠君爱国之诚心。"但正如儒家"言必称尧舜"，墨家言必称夏禹一样，并不能因此就说尧舜是儒家，夏禹是墨

---

① （西汉）贾谊：《贾谊集》，上海人民出版社 1976 年版，第 209 页。
② （宋）洪兴祖：《楚辞补注》，中华书局 1983 年版，第 240 页。
③ 《史记》卷八十四《屈原贾生列传》。
④ （宋）洪兴祖：《楚辞补注》，第 240 页。
⑤ （东汉）王充：《论衡》，上海人民出版社 1974 年版，第 6 页。
⑥ （梁）萧统编，（唐）李善注：《文选·祭屈原文》上海古籍出版社 1986 年版，第 2607 页。
⑦ 见（清）董诰、阮元、徐松等编：《全唐诗》卷 377《旅次湘沅有怀灵均》，中华书局 1980 年版，第 4227 页。
⑧ 旧以为太史公述贾生文意，今从汤炳正先生《屈原列传新探》说，见《文史》第一辑。

家。同样，我们也不能因宋儒称道屈原的爱国精神，而就说屈原是"爱国主义诗人"。

我认为屈原的伟大并不在于他的"爱国"，而在于他以大胆探索与追求的精神，结束了诗歌史上群歌互答的阶段，创造了一个崭新的时代——诗人的时代，以绝代的艺术天才，创造了中国文学史上的奇迹，唱出了震荡乾坤、卓绝一世的人生之歌；以火与剑的生命，创造了坚持正义、追求真理，与邪恶势力进行不屈不挠斗争的光辉形象。他的人格是伟大的，节操是高洁的，志尚是坚贞的。这一切正是他光焰万代的根本原因，而今人所谓的屈原"爱国主义"的一面，虽是诗人良心和道德的表现，却也是诗人成为历史保守主义者的基因。

人类的良心和道德，往往与历史的前进是相矛盾的，在屈原的身上，则表现为理智与感情的矛盾。在理智上，他认识到了以楚王为首的政治集团是一群"竞进贪婪"、"不厌求索"的唯利是图之众的结合，楚国目前走的是一条"幽晦以险隘"的绝路，这样下去的必然结果是"皇舆败绩"。然而在这种情况下"哲王又不悟"，自己的"美政"理想无从实现。这使他清楚地认识到生养自己的国家是人间最黑暗、最丑恶的地方。可是在感情上，他又不忍离开父母之邦，良心和道德不允许他背弃宗族，到他国寻求个人幸福。他一方面无情地揭露自己所隶属阶级的罪恶，另一方面又抱着这具奄奄一息的活尸痛声疾呼："你不能死啊！你不能死！"列宁在评价俄国伟大作家列甫·托尔斯泰时，就曾揭示了托尔斯泰身上存在的矛盾。[①]在屈原的身上也存在着类似的矛盾。屈原在良心和道德驱使下所谓"爱国"精神——即为腐朽的宗国殉命的精神，不仅反映了他贵族阶级的腐朽意识，而且影响了民族的大统一。

---

① 《列宁选集》第 2 卷《列甫·托尔斯泰是俄国革命的镜子》，人民出版社 1960 年版。

屈原人格及"屈原现象"[①]

在中国历史上，没有第二个诗人像屈原这样对中国文学影响如此深广，也没有第二个诗人能像屈原这样在中国传统士大夫中产生如此强烈的共鸣。在汉代，"屈骚学"就与"《诗经》学"相对垒，成了一门专门的学问。"《诗经》学"是凭借功利的引诱以及人们对于古代文化的迷恋而兴起的；而"屈骚学"的兴起，则是以士大夫阶级的思想情感，以及其对艺术的热爱为基础的。《诗经》被士大夫理智地接受，成为行为的支配力量；而"屈骚"则是士大夫情感的自由体现。《诗经》的研究作为"经学"，是一种固定的观念、思想，"骚学"则是活的精神。因此它比"诗经学"更具有活力和生机，比"诗经学"更能反映士大夫的内在精神、情感与追求。

翻开汉魏以来的各种诗文集子，在那里吊屈赋、哀屈文、咏屈诗、拟屈作何止千计！而研究屈原与屈骚的专著、论文，又何知其极！是什么原因使屈原具有了如此大的能量而震撼了二千年士大夫及全民族的心灵？是时代的？社会的？还是民族的？个人的？这不能不引起我们深深的思考。

屈原人格结构图式

欲揭示屈原深广影响之谜，需要从考察屈原的人格入手。这里所谓的人

---

① 本文是作者于"中国屈原学会第四届年会"上提交的论文。曾发表于山西省孔子学会主办的《传统文化》上。此次出版，对注文部分作了完善。

格，是指人的特点的一种组织，是人的先天禀赋与后天获得所构成的有别于他人的个性特征。问题在于屈原的人格不是单一性的，它是一个复杂的功能系统，是一个运动着的蕴含无限能量的太极结构图式。而且这一人格及屈子形象，也非屈子自己所自足，而是在历史中不断发展着、变化着的。因而具有特殊的意义及其复杂性。

屈原是一个失败的政治家，又是一位成功的文学家。他不甘心于政治上的失败，也不满足于文学上的成功。他以文学倾诉政治失败的痛苦，以诗人的激情，面向惨淡的人生。同时又将政治家的生命投入于文学，在文学领域进行了翻天覆地的革命。他的理想是"立德、立功"，成为青史留名的政治家；而命运之神偏偏给他安排了诗人的生活，而且使他成了中国诗歌史上第一颗璀璨的明星。然而这个成功，他偏偏又不屑一顾。他想结束"泽畔悲歌"的诗人生涯，踏上仕途 —— 实现自我价值的人生之路。可他虽有政治家的宏大抱负，却缺少对付官场一个个丑恶幽灵的机智和手段。政治家的理想与诗人命运的冲突、运动，构成了其人格内部的基本图式。而这种既冲突又互补的内在运动形式，又与其根据八卦对立、统一原则分布的外部表现形式结合，形成了一个充满矛盾的人格图式。

坤：体格　这是一个被研究者忽略了的问题。然而身体作为意识、思想、性格、情绪、精神的载体，它的强弱状况，直接关系着人格的形成。因此不少心理学家把它作为人格的要素进行研究，甚至依据体格的胖瘦高矮进行心理学上的分类。这给了我们一个很好的启示。

《楚辞》中只有一处正面谈到了屈原的体格形象。《渔父》云："屈原既放，游于江潭，行吟泽畔，颜色憔悴，形容枯槁。"[1]这是一个非常令人可怜的形象。我们透过他流放后的情形，可以窥测到他原先体格的娇弱。唐沈亚之《屈原外传》说他"瘦细美髯，丰神朗秀"，亦或是之。闻一多、孙次舟两先生都论述过屈原"文学弄臣"的身份，以为他是由面目姣好、娴于辞令而近侍于君的[2]。这一点我非常赞同。《离骚》中屈原每以美人自拟，以香草香花装扮自

---

[1]　洪兴祖：《楚辞补注》，中华书局1983年版，第179页。本文所引《楚辞》文本，如无特别说明，均引自此书。

[2]　闻一多：《闻一多全集》第5册，湖北人民出版社1993年版，第15—27页。

己，并云"众女嫉余之娥眉"，"孰求美而释女"，"初既与余成言兮，后悔遁而有他"，"余既不难夫离别兮，伤灵修之数化"，确实像一个"富有娘们儿气息的女人"。虽然我们不愿意相信他是弥子瑕一流的人物，是"美丽姚冶，奇衣妇饰"的轻薄儿，但说他像宋玉一样，"体貌闲丽"[①]，"血气态度拟于女子"[②]，我想还是可信的。

这种体格决定了屈原的脆弱，决定了他经受不起强烈刺激，很平常的事件也可以引起过分快乐和痛苦。而作为脑力劳动者，这种体格又极易导致神经衰弱。屈原便患有极严重的神经衰弱症，突出的表现是长期失眠。如："思蹇产之不释兮，曼遭夜之方长。……望孟夏之短夜兮，何晦明之若岁？惟郢路之辽远兮，魂一夕而九逝"（《抽思》）。"羌灵魂之欲归兮，何须臾而忘反。……信非吾罪而弃逐兮，何日夜而忘之"（《哀郢》）！"涕泣交而凄凄兮，思不眠而至曙"（《悲回风》）。"夜耿耿而不寐兮，魂茕茕而至曙"（《远游》）。《悲回风》、《远游》虽未必为屈原所作，但我们相信它是写屈原的。

长期的失眠和痛苦、不安，使他的大脑组织无时不感到烦恼，严重地损害了身体健康。《楚辞》中时常写到屈原的"心病"，如："心婵媛而伤怀""心絓结而不解"（《哀郢》），"心郁郁之忧思"，"伤余心之忧忧"（《抽思》）。有时还谈到胸部的疼痛和压抑，如（《哀郢》）："出国而轸（痛）怀"，《怀沙》："郁结纡轸兮，离慜而长鞠"，《惜诵》："背膺牉以交痛兮，心郁结而纡轸"。这很可能是心绞痛。这种病常因情绪激动而发生。像屈原这样神经脆弱的人，如患有这种病，其发作次数是要超过常人的，而其痛苦也是加倍的。这样的体格一般就无法承受成就大事业所必将遇到的困难和打击，因而屈原的失败也是当然的。

乾：理想　　屈原的思想、理想，与其体格极不相称。前人多在儒、法、道、阴阳术数家中寻找屈原思想的根源，其实屈原就是屈原，什么家都不是，跳出百家外，不在九流中。他是战国诗人，有浪漫的时代精神，他缺少思想家创造系统理论的深沉和冷静，而是在对全部历史的热切审视中，寻找世界的新

---

① （梁）萧统编，（唐）李善注：《文选》卷19，上海古籍出版社1986年版，第892页。
② 王先谦：《荀子集解》卷3，中华书局1988年版，第76页。

答案。在他理想的荧光屏上，显示着这样一张"古今人表"：

圣君：尧、舜、禹、汤、周文
贤相：皋繇、伊尹、傅说、吕望
昏君：夏启、太康、羿、浇、桀、纣

前者是君王应追求的榜样，是天下大治的保证；后者是亡国的教训，是极力要避免的现实；中间是个人的理想模式，是他有可能取得的位置。

对这张"古今人表"，他没有做过多的说明，然而却蕴含了他政治思想与理想的全部。他所谓的"美政"，也就是尧舜禹汤的政治，是以举贤授能、以德为本、循法不挠、亲政安民为内容的。屈原非常自信，根本不把战国纵横与楚国内部复杂的矛盾斗争放在眼里，认为只要实践这个"美政"，便会使世界走出混乱。而"美政"的实现，又是以圣君贤相为必要条件的。"汤禹俨而求合兮。挚咎繇而能调"（《离骚》），只有圣君贤相的很好配合，"美政"才能变为现实。在他内心中，无疑是以贤相自许的，故云："乘骐骥以驰骋兮，来吾导夫先路"（《离骚》）！

他像孔子、孟子一样，有当今治平天下舍己莫属的气概，有恢复世界秩序的大抱负、大理想，但缺少保存自己以实现其理想的手段和策略，也缺少保存自己以实现其理想的手段和策略，也缺少能够经受艰难折磨的健壮体格。孟子曾历举舜、傅说、胶鬲、管夷吾、孙叔敖、百里奚等先贤备受艰难的事迹说："故天将降大任于斯人也，必先苦其心志，劳其筋骨，饿其体肤，空乏其身，行拂乱其所为，所以动心忍性，曾益其所不能"。[①] 这也正是屈原所缺少的。远大理想与娇弱多病之躯的矛盾，埋下了屈原悲剧的种子。

辰：气质　如果根据古希腊名医希波克拉底气质学说的分类，屈原显然是属于神经质的人。具有这种气质的人智力优秀，观察细密。对于刺激的反应迟缓而强大，经常处于悲观忧郁之中，因此神经质又称抑郁质。屈原似乎没有乐观过，对周围的一切他感动恐惧、担忧和不安，他成倍地放大了忧愁和痛苦，

① 朱熹：《四书章句集注》，中华书局 1983 年版，第 348 页。

把自己与外在世界对立了起来。自己内心认定的计划，又不敢见诸行动，对任何事情都顾虑重重。"原乘间而自察兮，心震悼而不敢。悲夷犹而冀进兮，心怛伤之憺憺"（《抽思》）。感情不敢外发，只有内投，折磨自己。

从他的诗篇中可以看到，他已成了一个精神抑郁症患者，在极度的苦闷、压抑中，幻觉不时出现，时而向重华陈词，时而礼迎巫咸，时而发轫苍梧，时而游于瑶圃。但幻觉消失后，留下的只有乏味的痛苦。他看不到光明，看不到希望，生活对他失去了任何引力。爱米尔·杜尔凯姆在《自杀论》中引述尤塞和莫罗·德·杜尔关于精神抑郁症自杀者的论述说：由于长期积郁痛苦，自杀的念头根深蒂固地存在于他的头脑中。这类病人不声不响地预备自毁的方式。为追求其目标，他们甚至表现出令人难以置信的顽强精神，并十分顽固，始终不渝。屈原也正是这样。肉体与精神的双重痛苦，使他长期酝酿着自杀的念头。在《离骚》中他想到要"从彭咸之所居"，《怀沙》中又说"知死不可让，愿勿爱兮。"而且他还长期思考选择着自杀的方式。在《渔父》中他就想到"赴湘流，葬江鱼之腹中"，原因是不能"以皓皓之白，蒙世俗之尘埃。"他这种思维方式与行为，完全是一个精神抑郁症患者的特征。这可说是其忧郁气质的一个有力证明。

兑：性格　根据弗罗姆的性格类型分析，屈原很接近于"囤积心向"的人，既慎重、坚定、忠义，又顽固、保守、不知变通。他"紧紧地抓住过去不放，并沉浸于对已往情感和经验的记忆中"。[1]即使走进一个与过去绝缘的宁静世界里，过去的经历也会长久不衰地冲击、破坏他心灵的安宁。

他有诗人共有的清高品格，没有与世俗和谐相处的欲求。他想保持自己的一切，对不择手段的与世竞争不感兴趣。他避免与世接触，认为"自己藩篱之外的任何东西"，都是"不清洁的"，只有自己才是最清洁、最高尚的。他把自己认作是不被世理解的天才，尽管有无一知己之痛苦，可也不愿将"天才"通俗化为世所接受。"登昆仑兮食玉英"，"我与重华游兮瑶之圃"（《涉江》）。似乎他并不在乎世俗的冷落，而是我行我素，将自己封闭在一个充满原始意象的世界里，断绝了与外界的情感交流，寻找自我超越的人生之路。

----

[1] 〔美〕弗罗姆：《寻找自我》，陈学明译，工人出版社1988年版，第84页。

他有一种倔强的个性，认定一条路，决不回头。具有"囤积心向"人所共有的不屈不挠精神。因而在种种打击之下，仍然要保持自己的高洁的人格。"宁溘死以流亡兮，余不忍为此态也"，"伏清白以死直兮，固前圣之所厚。"他似乎不相信任何人，无心与任何人商量，女媭、灵氛、巫咸、詹尹都无法对他的行为发生作用。他根本不考虑如何修正自己的观点，使自己适应环境，从而改造现实，而是固守着一种观念，不断加大与现实的摩擦。

然而清高没有使他超脱，倔强没有使他变得冷酷，相反他却是一个多情的种子。高阳的血统及高阳子孙的责任感，使忧患意识弥散于他的心灵深处。他眼光极冷，心肠极热。因为"冷"，他看不到世界的生机，觉得一切都在走向死亡。因为"热"，所以不能忘掉世情，时时牵挂着曾经与自己发生过关系的一切。他缺少庄子的广阔胸怀，没有能把眼前的一切，放到宇宙的大化中认识，视野始终拘泥在脚下的那片土地上，为他悲哀，为他哭泣。他的忧郁气质本需要外向、淡漠的性格和开阔的视野来缓解。但他的狭隘、固执、多情、倔强却加大了他自身的弱点，促进了悲剧的发生。

坎：才能　《史记》本传云："（屈原）为楚怀王左徒。博闻强识，明于治乱，娴于辞令，入则与王图议国事，以出号令；出则接遇宾客，应对诸侯。"这是对屈原才能的概括。论者多据此以称春申君由左徒晋升令尹为据，以为左徒之职仅次于令尹，屈原年少位尊，足见杰出。其实这是靠不住的。说他文才超群，这是事实；若谓"明于治乱"长于为政，则不知放大了多少倍楚地野人之传言。史公出于对屈原的感情，不愿怀疑这个传说，故述而传之。

就"左徒"之职而言，实在不是什么大不了的官。因为其职不足道，故史书鲜言之。由春申君事考之，他曾保楚太子入质秦国达十年之久。如左徒为显位，是不会轻易让离职的。考烈王即位，以春申君为令尹，主要是因他跟随自己多年淹留于秦，二人感情很好，并非因左徒与令尹级别相近。由"徒，从者也"之古训考之，左徒当即秘书之类。张守节以为"左右拾遗之类"，亦相差不远。屈原"博闻强识"，"娴于辞令"，也很有文才（由其上秦昭王书可见一斑），二人都是当秘书的好料。楚王的"秘书"，官虽不大，地位却很重要，自然可与王"图议国事"，接遇宾客。执笔起草"宪令"，也是"秘书"分内的工作。

"笔杆子"的通病是书生气足，空有壮志，幼稚天真，纸上谈兵，缺乏政治家的老练、心机和手段。如果一个人脱不了"书生气"，那他在政治上永远也不会有什么出息。屈原的失败正在这里。他在《离骚》中不服气自己的失败，夸博自己的才能，并大肆陈述古今成败之道，似乎在背诵一部华夏兴亡史。这正是书生气十足的表现。

"书生"自然有文才。他的生命之火在政治领域未能燃烧，而在文学领域却点燃起熊熊烈焰。他有绝高的诗才，他将政治上的创新精神转移于文学，以火与剑的生命唱出了卓绝一世的人生之歌。以铄古切今的气势创造了涣涣洋洋的诗体，创造了一个时代。他的"行吟泽畔"，对其个人来说是悲剧，是历史的误会。而对历史来说，却是合理的安排。没有这场"误会"，中国文学史就会遭到巨大损失，中国诗歌史就会用有气无力的笔写下最暗淡的一页。

但是由于屈原过早地失去了从政的机会，政治才能没有完全显露出来故使人们对他充满了幻想。屈原的理想、为人、遭际与传统士大夫所产生的共鸣，使人们宁愿凭借想象放大其才能，以肯定自己未曾创造出来的那部分价值，也不愿相信他是仅仅具有诗才的"书呆子"。而屈原在文学上的巨大成功，更使人相应地对其政治才能产生了无限的幻想。因此在传统士大夫心中，屈原乃王佐之才，天才诗人。

离：态度　如果说屈原确有治世之才的话，那么他对社会、人生的态度，却是与这种才能极不相称的。他缺少政治家的宽容与大度，对这个世界抱着一种厌恶、仇视的态度，愤世嫉俗的程度达到了饱和状态。他这样描写着世界的丑恶："变白以为黑兮，倒上以为下；凤凰在笯兮，鸡鹜翔舞"（《怀沙》）。"苏粪壤以充帏兮，谓申椒其不芳"（《离骚》）。"腥臊并御，芳不得薄兮"（《涉江》）他的全部诗作都充满着对世俗的仇恨。他在自己的心里筑起了一道长长的防线，决不"以身之察察受物之汶汶"（《渔父》）。"亦余心之所善兮，虽九死其犹未悔"（《离骚》），表现了与这个世界彻底决裂的态度。

他因清高、傲世而遭到了世俗的围攻，然而决不改变自己的人生态度。他严肃地对待生活，保全自己高尚的人格。他要独立世外，修身自好："既替余以蕙纕兮，又申之以揽茝"；"佩缤纷其繁饰兮，芳菲菲其弥章！虽体解吾犹未变兮，岂余心之可惩"（《离骚》）。这正是传统士大夫所具有的独善其身的处世态度。

屈原虽自负其才，但没有使出手段与这个世界周旋，也没有勇气为改变现实采取相应的措施，而是采取了避世的态度。第一，他没有面向现实，而是躲进了自我独存的世界里，排遣心中的苦闷。第二，将自己与古贤人相比，从古人中寻找自我，通过对古贤坎坷人生的哀悼为自己招魂，并用"古今一也"的公式，宽慰伤痕累累的灵魂，即所谓"与前世而皆然兮，吾又何怨乎今人"（《涉江》）。第三，远离社会，抛弃人世的烦恼，为挣脱痛苦的生存世界而奋飞。"世溷浊而莫余知兮，吾方高驰而不顾"（《涉江》）。"饮余马于咸池兮，总余辔乎扶桑。折若木以拂日兮，聊逍遥以相羊"（《离骚》）。他这样通过精神的努力，在幻想的世界中寻求人生的安全岛。可以说这是其脆弱灵魂的自卫性反映。他的这种生活态度与他的"书生式"的才能的遇合，决定了他只能做一个诗人，而不能成为政治家。

巽：情感　屈原的遭遇，对一个把全部生命投入政治而神经又十分脆弱的人来说，不啻为一次毁灭性打击。对于打击，人们会做出不同的心理反映，或忏悔，或反思，或在失望中从新选择人生之路。屈原则是愤慨、苦闷、忧伤、彷徨，情绪极端坏。他没有勇气把握自己的命运，没有独立追求，把希望完全交给了高高在上的君主，并表现出了强烈的依恋感。"党人"的谗言，只是引起了他的仇恨，却不能使他振作起来，下手清除党人。尽管他对谗人骂得很凶，那不过是几声"富有娘儿们气息"的哭骂，听不到反抗和挑战的声音。而对于怀王，他却表现出怨恨、思念、委屈、眷恋的情态来。他把自己比作是失恋的少妇，用眼泪诉说自己的委屈。他的脆弱的感情和其倔强的性格形成了鲜明对比。

他的感情很热烈，无论爱还是恨，都表现得与众不同。特别是对祖国的爱，简直达到了如癫似狂的程度。一般人把屈原的爱国归于伦理道德来认识，董楚平先生则认为这只是一种感情。此说甚善。屈原由于热恋着故乡的土地，热切的关注着宗国的命运，因此在流放中，"魂一夕而九逝"。噩梦惊扰着他的灵魂。"曾不知夏之为丘兮，孰两（谅）东门之可芜"（《哀郢》）这是多么深刻的思念。

从屈原全部诗作中可以看到，他从来没有振奋过，他的感情，他的情绪始终处于苦闷，忧伤之中。"揽茹蕙以掩涕兮，霑余襟之浪浪"。"长太息以掩涕兮，哀民生之多艰"（《离骚》）。"望长楸而太息兮，涕淫淫其若霰"（《哀郢》），"望北山而流涕兮，临流水而太息"（《抽思》）。现实的一切都全使他伤心落泪。为了逃避黑暗的袭击，他的灵魂被迫走进幻想的世界。然而在那里，他的成串的追求、希望，都遭到了破灭。把幻想世界变成了苦闷的象征，似乎他心中感受到的唯只有悲剧。他的诗作全部都是悲剧的体现，都是绝望生命的悲锴之歌。他唱着悲歌走向了死亡，走向了永生，给世界留了永恒的凄凉与悲伤。

震：意志　屈原是诗人，他的生活就是一首悲壮的诗。而他的意志颇有政治家的坚强、镇定和不屈不挠。他不懈地追求着一个目标，寻找一种人生最理想的结局。在种种希望破灭的打击下，他并没有改变人生。生命意志的冲动，使他选择了死亡。叔本华说："在我们生命力量所唯一能成就的事物，只不过是尽力地发挥我们可能具有的个人品质，且只有依我们的意志的作用来跟随这些追求，寻求一种完满性，承认可以使我们完满的事物，和避免那些我们不能完满的事物。这样一来，我们便选择那些适合我们发展的职位、职业以及生活方式"[1]。历史上许多士大夫当仕途受挫而无望时，往往在生命冲动之中走向书斋，选择立言，以求尽可能完满的人生。而屈原则不然，他要凭借意志的力量，将其个人品质发挥到极致。他不满足于"立言"体现的那一点价值，也不甘心以潦倒诗人完成人生的句号，更不愿糊涂生存给世界留下不光彩的印象，或无能为力的消失在历史的运行中。他要用死亡证实其品格，要将生命献给追求真理的事业。要唤醒那些执迷不悟和没有目的的生存的人们，用一死挽回一生追求而没有得到的东西，给世界留下永恒的纪念和思考。也正是他的死，震撼了历史。他是时代的失败者，却是历史的胜利者。

这便是屈原人格结构图式演义的全部，用图示之则为：

---

[1]　〔德〕叔本华：《人生的智慧》，张尚德译，黑龙江人民出版社 1987 年版，第 6 页。

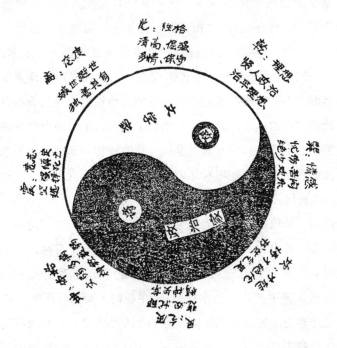

屈原人格太极结构图

　　这是一个充满活力的太极结构图式，内部政治家与文学家两种心向的冲突、互补、排斥、竞逐，与其外部的八卦对立结构相互作用，产生了无限的运动感、冲突感，它追求安定，而却无法安定。它以强大的冲动力，激荡着传统士大夫的心灵。并随着人生的变化，在其灵魂深处不断释放能量，发动着其心灵的马达。随而在屈原的身上发现自己，进而产生强烈的心理共鸣。于是一种奇异的文化现象出现了：千百万士大夫共同呼喊着屈原的名字，告别官场，走向草泽，走向书斋，走向与世俗对抗的立场。他们发出了同一种基调的心声，哀叹世路艰险，感慨古今兴亡，悲伤贤人糟践，诅咒奸佞乱国，标举高人轶行，仰慕君臣遇合，哀怜俗人蚩蚩，怅惘前程濛濛。……这声音代表知识阶层的情感、忧思和焦虑，像一股潜流，贯穿于历史的长河中，成为中国文化中悲剧的主调。尽管中国政治性悲剧肇始极远，而真正形成一种强烈的悲剧情感和悲剧意识，影响到中国文化的发展，则是从屈原开始的。因此这种文化现象，我们可姑名之曰"屈原现象"。

"屈原现象"之分析

"屈原现象"固然源之于屈原人格的功能,但假如没有中国特殊的历史文化背景,一切将不复存在。中国的文化土壤既创造了屈原,也创造了屈原人格赖以发挥作用的历史条件。"屈原现象"乃是中国历史与文化的产物。

"屈原现象"主要产生在士大夫阶层中,庶民社会也有反应。这种现象是以心理共鸣为基础的,而共鸣则产生于二者的相似性之中。相似的层次越多,共鸣的幅度就越大,表现也就越突出。我们可用《周易》"太极生两仪,两仪生四象,四象生八卦"的理论,对其相似的诸层次,逐层进行分析。

首先是民族文化心理层次上的相似。这是一个最基本、涵盖面最广的层次,是模糊的、代表原初的太极,反映的是民族所共有的心理深层的基本特征。这些特征在历史的积压中愈沉愈深,其变化则十分微小、因此具有相对的稳定性。也就是说创造屈原形象的文化心理与在历史中评价、认识屈原形象的文化心理,是有极多相似性的。要之有三:

一、价值观的相似。朱熹云:"正其谊不谋其利,明其道不计其功",这所反映的正是中国传统的价值观。这种贵义贱利的价值取向,是在原始氏族公社的集体生产与财产分配中形成的。屈原的时代去古未远,原始的贵义贱利的价值观及游牧时代形成的尚武精神,还浓重地保留在民族的意识与行为中。此与春秋战国风云纵横的时代结合,遂而形成了贵义轻生的时代风尚。因而这个时代,有孔子"杀身成仁"的豪壮,有孟子"舍生取义"的慷慨,有墨者"死不旋踵"的义勇,有荆轲"易水风寒"的悲壮……无论大夫还是武士,学者还是屠户,渔父还是村妇,都有一种奋发向上的武士精神。而"士"阶层的人表现得尤为突出。死是可怕的,可他们在死的面前跳着笑着。他们追求的是更高的理想,保全的是做人的尊严。《荀子·王霸》云"士大夫贵节死制",《战国策》言"忠臣爱其名",所谓"节"、"名",都是指节操、名节,这与世俗所追求的与发霉的"权势"联系在一起的"名"是毫不相侔的。他们认为名节重于生命,生命的意义一半在于立节。生命是物质的,有限的,而名节则是精神的,可以不朽的。一旦行有耻于心，生有损于名，便慷慨就义。死是对生的价值的肯定和放大，是为获取"名"，保持"节"所付出的代价。王"不事二君"而自杀，是为了"名节"；豫让为予后世立法而不以欺骗之术报智伯之仇，是为了"名节"；田光为消除燕丹泄密之虑而自刎，是为了"名节"；溧阳女子为去伍子胥之疑而投江，也是为了"名节"。

正是这样的价值取向和时代风尚创造了屈原。屈原云："老冉冉其将至兮，恐修名之不立"（《离骚》）；"吾不能变心以从俗兮，固将愁苦而终穷"（《涉江》）；"重仁袭义兮，谨厚以为丰"（《怀沙》）。所谓"名"，所谓"心"就是这个时代义士们所追求的"名节"。"重仁袭义"则是它们的内涵。屈原在诗篇中一再强调自己如何自修，强调自己的高洁，强调自己决不变节，无疑都是其价值观的反映。对于道德境界的无限追求，使他忽略了物质利益，甚至也忽略了他本身所具备的才能有可能创造的实际价值，有可能发挥的影响社会的力量。因此在其个人人格与社会人格发生冲突的时候，他选择了死。他用死保全了他的人格，也向社会、向历史宣示了他神圣不可凌犯的人格尊严。也正是他的最后的选择，使他走进了民族道德的极高境界。

可以说，如果屈原不是投江自杀，而是在流放中默默无闻地死去，或是在流放后发动民众，组织武装力量，保卫国士，死于战场，或是为楚王所杀，他的声誉都会大大的受到影响，甚至只作为一个孤独的文学家而留于历史。王斶、豫让、田光、溧阳女子等，皆是因慷慨之死而盛传于后世的。但他们之所以没有像屈原那样产生巨大影响，是因为他们没有屈原那样崇高的思想追求，也没有留下第二部、第三部《离骚》，供人们了解其内心世界，他们还不能达到道德境界的极致。屈原的死，使人们看到了一个伟大生命的毁灭，也使人们产生了崇高感。他作为一个"道德型"人物而受到了历史的敬仰。

虽然屈原的时代很快消失，但作为文化心理而存在的价值观，却没有多少改变。民族天赋的善良意识的永恒冲动，使之积淀下来，并影响着我们对屈原的评价、认识。司马迁其可与"日月争光"（《史记》本传），王逸称其为"忠贞"、"清洁"（《楚辞章句》卷一），谢万称其"玉莹冰鲜"（《全晋文》卷八十三），李世民称其"子身而执节，孤直而自毁"（《全唐文》卷十）；朱熹称其"忠君爱国"（《楚辞集注序》），这无一不是从道义上立论的。即是现代的

《楚辞》研究者，也大多对其人格的肯定超过了其对文学功绩的评价。

就拿楚国的对头秦国来说，自秦孝公用商鞅变法之后，日益强大。三晋贫苦农民纷纷逃到秦国，诸侯各国的才智之士，纷纷投奔秦国。秦国国土日广，人才日众，"粟如丘山"兵丁武勇，而且内政也十分有条不紊（见《荀子·强国》）。故灭六国而统一，在民族史上贡献很大。然而假如为此建立一个秦国诸王或秦始皇纪念馆，那恐怕是大多数中国人在感情上无法接受的。因为民族的价值观认为，物质的利益是无法与道德生活相抗衡的。秦国"虎狼之国"，不讲仁义，尽管它富强而取得了最后的胜利，但人们所得到的只是物质生活的需要，而道德才是人的最高需要。人生价值中，道德生活最为高尚。因此将秦国诸王及其功绩合为一束，也无法与屈原的价值相比。

二、道德观的相似。中国古代以血缘为纽带的宗法社会结构，形成了民族牢固的群体意识。每一个人都是血缘锁链上的个体，也是社会群体中的细胞。人的生存仿佛多半是为了家族和血统，自我在这里没有多少空间。"一人得道，鸡犬升天；一人犯罪，九族株连"，正是国人群体意识的体现。由于利益的连带性，形成了国人以为群体为美德的道德观念。这种道德观美名之曰"为公"。因以公为美，故有公道、公正、公平、公心之谓。"天下为公"成了国人最高理想社会的道德规范。屈原则是一位"为公"的典型。他念念不忘自己是高阳的血统，不忘为保卫宗国应尽的义务。他把宗国利益看得远远高于个人利益，故云"岂余身之殚殃兮，恐皇舆之败绩"。为了自己的国家，他放弃了"出国"求荣的机会，宁愿"愁苦而终穷"。正是在这一点上，他高过了同时代"择主而事"的诸士，达到了国人理想的道德极致。这种爱国甚于爱己的精神，是人人首肯，却人人难以做到的。李复云："几伤谗口方离国，欲悟君心岂爱身"（《滴水集》十四《屈原庙》)，便是对这种精神的赞许。

不过这种道德观，在旧时代往往是与忠君联系在一起的。它强调对个性的钳制，对群体的服从，对权威的顺从。强调个体与整体的连属性，而抹杀其独立性。这于专制统治是非常有利的。故卫道者要赞屈原"忠君爱国之诚心"。象张耒《和端午》、陆游《哀郢》、《屈平庙》、范成大《秭归县》、郑所南《屈原九歌图诗》以及许许多多的评论者，都把屈原之忠与楚之亡国联系起来，表示了对他的深深赞美和哀悼。他们把"忠君爱国"作为最高德行认识，反映了其与屈原在道德观上的认同。辛亥革命以来，我们民族在思想文化领域，出现了极大的变化，但民族的道德观并没有发生深刻的革命。在理论上，"忠君"虽再不被作为一种高尚道德为人称许，而与忠君相联系的"爱国"，为群体而牺牲个人利益的行为，仍然为民族所敬仰。甚至片面强调他的这一"德行"，对他的评价达到了从来没有的高度。

三、认识心态的相似。屈原不愿离开楚国到他国施展才能，这是一个道德观和情感的问题，同时也是认识心态的问题。他缺乏理智的、科学的思考和分析，思维受着主观情感与道德观的制约。贾谊、司马迁等人都认为屈原应该离开楚国，他们是从屈原个人价值的体现上进行分析的。而屈原"眷言怀此都，不比异姓卿"。他是楚之同姓，不仅有保卫宗庙的义务，而且有一种无法排遣的感情。他也曾想到过"出外求合"，然而却为乡国之情所牵制。这种感情，是人人皆有的。如孔子自称是"东西南北之人"，可是他"去齐，接淅而行；去鲁，曰：'迟迟吾行也，去父母国之道也'"。① 不过情况毕竟不同，因而一般人也达不到屈原那样的浓烈度。也正是这种浓烈的乡国之情，弥散于屈原的大脑组织中，使他无法进行正常的逻辑分析，以致陷于重重矛盾中不可开脱，终于创造了这一震惊历史的悲剧。

情感型的认识心态，助成了屈原形象的产生。而后人又以相似的认识心态，对这一形象做着认识和评价。司马迁以这种心态撰写《屈原贾生列传》，将真伪杂糅的传闻材料勒为一编，并借题抒泻自己内心的忧愤。以至把一部史学巨著，变成了"无韵之《离骚》"。今人出于同样的原因，不愿怀疑屈原传的可靠性和其名下作品的真实性，以至把对于屈原的感情认作是正确评价屈原的前提。其间若有二三不同意见，有损于屈原的形象，便会大动肝火。这种认识心态，使他们失去了准确获得信息的能力，也失去了辨伪能力，使得屈原沿着感性的方向走向了理想化。故美国汉字学 R·海陶玮批评中国的屈原研究说："不管有什么样的政治背景，也不管感情色彩如何变化，其结果都使大多数的屈原研究带上了理想化传记的性质，而缺乏学术探讨的特点。这样的事实很少有人平心静气地做过调查，学者们引出的结论也隐约透露出他们活在情感方

---

① 朱熹：《四书章句集注》，第 314 页。

面、活在说教方面所承担的义务。"① 由于这个层次上的诸多相似，奠定了"屈原现象"永恒存在的民族心理基础。

其次是社会历史的层次。这是一个在民族文化心理基础上出现的层次。根据其制度及社会表现，可划为古代与现代两个阶段，犹如太极所生之两仪。屈原时代的社会与中国现代社会，存有较大差异，而于秦汉已降的专制社会史，却颇多相似。因此在这个层次上，屈原与现代人几乎不发生关系，而在古代社会，却产生了较强的共振。

社会历史的相似主要表现在三个方面。一是制度，虽然史学界关于战国时期的社会性质问题尚存较大分歧，但有一点可以肯定，其政治制度是带有专制性质的。君主专制的特点是，君主拥有无限权力，他的意志就是法律。其原则是轻视人、蔑视人，使人不成其为人。君主可以随时对任何人施行暴虐，而且只需要凭自己的感情就够了。不需要任何理由。屈原的悲剧，就是在这种制度下产生的。屈原并没有触犯国家法律，他的被"疏"，只是因人诽谤他"自伐其功"，目中没有怀王。他的"放"，或只因与怀王政见不同。而他的被"迁"，只是因写了不满楚执政者的诗篇。这可以说是中国历史上的第一桩文字狱。著名哲学家弗罗姆在分析极权主义时说："在极权主义的环境中，最主要的犯罪行为就是反对权威的统治。所以，反叛是'极大的犯罪'，而服从则是极大的德行……既然尊重权威就不允许他对权威所制订的戒律产生任何怀疑。当然，权威也许会对他下达的命令和戒律、做出的奖惩加以解释，也许不作任何说明。但无论如何，有一点必须肯定，他从不给人以怀疑或批评他的权利"②。屈原的"错误"就在于他怀疑、批评了"权威"。

秦统一以后，建立了中央集权，地方势力构不成威胁政权的力量，中国社会在政治上失去了竞争机制，君主专制得到了进一步发展。这种制度毁灭了人的独立意识，它强调的是对君主（权威）的绝对服从，因而造成了人的病态性格，把对君主的"服从感、依赖感、软弱无力感和犯罪感"认作是良知，把使君主高兴、满意，认作是自己的职责。他们在专制的淫威下，恐惧地生存着。

---

① 〔美〕R. 海陶玮：《楚辞资料海外编屈原研究》，湖北人民出版社 1986 年版，第 100 页。
② 〔美〕弗罗姆：《寻找自我》，第 191 页。

对君主的宽恕、嘉许，感恩戴德，而丝毫不敢怀疑其命令。在专制制度下，全社会都变成了君主的奴隶，只有皇帝才是这里最活泼的灵魂，他的喜怒哀乐，都会使世界发生变化。如此大的国家，靠独裁者的感情来支配，其结果是不言而喻的。因此屈原式悲剧历史的重演也就在所难免。中国历史上许多改革家的失败，如贾谊、晁错、王叔文等，可以说是屈原历史的翻版。

二是政治斗争的相似性。屈原时政治斗争有两个方面，一是国际上的政治斗争，这主要是争取统一权力，即专制权力。二是国内统治集团内部的权力之争。争取最高政治权力的斗争，在历史上发生的次数较少，一般出现在改朝换代之际。而后一种斗争则在历史上频繁的发生，人习惯称之曰忠奸斗争。这两种斗争有一种共同的倾向，就是谁最善于耍流氓手段，谁最无赖，胜利往往属于谁。屈原时，张仪与楚国斗，张仪搞诈骗，耍无赖；楚国以"君子肚肠"，听其言，信其行，结果斗得楚国狼狈不堪。战国七雄，秦国最不讲信用、道德，最善于耍流氓手段，而统一六国的偏偏是秦国。刘邦与项羽斗，项羽"妇人之仁，匹夫之勇"，兵败之后，低不下"正人君子"的面颜，落得乌江自刎。刘邦一个十足的流氓，追兵在后，可以弃子不顾；父在俎上，可以讨分肉羹；要用人时，可以解衣推食；成功之后，则兔死狗烹。可成功的偏偏是他。诸葛亮与司马懿同是天下奇才。诸葛亮"鞠躬尽瘁，死而后已"，卒不能成功。司马懿装疯卖傻，不讲道义，也算个无赖高手，最终却当上了晋宣帝的宝位。此外，成功者像宋武帝刘裕是流氓，赵匡胤是流氓，朱元璋也是流氓。故民国时，曾有史学家深有感触地说："流氓就是政治。"

所谓的"忠奸之争"也是如此。忠臣义士，堂堂正正，不知"阴谋"二字。而奸佞之人，造谣、诽谤、污蔑、陷害、罗织罪状等等，什么下三流的本事都能拿出来。因而开始往往是忠臣失败。屈原与上官大夫等人的斗争就是如此。屈原一心为楚王，忠贞不二，行不愧于心，结果遭了奸人的暗算。上官等人，"竞进贪婪"，结党营私，朋比为奸，反而得宠。这种现象虽由昏君专制造成，但专制制度不给任何人以怀疑君主的权利，因而这种罪恶，只有奸佞来为之承担。故屈原一面骂"党人"乱国，一面又频呼"灵修"、"哲王"。屈原之后，这一历史，一再重演。像《三国演义》、《水浒传》、《鸣凤记》、《北宋志传》、《说岳全传》以及许许多多的通俗文学中，都弥散着这一内容。故古人云："君子与小人斗，小人必胜。"

　　三是屈原与上官等人的斗争，也是正义与邪恶的斗争。而这一矛盾斗争则遍存于古代社会、家庭中。古代中国，家国同构。在国是君主专制，在家则是家长统治。中国人以大为美，强调数世同堂。在大家中，兄弟妯娌之间，往往为争夺财产，矛盾重重。而家长的偏心，则是有决定意义的。因而在国家政治斗争中习见的时谗、陷害、争宠等现象，在家庭的小舞台上，也不断重演。在各地方则由地方长官专制。地方上的正义与邪恶地斗争，则由地方官的心之所向所决定。封建的"受制拜封"的官吏制度，决定了地方长官清廉者少，贪赃者多。因而往往被恶人用各种手段拉拢，使正义者罹祸遭灾，邪恶者逍遥法外。

　　这样在这一层次上，就出现的普遍带有悲剧意味的现象，无论家庭、社会、官场，正人君子，善人良民，往往蒙冤受屈，甚至被毁灭；而那些奸佞、恶棍、流氓无赖，则往往趾高气扬，获得成功。就如《窦娥冤》中所说的那样："为善的受贫穷更命短，造恶的享富贵又寿延。"此种悲剧的产生，有其更深刻的文化原因，这里我们无暇细论。这一现象的一再重复及其普遍性，不断唤起了人们对于屈原故事的回忆，唤起了人们对世道、人生的悲剧感受，使屈原悲剧具有了典型性、社会性，成了无数善良的受害的人们感情投掷的对象，反映了专制社会广大有正义感的人们的心情。在这里屈原已不再是屈原，而是作为一种情感的象征存在着。

　　其三是生活实践的层次。著名人本主义理学家马斯洛将人的需要分为五个层次，即生理需要、安全需要、归属需要、自尊需要、自我实现需要。前二者是低级的生存需要，中则是中级生活、情感需要，后二者是高级的精神需要。一个健全人的理想追求主要是自尊与自我实现的需要。所谓"自尊需要"就是自我肯定的需要，是对能力、成就、威信、地位、声望、独立、自由的渴望。"自我实现的需要"则是将潜能变为现实的需要，是发挥内在潜力、体现自我价值、实现理想人格的愿望的反映。由于人的文化素质、思维方式的差异，在追求自尊与自我实现的层次上，人们表现出了不同的生活选择。而正是在这个选择上，传统士大夫做出了与屈原极为相似的反应。

　　我们不敢肯定屈原是否受到过儒家思想的系统教育，但不可怀疑他的生活道路的选择，以及其自我实现的实践路线，与传统儒家是极为相近的。他在诗篇中多次提到他的自修，提到依法"前修"，此与儒家倡导的"修身"——自我完善是完全相同的。"修身"是在内心建立文化道德秩序，即所谓"治国平天下"。由"修身"到"治国平天下"，这是一条艰难的政治实践之路，屈原将他的全部生命和情感都投入到了这一实践中，因为他认定这是自我实现的最佳路线。而传统士大夫也正是在这条人生之路上奋斗、奔波的。他们从幼童入学，即开始了"学而优则仕"的美梦。经受着"三更灯火"、"十年寒窗"的苦苦磨炼，暗自作着"克己"、"修身"内心实践，一心想着"一举成名"，踏上"治平"理想之路。《大学》所谓的"修身、齐家、治国、平天下"，成了他们最理想的自我实现步骤。统观专制时代的全体士大夫，开始无不把精光凝聚在这个步骤的实践上。尽管人才各殊，但却无一人愿意自觉地离开仕途而做别的选择。他们像屈原一样，认为自己价值的体现唯此一举。只有参政，才能效忠于君，扬名于世，解民之忧，除国之害，才算得上大丈夫行为。屈原那种政治热情，那种忠君、忧国的精神，那种强烈的社会责任感，那种对真理的执着追求，那种伟大的抱负和理想，与他们原初的心灵发生着共振。

因此，在这个层次上屈原虽未能与全社会发生关系，而却获得了士大夫阶级的同情、理解、敬仰和共鸣。尽管有人不赞成他的行为，批评他的自杀和露才扬己，但他的政治悲剧，他的充满正义感和忧患意识的诗篇，他的贞诚和投掷于政治的燃烧的生命，却叩响了士大夫阶级的每一个灵魂，引起了他们深深哀悼和思索。

其四是人生遭际的层次。这是一个在生活实践的基础上出现的主客观的遇合、击撞的层次，是不可把握、无法选择的层次。由于时间、环境、个性、条件的不同，遭际也就不同。也正是在这个层次上，屈原的遭际具有了模式价值，代表了千百万有志之士的命运。

由社会历史与生活实践两个层次可以看出，士大夫阶层充满道德温情的实践路线与"流氓成功"的社会环境是极为矛盾的。虽然士大夫中不乏奸佞邪恶之徒，但更多的人却是深受传统道德影响，以道德之身行之于世的。屈原就是这样，他的"自修"使他成为一个道德型人才，也使他失去了对付阴谋的能力，因而在政争中遭到了惨痛失败。"正道直行，竭忠尽智"，一腔抱负，化为泡影，这实在是一大悲剧，然而在中国特殊的文化背景与历史条件下，正直之士有几人能逃脱这样的命运呢？"直如弦，死道边；曲如钩，封公侯"，这就是历史的回答。

不过屈原的遭际，不仅仅是一个忠臣义士的失败，更主要的是一位才智之士的"不遇"。在世人的眼里，他实在是旷世奇才，宰辅大器。如蒋之华所云："彼原抱嘉猷，赍鸿术，以事怀襄；图议国政。使王举国听之，将不为伊、周乎？管、晏之业，不足语矣"（见蒋之翘《七十二家评楚辞》）。然而受儒家"治平"理想熏陶的传统士大夫，有几人不以大器自诩？又有几人没有做过伊、周之梦呢？可是第一，树大招风，才大见忌。在统治阶级内部的倾轧中，又治世之才而无奸诈之术者，必然遭到"专打出头鸟"的暗枪所伤。第二，太平之世，"庸夫高枕而有余"（杨雄《解嘲》）。天子只求守江山、保社稷，根本不考虑推动社会的发展。而人才则是一种不安定的因素，只有唯命是从的奴才才是社会所需要的。因而出现了"舐痔结驷，正色徒行，姁名势，抚拍豪强"的现实。第三，全社会以政治为中心，所有的书生皆汲汲于仕途，而官僚机构的容纳毕竟有限，更何况还有一批不学无术的纨绔子弟从非正当渠道进入官场，尸居爵位！这样为社会空出的位子便很有限。这就决定了在仕途中成功者少，失败者多。

大批才士尽忠遭谗、怀才不遇的感受，迫使他们回头把目光投掷到了失去的世界，投掷到了与自己命运仿佛的古贤身上。于是屈原便成为一个怀才不遇、生不逢辰的典型，与失意之士发生了强烈共鸣。他们在屈原的身上发现了自己，又将自己对现实的不满，转换为对屈原的哀悼，借屈原之酒，浇自家之愁。贾谊的《吊屈原赋》，东方朔的《七谏》，严忌的《哀时命》，柳宗元的《吊屈原文》，苏轼的《屈原庙赋》，王守仁的《吊屈平赋》等，无不是如此。痛感对屈原惨痛失败的回忆，加重了他们对世界的悲剧性感受，夸大了世界的丑恶度，缩小了正义存在的空间，以致造成了内心的压抑和对世俗的仇恨。这样内心的往复、反馈，更加深了对于屈原的感情，并根据自己的情感，在理想中加大着屈原形象的内涵，产生了对其人格的敬仰和追求。使屈原成了一个永不枯竭的话题。

以上这四个层次，可说是"屈原现象"产生的历史文化环境。用图示之则为：

八卦	文人	学生	工农	干部	贵族	庶民	仕宦	勇士	人生遭际层次
四象	知识阶层		非知识阶层		庶人权贵		士大夫		生活实践层次
两仪	现 代 社 会				古 代 社 会				社会历史层次
太极	民 族								民族文化心理层次

"屈原现象"产生之历史文化环境图示

黑格表示与屈原其心其时其人其事的相似范围。越上层相似的范围就越小，相似的层次越多，因而共鸣的幅度就越大。这样的文化历史环境形成了屈原的人格，同时屈原人格又在这样的文化环境中发生着效应。其人格与这种环境的冲突、制约、相生、相克、摩擦、运动，产生了"屈原现象"。

"屈原现象"太极图

不过这种文化现象，不是在几个层次上同时展开的。而是以遭际层次为中心，由失意之士而向士大夫阶级，向全社会依次扩张的。《楚辞·九章》中《惜诵》、《思美人》、《惜往日》、《悲回风》等，即是"屈原现象"最早之反映。从其文章的情调可以测知，这些作者皆为失意之士，与屈原有相类似的遭际和感受，因而将屈原认作是自己化身，对其表示了极大的同情和哀伤。到汉代，屈原赋便在士大夫中引起了强烈反响，出现了《吊屈原赋》、《哀时命》、

《九叹》、《九怀》、《七谏》等众多的哀屈之作。"屈骚学"也开始兴起，像刘安、刘向、班固、贾逵、王逸等，都是当时的楚辞学家。魏晋以后，屈原开始在民间发生影响。在魏晋以降的记载中，出现了五月五日江边纪念屈原的风俗。《续齐谐记》、《襄阳风俗记》、《荆楚岁时记》等皆云："五月五日屈原投汨罗，楚人哀之"所以"竞渡""投食"祭之。而《岁时记》又云："邯郸淳《曹娥碑》云：'五月五日，时迎伍君，逆涛而上，为水所淹。'斯又东吴之俗，事在子胥，不关屈平也。越地传云起于越王勾践，不可详矣。"从此中透露的信息可知，"竞渡"风俗早先与屈原无关。后来与屈原发生关系，正反映了"屈原现象"之扩张。

人格之升华与效应之加大

以上我们对屈原作了静态的分析、认识，要全面掌握其人格及屈原现象——也可以说是屈原效应，还须从动态上进行考察。我们今天所认识的屈原，并非一个凝固的历史形象，而是变化着的艺术形象。他的人格及所产生的文化现象，都是一个"变量"，是在历史中沿着民族情感的运动线不断变化着的。

从战国到唐代，在民族心灵的荧光屏上，屈原是作为一个不幸的忠臣和优秀的诗人而出现的。作为忠臣，人们主要着眼点是与其不幸遭际相联系的品格因素。《惜往日》称其"贞臣"，本传称其"志洁"、"行廉"，可与"日月争光"，王逸《离骚叙》称其"膺忠贞之质，体清洁之性，直若砥矢，言若丹青，进不隐其谋，退不顾其命"。谢万《八贤颂》称其"皎皎屈原，玉莹冰鲜"，颜延年《祭屈原文》称其"志华日月"；萧统《文选序》称其"含忠履洁"，唐蒋防《汨罗庙记》称其"以大忠揭大文"，汪遵称其"忠梗"（《屈祠》见《全唐诗》第九函第八册），胡曾称其"直臣"（《全唐诗》第十函第二册《汨罗》）。这是对一个政治家人格的最大肯定。屈原的失败便在于他的"忠"、"洁"、"廉"、"直"。因为"洁"、"廉"而不能"与世推移"。自命清高，故"至察无徒"，自叹世莫我知。因为"直"而不能苟合求容，委曲求全，故"竭知尽忠"，反遭放逐。因为"忠"，所以不忍离君去国，"君非三谏寤，礼许一身逃"，而他却"抱大忠而死"。故王十朋诗云："自古皆有死，先生死忠清"（《梅溪集·题屈原庙》）。晁补之《续楚辞序》云："世所以贤原者，亦由其忠死。"

作为诗人，人们对他的肯定主要在其才华。刘安《离骚传》云："《国风》好色而不淫，《小雅》怨诽而不乱，若《离骚》者，可谓兼之"。这是对《离骚》的最早评价。也正是出于对《离骚》的此种认识，刘安才去注《离骚》的。班固《离骚序》虽对屈原的过激行为不以为然，但也不得不称"其文弘博丽雅，为辞赋宗。后世莫不斟酌其英华，则象其从容。"刘勰《文心雕龙·辨骚》篇非常坦率地说："自《风》、《雅》寝声，莫或抽绪，奇文郁起，其《离骚》哉！""气往轹古，辞来切今，惊采绝艳，难与并能矣"。他如《隋书·经籍志》称其"气质高丽，雅致清远"、《周书·王褒庾信传论》称其"宏才艳发，有恻隐之美"，李白称"屈平词赋悬日月"，杜甫言"窃攀屈宋宜方驾"。其所享有的荣誉确是极高的。

政治家的德行与诗人的才华，构成了屈原在古人心目中的最初形象。王逸所谓"高其节行，妙其丽雅"（《九思序》），也正是从政治节操与文学才华两个方面肯定的，对其政治才能，一般只承认他有才，并无过多夸张和评述，这反映了先贤对屈原人格的最初认识。这个认识也比较近于原型。而此认识的出发点则在于对自身的关照，他们是从自己的生活情感与文学兴趣出发，对屈原进行认识评述的。大多是通过对屈原的咏叹评述，发泄内心的不平，以求得自身的心态平衡。因此此期"屈原现象"主要表现在情感的震动上。如司马迁读屈原作品，"悲其志"，观屈原所沈渊，"未尝不垂涕"（《屈原贾生列传》，作《屈原列传》）；杨雄"悲其文，读之未尝不流涕也"（《汉书·杨雄传》），作《反离骚》；淮南小山"伤悯屈原"作《招隐士》；东方朔"追悯屈原"作《七谏》；严夫子"哀屈原"作《哀时命》；刘向"追念屈原"作《九叹》；王逸"伤悯屈原"作《楚辞章句》。这无不是情感的震动产生的结果，而其中又无不蕴藏着自己的影子。林云铭评贾谊《吊屈原赋》云："谓谊吊原乎？谓谊诵原言自吊乎？若不可辨"（《古文析义》）。这也是此类作品的一个共同特点。战国以降的骚体作品，尽管其具体内容千差万别，而在情感上或多或少都留有屈原影响的痕迹。而大量咏屈、吊屈的文学作品，则更是以感慨、忧伤的情感为主要特征。如果我们把这种情感加以具体分析，便会发现这是由感叹时世、悲悯贤人、痛恨奸佞三种情感交织而奏响的悲鸣曲。

屈原感叹"阴阳易位，时不当兮"，不幸成了两千年专制社会的概括。在这个时代"鸾凤伏窜，鸱鸮翱翔，阘茸尊显，谗谀得志"（贾谊《吊屈原赋》）。才智之士重复着屈原"生不逢辰"的感慨。他们感到眼前是一个黑白颠倒的世界，一切都处于走向崩溃的混乱与不安中。人类的光明时代一去不复，留下的只有末世的悲哀。"如逢渔父问，未是独醒人"（钱起《江行无题》），只是糊涂人生，才能免遭心灵创伤的痛苦。而专制时代最严重的问题之一便是人才悲剧。荀悦《冯唐论》云："以孝文之明也，本朝之治，百寮之贤，而贾谊见逐，张释之十年不见省用，冯唐白首屈于郎署。……虽在明世，且犹若兹，而况乱君闇主者乎？然则屈原赴湘水，子胥鸱夷于江，安足恨哉？"表面上是淡然于屈子之死，实则是对才不得其用时代的深深哀悼。王鲁复《吊灵均》云："万古汨罗深，骚人道不沉。明明唐日月，应见楚臣心。"战国的屈原死了，唐代的屈原活着，他们的归宿会怎样呢？一种对贤人、对命运的深深疑虑，困扰着士大夫的心灵。虽然他们有时也表现出了对屈原自沉的不以为然，如蔡邕云："卒坏覆而不振，顾抱石其何补（《吊屈原文》）！"孙郃云："何事葬江水，空使后人哀"（《古意》）。但实是出自对屈原的极大惋惜和同情。屈原的失败虽在于"楚怀亦已昏"，但专制制度不给人以丝毫怀疑、批评君主的权力，因此其罪责便由奸邪谗佞承担。谗佞也就成了人们发泄的对象。李德裕云："都缘靳尚图专国，岂是怀王厌直臣"（《汨罗》），周昙云："江上流人真浪死，谁知浸润误深诚"（《屈原》），李绅云："何不驱雷击电降奸邪，可怜空作沉泉骨"（《涉沅潇》）。都表现了对奸佞的痛恨。由于专制时代，时势、贤人、奸佞矛盾的长期激烈冲突，决定了屈原情感效应的永恒性，使这种"悲鸣曲"回响在漫长的历史的走廊中。

宋代以降，日益加剧的民族矛盾斗争，启发了人们的思维。秦汉统一，使中国社会由中央集权代替了封建的诸侯分权。天下只有改朝换代，而无亡国亡族之危。士大夫阶级从自身的感受出发，只体会到了屈原尽忠遭馋、怀才不遇的个人悲剧，而不能深刻体会楚国的悲剧。尽管他们有时也提到屈原"眷恋楚国"、"离谗忧国"、"忧国倾危"的情感，但并不能深刻地认识他。而宋代，亡国、亡族的危机，在士大夫阶级的心灵中，造成了比亡朝更大的恐惧。于是他们从民族利益出发，关照过去的历史，对屈原产生了新的理解、认识。刘敞

《屈原碛辞》云："宗国为墟，宁敢自贼。"苏轼《屈原庙赋》云："苟宗国之颠覆兮，吾亦独何于久生。"张耒《和端午》云："国亡身殒今何有，只留《离骚》在世间。"陆游《屈平庙》云："委命仇雠事可知，章华荆棘国人悲。"洪兴祖《楚辞补注》云："屈原之忧，忧国也。"这样他们对"屈原形象"作了适当的调整，加大了"国"在他心中的地位，而把"君"挤在了一边。如用太极图表示，其变化则为：

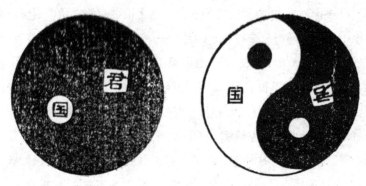

"屈原现象"太极图

"国"由一个点运动发展为一个部。朱熹则将其概括为"忠君爱国"四字，首次把"爱国"二字与屈原联系起来。明姜南则概括为"爱君忧国"（《七十二家评楚辞》引），清张诗概括为"念君忧国"（《屈子贯》）。字虽不同，其意则一，而"爱国"尤足以表现屈子的崇高精神，故为国民所接受，如杨皙子云："爱国心长身已死，汨罗流水长鸣咽"（《饮冰室诗话》引）。

不过古人对屈原"忧国"、"爱国"的认识，是与今人不尽相同的。他们看到了屈原与楚国之间的血的锁链。皮日休《悼贾序》云："屈平不用于荆，则有齐、赵、秦、魏矣，何不舍荆而相他国乎？余谓平虽遭荆尚、子兰之谗，不忍舍同姓之邦，为他国之相，宜矣。"洪兴祖云："屈原，楚同姓也。为人臣者，三谏不从则去之，同姓无可去之义，有死而已"（《楚辞补注》）。姜南云："屈原与楚同姓，其爱君忧国之忠，至死不变"（同前）。赵南星云："屈原以同姓之臣，坐视宗国之亡，不得一言，虽沈江不亦可乎！"（《离骚经订注跋》）龚景瀚云："身为同姓世臣，与国同其休戚，苟己身有万一之望，则爱身之所以爱国，可以不死。不然，其国有万一之望，国不亡，身亦可以不死也"（《离骚笺》)。这实际上是对屈原行为的条件限定。如果屈原非楚同姓，历史将会创造出另一个形象来。

不管怎样，将"爱国""忧国"作为屈原灵魂的一个组成部分进行认识，无疑是屈原评价中的一次飞跃。不仅如此，宋元以降、对屈原的才能也有了新的评估。元代袁易《重午客中雨》诗云："住恨湘累远，他乡楚俗同。流传布吊祭，汨没见英雄。"明贝琼《已酉端午》云："汨罗无处吊英灵"，龙鸣剑《过香溪》云："浩气英风死不磨"。他们将传统咏屈诗中的"忠魂"、"逐臣"，变成了"英雄"、"英灵"、"英风"，反映了屈原形象在士大夫心灵中的扩大。清奚禄诒《楚辞详解序》云："屈大夫非辞人也，王佐之才也"。蒋骥亦云："夫屈子，王佐才也"(《山带阁注楚辞序》)。蒋之华则直认为怀王若能举国听屈原，屈将会有伊周之功。张咏《吊屈原》云："楚王不识圣人风，纵有英贤志少通。可惜灵均好才术，一身空死乱离中。"他们都淡漠了屈原的辞人本质，而夸大了他的政治才能。这样宰辅大器与爱国深心二者补充于屈原的形象之中，实是其人格的一次升华。

随着屈原人格的升华，"屈原现象"也开始发生变化。虽然其对士大夫阶级的个人生活情感仍发生着作用，并且其情感震动幅度还在加大，但新的趋向则是由个人情感的震动发展为国家、民族兴亡情感的震动，并波及于精神的层次。南宋诗人画家郑思肖，宋亡后不忘故国，曾把《楚辞》当作其精神的象征，以其为题材作画赋诗，表达亡国之思与民族气节。如其《屈原九歌图诗》云："楚人念念爱清湘，苦忆九歌频断肠。只道此中皆楚国，还于何处拜东皇？"在这里，个人不幸的悲哀已经被淡漠，弥散于其心灵深处的是亡国之痛，是民族灭亡的悲剧痛苦，又以屈原的痛苦来表达自己苦闷忧伤的灵魂。故倪瓒《题郑所南兰》诗云："秋风兰蕙化为茅，南国凄凉气已消。只有所南心不改，泪泉和墨写《离骚》"。明何晏明云："逊国臣有雪庵和尚者，好观《楚辞》，时时买《楚辞》，袖之登小舟，急棹滩中流，朗诵一叶，辄投一叶于水。投已辄哭，哭未已又读，读终卷乃已，众莫测其云何。呜呼，若此人者，其心有与屈大夫同抱隐痛者矣"(《七十二家评楚辞》引)！这位疯疯癫癫的和尚，《楚辞》之所以能使他哭而又读，读而又哭，原因就在于《楚辞》引发了他的亡国之痛，也表达了他的亡国之情。吴兆骞云："岂是骚人怨，难忘旧国恩。萧条湘水上，谁吊楚臣魂"（《咏魂》）。王士贞云："国破怜《哀郢》，魂归赋《大招》（《五更山行之屈沱谒三闾大夫庙》）。"李达《楚屈原》云："伤心宗国亡，宁可黍离悲"。吴珂《读离骚》云："眷念宗国，杀身良非难"。查慎行《三闾祠》云："放逐肯消亡国恨，岁时犹动楚人哀"。都无不在咏屈、悼屈之中，寄寓着深沉的民族情感。

元明以降，还产生了不少以屈原为题材的戏曲。如《楚大夫屈原投江》（两种）、《屈大夫江潭行吟》、《汨罗江》、《读离骚》、《怀沙记》等。它们的出现，无疑是"屈原现象"扩散的证明。

近代以来，随着帝国主义的入侵和西方民主思潮的东渐，人们对于屈原的理解、认识，又发生了一次飞跃。在君主专制下沉睡了两千年的中华民族，被列强的大炮惊醒了。一向被国民崇拜、效忠的皇帝，已经变成了洋人的奴才，代洋人管领着这片土地。中华民族处在了空前的灾难之中。一些有志之士认识到君主的存在已成为罪恶，只有民主政体才能救中国，于是开始倡导民主革命，希图从社会到民族心灵上都抹掉君主的地位。在这种思潮中，忠君、忠于某姓已不能成为最高德行而为人崇拜。如王国维效法屈原，为清王朝投水自尽，得到的只有人们的惋惜，而却没有崇敬。人们关切的是国家的前途，人民的命运。素来为民族所崇拜的屈原，在民族新的观念审视中，其心灵图式随着民族情感的需要而作了新的调整。由"忠君忧国"变成了"忧国忧民"、"爱国爱民"——"民"代替了"君"，而成为其心灵的一部分。早在清初，林云铭就曾说过"屈原全副精神，总在忧国忧民上"（《楚辞灯·离骚》），但他认为这是"忠君爱国"的表现，是因"屈子位置，以宗国而为世卿"（《楚辞灯·凡例》）。他并没有将其"忧国忧民"抽象化。而二十世纪对于屈原的认识却不同了。人们几乎忽略了屈原的忠臣与宗臣身份，而大谈其"爱国爱民"的高尚品质。闻一多说他是"中国历史上唯一有充分条件称为人民诗人的人"（《闻一多全集》卷一《人民的诗人——屈原》），郭沫若则说："同情人民，热爱人民，这是屈原的基本精神"，"他热爱祖国，热爱人民，热爱真理和正义，他的诗是由这种真挚的感情所充溢着的"（《郭沫若古典文学论文集·伟大的爱国主义诗人——《屈原》）。"爱祖国、爱人民、爱自由、爱正义的诗人是会永远不朽的"（同上《屈原简述》）。新中国成立以来，关于屈原爱国主义诗人问题越来越多，而且评价也在不断升级。屈原几乎成了"马克思主义者——为人民权利而战的斗士"（美 R·海陶玮《屈原研究》）。屈原人格再一次被升华了。其间虽有学者怀疑屈原的存在，对屈原有过非议，但因不合于民族感情的需要，也没有"教育"意义，而未能为大多数人所接受。

屈原的人格既被升华到如此高度，"屈原现象"也就不再局限于情感领域了。感情的共鸣为精神的继承、学习、效法所替代，士大夫的感叹变成了社会宣传。抗战期间，在重庆的诗人们不期然地把传说中屈原投江的日子——端午节定为"诗人节"。新中国成立后，人们不约而同地推举他为世界四大文化名人之一，举行隆重的纪念。文化界的热血之士，用各种方式歌颂屈原，宣传屈原精神。关于屈原的剧本、诗歌、评论、专著、绘画以及学会，纷纷产生。陆侃如先生说："我们现在纪念他，应该学习他热爱人民、热爱祖国的崇高品质，应该学习他坚持真理，决不变节的战斗精神"（《陆侃如古典文学论文集·屈原的伟大》）。郭沫若先生说："屈原是永远值得人崇拜的一位伟大诗人。……中华民族的尊重正义、抗拒强暴的优秀精神，一直到现在都被他扶植着（《关于屈原》）。"一九八八年端午节，《湖南日报》头版还以醒目的标题号召人们学习屈原的爱国主义精神。在大中学校的讲台上，此种号召声更是普遍。而在中学生的作文中，受"屈原精神"鼓舞抒写的豪言壮语更不知其数。屈原变成了一种精神力量，鼓舞着人们的革命斗志，同时也是封建主义文化与马克思主义文化结合的象征物，影响着人们对新的人生模式的思考和探索。

我们应该看到，屈原人格的不断升华，屈原现象的不断发展，这是人们从现实出发对旧事物作新诠释的结果。象基督教徒对圣经的不断新诠一样，它已远离开了原始的物质实体，而在更广阔的精神领域里作无限的发展。这种思维方式无疑是实用主义的，这种诠释是带有宗教虔诚式的，虽然它最易为国民所接受，然而却无法对事物的本质做出理性的思考，更无法清醒地认识民族的过去、现在和未来，无法彻底摆脱情感的困扰，摆脱旧文化的困扰，对历史做出深刻的反思，从而站在一个更高的点上，对建设民族新文化做出全新的认识。因此在屈原研究中，我们不赞同灌注热情的宗教虔诚式的研究，而主张拉开我们与屈原之间的距离，对屈原、对历史、对民族文化，对民族自身做出冷静的观察和思考。情感寄托式的屈原研究时代即将结束。我们期待科学地研究屈原的时代的到来！

困惑中的思考

——论《楚辞》研究的出路①

余读梁氏《中国积弱溯源论》，未尝不废书长叹，反躬自省，又未尝不汗背沾衣。梁氏不仅揭示了民族衰落的病根，而且一针见血地点透了传统士大夫在高尚事业掩盖下的毫无意义的存在，及其在专制的阴谋中，甘愿浪费生命的可悲和可怜。他说：

> 秦皇之焚书坑儒以愚黔首也。秦皇之拙计也。以焚坑为焚坑，何如以不焚坑？宋艺祖开馆辑书，而曰："天下英雄，在吾彀中。"明太祖定制艺取士，而曰："天下莫予毒。"本朝雍正间，有上谕禁满人学八股，而曰："此等学问，不过笼制汉人。"其手段方法皆远出于秦皇之上，盖术之既久而日精也。试观今日所以教育之道者何如？非舍八股之外无他物乎！……犹以为未足，更助之以试帖，使之为歌匠；重之以楷法，使之学为钞胥，犹以为未足也。恐夫聪明俊伟之士，仅以八股试帖，楷法不足尽其脑筋之用，用横溢于他途也。于是提倡所谓考据、词章、金石、校勘之学，以涵盖笼罩之，使上下四方，皆入吾网。②

梁氏的揭露无疑是非常深刻的，尽管他谈的是"政术"，而其所涉及的问题却足以引起我们深深地思考。老实说，中华人民共和国成立以来，尽管古代文学

① 此文为 1988 年提交屈原学术研讨会的论文，发表于《贵州社会科学》1989 年第 2 期。
② 梁启超：《梁启超全集》第一册，北京出版社 1999 年版，第 63 页。

研究领域产生了大量的选本、丛书、集注、专著等，然而我们创造的价值却是值得怀疑的。虽然我们不是像旧学者那样，以在书斋中浪费生命保证皇帝的安宁，但实在我们给予社会的太少了。有人发表文章说，多少年来古代文学研究的社会效益等于零。这使我们感到了不理解的侮辱，但无疑也是在告诉我们，那种为古作家定生卒、办户口、评优劣、落实政策的研究方法是必须改变的。那种距离现实越远越觉清高，甚至以超凡脱俗自居的心理，也是必须改变的。作为古代文学研究领域的一大显学——《楚辞》研究，则更有改革的必要。

近几年来，有不少同志极力提倡新方法，将"三论"、"模糊数学"、"比较文学"等引进了《楚辞》研究领域，还有些同志从民俗学的角度研究《楚辞》，方法上的改革给这个领域带来了生机。可同时在新方法的掩护下，却出现了一种不良风气，有的用希腊神话证明《九歌》中的某神就是希腊之某神，名之曰比较文学研究，有的将《楚辞》中的某一神话与美洲的某一传说合二为一，名之曰系统研究。像这样的研究，几乎可以用任何材料证明任何问题。比如我想证明孟浩然是瞎子，便可举《春晓》对听觉的描写作证，想证陶渊明是瞎眼，使可举"采菊东篱下，悠然见南山"作证，可是这样的研究，到底有何价值呢？

正因如此，我们才感到《楚辞》研究的现状，与当代高速发展的社会形势十分不协调，必须实行重大的改革，才能显示出它的价值。而其改革的方向，只能是走现代化的道路——打破陈腐的框架，与文化史的研究，与国民性的研究，与现实的革命运动，与未来新文化的建设相结合，在具体方法上虽可百花齐放，而指导思想只能有一个，这就是以积极主动的主体人格参与现实，帮助民族从更深的层次上认识自己，从而唤起人们的内心世界，激起改革现实的热情，使民族在全球性的大竞争中不至于被淘汰。只有这样，才能使我们的《楚辞》研究与全社会发生联系，使我们的事业变得神圣、伟大，得到社会的承认。要想达到我们的目的，就需要进行以下几个层次的研究：

第一，以三代文化及战国文化为背景，考察《楚辞》及《楚辞》文化的真正内涵，研究这种文学现象与文化现象形成的原因，认识民族文化发展中与相关联的诸多因素及文化发展的承传特征。前此以往的研究，像对于史实的考证，文字的训解，以及思想、艺术的分析，实际上是对历史的还原，可认作是这一研究层次的准备和基础。我们需要一批最有学识、最有功底的学者从事这项基础工作，但更需要在这个基础上，对其内涵、特质、成因及纵横关系等，做出科学认识。像王维堤先生的《屈赋和楚文化的渊源》、曹毓英先生的《屈原赋予楚文化同华夏文化的关系》，罗漫同志的《战国宇宙本体大讨论与〈天问〉的产生》，都在这方面做出了探讨。但这仅仅是开始，还需要作更深入、更细致的研究。通过这方面的研究，我们不仅可以对《楚辞》及《楚辞》文化做出宏观上的认识，还可以观察到这一文化现象背后的隐秘，从而对民族的某些特征做出认识。比如我们在研究楚文化渊源及《楚辞》文化形成的过程中，就发现在文化承传上，纵向继承多于横向吸收。《楚辞》文化中夏、商文化的因素很多，而与楚同时存在的周及诸侯列国文化的因素却很少，这反映了古代民族重视时间而忽视空间的思维特点。这个特点一直遗传至今，唐宋元明清的朝代顺序，在中国几乎妇孺皆知，可是对这些王朝兴起的地方，就很少有人知道。对于李、杜等大诗人的时代先后记得很清，而对其为何方人氏却很少有人留心。对于传统文化很容易接受，而对于西方文化接受就很吃力。这里所举只是其中之一，还有更多的潜在的东西，需要我们去研究、发现、认识。

　　第二，以专制社会及民族史为背景，研究"屈骚学"的内涵，及其与楚文化研究热的形成，认识民族的心理、道德观及思维特征。先秦华夏文化可分为三个区域，即秦晋、齐鲁与荆楚。其文化思想，齐鲁以儒墨为代表，秦晋以法家为代表，荆楚以道家及《楚辞》文化为代表。就历史地位而言，秦晋文化曾统一过中国，齐鲁文化曾统治中国两千多年，二者要比楚文化重要得多。可是为什么没有形成秦晋文化研究热、齐鲁文化研究热，而却形成了"楚文化研究热"？假如没有屈原，这个"热"能不能兴起？从艺术上讲，李白、杜甫、辛弃疾等人的成就，都远在屈原之上，可是为什么没有形成"李诗学"、"杜诗学"、"辛词学"，而却形成了"屈骚学"呢？就屈原故事的原型而言，屈原自身是具有两重人格的，一是失败的政治家，一是成功的文学家。他的政治失败，是在君主专制的历史条件下所进行的忠奸斗争中，被奸佞进谗造成的；他的文学成功，在于他抒写了自己政治斗争失败的历史，以及欲尽忠而不能的忧愤心情，在每一个字上都涂上了感情的色素，以至这种感情一发难收，创作了中国文学史上第一首政治抒情长诗。此外还有一重升华的人格：两宋以后随着民族矛盾的加剧，人们又把他不忍离开父母之邦的行为与"爱国"联系到一起。那么，假如屈原只是一个失败的政治家，他的声誉有无可能超过比干、伍员？假如他只一个单纯的热衷于政治的文学家，他的地位有无可能高于李白、杜甫、白居易？假如他只是一个"爱国"志士，对他的评价有无可能高于岳飞、文天祥？即使他具备了这三重人格，假如没有君主专制社会忠臣遭谗、佞臣当道的悲剧长期重演，没有封建时代大批知识分子欲跻身朝廷而不能的悲剧命运，没有近千年来的民族坎坷史，没有这样的历史背景所造成的士大夫与屈原的共鸣，屈原有无可能有像今天这样高的地位呢？即使这个历史背景不变，假如屈原不是投江自杀，而是流放后组织人民武装力量，反抗强秦而被砍了脑袋，他有无可能与社会产生如此强烈的共鸣呢？这都是非常值得研究的。只要我们对这些问题略加思考，便会发现我们民族传统的思维方法是缺乏科学性的。对于事物的评价，往往接杂着主观感情的因素和受着传统道德观的制约，充满着同情心而缺乏理智的思索。如果再深入一步，还会发现与此相关的很多问题，这对于我们民族的自我认识，对于改造民族性，都是非常有益的。

第三，以古代文化为背景，研究《楚辞》文化系统，认识其在民族文化史上的地位。近几年来用系统论研究社会科学已成为时髦，这对于《楚辞》的研究自然也有所推进。但我认为，对《楚辞》不仅应进行系统研究，而且还应研究《楚辞》文化系统。由于屈原本身所具有的多重代表性与《楚辞》所具有的艺术感染力，使《楚辞》在中国特殊的历史背景中，产生了特殊的影响和作用。就形式而言，《楚辞》作为一种突然崛起的文体，在汉朝就引起了一代文人的效法，贾谊、司马相如、东方朔、刘向、扬雄、班固、王逸等一哄而起，创作了大量的"骚体赋"。此后作为一种文体，即延续于文坛，历久不衰，而且形成了骚赋理论，如《文心雕龙》中有《辨骚》，程廷祚有《骚赋论》等。从艺术上言，《楚辞》缠绵悱恻、哀婉动人的艺术风格，对两千年来的文学发展，产生了很大影响，使之形成了一种悲伤主义文学传统。如裴子野就曾说过"若悱恻芬芳，楚骚为之祖"（《雕虫论并序》）。从历史、神话的角度言，《楚辞》中保存了相当多的与中原传说不同的资料，显示了其与中原文化不同的特色，同时对秦汉以后的传说、绘画、音乐都产生了一定的影响。从民俗上言，由屈原而产生了许多民间故事，并且形成了民间习俗，像屈原巷、三闾河、招屈亭等传说（《武陵竞渡记略》），及端午竞龙舟等皆是。此外像《楚辞》的哲学思想、政治思想、文学理论以及屈原的为人等，都对后世产生了一定影响。从这些方面看，《楚辞》作为一个文化系统，所产生的历史作用，显然是不可忽略的。但对这个文化系统的研究，还需要放到古代文化的大背景中去认识它的价值、意义，以及它在构成古代文化的大系统中所占的位置。

　　比如，中国古代文化有两个既相对立，又相联系的大系统，古人别之曰南北。《北史·文苑传》、李东阳《怀麓堂诗话》、顾炎武《日知录》、王鸣盛《蛾术编》、刘师培《南北学派不同论》、梁启超《论中国学术思想变迁之大势》等，都论及了南北学风、人格、习俗、文学、艺术等等的不同。根据《周礼》"山国"、"泽国"之分及南北文化的特征，结合孔子"仁者乐山"与老子"上善若水"的理论，我们可姑名之曰山派文化与水派文化。战国之前，显然是山派占优势。《楚辞》是战国后期在水派文化的基础上，受山派文化的影响而形成的，它的形成又为水派文化增了光彩，使水派文化在汉代形成了与山派抗衡之势。假使没有《楚辞》文化的诞生，水派文化是否会与山派文化分庭抗礼呢？中国文化是否会像现在这样丰富多彩呢？这是值得研究的。林庚先生有个惊人之论，他说："中国文化曾受三个力量的支配，一是儒家而近于法家的荀子，一是道家的庄子，一是《楚辞》。荀子支配了汉代，庄子支配了魏晋，《楚辞》则自'建安'以至'盛唐'莫不受它的支配，前二者只是固定的思想，而后者带来的却是一个真实思想的精神。……唐代能于先秦之后，独成一个灿烂的文化时期，那正是《楚辞》的力量。"①果真如此，我们这样探讨就更有意义了。

　　第四，以《楚辞》文化为背景，研究现实民族文化思想的构成，认识民族心理的历史遗存，这是一个非常重要的与现实直接关联的研究层次，当然我们不可能对现存文化思想全部做出考察，而是要考察《楚辞》文化思想在现实的投影及其所产生的作用。从历史的角度，从意识的深层，认识现实的存在，从而考察民族心理的历史沉淀。

　　文化的发展如同生物的遗传一样，儿子虽不等于父母，身上却流着父母双方的血，可是又无法在儿子身上将父母的血区别开来。对于现实文化思想构

①　林庚：《诗人屈原及其作品研究》，上海古籍出版社1981年版，第68、69页。

成的研究也是如此。现状的形成是有多种因素的，现实文化思想的一些特点是《楚辞》文化所独有的，有些则是其他文化思想中也存在的，因此我们不能把《楚辞》文化的影响绝对化，指定某一现象，就一定是《楚辞》文化思想的投影。这样是缺乏科学性的。但是我们的目的是要通过研究《楚辞》，认识民族心理的历史遗存，因此凡是现实文化思想中与《楚辞》文化思想相契合的东西，我们不妨都当作《楚辞》文化遗存去认识，去对待。象知识分子的清高与牢骚，像"忠君"观念、"故土难移"观念、"忠""奸"观念、叶落归根观念等等，我们都可放到《楚辞》文化的背景中去研究，对其源流、演变，以及其存在的条件做出分析，这样很有利于我们对民族现状的认识和改造。

第五，以《楚辞》文化的遗存为背景，研究新文化的发展方向，认识改造国民性的必要性和重要性，可以说这是研究《楚辞》及古代文学、古代文化的最根本的目的。新中国成立以来，我们一直倡导批判、继承，目的正在于此。但这项工作只能在研究现实存在和历史遗存的基础上进行，我们应该认识这些历史遗存对社会发展的影响，如果把一切都当作国粹保存下来，像以往有些人那样，只是在解释或颂美古人的成就上下功夫，从古纸堆里找文章，甚至连屈原有无老婆、胡屠户手里的肉是生的还是熟的之类问题都不放过，丝毫不去考虑自己研究的项目对民族文化发展的意义，照此下去，我们的研究无疑是要遭到社会蔑视的。因此我们必须考虑到未来，对历史遗存做出分析、批判，帮助人们认识现存的本质，以及其存在的根源，从而根据发展的需要，积极主动地去改造它，改造民族灵魂，筹建适应并有利于社会、民族发展的新型文化。

高阳苗裔新说

"帝高阳之苗裔兮"[①]——这是我国第一位诗人屈原,所作的第一首长篇抒情诗《离骚》的第一句。这开卷第一句,不仅说明了楚国建邦的古老,表达了诗人对自己祖国的无限深情,同时也反映了中原文化与楚文化的渊源关系。本文即想通过对"高阳苗裔"的探讨,对楚文化的渊源做出新的认识。

颛顼不得为高阳

历代治《楚辞》的学者,多认为高阳即颛顼,史学家们更主此说。《史记·楚世家》:"楚之先祖,出自帝颛顼高阳。高阳者,黄帝之孙,昌意之子也。"[②]《五帝德》:"颛顼,黄帝之孙,昌意之子也,曰高阳。"[③]《帝系》:"黄帝产昌意,昌意产高阳,是为帝颛顼。"[④]然而,这实在是历史的误会。高阳实非颛顼,颛顼自然不得为高阳。我们可举四条证据来证明这个问题。

一、《左传·文公十八年》云:

> 昔高阳氏有才子八人:苍舒、隤敳、梼戭、大临、尨降、庭坚、仲容、

---

① (宋)洪兴祖:《楚辞补注》,中华书局 1983 年版,第 3 页。本文所引《楚辞》文本,如无特别说明,均引自此书。

② (汉)司马迁:《史记》卷 40,中华书局 1959 年版,第 1689 页。

③ (清)王聘珍:《大戴礼记解诂》卷 7,中华书局 1983 年版,第 120 页。

④ 同上书,第 126 页。

叔达。……天下之民，谓之八恺。高辛氏有才子八人。……天下之民，谓之八元。……昔帝鸿氏有不才子。……天下之民，谓之浑敦。少皞氏有不才子。……天下之民，谓之穷奇。颛顼氏有不才子。……天下之民，谓之梼杌。①

在一段话中，分举高阳、颛顼，而且一是有"才子"八恺，一是有"不才子"梼杌，其非一人，昭然若揭。崔述《补上古考信录》早已先发其疑，他说：

> 《春秋传》有高阳氏，有颛顼氏，而为一为二无明文。唯《离骚》自谓"高阳之苗裔"，而《郑语》以楚为祝融之后，《左传》以祝融为颛顼之子，则似高阳果颛顼也。然《郑语》云：黎为高辛氏火正；《楚语》云：颛顼命火正黎司地，又似颛顼为高辛者。唐虞以前事多难考，《国语》、《离骚》皆难据以立说。②

崔述是一个只相信儒家经典，其余全不相信的孔门信徒，故说《国语》、《离骚》难以为据。这无疑是一种偏见，不过他根据《左传》题高阳、颛顼为二人，这确是卓伦。

二、《楚辞·远游》云：

> 高阳邈以远兮，余将焉所程？……轶讯风於清源兮，从颛顼乎增冰。③

在一篇中分举高阳、颛顼，并云一是邈远不可程，一是从之于层冰。可见《远游》的作者是以高阳、颛顼为二人的。王逸于高阳句下注云："颛顼久矣，在其前也，安取法度修我身也？"而于颛顼句下则注云："过观黑帝之邑宇也。"他由于《远游》本身的矛盾，又不得不改释颛顼为黑帝了。从这里我们也可看

---

① （清）阮元校刻：《十三经注疏（附校勘记）·春秋左传正义》卷20，中华书局1980年版，第1861页。

② （清）崔述：《崔东壁遗书》，上海古籍出版社1983年版，第43页。

③ （宋）洪兴祖：《楚辞补注》，中华书局1983年版，第165页。

出，高阳、颛顼，确为二人。

三、在先秦古籍中，保存上古史料最丰富的无过于《山海经》。而且《山海经》没有经过儒生们的综合条理，尚保持着原始的面貌，因此"至为宝贵"①。在这部书中，颛顼之名凡十七见，而却没有一处称颛顼高阳氏者。非但如此，甚至连高阳二字也没有提到。这说明，高阳不仅不是颛顼，恐怕压根儿就不是人名！同时在先秦其他古籍中，也没有一处谓颛顼即高阳的明确记载，这无疑都是有力的证据。

四、在传说中，颛顼有一大群儿子。如：

季禺之国，颛顼之子，食黍。	《大荒南经》
颛顼生伯服。	同上
颛顼生老童。	《大荒西经》
有国名淑士，颛顼之子。	同上
有人焉三面，是颛顼之子。	同上
有叔歜国，颛顼之子。	《大荒北经》
有国曰中䡵，颛顼之子。	同上
颛顼生驩头。	同上
颛顼生伯鲧。	《山海经》郭注引《竹书》
颛顼氏有子曰犁。	《左传·昭公二十九年》
昔颛顼氏有子三人，生而皆亡，一居江水为虐鬼，一居若水为魍魉，一居欧隅之间主疫病人。	《论衡·解除篇》
颛顼产穷蝉。	《帝系》
颛顼生偶。	《世本》

如果高阳确是颛顼，那么他那八位"才子"的大名，在颛顼氏的家谱中，总该能找到一二吧。可是一个也没有！相反在帝俊儿子的名册中，却有偶会者。《海内经》"帝俊有子八人"，似与"高阳氏有才子八人"数字可合；《大荒

① 徐旭升：《中国古史的传说时代·读〈山海经〉札记》，科学出版社 1960 年版，第 291—302 页。

东经》"帝俊生中容"，又与高阳氏之子仲容之名合。但这并不是说高阳就是帝俊，而是证明颛顼并非高阳。

近代曾有学者以《墨子·非攻下》"高阳乃命禹于玄宫"[1]和《庄子·大宗师》"颛顼得之以处玄宫"[2]二语，来证明高阳确是颛顼。但这是靠不住的。因为自战国以降，关于上古的传说就异常混乱，相互矛盾的记载，可找出许多来。如《大荒北经》云"颛顼生驩头"[3]，《大荒南经》则云"鲧妻士敬，士敬子曰炎融，生驩头"[4]。依此似颛顼当即为鲧，而古本《纪年》又云"颛顼产伯鲧"，对此当做何解释呢？再如《淮南子·天文训》云："昔者共工与颛顼争为帝，怒而触不周之山。"[5]《原道训》则云："共工之力，触不周之山……与高辛争为帝。"[6]据此，则颛顼又当为高辛氏了。如果置这些纷杂的传闻材料于不顾，却根据一半条孤证，就确定高阳即颛顼。其结果只能是提衿露肘，难得自圆。

我们的目的并不在于否定颛顼即高阳，而在于探讨颛顼、高阳误合为一的根源。因为关于一个民族渊源的传说，即是误传，也必有误的道理，不会是学者们的向壁臆造。而颛顼与高阳的误合，恰恰反映了楚文化的两个来源。我们可对颛顼、高阳，分别加以探讨，便可见其来龙去脉。

颛顼与夏族

杨宽先生在《中国上古史导论》一书中，对颛顼作了详细的考证，认为颛顼即尧，是西方民族崇拜的上帝[7]。近来姜亮夫先生在《离骚首八句解》一文中，又根据《山海经》等书，认为昆仑乃颛顼降生发祥之地，由此而得出了楚族发祥于

---

① （清）孙诒让：《墨子间诂》卷 5，中华书局 2001 年版，第 146 页。

② （清）郭庆藩：《庄子集释》卷 6，中华书局 1961 年版，第 247 页。

③ （晋）郭璞注：《山海经》卷 17，《文渊阁四库全书》第 1042 册，台湾商务印书馆 1986 年版，第 80 页。

④ 同上书，第 74 页。

⑤ 刘文典：《淮南鸿烈集解》卷 3，中华书局 1989 年版，第 80 页。

⑥ 同上书，第 22 页。

⑦ 杨宽：《中国上古史导论》，《古史辨》第七册上编，上海古籍出版社 1981 年版，第 214—223 页。

昆仑若水之间的结论①。二位先生的意见至为宝贵，但我们觉得仍有商讨的余地。

在《山海经》中，颛顼是一位至尊的上帝。他东西南北，无所不至。因此要想根据他的行迹，推断颛顼氏族活动的地域，是非常困难的。我看最好还是从他的死地上推测，较为可信。《山海经》三处提到颛顼的葬地：

> 务隅之山，帝颛顼葬于阳，九嫔葬于阴。
>
> 《海外北经》
>
> 汉水出鲋鱼之山，帝颛顼葬于阳，九嫔葬于阴。
>
> 《海内东经》
>
> 东北海之外，大荒之中，河水之间，附禺之山，帝颛顼与九嫔葬焉。
>
> 《大荒北经》

务隅、鲋鱼、附禺，皆音转字，同记一地，但在其他古籍中不见有此山名，因而不好以此推定它的地望。值得注意的是，这三段话分别见于《北经》和《东经》，与西方。南方不相涉；其次，《大荒北经》谓附禺之山在河水之间，知其在黄河流域，与长江不相涉。问题出在《海内东经》一条"汉水出鲋鱼之山"，姜亮夫先生据此认为，颛顼葬于汉水之源，又根据《水经》江水"迳鱼复县之故陵"的记载，认为鲋鱼与鱼复有一定关系。我们认为鱼复当即蜀祖鱼凫之故地，与鲋鱼无关。《水经·江水注》："江水又东，迳鱼复故城南，故鱼国也。"所谓鱼国，可能就是指鱼凫之国。而《水经注》中的"汉水"乃"濮水"之讹，郝懿行《山海经笺疏》早已指出其误。他说：

> 鲋鱼或作鲋隅，一作鲋鰅，即《海外北经》务隅之山，《大荒北经》又作附鱼之山，皆即广阳山之异名也，与汉水源流绝不相蒙。疑经有讹文。《北堂书钞》九十二卷引，"汉水"作"濮水"。水在东郡濮阳，正颛顼所葬，似作濮者得之矣。宜据以订正。②

---

①　姜亮夫：《离骚首八句解》，《社会科学战线》1979 年第 3 期。

②　（清）郝懿行：《山海经笺疏》卷 13，《续修四库全书》第 1264 册，上海古籍出版社 1995 年版，第 221 页。

濮水正在河水之南，与《大荒北经》所言"河水之间"相合，并且与其他古籍所载也不大谬：

> 卫，颛顼之墟也，故为帝丘（今河南濮阳县西南有颛顼城，即帝丘）。
> 　　　　　　　　　　　　　　　　　　　　　　　　《左传·昭公十七年传》
> 陈，颛顼之族也。　　　　　　　　　　　　　　　　《左十八年》
> 星及日辰之位，皆在北维，颛顼之所建也。　　　　　《国语·周语》
> 北方，水也，其帝颛顼。　　　　　　　　　　　　　《淮南子·天文训》
> 颛顼……北方之帝。　　　　　　　　　　　　　　　《皇览》高注
> 北方之神，颛顼。　　　　　　　　　　　　　　　　《汉书·魏相传》
> 北海之神曰颛顼。　　　　　《太平广记》卷二九引《太公金匮》

据此看来，颛顼与北方的关系，似乎较之西方更为密切。姜先生以为这是三晋齐鲁之士生将他拉到这里的。但为什么不把颛顼搬到南方或东方，偏要说他是北方之神呢？对这个问题，姜先生却没有作解释，恐怕也不好解释。关于颛顼在西方的种种传说，我们认为那是昆仑系统神话影响的结果。昆仑山在西北，它在中国神话中，就如同希腊神话里俄林波斯圣山一样，乃是群神集会的地方。神话中的黄帝、炎帝、大禹、共工、后羿、刑天、西王母等，无不与之发生关系。这些传说，有的可能有点根据，大多则是后人的附会。因此我们引用神话材料时，只有作具体分析，方不至于大误。

　　根据以上分析，颛顼为北方之帝，其故地在卫，又葬于河濮之间，可能他是北方中原地区的一个原始部落。在传说中，他与北方的夏族有非常密切的关系。我们可从以下几个方面来说明。

　　一、《山海经》郭注引古本《竹书纪年》云："颛顼产伯鲧，是维若阳。"[①]《帝系》及《世本》也说"颛顼产鲧"。《鲁语》云："夏后氏禘黄帝而祖颛顼。"《汉书·律历志》云："颛顼五代而生鲧。"这些材料，恐怕不会全属儒家的造

---

① （晋）郭璞注：《山海经》卷16，第77页。

说。特别是见于古本《纪年》，尤其值得重视。由此推断，鲧禹氏族当时出之颛顼氏族。

二、《吕氏春秋·古乐篇》说："帝颛顼生自若水，实处空桑，乃登为帝。"[1] 若水据《海内经》《大荒北经》所言，乃是从昆仑山西的若木下流出来的，之所以说"颛顼生自若水"，那是因为神话传说他是黄帝的孙子，而黄帝就住在昆仑山（见《西山经》、《穆天子传》），所以将他的生地也就退到西方。所谓"实处空桑"，则是有所依据了。空桑，一说在山东曲阜，一说在河南开封陈留镇南，这倒关系不大。《淮南子·天文训》说"共工与颛顼争为帝"引起了洪水泛滥；《本经训》则云："舜之时，共工振滔洪水，以薄空桑。"空桑是颛顼所在地，共工振滔洪水，显然是冲着颛顼氏族而来的。可是在传说中治这场大水的却是鲧和禹。《战国策·秦策》"禹伐共工"，《荀子·成相》"禹有功抑下鸿，辟除民害逐共工"，《大荒西经》还记有"禹攻共工国山"，这说明颛顼氏族与大禹氏族的利益是一致的。

三、《太平御览》卷九〇八引《汲冢琐语》云："昔共工之卿曰浮游，既拜于颛顼，自没沈淮之渊。"[2]《大荒北经》则说："共工臣名相繇（疑与浮游为一人，游、繇古音近）。……禹湮洪水，杀相繇。"似乎颛顼和大禹即为一人了。

四、《海内东经》云："帝颛顼葬于阳，九嫔葬于阴，四蛇卫之。"[3]《五帝德》云："颛顼……乘龙而至四海。"《海内经》注引《开筮》则说："鲧……化为黄龙。"《大荒西经》说："有人珥两青蛇，乘两龙，名曰夏后启。"古龙蛇相混称，蛇也即龙，夏族是以龙为图腾的氏族，故有夏后启珥蛇乘龙、鲧化为龙等神话。而颛顼也有卫蛇乘龙的传说，说明颛顼与夏人同为崇拜龙的氏族。

总之，夏人出之颛顼氏族，他们同属于北方的华夏集团，生活上有共同的利益，宗教上有共同的信仰。

---

① 许维遹：《吕氏春秋集释》卷 5，中华书局 2009 年版，第 123 页。
② （宋）李昉等：《太平御览》卷 980，《文渊阁四库全书》第 901 册，台湾商务印书馆 1986 年版，第 140 页。
③ （晋）郭璞注：《山海经》卷 16，第 68 页。

颛顼·三苗·荆楚

颛顼与夏族的关系既明，我们再来讨论他与三苗及楚的关系。

《大荒北经》云："颛顼生驩头，驩头生苗民，釐姓。"苗民，郭璞注云："三苗之民。"[①] 据此，三苗乃是颛顼之后。先秦古籍，盛道三苗之事，《尚书》、《左传》、《国语》、《墨子》、《孟子》、《庄子》、《荀子》、《韩非子》、《战国策》、《吕氏春秋》、《山海经》等子史之书，俱曾言及。而其中心事件，就是苗夏战争。战争相传有三次，分别在尧舜禹时。各书所记，相互牴牾。但就战争的结局而言，约有三种：

一、"分北三苗"（《尧典》），"更易其俗"。（《吕览·召类》）

二、"窜三苗于三危。"（《尧典》）

三、"遏绝苗民，无世在下。"（《吕刑》）

这大概反映了三次战争的不同结果。但三苗原处何地，后来又去向哪里？在学术界却没有一致的意见。现在一般学者都认为三苗本是南方的一个部落，其地在长江流域，即《魏策》吴起所说的"三苗之居，左彭蠡之波，有洞庭之水，文山在其南，而衡山在其北"。但这里有两点值得怀疑：一、三苗既在长江之南，处在黄河流域的尧舜，何能涉足千里之外，"分北三苗""更易其俗"？二、三苗既在江南，战败之后自然当退守长江，为何却逃向西北的三危？据说钱穆有《古三苗疆域考》一文，认为三苗原在黄河流域。其文虽未能拜读，但其观点，实获我心。我们认为三苗原在黄河流域，本是华夏集团的一个分子。三苗与尧舜禹的战争，乃是华夏集团内部的分裂战争。所谓"分北三苗"，就是指分散三苗之族，勿令相聚为患。苗民在商代时，仍有一部留在黄河流域，武丁时曾参加过对𠂤方的战争[②]。《左传·襄公二十六年》："晋人与之苗。"[③] 苗即今河南济源西的苗亭一带，此当时苗民的故居。吴起所说的三苗居住之地，当

---

① （晋）郭璞注：《山海经》卷16，第80页。
② 陈梦家：《殷虚卜辞综述》，中华书局1988年版，第273、274页。
③ （清）阮元校刻：《十三经注疏（附校勘记）·春秋左传正义》卷37，第1991页。

是三苗战败之后，其主要力量逃奔之地。三苗就是荆楚的前身。证据如下：

一、据《大荒北经》，苗民为颛顼之后，釐姓。釐古与黎通。钱坫《十经文字通正书》卷五："《少牢馈食礼》'来女孝孙'注'来读曰釐'，是来与釐通。《春秋》（隐公十一年）'公会郑伯于时来'，《公羊》作'祁黎'，是来又与黎通。"①釐姓即黎姓。《风俗通义》"颛顼氏有子曰黎，为苗民"②，正与此合。而《左传·昭公二十九年》则说："颛顼有子曰犁，为祝融。"《礼记·月令》注："祝融，颛顼氏之子曰黎，为火官。"③《郑语》说："黎为高辛氏火正。……曰祝融，芈姓之楚，乃是其后。"④一说黎为苗民，一说黎是楚祖，可见楚即苗民，苗民即楚了。

二、《楚世家》云："芈姓，楚其后也。""芈"读音如"咪"，"苗"古音同"猫"，苗、芈一声之转。今山西晋南以及广东客家人尚呼"猫"为"咪"。现在人形容猫的叫声，时用喵，时用咪或芈，可见苗也可呼为芈了。

三、据《尧典》，共工、三苗、驩兜、鲧为"四凶"，《左传·文公十八年》则以浑敦、穷奇、梼杌、饕餮为之"四凶"；《尧典》云"窜三苗于三危"《左传·昭公九年》则说："先王居梼杌于四裔，以御魑魅，故允姓之奸，居于瓜州。"三危在敦煌，敦煌即瓜州。三苗、梼杌同为四凶之一，同被舜放于敦煌，而且三苗为颛顼之后，据《左文十八年传》，梼杌也是颛顼之后，其中关系，不言自明。《山海经》志怪甚多，而却不见有梼杌，似乎出于常例。但《海内经》有："有人曰苗民，有神焉。……名曰延维。"延古有诞音，诞、梼、维、杌，俱一声之转。据以上梼杌与三苗的关系来看，延维自然就是梼杌了。古代氏族，常将他们死去的首领当作神圣来崇拜，这在现在的一些未开化的部落中，还可见到。梼杌既是三苗之神，自可认定他原本是三苗的一个头领了。正因为三苗的首领率其残余窜入西北，所以才有"窜三苗于三危"的传说。可是很奇怪，楚国的史记却称作"梼杌"。《孟子·离娄下》："晋之乘，楚之梼杌，鲁之春秋，一也。"赵岐注曰："梼杌者，嚚凶之类，兴于论恶之戒，国以为

---

① （清）钱坫：《十经文字通正书》卷5，《四库未收书辑刊肆辑》第九册，北京出版社1999年版，第121页。

② （汉）应劭撰，王利器校注：《风俗通义校注》卷8，中华书局1981年版，第360页。

③ （清）阮元校刻：《十三经注疏（附校勘记）·礼记正义》卷15，中华书局1980年版，第1364页。

④ 徐元诰：《国语集解》卷16，中华书局2002年版，第465页。

名。"① 但哪有史记专记恶事之理？此说自然难信。徐旭生先生说：楚国是"拿本地英雄的名字作为它自己历史的名"②，这是很合情理的。要之梼杌为楚之英雄，为三苗之神，三苗与楚，自有不可分割的关系了。

四、楚为颛顼、祝融氏之后。"颛顼之墟"在河南濮阳，"祝融之墟"在河南新郑。《郑语》说祝融氏之后有八姓，八姓氏族分布的情况是：昆吾居河南濮阳，顾居山东范县，豖韦居河南滑县，湿居河南湿县，邻居河南新郑，参胡居河南淮阳，大彭居江苏徐州，偪阳居江苏沛县，曹居山东菏泽③，大都在黄河流域。黄河流域古以"楚"命名的有三地，一在山东曹县东南，《左传·隐公七年》"戎伐凡伯于楚丘"，即此；一在河南滑县，即《诗经·定之方中》中的楚丘，此地也见于甲骨文中；一在商西，即卜辞"乎雀往于楚"的楚。楚丘即楚墟，与商丘、殷墟之命名相当。此与祝融之后的诸部落分布在同一地区，当即是祝融氏后芈姓的古地。窃疑"三苗"或即"三芈"，三者言其多也。"三苗大乱"（《墨子》），当是芈姓的几支力量同时向夏族进攻。最后被夏族彻底战败，一部分窜入西北，一部分逃往西南，而其主要力量，则退却到长江流域。这就是后来的楚。

范文澜先生在《中国通史简编》中，曾提到三苗战败，窜入南蛮建立楚国的事。可见这个问题，已为近代学者所注意。不过文献不足徵，我们只能做合理性的推测，并不认为就一定如此。并且我们认为：战败三苗的，并不一定是尧、舜、禹。因为这三位圣王在儒家心目中，地位较高，功劳至大，所以就把战败三苗的战功，也归于他们了。

楚夏文化比较观

为了进一步说明楚与中原氏族的关系，我们不妨再把楚文化与夏文化的内在联系作一探讨。

---

① （清）阮元校刻：《十三经注疏（附校勘记）·孟子注疏》卷8上，中华书局1980年版，第2727页。

② 徐旭生：《中国古史的传说时代》，第61页。

③ 杨公骥：《中国文学》，中央广播电视大学出版社1997年版，第532页。

一、楚夏同崇拜"龙"。龙这种神物，在《楚辞》中屡见不鲜，如：

駟玉虬（即虯龙）以乘鹥兮。 　　　　　　　　　　　《离骚》

为余驾飞龙兮。 　　　　　　　　　　　　　　　　　同上

麾蛟龙以梁津兮。 　　　　　　　　　　　　　　　　同上

驾八龙之蜿蜿兮。 　　　　　　　　　　　　　　　　同上

驾龙兮帝服。 　　　　　　　　　　　　　　　　《云之君》

驾飞龙兮北征。 　　　　　　　　　　　　　　　《湘君》

驾龙辀兮乘雷。 　　　　　　　　　　　　　　　《东君》

驾西龙兮骖螭。 　　　　　　　　　　　　　　　《河伯》

驾青虬（有角龙）骖白螭（无角龙）。 　　　　　　　《涉江》

这种情况在《诗经》中是绝对少见的，而传说中的夏人，也常与龙发生关系。如：

鲧死三岁不腐，剖之以吴刀，化为黄龙。

　　　　　　　　　　　　　　　　　　《海内经》注引《开筮》

共工氏（共工合音鲧，此处当是鲧之讹传。近人考之者甚多，不必细述）有子曰句龙，为后土。……后土为社。

　　　　　　　　　　　　　　　　　　《左传·昭公二十九年》

及有夏孔甲，扰于有帝，帝赐之乘龙。 　　　　　　　同上

古者禹治天下。……凿为龙门。 　　　　　　　《墨子·兼爱中》

禹治洪水时，有神龙以尾画地，导水所注当决者，因而治之。

　　　　　　　　　　　　　　　　　　《楚辞·天问》王注

禹尽力沟洫，导川夷岳，黄龙曳尾于前，玄龟负责泥于后。

　　　　　　　　　　　　　　　　　　《拾遗记》卷二

有人珥两青蛇，乘两龙，名曰夏后开。 　　　《大荒西经》

从关于龙的传说中，可知楚夏有过共同的原始习俗，龙是他们共同崇拜的神物。

二、楚夏同崇拜"九"。《楚辞》于数字喜言"九"，如：《离骚》有九畹、九死、九辨、九歌，《九歌》有九坑、九天、九河、九州，《天问》有九子、九则、九重、九首、九懼，《九章》有九折臂、九逝，《招魂》有九千、九关、九约等，这在《诗经》中也是很少见的，而在夏人的传说中则有：

　　天乃锡禹洪范九畴。　　　　　　　　　　　　　　　　　《尚书·洪范》

　　用鲧治水，九年而水不息，功用不成。　　　　　　　　　　《夏本纪》

　　禹……以开九州，通九道，陂九泽，度九山。　　　　　　　　　同上

　　禹乃兴九招之乐。　　　　　　　　　　　　　　　　　　《五帝本纪》

　　禹收九牧之金，铸九鼎。　　　　　　　　　　　　　《史记·武帝本纪》

　　（伯禹）封崇九山，决汩九川，陂鄣九泽，丰殖九薮，汩越九原，宅居九隩。　　　　　　　　　　　　　　　　　　　　　　　　《周语》

　　乃有白狐九尾，造于禹。　　　　　　　　《吴越春秋·越王无余外传》

　　开（启）上三嫔于天，得《九辩》与《九歌》以下。

　　　　　　　　　　　　　　　　　　　　　　　　　　　《大荒西经》

　　大乐之野，夏后启于此儛《九代》。　　　　　　　　　　《海外西经》

此外如九江、九河、九川（上见《禹贡》），九族、九德、九成（上见《夏本纪》）等，多不胜举。楚夏二族，为何对九如此崇拜，我们已无法知道，但就此亦可窥见楚夏文化上的关系。而且楚人所歌的《九辩》《九歌》，据《山海经》和屈原自己说，就是夏启从天上偷下来的。夏人所得，楚人所歌，其关系，不言而喻。

三、《楚辞》多夏人传说。在屈原赋中，有关历史的约有八十余条，而关于夏代的就几占到三分之一。而且这些传说，有许多都与北方儒籍之说相矛盾。如关于鲧，儒家典籍说他是"四凶"之一，因其治水失败而被诛，而《离骚》却说"鲧婞直以亡身"，《天问》又说："顺欲成功，帝何以刑？"鲧治水将要成功，为何却将他处以极刑？此与儒籍所言，显然非出于一源。在如《天问》所云，鲧教百姓在莞莆之地耕种，反而遭到众人的诽谤；大禹与涂山氏通淫而却志趣不合；夏启得九辩之歌，屠母兮尸等事，俱不见于儒家典籍。顾颉刚先生在《古史辨》

第一册中，曾根据《楚辞》中关于鲧禹的神话，得出大禹为南方民族传说人物的结论。这种观点，虽有待商榷，但也可见，楚夏关系，确非寻常。

四、《楚辞》用夏正。据古籍所载，夏商周三代，采用着不同的历法。其主要区别是"岁首"建月不同。《史记·历书》："夏以正月，殷以十二月，周以十一月。"也就是说殷以十二月为岁首，周以十一月为岁首。《春秋》用的便是周历，《左传》根据原始档案不同，则时用周历，时用夏历，而《楚辞》则用夏历（见游国恩《楚辞用夏正说》一文）。由此亦可见楚夏文化的同源关系。

五、楚地存有夏文化遗迹。随着我国考古工作的开展，近几年来，在长江流域发现了越来越多的新石器时代的遗址。根据学者们的研究，这是一个不同于黄河流域的、有自身连续发展序列的文化系统。这个系统，西至长江三峡，东至鄂东，北至伏牛山麓，南至洞庭、鄱阳两湖之间。文化发展情况，大致可分为三个阶段。第三阶段即相当于黄河流域的龙山文化期。主要遗存有下王岗晚期，青龙泉二期，季家湖下层，易家山等。就从下王岗晚二期文化层起，长江中游的原始文化系统，忽然发生了极大的动荡，大大增加了黄河流域文化的影响。并在淅川下王岗和黄陂盘龙城发现了黄河流域二里头文化的遗物。而这一地区的原有文化序列，在二里头（龙山文化晚期）以后猛然中断，这是一个非常值得重视的问题。考古学专家邹衡先生认为，二里头当归于夏文化[1]。俞伟超先生则认为：在长江中游发现二里头文化，乃是大禹南征三苗时，将北方文化带到了南方[2]。我们认为，如果二里头确属夏代文化，那么，考古上所发现的长江中游文化的这种变化，与其说是大禹南征带去了北方文化，毋宁说是三苗南窜带去了北方文化。因为根据夏代的社会物质生活的发展状况，夏即使征服了南方，也不可能去长期统治那里，不可能使那里的文化性质发生如此剧烈的变化，以至中断。只有北方部落长期南居，才有可能。就如同欧洲人移居美洲，使美洲大陆发生巨变一样。根据《魏策》《吴起传》《韩诗外传》《说苑》等书所载，三苗活动之地在洞庭、鄱阳之间，而考古发掘则说明，黄河流域文化的影响在洞庭、鄱阳之间直下，南达清江的吴城一带。文献、考古正相吻合。

---

[1] 邹衡：《夏商周考古学论文》，文物出版社1980年版。
[2] 俞伟超：《先楚与三苗文化的考古学推测》，《文物》1980年第10期。

根据以上楚夏文化的比较和楚地发现夏文化遗迹的事实，我们可以得出这样的结论：楚、夏文化，出于同源。

高阳与商之祭日

高阳之名，最早见于《左传》，他的事迹，只有一件，就是生了八个宝贝儿子，人谓之"八恺"。《说文》："恺，乐也"，又说："恺，康也，从心，从岂，岂亦声。"① 所谓康乐，也就是欢乐之意。而恺所从之岂，据《说文》，就是"还师振旅乐也"。《周礼·大司乐》："王师大献，则令奏恺乐。"注："恺乐，献功之乐"。② 由此看来，这八恺当与音乐歌舞有关了。《海内经》说："帝俊有子八人，是始为歌舞"。这帝俊倒有点像高阳。而且高阳有子曰仲容，帝俊也有子叫中容。帝俊是东方民族的上帝，似乎这里已透露了一点高阳与东方民族的关系。不过这种比附的方法，总不是十分可靠的。在没有其他更好的材料可据的情况下，我们只好依据汉字给予我们的一个特殊的方便条件——形、音、义，来解决问题。

高阳的阳，在甲骨金文中同易、扬、暘。易，甲金作：

$$早 （丙52）\quad 早 （貉子卣）\quad 弓 （宅簋）$$

朱骏声《说文通训定声·壮部》谓"此即古暘字，为易字"。③ 林义光《文源》云：

> 《说文》云：易，开也，从日一勿。按云开日见也。古作易（易叔簋）从日，一蔽之，勿飞也。云飞日见也。或作早，从日，从一，从丿，丿引去之象。④

---

① （汉）许慎：《说文解字》，中华书局 2013 年版，第 97 页，第 216 页。

② （清）阮元校刻：《十三经注疏（附校勘记）·周礼注疏》卷22，中华书局 1980 年版，第 791 页。

③ （清）朱骏声：《说文通训定声·壮部第十八》，武汉市古籍书店影印咸丰元年刊本 1983 年版，第 880 页。

④ 林义光：《文源》卷5，中西书局 2012 年版，第 173 页。

朱芳圃《殷周文字释丛》则认为:

> 字像△废丁上形，结构与⚔相同。△镫缺也。传世西京宫镫即其遗制。
> 金文或增彡象镫光下射也。本义当训为光明。孳乳为阳，《说文·昌部》:
> "阳，高明也，从昌易声"。日部:"旸，日出也，从日易声。"①

按:朱氏之说，于形为近，于义则未安。⚭所从之日，在甲骨文中，绝无作△
形者，其为日字甚明。所从之丁，时或作⚓（前 5.42.5），疑是祭祀时搁祭品
的支架。字或加人形作:

失方彝　静卣　克鼎　扬鼎

今鼎　□鼎　睘鼎　巨尊

不管字形如何变化，人形⚐总是向着丁，其立义当与⚑（祝）⚒（祭）等字相
当。而且总是在上。或搁玉于丁上，做人以玉祭日之状；或省丁、玉，做人双
手捧日之状；或省玉，做人在丁前祭日之状；或省丁，做人以玉祭日之状；或
省丁、日，做人跪捧玉向上祭祀之状；丁时作⚓，像日光下射（彡）丁影倾斜
之状。总之其为祭日之意甚明。

易，孳乳为旸，《说文》:"旸，日出也"。孳乳为阳，《说文》:"阳，高
明也"，《毛诗传》:"阳，日也"。所谓高阳，自可认作是太阳神了。在甲骨
文中，我们可以清楚地看到，商人对于太阳是非常崇拜的。他们的高祖上甲
微，在卜辞中时写作囗 +。+即古甲字，囗即日之省，犹⚒之省作⚒（没下
27.14），⚒之省为☖（粹 202）。上甲之作甲日合文，犹高祖⚒之作⚒。高祖
亥之作⚒。佳（鸟）亥合文，反映了商人对玄鸟的崇拜；甲日合文，则反映

---

① 朱芳圃:《殷周文字释丛》，中华书局 1962 年版，第 49 页。

了他们对日的崇拜。

不仅如此，商人对日的祭祀也非常频繁的。卜辞有：

乙子卜帝日叀丁	库 985
丁子王宾日，不雨	卜 535
御各日，王受又	粹 1278
辛未又于出日	粹 597
出入日，岁三丰	粹 17
今日既叙日	菁 10.10

出日、入日、各（落）日无不祭祀，而且祭之法有帝（禘）、宾。御、又（侑）、岁、叙等，这些都是祭先王的祭法，其对日之礼拜可真谓极矣。他们又称日神为东母[1]，并自谓是日神的子孙[2]。卜辞中常见有"尞于东母"的记载，此自可认作是商人的高禖（母）祭祀了。

我们认为，高阳之名，乃来之商人对日神东母的崇拜。阳之称高，犹如禖之称高，帝之称上一样，乃是极端崇拜的表示。高禖祭祀，讹变为人名高密，《史记·夏本纪索隐》引《世本》："鲧取有莘氏女，谓之女志，是生高密"。[3]闻一多先生认为，高密即高禖之讹变（见《神话与诗·高唐神女传说之分析》），这是很对的。高阳之讹变为人名，正与此同。不过这中间有两种"催化剂"在起着讹变的作用，这就是汤的称号与楚人对汤的祭祀。汤甲骨文中时称作"太乙"，或"高祖乙"，而汤则是周以来通行的称号。汤古与阳通，《楚辞补注·天问》："《说文》'晹，日出也'，或作汤，通作阳。"[4]高祖汤，省祖字则为汤，读之则为高阳，此其一。再则，楚王族乃是汤之后裔（见下文），由夏人"郊鲧而宗禹"，"周人禘喾而郊稷"[5]的通例则之，楚王族当有郊汤的

---

① 陈梦家：《殷虚卜辞综述》，第 574 页。
② 参见拙作《〈大雅·生民〉新说》。
③ 《史记》卷二《夏本纪》。
④ （朱）洪兴祖：《楚辞补注》，第 88 页。
⑤ 徐元诰：《国语集解》卷 4，第 159 页。

祭典。郊古与高通，《礼记·月令》"高禖"，《毛诗注疏》则作"郊禖"。郊汤，音读则为高阳。汤，甲骨文、金文作唐，故楚又有高唐台馆。

因此，高阳之为人名，具有两重性，一是日神东母的神格，一是男性高祖的人格。闻一多先生认为，楚之高唐就是高阳，高阳就是楚之高禖。此确为高论。进而言之，高阳实是商之女始祖简狄。笔者曾在《〈大雅·生民〉新说》中证明，简狄即日母羲和，即东母；在这里我们则可从楚国的传说中证明，高阳即东母简狄，即楚之高禖。近代许多学者认为，高禖即高母，即氏族女始祖；高禖祭祀，则是男女求爱和求子的活动仪式。这是很对的。《渚宫旧事》引《襄阳耆旧传》云：

> 襄王与宋玉游云梦之台。……王曰：昔者先王游于高唐，怠而昼寝，梦见一妇人。……王悦而问之。曰："我夏帝之季女也，名曰瑶姬，未行而亡，封乎巫山之台。……所谓巫山之女，高唐之姬。闻君游于高唐，愿荐枕席。"[①]

高唐神女自荐枕席的趣话，无疑是高禖祭祀男女求偶的雅言。所谓瑶姬，当即瑶台之姬。而屈子《离骚》云："望瑶台之偃蹇兮，见有娀之佚女"。有娀佚女即"简狄"，于瑶台而见简狄，可见简狄即瑶台之姬，即高唐神女了。神话传说虽演变甚烈，但万变不离其宗。楚之祭高唐或高阳，正是祭东母简狄（虽然高阳已变为男性，但其女性特征仍存）。此正可表明楚商之间的关系了。

高阳·昭明·祝融

如果说，高阳与太阳神的关系，以上的论述，还不足以说明问题，那么，我们在这里还可以继续证明。不过首先需要声明：一、颛顼与高阳的误合，实在较原始的传说中，就孕育了这种因素。晚周诸子，大多对此已不太了解，故

---

① （唐）余知古：《渚宫旧事》卷3，《文渊阁四库全书》第407册，台湾商务印书馆1986年版，第581页。

《墨子》、《庄子》书中，又误高阳为颛顼的嫌疑。二、颛顼、高阳既然合二为一，他们的行事也自然如同酱油掺醋，再好的厨师，恐怕也无法分开，只能任味觉辨识，酸的是醋，香的是酱油了。对于颛顼和高阳的材料，我们也只能如此。

《左传·昭公二十九年》云："火正曰祝融，颛顼氏有子曰犁，为祝融。"所谓火正曰祝融，就是说祝融乃是火正的通称，并非人名。为祝融，就是为火正。《郑语》说："黎为高辛氏火正"，那就是说，黎为祝融乃高辛氏所封。高辛即帝喾，根据近代学者的研究，帝喾乃是东方民族的上帝，即甲骨文中的祖夔。那么祝融自然与东方民族有一定瓜葛了。可是在传说中，祝融却成了一个人名。《大荒西经》："颛顼生老童，老童生祝融，"《海内经》："炎帝……生炎居，炎居生节并，节并生戏器，戏器生祝融"。《周语》："昔夏之兴也，融降于崇山"，韦注："融，祝融也"。这显然都是传说之误。不过我们发现，祝融的传说与西方昆仑系统的神话几乎没有什么关系，而却盛行于东方和南方。

祝融又作朱明，《吕氏春秋·孟夏纪》："（夏）其帝炎帝，其神祝融"，《淮南子·天文训》："南方火也，其帝炎帝，其佐朱明。"高诱注："旧说云祝融"，《开元占经》引《淮南鸿烈间诂》作"其帝祝融，其佐朱明"[1]。《孟夏纪》以祝融为夏季之神，《尔雅·释天》则云："夏为朱明"。朱明、祝融乃一声之转，实即一名之分化。

> 南方祝融，兽身，人面，乘两龙。
>
> 　　　　　　　　　　　　　　　　　　　　　《海外南经》
>
> 昔者……皇帝得六相而天下治，神明至……祝融辨乎南方，故使为司徒。
>
> 　　　　　　　　　　　　　　　　　　　　　《管子·五行》
>
> 祝融治南方……使主火。
>
> 　　　　　　　　　　　　　　　　　　　　　《越绝书》
>
> 南方之极……赤帝祝融所司者万二千里。
>
> 　　　　　　　　　　　　　　　　　　　　《淮南子·时则训》

---

① （唐）瞿昙悉达：《唐开元占经》卷30，《文渊阁四库全书》第807册，台湾商务印书馆1986年版，第396页。

南海之神曰祝融。

《楚辞·远游补注》引《太公金匮》

炎帝生器，器生钜及伯陵祝庸（融）。

《路史·后纪》

炎帝者，太阳也。

《白虎通义·五行篇》

朱明承夜兮。（注：朱明，日也。）

《楚辞补注》

这里有两点值得注意，一是祝融与南方的关系，二是祝融与日神的关系。祝融在南方的传说中，音转为东明（《论衡·吉验》）、朱蒙（《魏书·高句丽传》）、邹牟（《好大王陵碑铭记》），相传他是高句丽的祖先。《高句丽传》说"朱蒙告水曰：我是日子，河伯外孙"，是朱蒙也与日神有关（参见杨宽《中国上古史导论》）。

根据南方和东方的这些传说，我们可以看出，祝融其名或转为朱明，或讹为朱蒙、东蒙，但万变不离其宗，其人格不外乎民族的始祖，其神格不外乎日神之代称、日神之孙、日神之子。而作为楚远祖的祝融父高阳，其神格更可相得益彰了。不过关于祝融、朱蒙的传说，我们还不能当作一人的材料去处理。其故事的相似，名称的相通，只能说明他们同出于一个母题。我们认为，这个母题就是高祖昭明的神话。

昭明，音求之，其与祝融、朱蒙、朱明皆一音之转。昭、祝、朱为双声，明、蒙、融为叠韵，此自可认作是一名的分化。由行事求之，其与祝融也不大殊。可惜关于他的材料太少，检点古籍，只可略知一二。

一、《荀子·成相》："契玄王，生昭明，居于砥石迁于商"。《殷本纪》："昭明卒，子相土立"。《左传·襄公九年》则云："陶唐氏之火正阏伯居商丘，祀大火而火纪时焉。相土因之，故商主大火。"昭明迁于商，阏伯居于商丘（商丘与商为一地），昭明卒后，相土立；阏伯之后，相土因之。可见阏伯即昭明了。昭明为火正，而《左传·昭公十九年》云："火正曰祝融，"是昭明、祝融神格相同之证。

二、《左传·昭公元年》云："高辛氏有子二人，伯曰阏伯，季曰实沈；居于旷林，不相能也，日寻干戈，以相征讨，后帝不臧，迁阏伯于商丘。"这是说阏伯昭明受到了上帝的惩罚。而《周语》则曰："昔夏之兴也，融（祝融）降于崇山"，是祝融、昭明遭遇相同。

三、《郑语》云："黎为高辛氏火正，以淳耀惇大天明地德，光照四海，故命之曰祝融，其功大矣。"又云："祝融亦能昭显天地之光明"。昭明即有光明之义，而祝融亦能"昭明天地"，可见祝融、昭明俱光明之神了。

四、昭明为商人之祖，而祝融为楚人之祖，是二人的人格也很相似。

根据以上的推论，可知祝融的传说，实本于东方的昭明神话，只不过是故事的南传和演变，形成了较浓厚的地方色彩而已。而那位迁阏伯昭明居于商丘的高辛氏、陶唐氏，似乎与高阳氏也有点瓜葛了：

> 黄帝为其子昌意娶蜀山氏之女，生子高阳，是为帝喾。
>
> 《华阳国志·蜀志》
>
> 昔者有三苗大乱，天明殛之。……高阳乃命（禹于）玄宫。禹亲把天之瑞令，以征有苗。
>
> 《墨子·非攻下》
>
> 禹劳心力尧有德，干戈不用，三苗服。
>
> 《荀子·成相》

帝喾即高辛氏，尧即陶唐氏。童书业、杨宽等学者认为，高阳、高辛、陶唐即一人。其说虽不敢尽信，但这三人的传说材料，时同时异，时分时混，确是事实。不过我们无暇去判断古人的公案，这里只是要说明高阳、昭明、祝融的关系罢了。神话演变，略如下图：

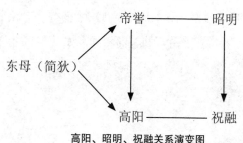

高阳、昭明、祝融关系演变图

帝喾是为东母简狄而造的配偶神，高阳则是东母神格的演化。

楚商文化比较观

楚商二族的关系，我们还可从他们的文化对比中得到证明。

一、商、楚官吏之长同称尹。商代官长之称尹，文献、卜辞俱有实证。文献中的伊尹、庶尹（官长之总称）人已熟识，见于甲骨者有：

贞，□于黄尹	掇 2.185
□尹屮□	存 1.233
叀畓右保自右尹	浚下 13.12
癸亥贞，三尹即于幸翌	拾 3.4
壬子，王亦梦尸……	前 7.33.1
已未卜贞，申尹归	林 2.26.4
贞王其屮曰多尹若	乙 867

多尹当即文献中之庶尹，又如现在称诸位首长。这种称谓，西周王朝偶有所见，但毕竟不多。而在楚国则有令尹、县尹、左尹、右尹、工尹、连尹、莠尹、玉尹、卜尹、清尹等。显然楚国是继承了商之遗矩。

二、楚商同称先王为后。后之称，在夏代最盛，似"诸侯"都可称为后，如后启、后羿、后夔等。《尧典》又称作"群后"。商代则只称先王为后。见于《盘庚》篇者有：先后、古后、神后、高后等甲骨文则有后祖某、多后等。周朝则多称先王为王，而很少称后。《诗》、《书》中虽有"王后""皇后"之名，但毕竟十分少见。而《楚辞》之称，却与商相同，如：

昔三后之纯粹兮

后辛之菹醢兮

启代益作后

> 而后帝不若
>
> 后帝是饗
>
> 中央共牧后何怒

但不见有称怀王为后者。称前王者仅《离骚》一见，显然是沿用了商之习称。

三、商楚同好淫祀。《尔雅·释天》云："夏曰岁，商曰祀，周曰年，唐虞曰载。"[①]商人称岁为祀，反映了他们恭事鬼神的习俗。就卜辞所见，商人对于山川日月，风云雷雨，无所占卜，无所不祭。祭祀中有时商王亲自把羽而舞：

王舞	乙 2592
王舞允雨	人 3085
戊子卜贞王其……翊舞	前 6.20.4
王舍舞	京 451

周人虽自云能敬事鬼神，但从不见他们有象商人那样频繁的祭祀，也不曾见周王亲自羽舞。唯独楚人可与商人相提并论。《汉书·地理志》云："楚地……信巫鬼，重淫祀"。《太平御览》卷五二六及七三五引桓谭《新论》言之更详，曰：

> 楚灵王骄逸轻下，简贤务鬼，信巫祝之道，斋戒清鲜以祀上帝，礼群神，躬执羽绂，起舞坛前。吴人来攻，其国人告急，而灵王鼓舞自若，顾应之曰："寡人方祭上帝，礼神明，当蒙福佑焉，不敢赴救。"[②]

楚灵王对于鬼神这种狂热的崇拜，恐怕不单纯是昏庸的表现，当是商之习俗的遗存。

---

① （清）阮元校刻：《十三经注疏（附校勘记）·尔雅注疏》卷 6，中华书局 1980 年版，第 2608 页。
② （宋）李昉等：《太平御览》卷 526，第 27 页。

四、楚祭从商。《楚辞》中有祭东皇太一、东君的乐歌，而却无祭西皇、西君之辞，这是一个很值得注意的问题。追根寻源，方知其本之于殷商的东母、太乙之祭典。成汤，甲骨文中又作大乙，后世遂讹为天乙或太一。因为他是商朝的开国君王，因此特别受到商人的尊重。《商颂》有"汤孙奏假""汤孙之将""汤降不迟"等诗句，这反映了商人的自豪感。以上古时代祖先神升华为上帝神的惯例测之（如帝俊、帝尧），东皇太一当是太乙汤神格的演化。《汉书·郊祀志》曰："神君最贵者太一"[①]，所谓"东皇"是因太乙乃东方氏族的首领，故名。东君则是东母神格的演变。甲骨文称日神为东母，后因西王母神话的盛传，后人便将东母变为东君、东王公、东王父来与西王母作配了。关于这个问题笔者另有文详说，此处恕不细言。楚之祭祀，太一，而又称之曰东皇、东君，反映了其与商之密切关系。

五、《楚辞》传商史最全。关于商先公先王的事迹，他书所言甚略。《殷本纪》自契至主癸，仅记世系，不传史实。《左传》、《国语》也只偶有所及而已，唯《楚辞·天问》所传，可补史家之缺。《天问》云：

> 简狄在台，喾何宜？玄鸟致贻，女何喜？该秉季德，厥父是臧，胡终弊于有扈，牧夫牛羊？干协时舞，何以怀之？平胁曼肤，何以肥之？有扈牧竖，云何而逢？击床先出，其命何从？恒秉季德，焉得夫朴牛？何往营班禄，不但还来？昏微遵迹，有狄不宁。何繁鸟萃棘，负子肆情？眩弟并淫，危害厥兄。何变化以作诈，而后嗣逢长？[②]

《天问》这段话，前人多不知所云。自王国维结合甲骨文研究，认定季、该、恒、上甲微之后，人们方知其所言乃商史。"商史"独存于楚，这无疑是楚商关系最好的说明。

六、《楚辞》先商而后夏。夏商两代的圣主禹、汤，《楚辞》中每有提及，但并论禹汤时，总是将汤放在禹前，如《离骚》："汤禹俨而祗敬兮""汤禹严

---

① （汉）班固、（唐）颜师古注：《汉书》卷25，中华书局1962年版，第1218页。
② （宋）洪兴祖：《楚辞补注》，第106页。

而求合兮"，《怀沙》："汤禹久远兮"，并且还将商臣放在夏臣之前，如"挚咎繇而能调"，挚即汤之贤臣伊尹，咎繇即禹之贤臣皋陶。这个顺序的安排，恐怕不仅仅是习惯问题，当是楚与商关系疏密之反映。

七、《天问》云："启棘宾商，九辩九歌"。据学者们考证，"商"乃"帝"字之误，晚周金文帝或写作啻，啻字隶书多书作商。"启棘宾商"正读当为"启急宾帝"。可是这种句式，在他家典献中很难找到，而在甲骨文中则屡见不鲜，如"贞大甲宾于帝"、"贞下乙宾于帝"（丙36）等。其与商文化的渊源关系非常明显。

八、在"屈赋"中可以看出，屈原心目中最崇拜的人物就是彭咸。《离骚》："虽不周于今之人兮，愿依彭咸之遗则"。"既莫足与为美政兮，吾将从彭咸之所居"，《抽思》："望三五以为像兮，指彭咸以为仪"。彭咸究竟是谁，学者们颇多岐见，但都不否认他是殷代人。屈原为什么会崇拜殷代的贤臣呢？这无疑也是一个值得深思的问题。

以上诸论说明，楚之政治文化导源于商。

从颛顼到高阳

总而言之，楚国文化有两个主要来源，一与夏同源，一源之于商。也就是说，其原始文化当归之于颛顼，其政治文化则应归之于"高阳"。但问题至此并没有解决。为什么楚文化会有两个来源，而且各有侧重？为什么以龙为图腾的楚族，却要崇拜以玄鸟为图腾的商族的祖先神？为什么《国语》《史记》具言楚为芈姓，而见于可靠的世袭谱中的荆楚诸王却都姓熊？为什么颛顼会变为高阳？为什么高阳颛顼会混为一人？屈原所言的"帝高阳"是指颛顼还是"高阳"，或是混而呼之？这些百思不得其解的问题，姚奠中师却给了我们很大的启发。他说：楚之土著当是三苗，王族当为商人。这确是卓论。

三苗被夏族战败之后，即南窜于蛮夷之地，与当地土著联合，建立了一个大的部落联盟，吴起所谓"三苗氏左洞庭，右彭蠡"，当指此而言，而《楚世家》所谓的芈姓之楚，也当指此而言。但因时代久远，事迹无考。三苗南窜后的一段历史，今已无法知道，故司马迁说："或在中国，或在蛮夷，弗能纪其世"。① 商王朝统治中原之后，即四出征伐。《竹书纪年》有成汤征伐荆楚的记载，《商颂》也云：

> 维女荆楚，居国南乡，昔有成汤，自彼氐羌，莫敢不来享，莫敢不来王，曰商是常。②

但楚人在南方，是随着中原势力的消长而伸缩的。当中原势力强大之时，他便成为"荒服"；中原势力稍衰，他便北犯。在殷王武丁之时，强大的商王朝为了彻底征服楚国，大举出兵南征，深入荆蛮之地，俘虏了许多奴隶，并在那里进行了政治的改组。《商颂》详记其事云：

> 挞（武貌）彼殷武（武丁），奋伐荆楚，罙（深）入其阻（险阻），裒（俘）荆之旅，有截其所，汤孙之绪。③

这段记载，实在太重要了，可惜不曾为人所注意。所谓"截"就是治的意思。《大雅·常武》"截彼淮浦"，毛传："截，治也。""有截其所"即以治其地。谁去治呢？曰"汤孙之绪"，之犹是，绪，业也，事也。④ 此句式与"寡人是征""寡人是问""召伯是营"略同。意即汤孙治理经营此地。换句话说，就是"汤孙"成了那里的统治者。可见武丁曾派商贵族于楚地，就如同周成王封弟于唐，封伯禽于鲁一样。以前曾有人怀疑商代不曾有封建之事。但考古工作的开展和甲骨文的大量发现与研究，逐渐否定了这种怀疑。甲骨文中有侯、伯、方伯、邦伯、壬等称。王指商王，而侯、伯等则是指各方首领。《礼记·王制》云："千里之外设方伯"，方伯即诸侯中的领袖，甲骨文所称之某方

---

① 《史记》卷四十《楚世家》。
② （清）阮元校刻：《十三经注疏（附校勘记）·毛诗正义》卷20，中华书局1980年版，第627页。
③ 同上书，第627页。
④ 同上书，第576页。

伯，必是商王所封。商朝姓子，甲骨文中又常见有子方、子族、多子族、子某等称，此当是商所封建的同姓方国。近年在泾渭地区发现了大批商文化遗物及遗址、墓葬，而且许多器物上有父丁、且辛等字样，这与商人的命名方式是完全相同的。商人活动中心本在河南，为什么陕西境内会发现商文化遗址呢？如果仅仅以商文化的波及、影响去解释，是很难令人信服的。这可能就是商朝封建诸侯的遗迹。近年在长江流域也发现了商文化遗址，这证明《商颂》"奋伐荆楚""汤孙之绪"的记载是相当可靠的。而楚之由芈姓变为熊姓，也当是从武丁伐楚开始的。

《国语》、《史记》俱云楚为芈姓，而从较为可靠的世袭谱中，楚之诸王即是姓熊，如熊丽、熊狂、熊绎、熊艾等。这到底是怎么回事呢？说着或以为取王父字鬻熊之熊为氏来解释。可是鬻熊之名不见于《帝系》。我认为熊当是商人的一个氏族。屈子《天问》谓商祖即帝喾高辛氏，而《左传·文公十八年》记高辛氏八才子中有一名仲熊。《山海经注》则有：

> 帝俊生中容，中容人食兽木实，使四鸟：豹虎熊罴。
>
> 　　　　　　　　　　　　　　　　　　　　　　　　　　　　《大荒东经》
>
> 帝鸿生白民，白民销姓，黍食，使四鸟：豹虎熊罴。
>
> 　　　　　　　　　　　　　　　　　　　　　　　　　　　　《大荒东经》
>
> 帝俊生晏龙，晏龙生司幽。……食黍食兽，是使四鸟。
>
> 　　　　　　　　　　　　　　　　　　　　　　　　　　　　《大荒东经》
>
> 帝俊生黑齿，姜姓，黍食，使四鸟。
>
> 　　　　　　　　　　　　　　　　　　　　　　　　　　　　《大荒东经》
>
> 帝俊妻娥皇，生此三身之国，姚姓，黍食，使四鸟。
>
> 　　　　　　　　　　　　　　　　　　　　　　　　　　　　《大荒南经》

据王国维等学者研究，帝俊即帝喾，帝喾既是商人想象中的祖先，也是东方民族崇拜的上帝。他的子孙封国，多使四鸟，而所谓的四鸟，却是四种猛兽：虎豹熊罴。其中详情，已无法晓得。但鸟为商人的图腾，所谓的"四鸟"也当与商人有关了。《逸周书》记周公东征十七国，其中就有一熊姓的部落。这个部落，参加了殷人武庚的叛乱，而且又是东方的方国，似乎其与商人也有一定的关系。在甲骨文中有祭熊的卜辞，如："庚中卜贞王宾熊，亡尤"（浚上 9.4）郭沫若《卜辞通纂考释》认为熊即仲熊。"宾"是殷人祭先祖常用的祭典，而这里用来祭熊，似亦可窥见熊氏族与商王朝的血缘关系。

要而言之，帝喾为商人之祖先，其有子曰仲熊，其子孙所"使四鸟"中有熊，商人的发祥地东方有熊部落，殷墟卜辞中有关于熊的祭典，因此熊当是商集团中的成员。而楚之王族当即商集团熊氏族的一个分支。随着熊姓氏族的南迁，商之政治文化传入楚国，统治了楚国的上层建筑，使楚的土著文化和信仰，逐渐发生了变化，由原来的虬龙崇拜，开始转为对日神的祭祀；由对颛顼的崇拜，开始变为对商祖汤的祭祀；而国姓则由芈姓变成了熊。高阳名号的形成，颛顼、高阳之合二为一，便是在这样的政治力量的影响下完成的。

附记：本文是为参考 1982 年在湖北秭归召开的全国屈原学术研讨会撰写的。会议没有参考成，文章也存于箱底，一直没有发表。此次出版，朱映晨帮我整理，核对了引文，并把注文依据现在的规范做了改动。

《九歌》与殷商祭典①

　　《九歌》是楚国祭神的乐歌。关于其所祭诸神的性质，近代学者有不少新说，而此种祭典的渊源，则很少有人言及。只觉其中有些问题很难捉摸，如《九歌》如何只祭东皇、东君，而不祀西皇、西君？河非楚之望，如何要祭河伯？云师之祭不见于《周礼》，如何《九歌》会有"云中君"等。如果能将《九歌》祭典的渊源搞清，我想这些问题是不难解决的。

　　笔者曾将楚、商文化作过比较，发现楚之政治文化多源之于商。如商人称官吏之长为尹，见于文献与卜辞者有伊尹、庶尹、黄尹、右尹、梦尹、多尹、申尹、✿尹等。周人则很少有此称。而楚则有令尹、县尹、左尹、右尹、工尹、连尹、莠尹、玉尹、卜尹、清尹等。商人称先王为后，生王为王，如先后、古后、神后、高后、多后等，周人则多称王，而《楚辞》中也多称先王为后，如"昔三后之纯粹兮"，"后辛之菹醢兮"、"启代益作后"、"后帝不若"、"后帝是飨""中央共牧后何怒"，称"前王"者仅一见，但不见有称怀王为后者。商人多淫祀，故称岁为"祀"，有时商王亲自把羽而舞以乐神，周王则不见有此种事，唯独楚人可与商人相提并论。书称其地人"信巫鬼，重淫祀"，又曾传楚灵王羽舞乐神之事。《楚辞》述先代政治人物多先商后夏，如夏禹本当在前，商汤在后，而《楚辞》则合称作"汤禹"，凡三见。"咎繇"为禹之贤臣、挚为汤之贤臣，《离骚》则合称之为"挚咎繇"。商王常传位于少子，而《左文元年传》云"楚国之举，恒在少者"。商代历史，儒书所载甚略，而《楚辞》所载却多为儒书所无。这俱可反映楚、商二族的密切关系。今细读《九

---

　　① 本文发表于《山西大学学报》1985 年第 2 期。

歌》，又发现，《九歌》所祭诸神，除湘君、湘夫人、国殇外，其余俱见于殷商祭典。以下就此问题，略表拙见。

东皇太一——成汤太乙

《九歌》所祭，首为东皇太一，五臣云："太一，星名，天之尊神，祠在楚东，以配东帝，故云东皇。"研究者多认为：先秦古籍中未见以太一为神名者，至《史记·封禅书》始见有"天神贵者太一，太一佐曰五帝"[①]之说，故遂以祀太一为晚周之事。戴震《屈原赋注》云："古未有祀太一者，以太一为神名，殆起于周末。……盖自战国时，奉为祈福神，其祀最隆，故屈原就当时祀典赋之，非祠神歌也。"[②]姜亮夫先生《屈原赋校注》云太一为昊天之神，"昊天为生物之始，故于神为最贵，则太一不得为星名而徒为神名矣。惟太一之名，则始自周末"。[③]他认为东皇太一是由战国诸子所云的虚无之"道"或混沌元气之"太一"升化而成的天神。之所以名之曰东皇，是因太一为昊天神，而《尔雅》云"春为昊（旻）天"，春于方位属东，故名。马茂元先生《楚辞选》则云："东皇太一实际上就是楚人称上帝的别名。'皇'是最尊贵的神的通称。……'太一'意思是神通的广博无边。"并引《庄子·天下篇》成玄英注为证。又云："楚人以'太一'称上帝，正如后来道家称天尊为'元始'一样，都是对某一问题所表现的抽象概念。天帝本来无所不在，这里称'东皇'，则因祠宇所在，是就楚而言楚的。至于楚人为什么为上帝立祠于楚东，我想，可能是因天从东方破晓的缘故。"[④]

以上几家俱有创见，但同以诸子所谓的"太一"诠释"东皇太一"，并以此祀始于周末，则不甚妥。东皇太一当源于成汤太乙的祀典，太一即太乙。关于这个问题，丁山先生与李光信先生都曾提出过。丁山先生说见《中国古代宗教与神话考》中《汤号太乙即东皇太一》节，因非《楚辞》专著，故不为人所

---

① 司马迁：《史记·封禅书》第28卷，中华书局1959年版，第1386页。
② 戴震：《屈原赋注》，《丛书集成续编》第119册，新文丰出版公司1984年版，第256页。
③ 姜亮夫：《重订屈原赋注校注》，天津古籍出版社1987年版，第181页。
④ 马茂元：《楚辞选》，人民文学出版社1998年版，第51页。

注意。李光信先生《九歌东皇太一篇题初探》发表于《学术月刊》1961年第9期，因对一系列有关问题俱未作深入考究，故遭到龚维英先生的反驳。当时问题的讨论并未能深入，故有必要重新提出。

太一古与大乙相通。《淮南子·主术训》："上通太一，太一之精，通于天道。"[①]《文子·自然》篇作："上通太乙"，《史记·乐书正义》"太一，北极星也。"《易纬乾凿度》郑注："太乙，北辰神名也。"《文选·西京赋》"于前则终南太一"，王维《终南山》诗："太乙近天都。"古占术之家有太一家，而占术则有太乙数，可证。《荀子·成相篇》："契玄王，生昭明，十有四世乃有天乙是成汤。"《殷本纪》："子天乙立，是为成汤。"卜辞则作大乙。大乙即成汤的庙号。

成汤大乙是商王业的奠基者与开创者，其在商人心目中，犹如周文王之于周人，夏禹之于夏人一样，有非常崇高的威望。商人每以为其子孙而感到自豪，《商颂》有"汤孙之将"、"汤孙奏假"、"古帝命武汤，正域彼四方"、"汤降不迟，圣敬日跻"、"汤孙之绪"等，反映了商人对汤的崇拜。殷卜辞中每言上帝授佑，有时也言成汤授佑。在上古氏族中，常有将自己最崇拜的先祖尊成天神的习俗，如帝尧、帝舜、帝禹等俱是由祖先神升化而成的天帝。成汤之在楚演变为"东皇太一"正与此同。在宋国则以成汤配上帝，《叔尸镈》云："虩虩成唐（汤），严言在帝所。"商是由东方兴起的部族，后挺进中原，战败夏族，始建立了较强大的王国。成汤太乙则是此王国的开国之君。所谓"东皇"实际上就是"东方之王"。在地为王，在天则为皇。《庄子·在宥》云："得吾道者，上为皇而下为王。"由此推论，太乙之称为东皇，本在情理之中。

但是楚为什么会尊成汤为天帝呢？龚维英先生曾对此提出疑议，他在《东皇太一决非太乙（汤）》[②]一文中主要举了两条证据：一、楚为龙图腾氏族，商为玄鸟图腾氏族，古不同图腾之部族壁垒森严，因此楚不会去祭祀商之祖先。二、甲骨文有"戊戌卜，佑伐芈卜辞"，《商颂》也言"奋伐荆楚"，此为商伐楚（楚为芈姓）的记载。商楚关系恶劣，因此楚不会尊商祖为天神。龚先生之误，在于没有历史地看问题，引用材料，也欠慎重。首先甲骨文"又伐芈"一

---

①　刘文典：《淮南鸿烈集解》卷8，中华书局1989年版，第270页。

②　龚维英：《东皇太一决非太乙（汤）》，《甘肃师大学报》1964年第2期。

条，乃商人祭祀之卜辞，与伐楚根本无关。伐是祭祀的一种形式，芈为人名，即窑之省文，这是所有甲骨文研究者都非常清楚的。至于《商颂》所言，乃武丁伐楚之事。诗云："挞（武貌）彼殷武（武丁），奋伐荆楚。果（深）入其阻（险阻），哀（俘）荆之旅。有截其所，汤孙之绪。"[1] 此段记载，十分重要，惜龚先生未能深究。所谓"截"，就是治，《大雅·常武》："截彼淮浦"，毛传："截，治也。""有截其所"，即以治其地。谁去治呢？曰："汤孙之绪"，之犹是，绪，业也，事也。此句式与"寡人是徵"、"寡人是问"、"召伯是营"同，意即"汤孙"治理、经营此地。换句话说，就是"汤孙"成了那里的统治者。可知武丁曾派商贵族于楚地。此正是楚彻底从属于商的纪实。从此之后，楚王族即由崇拜龙图腾的芈姓氏族，变为与商同宗的熊姓氏族。[2] 因此楚尊成汤为东皇太一，正是尊自己的祖先神为天帝。这与古代礼俗并不矛盾。

《太平御览》八十三引《纪年》曰："汤有七名而九征。"[3] 所谓七名指成汤、成、汤、天（大）乙、履、武汤、武王。常见于卜辞的是成、汤、大乙。但这些称呼并非可随意用之。王国维云："卜辞于汤之专祭必曰王宾大乙，惟告祭等乃称唐（汤）。"东皇太一之祭当由太乙之专祭演变而来。专祭必择日，祭太乙必在乙日，偶尔也有甲日祭者。《东皇太一》云："吉日兮辰良。"王逸注："旧谓甲乙。"即择吉良之日以祭，此正与专祭之择日合。《礼记》云："殷人尚声"，《东皇太一》篇云"愉上皇"、"陈竽瑟"、"扬抱拊鼓"、"疏节安歌"。由此也可见商规之一斑。

东君 —— 东母

今本《九歌》，东君次于第七位，据闻一多校当次于第二，在《云中君》之前。东君为日神，王逸、洪兴祖、朱熹等俱无异词。唯清王闿运《楚辞释》以为是句芒之神，龚维英先生以为是朝霞之神（见《晋阳学刊》1981 年第 2

---

[1] 阮元校刻：《十三经注疏（附校勘记）·毛诗正义》卷 20，中华书局 1980 年版，第 627 页。

[2] 参见拙作《高阳苗商新说》。

[3] 李昉等：《太平御览》卷 83，《文渊阁四库全书》第 893 册，台湾商务印书馆 1986 年版，第 788 页。

期）。他们认为如东君是日神，文中不当云"灵之来兮蔽日"。然而司日之神与实物之日毕竟不是一回事。正如湘神不等于湘水、山鬼不等于山岳，河伯不等于河水一样。李贺诗曰："羲和敲日玻璃声"，日神可以敲日，当然也可以"蔽日"。而且诗中曰暾、曰出、曰照，其非日神莫属。王、龚之说断不可从。

　　在最早的记载中，日神为女性。《大荒南经》云："甘水之间，有羲和之国。有女子名羲和，方日浴（当为浴日）于甘渊。羲和者，帝俊之妻，生十日。"甲骨文中常见有祭东母的卜辞：

　　　　燎于东母豕三犬三（《铁云藏龟》142.2）
　　　　燎于东母三牛（《殷虚书契后编》上 23.7）
　　　　燎于东母九牛（《殷虚书契续编》1.53.2）
　　　　屮于东母、西母若（《殷虚书契后编》上 28.5）

陈梦家先生《殷虚卜辞综述》认为：东母、西母是指日月之神[1]。此说甚当。在商人的精神生活中，日之地位非常显赫，其祭日十分频繁，连日之出入都要祭，其记时也多用日，如旬、旦、中日、昃、昏等。连他们的名字也多用日名，如大乙、中丁、小辛等。其对日之崇拜可谓至极。丁山先生《中国古代宗教与神话考》云羲和即东母即商的女始祖简狄[2]。这是非常正确的。商人源于东，有以司日女神为其女祖，故称日母为东母，并对其举行祭祀的常典。东君当源之于东母。其由女性之变为男性，一方面是因父权膨胀的结果，另一方面则是由于西王母神话盛传的原因。西王母本为月神，《轩辕黄帝传》谓其为"太阴之精"，其与《大荒西经》中生十二月的常羲，卜辞之西母实为一人。由于西方氏族不断向内地迁徙，将西方神话传入中土。使西方越来越神秘，战国之后遂有穆王见西王母、羿求不死之药于西王母的传说。而原始的东母神话，便在人们的合理想象中，变为男性之东君、东王父，成为西王母之配偶神。《赵世家索隐》引谯周云："余尝闻之代俗，以东西阴阳所出入，宗其神，谓之

---

[1]　陈梦家：《殷虚卜辞综述》，中华书局 1988 年版，第 574 页。
[2]　丁山：《中国古代宗教与神话考》，上海书店出版社 2011 年版，第 77 页。

王父母。"①《神异经·东荒经》："东荒之中，有石室，东王公居焉。"②《吴越春秋》九："乃行第一术，立东郊以祭阳，名曰东皇公，立西郊以祭阴，名曰西王母。"③曹操《陌上桑》："济天汉，至昆仑，见西王母谒东君"，白居易《和送刘道士游天台》："斋心谒西母，暝拜朝东君。"但不管其名称如何变化，其为日神之神格却仍存。

云中君——帝云

云中君古以为是云神，唯徐文靖、姜亮夫、程嘉哲有异说。徐文靖《管城硕记》以为是云梦之神，姜先生《屈原赋校注》以为是月神，程先生《九歌新注》以为是雩宗（虹）。细考诗文，仍以云神为确。诗云"与日月兮齐光"，其非月神甚明，又云"焱远举"、"横四海"、"翱翔"、"周章"，所绘为云之情状无疑，其非水神与彩虹甚明。且《史记·封禅书》、《汉书·郊祀志》并云："晋巫，祠五帝、东君云中君、司命"，是汉时尚存祭云中君的习俗。楚亡距汉兴不过二十余年，楚遗老存者定不在少数。云中君所祭为何神，他们想必非常清楚。王逸为汉人，虽不及见楚遗老，口耳相传也不会有误，其谓云中君即云神，岂能是无稽之谈？

云中君的祀典，不见于《周礼》，故戴震云："《周官》大宗伯以槱燎祀飌师雨师，而不及云师，殆战国时有增入祀典者，故屈原得举其事而赋之。"今细查古制，知此为商之遗典，非始之战国。卜辞有：

　　燎于云（《殷契遗珠》451）
　　乎雀燎于云犬（《小屯·殷虚文字乙编》5317）
　　乎于帝云（《殷虚书契续编》2.4.11）
　　兹云其降（《小屯·殷虚文字乙编》3292）

---

① 司马迁：《史记·赵世家》卷43，中华书局1959年版，第1780页。
② 陶宗仪：《说郛》卷66，《文渊阁四库全书》第879册，台湾商务印书馆1986年版，第552页。
③ 《二十五别史·吴越春秋》卷9，齐鲁书社2000年版，第119页。

　　燎于六云四五豕卯五四羊（《殷虚书契后编》上 22.3+22.4）

　　商代，天神一般俱称作帝。故云神称作"帝云"。而《云中君》云："龙驾兮帝服"，正是袭用商之旧说。后世注家未察此义，谓之曰："天尊云神，使之乘龙兼衣青黄五采之色，与五帝同服也。"实误。卜辞所谓"六云"，当即是彩云，也即卿云。《尚书大传》载《卿云歌》曰："卿云烂兮，纠缦缦兮，日月光华，旦复旦兮！"《云中君》："烂昭昭兮未央"、"与日月兮齐光"正与此同义。卜辞云："兹云其降"，《云中君》则曰："灵皇皇兮既降"似犹存商规。

司命——命

　　《九歌》有两司命，即大司命少司命，说者多以《周礼·大宗伯》"以槱燎祀司中，司命"为解，固不算误，而其祀也当承之于商。卜辞有：

　　　　贞帝于命（《殷虚书契前编》3.24.6）
　　　　贞帝于命（《金璋所藏甲骨卜辞》515）
　　　　佳帝臣命（《殷虚书契后编》上30.12）
　　　　帝臣命（《殷虚书契续编》3.471）

　　命当即司命之神，所谓"帝于命"就是对命神举行禘祭。谓之"帝臣"，是言其为天庭之臣，即上帝之臣。《大司命》云："广开兮天门"，《少司命》云："夕宿兮帝郊"，《封禅书》云："神君最贵太一，其佐曰大禁、司命之属。"所谓开"天门"，宿"帝郊"，为太一之佐，显然是说司命乃天庭之神、上帝之臣，此与卜辞所言相合，而却不曾见于周礼。司命之分为大小，当为较后之事。春秋时齐候作洹子孟姜壶铭曰：司誓于大司命，用璧、两壶、八鼎，是春秋时已有大司命之称。《表记》云："殷人尊神，率民以事神。"齐属商之故地，楚为汤之远裔，齐楚祀司命之隆礼，当为商之"尊神"的遗俗。

河伯——河

河伯为黄河之神，古无异说。甲骨文有：

> 燎于河五牛沈十年十月在门（《殷虚书契前编》2.9.3）
> 王至于今水燎于河三小宰沈三年（《殷虚书契后编》上 25.3）
> 辛未贞奉禾高且、河于辛巳酻燎（《殷虚摭佚续编》2.）
> 丁巳卜其燎于河牢，沈嫠（《殷虚书契后编》23.4）
> 辛丑卜于河妾（《殷虚书契后编》下 6.3）
> 戊午卜宾贞本年于岳、河、夔（《殷虚书契前编》7.5.2）

因河与商之先祖夔同在一辞，故郭老谓河为殷之先世（《卜辞通纂》259），但文献中不曾见有殷先公有名河者。而祭河之法曰沈，似河又为黄河。陈梦家先生说："此与河为先世的想法，并无冲突。古音'丂'、'告'是相同的。所以'河'可能转化为帝喾（帝夒）。帝喾本来是天帝而转化为人帝的，而帝与河都是令雨的主宰，则以河为其先祖，亦是可能的。"

今按：河当即河伯，卜辞云："贞于南方，将河宗"（《殷虚书契续编》1.38.8），《穆天子传》云："河伯无夷之所居，是惟河宗氏。"知河伯与河宗有一定关系。但卜辞所祭之河具有两重性，一是自然神，一是人神。谓殷之先世或帝有，俱非确论。河伯当是居于河滨的一部落酋长，因在商之发展中，起过主要作用，为有功之臣，故祀为河神。《大荒东经》："王亥托于有易河伯仆牛。"郭注引《纪年》："殷王子亥宾于有易而淫焉，有易之君绵臣杀而放之。是故殷王上甲微假师于河伯，以伐有易，灭之。"[1] 商之振兴，始之上甲微，而假河伯之力以伐有易，则是其兴起的重要一步。故甲骨中常见上甲与河同在一辞：

---

[1]　郭璞注：《山海经》卷 14，《文渊阁四库全书》第 1042 册，台湾商务印书馆 1986 年版，第 71 页。

王亥、上甲即于河（《殷契佚存》888）

河、夔眾上甲（《殷契粹编》3.）

河眾上甲（《小屯·殷虚文字甲编》2622.）

上甲眾河（《殷虚书契续编》1.361）

尞于上甲于河十牛（《小屯·殷虚文字乙编》68.5.）

凡河于上甲（《殷虚书契续编》1.5.4.）

此亦可证河即助上甲伐有易之河伯。商代祭祖时，常将功臣从享。《盘庚》："予念我先神后之劳尔先"、"兹予大享于先王，尔祖其从与享之"。《商颂》："实维阿衡，实左右商王"。卜辞有：

贞，大乙……伊其……（《殷虚书契后编》上 22.2）

贞，又彳伐于伊又大乙彡（《殷虚书契后编》上 22.1）

伊即伊尹，乃大乙汤之大臣。故与汤同享。商人之祀河伯，也当如此。因其为河滨部落之酋长，故被尊为河神。河能赐人以祸福。故又常见向河求雨求年及河为祟的卜辞。卜辞中又见"河妾"与向河"沈璧"的记载，由此看来，《史记·滑稽列传》所记的为河伯娶妇之事，当为商之遗俗了。而楚之祀河伯，亦当是承商之遗典，非疆域扩张至河侧后之事。论者多以鲁哀公六年楚昭王不祭河事，以证楚祭河伯为战国时事。但在《左传·宣公十二年》就有楚庄王"祀于河，作先君宫，告成以还"的记载。可见楚昭王之前并非绝对不祀河，而只是不相信河神会为祟于楚罢了。

山鬼——山

山鬼，洪兴祖以为即夔、枭阳之类。王闿运则云："鬼谓远祖也，山者君象，祀楚先君无庙者也。"顾成天《九歌解》云："楚襄王游云梦，梦一妇人，名曰瑶姬，通篇辞似指此事。"① 今许多学者以为即巫山神女。

今按：诸家之说，俱无确证。山鬼当为山神之统称，山神之神，《玉篇》作魌，从鬼申声（窃疑山鬼之鬼字为魌之坏字）。《山海经》有"青要之山……魅武罗司之。""和山……吉神泰逢司之。""槐江之山……神英招司之"，是山皆有神，天下非一山，谓之山鬼，也非指一山之神，参之卜辞，则有：

> 癸巳卜其烄十山，雨（《小屯·殷虚文字甲编》3642）
>
> 丁丑卜又于五山……（《邺中片羽》三集 04.10）
>
> 其口取二山又大雨（《殷虚书契后编》）上 23.0
>
> 癸未卜烄十三，好山雨（《库方二氏藏甲骨上辞》1107）

可见商时所祭即非一山。《礼记·祭法》云："山林川谷丘陵能出云，为风雨，见怪物，皆曰神。有天下者祭百神。诸侯在其地则祭之。亡其地则不祭"（又见于《史记·封禅书》）。② 楚之所祭，也当即楚地山神。《山鬼》篇只是编入了一个美妙的传说故事而已。祭祀时照例可通用于各山。学者们之所以认为山鬼为巫山神女，其主要根据就是依郭老读"采三秀兮于山间"的"于"字为"巫"字，以为兮字在《九歌》中有代替于、之、其的作用。于作介词，则与字兮重复。其实兮字的这种作用是有限度的。在七言句中，一般只起语助词"啊"的作用。此篇在南朝宋保存的乐府中，被删掉兮字便是证明而且"于山间"与前"山之阿""山之上"相呼应。上不言巫山阿，巫山上，此也不应读作巫山间。

以上论述说明，《九歌》祭祀，不仅大都见于殷商祀典，而且其间关系也较密切。如同殷商政治文化的南传一样，《九歌》祭典也当是："汤孙携"入南土的。《九歌》虽是夏人乐神的旧曲，却被楚人装入了商文化的新内容。"殷人尊神，率民以事神"，故《九歌》带有浓厚的民间祀神的色彩。以使许多学者以民歌目之。

---

① 顾天成：《楚辞九歌解》，《四库全书存目丛书集部》第二册，齐鲁书社 1997 年版，第 291 页。

② 阮元校刻：《十三经注疏（附校勘记）·礼记正义》卷 46，中华书局 1980 年版，第 1588 页。

山鬼考^①

《楚辞·九歌》是一组与楚人祭典有关的诗篇。其所祭乃各种神祇。据刘信芳先生研究，其与包山楚简中所祀的一组神祇相合。包山楚简中所祭有"太、后土、司命、司褅、大水、二天子、夕山"，分别与《东皇太一》、《山鬼》相对应^②。其说有理。但问题在于：《九歌》所祭为神祇，为何"山神"却披以"鬼"之名？目前对《山鬼》的解释，主要有三种意见，一是"山之精怪说"；二是"鬼、神同意说"；三是"托鬼言情说"。"托鬼言情"说者认为屈原既放，处于山林幽篁之中，自忖不能生还，而与鬼路渐通，故借题发意，自写无聊之情。或曰屈子以山鬼自喻。然此说与《九歌》所表现的楚之祀典相去甚远，故今人多不从。其余二说，今从之者甚夥。笔者之意，稍异于诸家，故陈拙见于下，以求正于方家。

一、"山鬼精怪说"及山鬼传说之检讨

"精怪说"之始作俑者是宋代楚辞学家洪兴祖，他在《楚辞补注·山鬼》题解中说："《庄子》曰：'山有夔'，《淮南》曰：'山出嘄阳'。楚人所祠，岂此类乎？"夔之为物，习见于典籍，传为一足怪物。嘄阳，《淮南子·氾论训》

---

① 本文发表于《山西大学学报》2002 年第 4 期。
② 《包山楚简神名与〈九歌〉神祇》，《文学遗产》1993 年第 5 期。

高诱注云："山精也。人形，长大，面黑色，身有毛，若反踵，见人而笑。"在后世传说中，二者乃为一物。洪氏之意：楚人所祭者乃山之精怪。朱熹《楚辞集注·山鬼》篇亦云："《国语》曰：'木石之怪夔罔两。'岂谓此耶？"项安世《项氏家说》引《澧阳志》曰："五通神出屈原《九歌》，今澧之巫祝，呼其父曰太一，其子曰云霄五郎、山魈五郎，即东皇太一、云中君、山鬼之号也。"①而主此说言之最详者是王夫之。他在《楚辞通释·山鬼》篇中云：

> 旧说以为夔、嗅阳之类，是也。孔子曰"木石之怪夔罔两"，盖依木以蔽形。或谓之"木客"，或谓之"獵"，读如霄。今楚人有所谓山魈者，抑谓之五显神。巫者缘饰多端，盖其相沿久矣。此盖深山所产之物类，亦胎化而生，非鬼也。以其疑有疑无，谓之鬼耳。②

洪兴祖、王夫之等人"山鬼为山魈"之说，可谓信而有征，因为大量民间传说皆可为此说之支撑。但后世所谓的"山鬼"与《九歌》之"山鬼"是否一物？此还须作认真考究。

除《楚辞》外，"山鬼"之名见于文献最早者是《史记·秦始皇本纪》，他是以预言者的身份出现的：

> （三十六年）秋，使者从关东夜过华阴平舒道，有人持璧遮使者曰："为吾遗滈池君。"因言曰："今年祖龙死。"使者问其故，因忽不见，置其璧去。使者奉璧具以闻。始皇默然良久曰："山鬼固不过知一岁事也。"……使御府视璧，乃二十八年行渡江所沉璧也。③

《史记》此条，显系采自民间传闻。言"山鬼"，显然有贱之之意。在一个人间至尊者的眼里，这种伎俩，自非大神所为，故用"固不过"三字，表示了蔑视。始皇心中所臆测者，疑即是山魈。据宋代委心子《分门古今事类》卷四

---

① 项安世：《项氏家说》，《丛书集成初编》本，商务印书馆 1936 年版，第 89 页。
② 王夫之：《楚辞通释》，中华书局 1959 年版，第 43 页。
③ 《史记》卷六《秦始皇本纪》。

《蓝守山魈》条言："嘉祐中，蓝丞郎中知州晚见一叟，异之，曰：'山魈神也，知公爱民，今年五月十八日当有大水，居民漂溺，愿备之。'至日，果大水，民皆获免。"① 此与《史记》所记颇相似。

南朝宋郑缉之《永嘉郡记》云：

> 安国（固）县有山鬼，形体如人而一脚，裁长一尺许。好啖盐，伐木人盐辄偷将去。不甚畏人，人亦不敢犯。伐木犯之，即不利也。喜于山涧中取石蟹，伺伐木人息眠，便三三五五，就火边跂石炙啖之。尝有伐木人见其如此，未眠之前，痛燃石使热，罗置火畔，便佯眠看之。须臾魈出，悉皆跂石，石热灼之，跳梁叫呼，骂詈而去。此伐木人家，后被烧委顿。②

此处记载，可注意者有二，一是山鬼乃是一种"形体如人而一脚"的动物，其有盗人盐、喜食蟹、偷人火之性；二是他可为灾于人。前者表现了他动物性的一面，后者则说明他是有灵性之物。此与诸书所谓之山魈，实是一物。山魈又有山萧、山臊、山㺜、山精、山都诸名。东方朔《神异经·西荒经》云："西方深山中有人焉，身长尺馀，袒身，捕虾蟹，性不畏人。见人止宿，暮依其火，以炙虾蟹。伺人不在，而盗人盐以食虾蟹。名曰山臊（一作㺜），其名自叫……犯之令人寒热。此虽人形而变化，然亦鬼魅之类。"③ 刘义庆《幽明录》云："东昌县山有物，形如人，长五尺，裸身披发，发长五寸，常在山岩石间住。……有人伐木，宿于山中，至夜眠后，此物抱子从涧中取虾蟹，就人火边烧煮以食儿。"④《御览》八八四引《述异记》曰："南康有神，曰山都，形如人，长二尺余，黑色赤目，发黄被之（身）。于深山中作窠……此神能变化隐身，罕睹其状，盖木客、山晖之类也。赣县西北十五里，有古塘名余公塘，上有大梓树，可二十围。树老中空，有山都窠。宋元嘉元年，县治民哀道训、道虚兄

① 委心子：《分门古今事类》卷四，《丛书集成初编》本，商务印书馆 1936 年版，第 51 页。
② 《太平御览》卷 942《蟹》部引，中华书局 1960 年影印本，第 4185 页。
③ 东方朔：《神异经》，《说库》本，浙江古籍出版社 1986 年版，第 4 页。
④ 刘义庆：《幽明录》，《汉魏六朝笔记小说》本，辽沈书社 1990 年版，第 819 页。

弟二人，伐倒此树，取窠还家。山都见形，谓二人曰：……今当焚汝宇，以报汝之无道。至二更中，内外屋上，一时火起，合宅荡尽。"《御览》八八六引《玄中记》曰："山精如人，一足，长三四尺，食山蟹，夜出昼藏。"又引《白泽图》曰："山之精名夔，状如鼓，一足而行，以其名呼之，可取虎豹。"① 显然此与《永嘉郡记》所言，乃同一种传说之分化。在这里，山鬼是动物性十足的"鬼魅之类"物，代表着"邪僻"力量，而非什么尊神。

据吴曾《能改斋漫录》卷七云，山鬼颇足人性，其雌雄犹如人之男女，但显系"优孟衣冠"：

> 《广异记》云：山魈，岭南皆有。一足，反踵，手足皆三指。雄为山丈，雌为山姑。夜叫人门，雄求金缯，雌求脂粉。故杜甫《有怀台州郑司户》诗云："山鬼独一脚，蝮蛇长如树。"②

由此看来，山鬼也只不过是一种智能略高于其他动物的怪兽，远不及人类之聪慧。洪迈《夷坚乙志》卷二"宜兴民"条，曾记有山鬼为人所戏弄的故事：

> 宜兴民素以滑稽著，有山鬼入其室，自天窗垂一足彻地，黑毛毿毿。民戏谓曰："若果神通，更下一足。"鬼不能答。少顷收足去，自是不复至。③

郭彖《睽车志》卷四，则以为山鬼可幻为美女，诱惑行人，行为恶劣：

> 蜀道多山鬼。有小吏迎迓宪车，同徒数人。日将暮，见道傍一妇人，携汲器立溪侧。小吏就丐饮，且挑狎之。妇人初无难色，谈笑而道之，吏伸手扪其胸臆间，皆青毛，长数寸，冷如水。吏惊呼而走。妇人大笑，掣

---

① 李昉：《太平御览》，第 3929、3937、3938 页。
② 吴曾：《能改斋漫录》，《笔记小说大观》本，江苏广陵古籍刻印社 1984 年版，第 220 页。
③ 洪迈：《夷坚乙志》卷二，《丛书集成初编》本，第 9 页。

汲器徐步而去。①

诸书中亦有山精化为美女媚人的传说，如《述异记》卷下曰："武都丈夫化为女子，颜色美丽，盖山之精也。蜀王取以为妻。"②《蜀都碎事》引《蜀记》曰："武提山精，化为美女，蜀王纳为妃。"③《夷坚志》卷二十六《石六山美女》："宁越灵山县外，六山相连，岩谷奇伟，山容秀绝。……郡胥宁赏，主藏于驿口。尝以未晓，起盥栉，俄一女子至，荷筊筒候门。……与俱出门，倏尔不见，惟筊筒在焉。赏料必灵山之精，邀朋辈好事者，挈壶酒相往游，冀有值遇。略无所睹。日将暮，云阴四合，于林杪一白狨猴，引手垂足，且往且来，掷一木叶堕前，其大如扇，书二十字于上，黑犹未干。……众传观惊叹，即随失之。……后十年，县市一少年狂醉继日，因过岩畔，逢女子秀色夺目，留盼不能进步。女亦注视，含笑而迎曰：慕君之心久矣，能过我乎？少年喜甚，便握手相从。入石室，但见琼楼瑶砌，碧玉阶梯，中铺宝帐，名香芬馥，奇葩仙卉，不可殚述。遂留饮同寝，各各惬适。"④

在近世大量的传说中，山魈又被称作独脚鬼，以其善变、善盗，为人所畏惧或敬供。如《夷坚志》卷十一《会稽独脚鬼》曰："方子张为会稽仓官，僦民屋作廨舍，庖中炊饭热。婢举甑时，忽三分失其一。已而肴亦然。……一老媪尝适彼，遇异物一足蹴踏，不暇细睹。悖而出，以告子张。子张异焉，谋从居以避他祸。偶步至邻家小室内，望一龛帐极华洁，试往视，正画一巨脚，略无相貌。叩其人，但穷挠不答，若无所措。乃悟常日盗饭者此也。"⑤又四十七卷《独脚五通》条，所记为同一物。元好问《续夷坚志》卷一曰："孙国镇内翰族妇，有为山魈所污者。魈自言：'汝若资用所阙，我能立致。'尝积绢盈庭，皆有真定印。妇家以官物累己，乞屏去。俄顷，失绢所在。又一白马，金鞍宝勒，不知从来，而系之枥下。家人益惧。祈请良久，马忽不见。诸子窃

① 郭象《睽车志》卷四，《笔记小说大观》本，江苏广陵古籍刻印社 1984 年版，第 69 页。
② 任昉：《述异》，《说库》本，浙江古籍出版社 1986 年版，第 9 页。
③ 陈商祥：《蜀都碎事》，《笔记小说大观》本，江苏广陵古籍刻印社 1984 年版，第 302 页。
④ 洪迈：《志坚志》，《笔记小说大观》本，江苏广陵古籍刻印社 1984 年版，第 207 页。
⑤ 洪迈：《夷坚志》，《笔记小说大观》本，江苏广陵古籍刻印社 1984 年版，第 147 页。

议，呼魈为'五郎'，云：'设若人家无嗣，能为致一子否？'明旦，一孩子面目如画，锦绷绣褓，卧床上。"① 李诩《戒庵老人漫笔》卷四曰："浙有独脚鬼名山魈，福建浦城常有人见手曳帕子，乘片云飞过屋头，甚低，亦不畏人。又能盗物，最畏骂人，知辄大骂，多掷还之。《酉阳杂俎》又作山萧，一名山臊，《神异经》作獟，一曰操。"②

又据隋代曹宪《文字指归》云，山鬼即旱魃："旱魃，山鬼也。所成之处天不雨。女魃入人家，能窃物以出；男魃入人家，能窃以归。"③ 在民间传说中，旱魃与山魈似为同一类物。袁枚《子不语》卷十八曰："乾隆二十六年，京师大旱。有健步张贵，为某都统递公文至良乡。漏下出城，行至无人处，忽黑风卷起，吹灭其烛。因避雨邮亭。有女子持灯来，年可十七八，貌殊美。招至家中，饮以茶，为缚其马于柱，愿与同宿。健步喜出望外，绸缪达旦。鸡鸣时女披衣起，留之不可……或曰：此旱魃也，猱形披发，一足而行者，为兽魃；缢死尸僵，出迷行人者，为鬼魃。获而焚之，足以致雨。"④ 所谓兽魃"猱形披发，一足而行"，显然与传说中的山魈无别了。

据以上可知，《史记》以降诸书中所说的山鬼，乃山魈类物，亦即山之精怪，与洪兴祖、王夫之等所说的夔、魖阳之类，同属一物。但从各家的记载中看，山鬼在人们心目中，实非尊神，而乃"鬼"物，因其能为害于人，故人只得畏而敬之。人们对待山鬼，除祭之外，更主要的是驱逐，《荆楚岁时记》卷首曰：

> 正月一日是三元之日也。《春秋》谓之端月。鸡鸣而起，先于庭前爆竹，以辟山臊（《御览》引作山魈）恶鬼。按：《神异经》云：西方山中有人焉，身长尺余，一足，性不畏人，犯之则令人寒热，名曰山臊。以竹著火中，烞熚有声，而山臊惊惮。《玄黄经》所谓山獵鬼也。俗人以为爆竹起于庭燎，家国不应滥于王。⑤

---

① 姚奠中主编：《元好问全集》，山西人民出版社 1990 年版，第 298 页。
② 李诩：《戒庵老人漫笔》，中华书局 1982 年版，第 143 页。
③ 李时珍：《本草纲目》，人民卫生出版社 1982 年版，第 2934 页引。
④ 袁枚：《子不语》，《笔记小说大观》本，江苏广陵古籍刻印社 1984 年版，第 120 页。
⑤ 宗懔：《荆楚岁时记》，《汉魏六朝笔记小说》，辽沈书社 1990 年版，第 851 页。

刘梦得《畬田行》所谓"爆竹惊山鬼"，所指正也是此逐鬼之习。嘉靖《贵州通志》卷三亦曰："放花爆竹，俗谓逐鬼，则火药为爆，到处燃放，俾山魈、水怪树祟、人邪，不犯于人，则一年不粘恶疫。又爆竹于庭，以辟山猱、恶鬼，遂成习尚。"① 此等被人视为驱逐对象的恶鬼，是否能列入楚之祀典呢？而且据包山楚简，祭山与祭楚之先祖老僮、祝融、鬻熊同列，若《山鬼》所祭为山魈，则有无可能与楚祖同祭呢？答案恐怕是不言而喻的。

二、鬼、神之辨与鬼、魈之误

《九歌》是相对完整的一组祭典，如果将山鬼从祀典中分裂出来进行诠解，以为他篇所祭者为尊神、为英魂，而此篇所礼之者独为山之精怪，为恶鬼，自然与此组祀典的内容不相协调。故明代汪瑗《楚辞集解》曰："此题曰《山鬼》，犹曰山神、山灵云耳，奚必嗊阳、夔、魑魅魍魉之怪异，而后谓之鬼哉！"② 此后从此说者渐多。如顾天成《楚辞九歌解》曰："此篇旧诂引《国语》之言，而以为木石之怪，则直以魑魅当之。不应曰鬼而列于祀典矣。按：《高唐赋》怀王立神女之庙曰朝云，襄王又作阳台之宫以祀之。《巫山志》云：神女祠正对巫山，峰峦上入霄汉，山脚直插江中，每八月十五夜月明时，有丝竹之音，往来峰顶上。猿皆群鸣，达旦方止。又《襄阳耆旧传》云：楚襄王游云梦，梦一妇人名曰瑶姬，曰：我夏帝之季女也，封于巫山之阳台，精魄为芝，娟而服焉，则与梦期。通篇辞意似指此事。"③ 刘梦鹏《屈子章句》曰："辰沅洞庭之间，其地多山，故赋其所在以起兴。山鬼，山神也，如《山海经》所载诸山神之类。神通谓之鬼。"④

然山神何得被以鬼之名？陆侃如、冯沅君《中国诗史》解释说："我们

---

① 《嘉靖贵州通志》，《四库存目丛书》史 193—82。
② 汪瑗：《楚辞集解》，《四库存目丛书》集 1—84。
③ 习凿齿撰：《襄阳耆旧传》，《四库存目丛书》集 2—291。
④ 刘梦鹏：《屈子章句》，《四库存目丛书》集 2—535。

知道鬼神二字同意，在古书中二字本来常连用。……因此，二字在意义上也相通。《论语》（《为政》）'非其鬼而祭之'集解引郑注'人神曰鬼'，《广雅》（《释天》）也说'物神谓之鬼'。所以汉《郊祀歌》中的'鬼'字，如《朱明》'百鬼迪尝'，《天马》'化若鬼'，其实即是'神'字（《天马》颜师古注'言其变化若鬼神'）。那么，《九歌》中的'山鬼'当即'山神'，与湘之有君，河之有伯一样，而旧注以鬼怪来解释的错误，是显而易见的了。"① 今之学者主"山鬼即山神"说者多同此解，但这个解释并不能令人满意。在古籍中，鬼、神概念明显不同。如关于神，诸书言：

> 神，天神，引出万物者也。（《说文》）
> 山川之灵，足以纪纲天下者，其守为神。（《国语·鲁语》）
> 山林、川谷、丘陵能出云、为风雨、见怪物，皆曰神。（《礼记·祭法》）
> 神者，天地之本，而为万物之始也。（《说苑·修文》）

关于鬼，诸书言：

> 鬼，人所归为鬼。（《说文》）
> 鬼之为言归也。（《尔雅·释训》）
> 人死曰鬼。（《礼记·祭法》）
> 众生必死，死必归土，此之为鬼。（《礼记·祭义》）

我们这里所引，都是较早和较权威性的解释。显然鬼与神是有区别的。"鬼"与"死亡"联系在一起，而神则是主宰天地万物者。《鲁语》所记孔子的话，最能代表人们观念形态中神的意义之所在。所谓"其守为神"，就说明神是有职守的，他们乃是冥冥中之权力操握者。而鬼虽则变化莫测，却无职守，徒可为祟于人。在甲骨文中，就出现了鬼为祟于人的卜辞。② 在《左传》、《国语》中

① 陆侃如、冯沅君：《中国诗史》，人民文学出版社 1956 年版，第 103、104 页。
② 宋镇豪：《夏商社会生活史》，中国社会科学出版社 1994 年版，第 498 页。

也频见有鬼为厉的记载。如《左传·昭公七年》记载：

> 及子产适晋，赵景子问焉，曰："伯有犹能为鬼乎？"子产曰："能。人生始化魄，既生魄，阳曰魂。用物精多，则魂魄强，是以精爽至于神明。匹夫匹妇强死，其魂魄犹能冯依于人，以为淫厉，况良霄（即伯有），我先君穆公之胄，子良之孙，子耳之子，敝邑之卿，从政三世矣。郑虽无腆，抑谚曰'蕞尔国'，其取精也多矣，其族又大，所冯厚矣，而强死，能为鬼，不亦宜乎！"①

值得注意的是，这里的这个"鬼"字，蕴含着为厉于人的意义在内。这实际上点透了作为"鬼"的本质属性。他与"神"之有职守是完全不同的。古籍中每将"鬼神"连言，这并非是说他们同质，而是认为他们同属于幽幻莫测之物，有区别，有联系，犹如"山川"连言而本质各异一样。

陆侃如、冯沅君先生就鬼、神二字同意的主要根据，列举了三条：一是郑玄"人神曰鬼"的解释；二是《广雅》之'物神谓之鬼'；三是汉《郊祀歌》中的"鬼"字。但第一，这都是汉以后人的解释，并不能代表先秦人的观念；第二，郑玄与《广雅》所谓的"神"，其实指的仅仅是"灵性"，并不是神灵。所谓"人神曰鬼"，指的是离体的精灵；"物神谓之鬼"，据王念孙《广雅疏证》，当作"物神谓之彪"，同"魅"，指物之精灵，故《说文》云："彪，老精物也"。《郊祀歌》中的"百鬼迪尝"，所言当是丰收后的宗庙之祭，对象主要是祖先神灵，故用"鬼"字。

我们可把先秦几部古籍中有关"鬼"的文字，作一检讨。《尚书》中"鬼"字皆与"神"字联言，没有单独出现。《周易》中单言及"鬼"字者约两次。《睽》："睽孤，见豕负涂，载鬼一车。""鬼"指鬼魅，孔颖达疏曰："鬼魅盈车，怪之甚也。"《系辞》下："人谋鬼谋，百姓与能。""鬼"在这里并非指天神地祇，而是指在冥冥之中，可借卜筮以告人吉凶者。《诗经》中言及"鬼"者仅《何人斯》中一次（不包括地名）："为鬼为蜮，则不可得"，显然带有贬

---

① 杨伯峻：《春秋左传注》，中华书局 1981 年版，第 1292 页。

义，非指神甚明。《左传》中单言及"鬼"者约七处，僖公十九年："今一会而虐二国之君，又用诸淫昏之鬼，将以求霸，不亦难乎？"称之曰"淫昏之鬼"，其贬意甚明，所指显非尊神。文公二年："我见新鬼大，故鬼小。"新鬼、故鬼分别指先后死亡者。宣公四年："（子文）且泣曰：鬼犹求食，若敖氏之鬼不其馁而。"所指为死者灵魂。昭公元年："晋侯求医于秦，秦伯使医和视之曰：疾不可为也。……非鬼非食，惑以丧志。"这里的"鬼"当指鬼祟。定公元年："士伯怒，谓韩简子曰：薛征于人，宋征于鬼，宋罪大矣！"其贬低之意亦甚明。《周礼》中"鬼"字单出者约六次：如《春官·大宗伯》："掌建邦之天神、人鬼、地示之礼，以佐王建保邦国。"《春官·大宗伯》："凡祀大神，享大鬼，祭大示，帅执事而卜日宿。"《春官·大祝》："辨六号，一曰神号，二曰鬼号。"《春官·神仕》："以冬日至，致天神人鬼；以夏日至，致地示物魅。"

将"鬼"与"神"分言，其含义显然不同。《礼记》中"鬼"字单出者约十六次：《檀弓》上："夫明器，鬼器也；祭器，人器也。"《乐记》："乐者敦和，率神而从天；礼者别宜，居鬼而从地。"《表记》："命之于民也，亲而不尊，鬼尊而不亲。"《表记》："夏道尊命，事鬼敬神而远之。……殷人尊神，率民以事神，先鬼而后礼。"《问丧》："祭之宗庙，以鬼享之。"其余重复者不再列举。显然这里的"鬼"字的含义，仍不出"人死为鬼"的范围。他如《荀子》中"鬼"字单出者约四次，《战国策》中"鬼"字单出者约七次，《吕氏春秋》中"鬼"字单出者约八次。……我们考察这众多的"鬼"字，其内涵，非指亡魂，则与神秘之事或贬义相连，无有为天地"尊神"之意者。由此可见，在古人的观念里，鬼与神是有等级差别的。钱锺书先生有一段关于初民齐物等观、"鬼"、"神"浑而无别的理论，影响颇大。[①] 而其所举最主要的证据，就是《墨子·明鬼》篇关于"鬼"的论述。在《墨子·明鬼》篇中，"鬼"与"神"的观念确实是没有什么区别的。但众所周知，墨子是中国历史上少有的平等论者，他是不主张有等级差别的。因而在他的著作中出现了"鬼"、"神"等量齐观的观念，但这并不能代表那个时代人的意识。

另外，在先秦典籍中，记载山神最多的是《山海经》，少说也有三四十次。

---

① 见钱锺书：《管锥编》，中华书局1979年版，第181—187页。

其情况大约有三种，一种是总结山神而述其祭祀者，如《南山经》曰："凡鹊山之首，自招摇之山，以至箕尾之山，凡十山，二千九百五十里，其神状皆鸟身而龙首。其祠之礼：毛用一璋玉瘗，糈用稌米，一璧，稻米，白菅为席。"第二种是言职掌者，如《西山经》曰："又西二百里曰槐江之山。……神招英司之。""西南四百里曰昆仑之丘。……神陆吾司之。"第三种是言居住者，如《西山经》曰："长留之山，其神白帝少昊居之。""符阳之山。……神江疑居之。"第三种情况较复杂，因为"山"，神可以居，同样鬼也可以居。如《西山经》曰："东望恒山四成，有穷鬼居之，各在一搏。""有穷"是古代部落的名字，"鬼"当指其亡灵。但凡言被祭之山神或有职守之山神，则无一用"鬼"字者代之者。由此可见，"山神"是不可以称作"山鬼"的。

但就《楚辞》之"山鬼"性质而言，其所指当确是山神。"鬼"是没有资格享受如此隆祀的。在古人的观念中，山神是可以兴云雨、致旱涝的。如《史记·赵世家》说：晋献公十六年，赵夙为将伐霍，霍公出奔齐国，随后晋国发生了大旱灾，经占卜得知："霍太山为祟"。于是晋献公又使赵夙将霍公召回来，"以奉霍太山之祀"，晋国随后复获丰收。古人祭祀山神，乃是为了其福佑一方。笔者曾在一篇文章中指出，"山鬼"系"山魖"之误[①]，在此则细加论证。"魖"字在《山海经》中出现过两次，所指皆为山神。如：《中次三经》："青要之山，实维帝之密都。北望河曲，是多驾鸟。……魖武罗司之。"郭注："武罗，神名；魖，神字。"《中次五经》："凡薄山之首自苟林之山，至于阳虚之山，凡十六山，二千八百八十二里。升山冢也，其祠礼太牢，婴用吉玉。首山魖也，其祠用稌、黑牺、太牢之具。"《说文》曰："魖，神也。"段注："当作神鬼，神鬼者，鬼之神者也，故字从鬼。"《玉篇》曰："魖，山神也。"《说文释例》云："魖，神也。《玉篇》'魖'在后增字中，曰：'山神也'。段所引《山海经》'青要之山，魖武罗居之'，正山神之说矣。郭注魖即神字，恐系神之俗字也。"《说文通训定声》曰："魖，神也，从鬼申声。《中山经》：'青要之山，魖武罗司之。'按：《老子》曰：'其鬼不神'，此盖鬼而神者也。"《说文斠诠》："魖，神也，从鬼申声。《左传》'神奸'字应作此。"俞樾《诸子平

① 刘毓庆：《〈九歌〉、〈九章〉札记》，《山西大学学报》1985年第4期增刊。

议补录》:"首山魖也,魖即神之异文。"尽管治《说文》者,各家解说不同,但《山海经》将"魖"作为山神之用字却是事实。疑《九歌》之《山鬼》本作《山魖》,因残其右爿"申"字,故误为"鬼"。很有意思的是,我们前所引的《永嘉郡记》中之"山鬼",据《诺皋记》与《续博物志》所见的本子[①],都是作"山魅"。看来这个"鬼"字乃是"魖"之残字了,此正可作《九歌》"山鬼"为"山魖"之残的旁证。

三、关于山神性别及《山鬼》内容问题

"山鬼"即"山魖"之残,既如上述。但"山魖"之性别及《山鬼》篇之内容仍须辨而明之。关于山鬼的性别,现所见到的有三种意见,第一种是"女性"说,认为山鬼是一位漂亮的妙龄女郎。有的学者还把她与巫山神女联系起来。第二种是"男性"说,认为《九歌》中没有女神,全部都是男性,这与男权时代是相应的。男权时代的祭坛上,理所当然出现的应是男性神。第三种是"无性别"说,认为山鬼是山中野兽,即山魖,不应当人为地命其性别。"思公子兮徒离忧"只是设想之辞,不一定就是女性。现在绝大多数《楚辞》研究者都主第一说。特别是本世纪以来最具权威性的《楚辞》学家,如游国恩、姜亮夫、汤炳正等诸先生,都认为山鬼为是女性。

山鬼"女性"说,确实有许多古代传说可作支撑。清代学者王棠在其《知新录》卷八中,就曾论及"山川之主皆以妇人为神"一事,游国恩先生亦曾列举宋玉《高唐赋》巫山神女自荐枕席的故事,以及皇甫枚《三水小牍》记汝州鲁山县山中女神交好夏侯祯事、孙光宪《北梦琐言》记大姑山女神交好杨镰事,以证山鬼之女性与恋情。像此类传说我们还可以举出很多来。但问题在于:我们也可举出许多山神为男性的例子来。如:

---

① (唐)段成式:《诺皋记》,《说库》本,浙江古籍出版社 1986 年版,第 10 页。《续博物志》,巴蜀书社 1991 年版,第 89 页。

《齐谐记》："馀杭县有人，姓沈名纵，与父同入山，至夜三更，忽见一人，纱帽，披绛绫袍，云是斗山王。斗山在馀杭县。"①

《异苑》卷七："晋荆州刺史桓豁，所住斋中，见一人长丈余。梦曰：我龙山之神，来无好意。使君即贞固，我当自去耳。"②

《稽神录》："鲍回者，尝入深山捕猎。见一少年裸卧大树下，毛发委地。回欲射之。少年曰：我山神也。"③

《夷坚志》卷二十七《大伊山神》："葛万者，淮阳宿预人。……独行于野，遇一丈人骑马来，皂靴青袍，从者且十辈。魏已移檄远近，称万谋叛，揭赏求之。万疑为捕己，匍匐草莽不敢喘。青袍呼曰：魏胜捕汝急乎？曰：然。曰：然则从吾行。……吾为大伊山神，汝三年之后当建功于国家矣。"④

屈大均《广东新语》卷六："罗浮巍然高大，盖昌黎所谓最远而独宗，其神必灵者也。……罗浮君亦称四百三十二君，盖山之神也。罗浮每尝出见，陈武帝时见于大石楼上，长三丈所，通体皓然，衣服楚丽，山中人莫不服拜。"⑤

这些传说只可说明山神形象的复杂性，而不能规定《九歌》中所祭山神的性别。

就《山鬼》篇的性质分析，我认为这里所祭山神应是男性而非女性，篇中是表现人神之恋的。这从两个方面可以证明，一是在小说家言中，每见有山神娶妇之传闻。如《诺皋记》曰：

太原郡东有崖山，天旱，工人常烧此以求雨。俗传崖山神娶河伯女，故河伯见火，必降雨救之。⑥

① 东阳无疑撰：《齐谐记》，《汉魏六朝小说》本，辽沈书社 1990 年版，第 812 页。
② 刘敬叔撰：《异苑》，《说库》本，浙江古籍出版社 1986 年版，第 3 页。
③ 徐铉撰：《稽神录》，《太平广记》卷 314，第 2489 页。
④ 洪迈：《麦坚志》，《笔记小说大观》本，江苏广陵古籍刻印社 1984 年版，第 211 页。
⑤ 屈大均：《广东新语》，中华书局 1985 年版，第 203 页。
⑥ 段成式：《诺皋记》，《说库》本，浙江古籍出版社 1986 年版，第 3 页。

此乃神与神合之传说。在民间则更盛行的是山神娶凡世女人的恋爱故事。如《搜神记》曰：

> 张璞字公直，不知何许人也。为吴郡守。徵还，道由庐山。子女观于祠室，婢使指像人以戏曰：以此配汝。其夜，璞妻梦庐君致聘曰：鄙男不肖，感垂采择，用致微意。妻觉，怪之。婢言其情。于是妻惧，催璞速发。中流，舟不为行。阖船震恐。乃皆投物于水，船犹不行。或曰：投女则船为进。皆曰：神意已可知也，以一女而灭一门，奈何？璞曰：吾不忍见之。乃上飞庐卧，使妻沈女于水。妻因以璞亡兄孤女代之。置席水中，女坐其上，船乃得行。①

又张凤翼《谭辂》曰：

> 浚道县祠唐、后二山，众巫娶民女为公驱，有妨嫁娶，前后守令莫敢禁。宋均命令今后为山娶者，皆娶巫家，勿扰良民。其害遂绝。较之西门豹之事，更不恶而严，从政当知。②

张氏此说所据乃《风俗通义》与《后汉书·宋均传》，只是将原"取百姓男女，以为公妪"，改成了"娶民女为公妪"。这自然有张氏自己的理解。但无论如何，山神之须婚配，乃是一种根深蒂固的观念。这种观念，支配着人们的行为，决定着人们的祭山仪式。

其次，就《山鬼》的内容分析，山神并没有出现，篇中所描写的"含睇宜笑"的女郎，乃是祭祀山神时扮演向神灵求爱角色的女巫。她披带香草，表现出"窈窕"之态，目的就是让山神羡慕。她在赴约途中，还采摘了香花，准备着送给心上人。她怀疑自己迟到了，可当她匆匆赶到约会地点时，发现情人还没有来。她在风雨中期待着，惋惜着易逝的青春年华。她在无聊之中采摘芝

---

① 干宝：《搜神记》，中华书局 1979 年版，第 49 页。
② 陶宗仪：《说郛三种》，上海古籍出版社 1988 年版，第 1002 页。

草，怨恨情人，猜疑着情人未到的种种可能。她独自站在暴风雨中，耳边响着猿猴的啾啾哀鸣，感到非常忧伤。诗篇通过女郎对山神的相思、相怨及由此而带来的忧伤，表达了祭祀者对神灵的思慕之情，以求博得山神的欢心。据前引《礼记》及《史记》诸书所言，古人祭山神，一个主要的原因就是因为山能兴云，致旱涝。而祭的目的就是要"娱神"，以保一方风调雨顺。如果说这女郎就是山神，那么这里所反映的只是山神的欲望，这种欲望非但未能获得满足，反而引起了神灵的痛苦，这如何能达到祭祀的目的呢？

《山鬼》篇中有一个细节，为一般研究者所忽略。篇中写到女郎匆匆赶到相约之地后说：

> 表独立兮山之上，云容容兮而在下。杳冥冥兮羌昼晦，东风飘兮神灵雨。留灵修兮憺忘归，岁既晏兮孰华予。

这个"表"字，从王逸以来的大多治《楚辞》者，都把它训作"特立"，如王逸注："表，特也，言山鬼后到，特立于山之上，而自异也。"五臣注："表，明也，虽明然自异，立于山上，终被云障蔽其下，使不得通也。"朱熹注："表，特也，云反在下，言所处之高也。"汤炳正先生则曰："表：祭神时所立木表。《国语·晋语》：'昔成王盟诸侯于岐阳，楚为荆蛮，置茅蕝，设望表，与鲜卑守燎，故不与盟。'韦注：'望表，谓望山川，立木以为表，表其位也。'《淮南子·氾论训》：'怯者夜见立表，以为鬼也。'是立表或有似鬼者。"①这是很有道理的。"女郎"到约会之地，看到的只是代表山神的木表。"东风飘兮神灵雨"，"神灵"所指正是山神，山神送来了风雨，这是人们祭祀所希望得到的，但山神仍未出现。所以这位女郎才"留灵修兮憺忘归"，而发出"岁既晏兮孰华予"的感叹。"灵修"《离骚》中出现过三次，旧以为指怀王，或以为指主祭者。游国恩、姜亮夫、刘永济等先生，都认为是神，这是很对的。王逸注："灵，神也"，就很能说明"灵修"的性质。在此地其所指仍是山神。也就是说，在这一段话中，出场表演的是位女郎，她所面对的是代表山神的"表"，

---

① 屈原撰，汤炳正、李大明、李诚注：《楚辞今注》，第73页。

是祀山神而迎来的"神灵雨",是迟迟未有到场的"灵修"。显然山神与这位女郎不是一人。

前人之所以把篇中所写的女郎认为是山鬼,主要有两个原因,一是把此篇所表达的情感与屈原的遭际及心情联系了起来。如朱熹《楚辞集注·山鬼》曰:"以上诸篇,皆为人慕神之词,以见臣爱君之意。此篇鬼阴而贱,不可比君,故以人况君,鬼喻己,而为鬼媚人之语也。"很显然,朱熹明确地认识到了"上诸篇皆为人慕神之词"这一事实。而其之所以要将《山鬼》与前诸篇做不同的理解,就是因为"鬼"不可以喻君,"女"亦不可以喻君。只有把山鬼与篇中表演的女郎合二为一,作为屈子自喻处理,才能解决此一难题。这一观点非常具有代表性,而且也反映了历代治《楚辞》者之心理偏见。二是将篇中"处幽篁"、"不见天"的生活环境,及"山中人"、"饮石泉"、"荫松柏"的生活方式,与想象中山鬼的生活联系了起来,认为只有山鬼,才可能"处幽篁","不见天",才能自称"山中人"。但我们知道屈原在《涉江》中也曾写下过"山峻高而蔽日兮,下幽晦以多雨"的诗句,也曾自称"幽独处乎山中"。此乃山区居民的生活环境,非只有山鬼才如此。"山中人"也当是山民之称,并不见得就一定指山鬼。

总之,《山鬼》并非山魈之类的精怪,而指的是庇佑一方的高山神灵。"山鬼"的"鬼"字乃"魖"字之残。《山鬼》中"含睇宜笑"的女郎,乃祭山神时扮演山神情人的女巫。《山鬼》篇乃是通过女巫对山神相爱、相思、相怨的表演,而达到娱神的目的,以求得神灵护佑的。

瑶台考①

两千多年前，诗人屈原在其惊世之作《离骚》中写道："望瑶台之偃蹇兮，见有娀之佚女。"在《天问》中再一次提及："简狄在台，喾何宜？玄鸟致贻，女何喜？"学者们一直认为，屈原这两处道及的都是简狄生契的神话传说。这个传说在《吕氏春秋》及《史记》等古籍中皆有较详明的记述。《吕氏春秋·音初篇》说：

> 有娀氏有二佚女，为之九成之台以处之，饮食必以鼓。帝令燕往视之，鸣若谥隘。二女爱而争搏之，覆以玉筐。少而发视，燕遗二卵，北飞，遂不反。

"九成之台"即屈子所谓之"瑶台"。问题在于"瑶台"是何地方？它具有何种性质？何谓"佚女"？为什么要使佚女处于瑶台之上？这些问题的探讨都极具有文化史上的意义，然而长期以来却为人所忽略。

"瑶台"这是一个极具神秘色彩的地方。旧说瑶为"似玉之美石"，或"玉之美者"，九成即九重，极言其高。"瑶台之偃蹇"，"偃蹇"即高貌，各家无异词。于是在后世的观念中，"瑶台"便成了美石或美玉砌成的高出尘寰的仙境般的地方，如李白《清平调》云："若非群玉山头见，会向瑶台月下逢"；李商隐《无题诗》曰："如何雪月交光夜，更在瑶台十二层。"在词牌更出现了《瑶台聚八仙》之目。考瑶台实为高台之名，秦汉古籍每有道及。《列女传》卷

---

① 本文发表于《中国楚辞学》第 2 辑。

七曰："（夏桀）造琼室瑶台以临云雨，殚财尽币，意尚不餍，召汤囚之于复台。""瑶台"与"琼室"并提，自是言其美丽；"以临云雨"则是言其高。《淮南子·本经训》："帝有桀纣，为琁室瑶台"，高注："琁瑶，石之似玉，以饰室台。……琁或作旋，瑶或作摇，言室施机关，可转旋也；台可摇动，极土木之巧也。"高诱注未必为是，但"台可摇动"，自有绝高之意在内。《新序·刺奢》曰："桀作瑶台，罢民力，殚民财。"《说苑·臣术》："齐威王游于瑶台。"可知其非幻想中之仙阁。就瑶台之制而言，黄灵庚先生有过考证，他说：摇台即水圜宫之属，周围有水环之。瑶台古制为水牢，本以囚罪人，而后优化为学宫、明堂。此瑶台，妇人闺房，盖亦牢狱所优化。① 按：黄先生以瑶台古制为水牢，其说未必是，然以其为"闺房"，居于水中，则甚有见地。《殷本纪》说："有娀氏之女，为帝喾次妃。三人行浴，见玄鸟堕其卵，简狄取吞之，因孕生契。"《史记·三代世表》褚少孙引《诗传》及《列女传》卷一则说："契母与姊妹浴于玄丘水。"所谓"行浴"，所谓"玄丘水"，皆证明其住地有水。故闻一多先生云："言简狄在台吞燕卵，与《史记·殷本纪》、《补史记·三代世表》引《诗传》、《尚书·中候》、《路史·后记》九下注及引《列女传》所言行浴时吞之者异。然古台皆有水周之，是二说似异而实同也。"高台于中，水绕其外，这水自然有防御的意义。《列女传·辨通论·齐威虞姬传》记载：周破胡恶虞姬，曰："其幼弱在于闾巷之时，尝与北郭先生通。"② 王疑之，乃闭虞姬于九层之台，而使有司即穷验问。《左传·僖公十五年》杜注："古之宫闭者，皆居之台以抗绝之。"可知此种地方古代常用以隔离女性。有娀氏二女居住于台上，自然亦有与人群隔离的意义。

这里一个关键性的问题是，"瑶台"作为有娀氏二女的居所，是其婚前所居地呢？还是婚后专为其所筑呢？姜亮夫先生《楚辞通故》引孙志祖《读书脞录》云："《论语》'管氏有三归'，包咸注：'三归者，娶三姓女也。归人谓嫁曰归。'朱子则云：'三归，台名。'（事见《说苑·善说》篇）志祖案：三归之为台名是也。然其所以名三归者，亦以娶三姓女故尔。《诗·新台》叙卫宣公

---

① 见黄灵庚：《离骚校诂》，中州古籍出版社1996年版，第670页。
② 刘向：《古列女传》卷6，《文渊阁四库全书》第448册，台湾商务印书馆1986年版，第58页。

纳伋之妻，作新台于河上而娶之。杭世骏先生云：故昏礼有筑台以迎女之事。《左传》言秦穆姬登台而哭，必其嫁时所筑也。管仲僭诸侯故有三归台。礼经散亡，无诸侯昏礼。三礼中不一及此，南北诸儒亦无从引证。存此以后深于礼者。"[1] 意者有娀氏之女为帝喾次妃，瑶台为帝喾所筑。但孙氏之说，于古无证。"卫宣公纳伋之妻，作新台于河上而要之"之事，不见于《左传》、《国语》，只是毛诗一家之言，也很难证明昏礼有"筑台迎女"之事。而且诸书称"佚女"，自是未嫁之称，瑶台自当是有娀氏二女嫁前居住的地方了。

　　"佚女"，王逸释为"美女"，后人又有"游女"、"奔女"、"遗女"等多种解释[2]，而我感到最有道理的是林仲懿《离骚中正》的解释，他说："佚女，盖隐言也。犹《易·屯卦》二爻辞'女子贞不字'之义。""女子贞不字"，是说女子守贞不许嫁。女不嫁正所谓之"处女"。所谓"佚女"，犹言"处女"。"佚"有"安"意，如《淮南子·修务训》高注："佚，安也。""安"意与"居处"之意正相通。《说文》曰："佚，佚民也。"这当是"佚"字的本义，其中自有隐逸、不为世用之意。所谓"佚民"，即指隐逸不用于世之人；所谓"佚女"，亦当指未用世之处女。如果我们把"佚女"与"瑶台"特殊的性质联系起来，并顺着"佚"字"隐逸"的古意去探寻，"佚女"则更有可能是古之女性在人生历程中一个特殊时期之称了。

　　在近世的许多原始部落中，我们发现了一种婚前性隔离的风俗。如中非地区有一种女子育肥房的风俗，性成熟期的女孩被隔离开来，有时长达数年之久。在不列颠哥伦比亚的凯利尔印第安人中，性成熟的女孩要被隔离三四年，人称为"活埋"。在太平洋南部的萨摩群岛，女孩在幼儿时期的头几年，就生活在完全没有男孩子的同性同龄伙伴之中。她们在村子的一角被人严加守护[3]。在阿拉佩什人中，女孩月经初潮即被隔离，听从告诫，进行一系列的仪式。经过一段时间，仪式完结，方许与丈夫圆房[4]。印度尼西亚的望加锡人，青

---

① 姜亮夫：《姜亮夫全集·楚辞通故（第二辑）》，云南人民出版社 2002 年版，第 608 页。
② 黄灵庚：《离骚校诂》，中州古籍出版社 1996 年版，第 673 页。
③ 〔美〕露丝·本尼迪克特：《文化模式》，第 29—32 页。
④ 参见〔美〕玛格丽特·米德：《三个原始部落的性别与气质》，浙江人民出版社 1988 年版，第 84—89 页。

年男女在结婚前一周，便被家人幽禁。尼泊尔的尼瓦尔少女，在月经初潮之前或初潮之日开始，要守闺房十一天。这十一天中，不让见到阳光和任何男人。[①]多哥的卡必耶族，女孩十八岁时要举行"阿奔社"成人仪式。成人仪式的第一阶段就是要过九天的幽居生活[②]。虽然目前人类学家对现在原始部落中的性隔离制度以及原始人对自身习俗的解释，相互间存在着很大的分歧，但这种事实的普遍存在，则是无可怀疑的。窃认为"九成高台处佚女"，实际上就是这种原始时代女性婚前性隔离习俗的神话表述。

有娀氏二女高处台上，不能与人接触。只有击鼓，才有人送来饮食，说明她们是被隔离的。她们被隔离的原因，《北史·高车传》的一段记载，作了回答：

> 俗云：匈奴单于生二女，姿容甚美，国人皆以为神。单于曰："我有此二女，安可配人？将以与天。"乃与国北无人之地筑高台，置二女其上，曰："请天自迎之。"经三年，其母欲迎之。单于曰："不可！未彻之间耳。"复一年，乃有老狼昼夜守台嗥呼，因穿台下为空穴，经年不去。其小女曰："吾父处我于此，欲以与天，而今狼来，或是神物，天使之然。"将下就之，其姊大惊曰："此是畜生，无乃辱父母！"妹不从，下为狼妻而产子，后遂滋繁成国。[③]

顾颉刚先生曾将这个故事与有娀氏二女的故事对比，认为："商之故事传衍彼族亦非不可能之事。即断其非一事之分化，要为初民所易有之想象。"[④]窃以为此当是根据北狄先民筑台进行性隔离的方式而产生的神话传说。所谓"欲以与天"，就是想让与天婚配，大约与藏族姑娘"戴天头"的成人礼差不多。藏族姑娘长到十五岁，大人要为她举行"与天结拜夫妻"的仪式。仪式之后姑娘即表示成人，可以自由恋爱[⑤]。而上古的性隔离往往是与成人礼想联系着的。《仪礼·士昏礼》云："女子许嫁，笄而醴之，称字。"郑玄注："笄，女之礼，犹

① 张殿英主编：《东方风俗文化辞典》，黄山书社 1991 年版，第 232、260 页。
② 段实林、武振江主编：《世界风俗大观》，北京大学出版社 1988 年版，第 521 页。
③ 李延寿：《北史》98 卷，中华书局 1974 年版，第 3271 页。
④ 顾颉刚：《史迹俗辨》，上海文艺出版社 1997 年版，第 26 页。
⑤ 参见严汝娴：《藏族的着桑婚》，《社会科学战线》1985 年第 3 期。

冠男也。"《礼记·内则》云:"女子十有五年而笄。"注:"十五而笄,谓应年许嫁,女子许嫁,笄而字之。其未许嫁,二十则笄。"杨向奎先生说:《昏礼》及郑玄都有些前后颠倒,应当是成人而后笄,笄而后许嫁,并不是许嫁而后笄,笄而后成人。[①] 这是完全正确的。前引许多民族中存在的女子成年礼习俗,都可以证明这一点。成年礼是一个人生历程,有娥氏二女在瑶台的隔离,正是女性这个历程的一个基本仪式。原始的性隔离有种种方式。凯利尔印第安人是在荒野中建茅舍隔离,萨摩群岛的土著是于村子的一角隔离。这大概取决于环境条件。而在中国上古,则多选择以水为屏障的隔离方式。在《山海经》中有这样几条记载,特别值得注意:

> 又东南一百二十里,曰洞庭之山。······帝之二女居之,是常游于江渊。澧沅之风,交潇湘之渊,是在九江之间,出入必以飘风暴雨。(《中次十二经》)
>
> 女祭女戚在其北,居两水间,戚操鱼鲗,祭操俎。(《海外西经》)
>
> 女子国在巫咸北,两女子居,水周之(郭璞注:有黄池,妇人入浴,出即怀妊矣。若生男子,三岁辄死。)(同上)
>
> 舜妻登比氏,生宵明、烛光、处河大泽,二女之灵能照此所方百里。一曰登北氏。(《海内北经》)

我们可以看出它们的共同特点,一是这些地方只有两个女人,没有男人。二是这些女性的住地或是"水周之",或在两水之间,或在河洲,总之都在水中。其三是这些女性未见有已婚的迹象,而称"女子",即是未婚的证明。特别是"女子国"一条,这三个特点最为明显。我们认为这都是关于女性婚前性隔离习俗的神话表述。瑶台环水,即是这种习俗的一种形式。

关于"台"与古代女性婚前生活的联系,在中国古籍中时有所见。宋玉《高唐》、《神女》二赋中都曾记有高唐神女于"阳台"的故事,唐余知古《渚宫旧事》说高唐神女是"夏帝之季女也,名曰瑶姬,未行而亡,封乎巫山之

---

① 杨向奎:《宗周社会与礼乐文明》,人民出版社1992年版,第259页。

台。"因为记载过于简略，我们只能通过逻辑推导来探其本。"巫山之台"当即"阳台"，瑶姬之所以封于"巫山之台"，一种合理的解释是：这是她生前所在之地。神女之所以情欲勃发，自荐枕席，是因其原本"未行而亡"，青春生命的姿彩未能展示，她要在死后获得补偿。如果我们将这二者结合起来，就很容易得出"阳台"为瑶姬婚前所居之地、瑶姬死于青春勃发的性隔离期的结论。《天问》说："禹之力献功，降省下土四方，焉得彼涂山女，而通之于台桑？"所谓"台桑"实即"桑台"，此只是为协韵而倒。这里所谓的"通"，也就是后世所谓的"野合"。大禹治水到了这里，便遇到了这位涂山氏女子，而与之在桑台野合，这桑台自然是一个特殊的地方，当是涂山氏女子所居住之所，这我们可从《桑中》诗中得到进一步证明。《鄘风·桑中》言："云谁之思，美孟姜矣。期我乎桑中，要我乎上宫，送我乎淇之上矣。"[1]"桑台"之"桑"与"桑中"之"桑"，其所承担的文化意义应是相同的。"桑台"之"台"与桑中之"上宫台"亦应相同。《太平御览》卷一七八引《郡国志》曰："卫州苑城北十四里，沙丘各地，俗称妲己台。去二里有一台，南临淇水，俗称为上宫也。"[2]可证上宫有台。与上宫台相邻之台称"妲己"，其间似亦蕴有关于女性的故事。上宫台在桑中，是犹桑台。《易林·艮之解》说："上宫长女，不得乐同"；司马相如《美人赋》说："上宫闲馆……有女独处。"都说明上宫是女子所居之地。故王先谦《诗三家义集疏》释《桑中》诗曰："上宫盖孟姜所居"，这是有一定道理的。值得注意的是，这种地方既是隔离女性之所，同时又是季节性性开放的地方。故有梦会阳台，通于桑台，要乎上宫之说。《老子·二十章》说："众人熙熙，如享太牢，如春登台。"河上公注曰："淫放多情欲也。""享太牢"，即参加丰盛的筵席。"春登台"，诸家多以为言春日登台览景。河上公注曰："春，阴阳交通，万物感动，登台观之，意志淫淫然。"但春日登台何以就见得是"淫放多情欲"呢？其实这个"台"字就是阳台、桑台的"台"，登台正是为了放纵情欲。老子说的是"食色性也"的问题，"享太牢"说的是一个"食"字，"春登台"说的正是一个"色"字。

---

① 阮元校刻：《十三经注疏（附校勘记）·毛诗正义》卷 3，中华书局 1980 年版，第 314 页。

② 李昉等：《太平御览》卷 178，《文渊阁四库全书》第 894 册，台湾商务印书馆 1986 年版，第 709 页。

可以说，神话是原始人所写的历史，它的一部分内容便是原始礼俗的幻影。礼俗是一种顽强的东西，当神话消失之后，它还会以一种新的形式顽强地存在。如果我们把神话认作是过去礼俗的折射，把礼俗认作是真实的图景，那么在这二者之间，便会勾勒出一条关联的线索来。在神话之中，我们看到的是女性隔离的幻影，而在关于周礼的记载中，我们得到的则是性隔离的实际内容和意义。据《仪礼·士昏礼》云："女子许嫁，笄而醴之，称字。祖庙未毁，教于公宫三月。若祖庙已毁，则教于宗室。"《诗经·葛覃传》亦云："古者女师教以妇德、妇言、妇容、妇功。祖庙未毁，教于公宫三月。祖庙已毁，教于宗室。"《礼记·昏义》说同。这里所特指的是士的女儿的婚前教育，这种教育，是要与男性隔离的。这显然是神话中所表述的原始性隔离的一种演变形态。在民族志中我们看到了不少女性成年期隔离教育的资料。从这些数据中可以看出女子隔离教育时间的长短，是与她的家庭地位、经济条件相随的。越是大户人家，女子隔离教育期就越长，越讲究礼节仪式。小家因经济负担问题，则是能简则简。根据这种情况推测，士的女儿婚前教育是三个月，天子诸侯、卿大夫之女的教育期，恐怕要远长于此了。士的女儿受教育的地方是"公宫"或"宗室"。据孔颖达《诗经正义》考证，"公宫"或"宗室"皆指贵族"女宫"。所谓"女宫"，就是指贵族女子的别宫，是贵族女子嫁前所住之地，其婚前性隔离教育即在此进行，故士的女儿才有可能在出嫁前就其地而教之。这种地方，周围有水环绕，以示隔离。

由神话回落到俗世，我们认为《邶风》中的"新台"，实可说是神话中瑶台、阳台、桑台的翻版。《邶风·新台》是《诗经》中的名篇。其之所以有名，主要在于相传它是一篇讽刺卫宣公强占儿媳丑行的诗。这个调子是由《毛诗序》定下的。《诗序》云："《新台》，刺卫宣公也。纳伋之妻，作新台于河上而要之。国人恶之，而作是诗也。"孔颖达《正义》进一步解释说："此时伋妻盖自齐始来，未至于卫，公闻其美，恐不从己，故使人于河上为新台，待其至于河，而因台所以要之耳。"后儒又在此基础上作了种种发挥和补充，力求使它合情合理。如姜炳璋《诗序补义》说："盖此诗之作，新台既成，齐女未至，犹意为伋妻者，守从一之义，不至于从公之欲也。序云'要之'者，以前此未尝言自娶，于是作新台使齐女登之，道达其意。然则齐女之来，何尝知为宣妇哉！故言燕婉之求，而忽得此丑恶之人……"① 范家相《诗渖》又说："宣姜未必即是齐公女，故齐人以之许其父，而公往娶之。新台之作，所以悦宣姜，而国人恶之。"② 《水经·河水注》还指定卫宣公所筑的新台就在濮州鄄城北，《太平寰宇记》更将新台附会在了濮州鄄城东北十七里的地方。这种解释延续了两千多年，今大多《诗经》研究者仍信从不疑，甚至将此上升为"讽刺统治阶级丑行的诗"而加以标榜。但是，这一权威性解释，实在找不到历史根据。清代学者牟庭、崔述等，就曾对此提出过怀疑。其一，记载春秋历史最详尽的是《左传》、《国语》，二书中皆不言其事。《左传·桓公十七年》仅言："为之娶于齐，而美，公娶之"，不言"卫人赋《新台》"。故牟庭《诗切》斥责其"附会其事，以汩乱诗意，欺罔后学，妄作之甚者也。"其二，筑台非一日可成，不可能在迎亲的短暂时间内完工。再则台不筑于城而筑于河，亦不合情理。故崔述《读风偶识》卷二云："未至而先筑台，又不于国而于河上，欲何为者？"认为此与卫宣公"了不相涉"。其三，诗前两句写新台的美丽，显然带有赞美、欣赏的口吻。若说是卫宣公所筑，那无疑是赞美卫宣公的杰作了，何得言讽刺？再则宣公筑台，目的是"要"齐女。那么"燕婉之求"应当是写卫宣公筑台的目的了，可恰恰相反，却写的是齐女的心事。这样于文理、于情理都十分不通。

如果我们把《邶风》中的"新台"，与《吕氏春秋》之九成之台、《离骚》之瑶台，《高唐赋》之阳台、《天问》之桑台、《桑中》诗之上宫台放在一起，便会很自然地发现其间的联系。新台并不是卫国的台，恰恰相反它是齐国的台，当就是齐姜未嫁前所在的地方，它承载着与神话中瑶台相同的文化意义。前已言之，这种地方，多周之以水，以示隔离，故新台筑于水滨。《易林·归妹之蛊》、《晋之无妄》皆说："阴阳隔塞，许嫁不答。《旄丘》《新台》，悔往叹息。"这代表了齐诗的观点。从"阴阳隔塞"一语中，似乎可以看出，这里的"河水弥弥"带有阻隔阴阳的意义。"新台有泚，河水弥弥"。"泚"是鲜明之貌，"弥弥"是水平满貌。从这里可以看出这是一块不容玷污的圣洁之地。河水同时有象征礼的意义。在这里的女子对未来的生活都充满了幻想，她们希望

① 姜炳璋：《诗序补义》卷3，《文渊阁四库全书》第89册，台湾商务印书馆1986年版，第65页。
② 范家相：《诗渖》卷5，《文渊阁四库全书》第88册，台湾商务印书馆1986年版，第633页。

能嫁个如意郎君。"燕婉"是美好貌。"燕婉之求"即"燕婉是求"，意思是要求取的是美好的配偶。"籧篨"即今所谓的"丑八怪"。"不鲜"郑玄以为"不善"，周悦让《倦游庵椠记·经隐·毛诗》"籧篨不鲜"条曰："按：《左氏春秋昭公五年传》：'葬鲜者自西门。'注：'不以寿终为鲜。'《尚书大传·鸿范五行传》：'维鲜之功。'注：'鲜，杀也。'本经'鲜'宜作是解。《相鼠》：'胡不遄死？''鲜'即'遄死'矣，乃深恶痛绝之语也。与二章'殄，绝也'义同。《礼记·月令》：'季夏行春令，则谷实鲜落。''鲜'亦宜如此解，乃不以寿终之义也。"夏辛铭《读毛诗日记》亦云："《论衡》：'殄者死之比也'，张湛《列子》注亦云：'人不以寿死曰鲜'。然则不殄、不鲜，犹云宜死而不死也。"其说可从。其意是：本想嫁个如意郎，可现在却嫁了个不死的糟老头。在这一章中，第一二句写齐姜婚前的居地，第三句写婚前的幻想，第四句写最终的结果。文理十分通畅，于情亦不相背。在《采蘋》、《硕人》二诗中，我们也发现了类同的信息。《召南·采蘋》写女子采蘋藻以祭之事，末章云："于以奠之？宗室牖下。谁其尸之？有齐季女。"旧释"齐"为"好貌"，何楷《诗经世本古义》、李超孙《诗氏族考》、俞樾《荼香室丛钞》等，皆以为指齐国，可从。郑玄注此诗曰："古者妇人先嫁三月，祖庙未毁，教于公宫；祖庙既毁，教于宗室。教以妇德、德言、妇容、妇功。教成之祭，牲用鱼，笔之以蘋藻，所以成妇顺也。"参酌古注，知此诗所写乃是齐女嫁前教成之祭。《左传·襄公二十八年》说："济泽之阿，行潦之蘋藻，寘诸宗室，季兰尸之，敬也。"王先谦认为，《左传》的一段话正是解释此诗的。他说："济阿盖季女所居。"[1]这是非常有见地的。"济泽之阿"即"济泽岸边"，《玉篇》曰："阿，水岸也。"诗言采蘋采藻，涧滨行潦，所展示的正是其嫁前教育所居之环境。《卫风·硕人》篇写齐东宫得臣之妹嫁卫而曰："河水洋洋，北流活活。施罛濊濊，鱣鲔发发，葭菼揭揭。"述齐女之嫁，何以突然写到河水？郑玄的解释是此言"齐地广饶"，田雯《古欢堂集》卷十八"硕人"条以为此是"极状嫁来时所历之境"，牟庭《诗切》以为："诗言河水盛大，洋洋然，喻夫人受恩之多。"沈彤《果堂集》"诗硕人说"条以为是"比庶姜之媚惑其君"。这些解释显然都有附会之

---

① 王先谦：《诗三家义集疏》，中华书局 1986 年版，第 82 页。

嫌，唯于鬯《香草校书》之说，颇发人深思。其卷十二"卫·硕人篇"条曰："庄姜嫁时，疑齐当具汤沐之邑。其邑在河上，故诗人举河以咏之。"其驳《郑笺》"齐地广饶"之说曰："齐地诚广饶，而一河偏居西北，却不在齐广饶之列。且即以齐地广饶美庄姜，亦殊无谓。惟其为汤沐邑，则齐地今为卫有，其咏之宜也。汤沐之邑，本天子所以待方伯，《小戴·王制记》云'方伯朝天子，皆有汤沐之邑于天子之县内'是也。而嫁女赠地，亦袭其名。《战国·楚策》云：'请以秦女为大王箕帚之妾，效万家之都，以为汤沐之邑。'又云：'秦王有爱女而美，奉以上庸六县为汤沐邑，欲因张仪内之楚王。'皆是也。则庄姜嫁卫，其有汤沐之邑亦宜。"①于氏所举为战国时例，春秋时诸侯嫁女未见有赠汤沐之地一说，但于氏将"河水"数句的描写与庄姜的实际生活联系起来，则是值得注意的。如果我们把"河水洋洋"与《新台》篇之"河水弥弥"联系起来，便会发现二者所写乃是类似的生活环境，因写齐姜出嫁，故咏及其嫁前居地，此亦在情理之中。

这里有一个非常棘手的问题，即关于河水的所指。传统认为，先秦文献中所谓的河，乃是黄河的专称，而黄河偏居齐国西北，去齐国首都约一百多公里，齐国诸侯不可能把女儿隔离到去首都如此远的地方。这确实是一个值得思考的问题。但同时我们也应注意两点，第一点，在上古时代，黄河中下游有很多支流与支津。这些支流与支津，有些也被有河之名。《汉书·司马相如传》"下属江河"注："冀州凡水大小皆谓之河。"朱熹在注《关雎》"在河之洲"一句时说："河，北方流水之通名。"这些解释虽非古意，但也不无道理。《禹贡》所谓的九河，其实就是支津，正是因为这些支津被称为"河"，所以才有"九河"之称。根据文献，与"九河"关系最为密切的就是齐国。《春秋保干图》说："移河为界在齐吕，填阏八流以自广。"②《尚书纬·中候》："齐桓霸，阏八流以自广。"③郑玄注《尚书》云："九河之名：徒骇、大史、马颊……周时，齐桓公塞之，同为一河。今河间弓高以东至平原鬲盘，往往有其遗处焉。"《水经·河水注》云："《禹贡》兖州九河既道矣，谓徒骇、太史、马颊……郑玄

---

① 于鬯：《香草校书》卷 12，中华书局 1984 年版，第 235 页。
② 黄奭：《春秋纬》，上海古籍出版社 1993 年版，第 164 页。
③ 黄奭：《尚书纬》，上海古籍出版社 1993 年版，第 46 页。

曰：下尾合曰逆河，言相承受矣。盖所润下之势，以通河海，及齐桓霸世，塞广田居，同为一河。故堰以北，馆陶、瘿陶、贝丘、鬲般、广川、信都、东光、河间、乐成以东、城地并存，川渎多亡。"① 后来有不少学者反对齐桓塞河之说，如于钦《齐乘》说："河过大陆趋海，势大土平，迁徙不常，自播为九，禹因而疏之，非河独行经流，禹于旁近支凿以杀其溢也。禹后历三代至齐桓时千五百余年矣，支流渐绝，径流独行，亦理势如此，非齐桓冒曲防之禁，故塞九河，实九河自为平陆可树艺耳。"② 但不管齐桓公是否有塞河之举，同时也不管所谓的九河具体所指为何处，这传说的存在即证明着一个事实：黄河的支津当时大量分布在齐国境内。黄河最大的两条支津济水与漯水，也是穿齐境而过的。因此诗中所说的"河水"，并不一定是指黄河的主干。

从瑶台到新台，我们可以看到一种原始礼俗顽强的持续性。此类高台高出地表，目的并不全在登临远眺，更主要的在于隔离。据《左传·僖公十五年》"登台而履薪"句杜注："左右上下者皆履柴乃得通。"也就是说高台无阶，只有履他物方可登攀。后世富家小姐婚前居住的绣楼，实是由此演变而来的。在通俗小说中往往写到富家小姐独处绣楼，耐不住寂寞而与楼下往往书生或俏哥偷情的故事，此实与高唐神女之自荐枕席为同一情理。绣楼之制，书中鲜有言及，但它作为姑娘嫁前隔离之所，则是可以肯定的。在山西一些大宅院中，还保存有不少绣楼。如太古三多堂绣楼，处于庭院深处，楼梯在屋内，即窄又陡，仅可容一人上下。姑娘十三岁上楼后，即要在一个与男人完全隔绝的世界里度过一年，吃喝拉撒全在楼上。故俗语说："十三上楼十四嫁，十五抱个胖娃娃。"山西灵石梁家圪塔的梁家大院，绣楼紧临汾河，高达二三十米。这种隔离无论性质还是手段，都与"瑶台处佚女"的传说是一脉相承的。在山西襄汾的丁村，我们也见到了一处清代的绣楼，楼在庭院深处，院外楼下则是一个大水池，池内有荷花。我怀疑这水池其前身就是环绕瑶台、新台之外的水。不过，在这里它已失去了其原始时代那种作为隔离屏障而存在的意义，只作为一种象征、一种装点、一种远古文化形态的孑遗而保留于传统生活之中。

① 王国维：《水经注校》，上海人民出版社1984年版，第164页。
② （元）于钦撰：《齐乘》卷2，《文渊阁四库全书》第491册，第722页。

《楚辞书目五种》及《续编》未见书目①

【按】本文所收书目为姜亮夫先生《楚辞书目五种》及崔富章先生《楚辞书目五种续编》未见著录者，检索范围为成文出版社《中国方志丛书》。

1.《骚赋 》

明葛佩撰。

葛佩，字鸣玉，吴县人。见《吴县志》（18 号）卷五十六上艺文考一，十五页（927 页）。

【著录】《江苏省苏州府志》（5 号）卷一百三十六艺文一，十六页（3223页）。

《江苏省吴县志》（18 号）卷五十六上艺文考一，十五页（927 页）。

2.《楚辞古韵四卷》

清汤濩撰。

汤濩，字圣宏，一字昭夔，吴县人。见《吴县志》卷五十六下艺文考二，二页（933 页）。

【著录】《江苏省苏州府志》（5 号）卷一百三十六艺文一，二十七页（3229 页）。

《江苏省吴县志》（18 号）卷五十六下艺文考二，二页（933 页）。

---

① 此文与张燕合撰，曾发表于《中国楚辞学》第 19 辑。

3.《增广楚词》

明陈必诚撰。

陈必诚,字拙生,常熟人,举人。见《重修常昭合志》卷二十五人物之四耆旧,五十页附《陈必谦传》(1533 页)

【著录】《江苏省苏州府志》(5 号)卷一百三十八艺文三,十一页(3279页)。

【按】《江苏省重修常昭合志》(153 号)卷四十四艺文,七页(2971页)。著录为《增广楚辞》;另,《陈必诚传》著录为《增广楚词》。

4.《楚辞补注》

清章梦易撰。

章梦易,字两生,同里人,著有《易笙》、《诗源》等。见《吴江县志》卷三十二人物九文学,三十页附《顾伟传》(954 页)

【著录】《江苏省苏州府志》(5 号)卷一百三十八艺文三,四十一页(3294页)。

【按】《江苏省吴江县志》(163 号)卷四十六撰述二书目,九页(1330页),著录作《楚词补注》。另,《章梦易传》著录作《楚辞改注》。

5.《风骚嗣响》二十卷

清顾有孝撰。

顾有孝(1619—1689),字茂伦,吴江人,以诗名于时。见《吴江县志》卷三十二人物九隐逸,三十九页(972 页)。

【著录】《江苏省吴江县志》(163 号)卷四十六撰述二书目,九页(1329页)。

【按】《江苏省苏州府志》卷一百三十八艺文三,四十二页(3294),著录为《风骚词响》二十卷。

6.《骚苑》四卷（四库本《骚苑》前三卷）

明黄省曾辑。

黄省曾(1490—1540),字勉之,吴县人。见《吴县志》(18 号)卷六十六上列传三,二十三至二十四页（1178 页）。

　　【著录】《江苏省吴县志》（18 号）卷五十六上艺文考一,十五页（928 页）。

7.《骚经标注》

明钱贵撰。

　　钱贵,字元抑,长洲人。弘治戊午举人,官鸿胪寺丞。著《吴越纪馀》、《易通》。见《吴县志》卷六十七列传五,二十四页（1221 页）;另见《四库全书总目提要》史部二十二载记类存目。

　　【著录】《江苏省吴县志》（18 号）卷五十七艺文考三,五页（955 页）。

8.《离骚明义》

清任大任撰。

　　任大任,字钧衡,同里人。见《吴江县志》（163 号）卷三十二人物九,三十页（954 页）。

　　【著录】《江苏省苏州府志》卷一百三十八艺文三,四十四页（3295 页）。

　　【按】《吴江县志》（163 号）未见著录此书。

9.《离骚注》

明李向阳撰。

　　李向阳,字孝乾,徐州人。天启甲子举人,授金山卫教授。见《铜山县志》卷五十人物传,二页（1462 页）。

　　【著录】《江苏省铜山县志》（32 号）卷二十艺文考诗文评注,十八页（1082 页）。

10.《离骚注》

清张正纲撰。

　　张正纲,字敦五,上元人,乾隆壬辰进士。见《重刊江宁府志》卷四十文苑,八页（1675 页）。

　　【著录】《江苏省重刊江宁府志》（128 号）卷五四艺文,十二页（2120 页）。

《江苏省上江两县志》（41号）卷十二中艺文中，二十二页（225页）。

11.《饮骚作离骚注》（《冷士嵋答贺瞻度大理书》：所赐饮骚，受而读之，咀味无已。盖古今注骚者不一，大概皆支离附会者多，迨后朱子书成，人推尚之。然亦止于音叶而疏义不详。足下是书笺解明切，而意义复连贯而有条，为前所未有，较之诸家可谓集大成矣。）

清贺宽撰。

贺宽，字瞻度，号柘庵，丹阳人。顺治九年进士，大理寺评事。

【著录】《江苏省重修丹阳县志》（409号）卷三十五书籍，二十一页（2021页）。

12.《离骚注》

清沙张白撰。

沙张白，字介人，号定峰，江阴人。见《江阴县志》（457号）卷十七人物二文苑，二十页（1965页）；另见《四库全书总目》卷一百八十二作"原名一卿，字介臣"。

【著录】《江苏省江阴县续志》（24号）卷二十艺文二，十二页（1083页）。

13.《离骚浅注》

明徐鸣时撰。

徐鸣时，字君和，横塘人。崇祯乙亥贡生，官武宁知县。见《吴县志》（18号）卷六十六上列传三，三十八页（1185页）。

【著录】《江苏省宜兴荆溪县志》（156号）卷十艺文载籍，七页（三册1352页）。

【按】《江苏省吴县志》（18号）未见著录此书。

14.《离骚阐义》

清任晟撰。

任晟，字曙堂。补博士弟子员，道光乙酉以拔萃贡成均。见《宜兴荆溪县志》（156号）卷八文学，五十一页（1027—1028页）。

【著录】《江苏省宜兴荆溪县志》（156号）卷十艺文载籍，七页（1352页）。

【按】《宜兴荆溪县志》（156号）《任晟传》中著录为《离骚述意》。

15.《楚词正音》

清罗咏撰。

罗咏，字二西，高邮人。廪生。

【著录】《江苏省三续高邮州志》（402号）卷六艺文志上书目经类，一页（967页）。

16.《楚词纂注》

明王之桢撰。

王之桢，字筠长，盐城人。贡生。见《淮安府志》（397号）卷二十二隐逸，四十七至四十八页（2458—2459页）。

【著录】《江苏省淮安府志》（398号）卷三十八艺文，三页（3559页）。

《江苏省淮安府志》（397号）卷三十艺文书目，百四十九页（3559页）。

【按】《淮安府志》（397号）《王之桢》传中著录为《楚辞纂注》。

17.《离骚敷衽》

清袁邦鼎撰。

袁邦鼎，字大樽，通州人。举乾隆六年乡试。见《通州直隶州志》卷十二人物志下文苑传六十六页附《袁潞传》（633页）。

【著录】《江苏省通州直隶州志》（43号）卷十六艺文志集部，一百〇四页（836页）。

18.《离骚解》

清陈殿燮撰。

【著录】《江苏省上江两县志》卷十二中艺文中，二十二页（225页）。

19.《离骚经贯》

清汤鹏乎撰。

【著录】《江苏省上江两县志》卷十二中艺文中，二十二页（225页）。

20.《离骚解》

清梅增亮撰。

梅增亮（1786—1856），字伯言，上元人。道光进士，官户部郎中。见《上江两县志》卷二十四中耆旧，七十一页（617页）。

【著录】《江苏省上江两县志》卷十二中艺文中，二十二页（225页）。

21.《离骚补注》

清端木瑚撰。

【著录】《江苏省上江两县志》卷十二中艺文中，二十二页（225页）。

22.《离骚注》

清王邦采撰。

王邦采，字贻六，无锡人。诸生。见《无锡金匮县志》（21号）卷二十二文苑，二十七页（386页）。

【著录】《江苏省无锡金匮县志》（21号）卷三十九艺文著述，二十一页（695页）。

【按】《无锡金匮县志》（21号）《王邦采传》中称其笺注"离骚更别有解会"。

23.《离骚集解》

清邵煊撰。

邵煊，字振飞，无锡人。诸生。见《无锡金匮县志》卷二十二文苑，二十六至二十七页（385—386页）。

【著录】《江苏省无锡金匮县志》（21号）卷三十九艺文，二十二页（659页）。

24.《楚词定论》

清何忠相撰。

何忠相，字罕勋，号一山，崇明人。居常熟，乾隆副贡。见《崇明县志》（168 号）卷之十二人物文苑，十四页（899—900 页）。

【著录】《江苏省崇明县志》（168 号）卷十六艺文集部，二十一页（1384 页）。

25.《离骚解》

明孙元化撰。

孙元化（1582—1633），字初阳，上海人，万历举人。见《宝山县志》卷九列传，八至九页（822—823 页）。

【著录】《江苏省宝山县志》（407 号）卷十二艺文，五页（1412 页）。

26.《骚苑补》一卷（案是书续吴县黄省曾《骚苑》而作，文渊阁存目。）

明张所敬撰。

张所敬，字长舆，人称黄鹤先生，上海人。诸生。见《上海县志》（169 号）卷十八人物一，四十七至四十八页附《张武传》（1410-1411 页）。

【著录】《江苏省松江府续志》（143 号）卷三十七艺文志子部补遗类书类，三十六页（3661 页）。

《江苏省上海县志》（169 号）卷二十七艺文类书类，一十五页（2451 页）。

27.《骚苑绮语》六卷（文渊阁存目，《云间志略》分《楚范》、《楚语》、《楚林》、《楚翼》四目，《楚范》乃论骚题材及造字用韵诸类，凡十二门）。

明张之象撰。

张之象（1496—1577），字月鹿，一字玄超，晚号王屋山人，上海县人。太学生。见《上海县志》（169 号）卷十八人物一，三十九页附《张萱传》（1393—1394 页）。

【著录】《江苏省青浦县志》（16 号）卷二十七艺文书目子部，七至八页（1816—1817 页）。

【按】与张之象《楚骚绮语》当为同一书而题名略不同。

28.《楚林》

明张之象撰。同上。

【著录】《江苏省上海县续志》（14 号）卷二十六艺文，十七页（1630 页）。

29.《楚翼》

明张之象撰。同上。

【著录】《江苏省上海县续志》（14 号）卷二十六艺文，十七页（1630 页）。

30.《读骚列论》

清顾成天著。

顾成天，字良哉，号小厓，康熙辛酉举人。雍正庚戌赐进士，授翰林院编修。见《南汇县志》卷十四人物志，三十页（1003 页）。

【著录】《江苏省南汇县志》（42 号）卷十二艺文志集部楚辞类，七页（851 页）。

【按】姜亮夫《楚辞书目五种》著录有《读骚别论》，疑为同一书。另，《上海县志》亦著录为《读骚别论》。

31.《楚辞九歌解》

清顾成天著。同上。

【著录】《江苏省南汇县志》（42 号）卷十二艺文志集部楚辞类，七页（851 页）。

【按】姜亮夫《楚辞书目五种》著录有《九歌解》，疑为同一书。

32.《离骚经补注》

清闵如璧撰。

闵如璧，字荆庭。有《南溪吟》。

【著录】《江苏省南汇县志》（42 号）卷十二艺文志集部楚辞类，七页（851 页）。

33.《楚词新志》

清于邑撰。

于邑（1862—1919），字醴尊，一字东厢，号香草，南汇人。光绪贡生。见《南汇县续志》卷十三人物志，二十三页（598页）。

【著录】《江苏省南汇县续志》（425号）卷十二艺文志集部楚辞类，八页（532页）。

34.《释骚》(王氏《续通考》)

宋林至撰。

林至，字德久，华亭人，淳熙进士，官秘书省正字。见《嘉兴府志》（53号）卷五十嘉兴列传十九页（1312页）。

【著录】《江苏娄县志》（137号）卷十二艺文，十七页（533页）。

35.《楚词注》二卷

杨甲先撰。

杨甲先，字鼎传，杨怀远子，诸生。见《重刊续纂宜荆县志》卷九之一艺文载籍，三十三页（658页）。

【著录】《江苏省重刊续纂宜荆县志》（396号）卷九之一艺文载籍，三十三页（658页）。

【按】县志中未见其传。

36.《楚词评》

蒋炎光撰。

蒋炎光，字驭日，号醉吟居士，宜兴人。诸生。见《重刊宜兴县志》（399号）卷三人物志文苑，三十一至三十二页（339—340页）。

【著录】《江苏省重刊续纂宜荆县志》（396号）卷九之一艺文载籍，三十四页（659页）。

37.《屈词指要》

陈朝熙撰。

【著录】《江苏省重刊续纂宜荆县志》卷九之一艺文载籍，三十四页（二册660页）。

38.《楚辞咀剩》九卷《附录》一卷

清李蓁撰。

李蓁，字如玉，宜荆人。诸生。见《江苏重刊续纂宜荆县志》卷七之一人物儒林，六至七页（190—191页）。

【著录】《江苏省重刊续纂宜荆县志》卷九之一艺文载籍，四十页（672页）。

39.《绎骚》

宋林至撰。同《释骚》。

【著录】《浙江省嘉兴府志》（53号）卷八十一经籍二集部楚辞，三十二页（2488页）。

【按】与林至《释骚》疑为同一书。

40.《九歌》八卷（杭氏《艺文志》）

明周履靖撰。

周履靖，字逸之，晚号梅颠道人，秀水人。见《嘉兴府志》卷五十三秀水隐逸，六十二页（1468页）。

【著录】《浙江省嘉兴府志》（53号）卷八十一经籍二集部楚辞，三十二页（2488页）。

41.《骚坛秘语》二卷

明周履靖撰。同九歌八卷。

【著录】《浙江省秀水县志》（57号）卷七艺文志，六页（377页）。

42.《离骚解》（《浙江通志》）

明黄洪宪撰。

黄洪宪，字懋忠，秀水人。隆庆辛未进士，官至少詹事。见《嘉兴府志》卷五十二秀水列传，二十三页（1406页）。

【著录】《浙江省嘉兴府志》（53号）卷八十一经籍二集部楚辞，三十二页（2488页）。

《浙江省秀水县志》（57号）卷七艺文志，五页（376页）。

43.《楚辞古音》

清朱乾撰。

朱乾，字赞文，秀水人。乾隆辛酉拔贡。见《嘉兴府志》卷五十二秀水列传，七十四至七十五页（1431—1432页）。

【著录】《浙江省嘉兴府志》（53号）卷八十一经籍二集部楚辞，三十二页（2488页）。

【按】《浙江嘉兴府志》（53号）《朱乾传》中著录为《楚词古音》。

44.《楚辞集注》（末附《后语》、《附览》、《辨证》三种）

清蒋之翘撰。

蒋之翘，字楚稚，秀水人。见《嘉兴府志》（53号）卷五十三秀水文苑，四十页（1457页）

【著录】《浙江省嘉兴府志》（53号）卷八十一经籍二集部楚辞，三十二页（2488页）。

【按】姜亮夫《楚辞书目五种》著录有蒋之翘《七十二家评楚辞》，疑为同一书。

45.《校正楚辞》二卷

明朱长春撰。

朱长春，字太复，号海瀛，乌程人。万历癸未进士，历知尉城、常熟、信阳三县，入为刑部主事。见《湖州府志》（54 号）卷七十五人物传文学二，十七页（1432 页）。

【著录】《浙江省湖州府志》（54 号）卷五十八艺文略三，三十八页（1117 页）。

46.《枕骚馀录》

明姚龙之撰。

【著录】《浙江省湖州府志》（54 号）卷五十九艺文略四，三十页（1132 页）。

47.《楚词释文》十七卷

清张鑑撰。

张鑑（1768—1850），字春冶，号秋水，乌程人。嘉庆副贡生。见《湖州府志》（54 号）卷七十六人物传文学三，三十七页（1455 页）。

【著录】《浙江省湖州府志》（54 号）卷六十艺文略六，十六页（1165 页）。

48.《离骚绎》（钱士升序）

明孙茂芝撰。

孙茂芝，字若英，号汉房，嘉善人。诸生，由贡选沔阳州判。见《嘉善县志》（59 号）卷二十四人物志文苑，八页（459 页）。

【著录】《浙江省嘉善县志》（59 号）卷三十书籍，七页（588 页）。

49.《离骚解》（见家藏本，存）

清何长聚撰。

何长聚，字焕奎，号鑫园，光泽人。见《光泽县志》（221 号）卷十五列传，三页（1085 页）。

【著录】《福建省光泽县志》（221 号）卷十三经籍略子部，五页（1005 页）。

50.《诗骚古赋》

宋陈知柔撰。

陈知柔（？—1184），字体仁，号休斋居士，永春人。绍兴十二年进士，授台州判官，知循州、贺州。见《永春县志》卷十九儒林传，二页（679 页）；另见《永春州志》卷十人物名儒，十页（1016 页）。

【著录】《福建省永春州志》（222 号）卷十二艺文一书目，一页（1296 页）。

【按】《福建省永春县志卷》（231 号）十七艺文志，一页（576 页）著录为《诗骚古赋杂著古学并图》二卷。

51.《楚辞释音》

宋吴棫撰。

吴棫，字才老，崇安人，宣和六年进士。见《崇安县新志》（238 号）卷二十二儒林，五页（553 页）。

【著录】《福建省崇安县新志》（238 号）卷十八艺文小学类音韵，四十三页（495 页）。

52.《楚辞音考》一卷（佚）

宋朱熹撰。

朱熹，字仲晦，崇安人。见《崇安县新志》卷二十二儒林，六至八页（555—560 页）。

【著录】《福建省崇安县新志》（238 号）卷十八艺文小学类考订，四十三页（495 页）。

53.《离骚解》

宋陈正己撰。

陈正己，字思立。仙游人。见《仙游县志》卷三十九人物志文苑，三页（802 页）。

【著录】《福建省仙游县志》（242 号）卷四十六下艺文志著述，三页（945 页）。

54.《诗骚本草通》十二卷

明黄圣年撰。

黄圣年，字逢永，龙山人。当阳教谕。见《顺德县志》卷二十四列传四，二十二页附《黄维贵传》（2245页）

【著录】《广东省顺德县志》（187号）卷十七艺文略一子部，二十七页（1621页）。

55.《离骚解》

清罗国器撰。

罗国器，字跃剑，号岭南，大良人。雍正丙午举人。见《顺德县志》卷二十五列传五，四十九页（2441页）。

【著录】《广东省顺德县志》（187号）卷十八艺文略二集部，四十六页（1716页）。

56.《离骚测》一卷

清吴懋清撰。

吴懋清，字回溪，吴川人，嘉庆举人。见《吴川县志》卷七人物传，五十八至五十九页（291—292页）。

【著录】《广东省高州府志》（68号）卷五十二（794页）。

《广东省吴川县志》（66号）卷九艺文，二十四页（355页）。

57.《天问测》一卷

清吴懋清撰。同上。

【著录】《广东省高州府志》（68号）卷五十二（794页）。

《广东省吴川县志》（66号）卷九艺文，二十四页（355页）。

58.《九家集选》（此编选屈原、宋玉、司马相如、扬雄、司马迁、江淹、鲍照、李白、苏轼之著作为一集，故曰《九家集选》）

明黎遂球编。

黎遂球（1602—1646），字美周，番禺人。天启举人。见《广州府志》（1号）卷一百二十列传九，十七至十九页（138—139页）。

【著录】《广东省广州府志》（1 号）卷九十六艺文略七集部四，四页（613 页）。

59.《离骚经注》（卷数无考）

清张鹏展撰。

张鹏展（？—1840），字南崧，上林县人。乾隆五十四年进士，官至朝廷通政使司通政使。见《上林县志》卷十一人物部上列传，四页（621 页）。

【著录】《广西省上林县志》（134 号）卷十三艺文部上，三页（759 页）。

60.《楚骚明解》

明何惺撰。

何惺（1597—1679），字君慄，号象山，锺祥人。诸生。见《锺祥县志》卷二十先民传二，七页（1067—1068 页）。

【著录】《湖北省锺祥县志》（学生 174 号）卷十四艺文上，三页（685 页）。

【按】《钟祥县志》之《何惺传》以惺为清人，《艺文》著录其书则为明人，惺实为明末清初人。

61.《拟骚天答》

清胡瑶华撰。

胡瑶华，侍郎胡作梅之女，锺祥人。适宋氏早寡，另著有《花鉴纲目》、《中馈录》、《柏舟集》、《羌笛吟》、《韵玉》、《鹤鸣》。见《锺祥县志》卷十四艺文上，八页（696 页）。

【著录】《湖北省锺祥县志》（学生 174 号）卷十四艺文上，八页（696 页）。

62.《楚辞疏义》（无卷数）

明张颂撰。

张颂，字德容，富顺人。弘治乙卯举人，任通判。见《富顺县志》卷十一人物上，五十三页（1275 页）。

【著录】《四川省富顺县志》（学生 12 号）卷十五艺文，十三页（1797 页）。

63.《楚辞补辑》（廖少好楚辞，因于古书中搜考佚文，辑为此编，未竟而卒，其父秉安搜其箧得残零之稿，汇次为二册）

清王廖撰。

王廖，字圣游，诸生，井研人。见《光绪井研志》卷三十五乡贤六，二十六页，（1719—1720页）。

【著录】《四川省光绪井研志》（学生225号）卷十五艺文五，二十二至二十三页（997—998页）。

64.《离骚注》

明汪陛延撰。

汪陛延，一名三奇，字确安，黄冈人，诸生。

【著录】《湖北省黄冈县志》（学生171号）卷二十三艺文志著述集部，六十页（3349页）。

《湖北省黄州府志》（346号）卷三十五艺文志集部一，一页（1205页）。

65.《骚注》

清杨懋官撰。

杨懋官，字德懋，江夏人。天启丁卯副榜，授河南嵩县教谕。见《江夏县志》卷六人物隐沦九十四页（850页）。

【著录】《湖北省江夏县志》（341号）卷八艺文，十页（1068页）。

66.《离骚存疑》（佚）

清熊仕徵撰。

熊仕徵，字渭熊，崇阳人。顺治甲午恩拔，任吉安州同知。见《崇阳县志》卷七选举贡士，八十页（1067页）。

【著录】《湖北省崇阳县志》（学生201号）卷十一艺文子部，二十五页（1542页）。

67.《离骚增注》

清胡翘元撰。

胡翘元，字羽尧，饶州府乐平县人，乾隆辛巳进士。官庶吉士、翰林院编修、光禄寺少卿、山东学政等。

【著录】《江西省饶州府志》（255 号）卷二十六艺文一书目（2718 页）。

68.《楚辞集注》

明张旭著撰。

张旭，字廷曙，休宁人，成化甲午举人。历官孝丰、伊阳、高明知县。见《休宁县志》选举卷九二十六页，（620 页）。

【著录】《安徽省休宁县志》（627 号）卷二十三艺文书目，三十页（2632 页）。

69.《离骚天问注解》一卷

清王棠著撰。

王棠，字勿翦，一字名友，歙县人。撰《知新录》三十二卷。见《歙县志》卷七人物志文苑十一页，（1141 页）。

【著录】《安徽省歙县志》（246 号）卷十五艺文志书目，十三页（2359 页）。

【按】《歙县志》卷七人物志文苑十一页王棠传中，著录为《离骚天问注》。

70.《离骚幽致集》二卷

清吴大先撰。

吴大先，字维则，澄塘人。见《歙县志》（714 号）卷八之九人物志士林九页（1334 页）、《歙县志》（246 号）卷十人物志士林十三页（1576 页）。

【著录】《安徽省歙县志》（246 号）卷十五艺文志书目，十六页（2365 页）。

《歙县志》（714 号）卷九之一书目十二页（2048）。

【按】《歙县志》（246 号）卷十五书目十六页、《歙县志》（714 号）卷九之一书目十二页著录为"吴大光《离骚幽致集》";而《歙县志》(246号)卷十人物志士林十三页、《歙县志》(714号)卷八之九人物志士林九页著录为"吴大先"著有"《离骚致幽集》"。

71.《楚词考义》一卷

清王克捄撰。

王克捄,字幼藻,一字至泉,乾隆四十二年举人。治学专心于经史,好考据,多著述。见《山东省胶州志》卷二十八列传八人物,十八至十九页(1102—1103页)。

【著录】《山东省胶州志》(383号)卷二十志十艺文,三页(816页)。

72.《楚词志疑》一卷

清薛世道撰。

薛世道,字何思,胶州人,雍正甲辰举人。见《胶州志》卷二十八列传八人物,十一页(1088页)。

【著录】《山东省胶州志》(383号)卷二十志十艺文,三页(816页)。

73.《屈子集传》七卷

清刘玉珂撰。

刘玉珂,康熙辛卯举人,又有《睿玑图读法一卷》。见《蒲城县新志》卷十人物志儒林二

十二页附《刘鸣珂传》(404页)。

【著录】《陕西省蒲城县新志》(249号)卷六艺文子类,二页(189页)。

74.《天问解》一部

明王徵撰。

王徵,字良甫,泾阳人。天启壬戌进士。见《泾阳县志》卷十一选举表,四页(388页)。

【著录】《陕西省泾阳县志》(236号)卷九艺文志集属,四页(334页)。

75.《离骚经注》一卷

清张华撰。

张华，号抱影居士，西华人。见《西华县续志》卷十艺文志，一十八页，县志中未见其传。

【著录】《河南省西华县续志》（101号）卷十艺文志，一十八页（483页）。

76.《骚赋杂文》一卷（《归愚集》十卷）

宋葛立方撰。

【著录】《江苏省丹阳县志》卷三十五书籍，二十二（2004页）。

77.《楚辞论》

清罗以靖撰。

罗以靖，字顺之，宜黄人，廪贡生，曾主方亭书院讲席。见《抚州府志》卷六十人物文苑十四页（1018页）。

【著录】《江西省抚州府志》（253号）卷七十八艺文子部三页（1264页）。

【按】《江西省抚州府志》（253号）卷六十人物文苑十四页《罗以靖传》中著录为《楚辞论释》。

78.《楚辞评注》八卷

清何辉宁著。

何辉宁，字逵鸿，临川人，别号甑峰。雍正癸丑进士，历署行唐、庆云等县，补授平谷县。见《抚州府志》卷五十八人物志儒林一至二页（985页）。

【著录】《抚州府志》（253号）卷七十八艺文子部一页（1263页）。

后 记

　　这里辑录的是我《诗经》、《楚辞》专著之外的论文。我很不善于收藏，2000年以后发表的作品，因科研考核之需，都保存有原件。而以前发表了些什么，发表在何刊物？都一片茫然。好在现在网络发达，有些信息网上可以找到。

　　我研究《诗经》是从四十年前开始的，发表的第一篇文章是《商颂非宋人作考》，收在《雅颂新考》中。读研究生时，同班最大的同学四十岁，我最小，当时二十四岁。我本对唐宋文学感兴趣，姚奠中姚先生认为我年轻，应该从源头学起，因此给我定了论文题目，研究《诗经》的《雅》、《颂》。研究生毕业后，开始研究文学史，研究楚辞、汉赋、神话等。到北京大学读博士时，又转回到了《诗经》。因为我发表的第一篇论文是《商颂非宋人作考》，这篇文章产生了影响，被学术界把我定格在了《诗经》研究上，似乎我成了专研究《诗经》的人。当下的学术格局与评价体系也逼着我在《诗经》上投入更多一些，因为我《诗经》研究成果学术界认可度高一些。

　　在北大读博时，曾拟以《关雎新论》为学位论文，方法上采取人类学与民俗学的成果与视角，从原始宗教与文化中探寻《诗经》之根。后来褚斌杰先生觉得有点冒险，不大合于北大的路子，他说：你现在要交的是一篇作业，而不是学术论文。作业的成绩要看座师们的意见，所以要稳妥。于是我只好临时改写"明代诗经学史"。《关雎》写了十几万字，完成了三分之一。现在把这半部书稿收在这里。近几十年在《诗经》学史与《诗经》研究文献上下的功夫比较大。因而本集中收录的论文有一部分是关于《诗》学史的。自己原先最佩服的是闻一多，也跟着闻一多走了很长时间，闻一多先生的东西也确定给了我很多启发。后来发现了问题，感到走进了一个误区，于是开始走自己的路。在《诗经》研究上的成熟是近十年的事。因此近年的作品可以代表我的观点，以前的只能作参考。

关于屈原与《楚辞》的论文，多完成于 20 世纪八九十年代，其中有几篇没有发表过。后来在这方面没有多用力，尽管有些想法，但没有时间形成文章，只能等以后完成了。

这本集子的校对工作，我的几位研究生付出了辛苦。特别是朱昳晨，她对全稿作了认真校对，并对许多注文作了核对、修改。在此深表谢意！